김석범 대하소설

火山島

김환기 · 김학동 옮김

보고사

차례

제 24 장

1

 여수, 순천 반란의 소문은 다음날 21일 아침, 정부의 공식 발표 전에, 금세 성내에서 섬 전체로 퍼져 나갔다. 자세한 내용은 모른 채 반란군은 수천 명이라느니, 순천을 점령한 반란군은 다시 북상, 전라북도 도청소재지, 전주로 향한다……느니, 아니, 정부군의 배후에 존재하는 강대한 미군의 힘으로 반란은 실패로 끝난다느니, 하는 억측을 동반하고 이야기가 퍼졌다. 사건 발발의 구체적인 경위는 알 수 없는 가운데, 여수 제14연대의 반란군이 여수항에서 '동족상잔의 제주도 출병, 게릴라 토벌 증원군 파견을 거부'한 일이 분명한 사실로써 눈부실 만큼 전면에 드러나면서 도민들과 정부 측에 충격을 주었다.
 정부 측으로서는 제주경비사령부의 통합지휘하에 들어갈 예정이었던 게릴라 토벌 병력 1개 대대의 증원 파견이 좌절되면서, 10월 20일 이후 중산간지대의 무허가통행금지를 시작으로, 새로운 토벌계획을 강행하려던 차에 기선을 제압당한 꼴이 되었다.
 성내 경찰서는 무장 경찰이 지키고 있었지만, 읍내는 여느 때처럼 조용했다.
 여수에서 최초의 봉기는 19일 밤, 일곱 시경에 시작되었다. 같은 시각, 연대 본부 정문 앞에서 갑작스러운 총성이 울리고, 밤하늘에 불꽃을 튀기며 예광탄이 작렬했다. 40여 명의 병사가 탄약고 점령에 성공했다는, 봉기의 첫 신호였다. 예정에 없던 예광탄과 총성에 미심쩍어 하면서도, 영내에 침입한 도둑에게 위협사격을 하는 것이라고 착각한 당직사관이 검은 그림자의 병사를 향해, '나는 당직사관이다. 쏘지 마라!'라고 외치며 다가선 순간 사살되었다. 이미 반란이 시작되었던 것이다.

제14연대장 박 중령과 부연대장 이 소령은 부재중이었다.

우체국 전보를 통해 오후 여덟 시 출항이라는 비밀출동명령을 받은 연대장은 기밀누설을 염려해서 출항 시각을 네 시간 후인 열두 시로 변경하였는데. 출동 대대에 대한 M1총과 60밀리 박격포 지급 등의 준비가 끝난 당일 오후 여섯 시, 장교식당에서는 연대장도 참석하여 출동 장교들의 환송회가 열렸다. 그 후, 연대장과 부연대장은 적재작업을 지휘하기 위해 여수항으로 향했다.

반란의 신호인 예광탄을 쏘아 올린 것은 그 직후였다.

비상나팔은 사태의 진행보다 상당히 늦게 울렸다. 때 아닌 나팔 소리에 각 중대는 완전무장을 하고 조명이 빛나는 연대의 종합연병장에 집합했지만, 장병들 대부분은 여기저기에서 울리는 총성, 신호탄 불빛에 술렁이면서도, 그것이 반란의 신호라는 것은 아직 몰랐다.

이 동요의 한복판에 하사관 한 사람이 사열대로 뛰어올라, 장병들을 향해 큰 목소리로 외쳤다. 출동명령의 기밀을 탐지하고 사전에 40여 명의 핵심 분자에게 탄약고 점령을 지시한 제14연대 인사계 오창수 상사였다.

"제군들, 지금 경찰이 우리 제14연대를 포위해 습격을 가해 오고 있다. 그 때문에 비상조치를 취했다. 우리들은 즉시 응전태세에 들어가야 한다. 지금 이 순간부터 경찰은 우리의 적이다. 제군, 왜 우리들은 제주도로 동족상잔의 출동을 해야 하는가? 나는 출동에 절대 반대한다!"

기침 소리 하나 없는 2천여 명의 전 장병들 속에서 옳소! 옳소! 하는 소리가 연발하고, 웅성거리기 시작했다.

"제군들, 지금 북조선 인민군이 남조선 해방을 위해 38선을 넘어 남으로 진격 중이다. 우리들은 여기에 호응하여 북진, 미국의 괴뢰 놈들을 섬멸하자. 지금부터 우리는 인민해방군이 된다. 우리들은 조국의 통일을 이 눈으로 볼 때까지 죽음을 각오하고 싸우자!"

여기저기에서 옳소! 옳소! 하고 호응하는 성난 외침이 요동쳤다. 이 때, 세 명의 하사관이 앞으로 뛰어나와, 오창수, 넌 빨갱이다. 우리는 인민해방군이 아닌 국군이다! 라고 외쳤지만, 총을 겨누고 포위한 병사들에게 그 자리에서 사살되었다.

"제군들, 반동의 최후는 지금 본 대로 될 테니, 주의하라. 현재 우리는 무기고와 탄약고를 점령했다. 가능한 한 다량의 무기와 탄약을 가지고 나와, 미 제국주의의 앞잡이인 장교들을 닥치는 대로 사살하고, 저주받아 마땅한 경찰을 타도하자!"

연대 병력의 대부분이 순식간에 반란군이 되어 봉기하고, 연대 내부를 수색한 결과, 제1대대장 김 대위, 제2대대장 임 대위, 제3대대장 이 대위, 정보주임 중위, 작전주임 중위, 그 외 장교 20여 명이 사살되었지만, 현장을 벗어나 여수항에 갔던 연대장과 부연대장은 죽음을 면했다. 대대, 중대, 소대의 반란 지휘체계가 편성되고, 오창수가 연대장이 된 반란군은 2천3백 명이었다.

무기와 탄약을 탈취한 반란군은 곶의 돌출부에 위치한 구 일본 해군 항공기지터의 연대 본부에서 서쪽으로 4킬로 떨어진 여수 읍내로 진격하여, 도중에 백 수십 명의 경찰대 저지선을 격파하고, 밤 열한 시 반에 읍내로 돌입했다. 이에 맞선 2백여 명의 경찰 측과 격렬한 총격전이 있었지만, 20일 오전 세 시 반경, 경찰서는 반란군의 수중에 떨어졌다.

게다가 사전에 군내 조직으로부터 연락을 받고 반란군에 합류한 좌익단체와 학생들 6백여 명이 무기와 탄약을 지급받아 반란군에 편입되었다. 경찰서, 읍사무소, 관공서, 은행, 신문사 등이 반란군에게 점령되어, 20일 오전 아홉 시, 여수의 전 시가지가 완전히 함락되었다.

이른 아침 2개 대대는 통학열차에 나누어 타고 순천을 향해 북상했다.

여수 경비를 위해 남은 1개 대대의 반란군은, 좌익단체, 학생들과 함께 경찰서와 읍사무소 관련 기관 책임자와 우익 악질 간부의 체포를 개시했고, 한편으로는 인민위원회가 조직되고 읍내 곳곳에는 인민공화국기가 나부끼는 가운데, 학생들은 '제주도 출동 절대반대!', '미군은 즉시 물러가라!' 등의 벽보와 삐라 붙이기에 분주했다.

반란군의 순천 도착은 오전 아홉 시. 오후 세 시에 순천 경찰서가 함락되었고, 그날 밤 반란군은 순천 시가지를 점령했다.

다음 날 21일 아침, 국무총리의 직접담화 형식으로 사건에 대한 정부발표가 이루어졌다.

"전남 여수에는 국군 제14연대가 주둔하고 있는데, 20일 새벽 두 시, 공산주의 계열의 장기간에 걸친 책동과 음모에 의해, 여수에서 반란이 발생하였다. 처음에는 약 40명의 병사가 무기창고를 점령, 교묘한 선동과 위협으로 연대 일부 병사를 움직이고, 더 나아가 타 중대의 병사들도 위협하여 합류시킴과 동시에, 장교 대부분을 살해하였다.

반란군은 여수철도경찰서와 지방치안경찰서를 급습하여, 치안의 주력을 수중에 넣음으로써, 같은 날 아침 열 시까지 여수 읍내 대부분을 점령했다.

또한 반란군은 그 지역 공산주의 청년과 합세하여, 수중에 넣은 무기를 가지고 강제적으로 시민을 선동하는 한편, 이에 응하지 않는 양민을 다수 살해하면서, 그 일부 세력은 철도를 점령, 다시 여수·순천 간 학생 통학열차 여섯 차량에 편승하여 곧장 순천으로 진격했다. 반란군은 순천역 도착과 동시에 철도경찰과 교전하면서, 지방경찰서를 습격했다. 이리하여, 일부 세력은 여수에서, 일부는 순천에서 학살, 약탈, 방화, 능욕을 자행한 것이, 20일 하루 동안의 사태이다.

　반란의 급보를 접한 국군은, 광주에서 3개 중대를 동원하여 현지로 급파했지만, 원거리와 교통지장으로 지체 중에, 20일 밤 열 시경, 순천은 반란군에 의해 대부분 점령되면서 전투 상태가 계속되었다. 그 사이 합세한 오합지졸의 반란군은 약 2천 명에 달하는데, 그 병력은 두 방면으로 갈라져, 한쪽은 전남 남원으로, 다른 한쪽은 광주를 향해서 돌진 중이다……."

　22일 자 중앙지에 보도된 장문의 정부 발표는 거의 한 페이지에 달했다. 반란의 성격을 '좌익이 가장 꺼리는 일부 극우 정객과 결탁하여 반국가적인 반란을 일으키고……'라고 규정했는데, 극우 일부 정객이란 이승만의 정적인, '남'쪽만의 단독정부 수립 반대운동의 지도자, 구 중경대한민국임시정부 주석 김구를 가리켰다.

　공식발표 내용에는 '이번 제14연대에서 1개 대대가 모종의 임무를 맡고 출동에 즈음하여……'라고 돼 있어, 신문 기사도 제주도 출동 사실에 대한 기술을 감추어 놓고 있었다.

　22일, 여수·순천 반란지구에 계엄령이 포고되어, 오후 일곱 시부터 다음 날 아침 일곱 시까지 통행금지하고 위반자는 사형 등에 처하는 계엄조치가 취해졌다.

　남승지가 성내로 찾아온 것은 22일 밤 일곱 시경이었다.

　한라산 중턱 관음사 부근에 있는 당 조직 아지트에는 20일 밤, 연락원을 통해, 여수·순천 반란의 정보가 전해졌다. 다음 날 정오, 수동발전기를 전원으로 하는 무전기로 정부 발표 뉴스를 수신하여 반란 사실을 확인하였다. 국방군의 반란은 우연의 일치였지만, 수세에서 공격의 임전태세로 전환하려고 그동안의 조직을 세 지역 연대에서 각각 몇 개씩의 부대편성으로 세분화를 꾀하던 게릴라 측을 크게 고무시켰다.

산천단 주변은 이번 20일부터 실시된, 해안선에서 5킬로를 넘어가는 무허가통행금지 지역이었지만 원래 마을에 살고 있는 열 가구 남짓한 사람들은 포고의 대상에 포함되지 않았다. 그러나 그들도 무허가로는 해안선에서 5킬로 이내 지역, 이를테면 성내 출입은 할 수 없었다.

남승지는 관음사 근처의 아지트에서 하산하는 길을 더듬어, 도중에 산천단 마을 입구의 비밀신호로 마을이 안전한지 확인했지만, 그래도 직접 성내로 향하는 길은 피했다. ……친애하는 국방군 장병 및 경찰관 여러분……. 그는 마을 바로 앞의 동쪽으로 경사진 길을 내려가며 입안에서 중얼거렸다. 총을 잘 보시오. 그 총이 어디에서 나온 것인지를. 그 총은 우리들의 고혈을 착취한 세금으로 마련된 것입니다. 영웅적인 항쟁에 오른 여러분의 부모, 형제, 자매들에게 그 총부리를 겨누어서는 안 되며, 함부로 동포를 향해 귀중한 총과 탄환을 쏘아서는 안 됩니다……. 1. 미국침략자를 조국의 땅에서 몰아내기 위하여! 2. 매국노, 이승만 도당을 타도하기 위하여! 3. 조국의 통일과……. 원문에는 1, 2, 3의 번호는 없었지만, 외우기 위해 남승지가 붙인 것이었다. 그는 입 안에서, 때로는 입 밖으로 같은 암송을 반복했다. ……반란군, 여수·순천 점령! 읍내에는 인민공화국기가 나부끼고, 인민위원회를 설립……. 자세한 것은 모르지만, 남승지 자신이 마치 눈앞에 혁명이 다가온 듯한 착각에 빠질 정도로 사태 전개에 흥분하고 있었다. 그는 주먹을 쥐고 걸었다. 동족상잔의 제주도 출동 절대 반대! 반란. 동족애, 혁명적 연대……. 남승지는 전율하며, 고원의 바람이 넘쳐흐를 듯한 눈물을 닦았다.

그는 한동안 사람이 없는 초원과 구릉지대, 기복이 심한 지형을 계속 걸어서, 해질녘에는 화북봉(禾北峯)의 동쪽 기슭으로 접어들어 바다로 흘러 들어가는 화북천으로 나왔다.

눈앞에 보이는 화북봉은 사라봉으로 이어져 저녁하늘을 배경 삼아, 땅딸막하고 커다란 그림자 덩어리가 돼서는 남승지의 눈앞을 가로막았다. 바로 앞 산기슭을 달리는 신작로(일주도로) 비탈길을 왼쪽으로 오르면, 고개 위에서 눈 아래로 펼쳐진 성내 거리를 한 눈에 볼 수 있었다. 신작로로 가면 직선거리라서 편하지만, 성내 입구의 동문교 일대는 경찰이 깔려 있을지도 몰랐다.

그는 신작로와 가까운 밭의 잔돌을 쌓아 올린 돌담 그늘에 몸을 숨기고 자동차 왕래와 통행인 유무를 확인하고 있었다. 기회를 보아 재빨리 길 건너편으로 건너야 했다. 아니면, 오른쪽 화북천의 평평한 바위로 내려가, 물이 마른 한천(乾川)의 바위를 타고 별도교(別刀橋) 아래를 빠져나가 도로 반대편으로, 오름(측화산) 기슭 쪽으로 나갈 필요가 있었다.

성내에 이르는 신작로 고개 쪽에도, 그 반대편의 꽤나 아득한 노상에도 사람 그림자는 없었다. 별도교에서 산기슭의 고개로 이르는 긴 언덕길 근처에는, 옛날부터 도깨비가 자주 출현한다 해서 제주도에서도 유명한 곳이었다. 물론 도깨비가 나타나는 것은 해질 무렵이나 밤이었고, 대낮에 나온다는 것은 예삿일이 아님에 틀림없었다. 대부분은 여자의 모습, 때로는 남자이기도 한 사람 그림자는, 이상하게도 강하게 인간을 끄는 어떤 힘을 가지고 있어 홀린 사람은 자신도 모르는 사이에 한천 냇바닥으로 내려가, 평평한 바위를 따라 끝내는 바다로 흘러들어가는 강 입구에 이르는 일도 있었고, 우기에는 그대로 강으로 미끄러져 떨어지는 일도 있었다.

길에 사람 그림자는 없었다. 자동차의 경적이 동쪽에서 들려왔다. 남승지는 돌담 그늘에 몸을 웅크리고 틈 사이로 엿보았다. 오른쪽에서 헤드라이트로 저물어 가는 주변 윤곽을 두드러지게 만든 트럭이 자갈을 튕기면서 울퉁불퉁한 길을 달려왔지만, 이윽고 접어든 언덕길을 힘겹게 오르기 시작했다. 군용 트럭은 아니었다. 남해자동차의 트럭이라면 혹시 박산봉이 운전대를 잡고 있을지도 모른다.

이방근을 만나고 싶다. 이번 임무를 끝내면 당분간 성내에 발 들여놓을 일은 없을 것이고, 어쩌면 이번이 마지막이 될지도 모른다. 이번 기회에 어떻게든 만났으면 좋겠다는 생각을 한다.

남승지는 점퍼를 입고 있었다. 산간지역은 춥다. 밤이 되면 평지의 겨울처럼 기온이 떨어졌다. 점퍼 속 상반신을 감싼 스웨터는 유원이 손수 뜬 선물이었다. 그녀는 어떻게 지내고 있을까. 다음에 언제 만날 수 있을까? 여수·순천반란이 언젠가 그녀와 버젓이 만날 수 있는 계기가 될지도 모른다……. 으음, 남승지는 가볍게 고개를 저었다. 계속해서 서울에서 음악공부를 하고 있을 그녀를 상상할 때가 있지만, 서로 너무 동떨어진 세계에 살고 있었고, 이미 상상할 수단을 잃어, 결국에는 마치 노인처럼 과거의 기억을 회상하는 수밖에 없을 것 같았다. 스웨터는 추억이고 기억이며 과거의 상징이라, 그것이 고통스럽다. 아니, 머지않아 평화의 날이 오고, 다시 만날 수 있을 것이다. 언제쯤 전투가 끝날까? 언제쯤 혁명이 승리할까. 일본에 있는 어머니와 여동생을 만날 수 있는 날은……. 서울에 있는 유원이라면 또 모를까, 일본이라면 거의 만날 수 없을 것이다. 그만두자. 누구냐, 이런 것을 생각하라고 한 게? 길가의 돌담 그늘에서 주위를 살피고 있던 남승지는 망상을 털어 내려는 듯이 강하게 고개를 저었다.

그는 심호흡을 하고 나서 일단 몇 걸음 물러섰다 크게 반동을 붙여 달리더니 단숨에 돌담을 뛰어넘었다. 좌우의 시야가 닿는 도로의 연장선상에 사람 그림자는 없었다. 도로를 가로지른 남승지는 길가에 이어진 산기슭의 평평한 바위로 발을 내딛어, 어스름 속 신작로에서 멀어졌다. 이윽고 잡초가 무성한 경사진 곳을 거쳐, 소나무 숲으로 덮인 사라봉 중턱의 경사면 주위에 반원을 그리는 오솔길을 따라, 겨우 오름의 서쪽 기슭으로 나왔을 때는 해가 거의 떨어져 있었다. 그 주위에는 돌담으로 구분된, 수확이 끝난 보리밭이 펼쳐져 있었고, 밭 안쪽으로 난 좁은 길을 가면 소나무 숲이 우거진 모퉁이가 있는데, 그 건너에는 성내, 양준오의 하숙집이 있는 산지 언덕이었다.

양준오가 성내를 탈출할 때는 이 길을 거꾸로 가게 될지도……. 어쩌면 사정에 따라서는 사라봉 정상 가까이로 통하는 길을 따라 동쪽 기슭으로 돌아가게 될지도 모른다. 오늘 밤 그와 만나야 하지만, 그전에 우선 조직의 성내 지구 세포 책임자인 유성원과 만나야만 했다.

장소는 그가 오늘 밤 숙직할 예정인 여자 중학교였다. 일곱 시 반 전후로 교문 안쪽에서 사람이 나오면, 그것을 신호로 교내에 들어간다.

시각은 곧 일곱 시다. 남승지는 유성원과 만나는 것이 내키지 않았다. 그는 조직의 중대한 지시를 유성원에게 전하기 위해 성내로 온 것이었다. 유성원은 아직 그 내용을 모르고 있지만, 게릴라가 공공연히 정부에 대해, 제주도 인민유격대장 이성운의 이름으로 '선전포고'를 하는 것이다. 토벌대와 도민에게 그 취지를 전하는 호소 삐라를 한라신문사에서 인쇄하라는 것이 전달 내용이었다.

성내 지구 세포 책임자인 유성원이 한라신문 편집장인 세포원 김문원에게, 모레 아침까지 삐라 3천 장을 인쇄하도록 지시하고, 그것을 유성원이 책임지고 성내 전역에 뿌린다. 인쇄될 문안은 남승지가 머릿속에 암기하고 있다. 한라신문에서 인쇄하는 것은 4·3봉기의 호소에 이어 이번이 두 번째가 된다. 당시, 도당 조직의 아지트가 위치한 조천면 Y리에 있던 남승지는, 무장봉기에 즈음하여 전 도민에게 고하는 호소 인쇄물을 성내에서 전달받아, 중간에 사람을 통하여 Y리에 보내는 역할을 한 적이 있었다. 그때 인쇄를 맡았던 기자 김동진은 검거를 피해 입산하고, 공무부장은 본토로 모습을 감추었지만, 4·3 직후 게릴라의 맹공, 도민의 압도적인 지지와 조직화, 제주도에서의 5·10단선(단독선거) 파탄, 실패, 게릴라 측의 우세 속에서, 삐라 인쇄에 대한 추궁은 흐지부지되고 말았었다. 그러나 이번에는 다를 것이다. 성내에 인쇄소가 몇 군데 있다고 해도, 활자를 더듬어 찾으면 한라신문사에 이르는 일은 어렵지 않다.

이것은 모험이었다. 호소문의 인쇄도 그렇지만 성내에 그 삐라를 뿌리는 일 자체가 공공연한 도전, 즉 '선전포고'였다. 토벌대 측에 정부 타도를 권하고 총을 버리라는 호소문이 성내에 뿌려진 다음은……. 그러나 '북'으로부터의 원조 희망도 거의 사라져, 이대로는 상황이 악화돼 점점 쇠퇴해 갈 수밖에 없고, 수세를 벗어나 공세로 전환하는 것 외에는 게릴라가 살아남을 길이 없었다.

여수·순천봉기의 성공은 제주도 정세에 커다란 영향을 줄 것이다. 세포조직이 침투한 주둔 국방군이 본토 각지에서 봉기하고, 거기에 호응해 싸우는 것이 제주도 게릴라의 기사회생으로도 이어진다. 그러나 과연 전국적인 봉기가 일어날 수 있을 것인가. 제주 주둔 제9연대는 전전 연대장 박경진 대령의 암살 이후, 상당한 숙군(肅軍, 군내 숙정=좌파 사냥)이 진행되고 있었다. 단순히 낙천적인 관측이어서는 안 된다. 혁명적 낙천주의, 과학적 낙천주의여야 한다.

성내로 들어감에 따라 남승지의 발이 무거워졌다. 걸어서 지친 것이 아니라 마음이 무거웠다. 어두운 밭이 펼쳐진 너머 짙은 바다 냄새가 떠도는 가운데, 잠시 땀이 밴 몸을 쉬려고 생각했지만, 공복 때문에라도 빨리 마을의 불빛을 보고 싶었다. 불에 날아드는 여름 벌레는 아니지만, 마을의 불빛에 타 죽지 않도록 경계심을 늦춰서는 안 된다. 태양빛과 밤의 어둠 아래에서, 낮에는 연기, 밤에는 불빛이 금기인 생활을 이어온 사람은 마을의 불빛 앞에 나방이 된다.

소나무 숲이 끊어진 가장자리의 밭길을 더듬어, 드문드문 깜빡거리는 인가의 불빛이 사람을 부를 듯한 그리운 산지대로 들어갔다. 그는 인기척에 신경을 곤두세우며 좁은 길 하나로 들어가서는, 잠입하듯이 다음 골목으로 꺾어, 대강 어림잡아 신작로 쪽으로 통하는 동쪽 길로 나왔다. 이 시각에 다른 사람과 스쳐 지나기라도 해서, 뒷산 쪽에서 온 것을 알게 되면 수상하게 여길 위험이 있다. 아니면 당당하게 조금 전 별도교 근처에서부터 성내를 향해 신작로를 걸어오는 것이 나았을지도 모른다.

전방의 작은 삼거리의 민가 돌담 쪽 모퉁이에 허술한 가로등 하나가 불그스름한 빛을 주위에 떨어뜨리고 있었다. 가는 통나무 끝에 갓이 설치된 희미한 불빛의 전구이지만, 그래도 어둠을 확실하게 경계 짓고 있어서 밝다. 아니 이런? 약 10미터 거리의 가로등 불빛 테두리 안으로 사람 그림자가 오른쪽 골목에서 나타나 이쪽으로 시선을 향하는가 싶더니 그대로 신작로 쪽, 남승지가 향하고 있는 방향으로 걸어갔다. 평상복인 한복 차림의 중년 남자인 듯한데, 아마 이 근처 주민일 것이다. 이윽고 남자는 가로등 불빛이 미치는 테두리 밖으로 사라졌지만, 남승지는 그때서야 갑자기 심장 고동이 크게 울리는 것을 느꼈다.

그는 곧장 신작로 쪽으로 가는 것을 그만두고, 남자가 나온 골목 오른쪽으로 꺾어, 다른 길로 우회하기로 했다. 어쩐지 그 남자가 불현듯 돌아올 것만 같았기 때문이었다. 그 남자는 이쪽을 힐끗 한번 보았을 뿐이지만, 이 근처 주민의 얼굴을 잘 알고 있을 게 틀림없다. 뒤쪽 산에서 온 것이⋯⋯? 하고 수상하게 느낀 것은 아닐까.

골목으로 들어선 지 얼마 되지 않아, 전방의 사거리를 가로지르는 커다란 몸집의 남자 그림자에 남승지는 덜컥했다.

왼쪽으로 꺾으면 신작로로 통하는 길이었다. 곧장 가면 다시 신작로로 가는 길인데, 그 부근에 여관이 있고, 작년 말에 개점한 중국빵 등 중국 명과와 요릿집, 평양냉면집 등이 나란히 있을 터였다. 중국요리 집에는 개점한지 얼마 안 돼, 이방근을 따라서 양준오와 함께 간 적이 있었다.

남승지는 빠른 걸음으로 사거리까지 가 신작로 쪽으로 방향을 바꿨다. 남승지가 가려고 한 방향이었지만, 그는 순간, 몸집이 큰 남자가 이방근이라는 생각이 들었다. 이방근! 이 시간에 산지 근처에⋯⋯? 양준오의 하숙집은 훨씬 앞쪽인 서쪽에 있었다.

상점이 있는 길도 아니었기에 거리를 두고 달랑 서 있는 가로등의 불빛 테두리 안으로 들어서지 않는 한, 앞서 가는 남자를, 설령 안면이 있다 하더라도 확실히 그렇다고 단정하기는 어려웠다.

거뭇하게 비치는 양복에, 지면을 성큼성큼 딛는 구두의 울림, 새우등처럼 보이는 뒷모습은 틀림없이 이방근이었다. 그러나 불러 세웠을 경우 다른 사람이라면, 도리어 누구냐고 물어 오면 어찌 할 것인가.

조금 더 남자에게 접근하여 가능하다면 옆을 앞지르면서 이방근이라는 것을 확인해야 한다. 심장고동이 격렬하게, 아까보다 아플 정도로 울렸다. 잠시 앞으로 나아가면 가로등 불빛 아래를 지날 것이다. 아니, 사람을 잘못 보았을 가능성도 있다. 내버려 두면 돼, 위험에 가까이 다가가지 마라⋯⋯. 그러나 저것은 이방근이다. 바로 옆까지 갔다 다른 사람이라면 지나치면 된다.

그런데, 전방의 남자가 멈춰 서서, 웃옷 주머니에서 다름 아닌 담배를 꺼내, 입에 물더니 성냥을 그어 불을 붙였다. 이방근은 언제부터인가 라이터를 사용하지 않고 있었다. 성냥불의 흔들림에 비스듬히 옆으로 빨갛게 비친 얼굴은, 확실히 이방근 그였다.

남자는 성냥을 버리고 담배를 손가락에 끼워 한 모금 피우더니, 순간 거의 무의식적으로 남자에게 끌려 멈춰 선 남승지 쪽을 힐끗 노려보듯 돌아보았다. 얼굴은 어둠에 그늘졌지만, 분명 이방근이 틀림없을 것이다. 거리는 7, 8미터.

"……"

상대는 아무 말도 하지 않았다. 남승지도 멈춰 선 채였다.

"누구냐?"

사람을 쏘는 듯한, 지금까지 들어 본 적이 없는 날카로운 그 남자의 목소리는, 이방근이었다.

"접니다. 명우, 김명우입니다."

그는 이방근의 곁으로 달려갔다. 위기일발의 찰나에 구원받은 느낌이었다.

"……명우, 오, 명우 동무인가. 아니, 어찌 된 일인가?"

"아니, 용무입니다."

어찌 된 일인가? 가 아닙니다. 남승지는 신호를 하듯이 고개를 흔들며 작은 소리로 대답하고는 걷기 시작했다. 이방근도 나란히 걸었다. 맞은편에서 일행 둘이 다가와, 넓지 않은 길을 이방근이 바깥쪽으로 걸으면서 서로 엇갈렸다. 지금은 남승지 혼자 걷는 것보다 두 사람이 걷는 편이 안전했다. 더구나 이방근과 함께.

"방근 씨는 양준오라도 만난 겁니까?"

"아니, 다른 일로 말야. 배……"

"배……?"

"그래, 배로 돈벌이를 생각하고 있네."

"돈벌이?"

"농담이야."

남승지는 담배 하나를 받아 입에 물었다. 자갈을 밟는 이방근의 딱딱한 구두 소리가 밤공기에 울려 퍼졌다. 남승지는 일곱 시 반에 여자중학교에 갔다. 한 시간 이내에 나와 양준오의 하숙집으로 갈 예정이라고 말했다.

"명우 동무, 냄새가 나는군."

"예?"

"마을 냄새는 아니란 말일세."

"예."

역시 냄새가 나는구나. 산생활의 냄새. 그래도 남승지는 조직책으로서 마을로 하산할 때는 수염을 깎고 최소한 몸단장을 하고 있었다.

여수·순천의 그 이후의 사태 진전을 묻는 남승지에게, 이방근은 아직 라디오 뉴스로도 자세한 것은 거의 모른다고 대답하고, 오늘 밤 자신의 집에서, 하숙집이 아닌 아버지의 집에서 묵으라고 말했다. 산지대의 양준오 집에서 여자중학교까지 10분이면 갈 수 있으니까, 시간을 정해서 정각 여덟 시 20분에 이방근이 교문 옆까지 마중을 간다. 거기서 함께 집으로 가는 것이 나을지도 모른다. 지금부터 양준오에게 들러 보겠지만, 시간을 맞춰 그도 집까지 오게 하면 좋을 것이다. 늦어지면 묵으면 된다.

가까운 거리에 신작로가 있었는데, 왼쪽 모퉁이에 단층건물인 동국민학교의 어두운 교사가 보였다. 여자중학교는 같은 신작로를 끼고, 조금 떨어져 있었지만 사라봉 고개 쪽의 대각선 맞은편 위치에 있었다. 주위에 경찰이 지키고 있는 낌새는 없었다.

남승지는 이방근과 헤어져 여자중학교 쪽을 향해 신작로를 왼쪽으로 돌았다. 오른쪽의 동문교로 향하면, 도중에 파출소가 있는데, 동문교 주위에는 보초가 서 있을 것이다. 남승지가 뒤돌아보자, 이방근이 가로등 불빛과 어둠 사이에서 어깨에 엷은 빛을 받으며 이쪽을 향해서 있었다.

두세 명의 통행인이 있다. 조금 전, 골목 모퉁이에서 나와 신작로 쪽으로 사라졌던 한복을 입은 중년 남자로 보이는 모습은 없었다. 남승지의 점퍼 주머니에 있는 것은 이전에 있었던 N중학교의 교원증명서, 다만 새로 제작한 가짜 증명서뿐이지만, 조회해 보면 발각돼 버릴 물건이었다. 고개 맞은편에서 이 신작로로 오지 않아 다행이었다. 우연이란 이상한 것, 이렇게 이방근과 만나게 될 줄이야. 배……? 무슨 배일까.

남승지는 신작로를 따라 여자중학교 맞은편 근처까지 왔다. 교문은 교사 옆 도로와 인접해 있었다. 트럭인 듯 강한 헤드라이트가 불빛이 어둠을 쫓으며 완만한 언덕 위쪽에서 돌진해 왔다. 경적을 울리고 갓길까지 비추며 다가오는 불빛 속에서, 남승지는 반사적으로 얼굴을 돌리려고 했지만, 그것은 좋지 않다. 눈이 부신 듯 손을 들어 얼굴을 가렸다. 트럭이 자갈을 튕기고 흙먼지를 날리며 동문교 쪽으로 사라졌다. 덮개가 달린 군용 트럭이었다.

흐―음. 남승지는 인적 없는 신작로를 여자중학교 쪽으로 건너, 옆길에 붙어 있는 등불 없는 교문으로 시선을 돌리자, 어둠 속에 사람 그림자가, 교문 안의 나무 그늘에서 움직이고 있는 것이 보였다. 교정 너머의 작은 불빛은 숙직실에서 새어 나오고 있는 것일 게다.

남승지는 좌우를 한번 힐끗 살피고 나서 숨을 멈추고 교문으로 몸을 밀어 넣었다. 사람 그림자는 오늘 밤 숙직 교원으로, 여자중학교 세포원 중의 한 사람이었다.

"고생하십니다."

운동장을 지나면서 젊은 남자가 목소리를 낮추어 말했다. 연기 냄새 같은 것이 흐르고 있는 건 온돌 때문일 것이었다.

단층 구조인 건물 두 동 중 한쪽의, 갈고리 모양인 교사 모퉁이에 있는 숙직실에서 기다리고 있던 유성원이 일어나 굳은 악수로 남승지를 맞아들였다.

"김 동지, 여수 제14연대의 반란 봉기 사실은 산에서 파악하고 있겠지요."

"물론입니다. 우리들의 혁명은 새로운 국면을 맞이하게 되었습니다."

두 사람은 악수를 한 채, 서로의 말을 확인하듯이 다시 한 번 힘주어 꼭 쥐었다.

미닫이를 닫자 교문에서 맞이한 교원이 어두운 복도에 섰다. 망을 보는 것이었다. 무슨 일이 있으면, 어험, 하고 헛기침을 한다. 위험 신호가 있으면 방의 창문으로 뛰어내린다. 커튼을 친 창밖은 돌담이고, 그 너머는 농지였다. 처음부터 감시를 하고 미행한 것이 아니라면, 창밖에서 지키고 있지는 않을 것이었다.

두 사람은 접이식 식탁을 사이에 두고 따뜻한 장판에 앉았다. 식탁 위에는 찐 고구마를 담은 접시가 놓여 있었다.

"식사는 아직 못했지요?"

"예. 하지만 그럴 시간이 없으니, 먼저 조직의 지시를 전하겠습니다."

남승지는 접시의 찐 고구마를 들고 먹으면서, 주전자의 미지근한 보리차를 찻잔에 따라 마셨다.

방의 상석, 온돌 아궁이가 가까운 곳에, 밥이랑 반찬을 담은 뚜껑

달린 사발이 방석을 뒤집어쓴 채 놓여 있었는데, 그것은 남승지를 위한 식사였다.

남승지는 서둘러 손에 든 찐 고구마를 다 먹은 뒤 그 사이에 유성원이 탁상에 준비한 만년필을 들고 대학 노트 앞에 앉았다.

"지금 유 동지가, 내가 말하는 것을 적어도 괜찮겠지만, 내가 쓰는 편이 빠를 것입니다. 중요한 비밀문서입니다. 설명은 나중에 하겠습니다만, 내가 쓰면서 말할 테니 들어주십시오."

남승지의 이마에 땀이 배었다. 그는 작은 목소리로 머릿속의 문안을 읽으면서, 공들인 글씨로 쓰기 시작했다.

친애하는 국방군 장병 및 경찰관 여러분!

총을 잘 보시오. 그 총이 어디에서 나온 것인지를. 그 총은 우리의 고혈을 착취한 세금으로 마련된 것입니다. 영웅적인 항쟁에 오른 여러분의 부모, 형제, 자매들에게 그 총을 겨눠서는 안 되며, 함부로 동포를 향해 귀중한 총과 탄환을 쏘아서는 안 됩니다. 여러분의 부모, 형제, 그리고 당신들을 지켜줄 그 총을 투쟁하는 인민에게 되돌려 줍시다.

모든 도민은, 여러분을 진심으로 신뢰하고 있습니다. 당신들의 소중한 피를 헛되이 흘리지 않도록!

미국침략자를 조국의 땅에서 몰아내기 위하여!

매국노, 이승만 도당을 타도하기 위하여!

조국의 통일, 그리고 민족의 독립과 자유를 위하여!

당신들은, 총구를 놈들에게 겨누시오.

당신들은, 미군과 괴뢰 권력의 명령을 단호히 거부하고 인민의 편에 서시오.

우리나라, 우리 집, 우리 부모, 우리 형제를 지키기 위해 싸우는 항쟁의 전열에 가담하시오.

친애하는 여러분!

언제, 어떠한 때에도 인민의 이익을 지키기 위해 싸우는 인민의 군대가 됩시다!

제주도 인민유격대장 이성운

도중에 막히는 곳도 있었지만, 몇 군데 자구를 고치고, 떨리는 목소리로 암송하면서 전문을 노트 앞뒤 두 페이지에 쓰기를 마쳤다. 남승지는 상대에게 들리지 않도록 크게 한숨을 토해 냈다. 유성원의 긴장이 헛기침에도 확실히 전해져 왔기 때문이었다.

"이상입니다." 그는 펜을 탁자 위에 놓고, 대학 노트를 상대방에게 내밀었다.

"다시 읽고 불명료한 곳은 지적해 주십시오."

"이것은, 무슨 호소문입니까? 이것을 어떻게 하겠다는 겁니까?"

살갗이 흰 온화한 느낌의, 언뜻 보기에도 자상한 남자인 유성원의 표정이 굳어졌다. 확실히 곤혹스러워하고 있었다. 무슨 호소문이냐는 건 뭔가. 그것은 이미 알고 있는 것이고, 지금 이것을 어떻게 할 것인지가 그가 해결할 문제였다.

"예. 지금 설명을 하겠지만, 조직으로서, 이성운 동지의 직접 지시입니다." 남승지는 바로 말을 이었다. "여·순 봉기는 우연한 전개지만, 정세는 우리들에게 유리하게 움직이고 있습니다. 이 기회를 놓치지 말고, 이것을 모레, 24일 아침까지 인쇄하여, 인쇄는 유 동지가 한라신문 편집장 김문원 동지에게 지시할 것. 매수는 3천 장(3천 장……? 유성원이 작게 소리를 질렀다). 그 다음에 인쇄물을 성내 전역에 즉시 뿌릴 것. 이상이 전달 내용의 전부입니다."

"김 동지, 이게 무슨 말입니까? 갑자기……. 음."

유성원은 담배에 불을 붙여 천천히 빨아들이면서 한동안 말이 없었다. 대학 노트의 한 점에 시선을 떨어뜨린 채, 담배 연기를 피울 뿐, 미동도 하지 않았다. 말이 나오지 않는 모양이었다.

"게다가, 이것은 이상하오." 유성원은 잠시 동안의 침묵 속에서 준비라도 한 듯이 입을 열었다. "성내 전역에 뿌리라는 것인데, 이 삐라는 성내를 대상으로 한 게 아니지 않소?"

"그것은 무슨 의미입니까?"

"국방군 장병, 경찰관 여러분이라고 되어 있듯이, 군·경을 대상으로 한 삐라이니 대상이 다르지 않소."

"아니, 지금은 그러한 단계가 아닙니다." 남승지는 되받아치듯 말했다. "정세가 긴박해져서, 지금 어디서나 인쇄할 수 있는 형편이 아닙니다. 성내에서, 그것도 비밀리에 인쇄하고 즉시 배포합니다. 이것을 모슬포의 연대 내부까지 운반해 갈 상황이 아닙니다. 우리들이 할 수 있는 범위의 기동력으로 합니다. 성내를 중심으로 도민들에게 우리들의 군·경에 대한 공작을 호소함으로써, 그것이 즉각 군에 미치게 하는 것입니다."

유성원의 지적은 형식상으로는 맞지만, 게릴라의 전투능력 실정에는 들어맞지 않는 것이다.

"그러나 군에 조직 세포가 있을 텐데……."

"나는 도당 조직부입니다. 그런 이야기는 그만둡시다. 지금 그럴 상황이 아닙니다." 남승지는 굳은 목소리로 말했다. "상부조직의 지시입니다."

더 이상 이야기를 반복해서는 안 된다. 남승지는 마음이 초조했다. 시각은 여덟 시가 가까웠다. 그는 유성원에게 발언을, 회답을(회답이고 뭐고, 당 조직의 결정, 지상명령이었다) 재촉하는 듯한 모양새가 우려됐지만, 여덟 시 20분에 교문을 나가겠다……고 말했다.

"여덟 시 20분?" 유성원은 생각에 잠긴 표정으로 손목시계를 들여다보고, 다시 남승지를 보더니 거의 기계적으로 고개를 끄덕였다. "김 동지, 갑자기 이런 일을 들이대면 곤란하지 않습니까. 다소 토론, 논의가 필요하지 않겠소?"

"토론?"

뭔가 착각하고 있는 것이 아닌가. 남승지는 토론이나 논의의 여지가 없다, 그런 성질의 것이 아니라고 말했다.

"이것은, 할 수 없는 일이오. 아니 그렇다기보다 다시 토의를 해 줬으면 하오. 상부조직의 재토의 말입니다……. 게다가, 모레 아침까지라니, 가능한 일이 아니오. 사전에 협의도 없이, 산의 조직은 이쪽 정세를 충분히 파악하지 못하고 있는 게 아닌가요."

"읍, 면의 당 조직 간부도 참가한 자리에서 결정한 상부지시입니다." 도대체 무슨 한가한 소리를 하고 있는 것인가, 남승지는 내심 놀라면서 말했다. "재토의는 있을 수 없을 뿐더러, 여·순 사건으로 비상사태인 지금, 그런 일이 허락될 수 있는 정세가 아니라는 것은 유 동지도 충분히 알고 있을 겁니다."

"난 할 수 없소. 김 동지라면, 이런 사태에 어떻게 하시겠습니까?"

"할 수 없다?" 남승지는 숨이 막히는 느낌으로, 불끈 반발심이 일어났다. 갑작스러운 지시이긴 했으나, 온화한 성품인 그에게 거부를 당하다니 의외였다. 이 긴급한 때에 있을 수 없는 일이었다. 게릴라 사령관 이성운 본인 앞에서도 이렇게 거절하겠다는 것인가. 도저히 어쩔 수 없는 경우에는 즉시 밤길을 걸어 아지트로 돌아가야 하겠지만, 이성운의 아지트는 이미 다른 곳으로 이동해 있을 터라, 그리 간단하게 연락을 취할 수도 없었다. "이런 경우, 저라면 어떻게 할 것인지, 그런 비교의 문제가 아닙니다, 그렇지 않습니까. 그러나 이런 가정을 말해선 안 되지만, 저는 조직의 원칙에 복종할 것입니다, 할 작정입니다. 유 동지는 세포 책임자입니다. 성내 조직 상부의 읍당 위원장도 참여한 조직 결정을 거부한다는 것은 상상조차 할 수 없습니다. 유 동지, 그것을 지금 읽고 이상한 점은 지적해 주십시오. 전 시간이 없습니다."

"내용이 이상하다는 게 아니라 방법이오. 지금부터 어디로? 이 문제는 아직 결론이 나지 않았잖소."

지금부터 어디로? 이후의 일은 유성원의 소관이 아니었다. 서로 조직상 임무는 이 자리에서 끝난다.

"지시의 전달과 삐라의 인쇄, 배포를 끝까지 확인하는 것이 제 임무입니다. 결론의 문제가 아닙니다. 본래는 호소문의 문장을 내가 유 동지에게 건네주고, 한마디 전달사항을 덧붙인 다음 바로 헤어진다. 그것으로 끝나는 것이고, 길거리나 야외 연락의 경우라면, 1, 2분이면 일이 끝날 문제입니다. 메모를 안전하게 전달할 수 있다면, 엇갈리는 몇 초로 끝납니다. 제 손을 떠난 뒤에는 각자의 임무를 실천하는 것입니다. 유 동지, 이것은 우리들의 혁명의 요구입니다. 서로 조국 통일을 위해 싸우고 있습니다. 저를 곤란하게 하지 마십시오. 전 지금부터 일이 있습니다. 그것을 읽어 주십시오."

부르주아 자유주의, 반조직적 사상……이라고까지는, 서너 살 연장자인 유성원을 향해 말할 수는 없었다. 격해지면 서로 간에 그러한 말들이 오고 갈 것이다. 결과에 따라서는 중대한 당 규율 위반이 될 것이다.

"……" 유성원은 잠자코 고개를 끄덕였다. "아까, 김 동무가 쓰고 있을 때에 들었으니, 됐소."

유성원은 일어서서 창문으로 다가가 커튼과 유리창을 열었다. 차가운 밤공기가 장판으로 내려왔다. 그는 어두운 창밖으로 얼굴을 슬쩍 내밀고 나서, 창을 닫고 자리로 돌아왔다.

"유 동지, 해 주겠습니까? 힘드시겠지만, 우리들의 혁명을 위하여 성공을 빕니다. 전 삐라 배포를 확인하자마자 성내를 떠납니다."

이 이상의 문답은 계속할 수 없었다. 문답의 문제가 아니었다. 조직의 결정에 대한 복종, 실행이 있을 뿐이었다. 일각을 다투는 국면에서 거부는, 조직에 대한 적대, 배신, 기회주의, 반혁명이 될 것이다.

유성원은 담배를 물고 불을 붙인 뒤, 대학노트 한 장의 앞뒤 두 쪽에 적힌 호소문을 죽 훑어보더니 네 등분으로 접어 말없이 상의 주머니에 넣었다.

남승지는 안도와 함께 가벼운 감동의 파문이 가슴에 꽂히는 걸 느꼈다.

여덟 시 10분이었다.

유성원이 아직 시간이 조금 있으니 식사라도 하고 가는 것이 좋겠다고 말했지만, 남승지는 먹을 마음이 나지 않았고, 시간도 별로 없었다. 그는 탁자 위의 찐 고구마를 한 개 먹어 치우고 곧바로 일어났다.

두 사람은 방 안에서 굳게 악수하고 헤어졌다.

어둠 속에서 나온 젊은 교원이 남승지를 교문까지 배웅했다. 부디, 조심하시고.

교문에서 신작로 쪽으로 조금 떨어진 담장 옆에서 사람 그림자가 움직였는데, 다가온 것은 이방근이었다.

두 사람은 함께 신작로를 건너, 잠시 동문교 쪽으로 걷다가, 조금 전의 동국민학교 모퉁이를 오른쪽으로 돌아서 산지대를 향해 완만한 경사 길을 올랐다. 동문교에는 경찰 보초가 서 있고, 성내로 출입하는 차량을 확인하고 있다고 했다. 남승지는 마음이 든든했다. 이방근과 함께라면, 지금 여기에서 설령 경찰에게 검문당하는 일이 있어도 괜찮을 것이다. 이방근은 조금 전까지 양준오의 집에 있었는데, 그는 아홉 시 전에 집으로 온다는 것이었다.

　남승지는 자신이 집에 함께 가도 괜찮은지, 가장 마음에 걸리는 것을 물었다. 이방근의 아버지나 계모에게 발각되면 어떻게 되는가. ……오, 괜찮아. 다만, 집 앞에서 잠깐, 아주 잠깐만 기다리고 있어. 대문 옆 담장 밑에 서 있으면 돼. 내 뒤를 따라 함께 집으로 들어오지 말라구. 부엌이가 나오면, 상황을 물어보고 내가 신호를 할 테니까, 그때 안으로 들어와. 알겠지, 신호도 없이 쪽문이 안에서 잠겨 버린다면, 핫하아, 내쫓기면 어찌 하냐고? 그런 경우는 부엌이가 아니라, 새어머니가 나온 거겠지. 만약에 말야, 그리되면 옆 골목의 뒷문 쪽으로 돌아가는 거야. 인기척에 주의해서……. 뒷문? 뒷문……? 남승지는 머리를 탁하고 뭔가로 얻어맞은 듯, 심장이 덜컹덜컹 낡은 기계처럼 뛰었다. 옆 골목의 뒷문 쪽으로 돌아간다. 이방근이 자네가 알고 있는 뒷문이라고 말하지 않은 것이 그나마 다행이었다.

　"뒷문……."

　남승지는 간신히 한마디 중얼거리고, 상반신이 크게 흔들리는 듯한 감정을 추스려 균형을 유지했다.

　"그래, 그때는 몇 분 내로 안에서 열쇠를 열거야. 자네 쪽이 밖에서 문을 당겨 열고 들어오면 돼."

　"……"

무서운 말이었다. 그의 머릿속 스크린에 뒷문을 열고 몰래 들어가는 자신의 모습이 비치자 다리가 떨렸다. 일전의, 그러니까 지난 달 하순, 부엌이가 열어 둔 뒷문으로 이방근의 집에 잠입했던 것을 재연시키는 듯한, 그때의 일을 목격한 것 같은 이방근의 말이었다. 남승지는 지금 가슴 속에서 솟구치고 있는 심장의 모습까지 이방근이 꿰뚫어 보고 있는 것 같아 온몸이 떨렸다.

두 사람은 산지대를 바다 쪽으로 돌아 산지천 냇가로 나오는 관목이 무성한 벼랑 옆길을 내려갔다. C길로 이어지는 다리를 건넌 뒤, 도중에 오른쪽으로 돌아, 다른 길로 북국민학교 뒷길을 거쳐, 집 앞으로 통하는 골목으로 들어갔다.

집 앞에서 이방근이 초인종을 눌렀다.

잠시 후, 문 안쪽에서 가벼운 헛기침과 묵직한 발소리가 나는 듯했는데, 이방근이 어험…… 하고 헛기침으로 자신의 귀가를 알렸다. 대문 옆의 쪽문 열쇠가 풀리고, 이방근이 문을 열어 둔 채 안으로 들어갔다. 나온 것은 부엌이인 듯했다. 남승지는 안도했다. 아니, 이방근이 보는 앞에서 뒷문으로 들어가지 않아도 되는 것에 안도했다. 문을 그대로 두도록 제지하고서, 무언가 두세 마디 말이 오간 뒤, 이방근이 쪽문으로 얼굴을 내밀고 들어오라는 신호를 했다. 쪽문이라고 해도 등을 구부릴 정도로 작은 것은 아니었다.

남승지가 들어서자, 이방근은 오른쪽으로 가라고 말없이 턱으로 지시했다. 예전에 부스럼영감이 살고 있던 모퉁이의 별채 옆 헛간과, 이방근의 온돌방이 있는 바깥채의 벽 사이 통로를 들어가면, 이방근의 방 정원수가 있는 좁은 뒤뜰로 이어진다.

남승지는 그쪽을 향해 어둠 속을 돌아가고, 이방근은 이제 곧 양준오가 올 테니, 문의 열쇠를 열어 놓도록 부엌이에게 지시한 뒤, 자신의 방을 향해 안뜰을 걸어갔다.

좁은 통로는 캄캄했다. 어둠에 익숙해진 남승지는 벽을 따라 손을 더듬어 이방근의 방 뒤쪽 툇마루에 무릎이 닿자, 거기에서 잠시 멈춰 섰다.

방 안으로 사람이, 아마도 이방근이 들어오는 기척이 났는데, 온돌방 바깥쪽의 덧문이 열린 장지문 너머로 비친 전등 불빛이 무성한 정원수를 부드럽게 덮고 있었다.

이방근의 그림자가 비친 장지문이 열리고 그가 툇마루로 나왔다.

"오, 그곳에 있었나. 자, 일단 올라와. 잠시 여기에 있게."

남승지는 즈크화를 벗고 나서(양준오한테 받은 것인데, 성내에 오거나 할 때만 신고 있었다) 방으로 들어가 장지문을 닫았다. 불을 땐 온돌이라 장판에 닿은 발바닥이 따뜻했다.

"오늘 밤은 별채에서 묵게."

"옛, 별채……?"

서로 방에 우두커니 서 있는 채였지만 남승지는 거의 얼굴색이 변하려 하고 있었다. 움찔한 그 순간, 예리한 날붙이, 면도날이 스윽 하고 알몸인 가슴에 선을 긋는 아픔이 스쳐 갔다. 요 전날 밤, 몰래 숨어들었을 때 묵은 방이었다. 숨이 막혀 말이 나오지 않았지만, 이방근의 이야기는 계속되었다.

"그래, 부엌 뒤에 있는 별채 말이야. 양 동무와 할 얘기가 있겠지. 나중에 부엌이에게 안내하게 할 테니, 거기서 얘기하면 돼. 아버지는 귀가하셨고, 새어머니도 건넌방에 있으니 조심해 주게. 내가 돌아온 걸 알고 아버지가 이쪽으로 오실지도 몰라. 양준오가 온 걸 알면 더욱 그렇고. 여하튼 아버지가 그를 워낙 마음에 들어 하니까. 양준오와 별채에 가서 얘기하는 건, 건넌방이 잠든 뒤가 좋겠지. 그건 그렇고,

밥은 먹었는가?"

"아직 안 먹었지만, 고구마를 먹었습니다."

"고구마?"

"아까 그곳에서 식사를 준비해 주었지만, 시간이 없어서."

"그래서 고구마를 먹었단 말인가. 나중에 식사를 하게나."

서재 앞의 툇마루에서 부엌이의 목소리가 들렸다. 양준오가 온 듯했다.

"자넨 여기에 있어."

이방근은 서재로 가서 불을 켜고는 툇마루로 올라온 양준오를 안으로 들이고 문을 닫았다.

방으로 들어온 양준오가 온돌방의 남승지를 발견함과 동시에 서로에게 다가가 악수를 했다.

"오, 동무, 잘 왔네. 고생했어."

"승지 동무, 그쪽 불을 꺼주지 않겠나. 자넨 잠시 거기에 있어. 만일 아버지가 오시면, 그때는 신호를 할 테니 뒤쪽 툇마루로 나가서 기다리면 돼. 맹장지문은 이대로 놔둘 테니까."

불이 꺼진 온돌방에 열린 미닫이 사이로 서재의 불빛이 스며들어왔다.

손님인 양준오는 이방근과 마주 보고 소파에 앉았다.

"양 동무도, 여기에서 묵으면 돼. 옆방에서 나와 함께."

"예―."

"핫핫하, 불쌍한 승지 동무. 별채는 차가울 거야. 온돌을 땔 수도 없고……."

"훨씬 더 추운 곳에서 생활하고 있는 사람입니다. 그런 걱정은 필요 없겠죠." 남승지를 대변하는 모양새가 된 양준오는 본인 쪽을 향해 말했다. "이봐, 그렇지 않은가, 동무는 듣고 있었나?"

"말 그대로입니다. 산에 비하면, 두툼한 기와지붕 밑이라는 것만으로도 궁전이니까요. 방근 씨, 그런 걱정은 필요 없습니다."

"알았네."

소파의 두 사람은 잠시 동안 아무 말도 없이 잠자코 담배를 피웠다.

남승지는 방 한가운데에서 서재의 불빛이 비치지 않는 미닫이 그늘로 끌어당긴 탁자 앞에 앉아 있었다.

부엌이가 술과 식사를 가져온 모양이었다.

서재로 들어온 그녀의 동작은 미닫이 그늘에 가려 보이지 않았지만, 쟁반 위의 음식을 탁자에 옮기고 있음을 알 수 있었다. 돼지고기와 익은 김치 냄새가 서서히 형태가 있는 것처럼 감돌았고, 남승지는 무의식중에 거듭 솟구치는 끈적끈적한 침을 삼켰다. 배에서 소리가 요란하게 났다.

"술잔도, 젓가락도 두 사람 것밖에 없군. 부엌이……."

"예―, 손님은 한 분이시우다."

부엌이는 시치미를 떼고 있는 것이 아니다. 갑자기 남승지를 맞아들여 상당히 긴장하고 있는 것이었다. 남승지를 뒷문에서 집 안으로 들였던 부엌이는, 지금 남승지의 공범자로서 이방근 앞에 두 사람이 있는 것이다.

"옆방에도 계시잖아. 치울 때 조심하면 돼. 승지 동무는 아직 식사 전이야."

"예―."

방을 나간 부엌이가 다시 식사를 날라 올 때까지 시간은 걸리지 않았다. 안주인 선옥이 부엌에 드나들고 있다면 도저히 할 수 없는 일이었다.

온돌방의 탁자로 식사를 나른 부엌이는, 나중에 별채로 식사를 가

겨갈 생각이었다고 했다. 술잔이 딸려 있었지만 술은 없었다. 서재 탁자 위에 놓인 오지 주전자의 술을 함께 마시라는 것일 게다.

"술을 한 잔, 따라 줘."

이방근이 부엌이에게 명했다.

부엌이가 탁자에서 오지 주전자를 가지고 와, 남승지의 잔에 눌은 냄새가 섞인 향기 나는 소주를 따랐다. 그 손이 조금 떨리는 듯했고, 오지 주전자에서 떨어지는 방울이 술잔 가장자리를 적시며 빛났다. 원래 손님을 똑바로 쳐다보지 않는 것이 식모의 예의지만, 그녀는 아까부터 남승지의 눈길을 피하고 있었다. 그는 그것이 어쩐지 마음에 걸렸다.

돼지고기와 김치, 표고버섯 등이 들어간 찌개가 맛있다. 알코올기가 없는 몸에 술 한 잔이 들어가자 바로 취기가 돌아, 술은 그걸로 그만두고 식사를 했다. 위장으로 들어간 술이 식욕을 돋운다. 하얀 쌀밥, 반짝거리는 흰 쌀밥, 전복 젓갈, 삶은 양(소의 위장)을 초장에 찍어 먹는다. 아아, 언제 다시 이런 음식을 먹을 수 있을까.

남승지는 뚜껑이 달린 사발에 담긴 밥을, 두 번 다시 먹을 수 없을 것처럼 안타까운 심정으로 먹으면서도, 눈앞에 자꾸만 다가오는 유원의 얼굴을 털어 낼 수가 없었다. 가슴이 아팠다.

서재 맞은편 옆은 지금은 집에 없는 유원의 방이었다. 밤, 뒷문으로 들어왔던 밤, 그것은 그녀가 다음 날 서울로 출발하기 전날 밤이었다. 근처에서 경찰에 쫓겨 담을 넘어 집안으로 들어왔다고 부엌이로부터 듣고 놀라움을 금치 못했던 그녀. 그리고 단둘이 만날 수 있었던 기쁨. 심야의 포옹. 그저, 순간적인 포옹……. 남승지는 숟가락을 손에 든 채 먹는 것도 잊고, 머릿속에 퍼지는 강렬한 광경에 넋을 잃고 끌려 들어가고 있었다. 별채를 나와 유원의 방 뒤쪽 덧문을 두드려 겨우 들어갈 수 있었던 순간의 촛불 속 포옹. 머리카락이 흐트러진 새하얀 목덜미에, 머리카락을 헤치면서 머리를 묻으며 맡은 그녀의 냄새. ……약속해 줘요. 아무 짓도 하지 않겠다고. 덧문을 두드리는 내게 방 안에서 했던 그녀의 말.

난 머릿속에 각인된 것처럼, 내 목소리를 확실히 기억하고 있다. 그녀의 화끈거리는 귀의 열을 볼에 느끼면서, 난 진지하게, 그리고 숨 가쁘게 속삭였다. 아무 짓도 하지 않겠다고 약속할 테니까……. 약속할게요. 약속해……. 둘은 장판에 쓰러졌지만, 안돼요, 안 돼, 유원은 강하게 저항했다. 약속한다고 했잖아요. 아아, 그녀는 내게 사랑이 없는 것인가? 절망적인 기분에 빠지면서도 난 약속을 지킨 것이다. 그것이 잘 한 건지 어떤지 모르겠다. 이제는 언제 만날지도 모른다. ……필요하다면 모든 걸 버리고 게릴라에 가담할 생각까지 했던 유원이었다. 그래, 재능이 있는 그녀다. 서울에서 음악공부를 계속하여 훌륭한 음악가가 되어 줘. 언젠가 일본으로 유학하고 싶다고도 말했다…….

만나고 싶어도 만날 수 없는 일. 억제하려 해도 그 모습이 선명하게 눈앞에 떠오르는데, 그것을 현실로 바꿀 수 없는 안타까움. 마음을 담으면, 이 균열은 새까만 절망의 늪이 되어 잠겼다.

시간을 가늠한 부엌이가 남승지가 먹은 것을 정리하러 들어와 탁자를 원래대로 치웠다. 남승지는 술잔을 가지고 가라며, 쟁반에 식기를 정리하는 그녀의 손에 건넸다.

이방근은 부엌이에게 아버지는 무얼 하고 있는지 물었다. 그녀는 거실에 계신다……고만 대답했다.

"어쩌면 호출은 없을 것 같군. 양 동무가 와 있는 건 알고 계시겠지?"

"예―."

이방근은 거실의 불이 꺼지고 아버지가 안방으로 들어가면 알려 달라고 부엌이에게 일렀다.

　모레 24일을 기해서 게릴라 측의 선전포고, 그리고 그것을 알리는 호소문이 인쇄되어 그 삐라가 성내에 뿌려지는 것을, 조직의 중대 기밀이었지만, 남승지는 이방근에게 이야기해야 한다고 생각했다.

　그리고 양준오에게 입산 지시를 전달해야 한다.

2

　"예─." 분명히 이 집 부엌 쪽에서 부엌이로 보이는 목소리가 들렸다. 바로 누구에게나 들리도록 다소 큰 소리로 대답을 반복했다. "예─, 지금 가고 있수다."

　"어라? 부엌이를 부르고 있군, 무슨 일이지?"

　옆 서재에서 이방근이 말했다.

　남승지는 이유도 없이 묘한 불안에 휩싸여 거의 자리에서 일어나려고 했을 정도였다. 잠시 후, 발소리가 다가오는 듯했고, 온돌방의 남승지의 귀에도 분명하게 들릴 정도로, 틀림없는 부엌이의 황급한 발소리가 서재 앞까지 와 멈췄다.

　"서방님, 서방님."

　"왜 그래? 문 열어."

　미닫이가 열렸다.

　"주인마님께서 이쪽으로 오시고 계시우다."

　"뭣, 아버지가?"

　이방근이 목소리를 높였다.

"이봐, 승지."

양준오가 불렀다.

이방근이 일어나 온돌방으로 왔지만, 그때는 이미 남승지가 탁자를 재빨리 맹장지문 뒤쪽에서 방 한가운데의 원래 위치로 밀어 놓고, 방의 장지문을 열어 뒤쪽 툇마루로 나간 뒤였다.

"뒤에서 꼼짝 말고 있게. 괜찮을 테니, 집 밖으로 나가지 말고."

이방근이 남승지의 등을 향해 말했다.

남승지의 심장이 튀어나올 것처럼 심하게 요동쳤다. 그는 툇마루에 놓여 있던 즈크화에 발을 밀어 넣어 끈을 묶고 지면에 내려섰다. 이방근은 아버지가 올지도 모른다고 했지만, 양준오가 와 있는 동안은 특별히 볼일이 없는 한 오지 않을 것이라고도 했다. 그렇다면, 특별히 볼일이 있다는 것이 아닌가.

"테이블을 닦겠수다. 담뱃재가 이렇게 넘쳐서야."

부엌이는 의식적으로 쟁반과 행주를 가지고 왔을 것이다. 눈속임을 겸해서.

남승지는 툇마루를 더듬으며 어두운 뒤뜰을 희미한 실내 불빛이 창문 커튼에 배어나고 있는 서재 쪽으로 다가갔다.

"어험……."

서재 맞은편 툇마루 쪽에서 헛기침 소리가 났다. 이방근의 아버지, 이태수였다. 아이고, 주인마님이 오셨수다……. 방 안에서 미닫이를 여는 소리가 났는데, 아마 부엌이일 것이다.

"아니 손님이, 양 동무가 와 있었는가. 거기 앉게, 앉아……."

소파에서 함께 일어난 두 사람은 입구 쪽 소파에 나란히 앉고, 이방근이 앉아 있던 자리에 이태수가 앉았다.

"갑자기 방해해서 미안하군. 나는 금방 일어나 내 방으로 가겠네,

앗핫하……. 그런데, 아까 라디오 방송에서는 여수가 정부군에게 탈환되었다더군."

"여수가 탈환……? 그게 무슨 말씀이십니까?" 양준오였다. "그러니까, 정부군이 여수를 점령했다는 겁니까?"

"음, 그렇다네."

"그건 정부의 발표입니까?"

"오늘 오후, 여수경찰, 육해군부대 등의, 이른바 합류부대겠지, 그들이 진격해서 진압을 한 결과, 완전히 탈환했다고 분명하게 말했네. 순천 지방은 아직 격전 중이지만, 탈환은 시간문제라고 했는데, 자세한 건 모르네. 대강, 이 정도의 간단한 방송 내용이 정부 발표야. 이후의 뉴스는 내일 아침까진 알 수 없지만, 내일 중앙신문엔 꽤 자세하게 나오지 않겠나."

"예……."

남승지는 신을 신은 채 좁은 툇마루에 올라, 창문과 기둥 사이에 귀를 바짝 대고 있었는데, 정부군이 여수를 탈환, 분명히 이태수는 그렇게 말했다. 그 한마디에, 설마, 유언비어다, 거짓말이다, 라고 반발하면서도, 가슴에 커다란 못이 박힌 것 같아 한동안 움직일 수 없었다. 그는 맥없이 툇마루에 주저앉을 것 같았지만 겨우 버텼다. 털썩…… 하는 소리를 냈다가는 그것으로 끝, 이쪽의 숨결조차 들릴 만큼 가까운 거리의 이태수가, 뒤쪽의 인기척을 느끼고, 갑자기 누구냐! 하며 일어선다면……. 남승지는 침을 삼키는 것을 망설였다. 게다가, 냄새. 뭐냐, 이 냄새는? 뭔가 고약한 냄새가 나는데……라는 말이 이방근의 아버지 입에서 튀어나오는 것은 아닐까 하고 두려워했다. 노인의 코에는, 남아 있을 그 정도의 냄새는 닿지 않는 것인가.

아주 잠시 동안이었지만, 서재가 침묵에 휩싸였다.

"핫핫하, 재미있군, 양 동무, 그렇지 않은가 말야……." 이방근이 침묵의 위험을 제거하며 말했다. 분명히 딴청을 부리고 있었다. "오늘은 며칠인가. 22일인가? 그게 언제였나, 여수가 반란군에게 점령당한 것은. 어제, 아니, 그저께 20일이다, 통행금지를 실시한 날이지. 20일이 무슨 날인가 하면, ……그래, 내가 부산으로 배를 출발시키려고 생각하고 있던 참에, 화물선 운항도 갑자기 금지됐던 날이야. 어찌 된 일일까, 20일에 반란군이 점령하고, 하루 걸러 오늘 22일엔 국방군이 '탈환'했다니. 여긴 현지가 아니라 태평한 소리를 하고 있는 것인지도 모르겠지만, 이건 마치 아이들의 전쟁놀이로군. 안 그런가, 양 동무, 아니, 아버님, 죄송합니다. 아버님의 말씀은 틀림없는 것이겠지요."

"바보 같은 놈이, 내가 망령이라도 부린다고 생각하는 게냐. 나도 라디오를 들으면서 반신반의했지만, 선옥이도 들었다. 전란은 하루라도 빨리 끝나는 게 좋아. 그렇다고는 해도, 이게 어떻게 된 일이냐. 너무나 어이없어서, 난 마침 양 군도 와 있다고 해서, 일부러 얼굴을 내밀었다. 이게 도대체 어찌 된 일이냐?"

"어찌 된 일이라니요?" 이방근이 받았다. "아니, 어찌 된 일이 아니라, 정부 발표가 틀림없다면, 일단 반란군이 진압됐으니까, 평화가 찾아왔다는 것이겠죠. 아직 확실한 건 모르겠지만, 반가운 일입니다."

부엌이가 차를 가져온 모양이다.

반가운 일입니다……. 그럴 리가 없다. 남승지의 귀에 분명히 전해진 이 한마디 덧붙인 말은, 그의 마음에 고통스러운 울림을 불러일으켰다. 20일, 내가 부산으로 배를 출발시키려고 생각하고 있던 참에……. 배……. 산지대를 걸을 때에도, 배로 돈벌이를 생각하고 있다고 말하면서도 농담이라고 부정했다. 무슨 일일까, 부산으로 가는 배, 배…….

방 내부가 보일지도 모르는 곧장 뻗은 문 틈새까지 가려면 툇마루의 한가운데 근처까지 발을 뻗어야 하지만, 그곳은 마침 소파에 앉은 이태수의 바로 뒤여서 위험했다.

온돌방 쪽의 기둥과 창문 틈에서는 약간의 빛이 새어 나올 뿐 실내를 들여다볼 수는 없었다. 그러나 세 사람이 앉은 위치와 방의 분위기를 충분히 상상할 수 있었다.

"양 군, 담배를 피워도 괜찮아. 방근이에겐 전에 아버지 앞이라도 상관없으니 담배를 피워도 된다고 말한 적이 있지만, 음, 지금까진 피우질 않는군."

"제가 피우지 않는데, 아버지 앞에서 양 동무가 담배를 피우겠습니까."

"예, 그렇고말고요. 황송한 말씀이십니다. 요즘 세상에 자식이 아버지 앞에서 담배를 피워도 상관없다고 말씀하시는 분은 별로 없는데, 참으로 감사한 말씀입니다."

"난 그 정도는 이해하는데……."

더 이상의 정보가 없다면 빨리 안채로 들어가 주시면 좋을 텐데……. 오래 머물 것 같은 느낌이 들었다. 그것보다도 어쩐지, 이방근과 아버지 사이에 오가는 대화의 뉘앙스가 어딘가 예전과는 다른 건 어찌 된 일인가. 지금 갑자기 남 대하듯 꾸민 것은 아니다. 물론 이방근의 이야기 내용은 이 자리를 모면하기 위해 필사적인 것이었지만, 이야기 나누는 분위기에는 어떤 온화함이 있었다. 이방근의 말투는 여느 때처럼 무뚝뚝했지만(그것은 거의 의식적인 것이다), 그러나 아버지를 대하는 말투에 어떤 온화함을 느낄 수 있었다.

"준오는, 일본행은 어떻게 되었는가?"

"예, 가게 됐습니다……."

"아버지, 그 얘기는 상관없지 않습니까."

"어째서 그러냐. 넌 이상한 말을 하는구나. 친한 사이에 물어서 나쁠 건 없지 않느냐. 내가 부탁할 일이 있을지도 모르고, 어쨌든 말없이 가선 안 된다. 음, 준오. 흐-흠, 그런데, 만약에 아니, 만약이 아니라, 확실히 말해 순천도 탈환되고, 여수도 함께 평정된 다음엔 어떻게 될까. 제주도로 제14연대를 대신해 새로운 군대가 파견돼 올까? 어떤가."

"어느 지역의 군대가 될진 모르겠지만, 육지에서 토벌군이 증강되는 건 틀림없지 않겠습니까."

이방근이 말했다.

"그렇다면 뭐냐, 제주도에서의 토벌은 격해질 거라고 생각하는 거냐? 양 동무는 어떤가?"

"예, 반란군이 승리를 거두고 있는 동안은 아무래도 제주도 쪽이 허술해지겠지만, 저쪽이 정리되면 당연히 그것은 상식이라고 생각합니다만."

"음, 제주도에 대한 토벌전은, 점점 격심해질 거라는 말이로군. 나도 그렇게는 생각하고 있어……."

이방근의 아버지가 슬슬 자리에서 일어나려는 기색이 남승지가 숨어 있는 방 밖으로 전해져 왔다.

여수·순천 탈환……. 정말인가. 만약 사실이라면 이렇게 어이없는 일이 있을까. 남승지는 믿을 수 없었다. 탈환 사실보다도 반란군의 여수·순천 점령 자체가 모두 허구였던 것은 아닐까. 목격하지 않은 반란의 상상이, 얼마나 실체가 없는 것인가. 사상누각보다 더 맥없이 무너져 사라지다니. 이건 뭔가에 속은 것이다. 그렇다고 해도, 어쩌면 이리도 허술한 정세 판단인가. 성내로 오는 도중에, 여수·순천의 반란이 언젠가 유원과 버젓이 만날 수 있는 계기가 될지도 모른다…… 는 생각을 하기도 했는데, 이 얼마나 바보 같은……. 남승지는 군침처럼 쓴물이 입에 고이고, 쓴웃음이 나왔다.

이방근이 어두운 장지문을 열고 남승지를 부른 것은 10분 정도 지나서, 아버지가 건너채로 들어간 것을 확인한 뒤였다.

부엌이가 와서 뒷정리를 한 뒤, 술병과 술잔 두 개를 남겨 두고, 남은 음식도 모두 쟁반에 담아 나갔다.

"이쪽 방으로 오게." 이방근은 조금 전까지 아버지가 앉아 있던 소파로 자리를 옮기고, 남승지는 양준오와 나란히 앉았다. "이제 괜찮아. 무슨 일이 있으면 부엌이가 올 거야. 자아, 양 동무, 한잔해야지. 불청객인 아버지의 방문으로 술이 완전히 깨 버렸군."

양준오에게 술을 따른 이방근은 그가 따른 술을 받아 꿀꺽 들이켰고, 이번에는 남승지에게 잔을 건네 거기에 얼마 남지 않은 술을 따랐다.

남승지는 한 모금 머금었지만, 그 이상은 마시지 않았다. 몸이 술을 거의 받아들이지 않았다.

"준오 형, 지금 내가 이렇게 옆에 앉아 있으면 뭔가 냄새가 나요?"

남승지가 양준오를 보고 말했다.

"냄새가 나냐고? 응, 나지."

"역시 그렇군. 어떤 냄새요. 물론 악취겠지만."

"핫하아, 신경 쓰지 마. 이상한 비유지만 서울역이나 종로 사거리의 거지, 때가 잔뜩 낀 부랑자의 냄새에 가깝다고나 할까. 그 정도로 심하진 않지만 말일세."

언젠가 이방근이 비슷한 말을 했었다.

"저는 옆방에 남아 있을지도 모를 악취를 방근 씨 아버님이 맡으신 것은 아닌지, 벌벌 떨고 있었습니다."

"잔향이 아니라, 고약한 냄새의 흔적 말인가. 설마, 거기에 분뇨를 흘린 것도 아닐 테고, 탁자 위엔 강한 소주 냄새가 떠다니고 있어서……. 코를 벌름거리면서 뭔가 냄새를 맡으려는 기색은 없었어. 그 정도로 게릴라의 흔적을 탐지할 수 있다면, 셰퍼드가 아닌가. 그런데 당연한 걸 굳이 물어보지만, 동무는 여수·순천의 반란을, 즉 산조직에선 그 사실을 알고 있었고, 그래서 동무도 성내로 왔겠지?"

"예, 그렇습니다."

"아마, 밖에서 들었겠지만 말야, 잘 들렸나, 후후, 도청을 잘 했는지 모르겠군. 어쨌든, 아버지가 라디오를 들은 바에 의하면 여수가 정부군에게 탈환되고, 순천도 머지않아 그리된다는 것 같더군. 여기서 얘기하는 말이 들렸나?"

"예, 역시 그렇군요. 탈환이라느니, 그런 얘기를 들었습니다."

"음, 역시 듣고 있었군. 얘기는 그것뿐이야. 자세한 건 몰라. 자세한 것이라기보다, 일의 전말을 알 수가 없어. 정부 발표는 아마도 사실이 겠지. 반란 사실을 인정하고 여수·순천의 반란군에 의한 점령을 공표 했으니까, 탈환이라는 것도 거짓은 아닐 거야. 사실이 아니라면, 여수·순천 시민들이 가만히 있을 리가 없잖나. 하루 만에 사태가 뒤집 어지다니, 이건 정말 무모한 반란이라고 할 수밖에 없겠어. 이봐, 양 동무, 이것이 사실이라면, 아니, 환상은 안 돼, 사실로 인정해야만 하네, 이래도 혁명인가?"

"순천 지구에서는 격전이 계속되고 있질 않습니까?"

남승지가 말했다.

"그래, 라디오의 간단한 방송만으로는 알 수가 없지. 그러나 정부군이 탈환한 건 사실이겠지요. 그리고 다시 반란군이 '탈환'한다든 가……."

양준오가 말했다.

"이봐, 농담은 그만두게. 핫, 하아, 농담할 상황도 아니지만 말야.

아니면 양 동무도 가끔 공상가가 된다는 말인가. 지금, 승지가 격전 중이라고 했는데, 그것을 승리를 향한 격전이라고 받아들이고 싶은 건가? 그것이 혁명적 낙관주의일지도 모르지만, 도가 지나치면 그 낙관과 희망은 환상이 되겠지. 적은 강대하다네. 부분적인 봉기로는 어떻게도 안 돼. 이 제주도의 봉기도 말일세. 아니, 아니야……(이방근은 말꼬리를 흐렸다). 군대가 전국적으로 봉기할 것이라고 혁명가들은 생각하고 있는 것일까. 원칙, 원칙은 관념이 되는군. 공상, 공동……. 아아, 난 무슨 말을 하고 있는 걸까. 그러니까, 이게 혁명이라는 거라구. 헤헤……."

이방근은 자조적으로 가볍게 웃었다.

양준오는 잠자코 있었지만, 남승지는 분한 기분이 들었다. 그야말로 독설, 평지에 있는 인간의, 아마도 본심이 아닌, 제멋대로 빈정거리듯 무책임하게 내뱉는 말, 그 웃음도 불쾌했다. 남승지는 옆에 있는 양준오의 빈 잔에, 자신이 들고 있던 술잔의 술을 따르고 나서, 잔을 이방근에게 되돌렸다. 그리고 거의 다 마시고 없는 술병의 술을 따랐다.

"안 마시나?"

"예, 술이 독해서."

남승지는 이방근의 말에 가시가 돋아있음을 느꼈다. 그러나 그것은 그렇게 느끼려고 했기 때문이지, 실제로 그 말에 가시가 있었던 건 아니었다. 핫하, 그렇겠지, 술을 한동안 마시지 않으면 그렇게 되는 법이야…… 하며 계속된 그의 말에 마음이 풀렸으니까.

세 사람은 잠시 침묵을 지키고 있었다. 시간은 열 시에 가까웠다.

남승지는 탁자 위의 담배 케이스에서 담배 한 대를 손가락으로 집어 물었다. 성냥을 그어, 코끝을 뜨겁게 달구는 불꽃을 담배에 가까이 댄다. 어떤 절망의 순간이 찾아온 것과 닮은, 사려를 배제한 무기력한 침묵이었지만, 서로 간에 의식하고 있었고, 오랫동안 견딜 수 있는 그런 침묵은 아니었다. 아직 확실하지 않은 일이다. 희망을 갖고 싶다. 혁명의 연대(連帶) 봉기! 동족상잔의 제주도 출병 절대 반대! 하늘을 울리는 이 소리는 도대체 어디로 간 것인가. 동족상잔, 새로운 아수라장의 출현. 반란군의 제주도 상륙, 그리고 게릴라와의 합류에 대한 희망은 무너졌다.

"어험······."

헛기침이 방에 조용히 울리고 이방근이 술잔을 기울였다. ······다시 침묵으로. 호수가 던져진 돌을 집어삼키고, 침묵으로.

남승지는 침묵의 밑바닥에서 이는 소용돌이로 휩쓸려드는 것 같으면서도, 이성운 명의의 선전포고와 호소문 인쇄에 대해, 역시 이 자리에서 이야기해야 한다고, 지금 스스로 다잡고 있었다. 말하는 편이 좋다. 말해야 한다. 반혁명적인 언사를 늘어놓지만, 반혁명분자는 아니다. 동지인 것이다. 그러나 비판은 비판으로써 분명하게 하도록 해야 한다. 이방근의 아버지가 갑자기 오는 바람에 방을 뛰쳐나갔기 때문이기도 했지만, 이야기하려고 마음먹은 것이, 이태수의 여수 탈환······이라는 한마디에 기세가 꺾여 버리고, 선전포고를 입에 담을 뜨거운 마음도 식어 버리고 말았던 것이다. 그건 안 된다. 절대 안 된다.

"남 동무."

이방근은 성대에 다소 알코올이 배어든 목소리로 말했다.

"옛······."

자신의 내부에 들어 가있던 남승지는, 등이라도 얻어맞은 것처럼 화들짝 놀라 등을 펴고 이방근을 보았다.

"일전에 자네가 온 게 언제였지?"

"······성내에 말인가요. 지난 달 20일 지나서니까, 딱 한 달 됩니다."

"흐음, 벌써 그렇게 됐나. 그래, 그땐 마침 유원이가 와 있을 때였지. 생각해 보니, 난 이달 초부터 서울에 가 있었군. 지난 달 20일 지나서라면, 벌써 한 달이 되네. 서울……. 서울, 제주……."

뭘까, 서울, 서울, 제주라는 혼잣말은.

"서울에서 유원 동무는 잘 지내고 있습니까?"

마치 지구 끝에 있는 사람의 소식이라도 묻는 기분이었다. 마침 유원이 와 있던 때였다고 이방근이 입에 올린 유원의 이름에, 남승지는 움찔했지만, 그 순간 유원의 안부를 물을 생각은 없었다. 묻고 싶다……고 고개를 쳐든 욕망을 억누른 것이었다. 아마 서울이란 지명이 나오지 않았다면 묻지 않고 지나쳤을 것이다. 서울 운운한 것이 구조선이 되었고, 거기에 올라탄 것이었다.

"아아, 잘 지내는 것 같아. 아니, 내가 서울에 갔을 땐 잘 지냈지. 지금도 건강하게 잘 지내고 있을 거야. 잘 지내고말고……."

뭐지? 이방근의 말투는 여느 때와 달리 어색했다. 이 자리의 분위기 탓이기도 했겠지만, 이방근은 유원의 이야기를 그 이상 언급하지 않았다.

"술을 좀 더 하지 않겠나? 승지는 마시지 않겠지만."

양준오는 말없이 고개를 끄덕였다. 그는 아까부터 아무 말도 하지 않았다. 그저 시간이 가는 것을 가만히 보고 있는 것처럼. 아니면, 머지않아 정해진 시간이 오는 것을 기다리고 있는 것처럼.

"승지 동무는 다음에 언제쯤 올 수 있나. 예측이 가능한가?"

"……예측?"

남승지로서는 의미가 명확하지 않았지만, 그때가 돼 봐야 알 수 있다고 대답했다.

"그때가 돼 봐야……. 흐음, 그렇겠지."

"이 형." 양준오가 이방근이 말하려는 것을 알아챘다는 듯이 확실하게 말했다. "그런 이야기는 그만둡시다."

"오, 그렇지. 하지만 난 자네가 지금 생각하고 있는 걸 얘기하려고 한 건 아니야."

"……" 남승지는 두 사람의, 옆의 양준오와 이방근의 얼굴을 쳐다보았다. "그런 이야기라니 무슨 말입니까."

"아니야, 아무것도 아닐세. 비밀 얘기도 아무것도 아니니, 남 동무, 신경 쓰지 말게. 말하자면, '혁명논쟁'이라고나 할까. 일전에 둘이서 토론을 했는데, 그 얘기네. 여기에서 다시 문제 삼을 만한 것도 아니야. 어쨌든 이 나라에서 반정부 무력봉기가, 육지에까지 이른 건 틀림없는 사실이네. 결과는 별개로 하더라도 말이야. 그러나 아까 아버지 말씀 때문은 아니지만, 여수 탈환으로 제주도에서의 토벌은 기세가 오를 게 틀림없네."

흐음. 이방근은 크게 한숨을 토해 내고 소파에서 천천히 일어서면서 탁자의 오지 주전자를 들었다.

"이 형은 앉아 계세요. 제가 갔다 올 테니."

양준오는 이방근을 제지하고 오지 주전자를 받아 들고는 남승지를 향해, 문을 열 테니 옆방으로 가 있으라고 말하자, 두 사람이 함께 소파에서 일어섰다.

양준오는 의식적인 것인지, 서재의 미닫이를 열어 놓은 채로 나갔다.

이윽고 오지 주전자를 쟁반에 얹은 부엌이와 함께 돌아온 양준오가 아직 아버님은 안 주무신다고 했다. 아버지가 계신 거실의 불빛은, 양준오가 서재의 문을 열었을 때, 어두운 안마당 너머 이방근이 앉아 있는 자리에서도 보였다.

부엌이가 온돌방에 잠자리를 펼지 물었지만, 이방근은 벽장의 이불을 밖으로 꺼내두라고 이르고, 자리를 소파에서 온돌방으로 옮겼다.

탁자에 있는 것은 담배 케이스와 재떨이. 술병과 두 개의 잔. 이불을 장판 위에 내린 부엌이는 뒤쪽 장지문과 안뜰과 접한 쪽 장지문의 바깥 덧문을 닫았다. 서재의 불빛이 꺼지자, 방 밖은 밤의 어둠에 묻혔다.

중산간지대의 무허가 통행금지가 실시된 20일 이후, 성내에서도 야간 통행금지는 오후 아홉 시부터 시작되었고, 열 시면 농촌은 아니지만 시골 읍인 성내에서는 늦은 밤이었다. 라디오 방송도 아홉 시면 끝나기 때문에, 이방근은 아버지가 다시 이쪽으로 얼굴을 내미는 일은 없을 거라고 생각했을 것이다. 그는 서재를 나가는 부엌이에게, 아버지 방의 불이 꺼지면 알리도록 다시 일렀다.

"부엌은 남포등이라서 말야. 처음엔 어두워서 잘 보이지 않았어. 어때, 좀 마시겠나?"

탁자 앞에 남승지와 나란히 앉은 양준오가 말했다.

남승지는 고개를 가로저었다. 술을 마시고 싶지 않았다. 원래 이방근 같은 주호, 술 없이……라는 애주가도 아니었고, 벌써 오랫동안 술과 절연 상태였기에, 아까 조금 마신 것만으로도 부정맥처럼 가슴이 두근거리고 몸의 상태가 나빠지기 시작했던 것이다.

탁자를 사이에 둔 세 사람의 위치는, 조금 전 소파에서와 마찬가지로 뒷마당 쪽을 등진 이방근과 두 사람이 서로 마주 보며 앉아 있었다.

"방근 씨." 남승지가 말했다. 눈앞의 모든 것이 사실이고, 모든 것이 진실이라고 해도, 지금의 그는 납득되지 않는 격한 생각을 하고 있었다. "아까, 정부군의 여수 탈환으로 제주도 토벌이 기세가 오를 것이라 아버님이 말씀하셨습니다만, 저는 지금 여수 탈환 그 자체를 믿지 않습니다. 정부 발표는 사실일 것이라고 방근 씨는 말했지만, 제주도 봉기에 대해서 정부 측은, 지금까지 몇 번이나 반복해서 완전 소탕했다고 엉터리 발표를 해 오지 않았습니까……."

"음." 이방근은 가볍게 고개를 끄덕였다. "필시 그 정부발표는 사실일 거야."

"예, 그럴지도 모릅니다. 하지만, 준오 형이 반란군은 여수를 탈환할 것이라고 말한 것을 방근 씨는 부정했지만, 지금은 일시 후퇴라는 것도 생각할 수 있겠지요."

"'일보 후퇴, 이보 전진'이라는 것도 있을 수 있지. 그러나 그건 계산된 전술상의 후퇴를 말하는 것이고, 여수의 경우는 그러한 계산에서 진행된 건지 어떤지, 그건 나로서도 알 수 없는 일이야. 모든 게 몇 줄밖에 안 되는 신문 기사 정도의 뉴스방송을 전제로 하고 있으니까. 어쨌든, 전술상의 일시 후퇴라면, 곧 다시 반란군에 의해 완전 점령되는, 양 동무가 말한 탈환이 되겠지. 그러나 문제는 국지적인 여수 지구만의 일이 아닐 거야. 여수·순천 봉기만으로 강대한 적에게 이길 리가 없지 않은가. 배후에 얼마만큼 조직적인 군사력이 있고, 얼마만큼 냉정한 조직적 판단이 이루어지고 있는가 하는 것이네. 어떠한 조직 결정으로 이번 봉기가 이루어졌는지, 나 같은 사람이 알 바는 아니지만, 어쨌든 싸움에선 승리해야겠지. 그걸 위한 싸움이지 않나. 내가 말하긴 부끄럽지만, 핫하아, 동무들이 말하는 혁명적인 낙관주의, 이러한 주의, 정신, 이 모두 혁명의 승리를 위한 게 아닌가. 낙관주의는 변덕과는 다르네. 일시적으로, 충동적으로 봉기해서 될 일이 아니지. 동족상잔의 제주도 출병, 결사반대의 봉기에, 난 제주도 사람으로서 몸이 떨릴 만큼 감격도 했어. 그러나 감격만으로는 해결되지 않아(남승지는 이방근이 이러한 표현을 하는 것에, 전염된 듯 감동하여 한순간 가슴이 뜨거워졌다). 실제로 반란이 성공해서, 그 목적이 현실화되지 않으면, 패배해선 말이 안 되는 거야. 다만, 내가 말하고 있는 건 어디까지나 탁상공론, 정부군의 여수 탈환 뉴스를 근거로 한 얘기지만 말일세."

"아니오, 탁상공론이 아니라고 생각합니다. 그게 사실인지 아닌지. 그리고 지금은 사태가 끝난 것이 아니라, 전개 중, 투쟁이 한창입니다. 혼자가 아닌, 상대가 있는 것이고, 싸워 보지 않으면 결과는 알 수 없겠지요."

"과연, 그건 그렇군. 무엇이든지 해 보지 않으면, 구체적인 결과를 알 수 있는 건 아니지. 일전에 양 동무도 비슷한 얘기를 했지만(이방근은 양준오를 보았다. 양준오는 말없이 고개를 끄덕였다), 그러나, 그건 경험주의라는 것이야, 안 그런가. 무엇이든 해 보지 않으면 모른다……. 그건 그렇지. 하지만, 우리가 모든 경험을 할 때까지, 시간이, 시대가, 인생이 기다려 줄까. 해 보지 않으면 모른다……고 말하고 있는 사이에, 우리들은 파멸해 버리고 마는 경우도 있겠지."

"제가 지금 말하는 건 그런 것과는 의미가 다릅니다……."

"예를 들어 하는 말이야. 그렇지 않은가. 그 다음의 가능성, 결과를 그것이 오기 전에 예측하고, 위험이 있을 것 같으면, 그걸 사전에 피하는 게 인간이지 않은가. 객관적 정세의 분석, 판단, 주객(主客) 사이의 역학 관계, 거기에서의 주체적 조건 말이네. 내가 말하는 건 일반론이야. 그래서 동무와도 이렇게 얘길 나누고 있는 것이고. 그래서 주관적이지 않은, 실제로 싸우는 혁명조직의 '과학적'인 정세 분석이나 판단이 문제가 되겠지. 거기에서 혁명조직의 전략, 전술이 나올 테니까. 그리고 정세가 아무래도 불리하다면, 그 싸움은 피해야 하네. 전략, 전술의 전환 말야."

"그것은 알고 있습니다." 남승지는 이방근의 말을 들으며, 머릿속에서 반론할 초점을 쫓고 있었다. "묻고 싶은데요, 방근 씨는 여수 봉기를 부정하는 겁니까?"

"뭐라고? 후후……. 거의 막말이군." 이방근은 남승지를 매섭게 노려보면서 말했다. "누가 부정한다고 했나. 그러나 말이지, 패배한다면 부정하겠지."

"……" 패배한다면 부정……. 이방근의 말이라고는 생각할 수 없었다. "패배한다면 부정한다니, 너무나 현실적이지 않습니까. 그것이야말로 결과론이고, 기회주의, 적어도 기회주의적인 견해가 아닙니까. '이기면 관군(官軍)이고, 지면 역적'이라는 식이군요."

"'이기면 관군……', 그렇게 내 말을 받아들이면 안 되네. 음, 내가 기회주의자로 보이나. 슬픈 일이군. 핫하아. 유감스럽지만, 내가 얘기하고 있는 건 동무 입장에서 본다면 그럴지도 모르겠군. 한마디로 말한다면 간단하게 패배할 싸움은 하지 말라는 것이야. 개죽음 당하지 마라. 싸움의 승패에는 물론, 우연적인 요소가 크게 작용하지만, 그러나 모든 게 우연에 좌우되는 건 아닐세. 난 기대하고 있어……."

"쉬-잇."

양준오가 이방근의 어깨 너머로 뒷문 쪽을 응시하며, 검지를 자신의 입에 대었다. 남승지는 움찔하며 순간적으로 경계를 취했다. 복수의 고무 밑창 신발 소리가 뒤뜰의 담장 너머로 다가왔다. 두세 사람, 둘이 아닌 셋이나 네 사람일 것이다. 말없이 골목을 집 앞길 쪽을 향해 갔다.

"밖에서는 캄캄할 거야. 빈집이 아니니까 불빛이 약간 새는 건 괜찮아." 이방근이 말했다. "승지 동무의 표현대로라면, 내게는 기대할 게 없다는 말이 되겠군. 여수·순천뿐만 아니라, 군이 광범위하게 반란을 일으키려는 조직적인 계획이 있었고, 그것이 민중봉기로 연결되는, 이른바 지금 현실적으로 혁명적 기반이 있는가, 없는가. 그게 있다면,

약간의 마이너스적인 우연성이 작용하더라도, 여수가 도화선이 된 반란은 성공하겠지. 해방 후, 2, 3년 사이에 혁명 세력은 미군정하에서 거듭 탄압을 당해 비합법이 되고, 제주도에서도 그렇듯이 '서북(서북청년회)' 등의 테러로 많은 혁명세력이 파괴된 건 다 아는 사실이야. 남아 있는 혁명세력을 함부로 노출시키지 말고 유지해야 한다는 것이지. 이건 조직의 원칙이 아닌가. 그러나 만일 뉴스가 사실이라고 가정하고, 봉기가 2, 3일로 패배를 당했다면, 결코 남의 일처럼 말하고 있는 건 아니지만, 그건 주관적인 봉기, 모험주의일세."

"으―음, 방근 씨가 말하는 것은 압니다. 그러나 그렇게 단정할 수 있습니까? 그렇다면 제14연대 제1대대에 대한 여수 출항 명령에 따라 제주도로 출동했어야 한다는 겁니까?"

"……" 이방근은 말문이 막혔다. "그건 어렵군. 단정하는 건 아닐세. 물론 출동을 거부해야겠지, 거부하고 반란을 일으킨 것을 부정하지는 않아. 그러나 결과를 말하고 있는 것이야. 무서운 일이지만 결과가 무참한 패배라면, 그 결과 자체가 객관적 조건을 벗어난 주관적 모험주의를 나타낸다는 것일세. 그리고 또한 제14연대를 대신한 다른 지역의 연대에서 군이 제주도로 출동해 온다는 거야. 알겠나, 나도 미국의 지배하에서 조직의 조선 혁명 기본노선을 부정하지 않아. 이건 민족해방의 과제이기도 하니까. 소련은 이번 12월에 '북'으로부터의 철군 성명을 발표하고, 미국에게 동시 철군을 요구하고 있음에도 불구하고, 미국은 응하려고도 하지 않네. 도대체 우리 조선인에게 있어 미국이란 무엇인가. 반 미국, 반 이승만의 애국 투쟁, 북의 공화국 옹호, 그리고 조국 통일이라는 남로당(남조선노동당)의 노선은, 목적 달성까지는 불변일세. 그 노선에서 싸우는 게 조직과 조직원의 원칙이라고 생각하지만, 그 개개의 대처 방법은 바뀌어 되겠지. 자네도 조직원의 한 사람이야. 조직원은 때론 원칙의 궤도에 올라 있으면 안전한 법일세. 혁명노선이라는 궤도. 현실의 상황이 바뀌고 있는데도 노선이, 아니 노선의 구체적인 적응이 바뀌지 않고 있어. 하긴, 말로 하는 건 쉬운 일이지만."

"구체적인 적응이 바뀌지 않는다는 것은 무슨 말입니까?"

"여수 사건 자체를 말하는 거야. 결과를 보지 않으면 모르는 일이고, 우리들은 결과를 볼 수밖에 없지만, 패배가 사실이라면 제주도의 전철을 밟게 될 것이라는 점도 생각할 수 있겠지. 난 그걸 우려하고 있네."

"······제주도의 전철을 밟다니 무슨 뜻입니까?" 제주도의 전철······. 남승지의 머리에 검은 의문의 그림자가 내달렸지만, 무슨 뜻인지 영문을 알 수 없었다. "전철을 밟다, 제주도 봉기는 실패라는 겁니까?"

"아니, 그렇지 않아. 성공이라고 말할 수 없을 뿐이지······."

"방근 씨는, 아까부터 이야기가 어쩐지 비관적, 패배주의적인 느낌이 드는군요."

"으-음, 패배주의라. 과연, 남승지의 입에서 이 한마디가 나오는군. 적중했네. 그래, 내가 생각하는 걸 안다면, 완전히 패배주의가 되겠지. 그리고 남 동무는 당장에 소리 높여 외칠지도 모르지, 핫, 핫하, 패배주의는 곧 반혁명······."

"이 형, 탈선하시는 겁니다."

양준오가 제지하듯 말했다.

"응? 음, 그래······."

이방근은 수긍했다.

"준오 형, 어떻게 된 거예요. 왜 이야기를 막아요. 뭔가 있어요?"

"아무것도 아니야. 말을 막는 것도 아니고. 아까 이 형이 말한 것처럼, '혁명논쟁'을 해 봐야 소용이 없어. 소용이 없다기보다도, 구체적으로 여수 사태가 어떻게 돼 가고 있는지, 그걸 생각해야지. 이 형에게 패배주의라니 무슨 소리야. 그렇잖아. 그런 '논쟁'을 그만두자는 거야. 남 동무가 말하듯이 나도 정부군의 여수 탈환이라는 것은 당장은 믿기 어려워. 하지만 그것은 내일이 되면, 그리고 며칠 지나면 명백해지겠지. 외딴 섬인 제주도처럼 언제까지 계속 정보를 은폐할 순 없을 테니까."

"그래, '논쟁'은 그만두세. 양 동무가 말하려는 것도 알고 있어. 전철을 밟는다고 한 건 나의 실언이야⋯⋯."

남승지는 이방근이 양준오에게 지적을 받고, 지금 말꼬리를 흐리고 있는 것이라고 생각했다. 양 동무가 말하려는 것도 안다는 것은 무슨 말인가. 실언⋯⋯. 실언이야말로 중요하지 않은가, 제주도의 전철⋯⋯. 뭔가 이 자리에서, 내 앞에서는 말할 수 없는 것이 있는 게 아닐까. 그것이 이야기를 중단시킨 것이다.

그러나 남승지는 두 사람이 서로 말꼬리를 흐리고 있는 그 무언가를 추궁하려 하지 않았다. 나중에 양준오와 단둘이 있을 때 물어도 되는 것이라면, 그때 이야기를 들어야겠다고 생각했다. 무슨 일일까. 자신에게 해로운 게 아니라는 것을 알면서도, 마음에 걸렸다. 그렇지만, 여수 봉기가 패배한다면 부정하겠다는 이방근의 말투는 폭언이 아닌가. 폭언, 말만 그렇다면 차라리 괜찮다, 생각 그 자체가 그렇다고 한다면⋯⋯. 아직 잘 모르겠다. 본심이라면 용서할 수 없다.

"담배 연기가 가득하군. 잠시 문을 열까. 양 동무, 괜찮아. 내가 열지."

이방근은 손가락에서 타들어 간 담배꽁초를 재떨이에 천천히 힘을 주듯 끄고 일어나, 반쯤 열린 맹장지문을 활짝 열고 불빛이 없는 서재로 갔다. 그리고 온돌방에서 반사된 불빛에 의지하여 미닫이를 양쪽으로 조용히 열고, 차가운 밤공기를 품은 바람을 방으로 들였다.

기분 좋은 밤공기가 따뜻한 온돌방으로 흘러들어와, 이방근과 대화를 주고받으며 다소 흥분해서 달아오른 볼을 어루만지는 것이 상쾌했다. 담배의 맵싸하고 누릿한 냄새가 밤기운에 씻겨 제거라도 된 듯했다.

이방근은 잠시 열어둔 문 입구에 서서, 어두운 안뜰을, 그리고 별이 없는 하늘을 올려다보고 있었다. 패배주의…… 이방근이 그렇게 생각하도록 만들었기 때문에 터져 나온 말이었지만, 존경하는 선배에게 실례되는 표현이었나. 패배주의는 곧 반혁명! 나는 결코 소리 높여 외치지 않을 것이다…….

"아버지는 무얼 하고 있을까. 아직 안 주무시는군."

이방근의 혼잣말.

그래, 정말 '논쟁'을 그만두자. 그리고 별채로 가기 전에, 이방근에게, 당연히 양준오도 알 필요가 있는 일이니, 이 자리에서 이방근에게 이야기해야 한다. 이성운 게릴라 사령관의 선전포고에 대해서, 그리고 입산 지시가 있다.

이방근이 툇마루로 나갔다. 툇마루의 삐걱거리는 발소리가 멀어졌는데, 부엌에라도 갔을 것이다.

잠시 후 부엌 쪽에서 인기척이 나고, 부엌이도 함께 나온 듯했는데, 건너 채에서 갑자기 부엌아ㅡ, 하고 이방근의 아버지가 부엌이를 부르는 소리에, 남승지는 깜짝 놀랐다.

"예ㅡ."

부엌이가 이태수가 있는 거실 쪽으로 갔지만, 방의 미닫이 너머로 뭔가 한두 마디 응답을 하고는 이쪽으로 오는 듯했다.

"……준오 형, 방근 씨가 자리로 돌아오면, 꼭 해야 할 이야기가 있어."

"응? 무슨 일인데. 좀 전의 '논쟁'에 관한 것인가?"

"아니, 달라요. 그런 일이 아니고, 조직의 중요한 결정이에요. 오늘은 조직의 그 결정 때문에, 여자중학교의 유 동지와 만났어요."

"조직의 중요한 결정? 이 형은 우리와 달라."

우리와 다르다는 것은 당원이 아니라는 의미였다.

"그건 당연히 알고 있어요. 준오 동지에게도 전해야 될 것도 있고."

"음, 그렇다면 남 동무의 판단대로 해. 함께 듣자구."

"그리고 별도의 전달사항이 있어요. 여자중학교에서 준오 형 집으로 갔어야 했지만, 방근 씨를 우연히 만났어요. 그래서 준오 형을 이쪽으로 부르기로 한 겁니다."

이방근이 방으로 돌아왔다. 부엌이가 뒤따라 들어왔다. 탁자에 물주전자와 컵 두 개, 말린 대추를 담은 접시가 놓였다.

"헤헤, 아버지가 부엌이에게 아직 모두 자지 않느냐고 물었다네. 걱정하지 마. 모두라고 해도 남 동무는 들어가지 않으니까. 빨리 주무시는 게 어떠냐고 이쪽이 말하고 싶은 참인데 말야. 양 동무는 자고 가는 거냐고……. 정말, 대단한 집념이셔."

이방근이 웃었다.

부엌이가 방에서 나갔다.

남승지는 눈앞의 자리로 돌아온 이방근과 마주하자, 갑자기 조금 전까지 없던 압박감을 느꼈다. 갑작스러운 정부군의 여수 탈환 뉴스. 이방근의 여수 사태에 대한 부정적인, 결코 부정이 아니라고 해도 적극적인 긍정은 아닌 이야기 뒤에, 제주도에서의 선전포고 이야기를 꺼내는 것이, 처음의 마음과는 달리 스스로도 석연치 않았다. '동지'적인 감정의 상실……. 조직적으로 그를 믿지 않기 때문이 아니었다. 적어도 이 순간, 고조된 감정이 사라져 있었다. 제주도의 전철……이라니 무슨 말인가. 원래 과묵하다고는 해도, 양준오의 침묵은 뭔가 그 '제주도의 전철을 밟는다'는 것과 관계가 있는 건 아닐까.

"이 형, 남 동무가 이야기를 하고 싶은 모양입니다."

양준오가 손에 든 말린 대추를 씹으면서 말했다.

"얘기? 뭔가, 새삼스럽게. 좀 전의 계속인가. 패배주의라는……. '논쟁'은 끝났을 텐데."

이방근은 불쾌한 것 같지는 않았다.

이제 막 컵에 냉수를 따라 마신 남승지가 고개를 가로저었다.

"그런 것이 아닙니다. 제가 말씀드리겠습니다. 실은 오늘 성내로 온 것은, 조직의 중요한 결정의 실천을 서두르기 위해서입니다. 정부군은 20일에 중산간지대로의 통행금지령을 내리고, 지금 대공세를 펼치려 하고 있는데, 거기에 대한 도민의, 이승만 괴뢰정부에게 우리들 게릴라의 반격을 표명하는 조직의 결정입니다. 제주도 유격대장 이성운의 이름으로 선전포고를 하게 되었습니다……."

지리멸렬한 이야기는 아니었다. 다만 혀가 꼬부라진 발음을 듣고 있다가 지리멸렬했다.

"뭔가, 그 선전포고라는 건……?"

아무래도 말이 제대로 통하지 않은 모양이었다. 이방근에게는 충격의 일격을 주지 못한 듯했다.

"준오 동지도 방근 씨도 함께 들어주세요. 이것은 조직의 중요한 결정입니다. 이방근 씨에게는 부탁받은 것도 다른 뭐가 있는 것도 아니지만, 제 개인의 판단으로 사전에 결정 내용을 밝히고 있는 겁니다. 내일, 모레로, 시간이 임박해서 긴박한 사태를 맞이하고 있기 때문에 방근 씨가 미리 알아 두셨으면 합니다. 실은……(실은, 이 말이 반복되는 군, 거참 또), 실은, 모레 24일에, 그때까지는 여수·순천 봉기라는 비상사태에 호응하여 선전포고를 공표하기에는 빠듯한 시간이지만, 그

때까지 호소문을 인쇄해서 삐라를 살포하는 것으로, 우리의 단호한 의사를 적에게 표명, 통고하게 됩니다(뭔가 이야기가 빠진 듯하다). 즉, 제주도 유격대장, 이성운 이름의 호소문을 우선 성내 일대에 뿌릴 겁니다……."

양준오는 남승지가 이야기한 의외의 내용, 조직 결정에 놀랐는지, 먹으려던 두 개째의 대추를 접시에 내려놓았다.

"남 동무가 말한 내용은 알겠는데, 아무래도 명쾌하지 않아. 요컨대 게릴라가 정부 측의 대공세에 대해 반격에 나선다는 것이로군. 그걸 호소문이란 형식으로 공표한다는 것이겠지. 음……." 이방근은 남승지의 다소 두서없는 이야기를 스스로 고쳐 말하는 여유를 가짐으로써, 사태의 충격에서 한 걸음 물러섰다. "호소문은 누구를 향한 것인가?"

"국방군 및 경찰입니다."

"국방군 및 경찰……? 내용은 대체로 어떤 것인가?"

"제가 지금부터 암송할 테니 들어주십시오." 남승지는 탁자 위에 올려놓은 자신의 양손을 맞잡고, 머릿속의 호소문을 입 밖으로 내보내기 시작했다. "……친애하는 국방군 장병 및 경찰관 여러분! 총을 잘 보시오. 그 총이 어디에서 나온 것인지를. 그 총은 우리의 고혈을 착취한 세금으로 마련된 것입니다. 영웅적인 항쟁에 오른 여러분의 부모, 형제, 자매들에게 그 총을 겨눠서는 안 되며, 함부로 동포를 향해 귀중한 총과 탄환을 쏘아서는 안 됩니다……. 당신들은, 총구를 놈들에게 겨누시오. 당신들은, 미군과 괴뢰 권력의 명령을 단호히 거부하고, 인민의 편에 서시오……. 제주도 인민유격대장, 이성운. 이상입니다."

억제된 목소리로 대부분 막힘없이 호소문 전문을 줄줄 낭독한 남승지는 컵의 물을 마셨다. 목이 마르고, 메는 듯했다.

이방근도 양준오도 잠시 말이 없었다. 남승지도 말이 없었다.

이방근이 컵의 물을 단숨에 쭉 들이켜고 가볍게 헛기침을 했다.

"남 동무의 머릿속에는 노트가 들어 있군. 수고했네. 흐―음." 이방근은 고개를 끄덕였다. "군경이여, 총을 버리시오! 그리고 그 총을 들고 반란을 일으키시오! 라는 것이군. 제주도의 토벌대들에게 반란을 호소하고 있는 것이야." 이방근은 무슨 말을 하고 싶은 것인가. 여수 반란과 결부시키고 싶은 건가. 정부군 여수 탈환, 여수 봉기의 실패와……. 이방근은, 그런데…… 하며 말을 이었다.

"동무들 둘은 당원이지만 난 다르네. 여기에서 이런 얘길 하는 것은 조직 규율을 위반하는 게 아닌가?"

"이건 특별히 정식 회의가 아닙니다. 우리는 동지적인 입장에서 이야기를 하고 있는 것이니까요." 양준오가 다소 실망해서 말했다. 왜 그런 것을 굳이 입에 담는 것이냐는 듯이. "이 형도 간접적으로 조직에 관여하고 있지 않습니까. 긴급한 때 가장 신뢰할 수 있는 사람, 힘이 되어 줄 수 있는 사람이 동지입니다."

"혁명을 위해 힘이 될 수 있는 사람……."

이방근이 일부러 보충하듯이 말했다.

"그런데, 남 동무." 양준오가 옆의 남승지를 보고 말했다. "그 호소문의 인쇄는 어떻게 하나?"

이방근이 양준오의 시선에 이끌리듯이 남승지를 말없이 보았다.

"인쇄는 한라신문에서 하기로 되어 있습니다."

"한라신문?"

양준오는 의아해하면서도 놀라지는 않았다.

"한라신문……."

이방근은 예상하고 있었던 것 같으면서도 한순간 그 얼굴에 곤혹스러운 표정이 스쳤다.

"이미 그렇게 정해졌나?"

양준오가 말했다.

"상부조직의 결정입니다. 이곳으로 오기 전, 여자중학교의 유 동지를 오후 일곱 시 반에 만나 그 결정을 전달했습니다. 내일 밤 안에 3천 장을 인쇄, 모레 24일 성내에 살포한다. 이것은 이성운 동지의 직접 지시이고, 유 동지에 대한 무조건 지시입니다만, 한라신문의 김문원 편집장에게 유 동지가 지시하면, 김 동지가 인쇄를 맡습니다. 유 동지는 오늘 밤 숙직이지만, 이미 어떤 형태로든 김 동지에게 연락이 갔을 거라고 생각합니다."

남승지는 따뜻한 온돌방에 있으면서도 한기를 느끼듯, 목소리도 몸도 딱딱하게 굳어지는 것을 느꼈다.

"3천 장. 대량이군." 양준오가 말했다. "인쇄는 야간에만 할 수 있을 텐데. 밤이라고 해도 오늘 밤, 그리고 내일 밤뿐이잖아. 그것도 극비로 해야 하는데."

"……"

양준오는 이방근을 보았지만, 그는 말없이 담배를 피웠다.

양준오는 이 결정에 난색을 표하지는 않았지만, 인쇄가 힘든 일인 줄 잘 알고 있었다. 그도 이방근도 그렇게 말하지는 않았지만, 삐라 살포와 인쇄가 예삿일이 아니라는 것은 남승지 자신도 충분히 알고 있었다. 이성운으로부터 무조건 복종의 조직 원칙, 혁명정신이 강조된 직접지시를 받았을 때부터 항상 머리에 따라다니던 것이었다. 위험했다. 혁명 투쟁 속에서 누구나가 부모, 형제들을 버리고 위험에 몸을 맡기고 있었지만, 이번의 조직적 임무는, 분명히 눈에 보일 만큼 위험했다. 적지의 한가운데에서, 그것도 대도시라면 몰라도 좁은 성내 읍의 작은 신문사에서, 대량의 삐라를 긴급히 인쇄하는 일의 결과가 어떠한 것인지, 거의 예측되는 일이었다.

유성원은 물론이거니와, 위험이 집중되는 것은 김문원이었다. 조직의 명령, 혁명 때문이라고는 하지만, 한 사람의 동지를 희생으로 이끌기 쉬운 임무의, 그 메신저 역을 맡은 자신이 역겨운 생각조차 들었다. 아니, 이것은 개인적인 감정이다. 부정해야 한다.

"음, 이건……." 한마디를 꺼낸 이방근이 담배를 재떨이에 끄고 말했다. "결사적인 인쇄로군."

"예ㅡ."

남승지는 순간 움찔하면서 거의 반사적으로 예ㅡ라는 소리가 나왔지만, 이방근의 한마디는 가슴을 찔렀다. 실제로 그렇다. 결사적인 인쇄였다.

"그래서 성내에 살포한다고 했는데, 호소문의 대상은 국방군 장병과 경찰관이라고 하지 않았나? 성내에 군을 대상으로 삐라를 뿌린다면, 대상이 잘못된 거 아닌가."

남승지는 유성원과 같은 말이 이방근의 입에서 나온 것에 움찔하면서도, 내일 밤 안에 인쇄를 결행하여 새벽에는 살포 태세로 들어가야 하는 절박한 정세하에서, 그런 여유는 허용되지 않는다고 말했지만, 삐라를 제9연대나 각 군 주둔지까지 산포할 조직의 기동력이 없다고는 입 밖에 내지 않았다.

"성내에 경찰, 토벌사령부가 버젓이 있으니, 곧바로 군 수뇌부에 전달되겠지. 음, 군에 대한 호소문도 성내에 뿌려서 나쁠 건 없을 거야. 얘기는 금세 퍼지니까. 군 내부에도 퍼질 테고. 음, 김문원인가, 그 안경 낀 얼굴이 눈에 선하구만." 이방근은 근시를 강조하는 듯한 투로 말했다. "4·3사건이 일어났을 때도 호소문 삐라가 한라신문에서 인쇄되었지만, 그 당시와는 달라. 그때는 기자로 있던 김동진, 남 동무의 서울 시절부터의 친구잖아, 그와 공무부장이 위험을 각오하고 인쇄를 했었지. 그 직후에 김동진은 입산했고, 공무부장은 제주도를 떠났어. 난 목포 부두에서 변장한 강몽구와 공무부장을 우연히 만난 적이 있네. 당시는 게릴라의 공세가 격렬했고 5·10단독선거가 제주도에서 실패한 일도 있어서, 인쇄 당사자는 전원이 모습을 감출 수 있었고, 조사는 결국 흐지부지됐지. 이번엔 그렇게는 안 돼. 김동진의 행방불명 혐의로 그의 나이 든 부친이 체포되었는데, 난 그가 일본으로 밀항한 것처럼 꾸미고는 이면공작으로 석방시켰어."

"예, 알고 있습니다."

양준오가 고개를 끄덕였다. 그때 이방근이 돈을 써서 김동진 아버지의 석방에 힘이 된 것은 남승지도 알고 있었다. 지금 이방근이 입밖으로 꺼내 이야기하고 있는 것은, 남승지 자신이 마음속에 품고 있는 생각과 똑같았다. 분명히 조직 결정에 대한 이방근의 간접적인 비판일 것이다.

"그러나 이번엔 그렇게는 안 돼. 분명한 일 아닌가." 이방근이 말을 이었다. "인쇄에 성공했다고 해도, 삐라가 마을에 뿌려지는 순간, 조사를 기다릴 것까지도 없이 한라신문이 직격탄을 맞을 거야. 필연적으로 그쪽에서 그러한 결과가 나타나겠지. 그러나 결정은 내려진 것이고……."

"긴박해서 시간도 없지만, 그렇다고 성내에서 조직적인 대책을 세울 수도 없지 않는가. 기밀이 누설되지 않는다고도 할 수 없고. 인쇄 수행단계까진 수직의 선으로 갈 수밖에 없어. 물론, 3천 장의 삐라를 한 사람이 뿌린다는 건 불가능한 일일 테고. 으-음."

양준오는 한숨 섞인 숨을 토했다.

생각하면, 아니 상상하면 할수록 어려운 일이었다. 남승지는 호소문 인쇄와 그 살포에 대해, 이렇게 입 밖으로 내어 서로 의논하면서, 일의 진행이 용이하지 않다는 것을 새삼 느꼈다. 호소문의 대상과 살포 대상의 간극 정도가 아니었다. 인쇄와 성내 전역에서의 살포가 성공한다면 간극 따위의 문제는 실제로 사라진다. 산에서는 일체 이러한 논의가 이루어지지 않는다. 희생은 둘째 문제이고, 필요한가 아닌가, 적의 대공세에 대해 유격대의 태세를 재정비하고, 적에게 반격을 가하기에 앞서 유리한 일체의 조건을 이용한다. 예기치 않게 일어난 여수 봉기의 객관적 정세에 호응하여, 압정하에 있는 제주도민을 고무(鼓舞)하고, 군·경의 토벌대원에게 동요를 일으켜 국면의 전개를 유리하게 도모한다. 이를 위한 선전포고인 호소문은 필요한가, 아닌가. 그것은 게릴라 투쟁의 사기를 진작시키기 위해 필요하다. 호소문은 당연히 인쇄를 해야 한다. 이것은 혁명사업이며, 혁명의 요구이다…….

안뜰 쪽의 툇마루에서 발소리가 나고, 서재 밖에서 말을 건넨 부엌이가 방으로 들어왔다. 아무래도 이방근의 아버지가 잠자리에 든 모양이었다.

"알았어. 남 동무는 아직 조금 더 여기에 있을 거야. 부엌이도 슬슬 자는 게 좋아. 자기 전에, 남 동무가 나중에 혼자서라도 갈 수 있도록 별채를 안내해 두는 편이 좋겠군."

"예―."

부엌이가 시선을 떨어뜨리고 대답했다.

남승지도, 예…… 하고 수긍했지만, 무서운 이방근의 말이었다. 그는 남승지가 이미 별채에 묵은 적이 있어, 안내할 필요 없이 문 열쇠만 열어 두면 혼자 갈 수 있다는 것을 알고 있으면서도 그렇게 말하고 있었다.

"그렇지, 어쨌든 별채에 다녀오게. 뭣하면, 여기서 셋이 함께 자도 되고. 상관없으니까."

이방근이 덧붙이듯이 말했다.

남승지는 이 집 별채에 처음으로 가는 것처럼 마음을 가다듬고 일어나서, 뒤의 장지문과 덧문을 열고 차가운 밤공기 속으로 나섰다. 덧문을 닫으니 밖은 거의 암흑천지였다. 그는 천천히 한 걸음 나아가 서재 옆 유원의 방 뒤를 지나, 예의 뒷문 근처의 변소 모퉁이 쪽으로 겨우 나올 수 있었다.

여기서 셋이 함께 자도 되고……. 아니, 아니다, 사양한다……. 남승지는 고개를 저었다. 이불 위에서, 게다가 따뜻한 온돌방에서 잤다가는 더 이상 산으로 돌아갈 마음이 들지 않을지도 모른다. 저쪽에, 부엌의 덧문 한쪽이 열린 출입구에서 희미하게 밝은 남포등 불빛이 새어 나오고, 밖에 부엌이가 서 있는 모습이 보였다. 부엌이도 함께 연극을 하고 있는 것이었다. 그리고 양준오도 남승지가 뒷문으로 몰래 들어와 별채에 묵었던 것을 알고 있었다.

남승지는 부엌이의 모습이 보이지 않는 검은 그림자에 다가가면서, 어떤 의심이 불쾌한 감정을 동반하면서 머릿속을 스치는 것을 의식했다. 유성원은 조직 결정을 김문원에게 틀림없이 전달하고 조직의 임무를 수행하기 위해 최선을 다할까. 만약 김문원이 인쇄의 결행을 거부하는 그런 일이 생긴다면……. 남승지는 몸의 밑바닥에서부터 전율이 일어나기 시작해서 전신으로 퍼지는 것을 느꼈다. 그때는 조직책 공작의 실패로서, 남승지에게 조직적 책임을 묻게 될 것이다. 그것은 단죄로 이어질지도 모른다.

"안으로 들어가 보시겠수꽈?"

부엌 앞에서 부엌이가 낮은 목소리로 말했다.

"아니요, 열쇠만 풀어 주면 돼요."

"예—."

두 사람은 그뿐으로, 아무 말도 하지 않았다.

부엌이는 부엌으로 돌아가고, 남승지는 다시 어둠 속에서 이방근의 방으로 발길을 돌렸다.

3

"선생님……."

어둠 속 등 뒤에서, 일단 부엌으로 들어갔을 터인 부엌이의 억제된 목소리가 들렸다. 남승지가 뒤돌아보고 멈춰 서자, 덧문 한쪽이 반쯤 열린 부엌에서 새어 나오는 남포등의 무딘 불빛 속에 다시 부엌이의 그림자가 보였다.

남승지가 부엌 쪽으로 두세 걸음 다가감과 동시에, 남포등 불빛을 배경으로 윤곽이 희미해진 부엌이의 그림자가 두세 걸음 다가왔다.

"무슨 일입니까?"

"선생님." 서로의 얼굴이 보이지 않지만, 부엌이가 내쉬는 숨결에서 마늘장아찌의 강한 입 냄새가 나는 것을, 남승지는 새삼스럽게 느꼈다. 냄새는 눈에 띄는 것이다. "아까 서방님이, 선생님 혼자서도 갈 수 있게 별채로 안내하라고 말씀하셨는데, 사실은 선생님이 일전에 여기에서 묵으신 것을 서방님은 알고계시우다."

"뭐라고요? 그건 왜 그렇습니까!"

남승지는 엉겁결에 언성을 높이고 있었다. 그는 자신이 묵은 사실을 이방근이 알고 있다는 것에 놀란 것이 아니라, 서방님이 그것을 알고 있다는 말이 부엌이의 입에서 나온 것에 놀랐던 것이다. 그래, 자신이 묵은 것을 이방근이 알아채고 있음을 남승지는 분명 감지하고 있었지만, 어떻게 그가 알고 있는 것인지, 그 경위는 알지 못했다. 난 자네가 이 집에서 묵은 걸 잘 알고 있단 말이다. 무언의 압력. 마치 사람의 마음을 재는 듯한, 묵었던 사실의 인지를 전제로 하고 있는 듯한 이방근의 말, 단지 그가 알고 있다는 결과에 남승지는 두려워하고 있었던 것이다. 도대체 어떻게 그 사실을 알고 있는 것일까?

"서방님은 보통 분이 아니시우다. 서방님은 다 알고도 그런 말씀을 하시는 거우다. 신과 같은 분이우다."

어둠 속에서 부엌이가 큭 하고 웃는 기색이 전해졌다.

"그런 게 아닙니다. 어떻게 방근 씨가 알고 있는가를 묻고 있습니다." 신과 같은 분······. 무언가를 얼버무리고 있는 듯한 기분이 들어 마음에 들지 않았다. 그녀가 말했다면 마치 배신자나 마찬가지다. 남승지는 발끈해서 물었다. "부엌이가 이야기했습니까?"

"아니요, 아니우다. 제가 말하기 전부터 서방님은 알고 계셨수다."

"말하기 전부터 알고 있었다? 뒷문으로 들어왔다고 부엌이가 이야기한 겁니까?"

"예ㅡ. 그렇게 얘기했수다. 하지만 서방님은 제가 얘기하기 전부터 모두 알고 계셨수다."

예ㅡ, 가 아니지 않는가. 어째서 이방근이 모든 걸 알고 있는지, 그 것을 알고 싶어서 이야기하고 있는데, 부엌이는 이야기를 건너뛰고 있었다. 그때 유원에게조차 경찰에게 쫓겨 이 집의 담장을 넘은 것이라고, 부엌이와 말을 맞추지 않았던가. 뭔가 있었다. 제가 얘기하기 전부터······. 무슨 말을 하고 있는 것인가. 남승지는 서로의 얼굴이 보이지 않는 어둠 속에서 왠지 웃음이 나왔다.

지금 더 이상 문답을 계속할 수도 없었다. 남승지는 어둠을 천천히 헤치듯이 악취가 점점 코를 자극해 오는 변소 쪽으로 가서, 그 외벽으로 손을 더듬어 가며 벽을 따라 정원수가 있는 뒤뜰 통로로 구부러졌다.

일단 부엌으로 돌아간 부엌이가 어째서 일부러 이야기를 하러 나온 것이었을까. 어쨌든 이 집의 뒷문으로 침입한 사실, 그 안내역인 부엌이가 '공범'인 것은 이미 이방근에게는 이미 밝혀진 것이다. 이방근은 그것을 알고 있으면서도 말하지 않았는데, 시치미를 떼고 있는 듯한 모양새가 된 내가 스스로 자백하기를 기다리기라도 하단 말인가. ……남 동무가 혼자서도 갈 수 있도록 별채를 안내해 두는 편이 좋겠군. 이건 일종의 경고였던 것인가, 아니면 모든 것에 대한 허용으로 받아들여야 하는 것인가. 남승지는 방으로 돌아가 이방근과 얼굴을 마주하려면 새로운 각오가 필요할 것 같았다. 이건 정말 벌거벗은 임금님이다. 옷을 몸에 걸치고 있다고 생각하는 사람은 나 혼자뿐일지도. 기회를 봐서, 뒷문으로 들어온 사실을 이방근에게 정직하게 말하고 용서를 구해야 할까. 그러나 만일 부엌이가 스스로 조직의 연락원이라는 사실을 고백한 것이라면…….

이 집 별채에 처음으로 가는 것처럼 꾸미고 나온 남승지는, 지금 부엌이의 한마디로 그 마음가짐이 뒤집혀서, 심해의 물고기처럼 어둠 속을 오간 것이 완전히 헛수고였다는 생각에 사로잡혔다. 의식이었다. 서로가 알고 있으면서(게다가 남승지는 부엌이의 한마디를 듣기까지는, 이방근이 침입한 사실을 정말로 알고 있는지 어떤지, 반신반의했던 것이다), 계속 모르는 체하는 것은 견디기 힘들다. 이미 일은 밝혀진 것이다. 깨끗이 사정을 말해 버리는 편이 좋을 것이다. 그리고 이방근 앞에서 더 이상 꾸미고 있을 필요가 없다. 이방근 자신이 꾸며대고 있는 것이다.

"어……?"

남승지가 작게 소리를 냈다.

"……그에게까지, 라는 것은 무슨 말인가? 음, 양 동무의 경우는 상관없지만, 승지는 바람직하지 않다는 것은, 즉 양 동무와 그는 다르다는 것인가?"

거의 눈에 보이지 않는 정원수와 툇마루 사이의 통로를 손으로 더듬고 발끝의 움직임만에 의지해서 통과한 뒤, 덧문이 닫힌 온돌방에 다가갔을 때, 방 안에서 이방근의 목소리가 새어 나왔다. 남승지는 엿들을 생각은 없었지만 걸음을 멈추었다.

"……그게 이상한 거야. 같아야 하는 거 아닌가. 같은 투쟁 현장에 있는 입장이잖나. 그는 양 동무에 비해 미숙, 뭐랄까, 그런 얘기는 들려주지 않는 게 좋다는 말이 되잖아."

"그런 것이 아닙니다. 저는 이미 이 형에게 이야기를, 이 형의 생각을 들었습니다. 그 일에 대해 서로 토론을 주고받기도 했으니까 상관없지만, 그의 경우는 다릅니다. 저와는 달라요, 같지 않습니다. 그렇지 않습니까. 이제 막 하산한 그에게 그런 문제를 들이대는 꼴이 됩니다. 지금, 조직의 입장이나 그의 입장은 그럴 때가 아니지 않습니까. 그야말로 '논쟁'이 논쟁이라기보다도 무슨 일이 일어난다고요……. 도대체, 그런 것을 이야기하겠다니, 이 형은 어떻게 된 거 아닙니까?"

"어떻게 된 것 아니냐고? 내가. 에-헤, 양 동무에게 그런 말을 들어선 내 체면이 말이 아니지. 내가 정말로 이상한가? 거참……."

남승지는 끈을 묶지 않은 즈크화를 벗고, 온돌방의 작은 툇마루로 올라섰다. 그 기척이 실내에 전해진 듯했다. 삐걱거리는 덧문 한쪽을 천천히 열자, 장지문 너머로 희미한 전등 불빛이 전신을 부드럽게 감싸며 번졌다.

남승지는 장지문을 열고 몸을 방 안으로 들이면서 재빠르게 덧문을 닫아 빛을 가렸다.

"아아, 어서 오게. 밖의 어둠에서 빛 속으로." 장지문 쪽을 뒤로 하고 앉았던 이방근이 반쯤 돌아보며 말했다. 남승지가 탁자 앞 이방근과 마주 보는 자리로 돌아가 양준오와 나란히 앉았다. "음, 어떤가, 별채에서 오늘 밤 견딜 수 있겠나?"

견딜 수 있겠나?라는 것은 별채 안으로 들어가 보았냐는 것인데, 이방근의 다분히 의식적인 이 말이 남승지의 마음을 후빈 탓인지 불쾌감을 넘어서고 있었다.

"예―……." 이 대답은 틈을 두기 위한 것일 뿐, 긍정도 부정도 아니었다. 이미 이와 같은 경우에 대비해 마음을 단단히 먹고 있었던 남승지는 지금 대답을, 즉 별채에 머문 사실에 대한 고백을 스스로에게서 강요받고 있었다. 견딜 수 있겠는가? 오늘 밤을 견딜 수 있다는 것은 충분히 알고 있는 일이다. 남승지가 잘 알고 있다는 것을 모를 리가 없는 이방근이 묻고 있었다. "아까 준오 형도 말했지만 온돌 같은 건 당치도 않습니다. 여기는 평지이고 아직 가을이라서, 기와지붕 덮개가 있는 것만으로도 거기는 궁전입니다…일보후퇴."

남승지는 '별채'라는 말을 무의식적으로도 입에 담는 것을 피하면서도, 그 머릿속은 하늘을 돌아다니는 것처럼 회전하고 있었다. 그리고 크게 숨을 들이마시고는 저기, 방근 씨…… 하고, 말을 바닥에 똑 떨어뜨려 소리라도 내듯이 말했다.

"……"

이방근이 남승지를 보았다.

"조금 전, 별채 쪽에 다녀왔습니다만, 별채에는 들어가지 않았습니다."

"별채에 들어가지 않았다고? 부엌이와 함께 가지 않았나. 음, 들어

가지 않았다? 자물쇠는 열려 있던가?"

"예."

"그렇다면 됐네. 어째서 별채에 들어가지 않았나? 가지 않은 것과 마찬가지로군."

이방근은 언외에, 물론 들어가지 않아도 알고 있겠지만, 하고 말을 했다.

"지금, 준오 동지도 있는 앞에서 말씀드립니다만(양준오를 증인으로 내세울 필요는 없었다), 실은 이전에, 지난번 성내에 왔을 때, 저는 그 별채에 묵은 적이 있습니다. 방근 씨는 하숙집으로 이사를 가서 여기에는 안 계셨습니다."

그는 고개를 떨어뜨렸다. 이방근의 눈길이 마치 뢴트겐 광선처럼 머리털로 뒤덮인 두개골 속을 관통하는 것을 의식했다. 서방님은 신과 같은 분이우다. 서방님은 다 알고도 그런 말씀을 하시는 거우다…….

"그렇다면, 마침 여동생이 와 있던 무렵인가?"

남승지의 심장이 뛰어오를 듯이 펄떡이고 있었다. 무서운 죄악의 추궁으로부터 피해 갈 듯이 유원의 일이 지금 이방근의 입에서 계속 나오지 않기를 바랐다. 심야, 유원의 방에서의 포옹.

"예, 몰랐습니다만, 그랬습니다. 이 근처에서 경관들에게 쫓겨, 방근 씨 댁 뒷문으로 들어왔습니다."

이제는 숨길 필요도 여지도 없었다. 뒷문으로 들어왔습니다…….
피를 토하는 한마디였다. 누구를……? 이방근의 이야기가, 그날 밤 여동생을 만났는가……로 이어지는 것을 두려워했다.

남승지의 고백에, 그 사실을 알면서도 양준오는 어이없다는 듯 말을 잃었다.

"……" 양준오뿐만 아니라 이방근도 불의의 기습을 당한 것처럼 한

동안 말이 없었다. "흐-음, 그래서……. 부엌이가 아까 무슨 말이라도 하던가? 물론 동무 자신이 한 일이니까, 동무가 잘 알고 있겠지만 말이야."

"예-. 방근 씨가 모두 알고 있다는 것을 부엌이로부터 들었습니다." 부엌이한테 이야기를 듣지 않았어도 자백할 생각이었다는 말은 도저히 입 밖에 낼 수 없었다. "방근 씨가 이미 알고 있기 때문에 말씀드리는 것은 아니지만, 무단으로, 정말 죄송합니다."

"용서할 수 없는 일이야." 이방근은 말의 음절을 음미하듯이 말했다. "준오 동무, 용서할 수 없네. 남 동무도, 조직 그 자체도, 부엌이도 용서할 수 없어. 무단이라는 것과는 관계가 없네. 개인의 집을 파멸의 구렁으로 몰아넣으려는 거야. 핫핫하아. 그래서 결국은, 나까지 그 그물 속으로 포박한 셈이로군. 난 이렇게 지금, 이 집의 파괴자들을 맞아들이고 있으니 말야. 어리숭함의 극치라고 해야 하나. 부엌이는 오체투지를 하며 이 지옥에 떨어질 년을 죽여 달라고 했었지. 원래 혁명이란 것은 개인의 구제에서, 해방에서부터 시작되는 거잖아. 음, …… 그게 아니라, 구제, 해방을 위해서인가. 목적을 위해서는 수단을 가리지 않는다. 이게 문제란 말야. 무섭군. 후후, 부잣집은 그뿐만이 아니라, 타도의 대상이 되지 않는 것만으로도 다행이라는 말인가."

"아니요, 그런 게 아닙니다."

"그럼, 뭐란 말인가?" 이방근은 고개를 좌우로 크게 흔들며 거의 웃고 있었다. 그리고 지금 말한 자신의 말을 부정하듯이 말했다. "그래, 알았네. 얘긴 이제 됐어, 끝난 일이야. 오늘 밤은 안심하고 별채에서 자게나. 아니면, 여기서 셋이 자도 괜찮아."

"예-." 남승지는 코끝이 찡하고 울리는 것을 느꼈다. "고맙습니다만, 저는 별채에 가서 잘 테니……."

여기서 자도 괜찮아……. 이것이야말로 악마의 속삭임이다. 맛을 들여 산으로 돌아가고 싶어지지 않는다면, 평지가 그리워지고 민가의 불빛으로부터 떨어질 수 없게 된다면 어찌할 것인가. 오랜만에 옷을 벗고 따뜻한 이불을 뒤집어쓰고 자보는 것도 괜찮겠지. 그 정도의 일로 혁명정신이 동요하는 일 따위 있을 수 없다…….

"남 동무는 언제 출발하나?"

이방근이 말했다.

"늦어도 25일, 가능하면 모레에는 성내를 떠나려 합니다."

대답을 보류하려던 남승지는 거의 기계적으로, 최초의 예정대로 대답했다.

"모레라면, 으-음, '선전포고'를 한다는 날이로군, 24일이야."

"당일이군요."

양준오가 말했다. 말로 표현은 안했지만 위험하다는 의미가 내포되어 있었다.

"여수 탈환 뉴스의 확인이나, 여·순 사태에 대한 진전된 정보가 필요합니다."

그러나 남승지는 이방근 앞에서 삐라의 인쇄와 살포의 결과를 확인할 필요가 있다고는 말하지 않았다.

정부군에 의한 여수 탈환이라는 의외의 정보전개 뉴스 등 정확한 정보 수집이 분명히 필요했다. 하지만 남승지는 아까부터 일종의 두려움을 느끼고 있었다. 그것은 불길한 감정을 동반한 것이었는데, 한라신문에서의 호소문 인쇄를 이 눈으로 확인해야 한다. 그것은 결사적인 인쇄다……라고 말한 것은 이방근이었다. 틀림없이 그렇다고 남승지는 새삼 다시 생각했다. 인쇄의 지시와 살포의 확인은 하산한 그의 조직상 임무였지만, 인쇄 결행에 대한 남승지의 의구심은 오후 일곱 시 반에 여자중학교에서 유성원과 만나 선전포고와 호소문의 인쇄, 삐라 살포라는 조직 결정을 전달했을 때만 해도 없었을 터였다. 지시명령을 전달한 뒤의, 분명히 동지에 대한 의심이고 불신이다. 확인은 그에 대한 예방 조치였다.

유성원이나 김문원을 의심하는 것이 아니다. 3천 장의 삐라 인쇄를 떠맡은 위험에서 오는 염려와 두려움. 조금 전, 이방근이 말한 목적을 위해 수단을 가리지 않는다는 식의 '특공'적 정신에 의한 혁명적 임무의 수행인 것이다. 아니, 그와 같이 자신에게 타이르지만, 역시 동지에 대한 의심이었다. 지시를 전달하는 유성원은 어찌 되었건 간에, 위험한 인쇄의 결행을 김문원이 거부하지는 않을까. 마지막 순간에 도망가지는 않을까. 김문원의 강경한 반대가 있을 경우, 여자중학교의 숙직실에서 맨 처음 강한 불만과 이의를 제기한 유성원이 상대를 잘 설득할 수 있을 것인가. 김문원에게 동조하거나 하지는 않을까? 그리고 호소문 인쇄 결행의 포기……. 남승지는 일종의 망상, 그러한 불안한 사태를 상상하자, 머리카락이 거꾸로 서는 듯한 공포감에 휩싸였다. 만약 결행되지 못할 경우, 산으로 돌아갈 수는 없을 것이다. 만약 이 결정적인 시기의 인쇄가 결행되지 않을 경우, 조직상 중대한 책임은 남승지에게 추궁될 것이다. 남승지 자신, 의식 위로 떠오르는 것을 억눌렀지만, 그것은 단죄에 대한 공포이기도 했다. 동지에 대한 불신이 아니다. 혁명의 요청인 것이다. 수행의 거부 혹은 포기라는 반혁명적인 행위로 바뀔 경우에는, 당연히 조직책인 남승지가 책임을 면할 수 없을 것이다.

"24일은 일요일이야."

이방근이 말했다. 그 하얀 볼은 엷은 주홍빛으로 술기운을 띠고, 목소리도 다소 취기를 띠고 있었지만, 조용하게 빛나는 눈은 전혀 졸음의 근접을 허용치 않았다.

"예, 그렇게 됩니다."

"그때까지, 이 집에 있으면 되겠군."

"여기서는 바깥출입이 곤란하니, 산지의 하숙으로 가는 편이 좋지 않을까요." 양준오가 말했다.

"저기 뒷문으로 출입하면 되잖아." 이방근이 특별히 의미를 함축해서 한 말이 아닌데도, 남승지는 뒷문으로 출입이란 한마디의 울림에 날카로운 통증을 느꼈다.

"조심하면 괜찮아. 그쪽 골목은 사람의 왕래가 별로 없으니, 부엌이에게 시켜 뒷문을 열고 청소하는 척 하면서 주위를 살피면 될 거야. 안 그런가."

"예—……."

남승지는 고개를 끄덕이는 것도 잊고, 인간에게는 이런 언어의 전개가 있을 수 있는가 하고(그것은 마음의 전개였지만), 묘하게 객관적인 입장에서 감동하고 있었다.

이방근은 동지였다. 동지 이외의 아무것도 아니다. 자기 집에 대한 용서할 수 없는 파괴자들이라고 말하면서도, 그 그물에 포박당한 자신이라고 말을 바꾸고, 귀문(鬼門)일 터인 뒷문의 이용법을 스스로 가르쳐 준다. 지금 이곳에서 이렇게 하고 있는 것 자체가……. 고맙고, 마음 든든한 기분이 들었다. 혁명이 승리하는 그 날에는, 그에게 커다란 보답이 있어야 한다. 내일 밤 어디에서 묵을 것인지는 그때 가서 정하면 된다. 필요하다면 노숙을 해도 고통스럽지 않다.

탁자 위에는 두 사람의 취기가 떠돌고 있었지만, 점점 깊어가는 밤 공기처럼, 그것이 술을 마시지 않은 남승지에게는 철썩 철썩 밀려드는 해변의 파도처럼 전해져 왔다. ……그러한 것을 이야기하겠다니,

이 형은 어떻게 된 거 아닙니까? 남승지는 담배를 한 대 입에 물고 불을 붙이면서, 아까부터 귓속에서 꿈틀거리고 있는 두 사람의 중단된 대화의 목소리를 들었다. 이것은 보통 이야기가 아니다. 분명히 양준오가 상대를 몹시 나무라는 말투를 하고 있었던 것이다. 그런 얘기는 들려주지 않는 편이 좋다는 것인가……. 이제 막 하산한 그에게……. 나를 빼고 어떤 중요한 말이 오가고 있는 것인가. 그 전부터, 세 사람이 탁자를 둘러싸고 있을 때부터 그러했다. 양준오가 이방근의 발언을 자꾸만, 그것은 이야기가 벗어났다……는 둥 하며 제지했던 것이다. 도대체 나를 두고 두 사람 사이에 무슨 일이 있는 것인가?

"그런데 승지 동무는 양 동무와 단둘이 할 얘기가 있지 않은가?"

이방근이 말했다.

"물론 있습니다만, 지금은 됐습니다." 남승지는 일단 담뱃불을 재떨이에 끄고 말했다. "방근 씨……. 그리고 준오 동지. 좀 묻고 싶은 것이 있는데. 아까 여수 사건에 대해서 이야기하고 있을 때도(있을 때도, 가 아니다. 그렇게 말한 것은, 그의 마음속에 조금 전 방 밖에서 문득 엿들었던 자신과 관계있는 듯한 두 사람의 중단된 대화가 있다), 여수 반란이 패배라면, 제주도의 전철을 밟게 된다는 말이 나왔는데……. 그게, 저와 무슨 관계라도 있습니까?"

묻고 싶은 것은 무엇인가. 제주도의 전철을 밟는다는 건가, 나에 관한 것인가. 말이 뒤죽박죽이다.

"뭐라고, 동무에 관해서? 동무 개인에 대해 이 두 사람 사이에 뭐가 있어? 있을 리가 없지." 양준오가 반문하듯이 남승지의 말을 받았다. "제주도의 전철을 밟는다는 이야기는 아까 끝났잖아. 이 형의 사소한 말장난이야. 그 태도는 너무 끈질기군."

"뭐가 끈질기다는 겁니까." 남승지는 발끈해서 말했다. "그 태도라니. 우리 투쟁의 기본 관점으로서 중요한 문제잖아요. 제주도의 투쟁이 실패, 패배라고 한다면, 우리는 무엇 때문에 싸우는 것입니까."

"이보게, 승지 군, 그만두게나. 때로는 지는 싸움이라도 싸워야 하는 경우가 있지만, 그건 농담으로⋯⋯." 이방근은 다소 흥분해서 이야기하고 있는 남승지의 말허리를 잘랐다. "난 특별히 실패라든가, 패배라곤 하지 않았어."

"그렇지만 제주도의 전철을 밟는다고 하지 않았습니까? 그 의미를, 진의를 잘 모르겠습니다."

"아까도 말했듯이 무심코 입을 잘못 놀렸네. 취소하지. 취소하면 기분이 풀리겠나?"

"그런 게 아니지 않습니까. 취소하지 않아도 상관없습니다."

"내가 취소하겠다는 거야. 동무가 그것을 지나치게 문제 삼고 있어."

"두 분은, 뭔가 있는데도 적당히 얼버무리고 있는 것 같습니다. 됐습니다. 이제 그만두겠습니다."

남승지는 재떨이의 담배꽁초를 집어 입에 물었다. 맵싸한 맛이 강하게 입술에 스민다.

"핫, 핫하아⋯⋯."

이방근은 곤란한 듯 웃으며 양준오 쪽을 쳐다보았다.

"아무것도 아니야. 얼버무리는 것도 아니고. 전철을 밟는다느니 하는 것도 과잉반응이야. 설령 실언이 있었다고 해도 용서하는 경우가 보통이잖나. 지금, 조직 회의를 하고 있는 게 아니잖아. 오해하지 말게. 내가 나중에 이야기할 테니까." 양준오가 말했다. "우리의 투쟁 역시, 여러 가지 견해가 있을 거야. 관점 말야, 지금 투쟁의 기본관점이라고 했듯이 말일세. 동시에 적 측의 견해도 있어. 지금까지의 반공정책에 의한 탄압과 함께, 그들의 견해가 이 사회의 일반적인 견해로 크게 좌우해 온 것도 다 아는 사실이야. 4·3봉기가 백 퍼센트 성공이라고 말할 수 없는 부분이 있는 것도 당연한 일, 남 동무는 그렇지 않다고 주장할 수 있나. 나로서는 할 수 없어. 무슨 일이건 모순을 내포하고 발전하지. 게릴라 전법은 정공법이 아닌, 언제나 수세에 있으면서 불리한 조건을 유리하게 전개시켜 싸우는 것이기 때문에, 적이 나오는 방식에 따라 성공과 실패가 크게 좌우되는 게 아닌가. 이 형은 전부 만점이 아닌, 부분적인 실패도 있을 것이라는 견해인 거지. 전철을 밟는다는 말을 곧 실패라는 식으로 직선적으로 연결하여 생각하는 것은 남승지 자신, 자네 쪽이야. 그걸 너무 신경 쓰지 말게. 나무를 보고 숲을 못 보아서는 안 된다, 문제 삼지 말라는 거야. 슬로건은 혁명이 아니다⋯⋯라는 것은, 이방근의 입버릇 중의 하나지. 동무도 그것을 알고 있잖아. 그런 것을 가리켜 일부 사람들은 반혁명, 반동이라고들 하지⋯⋯."

"난 반혁명, 반동적이기도 하다네."

이방근이 말참견을 했다.

"하지만, 그렇게 되면 도움이 된다는 말이지." 양준오는 웃으면서 말을 이었다. "아까 이 형이 지는 싸움이라도 싸우는 경우가 있다⋯고 한마디, 농담이라면서 끼어들어 말했지만, 그런 상황에 몰렸다면 몰라도, 처음부터 패배를 예상한 싸움이 가능할까. 이 형도 강조한 것처럼, 투쟁은 승리해야 돼. 적을 타도하고 승리한다. 그러기 위한 투쟁이지. 우리의 자유와 조국 해방을 위한 투쟁이야. 이봐, 남 동무, 지금 우리는, 이 형도 우리와 함께 동지적인 입장에 있다는 것일세." 양준오가 이방근을 가리키며 노골적으로, 본인이 화를 내는 듯한 말투로 투쟁의 동지라고 잘라 말해 남승지를 놀라게 했지만, 이방근은 입가에 일그러진 미소를 띠우며 아무 말도 하지 않았다. "투쟁의 동지가

제24장 **77**

제주도 봉기의 패배나 실패를 바라겠느냐는 말일세. 그러나 투쟁을 위한 비판적인 의견은 있는 법이지."

양준오의 이야기는 뭔가를 얼버무리는 듯했지만 적잖이 열기를 띠고 있었다. 남승지는 왠지 지금 그의 말에, 입산을 앞둔 동지인 그의 말에, 뭔가 이방근을 변호하면서도 강한 진실이 관통하고 있는 것 같아, 거스를 수 없다는 생각이 들었다. 한 동안 서로 말이 없었다. 지금 게릴라 투쟁에 대한 비판적인 의견이란 무엇인가. 할 것인가, 말 것인가, 그것뿐이다. 결사적인 인쇄로군……. 느닷없이 남승지의 가슴을 철렁하게 만들면서, 조금 전에 이방근이 중얼거린 한마디가 물속의 탁구공처럼 떠올랐다.

"솔직한 이야기를 듣고 싶습니다만, 한라신문에서의 호소문 인쇄를 양준오 동지는 어떻게 생각하세요?"

남승지는 해서는 안 될 말을(해서는 안 된다고 의식한 것은, 이 자리에서 그 일에 대해 이야기가 오고 간 다음부터였다) 입에 담았다고 생각하면서 말했다.

"……해야 할 뿐이지. 할 것인지 말 것인지, 그뿐이잖아."

양준오가 단정하듯이 말했다.

"해야 할 뿐?" 남승지가 고개를 들었다. "할 것인지 말 것인지, 그뿐……." 그는 양준오의, 자신의 마음을 꿰뚫어 본 듯한 말에 움찔하며 상대와 같은 말을 했다.

"그렇다네."

양준오가 웃었다. 왠지 모르겠지만, 그 웃음이 다정했다.

"음, 그렇지."

호소문 인쇄에 양준오든 이방근이든 부정적이었다면, 그것을 반론할 생각이었던 남승지는 상대와 마찬가지로 수긍하고 안심했다. 흐―

음, 결사적인 인쇄. ……혁명의 길은 혹독하고 무자비하며, 혁명에는 피를 두려워하고 죽음을 슬퍼할 여유가 주어지지 않는다……. 고원의 늦가을 바람과 함께 흐르는 된서리 같은 느낌이 드는 말이었다.

마침내 남승지는 자리에서 일어섰다. 열두 시가 가까워졌다. 이 섬에서는 머리 심지가 곤두서는 깊은 밤이었다. 이제 곧 열두 시 정각, 읍내 민가의 전등은 모두 꺼진다.

이방근이 자리에서 일어나려는 남승지에게 여기서 자라고 말하고, 양준오까지도 여기는 따뜻하니까 이불 두 개로 세 명이 충분히 잘 수 있다, 이방근의 말대로 여기서 자는 것이 어떠냐, 내일 아침 일찍 별채로 가면 된다……며, 남승지의 마음을 움직였다.

결국 남승지가 알고 싶었던, 즉 듣고 싶었던 것에(……양준오의 경우는 상관없지만, 그에게는 그런 이야기는 하지 않는 편이 좋다는 것인가, 라고 이방근이 말했는데, 어쩐지 자신과 관계가 있는 듯한 이야기, 그리고 제주도의 전철을 밟는다 운운한 것이 여전히 석연치 않았다. 나에게 말할 수 없는 뭔가 중요한 일이 있다) 이야기가 미치지 않은 채, 나중에 자신이 말하겠다고 한 양준오의 이야기도 없이 밤은 깊어갔고, 탁자 위의 술이 떨어져 자리는 끝났다.

"별채의 방은 잠잘 준비가 잘 돼 있나?"

이방근이 아까와는 달리, 어느새 술기운이 짙게 밴 졸린 목소리로 말했다.

"예—."

별채에 가지 않았기 때문에 알 수 없지만 그렇게 대답했다. 일전에는 침구 없이 묵었다. 원래 별채에는 침구를 갖다 두지 않았다. 부엌이가 아까, 이전처럼 이불 한 채를 가지고 오겠다고 했지만, 그러나 대문 옆의 하녀방에서 안뜰을 통과하고, 게다가 부엌을 지나 이부자리를 옮겨 오는 것은 터무니없는 일이라며 강하게 말렸다.

"그래, 회중전등이 없군, 성냥을 가지고 가게. 아, 그렇지, 라이터가 있어……. 서재 책상 서랍에 있을 거야. 음, 잠깐 기다려. 어험……."

탁자 위에 한 손을 짚고 일어선 이방근이 옆방으로 가 전등을 켜고 창가의 서양식 책상의 서랍을 열고 찾기 시작했다. 무언가 치우다 만 다른 물건들이 들었는지, 몇 개인가 서랍을 여닫고 있었다.

"아, 여기 있어, 이런 곳에 들어 있었군."

그는 손에 든 라이터를 두세 번 시험 삼아 소리를 내어 불을 붙였다 껐다 하면서 온돌방으로 돌아왔다.

"이걸 가지고 가게. 예비용 라이터돌과 기름도 있어. 이것은 론슨. '미 제국주의' 물건이야. 양 동무도 전에 갖고 있었잖아. 어쨌든, 미 제국주의 군대의 통역이었으니까."

"누군가에게 주었습니다."

"산에서 미 제국주의 물건이라고 처벌을 받거나 하지 않나?"

"M1총도 미제 무기입니다. 농담은 그만두시죠."

양준오가 말했다.

"핫하아, 농담이긴 하지만, 그렇지도 않아. 그런 일은 있을 수 있어."

"농담, 농담……."

"라이터는 산에서 귀중품입니다. 방근 씨는 어째서 라이터를 사용하지 않습니까?"

건네준 라이터를 손에 든 남승지가 말했다.

"음, 글쎄. 라이터는 주머니가 무거워. 성냥이 좋아. 이전에도 비슷한 걸 가지고 있었는데 언제였더라, 축항 바다에 발로 차서 버렸지, 핫, 핫하. 이건 그 후 누군가에게 선물받은 건데, 난 아무래도 라이터는 성미에 맞질 않아. 자, 가지고 가게나."

남승지는 담배 두 대와 라이터, 예비용 돌과 기름, 그리고 성냥을 점퍼 포켓에 넣고 자리에서 일어나(아니, 이상하다. 기분 탓인지 모르지만, 확실히 라이터가 무겁군), 밖에 인기척이 있는지 귀를 기울이며, 뒤의 장지문 한쪽을 살며시 당겼다.

"잠깐, 기다리게⋯⋯." 이방근이 덧문에 손을 댄 남승지를 제지했다. "양 동무, 미안하지만 방의 불을 꺼주지 않겠나?"

양준오가 일어서서 전등을 껐다. 덧문을 연 순간 빛이 새어 나가는 것을 막기 위함이었다. 얼굴이 보이지 않는 어둠 속에서 남승지는 살짝 양쪽으로 열린 덧문 한쪽을 밖으로 밀어 열고, 툇마루로 나가서는 장지문과 덧문을 원래대로 닫은 뒤 어둠 속으로 몸을 밀어 넣었다.

남승지는 부엌 뒤까지 오자, 어둠 속에 다가오는 별채의 윤곽을 포착했다. 눈을 집중시키지 않으면, 1미터 앞 형체도 구분할 수 없다. 그야말로 한발 내닫다 코를 부딪칠 것이다. 이런 때는 회중전등을 손수건으로 감싸서 사용하면 크게 도움이 된다. 요전처럼 별채 뒤쪽 출입구로 돌아가야 한다. 건물 옆에 된장이나 간장을 담은 장독이 몇 개나 놓여 있고, 장작이나 잡동사니가 쌓여 있기에, 거기에 코가 아닌 몸을 부딪치지 않도록 신경을 곤두세웠다. 어쩌다 걸려 넘어져 간장독이라도 깬다면 어떻게 되는가. 장작이나 잡동사니가 심야에 요란한 소리를 내며 무너져 내린다면⋯⋯.

남승지는 주위에 귀를 곤추세우고, 장독이 늘어선 별채 옆의 좁은 통로에 웅크리고 앉아 주머니에서 꺼낸 성냥을 그었다. 어둠에 불꽃을 발하는 빛의 동굴이 생겼다. 빛이 성내 하늘에 번쩍이는 일은 없겠지. 지면과 함께 붉게 비친, 사람 한 명 지날 정도의 좁은 통로를 확인하고 나서 바로 성냥불을 껐다. 타고 남은 작은 성냥개비를 발밑에 버리고 어림잡아 땅에 처바르듯 밟아 뭉갰다.

그는 성냥 불빛 속에 떠올랐던 기억을 머릿속에서 밟으며, 지면에 장애물이 없는 몇 미터 정도의 통로를 따라, 별채 뒤로 돌아갔다. 별채를 따라 담쟁이덩굴이 뻗어 있는 토담이 있었다. 토담과 이웃집의 돌담 사이에는 한 사람이 설 수 있을 만큼 틈이 있다는 것을 남승지는 예전에 묵었을 때 알았다.

즈크화를 벗고 방 안으로 들어가, 바깥쪽 덧문도 제대로 닫은 뒤 라이터의 불을 켰다. 방 안은 어둠을 깨끗이 씻어 버리듯 빛으로 비추어졌는데, 한쪽 구석에 모포 한 장이 개어 있었다. 이 집의 주인 부부가 잠들고 난 뒤, 부엌이가 자신의 것을 가져다 놓은 모양이었다. 부엌이는 누군가가 묵었던 흔적을 남기지 않도록 세심한 주의를 기울이고 있었다.

흙내 나는 방의 군불을 넣지 않은 장판 바닥은 차가웠다. 조금 전까지 아늑하게 엉덩이를 뜨뜻하게 데워 주던 이방근의 방 장판의 온기가 되살아나, 그것이 멀리 떠나 버린 무언가처럼, 묘하게 그리움으로 다가왔다. 그것은 그것, 이것은 이것이다. 머리 위는 튼튼한 기와지붕에다 방은 바람이 스며들 틈도 없으며, 지금 갑자기 큰 비가 쏟아져도 걱정 없다.

남승지는 담배 한 대를 피웠다. 옆으로 끌어당긴 묵은 신문을 손으로 더듬어 재를 털었다. 기름처럼 꽉 들어찬 두터운 어둠에, 붉게 타는 작은 불덩어리가 움직였다. 열두 시가 지났다. 피곤이 뿜어져 나오는 느낌과 함께 머릿속에서 현기증을 부르듯이 졸음이 쏟아졌다. 라이터는 이미 꺼내 놓았다. 그는 주머니 안에 남은 담배 한 대와 성냥갑을 밖으로 꺼내 머리맡에 두고 나서, 옷을 입은 채 모포로 온몸을 감싸고 누웠다. 눈을 감으나 뜨나 마찬가지인, 빛이 없는 암흑의 세계였다. 이 어둠이 잠을 청했다.

파도 소리가 잔잔하게 들려왔다. 바다가 거칠 때는 방파제에 부딪혀 부서지는 파도 소리가 머리맡에, 쿵, 쿵…… 하고 땅울림처럼 들려오지만, 지금은 강풍이 없는 평온한 밤인 만큼, 정적이 깊숙이 구심적으로 짙어져 가는 느낌이었다. 비록 차가운 장판 바닥일지언정(아직 몸은 조금 전까지의 온돌방의 남은 온기 때문에 식지 않았다), 평지의 따뜻함이 몸에 스며들었다. 그래, 하룻밤 더 성내에서 묵는다.

　……이런, 뭐라고. 산으로 돌아가는 것이 싫어지면 어떻게 하냐고? 하산한 김에 그대로 어딘가로, 일본에라도 가 버린다면 어떻게 될까? 음, 남승지는 미소까지 띠우며 문득 객관적인 생각에 자신을 맡겨 보았다. 길에서 누군가와 엇갈리기라도 한 듯이. 남의 일처럼. ……결사적인 인쇄. 호소문 인쇄는 반드시 수행해야 한다……. 덜컥 놀라며 남승지는 제정신이 들었다. 거의 잠들려고 했던 것 같았다. 뜨고 있는 두 눈은 어둠의 바다에 푹 잠겨 있었다. 호소문 인쇄가 실패한다면, 난 산으로 돌아갈 수 없다……. 한다. 해야 할 뿐이다, 할 것인가 말 것인가 그뿐이다. 해야 할 뿐? 그렇다. 음, 그렇다……. 천천히 소용돌이치며 가라앉는 졸음 속으로, 양준오의 목소리가, 그와 나눈 여러 목소리가 빙글빙글 빨려 들어가, 해야 할 뿐이다, 해야 할 뿐이다…… 하며 점점 더 강하게 빨려 들어가 가라앉고 있는 듯했다.

　남승지는 어둠 속에서 눈을 떴다. 어젯밤은 별채의 앞문 쪽, 부엌과 마주한 쪽으로 머리를 두고 잤을 터였다. 그 머리 방향에서 난 소리에 잠이 깬 듯했다. 듣지 하고 지나친 귀에 되살아난 듯한 느낌으로 끼익 하며 들려온 것은, 부엌의 덧문이 한쪽씩 열리는 그 두 번째 소리였다. 어험…… 하고, 부엌이의 헛기침 소리가 확실히 귀에 와 닿았다.
　남승지는 머리맡의 라이터를 손으로 더듬어 집은 다음 불을 붙였다. 손목시계를 들여다보니 다섯 시를 조금 지나고 있었다. 이제부터 부엌이의 하루 일과가 시작된다. 불을 넣지 않은 장판 바닥은 밤의 냉기를 머금고 있어 차가웠지만, 모포로 온몸을 감싼 채 잠든 동안에는 한기를 느끼지 못했다. 아직 10월 중순을 지났을 뿐이고, 예전 서울에서는 영하 10도를 밑도는 엄동설한에도 온기 없는 얼음장 같은 장판 바닥에서 잠을 청하곤 했었다. 산에서도 추위는 아직 시작되지 않았다.

부엌 쪽에서 이야기 소리가 난 듯했다. 남승지는 아직 날이 밝을 징조도 없는, 작은 새들의 지저귐조차 들려오지 않는 어둠 속에서 일어나, 바깥 장지문을 살짝 열고 덧문 틈새로 밖을 내다보니, 남포등 불빛에 희미하게 감싸인 부엌 내부가 보였다. 사람 그림자는 출입구 기둥에 가려져 있었다. 그는 덧문에 귀를 바싹 댔다. 아무래도 양준오인 듯했다. ……남승지는 오늘도 이 집에 있게 된다고 이야기하고 있는지도 몰랐다.

양준오가 물러갔는지, 이윽고 별채 뒷문 쪽에서 방으로 들어온 부엌이가 어둠을 향해 회중전등을 비춰 사람을 놀라게 했다. 아니, 이런, 이방근에게도 없던 회중전등이 부엌이의 수중에 있다니. 왠지 모르게 감탄하고 있는 남승지에게, 그녀는 양준오가 이쪽으로 온다고 알리며, 여섯 시를 지나 주인 부부가 일어나고 난 뒤에는 자신의 연락이 있을 때까지 절대로 밖으로 나와서는 안된다고 주의를 주었다. 두 사람 중 누군가가 별채로 오는 일은 없느냐는 물음에, 부엌이는 없다고 대답했다. 있어도 앞 쪽으로 오기 때문에 그때는 곧바로 뒤쪽으로 나가 잠시 숨어 있으면 된다. 그 사이에 자신이 알아서 처리하겠다. 그러나 그럴 염려는 없으니 안심하라는 말을 남기고, 새벽어둠 속으로 사라졌다.

이윽고 부엌 출입구 근처에서 이방근의 방 뒤쪽으로 돌아왔을 양준오인 듯한 인기척이 났는데, 곧장 별채 옆 통로로 들어오는 듯했다. 남승지는 어둠 속에서 넘어지지 않을까 마음을 졸였다. 무사히 뒷문을 열고 들어온 양준오는, 조금 전 부엌이와 마찬가지로 회중전등으로 남승지의 모습을, 마치 그 소재라도 확인하듯이 비추고 나서(부엌이에게서 빌린 것이다), 그대로 장판 바닥 위에 두어, 방은 잠시 밝은 빛이 비추어졌다.

남승지는 양준오에게 입산 지시를 전하면서 굳은 악수를 나누었다. 마침내 때가 온 것이었다. 소속은 중산간지대의 읍도(邑島)위원회의 비밀 아지트였다. 두 사람은 여수·순천 반란에 대한 요점을 의논했다. 어젯밤, 남승지를 달래며 자신이 나중에 이야기하겠다고 한 일에 대해서는 결국 언급하지 않았고, 또 그럴 여유도 없었다.

입산 결행은 앞으로 며칠간의 여·순 정세의 진전을 지켜봐야겠지만, 정부 측의 토벌작전 여하에 달려 있었다. 여·순 반란에 좌우되지 않고 이미 정해진 대공세가 전개된다면, 당장이라도 입산해야 한다. 비밀당원으로서 정보활동을 해 온 그의 신변도 결코 안전하지 않았다.

호소문 인쇄와 삐라 살포 후에는, 먼저 한라신문이 삐라인쇄 용의로 습격당하여, 김문원은 성내에 남아 있기 어려울 것이므로 입산을 서둘러야 한다. 그리고 김문원에게 산의 지시를 전달한 성내의 세포 책임자인 유성원도 신변이 위험하기 때문에 성내를 떠나게 될 것이다. 양준오도 그들과 거의 같은 시기가 되겠지만, 여·순 반란의 진전, 그 승리 여하에 따라서는 충분히 사태의 변화가 있을 수 있었다.

결국, 산 조직에서는 '북'으로부터의 원조 희망이 끊긴 지금, 여수 봉기가 승리하고, 반란군의 일부가 제주도로 상륙하여 게릴라와 합류하기를 절실히 바라고 있었다. 그렇게 되면, 제주도 게릴라의 새로운 활로가 열릴 것이다. 따라서 어젯밤의 정부군에 의한 여수 탈환 뉴스는 이러한 기대를 뒤집는 충격이기에, 탈환 사실 여부의 확인과 현재 국면의 정확한 동향, 그리고 새로운 정보가 필요했다. 여수 '탈환'이 사실이고, 전황이 반란군에게 불리해지면, 기대가 컸던 만큼 게릴라에게는 실망 또한 클 수밖에 없었다. 호소문 작성에는 10월 20일의 여수 봉기가 커다란 영향을 미치고 있었다.

정보의 입수는 기밀도 아니기 때문에 어려운 일은 아니었다. 반란에 따른 제주도에서의 토벌군의 대응이 문제일 것이다. 남승지는, 오늘 밤의 예정은 확실하지 않지만, 우선 유성원에게서 연락을 받을 때까지는 이곳에 있게 될 것이라고 말하고, 정보 수집을 하기로 한 양준오는 오후 일곱 시경에 다시 이곳으로 오기로 한 뒤 방을 나갔다.

라디오 뉴스는 오전 여덟 시에 있다고 했다. 어젯밤 보도된 '정부군 여수탈환'은 어떻게 전개되고 있는가. 보도가 사실인지 아닌지, 어젯밤 이방근의 견해와는 달리 남승지는 의심스러웠다. 설령 사실이라고 해도 그 보도를 뒤엎는 반란군에 의한 재탈환을 기대하고 있었다. 왠지 그래야만 할 것 같은 느낌이 들었다. 필연성이었다. 다만 그것은 객관적인 현상 분석으로 도출된 필연성이 아니라, 반란이 그만큼 하늘의 목소리와 같은 충격을 불러왔으니 그에 걸맞은 뒷받침이 있어야 한다는, 강한 소망에 따른 필연성이었다.

생각해 보면, 소망이 투쟁을 하는 것으로, 이미 그것만으로도 충분히 관념적이라고 할 수 있었다. 반란군은 게릴라와 합류하기 위해 제주도로 상륙해 올 것인가. 전투 상황이 그처럼 유리하게 전개될 것인가. 남승지는 정부군에 의한 탈환 보도를 전해들은 뒤로, 과도한 기대는 금물이라고, 다소 냉정함을 되찾고 있었다. 그렇다고 해도 하루 이틀 사이에 정부군에 의한 탈환이라는 것은 믿을 수가 없었다.

남승지는 일어나 뒤쪽 문을 소리 나지 않도록 살그머니 열고는 여전히 빛이 없는 밖으로 나가, 토담 바로 근처를 향해 튀지 않도록 소변을 보고 나서 돌아왔다.

닭이 홰를 치는 소리가 나고, 작은 새들이 새벽의 도래를 알리며 지저귀기 시작한 것은 얼마 지나지 않아서였다. 별채 지붕 위에서 지저귀거나 처마 끝에서 통 통…… 돌아다니고 있는 놈도 있었다. 부엌 쪽에서 아침밥을 짓는 소리, 달그락 달그락……, 도마에서 울리는 부엌칼의 투명한 소리가 들려왔다.

뒤쪽 덧문 한쪽을 조금 밀어 열어 둔 틈으로, 새벽의 아름다운 연기와도 같은 빛이 어둠에 커다란 균열을 만들며 방 안으로 밀고 들어왔다. 아아, 기나긴 어둠이 드디어 밝아진 기분이다. 방에 고인 어둠 속에서는 질식할 듯한 느낌이었다. 그는 1, 2센티의 틈을 열어 둔 채 장판 바닥으로 돌아왔다. 옅은 빛이 방에서 숨 쉬고 있었다.

부엌 뒷마당 구석 쪽에서 장작을 패는, 맑은 아침공기에 튀는 듯한 소리가 한동안 계속되었다. 부엌이가 도끼를 번쩍 들어 내리치고 있는 것이었다.

임신한 선옥이 뒤쪽 출입구의 높은 문턱을 넘어 밖으로 나오는 기척이 났다. 장작을 패는 소리가 그쳤다. 그녀는 별채 앞 주변에 멈춰 서서 부엌이에게 뭔가 말을 걸고 있는 듯했다.

남승지는 돌연 무서운 것이라도 생각난 듯 움찔하며 고동치는 가슴을 감싸 안듯이 숨을 죽였다. 어쩌면 지면에 어젯밤부터 별채 뒤쪽으로 출입한 여러 개의 발자국이 남아 있는 것은 아닐까 생각했던 것이다. 발자국……? 어젯밤 즈크화로 지면을 밟았던 감촉을 상기했다. 날씨가 좋아서 분명히 지면은 말라 있을 터였다. 그래, 말라 있기 때문에 지면에 흔적은 남아 있지 않을 것이다. 설마, 어젯밤에 타고 남은 흙을 뒤집어쓰고 있을 성냥개비가 선옥의 눈에 보일 리가 없다.

선옥이 잠시 뒤뜰을 떠나지 않고 있는 동안, 긴장한 남승지는 만일 그녀가 별채 문에 손을 댄다면 모포를 안고 뒤쪽으로 도망갈 생각이었지만, 부엌이가 말한 대로 아무 일도 없었다.

이방근의 아버지는 여덟 시 뉴스를 듣고 출근할 것이다. 그의 목소리는 부엌에서도 나지 않았다.

어두운 방 안에서의 기나긴 반나절이었다. 여·순 반란의 뉴스는 오전 열한 시에 정부발표가 있다고 해서 낮방송까지 연기되었던 것이다.

아버지의 방에서 라디오 방송을 들은 이방근은, 선옥이 외출하고 없는 사이에 별채에 갇힌 몸인 남승지를 자신의 온돌방으로 불러냈다.

방송 내용은 간단해서, 비행기 위에서는 순천 시가지에 아직 인민공화국기가 나부끼는 것이 보였고, 격전이 계속되고 있지만, 게릴라 측의 패색이 짙다는, 대략 어젯밤 보도와 달라진 것은 없었다.

중앙지가 늦게 들어오기 때문에 무엇보다도 신문이 없는 것이 곤란했다. 지역지인 한라신문에는 일절 여·순 반란 기사가 실리지 않았다.

서울에서는 21일부터 수도경찰청 관하에, 무허가 집회나 삐라 살포 등을 엄금하는 초비상경계가 포고돼 있어서, 정보를 알아보려고 서울의 건수 숙부에게 전화를 넣어도 일반용은 연결되지 않는다고 했다.

격전 중이라든가, 상공에서 인민공화국기가 보인다든가, 아직 완전히 제압된 것은 아니라 해도, 믿기 어려운 정부 발표였지만, 반란군의 승리로 연결시키기는 어려운 내용이었다.

여·순 반란의 패배가 현실이 되는 것인가. 한순간 절망감에 휩싸여, 흔들흔들 머리가 어지러웠다. 남승지는 고개를 저으며 자신의 생각을 부정했다.

이방근은 분명히 찌푸린 얼굴이었다. 음, 도대체 어찌 된 일이란 말인가. 정확한 정보를 가지고 사태의 추이를 지켜볼 수밖에 없다. 낙관은 삼가는 편이 좋겠다며 평상시의 농담 같은 말투는 사라져 있었다.

"그건 그렇고, 승지, 성내로의 외출은 가능하면 해가 저문 후에 하게." 이방근이 거의 웃으며 말을 계속했다. "어젯밤은 몸에서 냄새가 난다고 말했지. 산 사람의 냄새야. 나중에 몸을 깨끗이 씻는 게 좋아. 자네의, 햇볕에 그을린 까만 얼굴은 산 냄새에 뒤지지 않을 만큼 눈에 띌 테니까."

성내에는 농촌에서 드나드는 사람뿐만 아니라, 농사를 짓는 주민도 많아 햇볕에 그을린 사람도 많을 터여서, 이방근의 이야기는 다소 과장이 있었다. 하지만 하산한 게릴라를 분간하는 하나의 표시가 될 수 있고 경찰 등이 검문할 꼬투리이기에 충분할 것이다.

남승지는 아침에 유성원의 연락원 중 하나인 여자중학교 학생을 통해 유성원과 오늘 밤 일곱 시까지 만날 수 있게, 연락을 취하도록 부엌이에게 부탁해 놓았다. 그녀는 그 연락을 위해 채소가 떨어졌다는 구실로 배추를 사러 외출했다.

이방근은 부엌이에게 서둘러 물을 끓여 남승지가 별채에서 몸을 씻을 수 있도록 준비해 두라고 일렀다. 그녀는 빨래를 하려고 지금 물을 끓이고 있다고 했다.

"마침 잘됐군. 시간이 없으니 승지 동무 것까지 세탁할 순 없겠지. 내 속옷으로 갈아입고 가도 되지만, 아마 커서 자네 몸에는 맞지 않을 거야."

별채에서 남승지는 오랜만에 뜨거운 물로 전신의 때를 깨끗하게 씻어 냈다. 수건을 짠 세면기의 물은 그야말로 악취를 발할 것처럼 질척거렸다. 이제 산 냄새가 조금은 없어질까. 24일, 내일 아침까지는 성내에 있어야 한다. 결사적인 인쇄. 해야 할 뿐이다. 할 것인가, 말 것인가 뿐이다. 그렇다, 해야 할 뿐…….

4

오후가 되자 그때까지 맑았던 하늘에, 어디로부턴가 이 섬 상공에 흘러든 구름덩어리가 떼를 지어 태양 빛을 가리기 시작했다. 바람이 불어왔다.

오랜만에 뜨거운 물로 몸을 닦아낸 남승지는 안주인 선옥이 아직 돌아오지 않았지만, 방 뒤쪽 덧문을 조금 열어 오후의 빛을 들인 별채에 몸을 숨기고 있었다.

생마늘 냄새가 바로 옆에서 나는 것처럼 코를 찔렀다. 빨래를 마친 부엌이가 부엌 밖에서 마늘을 까고 있었다. 김치를 담그기 위한 양념 재료를 버무린 냄새도 꽤나 심했지만, 무심결에 침을 삼킬 만큼 식욕을 돋웠다. 김치 양념은 마늘과 파, 사과, 밤, 그리고 새우, 오징어, 굴 등의 어패류도 함께 넣어 만드는데, 지금은 그 준비를 하는 중이었다.

날카로운 냄새가 사라지고 부엌이가 그 장소를 벗어난 듯한 기척이 났다. 이윽고 돌아온 부엌이와 함께, 리어카가 이러니저러니 하는 여자들의 말소리가 나고, 김치용 배추와 무 등의 채소를 날라 온 듯, 부엌 바깥 처마 밑에 채소 다발이 겹겹이 쌓이고 있었다.

이씨 집안은 대가족은 아니었지만, 입동을 전후해서 김장김치를 담그는 일은 연중행사의 하나이기도 해서, 근처의 부녀자들이 찾아와 함께하는 공동 작업으로 이루어진다. 지금은 그 재료를 준비하고 있는 중이었다. 부엌이 또한 다른 집 김장이 시작되면 도와주러 갔다.

"손님이 왔나 봐."

손님이 온 모양이었다. 수다를 떨고 있던 여자가 돌아갔다. 손님을 맞으러 갔던 부엌이가 잠시 후 별채로 왔는데, 작은 종잇조각을 남승지에게 건네면서 급한 일이라고 했다. 아침에 유성원에게 연락을 부탁해 둔 여자중학교 학생이 지금 답을 기다리고 있다고 했다. 종잇조각에는 펜글씨로 '18·한'이라고만 적혀 있었다. '한'이란 것은 한천(漢川) 상류의 비밀 장소, '18'은 오후 여섯 시를 가리킨다. 저녁 무렵에는 날씨가 어떨까요? 하고 묻자 부엌이는 괜찮을 거라고 대답했다.

남승지는 곧바로 알았다고 대답하고 여학생을 돌려보냈다. 용케 안주인 선옥이 없을 때 온 것이었다. 장소는 상대에게 맡기고 오후 일곱 시 전으로 지정해 놓았지만, 해질녘인 여섯 시경이 가장 좋을 것이었다. 일곱 시까지 마른 냇바닥에서 절벽을 기어 언덕으로 올라가면 된다. 어두워지면 지반이 위험했다. 만약 많은 비가 내린다면 냇바닥은 위험하기 때문에 약속은 취소된다.

어젯밤 조직상의 임무를 마치고 일단 헤어진 유성원과 재회할 구실을 무엇으로 할 것인가. 적어도 어젯밤 일곱 시 반에 여자중학교에서 유성원과 만났을 때는, 서로 정부군의 여수 탈환 뉴스를 몰랐고, 혁명적 봉기 성공의 기운에 우쭐하여 흥분이 식지 않고 있었다. 정부군, 여수 탈환 정보의 확인과 새로운 정보의 수집을 위해 성내에 머물고 있을 것, 동시에 호소문 인쇄의 진전 상황 확인. 삐라를 산으로 가지고 가야 한다……. 유성원 나름대로 정보를 입수하고 있겠지만, 그도, 그리고 '결사적인 인쇄'를 실행하는 김문원도 봉기군의 패색에 실망이 클 것이었다. 그것이 혁명적 사기에 어떤 영향을 미치는 것은 아닐까.

남승지는 냉정해지고 평정심을 새롭게 되찾았지만, 반란군의 여수·순천 재탈환과 승리를 기원하면서도, 기대가 뒤집힌 절망감이 아직도 마음 한구석을 차지하고 있었고 그것이 반란군의 반격에 대한 불안감으로 이어졌다.

조금 전에 몸을 씻은 뒤의 세면기 등을 정리하기 위해 별채 밖으로 나갔을 때, 옆에 있는 응접실에서 전화를 걸고 있었던 것으로 보이는 이방근이 부엌으로 얼굴을 내밀어, 지금 서울에서 전화가 막 걸려 왔다……고 했다. 서울에서? 아아, 상대는 내가 좀 아는 사람으로 신문사에서 일하고 있네……. 그리고 이방근은 전화로 들은 여·순 사건에 대한 정보를 이야기했다. 지금으로서는 당국 발표 이외의 기사게재를 금지당하고 있으며, 무엇보다도 군·경찰대의 행동지역 안으로 출입할 수 없기 때문에, 매일 매시의 정보가 다른 상태이고, 진상파악과 정확한 정보판단이 어렵다. 전황은 순천도 함께 일진일퇴의 격전 중으로, 정부군이 여수 일부를 점령한 것은 틀림없는 모양이다. 두 도시에서는 인명 피해도 막대하다고 했다. 어쨌든 당초의 반란군의 일방적인 승리라는 아니지만, 여·순 모두 거의 탈환…… 운운한 정오의 라디오 방송과는 내용이 다소 엇갈리고 있는 것이 희망을 갖도록 했다. 서울에서는 산발적인 데모가 일어나고 있어서 경찰대가 출동하고, 폭동에 대비하여 엄중한 초비상 경계 태세가 시행되고 있는데, 오늘 신문에서는 서울 인근의 인천에서도 여·순 반란에 호응한 삐라 살포와 대규모 시위가 일어나 극우 청년단체의 건물이 파괴되었다는 등의 기사가 나오고 있다고 한다. 그렇다고 해서 대세가 반란군에게 유리하게 전개되고 있는 것은 결코 아니었다.

얼마 지나지 않아 외출했던 이방근이 돌아온 것은 다섯 시를 지나서였다. 성내 외곽인 한천 상류의 약속 장소까지 3, 40분은 걸린다. 이미 안주인 선옥의 목소리가 나고 있었는데, 이방근의 아버지도 함께 귀가해 있었다. 안채에는 손님들이 온 듯, 임신한 몸이면서도 선옥이 부엌을 드나들었다. 게다가 저녁식사 시간과 겹쳤기 때문에, 남승지는 별채에서 나갈 기회를 좀처럼 잡을 수 없었다. 만약 멀리서 온 손님이라면 묵을 준비가 필요할 것이다. 안채의 방을 사용하지 않는 경우에는 부엌이에게 별채를 점검시킬 겸 함께 들여다보러 오지 않는다고도 할 수 없었다.

선옥이 안채 쪽으로 모습을 감춘 잠깐 사이에 남승지가 부엌이의 신호를 받고 별채를 나섰다. 흙투성이의 배추와 무가 수십 다발이나 쌓여 있고, 풋내와 함께 물기 어린 냄새가 물씬 풍기는 부엌 옆을 지나, 뒤뜰에서 이방근의 온돌방 쪽으로 이동했다.

그런데 남승지가 이 집에서 밖으로 나가려면 대문 옆의 쪽문을 이용할 수는 없기에 어쨌거나 뒷문을 열어야 했다. 뒷문을 연다. 심야도 아닌데 이 집의 뒷문이 열린다. 이방근이 말한 것처럼 미리 뒷문을 열어 두고, 골목 청소를 하는 시늉을 하면서 주위를 살피기에는, 지금의 부엌이로서는 주인의 눈을 피해 움직일 틈이 없었다. 그 사이에 약속 시한을 넘기게 된다.

골목에 아무도 없다면 모를까, 집안사람도 아닌 남승지가 평소 사용하지 않는 뒷문으로 나오는 것은 이상했다. 아무리 보기 좋게 꾸민다고 해도, 나올 때의 모습은 역시 평범하지 않을 것이었다. 집안사람이라고 해도 갑작스런 뒷문 사용은 다른 사람의 눈에 띄기 쉬웠다.

"내가 뒷문을 열고 상황을 확인해 보지." 옆 서재의 소파에 앉아서 안뜰을 내다보고 있던 이방근이 뜻밖의 말을 해 남승지를 놀라게 했다. 이방근은 자리에서 일어나 온돌방으로 들어왔다. "잠깐 기다려. 만약 근처에 사람이 지나가면 이상하게 생각할 거야. 좀처럼 열리지 않는 뒷문이 갑자기 담장에 구멍을 뻥 뚫고 열리는 거니까. 음, 가세. 자넨 외출할 준비를 하게."

온돌방 뒤쪽 툇마루에 선 이방근은 남승지를 재촉하여 뒷문 옆까지 가더니, 부엌 쪽의 인기척을 살피면서 뒷문의 빗장으로 되어 있는 작은 고두쇠를 살짝 풀었다. 그리고 안전하면 뒷문 밖에서 가볍게 노크를 할 테니, 이쪽도 괜찮으면 바로 노크로 답하라 말하고, 이방근은 그 자리를 벗어나 대문 옆의 쪽문을 통해 밖으로 나갔다.

남승지는 부엌 사람들의 출입에 주의를 기울이면서 정원수 그늘에 몸을 숨겼다. 2, 3분 후면 뒷문 건너편에 도착할 이방근의 노크를 희미한 몸의 떨림과 고동치는 가슴으로 기다렸다.

남승지는 눈앞에서 이방근이 스스로 녹슨 빗장(자세히 보면, 어느 정도 녹이 벗겨져 있는 것이 몇 번인가 자물쇠를 움직인 흔적이라는 것을 알 수 있었다)의 손잡이를 내리고 옆으로 당겼을 때, 마치 가슴에 대못이 박힌 듯한 통증과 비슷한 감동을 느꼈다. 가슴이 크게 울리는 고동은 그 여파였다. 도대체 어떻게 된 일인가. 이방근은 자신의 말과는 다르게 왜 이러한 일을 하는 것일까. 이씨 집안에 대한 '파괴자들의 침입'의 안내를 하는 것은 부엌이뿐만 아니라, 이방근 자신도 이제는 완전한 공범자였다. 더군다나 이방근이란 인물이 대문으로 일부러 나가서 뒷문을 여는 길잡이를 하다니, 무슨 일인가. 생각할 수조차 없는 일이었다. 부엌이가 해야 할 일이 아니었던가. 부엌이에게 시키는 것도 놀랄 일인데, 스스로 움직여 이 집의 '파괴자'에 가담하다니. 동조자의 차원을 넘어서 참으로 불가사의하기조차 했다. 혁명의 위력인가. 아니, 혁명에 냉소적이기까지 한 그가, 그렇지 않을 것이다.

이러한 이방근의 일거일동이 눈에 보이지 않는 힘으로 가슴에 파고들듯이 스미는 걸 의식했을 때, 그는 어딘가 바보처럼 어수룩한 사람이 아닐까 하는 일종의 경멸감이 남승지의 마음을 스쳤지만, 이 무슨 오만…… 하늘에 침을 뱉는 무서운 경멸이라고 그는 곧바로 정신을 차렸다. 그리고 오만을 꾸짖는 가슴 깊은 곳에서 일어난 외경의 마음이 그것을 대신한다는 걸 느낀 남승지는 즈크화의 끈이 묶인 상태를 확인하면서, 자신이 지금, 아니 현재가 아니다, 현재를 넘어 어딘가에서 이방근에게 자유를 빼앗기고 있는 듯한 기묘한 느낌에 빠졌다. 마치 이방근의 명령대로 움직이고 있는 듯한 감각. 이상하다. 아니, 그런 일은 없다······.

똑, 똑. 예민해진 귀에, 바람에 흔들리는 정원수의 술렁거림과는 다른 주옥같은 소리, 뒤쪽 출입문이 가볍게 울리는 소리가 났다. 남승지는 곧바로 뒷문에 손을 뻗어, 똑똑 하고 노크로 답을 했다.

뒷문이 살며시 희미하게 삐걱거리며 열린 틈으로 남승지의 몸이 미끄러지듯 밖으로 나오자, 돌아볼 새도 없이 문은 닫혔다. 자물쇠는 남승지가 다시 돌아올 때까지 풀려 있을 것이다. 골목에 사람 그림자는 없었다.

"조심하게."

이방근은 집 대문 쪽으로 가고, 남승지는 반대 방향으로 걸어갔다. 그는 그치지 않고 울리는 숨 가쁜 고동에 보폭이 커지는 것을, 걸음이 빨라지는 것을 경계했다.

남승지는 신작로가 뻗은 서문교 쪽으로 나가는 것을 피해 훨씬 앞쪽의, 근처에 이방근의 하숙집이 있는 하천 하류 쪽 다리를 맞은편 언덕으로 건넜다.

하천 어귀에서 불어오는 바람에 아직 녹음이 쇠하지 않은 냇가의 버드나무 가로수가 파도처럼 흔들리고 있었다. 뺨에 닿는 바람은 아직 겨울 냉기와는 다르다. 냇가 도중에 골목으로 들어가, J중학교 옆에서 서문교 맞은편의 신작로로 나왔지만, 대각선으로 보이는 노천시장이 붐비는 저녁때라서인지 사람들의 왕래가 길에 넘치고 있었다. 모래 먼지를 일으키는 바람을 타고 소란스러움이 부풀어 올랐다. 어패류와 건어물, 잡곡, 잡화, 불하품인 미군 군복 따위의 의류. 김장철인 만큼, 한편에서는 김장용 배추, 무 시장이 들어서 있었다. 여자들이 짊어진 바구니와 지게에 산더미처럼 물건을 쌓아 올리고 지나갔다. 김장 김치를 담글 항아리를 리어카로 운반하는 남자들도 있었다.

남승지는 얼굴 피부가 땅기는 듯 따끔거리는 것을 느꼈는데, 산 사람 냄새가 난다는 햇볕에 그을린 자신의 얼굴색을 의식하고 있었기 때문이지, 수염을 깎은 탓은 아니었다. 햇볕에 타서 검은 사람은 남자든 여자든 얼마든지 있었다. 시장에 무수히 있다. 애당초 이방근 자신이 지나치게 하얀 것이다. 해질녘의 흐린 날씨라 그다지 눈에 띄지 않는다고 자신을 타일렀다. 아니, 아이의 거센 울음소리가 나고 있었는데, 그것이 얼굴 피부의 긴장감을 없애준 것 같았다. 이런, 저기도 얼굴이 까만 사람이 있군…… . 그는 움찔하며 눈을 돌린 순간, 농부들이 쓰는 삿갓 그늘에서 움직인 시선의 끝과 얽혔는데, 상대방도 한순간 깜짝 놀라는 것 같았다. 몇 번인가 만난 적이 있는 산 조직의 보급계 청년이었다. 씨익 하고 하얀 이를 보이며 사람들 속으로 사라지는 상대에게, 남승지는 눈짓을 보냈다. 일부러 산에서 '물건을 사러' 온 것이었다. 지방의 시장에는 산에서 현금을 가지고 물건을 대량으로 사러 자주 오지만, 성내로 나오는 일은 드물었다.

김장용의 크고 작은 다양한 검은 항아리가 늘어서 있는 옆에서, 하반신에 아무것도 입지 않은 맨발의 사내아이가 땅바닥에 엉덩방아를 찧고, 콧물 범벅인 채 새까만 얼굴로 훌쩍이며 울고 있었다. 아무도 신경 쓰는 사람이 없었다. 근처에 부모나 누가 있을 터이지만, 아이는 슬픔으로 한동안 질식할 것처럼 울고 있었다.

시장을 벗어나 샛길 서쪽으로 한천 쪽을 향한 남승지의 귀에, 조금 전의 아랫도리를 입지 않은 아이의 크고 날카로운 울음소리가 되살아나 견딜 수가 없었다. 고아처럼. 어찌 된 일일까, 그것이 여수·순천에서 반란군이 일반 시민을 학살하고 있는 모양이라는 이방근에게서 들은 이야기로 이어져 갔다. 남승지는 고개를 흔들었다. 서울에서 전화로 미발표 정보를 전했다고 하는 사람의 이야기. 국군도 반란군 측도 함께 비무장 시민을 살해하고 있으며, 인민위원회를 조직한 혁명파에 의한 잔혹한 살육과 만행이 시민을 공포에 빠뜨리고 있다는 것이었다.

반란군이, 그리고 학생과 시민이 가담하고 있는 혁명측이 일반시민을 학살하다니, 있을 수 없다. 그것은 정부 측의 일방적인 발표인 것이다. 분명히 봉기군이 제14연대의 장교들 20여 명을 사살한 건 사실일 것이고, 악질 반동분자, 경찰관 등을 희생시킨 건 당연하며, 그것은 학살과는 다르다. ……서울에서 특별히 전화를 한 사람은 누구입니까? 좀 아는 사람이 있네……. 이전에, 뭔가 소설을 쓰고 있다는, 나 아무개인지 하는 사람입니까? 나영호, 아니, 그 사람이 아니야. 방근 씨는 그 이야기를 믿는 겁니까? 믿고 있는 게 아니야. 이런 때는 유언비어가 퍼지기 마련이고, 그렇지 않기를 바라지만, 사실은 어떨까 하는 것이지. 혁명파가 학살을 하고 민중을 말려들게 한 일은 얼마든지 있어. 혁명에 유혈은 따르는 것이라고 할 수 있겠지만, 적어도 일본에 병합된 이래, 동족끼리 다수를 죽이는 것은 친일파, 일제의 앞잡이들에 의한 학살 외엔 없었네. 해방 후에도 친일파가 잡은 권력에 의해 2, 3년 학살이 있어 왔지. 하지만 민중봉기가 한창인 때 학살은 없었어. 경찰이 맞아 죽거나 한 적은 있었지만. 그 일을 말하고 있는 게 아니야. 무장봉기는 제주도가 최초이고, 여수·순천이 이에 뒤따른 것이 되는데, 학살이 여수·순천에서 일어나고 있다면. 더욱이 반란군, 시민파에 의해서 말이지…….

난 믿지 않는다. 남승지는 걸으면서 고개를 흔든다. 지금까지도 학살은 모두 공산주의자들의 소행이라고 주장해 온 것은 정부 측이고,

그것이 그들의 상투수단이다. 여기 제주도만 해도 그렇지 않은가. 실제로 어떤 학살이나 만행이 일어나고 있는지도 모르지만, 반란군에 패색의 조짐이 보이면, 모든 것을 반란군의 탓이라고 할지도 모른다. 도대체 어떤 자들일까. 그러한 것을 일부러 이방근에 알리는 것은. 그리고 이방근은 어느 정도 거기에 귀를 기울였기에, 나에게 이야기한 것이 아닐까. 적어도 그는 나에게, 이런 이야기를 자네는 믿지 말라고 단언하지 않았다……

짚단이 쌓인 보리밭의 돌담과 돌담 사이는 돌투성이 길이었다. 여기저기 돌담 틈에서 바람이 몸부림치는, 미친 듯이 휘파람 같은 소리가 나기 시작했다. 바람이 심해지는 것인지도 모른다. 등을 커다란 손으로 떠미는 것처럼 세차게 불어온다. 구름이 꿈틀거리는 흐린 하늘이 머리 위에 바싹 다가온 느낌인 걸 보면, 부엉이가 내리지 않을 것이라고 말한 비가 오는 것은 아닐까. 송아지의 등에 산더미처럼 쌓인 짚단이 이리저리 흔들렸지만, 송아지는 꿈쩍도 하지 않고 주인과 함께 묵묵히 걸어갔다.

밭 한구석에 작은 돌담으로 둘러싸인, 잡초를 벤 지 얼마 안 된 무덤 두 개가 나란히 저녁 빛 아래로 가라앉아 있었다. 남승지는 이방근이 서울에서 걸려 온 전화에서 들었다는 이야기를 있지도 않은 일이라고 부정하였다. 그러면서도 이상하게 반란군에 의한 '학살'이 머리에 남아, 왜 그런지 아랫도리를 입지 않은 어린아이의 울부짖는 소리가 바람의 신음소리를 타고 들려오는 것 같았다.

일단 한천 물가로 나왔지만, 주위는 울퉁불퉁한 바위투성이로 길이 없었다. 하천의 흐름을 따라 상류를 향해서 바로 앞쪽의 작은 길로 가면 된다. 남승지는 서둘렀다. 몇 그루인가 흩어져 있는 소나무 숲과 대나무 숲을 지나서 다시 꼬불꼬불한 좁은 길을 올라가자, 양쪽 물가 일대에 수목이 무성해서, 마치 숲이 하천을 덮고 있는 것처럼 보이는 곳에 이르렀다. 수풀로 들어가면 하천이다. 계곡 밑바닥 같은 하천 바닥이었다. 원래 인기척이 없는 곳이었지만, 그는 무심코 나무 그늘에 몸을 기대어 사방을 살핀 뒤, 상류 쪽으로 우회하여 수풀로 들어갔다. 작은 새들이 지저귀고 있는 수풀 속은 바람이 잦아들었고, 머리 위를 덮은 공기가 싸늘하고 묵직했다. 시냇물 소리가 나고 있었다. 시각은 여섯 시를 조금 넘기고 있었다. 유성원은 이미 와 있을까. 아직이라면, 어느 방향에서 올까.

남승지는 나무줄기와 늘어진 가지 등을 잡으며 7, 8미터는 족히 되는 하천 바닥을 향해 암벽을 내려갔다. 발밑을 주의했지만 자갈이 하나 둘 하천 바닥으로 굴러떨어졌다. 몇 번인가 회합 장소로 사용한 곳이지만, 이제는 변경해야 할 것이었다. 머지않아 적에게 탐지될 때가 올 것이다.

맑은 물이 흐르는 계곡은 일몰의 냉기가 들어차 있는지, 땀이 밴 몸을 선뜩하게 죄어왔다. 평평한 바위 위에 내려서서 잠시 있자니, 뻐꾹, 뻐꾹. 사이를 두고, 뻐꾹, 뻐꾹, 이전과 같은 뻐꾸기의 울음소리. 머리 위의 수풀이 아닌, 맑은 물을 지나오고 있었다. 뻐꾹, 뻐꾹. 남승지가 목을 울려서 새 소리로 답했다. 다음에 만날 때는 부엉 부엉. 부엉이 소리.

이 주변에는 동굴이 두 개 있었다. 이전에는 상류 쪽이었지만, 오늘은 몇 미터 아래쪽에서 인기척이 났다.

유성원은 연락원인 소년을 데리고 왔다. 소년은 망을 보기 위해 계곡 위의 낭떠러지를 가볍게 올라갔다. 성내에서의 연락원은 유성원의 수족이나 마찬가지로, 연락원이 없으면 거의 움직일 수 없을 것이었다.

두 사람은 저녁 어스름에 물결의 반짝임을 잃어 가는 시냇물 소리가 들려오는 동굴 입구 근처의 바위 위에 앉았다. 동굴 밖의 머리 위의 수풀에서는 바스락바스락 서로 스치듯 낙엽이 떨어져 시냇물에 떠내려갔다. 이전에 온 것은 9월 초, 아직 초록이 무성한 여름의 끝자락이었다.

유성원의 여·순 사건에 대한 정보도 남승지의 그것과 비슷한 것으로, 단지 이방근이 전화로 들었다는 혁명파에 의한 '학살' 운운하는 꺼림칙한 이야기는 나오지 않았다. 다행이었다. 그러나 지금 굳이 그것을 말할 기분은 아니었다. 두 사람 다 어젯밤의 반란군 봉기의 열기는 가라앉아 있었다. 남승지는 포고문 인쇄를 거의 강요하다시피 한 (조직 결정이라는 이름하에, 비판적이었던 상대에게 강제했던 것이다), 그 버팀목이 될 여수 반란의 승리를 강조할 근거를 잃어버렸다.

그러나 그것은 그것이다. 여수 봉기는 제주도의 투쟁에 처음부터 포함되었던 것이 아니었다. 어디까지나 우연적 요소에 지나지 않았으며, 우리들의 투쟁에 유리하게 전개되기를 바라지만, 당연히 우리들의 독자적인 게릴라 투쟁이 전개된다. '선전포고'를 계기로 새로운 투쟁이 시작된다.

동굴 안에서 서로 잘 들리는 두 사람의 작지만 활기찬 이야기 소리는, 동굴 밖으로 새어 나가 맑게 흐르는 물소리에 섞여 사라졌다.

"다음에는 뻐꾸기가 아닌, 부엉이를 부릅시다."

"흠, 부엉이……." 유성원은 가볍게 고개를 끄덕이며 말했다. "김 동지, 다음은 여기에서 만날 수 있을지 모르겠소."

"이곳이 아니라도."

남승지는 '부엉이' 운운을 정정하는 대신에 서둘러서 말을 바꾸었다.

"성내의 정세가 험악하오. 지금도 힘들지만 내일 이후에는 여간 힘들지 않을 거요. 그런 인식이 김 동지와는 조금 다르지 않을까."

"……?"

남승지는 정수리를 얻어맞은 느낌이라 말이 바로 나오지 않았다. 산 생활이 힘들다는 생각을 뒤엎는 말이었다. 유성원의 이 한마디가 아직 서로의 얼굴을 식별하기에 곤란하지 않은 동굴 안을 긴박한 분위기로 만들었다. 뭐가 다음에는 뻐꾸기가 아니라 인가. 내일, 24일 이후, '선전포고문' 살포 이후……. 남승지는 김문원에게 연락이 닿았는지, 당연히 상대가 그렇다고 대답할 것이 자명한, 핵심적인 것을 물었다. 유성원은 그렇다고 대답했다.

"인쇄는 언제 하게 됩니까?"

남승지는 호소문의 인쇄를, 이 가장 중대한 '결사적인 인쇄'를 당연한 전제로서 물었다.

"오늘 밤 결행될 것이오."

유성원이 '결행'이란 말을 했다.

"오늘 밤?"

남승지는 가슴이 세차게 뛰는 것을 억눌렀다. '결행'이라는 한마디가 각오의 정도를, 인쇄 실현의 확실성을 전했다.

오늘 밤 몇 시쯤부터 시작하면 내일 아침까지 3천 장을 인쇄할 수 있을까? 심야에 시작해야 가능하다. 단지 삐라 살포가 중대한 국면을 초래할 것이라고 유성원은 못을 박듯이 말했지만, 두 사람 사이에 인식의 차이에서 오는 간극은 여전히 있었다.

남승지는 오로지 별다른 동요 없이 인쇄의 결행만을 바랐고, 확실히 생명을 걸어야 하는 위험한 인쇄, 이방근조차 우려하며 다소 냉소적으로 말한 '결사적인 인쇄'를 거의 잊고 있었거나, 잊은 체 하고 있었다. 단지, 조직 명령의 실행, 조직책인 자신의 임무를 완수하는 것에만 마음을 빼앗기고 있었다. 혁명이라는 미명하에……까지는 아니더라도, 혁명을 위해 인쇄를 결행한다, 이것이 남승지만이 아닌, 산 그 자체의 인식이었다. 아아, 이것으로 산으로 돌아가 보고할 수 있다. 이 무슨 비열한 안도의 마음인가. 조직 상부로의 인쇄 결행의 보고가 동지의 '결사'를 담보로 하고 있다니.

유성원은 남승지에게도 담배 한 대를 나눠 주었다. 휴지에 재를 떨고 피웠지만, 동굴 안에서는 연기가 금세 고이기 쉬워, 두 세 모금 피우고 그만두었다. 그는 김문원과 만난 경위를, 그리고 인쇄의 결행이 서로 간에, 특히 김문원에게 있어서 고뇌의 결단이라는 것을 이야기했다. 하지만 그는 남승지와 이렇게 만난 것을 불쾌하게 생각하고 있는 것 같지는 않았다.

무엇보다도 갑작스러운 산으로부터의 지시라 시간이 없었다. 완전한 '상의하달'식의 결정 지시였다. 어젯밤 남승지가 여자중학교를 나간 뒤, 유성원은 즉시 신문사에 있던 김문원과 연락을 취해, 여덟 시 반 넘어서 C길 입구에 있는 지인의 양복점으로 그를 불러 이야기했다. 교직을 떠나는 터라 이미 수업은 하고 있지 않았다. 그러나 숙직 중의 외출인 만큼 빨리 돌아가야 했다. 김문원에게 있어서 이야기의 내용은 상상도 못한 그야말로 청천벽력이었다. 신문사에서의 인쇄가 무서운 모험이라기보다 불가능한 일이라고 거부하며, 손에 든 호소문이 적힌 대학노트 한 장을 받지 않고 물리쳤다. 호소문이 인쇄되어 외부의 눈에 닿는 순간, 그것이 한라신문의 인쇄라는 것을 바로 알게 되는데, 왜 이처럼 명명백백한 일을 강행하는 것인가. 그 의도를 이해할 수 없다는 것이었다. 그것은 당연한 일. 조국의 해방과 혁명을 위해서다, 그리고 우리 고향 제주도의 자유를 위해서. 김문원 동무도 조직원이 아닌가. 이것은 조직의, 산에서 싸우고 있는 조직의 지시이다. 개인의 주관적인 것이 아니다……. 김 동지, 김문원에게 조직에서 하라고 명령하면 할 수밖에 없다. 어쩔 수 없지 않은가. 나는 이러한 말까지 했소. 문원 동무, 나는 더 이상 많은 것을 이야기할 수 없소. 나는 조직원으로서 조직의 결정을 동무에게 전하오. 나 역시 동무에게 이러한 지시를 전하는 입장이 되리라고는 생각도 못했소. 만약 도울 일이 있다면 함께하겠소……. 내가 할 수 있는 일도 없겠지만, 그에게 그렇게 말했다고 유성원은 덧붙였다.

"그가 지적한 것처럼, 결과가 이미 명백한 일을 강행한다는 것은……. 나는 전쟁터에는 가지 않았지만, 해방 전 일본에서 학도병으로 소집된 적이 있소. 나는 일본의 특공대가 생각나오. 특공대에게 어떤 의미가 있었는가……. 특공대에는 조선 출신자도 있었소. 그들은 일본의 천황을 위해서 비행기와 함께 미국 군함으로 돌격했던 것 아니오. 일본인에게 조선인의 배짱을 보여 주겠다든가, 또는 조국 조선이 일본인에게 비웃음을 당하지 않게 하겠다는 걸 이유로 기를 쓰고 덤빈 것이오. 그들은 그러한 터무니없는 전법으로 사라져 갔소. 엊저녁부터 그 일을 생각하고 있었소. 어쨌든, 김문원 동무는 생각해 보겠다고 했소. 하겠다는 것이었소. 신문사의 조직 멤버들과 상의해서, 어떻게든 하도록 하겠다고 했소. 그는 우유병 바닥처럼 렌즈가 두꺼운 안경을 쓴 심한 근시인데, 전쟁 전에 일본의 징병을 피하기 위해 일부러 눈을 나쁘게 한 것이오. 자신은 일본을 위해 싸우러 가는 것이 싫어서 이런 근시가 되고 말았지만, 만약 전쟁에 나갔다면 죽었을지도 모른다……고 그는 더듬거리며 그렇게 말했소. 마음이 약한, 시인 기질의 인품 좋은 사람이오."

새들이 모두 각자의 둥지로 돌아온 것인지, 양쪽 기슭을 덮은 나무 수풀이 소란스러워졌다. 새들의 우는 소리가 계곡을 타고 내려와 하천 바닥을 가득 채웠다. 어스름이 짙어졌다. 비는 내리고 있지 않은 듯했다. 남승지는 어둠에 익숙해져 있었지만, 날이 저물기 전에 물가의 벼랑을 올라 밖으로 나가야 했다.

김문원은 일단 하겠다는 의향을 보이고도 하룻밤을 더 고민했다. 그리고 오늘 오후, C길의 같은 양복점에서 유성원과 만나, 오늘 밤의 결행을 고했던 것이다.

"……이제 분명히 신문사가 습격당할 것이오. 습격은 아마 경찰만으로 끝나지 않을 것이오. '서북'이 나올 가능성도 있다는 거요."

유성원은 분명하게 말했다.

남승지는 '습격'이라는 단어에 얼굴을 돌리고 있는 자신을 의식했다. 신문사에 대한 습격은 이방근도 말한 것이었다. 남승지 역시 그래, 습격당할 것이다, 틀림없이 습격당한다고 생각하면서도, 그것을 입 밖에 내기를 두려워하고 있었다.

"……내일 아침에는 삐라 인쇄가 끝나오. 3천 장, 대량의 삐라요. 김문원은 철야를 해서 부족한 수면을 취할 시간이 없소. 인쇄만 끝내면 바로 성내에서 탈출할 준비를 하고, 삐라가 뿌려지기 전에 성내를 멀리 벗어나야만 하오. 음, 그것을 강조해서 말했소. 김문원은 눈이 나쁜데다 왼쪽 귀가 거의 들리지 않기도 하지만, 그러한 신체적인 조건이 작용하고 있어서인지 동작이 굼뜨오. 기민하게 움직이지 못하는 사람이라 걱정입니다. 적이 바로 눈앞에 오지 않으면 모를 정도니까."

유성원은 자신의 책임에 의해 사태가 진행되고 있는 것처럼, 김문원을 거기로 몰아넣은 것처럼 생각하고 있는 듯했다.

다음에는 뻐꾸기가 아닌 부엉이를……. 이 무슨 얼빠진 소리인가. 다음에는 이곳에서 만날 수 있을지 없을지 모른다……. 김명우 동무와는 조금 인식이 다르다……. 남승지는 이제 겨우 조금 전 유성원이 한 말의 진의를 깨달았다. 그는 지금에 와서야 그것이 보통 사태가 아니라는 것에, 아니 몰랐던 것은 아니지만, 자신이 조직책 역할을 다한 것이 커다란 희생을 담보로 하고 있음을 새삼 깨달았다.

분명히 자신을 포함해 게릴라 지도부와 현지, 말하자면 적의 지배 구역인 성내와의 사이에 가로놓인 정세 판단의 어긋남을 남승지는 통감하고 있었다. 적어도 삐라에 관한 한, 현실감각의 상실이라고 해도 좋았다. 의식적인 현실 무시라는 것도 동의어가 될 수 있었다. 그것을 충분히 알면서 유성원도, 그리고 현장에 몸을 노출시킨 김문원도 움직인다. 하천 바닥의 동굴에서 유성원이 말했던 일본의 '특공대'…….

아직 발밑을 분간할 수 있는 이끼 낀 바위의 하천 바닥을 통해, 두 사람은 벼랑을 기어올라 하천 밖으로 나왔다. 작은 새들의 지저귐은 여전히 이어지고 있었다. 그리고 마치 졸음을 전하기라도 하듯이 나뭇잎을 치는 날갯짓 소리.

서쪽 하늘이 희뿌연 납빛으로 물들어가고 있는 만큼 하늘은 어두웠고, 성내로 들어가면 완전히 밤이 될 것이었다. 새들이 지저귀는 소리가 숲의 형태로 부풀어 올라 뒤쪽으로 사라졌다. 세 사람은 바다 쪽에서 불어오는 바람을 정면으로 받으며 성내를 향해 내려갔다.

약 반 시간 후에 신작로로 나온 세 사람은, 유성원과 중학생 소년은 서문교 쪽으로 가고, 남승지는 올 때와 마찬가지로 J중학교 옆길로 헤어져 병문천 기슭으로 나왔다. 암벽에 부서지는 파도 소리를 싣고 온 갯바람을 맞으며 하천 하류의 다리를 건너 이방근의 집으로 향했다. 시각은 여덟 시에 가까웠다. 양준오는 이미 와 있을 것이었다. 이제 내일 밤은 올 수 없다. 양준오도 입산을 서둘러야 한다. 사람들이 오가는 오늘 밤의 성내 분위기가 내일 밤에는 일변할 것이다. 출동으로 군홧발 소리가 소란스럽고, 거리의 등불은 세차게 흔들리며, 침묵의 공기는 얼어붙을 것이다. 3천 장의 삐라는 과연 어떻게 뿌려질 것인가. 남승지는 낱낱의 상황을 생각하고 싶지 않았다. 마지못해 나아가는 시간의 철문에 밀려 일이 진행되는 것을 기다릴 뿐.

이씨 저택의 담장이 이어진 골목으로 들어가 뒷문이 있는 근처까지 다가가 보폭을 좁혔을 때, 집의 정문 앞으로 통하는 T자 길 모퉁이의 어둑한 가로등 밑에, 갑자기 세 사람의 그림자가 나타나 남승지를 놀라게 만들었다. 하마터면 멈춰 서려던 자신을 세차게 쳐 움직이게 만들며 나아가는 어둠 속의 남승지 옆을, 청년들이 지껄이면서 남승지를 힐끗 한번 쳐다보고 스쳐 지나갔다. 동시에 남승지도 멀어져 가는 등 뒤의 여러 구두 소리를 들으면서, 오른쪽의 자물쇠가 풀려 있을 뒷문 앞을 어깨에 닿을락 말락 지나쳤다. 놀라게 만들기는……. 심장의 고동은 안정되었다. 순간적으로 경찰들이 아니라고 직감했기 때문에 특별히 놀랄 일은 아니었던 것이다. 세 명이라는 복수는 '서북'과 겹치지만, 그림자의 움직임으로 보아 그들이 아니라는 것은 알 수 있었다. 나는 좀 더 대담해질 수는 없는가. 심장의 고동이 꿈쩍하지 않을 정도로.

바로 뒷문을 향해 되돌아갈 수는 없었다. 그는 발걸음의 여세를 몰아 삼거리로, 이방근의 집 담장 모퉁이로 나갔다. 오른쪽이 집의 정문이었다. 아니. 부엌이가 아닌가. 골목길 맞은편에서 분명히 부엌이가 바로 거기까지, 정문 근처까지 와 있었다. 그녀도 담장 그늘에서 몸을 드러낸 남승지의 그림자를 알아차린 듯했다.

부엌이는 혼자였다. 남승지는 앞으로 나아갔다.

그는 부엌이에게 눈짓만 하고 통행인처럼 천천히 집 앞을 지나치려고 했다. 일대를 한 바퀴 빙 돌아서 뒷문으로 가면 된다. 이번에는 그늘에 숨어서 인기척이 없는 순간을 노려야 했다.

두 사람은 정문 앞에서 마주쳤다.

"선생님, 어디로 감쑤꽈?" 부엌이의 억제된 목소리. 이쪽이라고 말하는 것 같았다.

"선생님……."

"……"

"이쪽으로 옵서."

"……?"

부엌이가 턱을 치켜 올리며 대문 구석을 가리켰다.

남승지는 대문 옆 담장 그늘에 몸을 스윽 기댔다. 쪽문을 연 부엌이가 일단 몸을 들이고는 곧바로 안에서 상반신을 내밀고 남승지에게 들어오라고 신호를 했다. 그는 재빨리 쪽문으로 몸을 살짝 미끄러지듯 들이밀면서, 크게 현기증이 나는 느낌으로 잠시 제자리걸음을 하고, 어젯밤이 지금 재차 되돌아온 것 같은 착각에 빠졌다. 어젯밤 이방근과 함께 집으로 와 쪽문으로 들어온 상황이 지금과 아주 비슷했던 것이다.

남승지는 안뜰 너머로 이방근 아버지 방의 불빛을 곁눈질로 확인하고, 어젯밤과 마찬가지로 오른쪽 헛간과 온돌방 사이로 난 어두운 통로를 지나 뒤뜰 쪽으로 돌아갔다. 그 사이에 부엌이가 서재로 가 남승지가 왔음을 알렸다. 부엌이는 어디에 갔다 온 것일까. 손님들은 돌아간 것인가. 이 집 주인의 눈을 속이는 것은 죄가 무거운 일이다. 더 이상 하고 싶지 않다. 주인 이태수보다도 아들인 이방근이 두렵다.

온돌방 뒤쪽의 장지문과 덧문이 안에서 열리고, 끈을 풀어 즈크화를 벗은 남승지가 방으로 들어갔다.

이방근의 몸에서는 술 냄새가 났다. 그는 옆 서재로 가더니 양준오와 소파에 마주하고 앉아, 불이 꺼진 온돌방에 우뚝 서있는 남승지를 보고 괜찮으니 이쪽으로 와 앉으라고 했다. 서재의 안뜰로 통하는 미닫이문은 닫혀 있었다. 탁자에는 술과 음식이 나와 있었지만, 분위기는 밝지 않았다.

"낮에 손님들이 와 있었던 것 같던데 돌아갔습니까?"

남승지가 양준오의 옆에 앉으며 말했다.

"돌아갔네."

"언제 돌아갔습니까?"

"아까 돌아간 것 같은데, 무슨 일 있었나?"

"아닙니다."

만약 먼 곳에서 온 손님이라면 별채를 점령당하지 않을까 생각했지만, 그때는 이방근의 방에서 묵으면 될 것이다. 돌아가건 말건 크게 상관할 일은 아니었다. 그러나 무슨 연유인지 이상하게도 크게 신경 쓰이던 손님이 돌아간 기분이었다.

그는 테이블 위의 음식을 양준오의 젓가락을 빌려, 우선 가오리 회(양념으로 채소 등을 버무려 식초를 쳐서 신맛을 낸 조선식 생선회)를 집어 입에 넣었다. 공복이었다. 저녁 무렵 이 집을 나서기 전에 부엌이가 안주인의 눈을 피해 찐 고구마를 가져다주었지만, 지금은 공복이었다. 소의 폐와 심장 등의 내장을 삶아 썰어 놓은 귀한 음식이 있었다. 그것을 초장에 찍어 먹었다. 심장 혈관의 부드러운 식감. 목살을 먹고 싶었다.

"부엌이가 밥을 가져 올 거야. 아직 두 사람 모두 식사 전이겠지. 자넨 불청객인지라 두 사람 분밖에는 안 가져 올 걸세."

이방근이 마침내 웃으며 말했다.

아아, 이 집의 낯선 손님처럼 나도 떠나서 사라진다, 연기처럼……. 남승지는 이상한 감각에 이끌리면서 고기를 계속 씹었다. 남승지는 큰 접시에 발라놓은 닭백숙 다리 하나를 들고 뜯어 먹었다. 입가와 손가락에 번들번들 기름기가 돌았다.

"맛있다."

"맛있어? 후후, 맛있는가? 많이 먹게."

이방근 쪽이 기특하다는 듯이 말했다. 남승지는 움찔했다. 이런, 이것이 마지막이라고는 말하지 말아줘.

"뭡니까, 이건?"

탁자 끝에 반으로 접은 대학노트의 큰 종이를 별다른 생각 없이 한 손으로 집어서 펴자, 전체가 등사판 인쇄물인 제일 위에 굵은 글씨로 '발표 전문'이라고 되어 있는 것이 눈에 띄었다. 무슨 발표 전문인가……. 닭다리를 입에서 떼고 고기를 씹으며 '발표 전문'에 눈을 가까이 댔다. 북에서 남진하고 있던 국군 토벌대는…….

'발표 전문'이란 표제 이외에는 어디의 무슨 발표인지 기명이 없었다.

"정부발표야. 오늘 오전, 국무총리 겸 국방장관, 이범석 명의로 발표한 모양이야. 21일 발표에 이은 2번째지. 도청에서 배포된 것이네. 서두를 거 없어. 먹고 나서 읽으면 돼."

양준오가 침착하게 말했다. 탁자를 둘러싼 분위기가 도무지 부드러워지지 않았다. 저녁 무렵의 서쪽 하늘처럼 납빛으로 무겁게 흐려져 있는 느낌이다.

"북에서 남진하고 있던 국군 토벌대는, 22일 오전 중에 순천을 완전히 포위하고, 격전 끝에 오후 여섯 시 반경에 이르러 순천을 완전히 탈환했다. 한편 부산 방면에서 서진하고 있던 토벌부대는 경찰의 협력하에, 22일 오후 여덟 시 반경에 여수를 완전히 탈환했다.

때를 같이하여 순천을 탈환한 부대는 다시 여수로 남하하여 합류, 반란군을 여수반도의 한구석으로 몰아넣고 제압, 공격 중이며, 반란군은 결국 항복하거나 그렇지 않으면 바다로 떨어질 수밖에 없는 막다른 골목으로 몰렸다. 그러나 해군은 여수반도의 해상을 봉쇄하고 있으며, 반란군의 해상 탈출은 끊어져 버린 것이 현 상황이다.

이리하여 22일 이래, 반란군은 조직적 행동이 불가능하게 되었고, 반란군 내의 극소수는 광양으로, 또 일개 소부대는 보성으로 탈로를 찾아 패주 중이지만, 그들 또한 토벌군의 추격에 의해 머지않아 섬멸될 것이다.

이번 사건에 즈음하여, 경찰이 소수의 인원으로 그 책무를 다하기 위해 반동분자의 소탕에 헌신적인 노력을 다한 것에 대해, 정부는 깊은 감사를 표하는 바이다. 또한 22일까지의 반란군 포로는 약 7백 명에 달한다."

남승지는 탁자의 행주로 손의 기름기를 닦고, '발표 전문'을 양손에 다시 들고 읽었다.

그는 몇 군데를 되짚어 읽었다. 확인하기 위해. ……22일 오전 중 (그렇다면, 어제다) 순천을 완전히 포위……오후 여섯 시경에 이르러 순천을 완전히 탈환했다. ……22일 오후 여덟 시 반경, 여수를 완전히 탈환……. 22일까지의 반란군 포로는 약 7백 명……. 등사판 인쇄 지면에 먹물의 막이 덮여 있어 눈이 침침했다. 도대체 이게 뭔가. 이것이 사실이라면 무슨 일이 있었던 것인가. 얼굴을 들고 마치 무슨 일이 있었던 것이냐고 말하듯이 이방근을 바라보자, 그는 말없이 잔을 들고 있었다. 아까부터 탁자의 분위기가 무거운 느낌이 들었던 것은 이 발표문 탓인지도 모른다. 그는 종이를 손에 든 채 찢어 버리고 싶은 충동을 느낀다. 나는 믿지 않는다. 이 따위를 믿을까 보냐. 그러나 그 마음의 소리는 외침이 되지 못한 채, 남승지는 발표문을 원래대로 반으로 접어 탁자 끝에 놓았다.

"반동분자의 소탕이라느니 하고 있지 않습니까. 이상한 기분이군요. 공산주의자는 반동분자……."

남승지는 웃으며 말했지만, 그렇게 생각해서인지 스스로 목소리가 떨리고 있는 느낌이 들었다.

"흠. 그리고 보니 그렇군."

이방근은 타성적으로 말했다. 흥미가 없을 뿐더러 달리 할 말도 없다는 듯한 말투였지만, 이는 이 자리의 분위기, '발표 전문'에 대한 대응일 것이다.

"하긴, 뭐라고 든 말할 수 있겠지. 그런 거 아닌가." 양준오가 의외로 솔직한 웃음을 보이며 말한다. "놈들도 자신들에게 퍼부어진 반동이라든가, 반동분자라는 명칭이 마음에 들지 않겠지. 음, 그런 거야. 적반하장, 도적이 몽둥이를 들고 오히려 착한 사람을 때린다. 도둑놈이 도둑이라고 불리는 것이 싫은 것과 마찬가지지. 이 '총리'는 해방 전, '독립대장', 중국, 만주에서 반일 투쟁을 해 온 독립운동가이니, '친일파'는 아니지만, 친일파 정부의 수상임에는 틀림없어. 이것은 더 질이 나쁘군. 해방 후에는 국수우익으로서, 반동분자라고 불려왔기 때문에, 반동분자 취급에 상당히 넌더리를 내고 있는 거야. 우스운 일이지. '일국'의 총리라는 인물이 자기 자신에게 퍼부어진 '반동분자'를 정부 발표로 앙갚음하는 꼴이 아닌가. '반동분자'란 말을 입에 담을 때, 필시 자신에게 퍼부어진 '반동분자'라는 말을 떠올렸을 거야."

"이 발표는 사실일까요?"

남승지는 그렇게 말하고 나서 참으로 뜻밖의, 어리석은 질문이라는 것을 깨달았다.

두 사람은 아무 말이 없었다. 대답할 수 없어서가 아니었다. 발표가 자명하듯 의문을 품지 않았지만, 그것을 사실로 받아들인다기보다 지금 두 사람은 일부러 태연한 척하며 발표에 대해 얼버무리고 있었다. 그것에 대해 이야기할 의욕을 잃어버린 것이었다. 사실인지 아닌지 운운하는 것은 차치하고, 대세는 이미 결정되었다. 발표를 모두 부정하고, 국군 토벌대를 반란군으로, 반란군을 국군 토벌대로 바꿔 놓지 않는 한. 적어도 이 순간, 두 사람의 절망 정도는 남승지를 능가하고 있다고 할 수 있었다. 여수·순천의 암운은 머지않아 이 섬 위에 무서운 폭풍우를 안고 뻗어 올 것이다.

부엌이가 식사를 가져왔지만, 먼저 젓가락을 집은 것은 남승지로, 다른 두 사람은 한동안 계속해서 술을 마셨다. 이곳은 부엌이를 포함해 모반자의 모임이었다. 이제 그 수령은 이방근. 아버지 이태수가 이쪽으로 올 기미가 있으면 부엌이가 즉시 알리러 온다. 만약 그러한 예고도 없이 갑자기 올 경우는 서재의 조금 열린 미닫이 틈으로, 어두운 안뜰 너머 맞은편 아버지가 있는 거실 장지문에 사람 그림자가 비치고, 곧 문이 열려 아버지가 나오는 것이 주의하면 이방근의 소파에서 곧바로 알 수 있는 것이다. 이태수는 양준오가 있는 것을 알고 있을 터인데, 이쪽으로 올 기색은 없는 듯했다. 어젯밤, 얼굴을 내밀고 양준오와 만났기 때문일까.

"삐라 인쇄 건은 잘 돼 가고 있나?"

이방근이 말했다.

"……예. 잘 되고 있습니다." 어딘가 머리 한구석이 빠져나가 공백이 된 느낌의 남승지의 대답은 반사적이고 지나치게 빨랐다. 그것을 스스로도 느낄 수 있었다.

"인쇄는 오늘 밤, 철야로 결행됩니다."

철야로 한다, 가 아니라, 왜 철야로 결행하는 것인가. 결행. 누가 결행하는 것인가.

"음, 편집장인 김문원 군이 하는가. 용케도 맡아 주었군. 음……."

이방근은 반복해서 고개를 끄덕였다.

"맡지 않을 수 없었던 것이죠." 양준오가 이방근의 말을 받아 말했다. "물론, 그 혼자는 아니겠지?"

질문은 남승지를 향하고 있었다.

"세 사람으로, 다른 두 명의 멤버와 한다고 합니다."

남승지는 갑자기 김문원의 얼굴이, 4·3봉기 이전에 이방근과 함께 만났던 적이 있는, 도수 높은 근시 안경을 낀 내성적인 듯한 하얀 얼굴이 머릿속에 떠올라 이야기하는 것이 괴로워졌다.

"오늘 밤이야. 밤을 새워 무사히 인쇄가 끝나기를 바랄 뿐이지. 잘 할 거야. 할 수밖에 없어."

양준오가 취기가 섞인 콧소리로 말했다. 어쩐지 침통하게 울렸다.

"삐라는 내일 뿌려지는 건가?"

"그렇습니다."

남승지는 가볍게 고개를 끄덕였다.

두 사람의 이야기는 그뿐이었다. 삐라가 내일 살포되는 것인지 물으면서, 비상경계 하의 성내에서 어떻게 3천 장의 삐라를 뿌릴 것인지는 왜 묻지 않는 것인가. 묻더라도 남승지 자신이 알 수 없는 일이기에 대답할 방법은 없었다. 그러나 서로 모르는 채로 내일에 대한 불안과 위구(危懼), 그리고 조금이나마 어떤 기대를 공유하고 싶었다. 만약(만약이 아니라, 반드시) 내일 아침까지 삐라 3천 장을 무사히 인쇄했다고 해도, 그것을 신문사에서 어떻게, 어디로 운반할 것인가. 그리고……. 모든 것이 오늘 밤부터 내일에 걸쳐서 결정될 것이다.

"그래, 맞아. 여기에도 삐라가 있어. 대단한 것은 아니지만." 양준오가 이방근의 옆자리에 둔, 반으로 접힌 종이를 가리켰다. "비행기에서 뿌린 투항 권고 삐라의 내용이야. 제주경비사령부에서 도청에 보내온 것으로, 실물 삐라는 아니지만."

이방근은 그걸 손으로 집어, 일단 양준오에게 건네려던 것을 남승지에게 주었다.

"투항 권고……?"

남승지가 그것을 받았다. 어디의? 라고 생각했지만 제주도는 아니다. '발표 전문'과 마찬가지로 등사판 인쇄이고, 첫머리에 '반란군에게 고한다', 그리고 말미에 '단기 4281년 10월 22일 국무총리 겸 국방장관 이범석'이라고, 명확히 기명돼 있었다.

"제군은 현재, 불행하게도 민족적 양심과 군기를 무시하고, 일부 군내의 그릇된 공산주의자와 음모 정치가의 모략적 이용물이 되어, 실로 천인공노할 죄과를 이미 범했고, 또한 지금 현재도 범행 중이다. ……여수는 이미 제압되어, 제군과 폭행을 함께한 수백의 반군이 생포되고, 또는 투항 중이다. 나머지 제군의 운명은 시간문제이다. 제군에게 내려질 국가의 단죄는 반드시 준열 엄격하고, 추호의 관용도 있을 수 없다. 그러나 본관은 제군의 대부분이 단순 무지한 병사이고, 행동의 동기도 피동적이라는 것을 알고 있다. 또한 결코 전체가 반도가 아닌 것도 알고 있다. ……지금 본관은, 제군에 대해서 마지막으로 제군이 총살을 면할 수 있는 한 번의 기회를 부여하는 것이니, 제군은 즉시 반성하고 한시라도 빨리 아래와 같은 수단을 취한 후, 항거를 중지, 사죄의 의사를 표하라…….

1. 제군은 동지와 담합하여, 국체로서도, 또한 개인 단독으로서도, 제군의 양심이 허락하지 않는 현재의 반란 지도자를 즉시 총살, 부대에 백기를 걸고 귀순의 뜻을 표하라.

2. 전기(前記)가 불가능할 경우는, 반군의 폭행에 이용되는 총기 화약 탄환 및 기타 군용품을 즉시 파괴한 후, 탈주하여 토벌군에게 투항하라…….

남승지는 다 읽었지만, 무엇이 쓰여 있는지 알 듯 하면서, 아니 문장은 이해했지만, 이해할 수 없는, 머리가 이상해지는 느낌이었다. 그는 엉거주춤한 자세로 탁자 끝에 놓인 '발표 전문'을 손에 들고, '투항 권고'와 함께 포개어 이방근의 옆에 놓았다.

"제주도의 토벌대도 이런 식으로 삐라를 만들어 비행기에서 뿌릴 생각이군요."

"그렇겠지."

양준오가 말했다.

"흠, 그렇게 간단하게 될까."

밥은 하얗고 두툼한 뚜껑이 달린 사발에 담겨 있었지만, 이방근은 미역국만 먹고, 밥에는 손을 대지 않았다. 국을 남승지에게 준 양준오도 취기와 탁자 위에 놓인 안주만으로 배가 부른 듯했다.

두 사람은 삐라에 관해서만이 아니라, 여수·순천 정세에 대해서도 날이 감에 따라 보도규제가 해제되어, '발표 전문'과 '투항 권고'도 내일 중앙지에 게재될 것이고, 다만 이쪽에는 정보가 늦게 들어오는 것일 뿐, 정세의 움직임은 차츰 선명해지니, 잠시 사태의 추이를 지켜보는 수밖에 없다……는 정도로 더 이상 화제로 삼지 않고, 이미 관심 밖으로 사라진 것처럼 언급하지 않았다.

남승지는 정보 자료로서 '발표 전문'과 '투항 권고' 두 장을 접어서 점퍼 안주머니에 넣었다. 23일 현재 정부 측의 발표로는 국군의 완승에 가까워서, 게릴라 지도부의 사기를 높이지는 못할 것이다.

삐라의 인쇄는 오늘 밤 몇 시에 시작하는 것일까. 이미 시작된 것일까. 구실을 만들어 남은 관계자 이외에는 모두 귀가시킨 뒤, 비밀스럽게 행동해야 하므로, 좀 더 늦어질지도. 오늘 밤은 운명의 하룻밤이 된다. 그리고…….

내일 몇 시쯤에 인쇄가 완성될지, 내일 아침이 되어야 알 수 있다. 어쨌든 그것을 신문사에서 실어 내, 유성원의 손에 건네지고, 그를 통해서 다시 성내의 각 세포 책임자의 손에 넘어갈 터였다. 그리고 '선전포고' 살포가 되지만, 그때는 이미 김문원은 성내를 떠나있어야 한다.

한천 상류의 비밀 장소에서 남승지는 내일 자신이 김문원과 동행하여 성내를 빠져나간다. 그리고 일단 산으로 들어간다. 그는 거주지가 성내이기 때문에 지역별 그룹의 읍당위원회의 아지트로(한천 서쪽에 있는 O리의 산쪽 오름—측화산 지대의 동굴이라고 들었지만, 항상 이동하기 때문에 고정적이지 않다) 갔다가, 나중에 합류하면 될 것이라고 유성원에게 제안해 두었다. 상대의 대답은 내일까지 결정해야 하고, 누군가가 동행하게 될 테지만, 너무나 갑작스러워 본인의 준비 여하에 달려 있다는 것이었다. 본인의 준비. 인쇄 직후에 입은 옷 그대로 탈출하는 것 말고, 여유가 있을까. ……그는 동작이 느리다. 육체적인 조건 때문이겠지만, 기민하게 움직이지 못하는 사람이라 걱정이다. 적이 바로 눈앞에 올 때까지 모를 정도니까. 유성원이 한 말이다. 그렇다, 걱정이 된다. 어쩌면, 어느 순간 추적이라도 당하면 도망갈 수 없을 것이다.

남승지는 왠지 답답한 기분이 들었다.

아까부터 이상하게 마음속에서 이것이 마지막이구나…… 하는 속삭임이, 누군가의 목소리처럼 들려왔지만, 자기 자신 안에서 벌레처럼 꿈틀거리고 있는 속삭임이었다.

그는 곁에 앉은 양준오 앞에 놓인 술잔에 손을 뻗으며 저도 좀 마실게요…… 하고 잔을 들어 올려 입으로 가져갔다.

"뭐야? 밥을 먹고 나서 마시는 거야?"

양준오가 웃으며 말했다. 이방근도 웃었다.

"전 진짜로 술맛을 모르니까 마찬가지예요. 안 그런가요? 방근 씨……."

"그럼, 그것도 괜찮고말고. 그래, 좀 마시게. 밥을 먹었으니 괜찮네. 여기서 내가 안뜰 건너편을 보고 있으니까 누가 와도 괜찮아. 안심하고 마시라구. 모두 함께 마시면 즐거워지지."

5분의 1홉쯤 들어가는 술잔으로 두세 잔 마시자, 식후인데도 얼굴이 붉어지는 것을 느끼며 술기운이 핑 도는 듯했다.

"오늘 밤은 한잔할까. C길에선 인쇄를 하고 있겠지."

이방근은 웃으며 말했는데, 탁자 위에는 다소 유쾌한 분위기가 생긴 듯했다.

취기가 남승지의 생각을 삐라 인쇄로, 단순한 인쇄 공정과 인쇄가 끝난 삐라 본체가 아니라, '결사적인 인쇄'의 결행자인 한라신문 편집장 김문원 그 자체로 이어졌다.

남승지는 어젯밤 삐라 인쇄와 살포 지시를 가지고 성내로 온 자신과, 지금 이곳에 있는 자신이 같은 사람이라는 느낌이 들지 않았다. 같으면서도 같지 않았다. 보다 이방근에게, 그리고 이방근과 가까운 양준오에 가까웠다. 어젯밤은 적어도, 김문원을 소위 조직임무의 수행자로서 객관적으로 보고 있었다고 해야 할 것이다. 지금은 그렇지 않았다. 오늘 밤, 신문사의 공무국에서 결사의 작업을 하는 김문원은, 남승지의 마음속에서 쇳덩이처럼 무거웠다.

오늘 밤은 서재 옆 온돌방에서, 세 사람이 함께 자고 싶었다. 양준오도 돌아가지 말고……. 아니, 돌아가는 편이 좋을지도. 남승지는 내일 삐라를 손에 넣고, 어떻게든 삐라의 살포를 끝까지 지켜보고 싶다고 생각했다.

5

　남승지는 불 꺼진 이방근의 방에 혼자 있었다.

　바람이 일고 있었고 강한 파도가 부서지는 소리가 쿵하고 땅울림이
되어 전해져 오는 듯했다. 방 장지문 사이에서 몸부림치는 바람을 품
은 덧문이 덜컹덜컹 흔들렸다. 안뜰 쪽으로 나있는 덧문 틈새로 불빛
이 새어 나갈 수 있었기 때문에 남승지가 벽 구석에서 라이터를 감추
듯 켜서 손목시계를 보니 아홉 시를 지나고 있었다. '통금' 시간대였
다. 이제 그는 돌아오지 않을 것이다. 이 바람 속을(섬사람에게는 이골이
난 바람이지만), 이방근은 동작이 굼뜬 양준오를 데리고 요정으로 술을
마시러 나갔다.

　이미 이부자리는 깔려 있었지만, 남승지는 옷을 벗고 이불 속으로
들어갈 생각은 없었다. 옷을 벗고 자는 습관이 이미 예전에 없어졌고
(아니, 탈의는 물론 신발도 벗어서도 안 되었다), 그렇다고 옷을 입은 채로
이방근의 깨끗한 이불 속으로 파고들 수도 없었다. 서양식 침대도 아
니었다. 거기에다 옷을 입은 채로는 온돌방의 열기에 숨이 막히고 말
것이었다.

　남승지는 독한 소주를 두 홉 가까이 마시지 않았는가. 장판 바닥에
그대로 누워 있자니, 졸음이 와 견딜 수 없었다. 이미 이 시각에는
한라신문사에서 삐라 인쇄가 시작되었을 것이다. 그것을 생각하면서
그들의 결사적인 철야작업에 맞추어, 이 어둠 속에서 고요히 지켜보
고 싶었다.

　그렇다 치더라도 이방근은 참으로 태평하다. 마시고 싶으면 시간도
늦었으니 굳이 나가지 않고 집에서 한잔하면 좋을 것을. 술이 술을

부른다고는 하지만, 사치스런 이야기다. ……자네가 산 냄새 나는 인간이 아니었다면, 함께 데리고 갈 텐데 말야. 아니, 냄새 나지 않는다고 해도 사양하겠습니다. 저는 그런 곳에는 가지 않으니까요. 오, 그렇겠지. 그러나 일종의 통과의례이기도 하다네. 핫하아, 승지는 숫총각은 아니겠지, 그런가. 아닙니다. 남승지는 취기로 뜨거워진 볼이 붉어져 서서히 퍼지는 것을 느꼈다. 별일 아니다. 이 한마디에, 해방 직후 늦가을, 어머니와 여동생을 남겨 두고 일본을 떠나기 전에, 우상배에게 이끌려 오사카의 이마자토 신치(今里新地)에 갔던 때의 일이, 불현듯 머릿속에 되살아났다. 미요(美代)라는 이름을 이상하게 잊을 수 없다. 하얗고 동그란 얼굴의 콧방울 옆에 새까만 커다란 점이 있는 여자였다. 말하자면 그녀에게 동정을 '바친' 것이었다.

왜 그 이름을 기억하고 있을까. 그때 취해 있었던 나는, 잠자리에서 그녀와 이야기하면서 울었다. 그녀도 이불로 기어들어 함께 울었다. 술주정꾼인 우상배. 전쟁 전 옥중생활 8년의 공산주의자, 그리고 도스토예프스키의 소설을 사랑한 남자. 막소주가 든 컵 바닥으로 선술집의 허술한 탁자를 힘껏 두드리며, 이봐, 하고 소리치는 것은 술이 오른 증거이자, 그의 버릇이었다. 이봐, 승지 군, 이 컵의 술 밑바닥에 있는 게 무엇인가, 자넨 아나? 컵 바닥에 있는 건 슬픔이라네, 즐거움이 아니야. 어때, 알겠나, 자네, 이봐, 승지 군……. 지하 선술집에서 라스콜리니코프를 상대로 한 술주정뱅이 마르멜라도프의 대사……. 미요, 어느 머나먼 별 세계와 같은 감각……. 아닙니다, 라니. 핫핫핫……. 이 형, 그만두세요. 도대체, 어디에 갈 생각으로 그런 말을 하는 겁니까? 아아, 미안, 미안, 양준오는 뭐든지 그만두라는군…….

이방근의 웃음소리에 남승지는 정신을 차렸다. 오사카에서 제주도 성내로 돌아왔다. ……난 마시러 가겠네. 승지 동무, 오해하지 말게.

늦어지면 자고 오면 그뿐. 기생을 상대로 장구라도 두드리며 유쾌하게 놀아볼까. 이봐, 준오 동무, 내일은 어차피 일요일이야. 여긴 승지에게 맡기고, 우린 나가세. 승지 동무, 알았지, 여기 불을 끄면 아무도 없는 것이나 마찬가지야. 여기서 자라구. 부엌이는 열두 시경까진 늘 깨어 있어. 그때까진 아버지도 주무실 거야. 무슨 일이 있으면 부엌이가 알리러 올 테니까. 꽤 술이 들어간 이방근은 이런 말을 남기고 나갔던 것이다.

내일은 이방근 자신이 그렇게 말한 '결사적인 인쇄'의 결과인 삐라가 살포되는 것을 알고 있으니까, 지금 시간에 어슬렁거리지 않는 편이 좋을 텐데, 그는 목소리를 높여 웃거나 하면서도 한편으로는 언짢아서 초조해하고 있었고, 결국에는 밖으로 몰려나갔다. 내일 일에는 거의 무관심한 듯해 보였다. 그렇다 치더라도, 여자에게 전혀 흥미를 갖지 않는 양준오가 함께. 아니, 이방근은 술상대로 양준오를 억지로 데리고 나간 것이다……. 어쨌든 방을 나간 게 여덟 시를 훨씬 넘어서였으니까, 만약 아홉 시까지 돌아오려고 한다면, 요정에 도착하자마자 반 시간도 지나지 않아서 자리를 떠나야 할 것이다. 열 시는 이미 지나 있었다. 그렇다면, 오늘 밤은 돌아오지 않는다는 것. 왠지 불안한 생각이 들었지만 부엌이가 있다.

남승지는 깜깜한 방 안에서 옆에 있는 서재로 가, 미닫이를 살짝 열어 놓은 틈으로 안뜰 너머 맞은편 안채를 내다보았다. 이방근 아버지 방은 아직 밝았다. 오른쪽 부엌 입구 쪽으로 시선을 돌리자, 어렴풋이 남포등의 불꽃이 툇마루 쪽으로 새어 나오고 있었다. 부엌이의 마음처럼 따뜻한 색이었다. 잘 경우에는 맞은편 안채의 소등을 확인할 필요가 있을 것이다. '미요'의 이름을 기억하고 있다니. 그는 어두운 방의 문 틈새로 어두운 밖을 내다보며 종잡을 수 없는 생각에 사로잡혔다. 아직도 이마자토 신치는 벚나무가 있는 공원 앞에서 들어간 근처의 그 집에 있을까. 어머니와 여동생을 생각하자, 그는 갑자기 기분이 언짢아져, 그 자리에서 몸을 일으켰다. 제주도와 오사카가 지구의 끝인 것처럼 느껴지는 거리였다. 그는 자신이 꽤 나이를 먹은 듯한 느낌에 빠졌다. 발밑을 조심해. 발이 무엇에 채여 넘어지기라도 한다면, 쿵! 하는 소리가 나고, 아무도 없는 방의 쥐 치고는 소리가 너무 클 것이다.

그는 온돌방으로 돌아와 장판 바닥에 몸을 뉘였다. 혁명적 경계심은 물론이거니와 낙천성, 대담함도 필요하다. 따뜻한 이불 속으로 바지 하나만 입고 들어가면 얼마나 기분 좋은 일인가.

이방근은 아마도 술을 마시고 기생을 상대하면서도, 같은 시각 바로 근처에서 철야로 행해지고 있는 삐라 인쇄는 의식하고 있을 것이다. 양준오도 그렇고, 그것을 두 사람이 잊을 리가 없었다. ⋯⋯아직 자지 말아야지. 잔다고 해도 이대로 맨 장판 바닥에서 잔다. 남승지는 어쩐지, 이방근이 불쑥 한밤중에라도 돌아오는 것이 아닐까 생각하면서, 꾸벅꾸벅 졸고 있는 사이 어느새 잠으로 빠져들고 있었다.

역시 바라던 대로 이방근은 내가 있는 동안 돌아와 주었다. 그곳은 이방근의 하숙집인 듯했는데, 나는 부재중에 찾아와 이방근의 귀가를 기다리고 있었다. 남승지는 이방근이 깨워서 일어났다. 그것은 소파 위였는데, 아니, 꿈속에서 잠을 깼을 때는, 분명히 다른 공간이라는 느낌이 드는 곳에서 잠을 깼다. 코를 확 찌르는 단내 나는 석유 냄새와 부드러운 불꽃의 흔들림 속에서 몸을 일으켰다. 산의 동굴 속치고는 공기가 너무 따뜻했다.

"날세⋯⋯."

잔뜩 취한 이방근의 딴사람 같은 목소리가 났다. 술 냄새가 머리 위에서 아래로 덮였다. 마치 저승에서 온 인간처럼 두 남자가, 이방근과 양준오가 남포의 등피 안에서 흔들리는 불꽃의 빛에 천천히 펄럭이듯 서 있었다. 남포를 들고 있는 것은 검은 치마저고리의 부엌이였다. 이게 어찌 된 일인가. 이런, 정말로 이방근이 돌아온 것이다.

"엇허허, 놀랄 것 없네, 헤헤, 지금 막 돌아온 참이야. 후ㅡ, 좀 취했네, 음, 취했어……."

이방근은 이불 위로 엎어지듯이 몸을 던졌다.

"지금 몇 시입니까?"

쉰 목소리로 남승지가 말했다.

"열두 시가 넘었어."

양준오가 장판 위에 앉으며 말했다.

"열두 시?"

가정용 송전이 멎는 열두 시가 지났기 때문에 남포등을 가지고 온 것이다.

"용케도 돌아왔군요. 거짓말처럼."

남승지는 소리를 낮춰 말했다.

"부엌이는 가서 자는 게 좋겠어." 이방근은 이불 위에 엎어진 채 말했다. "방 밖엔 아무도 없겠지, 응?"

"예ㅡ."

남포등을 손에 든 부엌이가 고개를 크게 끄덕이며 말했다.

"음, 우리가 돌아와서 아버지나 누군가가 잠을 깼을지도 몰라. 난 조용히 돌아왔다고 생각하지만, 노인네는 금방 잠을 깨니 말일세. 부엌이, 승지는 여기에서 잘 거야. 내일 아침 일찍 별채로 옮기면 돼."

"예ㅡ."

부엌이는 뒤쪽 장지문 옆의 벽 구석에 바싹 붙여 놓은 탁자 위에 남포등을 두고 방을 나갔다.

"집 앞까지 경찰들이 데려다 주었네. 경찰의 호위를 붙여서."

양준오가 주르륵 흘러내린 콧물을 손등으로 닦고 웃으면서 말했다.

"경찰들이?"

"그렇다네. 특별하다고 하면서 말야. 후후, 분명히 특별하겠지."

"이봐, 양 동무, 생각해 봐. 놈들이 하는 말을 보라구, 음, 헤헤헤, 얘기가 통하지 않는가. 주둥아리가 있으면 할 말이 있는 거야. '통금'은 양민의 통행을 금지하기 위한 게 아니다. 파괴분자의 배제와 사회의 안전보장을 위한 것이라서, 이 선생 같은 사람이 귀가하는 걸 방해하는 게 목적이 아니라고 말야. 그렇잖아. 그들로선, 어차피 그저 술 마시고 휘청휘청 걷고 있을 뿐인데. 북신작로의 옥류정에서 여기까지 10분도 걸리지 않는다고. 이런 수지맞는 일은 없지. 그것으로 술값을 벌었으니 말야. 매일 밤 '통금' 시간에 모셔다드리겠다는 말을 하고 싶었겠지. 음, 하지만 내일 밤부터는 그렇게는 안 되지. 부엌이, 부엌이는 갔나? 부엌이한테 말했을 텐데, 술은 어찌 되었나?"

"거기 탁자 위에 있습니다."

남승지가 말했다.

"아아, 그랬나, 그럼 됐어. 난 한잔 마시고 자겠네. 잠을 청하려는 술이야. 어떤가, 자기 전에 양 동무, 승지 동무도 한잔 마시지 않겠나? 자는 사이에 술은 깨고 말 걸세."

남승지는 머리가 아파서……라며 고개를 저었다. 그는 쪽잠으로 술기운이 반은 깨었지만, 숙취처럼 머리가 무겁고 위가 술을 받아들이려 하지 않았다.

"머리가 아파? 잠시 잤기 때문일 거야. 술기운이 어중간하다는 뜻이지. 그럴 때의 두통은 마시면 나아 버리지만, 익숙하지 않은 술이니

무리하지 말게."

이방근은 이불 위에서 몸을 일으키고는, 남포 불꽃이 깜빡이는 탁자 옆으로 가서 앉았다.

"이봐, 양 동무……."

이방근은 쟁반 위의 두 개의 잔에 술을 채우고 나서 양준오와 가볍게 잔을 부딪치고 한 모금 꿀꺽 마셨다. 카악! 하고 목이 타는 듯한 숨을 내뱉었다.

"승지 동무는 먼저 자는 게 어떤가."

양준오가 말했다.

남승지는 고개를 크게 끄덕였지만, 옷을 전부 벗고 이불 속으로 들어갈 생각은 없었다. 옷 자체가 마치 두꺼운 피부처럼 몸의 일부가 돼 있어, 벗는다기보다 벗겨 내는 것과 마찬가지였다. 그렇다고 이불에 밀려난 곳에서, 혼자만 장판 바닥에서 자는 것은 꼴사나웠다.

"지금 막 잠에서 깨서 바로는 잠이 오지 않을 테고……. 한잔 마시겠나. 꿀꺽 들이키고 조금 있으면 두통이 나을 거야. 핫, 핫하, 웃지 말게, 정말이야."

"아까, 집 앞까지 경관들이 데려다 주었다는 게 사실입니까?"

'북'으로 간 뒤 돌아오지 않는 전 게릴라 사령관 김성달과 도당 간부가, 여러 명의 형사들에게 보호를 받으며 성내로 출입한 이야기는 들었지만, 그것과는 사정이 다를 것이다.

"으—음. 그랬지, 대수롭지 않은 일이야, 이 사회 어디서나 있는 일이지. 돈이야, 돈. 돈만 있으면 사형대에서도 생환할 수 있지. ……밤에, 이웃집 제사를 끝내고, 몇 집 떨어진 자기 집으로 돌아가는 것도 녀석들에겐 전부 '통금' 위반이야. 그런데 양 동무, 오늘 밤엔, 그들이 제법 그럴듯한 말을 했단 말이야, 그렇지 않나. 주둥아리가 먼저 태어난 건 아니겠지만, 입장과 장소가 바뀌면 말하는 내용도 바뀌지. 양동무도 한마디 하라구. 양 동무가 하는 말을 들어 보자구……."

순찰중인 경관 두 명이 영업을 마친 가게의 커튼 사이로 새 나오는 희미한 불빛에 발을 멈추고 노크를 하자 평소 안면 있는 여주인이 가게 안으로 들었다. 술을 바라는 것이었다. 그들은 두세 잔 간단히 마시고, 때로는 콧노래를 흥얼거리면서 순찰을 돈다. 경관이 경찰 관계자가 아닌 것에 안심하고, 손님은 누구냐고 물었다. 남해자동차의 서방님이다, '통금'에 발이 묶여 돌아가지 못하고 있는데, 집은 바로 근처니까, 잠깐 동행해 드려라, 그만큼 사례는 할 테니까라고, 이야기는 지극히 간단하게 진척되었다는 경위였다.

"……그뿐이야. 이 형은 도중에 그들에게 지폐를 쥐어 줬는데, 아까 물어보니 5백 원이라는 거야. 그들의 급료는 천 원 정도인데 말야. 후후, 녀석들은 특별한 선처라고 했지만, 녀석들이야말로 특별한 돈벌이를 한 것이지, 헤헤헤, 여기까지 짐을 지고 운반해 온 것도 아니고, 돈이 되는 나무도 아닌 인간이, 제멋대로 걸어서 와 주는데, 핫핫하아……, 그런 일이 있었다고……."

"서울에선 삼계탕이 5백 원일세. 음, 그것도 지금 값이 올랐겠지만 말야……."

"……?"

남승지가 순식간에 표정을 바꾸며, 바로 옆 장지문을 향해 귀를 기울였다. 쿵하고 문이 바람에 흔들리듯 닫히면서 울린 것은, 안마당으로 난 장지문의 바깥쪽 덧문이 아니었다. 분명히 인기척이었다. 어험……. 아니, 틀림없다. 바람이 부는 심야에 헛기침 소리……. 부엌이가 아니다. 잘못 들은 게 아니었다.

"무슨 일인가?"

남승지의 긴장이 두 사람에게 전해졌다. 두 사람이 있는 탁자 자리까지는 안뜰 쪽의 인기척이 들리지 않는다.

"누군가가, 사람이 오고 있습니다. 부엌이가 아닙니다."

일어선 남승지가 방 한가운데로 와 우뚝 서더니, 남포등의 불빛으로 물든 어둑한 방을, 쫓기는 짐승이 도망갈 곳을 찾는 것처럼 휙 둘러보았다. 뒤쪽 장지문으로 나가자니 덧문이 삐거덕거렸다. 벽장은 벽의 절반 윗부분에 설치돼 있어 쉽게 들어갈 수 없었다.

양준오가 자리에서 일어났다. 그때, 남승지의 눈이 양준오의 움직임에 끌리듯이 탁자 아래의 어두운 공간으로 빨려 들어갔다.

취기 탓으로 동작이 둔해진 것인지, 이방근은 꼼짝 않고 앉은 채 안뜰 쪽을, 무언가를 투시하듯이 주시했다.

"음, 아버지인가? 변소에 가는지도 몰라. 요강이 있으니까 소변은 아닐 테고……. 음, 남포등의 빛이 밖으로 새어 나갈 일은 없을 텐데, 안뜰 너머로 말소리가 들릴 리도 없고, 이상하군. 이봐, 승지, 틀림없나?"

"변소인지는 모르겠지만, 틀림없습니다. 바로 앞에 와 있는 듯합니다." 적이 눈앞에 다가왔다고 하는데, 귀와 눈이 나쁜 김문원도 아니고. "저는 이 밑에 숨을 테니 두 사람은 그대로 앉아 계십시오."

"오옷, 탁자 아래 말인가……. 핫, 핫하아, 그거 괜찮군."

무엇이 우습단 말인가.

"이 형, 목소리가 커요."

"어때서, 우린 남포등을 끄고 이불로 기어 들어가 있을까."

"옷을 입은 채? 뭔가 급한 일로 깨우면 어떻게 합니까."

"급한 일이라면 훨씬 전에 왔을 테지." 이방근은 옆방으로 발을 들여놓은 순간, 불과 2, 3초 멈춰 섰다가, 서둘러 방으로 되돌아와 미닫이를 닫았다. "이런, 역시 아버지다. 이 시간에, 무얼 하러 오는 걸까.

정말로……."

남승지가 엎드려 탁자 밑으로 몸을 미끄러지듯 집어넣었다. 두 사람은 탁자의 원래 자리로 와서 앉았다.

"어험……."

오, 틀림없이 서재 앞 툇마루 쪽에서 사람 목소리가 났다. 잘못 들은 것이 아니었다. 남승지는 개구리처럼 답답한 자세로 숨을 죽였다. 인간과 함께 탁자 전체가, 탁자 그 자체가 살아 있는 것처럼 딱딱하게 숨을 죽이고 있었다.

"자고 있나?"

명확히 들리지 않지만, 사람 목소리가 나고 분명히 그렇게 말한 것 같았다. 문을 두드리는 소리는 나지 않았다.

"흐―음, 환상이 아니군. 자물쇠가 채워져 있었다면 돌아갔을 텐데 말이야."

이방근은 지긋지긋하다는 듯 중얼거렸다.

이방근의 아버지는 미닫이에 손을 대고 열려고 할 것인가, 말 것인가. 미닫이를 열고 서재로 들어온다면, 자연히 그 발은 이 온돌방으로 향할 것이다. 그 전에 이방근은 자지 않고 있으니, 자리에서 일어나 대답해야 할 것이다.

"어험……."

동시에 미닫이를 여는 소리가 났다.

"누구냐!"

이방근은 마치 정말로 호통 치는 듯한 소리를 내며 일어섰다.

그가 미닫이를 열자 서재 쪽에서 바깥바람이 들이쳐, 순간 방 남포 등의 등피까지 들어와 타오르는 불꽃을 춤추게 하며 벽에 무늬를 만들었다.

"누구냐?"

이방근이 소리를 낮추고 누구냐고 묻지만, 연극이 지나친 것은 아닐까.

"나다. 아직 자지 않고 있느냐."

서재에 들어온 이태수가 미닫이를 닫은 듯했다.

"무슨 일이세요? 한밤중에."

"누군가, 다른 사람이 있는 게냐?"

"다른 사람이라니요? 왜 그러십니까, 있고말고요." 이방근은 갑자기 어조를 거칠게 하고 화가 난 듯이 말했다. "양준오 동무가 와 있습니다."

이미 자리에서 일어나 있던 양준오가 미닫이가 열린 문지방 앞으로 나와 인사를 했다.

"방근 형과 한잔하고 있습니다."

"음, 잘 왔네. 한잔하고 있었군." 이태수는 온돌방으로는 들어오지 않았다. 단지 상반신을 내밀어 들여다보고, 이불이 깔린 방의 한구석에 탁자의 술상을 발견하고는, 저게 어찌 된 일이냐, 쯧쯧, 하고 혀를 찼다. "홋호, 깡술(안주 없이 마시는 술)을 마시고 있군. 간에 병이라도 나서, 일찍 죽을 작정이냐. 음."

"깡술이 아닙니다. 이제 막 마시고 돌아온 참이라, 한 잔만 하고 지금부터 자려던 참이었습니다."

당장 회중전등이라도 비추지 않는 한, 남포등이 놓여 있는 탁자 아래에는 불빛이 비치지 않겠지만, 엎드려 있던 남승지는 무릎을 크게 굽힌 하반신 한쪽이 밖으로 비어져 나갈 것만 같아 견딜 수가 없었다.

벽 쪽 탁자 밑에서는, 이태수가 있는 위치가 사각이어서, 이방근, 양준오와 문지방을 사이에 두고 마주하고 있는 이태수의 모습은 좁은 시야에 들어오지 않았다. 문지방 이편에서 방어선을 치듯 우뚝 선 두 사람의 발밑만이 보일 뿐이었다. 물론, 거북이처럼 탁자 밑에서 고개를 쑥 내밀면 훤히 다 보이겠지만, 그럴 필요까지는 없었다. 조금이라도 몸을 일으킬 기색으로 꼼지락거린다면, 이미 엉덩이를 받히고 있는 탁자가 들어 올려져, 술잔의 술을 엎지르고 남폿불을 넘어뜨릴지도 모른다. 술은 둘째 치고 남포등을 넘어뜨리기라도 한다면, 석유가 넘쳐 불이 붙고, 방은 순식간에 불길에 휩싸일 것이다. 아, 그야말로 한 순간의 전율로 몸이 부들부들 떨렸다. 남승지는 숨을 죽이고 이태수가 빨리 돌아가주기를 바랄 뿐이었다.

"아까 집 앞까지 경찰이 오지 않았느냐?"

"예-, 그렇습니다. 아는 사람들을 만나서⋯⋯."

"아는 사람들? '통금'시간에 둘이서 어디에 갔다 온 것이냐?"

"옥류정입니다."

"옥류정?" 이태수는 조금 이상한 목소리를 냈다. 이태수 자신이 자주 드나드는 요정인 모양이었다. "마시고 있었더냐?"

"예-."

"경찰들에게 발각되어 산부대(게릴라)로 오인받으면 총살이야. 경찰들은 누구더냐?"

"순찰을 돌고 있었습니다. 마침 요정 앞을 지나다가."

"으흠, 그래서 술 한 잔 사 줬다는 말이구나. 통행금지인 한밤중에 술을 마시고, 거리를 활보하다니 어이가 없군. 죽을 수도 있는 행동이야. 그럴 땐 선창 대신에 자고 오면 된다. 어험⋯⋯."

"선창 말입니까?"

"누가 선창이라고 했나?"

"예-."

"어라, 무슨 소리가 나지 않았느냐? 쥐라도 있는 게냐."

정말 귀까지 밝다. 좁은 탁자 밑에서 볼이 거의 장판에 닿아 있던 남승지는, 머리를 움직여 심호흡을 하는 바람에, 뜨거워진 먼지라도 들이마셨는지, 갑자기 재채기가 나오려는 것을 양손으로 입을 막고 필사적으로 참고 있었던 것이다. 그럼에도 질식한 재채기가 새어 나오고 말았다. 그는 바로 옆의 뒤쪽 출입구로 도망가려고 생각했지만, 첫 번째 장지문은 그만두고라도, 바깥 쪽 덧문의 굳건한 물림쇠를 벗기고 열면 바람이 들이칠 것이고, 이태수가 알아채지 못할 리가 없었다. 만약 이방근의 아버지가 방으로 들어와도, 탁자 밑에 웅크리고 있는 수밖에 없을 것이다. 체념한다기보다, 두 사람이 잘 할 것이다. 탁자 밑까지 찾게 만드는 일은 결코 없을 것이다.

"소리? 무슨 소리 말입니까? 바람이겠지요. 바람입니다. 덧문이 울고 있습니다. 빈 방이었으니 쥐 역시 있을지도 모르고요. 흐ー음. 아버지, 밤중에 죄송했습니다. 염려하지 마시고 어서 주무시지요. 괜찮으십니까. 제가 모시겠습니다."

"아니, 제가 모시고 가겠습니다. 방근 형은 많이 취했으니까요."

양준오가 말했다.

"무슨 소리야, 자넨 안 취했다는 건가."

이방근이 웃었다.

"으흠, 두 사람 다, 어디로 갈 생각인 게냐. 이 밤중에. 그러고 보니, 나를 망령이라도 들었다고 생각하는 거 아니냐."

이방근의 목소리는 조금 전의 불쾌함과는 전혀 달리 온화했다. 술기운 탓으로 동작이 둔하다고 생각한 것은 남승지가 틀린 것이었고, 이럴 때의 이방근의 대응은 지체 없었다.

아버지가 서재를 나가고, 잠시 후에 이방근은 미닫이에 자물쇠를 걸었다.

두 사람이 방으로 돌아옴과 동시에, 남승지는 탁자 밑에서 기어 나와, 후우하고 커다란 한숨을 토했다. 장판의 온기로 얼굴이 달아오르고 눈이 충혈돼 있었다. 왠지 모르게 웃음이 흘러나온 남승지와 얼굴을 마주 보고 두 사람도 웃었다.

"간이 떨어졌겠군. 두통도 깨끗이 사라져 버리지 않았는가. 나도 술이 깨 버렸어. 완전히 기습이로군."

이방근이 탁자 옆으로 와서 말했다.

"동무는 잘도 탁자 밑에서 재채기를 하더군. 무슨 일이 일어나는 줄 알았어."

양준오가 말했다.

"들렸군요."

"무슨 말을 하는 거야. 이 형의 아버님께도 들릴 정도였는데. 아아, 이젠 틀렸구나 하고 생각했다구. 분명 인간의 재채기 소리였어. 쥐도 아니고, 바람 탓도 아닌. 하지만 생각도 할 수 없는 일이라, 그 때문에 일부러 방에 들어와서 살피는 일은 하시지 않았지. 우리들은 어린애가 아니니까 말야. 이제야 웃음이 나온다. 승지 동무는 호걸이야."

"영웅호걸, 여기에 있다. 승지, 앉게. 앉아서 한잔해. 마시고 자기로 하세. 밤은 이미 깊었어."

남승지는 탁자 옆 장판에 책상다리를 하고 앉아, 이방근이 자신의 잔에 부어 준 소주를 반쯤 눈을 감고 목으로 꿀꺽 쏟아 넣었다.

"핫하아, 그렇게 눈을 감을 건 없지 않나. 술이 맛있어서 그렇다면 모르겠지만 말야." 이방근이 말했다. "그런데 양 동무, 지금쯤 한라신문에선 한창 인쇄를 하고 있겠지."

"음, 그렇겠지요."

남승지도 말없이 고개를 끄덕였다.

"그들에게 술을 한잔, 바치고 싶군. 김문원 일동의 노고를 치하하며, 우리들이 한잔하세."

김문원 일동의 노고를 치하하며……. 남승지는 마음속으로 중얼거렸다. 일순 코끝이 뜨거워지면서 찡하고 울리는 걸 느꼈다.

다음 날도 바람은 그치지 않고 해안은 파도가 부서지며 술렁거렸지만, 어제부터 한바탕 쏟아질 것 같던 찌뿌듯한 하늘은, 오후가 되자 엷은 구름 사이를 가르고 태양이 빛나기 시작했다. 하지만 그것도 잠깐, 이윽고 구름이 빛을 가리며 우울하게 하늘을 뒤덮었다.

부엌이는 저녁 장을 보러 나간 김에, 그보다는 시장을 핑계 삼아 남문로에서 동문교 상류 안쪽에 있는 O중학교 근처의 유성원이 아지트인 개인 주택을 찾아가 열 장 정도의 삐라를 가지고 돌아왔다. 그집의 젊은 안주인과 부엌이는 아는 사이였는데, 부엌이가 오전 중에 찾아갔을 때는, 삐라는 완성된 듯했지만 아직 운반되지 않았었다. 삐라는 아지트의 안주인이 C길의 한라신문에서 자택까지 나르기로 되어 있었다. 도중에 신작로를 건너야 했는데, 빈손으로도 약 10분의 거리다. 삐라가 인쇄뿐만 아니라, 위험한 운반 역을 맡을 사람이 필요한 것인데, 이렇게 주부가 그 역을 맡게 될 줄은 남승지는 생각조차 하지 못했다.

정오를 지나 시장으로 갔던 안주인은, 지금 시장에 나온 배추를 커다란 등바구니에 수북하게 쌓아 올리고 도중에 한라신문 뒷문으로 들러, 그곳 주방에서 일단 짐을 내린 뒤, 배추 밑에 삐라 다발을 숨기고 집으로 운반해 돌아왔다. 보통 잡지 정도 크기인 삐라 3천 장은 약 30센티 정도의 부피가 되는 것으로, 그것을 두 개의 보따리로 나누어 옮긴 것이었다.

유성원은 오후 일찍 각 아지트 세포 책임자를 한 명씩 불러 삐라를 건넸다.

별채에서 부엌이로부터 삐라를 건네받은 남승지는, 이미 알고 있는 내용이었지만, '결사적인 인쇄'의 결과물로서 한 장을 이방근에게 보이고, 두 장은 일단 어젯밤의 '발표 전문'과 '투항 권고'의 등사판 인쇄가 들어 있는 점퍼 안주머니에 넣었다. 삐라는 나중에 다른 곳으로, 바지 안감 사이의 실을 뽑아서 한 장만이라도 조그맣게 접어 넣고 꿰매든가 해야 한다. 하지만 그것이 어려울 때는 그 자신이 삐라 인쇄를 확인한 것으로 끝나고, 굳이 위험을 무릅쓰고 산으로 가지고 돌아갈 필요는 없었다. 나머지 삐라는 부엌이가 부엌의 부뚜막 아궁이 속에 집어넣었다.

"친애하는 국방군 장병 및 경찰관 여러분! 총을 잘 보시오. 그 총이 어디에서 나왔는지를……."

한자가 섞인 한글 활자체. 눈에 익은 한라신문의 활자체다. 조금 열린 뒤쪽 덧문 틈새로 들어온 빛에 비춰 삐라의 활자를 확인했을 때, 그는 가슴속에서 벼락이 떨어지는 소리를 들었다. 동시에 어두운 방의 공간이 갈라지고 한순간에 수라장으로 변하여, 수많은 맹금류가 무서운 날갯짓과 함께 거칠고 사나운 울음소리를 내며 한 마리의 사냥감에 덤벼들어, 살을 갈기갈기 찢고 난폭하게 구는 망상에 사로잡혔다. 남승지는 두려운 나머지 반사적으로 덧문을 밀어 열고, 툇마루로 나와 몸 전체를 밝은 바깥 공기에 드러냈다. 삐라 말미의 활자체인 '제주도 인민유격대장 이성운'이 강렬했지만, 그보다도 남승지는 그 옆에 '인쇄 한라신문'이라는 기명을 한순간 보았다고 생각했던 것이다. 삐라를 손에 들고 한동안 망연해하고 있었다.

이방근의 아버지는 외출 중이었지만, 안주인 선옥은 집에 있어서,

이웃 사람들의 출입이 이어지고 있는 듯했다.

삐라는 언제 뿌려질 것인가? 전원이 모일지는 모르겠지만, 20여 명의 세포 책임자에게, 눈에 띄지 않는 형태로 아지트에 한 사람씩 불러 삐라를 직접 건네려면 시간이 걸릴 것이다. 어쨌든, 국군과 경찰에게 여수·순천 봉기를 따라 총구를 정부로 돌리라고 반란을 호소하는 선전삐라가 성내에 뿌려졌을 때는, 즉각 소문이 퍼져 그 사실이 확인될 것이다. 외출한 이태수의 귀에도 소문은 곧바로 전해지는 것이 뻔했다. 그리고 그쪽에 전화가 있다면, 이방근에게 전화를 걸어올 것이다.

그러나 어떤 방법으로 비상경계하의 성내에서 삐라를 뿌릴 것인가. 삐라 살포에 특별한 방법은 없었다. 서울과 같은 대도시라면 몰라도, 성내 교외 모두 합쳐 인구 3, 4만의 작은 읍의, 게다가 성내의 좁은 중심 지구에서 백주에 삐라를 뿌리고, 관헌의 추적은 차치하더라도, 대질로 이어질 목격자의 눈을 피할 수는 없을 것이다. 이 좁은 곳에서는 삐라를 뿌린 뒤에 멀리 어딘가로 도망칠 장소가 없는 것이다.

오후 네 시가 다 되어 부엌이는 불과 3, 4분의 짬을 내어, 집 앞 골목에서 북국민학교 뒷길까지 나가 읍내 분위기의 변화를 살폈지만, 스쳐 지나간 경찰의 모습에도 이상은 없었고, 읍내는 평온하다고 했다. 삐라는 뿌려지지 않았다.

남승지는 찌뿌듯한 날씨가 한시라도 빨리 회복되어 맑은 하늘이 보이기를 기다리고 있었다. 맑게 갠 하늘이면 달밤이 아니라도, 별빛만으로 산길을 걸을 수 있는 것이다. 야음(夜陰)을 틈타 성내를 출발할 생각이었지만, 한라산 중턱의 관음사 근처에 있는 아지트까지 당도하지 못하더라도, 네다섯 시간 걸려 산기슭의 산천단 마을까지 가면, 거기에서 묵을 수 있다. 그러나 삐라 살포 상황이 불분명한 채, 성내를 나갈 수는 없었다.

저녁때까지 예상했던 어떤 일도 일어나지 않은 채 시간이 흘러가고, 읍내는 두터운 구름이 몰려 층을 이루어가는 하늘 아래 어스름의 장막을 걸치기 시작했다.

과연 삐라가 뿌려진 것인가. 위험해서 삐라 살포가 불가능한 것인가. 새로운 불안이 남승지를 덮치고 있었지만, 한편으로는 태양이 완전히 구름 너머로 모습을 감춘 날씨가 마음에 걸렸다. 비가 오면 산길이 험해진다.

태양이 없는 흐린 하늘이 어스름을 한층 짙게 했는데 일몰 시각까지는 아직 두세 시간의 유예가 있어, 갑자기 밤의 장막으로 바뀌는 일은 없을 것이다.

이방근의 아버지로부터도 게릴라의 삐라가 뿌려졌다는 전화는 없었다. 읍내에 그럴듯한 이변이 일어난 듯한 낌새도 없이, 이방근이 집을 나선 것은 다섯 시경이었다. 사실 그도 삐라 살포가 걱정이 되어 외출한 것이었다.

3, 40분 읍내를 걷고 돌아온 이방근이 이미 귀가해 있던 아버지의 호출에 응하며 거실로 갔다. 아버지는 어디에서 손에 넣었는지 삐라를 아들에게 보이면서, 밖에서 이런 삐라를 줍지 않았는지 물었다고 한다. 내용은 물론이거니와 도대체 이런 것이, 어느 틈에 어디에서 인쇄된 것인지. 인쇄는 한라신문이 아닌가. 유격대장 명의로 된 것을 한라신문에서라니, 도대체 그것은 어떤 자의 신문이란 말인가. 아버지는 생각할 수 없는 일이라고, 탁자 위의 한라신문을 가리키고 표제의 활자를 지적하면서 어안이 벙벙해 있었다. 이방근이 거실에서 물러나 별채로 아주 잠시 얼굴을 내민 것은 일곱 시쯤으로, 이미 밤이었다. 그때는 이미 바람 섞인 비가 내리고 있었다.

이방근은 읍사무소 근처에서 바람에 날리고 있는 몇 장의 삐라를 목격했다. 누가 뿌린 것인지, 그럴듯한 사람의 그림자는 보이지 않았다. 여기저기에 삐라가 흩어져 있었지만, 아직 시간은 얼마 지나지 않은 듯했다. 그러고 보니, 신작로 언저리 읍사무소의 돌담 옆 그늘에 삐라 다발이 놓여 있어서 바람에 펄럭이며 흩날리고 있었다. 삐라는 뿌렸다기보다 일정한 장소에 놓여 있었던 것이다. 통행인이 없는 사이에 몰래 그늘에 두고 떠난 뒤에는, 바람에게 살포를 맡겼다고나 할까. 통행인은 발밑의 바람에 날려 온 삐라를 주워 눈을 가까이 댄 순간, 당황한 기색을 드러내며 주위를 둘러보고 삐라를 버린 뒤 잰걸음으로 그 자리를 떠났다. 뒤를 돌아보면서. 삐라를 손에 들고 읽으면서 근처 골목으로 사라지는 사람, 아무렇지 않게 주머니에 넣는 사람. 아이들이 삐라를 주워 모으고 있으니까, 어른들에게 마치 나비와 같은 운반 역이 될 것이다. 이방근은 이미 삐라를 읽고 버린 통행인처럼, 삐라가 흩어지고 있는 주변을 지나쳤다. 일요일이라 읍사무소도 쉬고, 관덕정 광장과 접한 경찰서 앞 바리케이드에는 보초가 서 있었지만, 석문 안의 관공서 구내로 드나드는 사람의 그림자는 거의 없이 한산했다.

이방근은 갑자기 사람의 통행이 없어진 듯한 느낌의 광장을 건넌 뒤, C길을 걸어서 돌아왔지만, 도로에는 삐라가 떨어져 있지 않았다. 벽이나 전신주에 삐라가 붙여진 흔적도 없었다. C길치고는 인적이 뜸했는데, 어쩌면 '선전포고'의 소문이 나서 급속하게 통행인이 줄어들고 있는지도 몰랐다.

좁은 성내 여러 곳에서 대략 시간을 맞추어 동시에 살포하고, 도망을 가지 않으면 위험하기 때문에, 근방에서 삐라가 뿌려져 있음에도, 바로 그 한라신문사가 있고 상점거리라 사람의 왕래가 많은 C길로는 발길을 옮기지 못한 모양이었다. 그렇다고 해도 3천 장의 삐라는 어디로 간 것인가. 3천 장은 너무 많았다. 이방근이 그렇게 말했고, 남승지도 많다고 생각했다.

아직까지는 경찰의 움직임이 없는 듯했다. 삐라가 뿌려진 지 얼마 안 되고, 그 수집과 각 방면으로의 연락, 대책 협의, 일요일인 탓도 있지만, 보통 사태가 아니었기 때문에, 오늘 밤이 아니더라도 내일은 이 잡듯이 철저한 가택수색을 하러 올 것이라고 이방근은 말했다. 아마 이 집은 괜찮을 것이라고 생각하지만, 방심은 금물이었다.

이방근은 별채에 오래 머무르는 것을 피해 방으로 돌아갔다. 사태의 전개를 우려하고 있는 아버지가 언제 어느 때 직접 그의 방으로 오든가, 다시 거실로 아들을 호출할지 알 수 없었다.

경찰은 언제 움직일 것인가. 비다, 비. 3천 장의 삐라가 어떻게 뿌려졌는지 모르지만, 2백 장이든 3백 장이든 인민유격대장, 이성운 명의의 삐라가 성내 읍에 뿌려진 것은, 이태수가 어디에선가 뿌려진 삐라를 들고 돌아온 것과, 이방근이 거리에서 삐라가 바람에 날리고 있는 것을 목격한 것으로도 확인된 것이었다.

남승지는 이방근의 아버지까지 한라신문과 삐라를 비교하면서 한라신문사의 인쇄가 아니냐고 의심했다는 말에, 거듭 더블 펀치를 맞은 듯한 충격을 받았다. 유성원이 말했던 것처럼 옛 일본군의 특공대와 같은, 파멸이 자명한 행위였음을 지금 분명히 두 눈으로 확인했다. 김문원은 이미 성내를 탈출했을까.

남승지는 삐라 살포 사실을 눈앞에 두고, 왜 이 자명한 파멸의 행동이 이렇게 현실이 되었는지, 자신이 조직의 지시를 전달하면서도 한순간 남의 일처럼 이상한 느낌에 사로잡혀 생각이 정리되지 않고, 영문을 알 수 없게 되었다. 자폭과 마찬가지가 아닌가. 어째서 그런가……? 아니다, 남승지는 자신의 머릿속 잡념을 떨쳤다.

동무, 어떻게 될까? 삐라 살포를 봉화를 대신한 신호로, 가까운 시일 내에 성내로의 총공격이 있을 가능성이 있는가 하고, 이방근이 한 마디, 조금 전 자리를 뜨기 직전에 물었지만, 남승지는 대답을 못했다. 군사지도부가 주도하고 있는 일이라 자신은 알 수 없다. 삐라 살포를 신호로 성내 공격 작전이 있을 것이라는 이야기는 못 들었다는 대답에, 이방근은 음…… 하고 고개를 끄덕였을 뿐, 아무 말도 하지 않았다. 남승지 자신, '선전포고'를 한 이상, 그것을 뒷받침하는 성내로의 게릴라 공격을 기대했지만, 공격 유무에 대한 이방근의 질문은 남승지만큼의 기대도 없는, 단순한 질문이라고 하는 것이 적절했다. 그는 남승지의 부정적인 대답에 대해 기대에 어긋난 실망의 반응을 나타내지 않았기 때문이다. 음, 그런가…… 하는 침묵의 긍정이었다. 기대를 갖지 않는다는 것은 어떤 의미일까.

갑작스러운 호소문의 인쇄지령에 비판적인 자세로 김문원에게 전달하는 걸 꺼렸던 유성원도, 결행을 단행했을 때는 '선전포고'가 성내로의 공격을 동반하는 것으로 생각하여 기대하고 있었다. 남승지는 그런 유성원에게, 이방근에게 대답한 것처럼 성내 공격의 작전 계획은 듣지 못했기 때문에 모른다며, 부정적으로 대답하지는 않았다. 군사부가 아니므로 구체적으로 언제 어떻게 이루어질지는 모른다. 머지 않아 주객관적 조건의 계산하에 공격은 있을 것이라고 말했지만, 그것은 남승지 자신의 희망이자 기대였다. 그러나 왜 이방근에게는 스스로의 기대에 어긋나는 그런 대답을(그것이 실제 사정이었지만) 한 것인가. 성내 공격에 대한 기대는 조직원만이 아니었다. 대부분의 주민들 마음에는 그 기대가 공포와 서로 이웃하며 자리 잡고 있었다. 그것은 '선전포고' 삐라로 현실이 되었다. 그러나 이방근은 게릴라의 힘을 무시하듯이, 그런 기대가 없었다.

군·경에 대한 호소에 호응하여 성내의 조직은 어떠한 행동을 할 수 있을까. 그러한 태세가 아닌 것은 극단적인 삐라 살포의 방식에도 나타나 있었다.

'결사적인 인쇄'의 결과 만들어진 3천 장의 삐라는 어떻게 뿌려진 것일까. 그 전모는 알 수 없지만, 이 삐라의 효력은 무엇인가. 왜 삐라가 인쇄되었는가? 남승지의 마음속에 지금까지 없었던 의문이 고개를 쳐들었다. 동시에, 삐라가 실제로 성내 거리에 뿌려진 것인가? 하는 의문이 무서운 예감을 동반하고 남승지의 면전을 가로막듯이 나타났다. 이방근이 본 바로는, 그것은 일부 지역에 지나지 않았겠지만, 제주 읍사무소 부근의 서문로 한구석 외에, C길에도 삐라 살포의 흔적은 없었다고 한다. 철야로 인쇄를 마친 3천 장의 삐라는 어떻게 된 것인가? 극히 일부가 뿌려졌을 뿐……. 꺼림칙한 상상이었다. 그리고 그 상상은 시간이 흐름에 따라 현실미(現實味)를 띠고 굳어져, 3천 장의 삐라 살포는 거의 불가능하다는 생각에 이르렀다. 그렇다면 왜 천 장이 아니고 3천 장이었던가. 삐라 인쇄와 살포 확인의 무서운 결과이다. 아직 하루는 더 성내에 머물면서 사태를 파악해야 할 것이다.

비바람이 기와지붕에 물보라를 일으켜 씻어 내리고, 각 방의 덧문을 흔들며, 안마당과 뒷마당의 통로를 온통 물에 잠기게 만들었다.

부엌이가 잠깐 주인들의 눈을 피해 별채에 드나드는 것이 비 때문에 어려워졌다. 빗속으로 함부로 나와, 부엌의 봉당을 빗물로 적시는 것은 의심받을 우려가 있었다.

이방근이 부엌이와 상의한 끝에, 남승지를 대문가 머슴방 옆 헛간으로 옮긴 것은 선옥 등이 잠자리에 든 뒤로, 열두 시가 다 돼서였다. 그렇다면 그 시각까지 경찰의 움직임이, 적어도 이 집까지는 미치지 않았다는 것이 되지만, 심해진 비바람이 영향을 미치고 있는 것인가.

이방근은 이 집은 지금으로서는 아마 괜찮을 것이라고 했지만, 내일 아침 무렵부터 일제 수색이 시작될 것이다.

남승지는 바지를 걷어 올리고 빗속을 맨발로 물에 잠긴 이방근의 방 뒷마당 통로를 지나, 부엌이의 안내로 헛간으로 갔다. 덮은 수건을 걷어낸 회중전등에 비친 토벽 냄새가 나는 헛간 내부는, 몇 개의 짐 상자와 장독, 농가도 아닌 이 집과는 관계가 없을 듯한 괭이 따위의 농기구, 그 외의 도구 등으로 가득했다. 그는 이미 별채를 나와 부엌 안의 이태수의 거실과 벽을 사이에 둔 고방 안에서 두세 시간을 지냈는데, 헛간으로 옮기기 이전에라도 경찰의 습격이 있을까 염려했던 것이다. 곡류 등 음식물을 두는 그곳에 계속 숨어 있는 편이 부엌이에게도 남승지에게도 편했지만, 안주인이 부엌으로 얼굴을 내민 김에 드나들 수도 있었기 때문에 피하는 것이 나았다. 만약 고방도 위험하게 되면 부엌 봉당에 접해 있는 마루 밑으로 들어가기로 했다.

이방근은 만약에 경찰이 찾아와 헛간으로 손을 댈 기미가 보일 때는, 이것저것 배치를 잘 기억해 두었다가 안쪽의 빈 장독 속으로 들어가 나무뚜껑을 덮으라고 했다. 올 봄, 5·10단독선거 반대 투쟁의 우체국 삐라 살포 사건으로 추적당하고 있던 친척 중학생을 수색한다며 양준오의 하숙집에 경찰이 덮쳤고 그날 밤 마침 양준오 방에 있던 이방근은 그것을 목격했다. 두 대의 지프로 찾아온 경찰대의 일부는 양준오의 방을 마구 짓밟은 뒤, 본대와 함께 안채로 발을 들이고, 이윽고 카빈총을 연속적으로 쏘아대는 격렬한 총성이 안뜰 너머로 울려왔다. 그때 고방 안의 몇 개인가 곡식이 든 장독이 부서졌지만, 가장 안쪽 항아리 안에 숨어 있던 소년은 정말 기적적으로 살아난 것이다. 소년은 한동안 친척 집에 숨어 있다가 일본으로 밀항했다.

남승지는 비바람 소리로 완전히 뒤덮인 헛간의 두터운 멍석 위에,

즈크화를 신은 채 몸을 뉘였다. 어느새 퀴퀴한 먼지 냄새 나는 헛간에서 잠이 들고, 눈을 뜬 것은 이른 아침이었다. 밤은 아무 일도 없이 무사히 밝아 오는 듯했다. 덧문 틈으로 희미한 빛이 스며드는 게 보였다. 바람이 세차게 불고 있었지만, 빗발은 가늘어지고 있는 모양이었다.

남승지는 어젯밤에 부엌이가 밤참 대신이라며 가져다준 찐 고구마 하나를 먹었다.

일제수색이 시작되어 경찰대 일부가 이태수의 집 바로 근처까지 와 있다는 것을 남승지가 안 것은, 골목으로 들어간 지프에서 뛰어내린 무장 경찰들이 집집마다 습격을 시작했을 때였다. 이방근의 아버지가 집을 나가고 얼마 안 되어서였다.

"문 열어!"

"문 열라니까!"

경찰들의 고함과 입구의 널문을 총대로 세차게 내리쳐 부수는 소리. 근처의 문이 없는 돌담뿐인 집에서는, 직접 안마당에서 안채로 들어가 여자와 아이를 발로 차 넘어뜨리며 쑥대밭으로 만드는지, 바람에 실린 비명과 울부짖는 소리가 헛간 벽에 귀를 댄 남승지에게 전해져 왔다. 누군가가 연행되고 있는 건지, 골목에서 땅을 치는 듯한 여자의 통곡 소리, 빗속에서 아마도 진흙투성이가 되어 경찰에게 저항하는 여자들의 목소리가 주위에 울려 어수선했다.

주먹으로 대문을 쿵쿵 두드리는 소리가 났다. 이태수의 집이라는 것을 의식하고 있는지, 역시 총대로 두드리는 그런 짓은 하지 않았다. 남승지는 어둠 속을 손으로 더듬어 짐 사이로 들어가, 짐을 발로 천천히 밀며 항아리로 하반신을 넣었다. 그리고 손에 든 나무 덮개를 약간의 틈을 남기고 머리 위로 덮었다.

부엌이가 쪽문을 열고 이방근이 경찰들을 맞이하는 듯했다.

"무슨 일이오?"

"경찰이다."

우격다짐으로 발을 들이려는 기색은 없었다.

"알고 있지만, 아침부터 무슨 일인가?"

"거기 비켜라. 아아, 이 선생님, 여기가 이 선생님 댁이었군요."

또 한 사람, 상관인 듯한 자가 들어왔다.

"나를 체포하러 오기라도 한 것이오?"

"그럴 리가요. 이쪽으로 수상한 자가, 관계자가 도망쳐 오진 않았겠지요?"

"이곳으로 도망을? 대체 무슨 관계자입니까?"

"반란 삐라의 불법 살포, 정부 전복 음모사건입니다."

"삐라? 무슨 삐라입니까?"

"⋯⋯" 소대장인지, 잠깐 사이를 두고, 그 남자의 웃음소리가 났다. "이봐, 여긴 이제 됐다. 철수해라, 빨리. 이 선생님, 실례했습니다."

경관들이 떠나고 쪽문이 닫혔다.

큰 숨을 토해 내며 항아리에서 나온 남승지는 바닥의 멍석 위에 앉았다. 이 집은 아마도 괜찮을 것이라고 이방근이 말한 것처럼, 형식적인 수색을 마치고 경찰들은 물러갔지만, 이것으로 안심할 수는 없었다. 또 다시 오늘 중에라도 오지 않는다는 보장은 없는 것이다.

성내는 하루 종일 검거 선풍이 거칠게 불었다.

어제의 삐라 살포와 동시에 각지에서 일어난 게릴라와의 전투가 경찰을 살기등등하게 만들었다. 30여 명의 게릴라에 의한 서귀포경찰 습격으로 경찰 두 명이 죽고, 모슬포에서 원군으로 급히 달려온 경찰 일개 중대와 교전하면서 게릴라는 산으로 도주했다. 게다가 세 대의 트럭에 나누어 타고 동진 중인 모슬포 주둔 토벌대가 애월면 K리에서 마을 사람의 정보와 협력을 얻은 게릴라에게 기습을 당해, 50여 명이 사상, 트럭, 중경기관총 2정, 카빈총 6정, M1총 5정 등의 무기를 게릴라에게 빼앗겼다. 조천 지구에서는 마을의 민위대 조직 세력과 호응한 게릴라 수십 명이 주둔 토벌대와 면사무소 등의 행정기관을 급습하여 통신망을 파괴, 절단하고, 마을 사람 세 명을 토벌대와 내통했다는 이유로 처단했다. 토벌대는 타지구로 패주하고, 경찰지서만이 바리케이드 안쪽에서 응전한 끝에 항복하여 목숨을 건지고, 게릴라 측도 몇 명이 죽었다. 그 외, 애월면 소길리에서의 백여 명의 토벌대와 게릴라의 교전…… 삐라를 살포하고 날이 밝자 아버지로부터도 게릴라 공세의 정보가 전해졌다.

총동원된 경찰력에 '서북'들이 합류하여 집집마다 집안은 물론, 돼지가 있는 측간 구석까지 돼지우리의 돌담 울타리 안으로 오물을 밟고 들어가 돼지를 내쫓으면서 이 잡듯이 수색을 했다.

점심 전에 이방근이 아버지로부터 받은 전화에 따르면, '서북'들이 한라신문사를 습격하여 윤전기와 그 외 모든 것을 파괴, 건물 전체를 점령한 모양이었다.

군대가 바다를 제외한 성내의 삼면을 굳게 봉쇄했다. 성내는 공포의 읍으로 변했고 수색과 '서북'들의 약탈, 폭행이 동반되었다.

관덕정 광장에 끌려온 수많은 체포자들이 경찰서 안으로 끌려가는 것을, 이태수는 식산은행 2층의 이사장실 창문 너머로 목격했다.

사건과 아무런 관계가 없는 것으로 여겨지는 사람들이 백 명 가까이 체포되었는데, 이방근이 저녁 무렵까지 들은 바에 의하면, 그 대부분이 성내 조직의 세포원으로 판명되었다는 것이다. 이 사실은 이방근에게 어떤 근원적인 충격을 주었고, 그것을 나중에 들은 남승지에게도 커다란 충격을 안겨 주었다.

장을 보고 돌아온 부엌이가, 유성원은 체포를 면했지만 한라신문 편집장인 김문원은 이미 오전 중에 체포되었다는 소문을 듣고 왔다. 도대체, 김문원은 어디에서 언제 체포된 것인가. 그때까지 무엇을 하고 있었던 것인가.

지하당 조직의 세포원이 어떻게 하루 사이에 대부분 체포된단 말인가. 생각할 수 없는 일이었다. 사전에 준비된 어떤 리스트가 없다면 일제 검거 같은 것이 가능할 리 없었다. 이것이 사실이라면 성내의 조직은 파멸한다.

심야, 이방근은 절망과 분노의 목소리를 억누르고, 날카롭게 혼잣말을 내뱉었다. 아직은 잘 모르겠지만, 그러나, 유달현, 유달현……, 오오, 숨이 막힌다.

6

유달현, 유달현……, 오오, 숨이 막힌다, 숨이 막혀. 후우―흠……. 이방근이 토해 내는 한숨은 깊었다. 강한 바람을 탄 비는 약해졌다 그쳤다를 반복하고 있었다. 외벽과 초가지붕을 때리는 바람 소리에 둘러싸인 헛간의, 진공과도 같은 정적이 이상할 만큼, 성내는 군·경 테러 단체의 횡행으로 점점 험악해졌다. 한라신문은 이미 건물 전체를 점령한 '서북'의 수중에 들어가고 말았다. 바다 밑과 같은 침묵. 여기저기에서 공포, 분노, 통곡 소리가 흘러나오고 있을 것이다. 경찰과 토벌사령부, '서북' 사무소 밀실에서의 고문……. 이방근의 집에도 밤

늦게까지 체포된 자들의 가족들이 석방 공작을 의뢰하기 위해 끊임없이 드나들었다. 이방근은 바로 한 시간 전까지 아버지 이태수의 방에 있었던 것이다.

헛간 멍석 위의 손수건으로 싼 회중전등에 비친 두 사람의 마주 앉은 그림자는 음화 같은 부분이 두드러져, 어둠에 떠오른 환상 같았다.

남승지는 이방근이 유달현에 대해, 절망적인 분노를 담은 칼처럼 날카롭게 중얼거리는 것을 듣고 충격을 느꼈다. '배신자' 유달현에 대한 분노일 것이었다. 유달현이 조직을 팔았다……? 당원도 아닌 이방근의 분노였다. 무엇 때문인지 절망을 동반한 듯한 분노, 남승지의 상상을 초월한 분노. 정말로 유달현은 조직을 팔았는가.

"유달현이 경찰의 움직임과 관련이 있다는 말입니까?"

충격으로 즉시 대꾸하지 못했던 남승지는 겨우 목소리를 낮추어 말했다.

"으―음, 아직은 알 수 없네. 알 수 없지만, 줄곧 그걸 생각하고 있었네. 그렇지 않기를 바라고 있지만, 생각하면 머릿속이 산소 결핍인 것처럼 괴롭군. 그도 또한 체포되었는진 불분명하지만, 내일이면 알 수 있겠지. 유달현의 체포. 그래, 유사체포도 있을 수 있고."

"유사체포……?"

"거짓체포지. 위장을 위한. 음, 그렇게까지 생각하고 싶진 않아."

'유달현'이 아니라도, 물건으로 가득 찬 어두운 헛간 안은 숨이 막힐 듯했다. 몇 명 단위의 순찰 경찰들이 비에 젖은 길을 갔다. '선전포고' 때문에 게릴라의 성내 공격을 두려워하고 있는지도 모른다. 그저께 밤, '통금'시간에 이방근과 양준오를 집 앞까지 데려다준 다소 거나하게 취한 경찰의 모습은 더 이상 없었다. 사담도 하지 않고, 여느 때와 달리 그 보조는 긴박했다. 이쪽의 숨결이 토벽을 넘어서 길 위의 녀석들 피부에 전해질 정도로 밤공기가 긴장으로 뒤덮여 있었다. 그야말로, 그저께 밤 탁자 밑에서처럼 재채기 한 번이라도 하는 날에는, 그것으로 마지막이 될 것이다. 담장 너머로 도로와 외벽으로 접해 있는 헛간은 적의 눈앞에 노출된 느낌이었다.

이방근은 어제 삐라 살포를 계기로 일어난 성내 사태에 대해 의견을 거의 섞지 않고 객관적으로 전해 주고는 곧 자신의 방으로 돌아갔다. 유달현, 유달현……. 다만, 그 쥐어짜낸 혼잣말에 모든 것이 담겨 있는 것처럼.

삐라 인쇄와 성내 살포라는 게릴라 조직의 계획을 남승지에게서 들은 이방근은 곤혹스러운 표정을 보이면서, '이것은 결사적인 인쇄다'라고 말했다. 그 한마디가 그의 간접적인 비판이었다. 3천 장이라는 대량의 삐라 인쇄를 실현하면서, 결과는 이방근이 예측했던 대로 김문원의, 그 죽음으로 이어질 체포와, 생각지도 못했던 파국의 사태를 초래하기 시작한 것이었다.

3천 장이나 대량 인쇄된 삐라의 대부분이 버려졌다고, 아니 소각되었다고 들었을 때, 남승지는 새로운 충격에 휩싸였다. 부엌이가 유성원의 아지트 안주인에게 들은 모양인데, 그녀가 유성원의 지시로, 한라신문에서 옮긴 삐라 대부분을 부뚜막 아궁이에 불을 지펴 모조리 태워 버리고, 나머지를 아지트로 찾아온 조직원들이, 소량씩 분담해 서문로(외출한 이방근이 바람에 날려 흩어지는 삐라를 목격한 것은 서문로 부근이었다), 남문로, 그리고 산지 부근에 뿌린 정도였다. 유성원은 삐라가 살포된 전날 밤, 아지트에서 다른 곳으로 모습을 감추었다.

참으로 맥 빠지는 삐라 3천 장의 행방이었지만, 남승지는 생각지도 못했던 사태로 전개된 탓인지, 자신의 조직책의 결말에 분노를 느끼지 않았다. 나였다면 어떻게 했을까. 어떻게 삐라를 공공연하게 살포

할 수 있었을까……. 도망갈 길이 없는 막다른 골목에서. 몇백 장의 삐라 살포의 결과를 앞에 두고 남승지는 공포를 느꼈다. 이 사실이 밝혀진다면 관계자는 조직의 사문에 부쳐질 것이었다. 그러나 지금은 그럴 때가 아니었다. 성내의 조직은 궤멸 상태에 있고, 산의 조직에 삐라 소각 보고를 하는 것은, 조직책인 남승지 자신에 대한 사문을 초래할지도 모를 일이다. 이 사실은 남승지가 목격한 것이 아니었다. 그러나 삐라의 인쇄, 살포의 결과로서 지금 확인되지 않았는가.

한편, 오늘 아침부터 각지에서 게릴라가 거센 공격에 나섰다는 이 방근의 이야기는 남승지를 흥분시켰다. 삐라는 그냥 뿌려진 것만은 아니었던 셈이었다. '선전포고' 그대로 게릴라는 새로운 반격에 나서기 시작한 것이었다. 이미 성내 근처까지 육박해 왔는지도…….

이 집의 지붕을 스치며 내지르는 바람의 신음소리 사이를 누비듯이, 바위들에 부딪치며 부서지는 밤바다의 파도 소리가, 헛간이 도로와 접해 있는 탓이었는지 별채에 있을 때보다도 잘 들려왔다.

시각은 한 시를 지났다. 가랑비가 헛간의 덧문 옆으로 들이치고 있었다.

총성은 들리지 않았다.

남승지는 숨을 죽이고 빗소리 너머로 울리는 총소리를 포착하려고 했다.

백 명 가까운 체포자 대부분이 성내 조직의 세포원이라는 것이 사실이라면……. 삐라 살포 현장에서의 '현행범' 체포도 아닌데, 이 경우 일반 주민의 대량 검거는 있을 수 없었다. 측간이 있는 돼지우리까지도(그것은 헛간이나 집안의 마루 밑이랑, 온갖 곳을 휩쓸었다는 이야기일 것이다. 여기가 이방근의 집이 아니었다면, 오늘 아침의 일제 수색에서 경찰들은 이 집안을 휩쓸었음에 틀림없었다) 수색했다는 것은, 대체로 사전에 리스트를 작성된 후의 공격이어서, 역시 다수가 조직 관계자임에 틀림없는 것이었다. 이방근의 아버지도 식산은행 2층 이사장실의 창문 너머로 관덕정 광장에 끌려나온 수많은 체포자가 경찰서 건물이 있는 구내로 끌려가는 걸 목격했다고 하지 않았는가.

유성원 등의 직접 관계자들은 어찌 되었든, 일반 가두(街頭, 직장) 세포원은 설마 자신들이 하루 사이에 습격을 당하리라고는 생각지도 못한 불의의 기습이었기에, 사전에 도망칠 여유도 없었던 것이다.

도대체 이 사실을, 성내 조직의 괴멸 사태를 어찌할 것인가. 삐라인쇄의 강행, 그 살포가 원인이 되어, 하루아침에 모든 것을 붕괴 상태로 몰아넣었다……. 믿을 수 없는 일이다. 그러나 완전히 괴멸한 것은 아니지 않을까. 한 사람도 남김없이 체포되었을 리가 없다. 그러나…….

남승지는 자신이 지금 이 시각에, 이 집 헛간의 어둠 속에 갇혀 있는 상태라는 사실, 그리고 성내에 일어난 파멸적인 사태가, 도저히 현실로서 받아들여지지 않았다. 이것이 어떤 꿈이 아니라는 것을 증명하기 위해서도, 한시라도 빨리 여기에서 빠져나가 현실의 바깥바람을 쐬어야 했다.

22일 오후, 한라산 관음사에 가까운 아지트에서 하산하여, 고원의 가을바람을 맞으며 성내를 향해 내려왔던 자신. 여수·순천 반란군 봉기의 흥분과, 제주도에서의 새로운 게릴라 투쟁 전개의 기폭제가 될 '선전포고' 삐라의 인쇄와 살포의 혁명적 임무 수행이라는 고조된 정신의 소유자였던 자신은 어디로 간 것인가. 3, 4일 전의 자신과, 지금 비바람 속의 어둠에 갇혀 꼼짝도 할 수 없는 자신이 아무래도 하나로 겹쳐지지 않았다. 22일 당일 생명선상의 자신과 지금의 자신이 연결돼 있다는 것은 실감할 수 없었다. 도대체, 어디에서, 어디쯤에서 그가—그때의 나와 지금의 내가 이어져 있단 말인가.

어째서 이렇게 되고 말았을까. 그 틈, 균열은 무엇인가. 자신을 비현실적으로 둘로 갈라놓은, 이제 이을 수 없는, 이음매를 찾을 수 없는 분열 상태의 자신 사이에 있는 것……. 엄연히 존재하는 것은, 저 정도로 실현이 위태로워진 호소문·삐라 인쇄의 결사적인 수행과, 그것의 살포가 아닌가. 모든 것이 삐라 인쇄와 그것의 살포에서 기인한다. 혁명적 임무의 절대 수행, 그 지시를 산의 조직에서 가지고 온 것은, 그리고 3천 장 인쇄의 실현과 살포를 전달한 것은, 지금 이방근의 집 헛간의 어둠 속에 숨어 있는 자신, 김명우였던 것이다. 3천 장 대부분이 부뚜막 아궁이에서 재로 변한 삐라.

김문원의 체포……. 이런, 남승지는 몸이 떨리고, 가슴 깊은 곳까지 욱신거림이 파고들었다. '결사적인 인쇄'의 '주모자' 김문원이 고문을 피할 도리가 없으며, 죽음도 면할 수 없다. 체포는 틀림없는 것일까?

'서북'의 테러. 이미 사망자가 나오고 있을지도 모른다. '서북' 사무소로 연행된 뒤의 생사를 당장은 알 수 없다. 검거 선풍이 일단 지나가고, 여파는 아직 이어지긴 하지만, 내일이면 상황이 점차 명확해질 것이다.

윤전기의 파괴와 건물 전체의 점령은 제주 유일의 한라신문 폐간을 의미했다. 그리고 건물도 법적 근거 없이 접수되고 말았던 것이다. 어째서 이러한 현실이 초래된 것인가? 한라신문에서의 삐라의 '결사적인 인쇄', 그 일부의 살포, 그리고 인쇄를 결행한 편집장 김문원의 체포, '서북'에 의한 한라신문사 습격, 접수……. 거듭 생각해도, 왜 이렇게 된 것인가? 삐라 인쇄의 효용은, '선전포고'의 삐라는 무엇이었던가. 이 자멸적인 행동의 결과를 게릴라 지도부는 생각할 수 없었던 것인가. 이러한 희생을 충분히 메울 만한 것이 있는가. 이것들은 결코 우연히 초래된 것이 아닐 터였다. 숨이 막힌다. 남승지는 견디기 힘든 공허함에 사로잡혔다.

남승지는 한 점 빛도 없는 헛간의 어둠 속에서, 지독한 나락의 바닥에 있는 듯한 느낌이었다. 전신이 온통 먹물로 덧칠돼 어둠에 용해된 공허에서 일어설 수 없을 것 같은 느낌이 들었다. 그는 점퍼 주머니에서 라이터를 꺼내 손으로 더듬어 만져진 물건 그늘에서, 라이터를 울려 불을 붙이고, 한 순간의 불꽃을 보고 바로 껐다. 그는 양 다리로 천천히 허리를 받치고 상반신을 일으켜, 멍석 위에 잠시 우두커니 섰다. 그리고는 두터운, 끝이 없는 어둠의 바깥을 응시했다.

여기는 어디인가? 나는 지금, 왜 여기에서 이러고 있는가. 왜 서울이 아닌 이곳에, 왜 일본의 오사카가 아닌 이곳에, 이태수 집 헛간의 어둠 속에 갇혀 있는가. 허무주의자, 이방근. 그렇게는 보이지 않는 니힐리스트. 이방근의 어디가 허무주의인가. 유달현에 대한 이방근의 분노, 깊은 슬픔마저 엿보이는 그런 절망적인 이방근의 분노의 목소리. 계급적 '배신자'에 대한 이 분노는, 당원도 아닌 그의 어디에서 오는 것일까. 잘 이해할 수 없지만, 그것은 남승지에게 충격이었다. 그는 4·3봉기 이전의 이방근이 아니다. 종일 서재의 소파에 앉아서, 거기에 누워 움직일 줄 몰랐던 이방근이 아니다. 유달현이 말하는 움막의 주인, 유달현은 이방근을 소파에서 일어나게 한 것은 자신이라고 말했다. 그렇지 않다, 이방근은 스스로 소파를 떠났다…….

오오, 긴장된 기척이 다가오고, 순찰이 북국민학교 쪽에서 대문 앞 골목으로 다가온다. 30분에 한 번은 온다.

유달현, 유달현……. 콧구멍을 후비면서 일단 멍석 위에 앉은 남승지는 즈크화를 신은 채 몸을 천천히 쓰러뜨려 눕혔다. 가는 두 눈, 얇은 입술 사이에서 새어 나오는 알아듣기 힘든, 파충류가 기는 것 같은 의식적으로 상대의 청각 신경을 집중시키려는 듯한 낮은 음성.

젊어서 대머리가 된 유달현의 얼굴이 떠오르는 것을 밀어내자, 교대하듯 이방근과 함께 한두 번 만난 적이 있는 김문원의 얼굴이 하얀 막처럼 잠깐 나타났다 사라졌다. 만약 김문원이 죽는다면, 학살당한다면……. 들은 바로는 그도 '삼대독자'로, 꼭 나와 마찬가지이다. 서귀포에 연로한 부모가 있다는 것 같은데, 그는 아직 독신인지라, 가계가 끊어질 것이다. 그 혼자만 체포된 것은 아니지만, 당장이라도 학살될지 모르는 만큼, 그리고 산의 조직의 지시를 직접 실천한 사람, 자신의 전달을 받은 당사자인 만큼, 남승지는 그의 죽음을 생각하는 것이 두려웠다. 그가 무조건 복종이라는 조직 원칙에 반하여, 삐라 인쇄의 혁명적 임무 수행을 거부하고 반혁명적이 된 경우를 상정하고, 조직책으로서의 책임을 추궁당할 것을 우려했던 자신이 부끄러웠다. 모든 것이 이렇게 될 일이 아니었던 것이다.

남승지는 상반신을 일으켜, 중력이 없다면 어디가 위이고 어디가 아래인지, 사방팔방 짐작이 가지 않는 어둠 속에 자세를 고쳐 앉아 손가락의 관절을 울렸다. 여자중학교의 숙직실에서 남승지 자신이 적은 호소문 종잇조각을 고도근시인 눈에 가까이 대고 활자를 맞추면서 인쇄를 한 김문원의 손, 남승지는 자신의 손이 그의 손에 닿아 있는 듯한, 잉크로 더러워진 그의 손가락에 자신의 손가락이 어둠 속에서 빨려드는 감각이었지만, 순식간에 김문원의 손은 손목에서 잘려 나간 것처럼 사라졌다. 그의 체포는 사실인가. 무엇을 우물쭈물하고 있었던 것일까. 경찰서나 경비사령부로 연행된 것인가.

유달현, 유달현……. 오오, 숨이 막힌다, 숨이 막혀. 이방근의 입에서 박산봉의 이름은 나오지 않았는데, 아마 체포는 면한 것이리라. '리스트'에 이름이 올라가 있는지는 모르지만, 설령 올라있다고 해도 이태수가 사장인 남해자동차의 트럭 운전수를 증거도 없이 바로 연행하는 일은 하지 않을 것이다. 제주경찰의 전 경무계장, 현재는 도경찰국 경무계장으로, 이방근의 외가 쪽 친척이 되는 정세용이 유달현을 노리는 것 같다는 것은 이방근도 헤아리고 있던 일이고, 유달현 자신이 이방근에게 주의를 받아서 알고 있는 일이었다.

만약 유달현이 조직을 팔았다면……. 그 배후로 새삼 정세용의 존재를 생각해야 할 것이다. 정세용이 계장인 경무계는 경찰의 총무부서로, 기강 위반, 비행, 선행 등에 대한 감사에 임할 뿐, 전투 출동 관계인 경비계, 옛 고등 경찰(특고)의 혈통을 이은 '사상' 계통의 사찰계와는 직접적인 관계가 없었다. 따라서 그가 유달현을 노리고, 그와 관계가 있다고 한다면, 그것은 부서 외, 직무 외의 월경 행위, 부외협력이 된다.

이방근의 명을 받은 박산봉이 정세용을 미행하던 어느 날 밤, 우연히 유달현이 O중학교 근처에 있는 정세용의 집으로 들어가는 것을 목격했다. 그리고 유달현이 은근히 정세용에게 미행당하고 있는 것 같다고 한 것도 박산봉이었다. 유달현이 정세용의 집을 몰래 방문했다든가, 정세용이 유달현과 어딘가에서 만나자 친밀하게 다가가 말을 걸었다든가, 두 사람이 요릿집에서 만났다……든가 하는 것은 서로 안면이 있는 사이이고, 유달현이 정세용의 처조카의 담임이었던 관계로 본다면, 결정적인 근거가 되는 것은 아니었다.

유달현이 정세용과 통하고 있는 것은 아닌가 하는 의혹은, 박산봉으로부터 성내 조직 책임자인 유성원에게 보고되었지만, 사실관계의 확증은 나오지 않았다. 함부로 동지에게, 전 성내 지구 조직 책임자에게 스파이 혐의를 붙이는 것은, 조직파괴라는 반혁명적 행위가 된다. 그것은 조직 내부에서도 공개토의를 할 수 있는 단계의 문제가 아니기 때문에, 각 직장 세포 책임자 가운데 몇 명으로 조직된 규율위원회가

'감시'를 계속하고 있었다. 하지만 여전히 확인은 할 수 없었던 것이다.

도내 정세의 격화와 유동화에 따라, 도당 단위의 통일적인 조직 행동은 할 수 없게 되었다. 각 면당, 읍당 조직은 독자적인 판단으로 사태에 대응할 수밖에 없게 되었다.

'통적' 행위에 대한 조사와 사문은 해당 성내 지구 조직과, 그 상급 조직인 읍당에서 처리를 해야 했다. 그것이 유달현을 '적통분자'로 단정할 확증도 얻지 못한 채, 불의의 일제검거를 당해 조직은 괴멸 상태에 몰리고 만 것이다.

만약 성내 조직원의 블랙리스트가 이미 있었다면(그렇지 않다면, 일제 검거라는 집중 공략은 불가능했을 것이다), 그것은 어떻게 작성된 것인가. 유달현의 통적 행위에 의한 것인가. 설령 유달현의 스파이 행위라고 해도(아아, 동지가 스파이……. 무서운 상상이다), 그것만이 아닐 것이다. 게다가 지금까지 경찰의 독자적인 활동이 있었다. 학교 등 직장에서 넌지시 아무개는 조직원이 아닌가 하는 추측이 있거나, 부분적으로 암암리에 알고 있는 것이, 불확실하기는 하지만 정보수집에 참고자료가 되었을 것이다.

전투적 혁명자이자 원칙주의자이며 성내 지구 조직 책임자로서 이방근에게 4·3봉기를 사전에 알리고, 스스로 이방근을 소파에서 벗어나 움막으로부터 끄집어냈다고 하는 남자, 유달현 뒤에 정세용이 있다……? 게릴라 측과 토벌군 측과의 4·28정전, 화평협상의 파괴 공작에 관계한 혐의가 있는 정세용에 대해, 이방근이 그 나름의 뒷조사를 하고 있는 것 같다고 양준오가 말했는데, 오오, 유달현, 유달현…… 하고, 이방근이 숨 막히는 분노의 목소리로 그 이름을 중얼거린 것은, 그 나름의 근거가 있어서일 것이다.

그러나 하룻밤 사이에 성내 조직의 괴멸이라니……. 오산? 실패,

오류……. 오산이 아니었다면 게릴라 지도부의 한라신문에서의 삐라 인쇄 강행과 살포의 의도는 무엇이었나. 자멸적인 결과를 전혀 예측할 수 없었던 것인가? 오류, 모험주의적 오류……. 아니다, 아니야, 남승지는 어둠 속에서 고개를 흔들며, 조금 전부터 고개를 쳐들고 기어 나오려는 의심의 움직임을 억지로 밀어 넣었다. ……그러나 무조건 절대복종이라는 조직의 원칙 아래 수행된, 삐라 인쇄 결과가 빚은 실패는 피할 수 없는 현실이었다. 여기에 이렇게 갇혀 있는 것도 부정할 수 없는 현실이다. 모르겠다, 모르겠어. 헛간의 어둠에 둘러싸여 있어서는 아무것도 알 수가 없다. 빨리 여기를 나가지 않으면 질식하고 말 것이다…….

순찰이 아까와는 반대 방향에서 다가왔다. 질척거리는 땅을 밟는 묵직한 구두 소리가 골목을 폭주했다. 분명히 경관들의 수가 늘고 있었다. 재채기를 하지 마라……. 일개 분대 편성인지, 열 명을 넘는 경찰들이 넓지 않은 골목을 총이 맞닿는 딱딱한 소리를 울리며, 몸싸움을 벌이듯이 북국민학교 쪽으로 사라졌다. 뭘까.

남승지는 경찰대의 구두 소리가 사라진 뒤, 손을 더듬어 출입구로 다가가 살짝 덧문을 열었다. 가랑비가 섞인 바람이 스며들었다. 헛간의 안팎과 남승지의 몸속이 경계를 잃고 전부 검은색 일색으로 동화돼 있었다. 축항 방파제에 높은 파도가 부딪쳐 부서지는 소리가 땅을 타고 이 집의 안뜰로 울려왔다. 그는 덧문을 닫고 멍석 위에 몸을 뉘였다. 잠을 자자, 잠을 자. 열어도 닫아도 아무것도 보이지 않는 어둠 속에서 눈이 말똥말똥했다. 결코 꿈은 아닌데, 비몽사몽의 경계 속에서 고문 광경이 떠올랐다. 서울에서 체포되었을 때의 고문──물고문 광경의 밑바닥에 깊숙이 가라앉아 있는 것 같았고, 질식 상태에 빠져드는 그곳에서 벗어날 수가 없었다. 사지가 경직돼 가는 벌레 같은 느낌이었다. 그것은 어둠이다. 어디를 가도, 문 안도 바깥도 바늘구멍 정도의 빛도 없는, 하늘에는 별빛 하나 없는 칠흑 같은 어둠……. 물 밑의 어둠에 가라앉은 그곳으로부터 벗어나 보려 하지만 몸이 움직이지 않았다. 일종의 가위눌림. 아니, 일종이 아니다. 이미 가위눌림 속으로 몸의 절반이 들어가 있었다. 아, 아, 앗……. 이미 의식 속에서, 어둠 속으로 신음소리가 샌다. 이래서는 안 된다. 그는 이를 악물고 간신히 멍석 위에 일어나 앉으며, 점퍼 주머니에서 라이터를 꺼내 불을 붙인다. 그리고 휘발유 냄새나는 불꽃이 발하는 빛 속에서 커다란 숨을 토해 냈다.

그는 라이터 불을 껐다.

눈꺼풀에 남은 불꽃의 여광을 받아 하나의 그림자가 움직이더니, 뿔이 부러진 한 마리의 투구벌레가 눈앞을 스쳐 지나갔다. 무언가가 꿈틀거리며 고개를 쳐들려고 한다. 의식의 옷을 몸에 걸친 무언가의 덩어리가 있는 것. 책임……? 무슨 책임인가? 그는 완전히 잠이 깨어 있었다. 이 심야에도 경찰들은 '피의자'를 체포하려고 집집마다 발을 들여놓고 있겠지.

주민들 사이에는 공포와 불안으로 부들부들 떨면서도 게릴라의 성 내 공격에 대한 기대가 있을 터였다. '선전포고' 삐라는 그 봉화가 되는 것이니까.

다음날 이른 아침, 박명 속을 부엌이가 헛간으로 와서, 요강을, 대소변이 출렁거리는 요강을 가지고 나갔다. 아아, 싫다. 부엌이는 집 안의 변소를 자유롭게 드나들 수 없는 남승지에게 사용하지 않던 낡은 요강을 구해 주었다. 집의 안주인이 없을 때는 기회를 엿보아 세면장 안쪽 변소를 이용하지만, 언제나 외출 중인 것은 아니었다. 남승지는 분뇨의 악취가 코를 찌르는 요강을 조심해서 문 밖에 선 부엌이에게 건네면서, 깊은 은혜가 느껴져, 그 울퉁불퉁한 손을 잡고 싶은 충동을 느꼈다. 어둠 속에서 오물을 들어 내어 주인 부부가 일어나기 전에 적당히 처리해야 했다. 거듭되는 일은 아니었지만, 아무리 한두 번이라도, 다시는 이런 폐를 끼치고 싶지 않았다. 병자도 폐인도 아닌데, 아니, 병자나 폐인이라면 그래도 낫다. 자신에 대해 굴욕감마저 느꼈다. ……혁명, 이것도 혁명을 위해서다. 혁명을 위해 끼치고 있는 신세이다. 남승지는 굳이 그렇게 생각한다. 요강의 폐를 끼치지 않기 위해서라도 빨리 이곳을 나가야 한다. 그리고 초원과 산에서 자유롭게 오줌을, 그리고 똥을 누고 싶다.

한시라도 빨리 이 집을 나가 성내를 탈출하지 않으면, 이씨 집안을 파멸시키게 된다. 이방근도, 부엌이도 당연히 빨리 출발하기를 바라고 있다. 그러나 이 엄중한 경계 태세를 돌파해 산으로 향하는 것은 불가능했다.

부엌이는 다시 와서 빈 사발과 숟가락을 가지고 갔다. 선생님, 오늘은 절대 밖으로 나올 수 없수다. 조금만 더 참읍서…….

날이 밝았지만, 흐린 날씨였다. 햇빛이 지상으로 떨어지지 않았다. 바람은 남아 있었지만, 비는 완전히 개어 있었다. 부엌 쪽에서 한약을 달이는 냄새가 안뜰을 건너, 이상했다, 뭔가 아득한 기억에 있는 그리운 무언가처럼, 덧문 틈새로부터일 것이다. 토벽 냄새 나는 헛간으로 스며들듯이 냄새가 풍겨 왔다. 남승지는 냄새의 한 조각을 손으로 건져 올리듯 팔을 움직여 보았다. 아아, 오사카의 어머니가 생각난다. 오사카, 이카이노(猪飼野) 거리의 골목에 떠도는 탕약 냄새.

성내는 제주경비사령부가 통괄하는 군·경 토벌대에 의한 엄중한 경계 태세하에 놓여, 경찰과, 농업학교의 일부 교사를 접수한 경비사령부는 높게 쌓은 바리케이드를 거점으로 무장대가 지키고 있었다.

어제의 일제 검거 폭풍은 지나갔지만, 개별적인 수색과 연행은 이어져, 임시휴교 조치로 집에 머물고 있던 농업학교의 교원이 스스로도 어떤 혐의인지 영문을 모른 채 연행되었다. 그는 일본의 명문대학 출신 인텔리로 유능한 영어교사였는데, 이 '인텔리'가 좋지 않았던 것이다. 반미, 반정부적인 발언 한두 가지를 듣고 이루어진 연행일 것이다. 이렇게 도망쳐 숨을 필요가 없는, 도망쳐야 하는지 스스로 판단이 서지 않는 사람들이 체포되었다.

술에 취한 '서북' 무리들이 민가에 난입하여, 그 집의 술로 병나발을 불면서 빨갱이 새끼 내놔! 라고 폭행, 장롱과 벽장 등을 닥치는 대로 턴 뒤, 값나가는 금품을 빼앗아가는 '애국반공활동'을 했다. 경비사령부의 엄명으로 약탈 행위는 일부에 그쳤지만, 그들은 집단으로 대오를 짜고, 공비, 공산폭도, 매국노를 박멸하자! 때려죽이자! 라고 외치며 읍내를 설치고 돌아다녔다. ……옛날 몽골 놈들이 휩쓸고 지나간 흔적 같았수다. 영감님들이 그렇게 말하고 있수다. 왜놈들도 이렇게까지는 안 했는데. 아직 모르겠지만, 술에 취한 '서북' 놈들이 다른 마을에서 한 것처럼, 남의 집에 불 지르지 않는 것만으로도 다행이라 합디다.

이방근의 아버지는 정시에 식산은행으로 나갔다. 관덕정 광장 앞 은행까지 걸어서 10분 남짓한 거리이고 항상 다니던 길이었지만, 그 길을 이방근이 동행하였다. 그것은 전대미문의 일이었다. 나중에 이방근으로부터 이야기를 들은 남승지도, 양준오도, 아니 안주인인 선옥과 부엌이도 놀랐다. 하지만 어느 쪽이 계기를 만들었는지는 차치하더라도, 아들 쪽이 만일을 염려해 그렇게 말을 꺼낸 것도 그렇고, 그것을 받아들인 아버지도 이제까지 없던 변화라고 해야 할 것이었다. 부자가 나란히 외출하는 일이 없는 집이었으므로 그 광경을 목격한 마을 사람들도 놀랐음에 틀림없었다. 은행 2층의 이사장실 창가에서 나란히 밖을 내다보는 것조차 서로 멋쩍은 기분이 들어서, 어느쪽인가가 먼저 떠나 버리는 부자지간이었다.

이태수는 게릴라 사령관 이성운 명의의 호소문 삐라가 한라신문에서 인쇄되었다는 것에 큰 충격을 받았다. 게릴라 측과 토벌군 측의 새로운 화평 공작을 진행하는 연판장 운동 과정에서, 한성주 변호사가 바라던 도당 간부 강몽구와의 밀회 장소로 자택의 별채를 제공하여 아들을 놀라게 한 이태수였지만, 지금은 게릴라에 대한 태도가 강경해져, 일제검거에 대해서도 반은 긍정적이라고 했다. 그런 아버지가 아들과 은행까지의 길을 나란히 걸어서 간 것이었다.

이태수는 어제 일제 검거가 한창일 때, 흐지부지 돼 버린 연판장 운동의 주도자인 한성주에게 전화연락을 취해 그가 무사한지 확인했다. 설마 한씨 집안에서 명사인 그를 체포하는 일은 있을 수 없을 것이었다. '설마가 사람 잡는다'는 속담처럼, 만일 한성주가 연행됐을 때는 바로 석방 공작을 할 생각이었던 것 같았다. 무법천하라고는 해도, 아직 거기까지는 손을 대지 못했던 것이다.

남승지는 밖의 기척에 주의하면서 덧문을 살짝 연 틈으로 하늘을 내다보았다. 태양이 높아 구름 위를 은색으로 가득 채우는 오후가 가까워져도, 흐린 하늘의 막은 걷히지 않았다.

어둠 속의 멍석 위에 웅크리고 있던 남승지는 돌연 총성과 흡사한 소리가 멀리서 들려오고 있다는 것을 깨달았다. 그는 놀라 일어나 덧문에 귀를 갖다 대었다. 멀다. 어디쯤일까. 남동부……. 남문로의 훨씬 위인 삼성혈, 그보다도 동쪽, 산지천 상류 근처일까. 한두 발이 아닌, 콩을 볶는 듯한 총성이 분명히 격렬하게 이어지고 있었다. 남승지는 긴장으로 몸이 경직되는 느낌이었다. 버티고 있던 다리가, 무릎이 가늘게 떨렸다. 잠깐 멎었다가 단속적으로, 그리고 갑자기 서로 격렬하게 쏘아대는 교전 중의 총소리였다. 뭐지? 반란군! 호소문 삐라에 호응한 국방군의 반란……? 번개가 머리를 때리고, 등줄기에 얼음 같은 것이 내달렸다. 게릴라? 게릴라! 반란군……? 아니, 게릴라다. 게릴라가 바로 근처까지 와 있는 것이다. 이 백주대낮에. 병력은 소수겠지만, 그 밖의 병력의 전개는? 반대쪽 남서부는……? 귀를 기울이자, 총성은 뭔가 순간적인 바람의 방향에 의한 것인지 완전히 사라졌지만, 남부에서 총격전이 이어지고 있는 것은 틀림없었다. 그 외에는 총성이 없었다. 남승지는 덧문을 열고 밖으로 뛰쳐나가고 싶은, 총성에 좀 더 다가가고 싶은 충동에 휩싸였다. 울려 퍼지는 총성의 메아리는 여전히 계속되었다.

"부엌아, 부엌아, 어디에 있는 게냐……."

안주인 선옥도 알아챈 듯, 이미 알아채고 있을 부엌이를 부르는 조급한 목소리가 들렸다.

게릴라는 대담하게도 백주 대낮에 마을 외곽까지 온 것이었다. 이미 지방에서는 게릴라가 경찰과 주둔 토벌대에 대한 공격, 교전이 각지에서 일어나고 있다고 이방근이 말했는데, 드디어 성내를 향해 한 발 쏜 것이었다. '선전포고' 삐라가 결코 위장만이 아니라는 것을 적에게 보인 것이었다. 남승지는 가슴이 후련해지는 느낌이었다.

총성은 차츰 멀어지면서 잠시 중단되었는데, 그것으로 끝이었다. 총성이 들리지 않았다. 교전이 끝나고 게릴라가 퇴각한 것인가. 반란군이 산 쪽으로 도망친 건 아니겠지. 헛간 안에서 들은 멀고 격렬한 갑작스러운 총성은, 포로가 된 것처럼 몸을 움직일 수 없는 남승지에게 힘이 되었다.

남승지는 종일 헛간의 어둠 속에 갇혀 있었지만, 몇 분 만에 뚝 그쳐 버린 총성의 여운이 귀에서 사라지지 않고 파도처럼 거듭해서 울려왔다.

이방근이 오후에 돌아온 뒤에, 안주인이 외출 중이었다면 그의 방으로 잠시 거처를 옮길 수 있겠지만, 남승지는 헛간 밖으로 나갈 수가 없었다. 분명히 교전으로 보인 격렬한 총성은 무엇이었는가. 이방근도 성내의 어딘가에서 같은 시각에 들었을 것이다.

안주인은 집을 비우지 않았는데, 이웃의 아녀자들이 드나들고 있는 것 같았다. 저녁이 다 되어 여러 명의 손님이 왔는지 별채 쪽에서 뭔가 분주한 기척이 나고 있었다.

날이 저물었다. 덧문 사이로 속삭이듯 머물고 있던 바깥의 빛이 사라진 헛간은, 섬 전체를 덮는 밤의 어둠에 가라앉았다. 이미 안도 밖도 없다, 유한무한을 넘어선 어두운 우주의 전개. 어둠. 난 지금 여기에 존재하고 있고, 육체가 있고 육체의 공동에서 고동치며 움직이는 내장이 있고, 그 모든 것이 어둠에 용해되고 있는 듯하다. 그 이외의 어떤 것도 있을 수 없다. 절대. 어둠과 같은 절대가 있을까. 육체를 감싸고 있는 피부, 윤곽, 선은 사라지고, 안도 밖도 없다. 그저 의식뿐이고, 의식만이 격렬하게 움직이고 있다. 의식의 형체가 빛을 띠고 또렷하게 보이기 시작한다.

양준오가 온 것 같았다. 무사했던 것이다. 도청에서도 몇 명인가가 검거된 모양이지만, 도망쳐 숨지 않고 경리과장의 일을 수행하고 있다. 지금으로서는 안전하다는 것이다.

늦은 밤, 부엌이가 이방근의 방으로 오도록 남승지를 부르러 왔다.

남승지는 오랜만에 밖으로 나왔다. 시원한 밤공기가 상쾌했지만, 밖에 빛이 없고 머리 위에 별빛도 없었다. 이틀 전 밤, 빗속을 맨발로 헛간으로 들어왔다. 지금은 완전히 굳어졌지만, 캄캄해서 발밑이 보이지 않는 통로를 손으로 더듬으며 벽을 따라 이방근의 방 뒤의 작은 툇마루로 나왔다.

그는 즈크화를 벗고 담장 밖의 기척에 신경을 곤두세우며 소리 없이, 한쪽만 열린 덧문 사이로, 그리운 느낌마저 드는 남포등의 따뜻한 불빛 속으로 몸을 들였다. 장지문은 벌써 열려 있었다.

양준오가 일어서서 마치 출옥한 동지라도 맞이하듯 남승지의 한 손을 잡고, 거의 포옹하는 자세로, 그 오른팔을 남승지의 등에 커다랗게 둘렀다.

"승지 동무, 고생했어."

"준오 형은 괜찮은 겁니까?"

"괜찮네. 지금으로서는."

"빨리 성내를 나가야지요."

남승지는 양준오의 포옹이, 마중이 아닌 어쩐지 헤어질 때처럼, 포옹이 끝난 순간 코끝이 찡하고 울리며 눈시울이 뜨거워지는 것을 느꼈다.

남승지는 슬며시 눈물을 밀어 넣고, 이불 두 채를 나란히 깔아 놓은 방 한쪽의 탁자에 양준오와 함께 이방근을 마주 보고 앉으며 어떤 시구를 떠올렸다. ……뜻 있는 사람끼리 손을 맞잡으면 웃는 것이 웅변이고, 뜨거운 눈물이 손등 우에 깨어질 적마다 가슴에 끓는 피가 그냥 용솟음쳤다……. 식민지 지배하에 겪었던 조선 민족의 고통과 독립 투쟁을, 해방 후의 혁명으로 연결하여 노래한 조영출(趙靈出)의 「모든 강물은 바다로 흐른다」였다. 종로의 길모퉁이에서 군중을 앞에 두고 낭송하여 발표한 것으로, 그는 그 후 38선을 넘어 '북'으로 갔다. 4·3 봉기의 호소문 삐라를 한라신문에서 인쇄한 직후에 입산한 기자 김동진은, 서울에 있을 때부터 이 장편시를 암송하고 있었는데, 당시 국문과 학생이었던 남승지도 암송하고 다니던 사람 중의 하나였다.

　모든 강물은 바다로 흐른다.
　백두산 우에 떨어진 빗방울이, 바다로 흘러가는 그 이치를 아느냐
오, 동무여 조선 인민이여, 우리는 서른여섯 해 동안, 무서운 악
몽에 눌려 살아왔다.
　할 말을 못하고, 들을 말을 듣지 못하고,
　우리 부형이, 남편이, 귀한 아들이
　피 흘린 몸으로 돌아올 적마다
　처참한 형터에서 백골이 되어 돌아올 적마다
　이 원수가 누구냐고, 소리쳐 웃어 본 일이 있느냐.
　그러나 봄은 오고 가을은 오고
　묘지에 봄풀은 해마다 푸르고
　고향 뜰 앞에 봉선화는 해마다 피어 있어
　우리 조국
　모든 강물은 바다로 흘렀다…….

　……뜻 있는 사람끼리 손을 잡으면, 웃는 것이 웅변이었고
　뜨거운 눈물이 손등 우에 깨어질 적마다
　가슴에 끓는 피가 그냥 용솟음쳤다.
　이 끓는 피가 치안유지법이란 그물에 걸려
　용수를 쓴 동무들이
　북망의 연기로 사라졌느니라.
　종로의 거리 모퉁이에서 누구나 다 한번 소리치고 싶었으리라
　일본아, 조선을 내놓아라.

그러나 조선은 죽어 있지 않았고
조선의 맥박은……

　남승지는 그 오른손을 잡은 양준오의 손의 감촉에, 불과 2, 3일 전에 만났을 때 그가 일어서자마자 왼손으로 덮듯이 굳게 움켜쥔 그 뜨거운 손의 감촉에, 순간 눈물이 어리는 느낌이었는데, 눈에서 한 방울 나온 눈물이, 뜻 있는 사람끼리 손을 잡으면, 웃는 것이 웅변이고……로 이어진 것이다.
　"오늘 오전 중이었는데, 헛간에서도 총성이 들리던가? 아니면, 졸거나 공부를 하고 있었나."
　이방근의 입가에 엷은 미소가 떠올랐다.
　"아니요, 들렸습니다. 확실히 들었습니다. 5, 6분 정도 이어졌다고 생각하는데, 꽤 격렬한 총격전 같더군요. 무슨 일이었습니까?"
　"게릴라야. 성내 바로 근처까지 하산해 온 거야. 성내의 주민은 산부대, 산부대라고 말하면서도, 처음 겪는 일이라 깜짝 놀랐지. 다른 지방에선 매일같이 탕 탕 싸우고 있지만, 총격전을 바로 옆에서 들을 줄은 몰랐던 거야. 나도 깜짝 놀랐네."
　"성내 공격의 전초전입니다."
　"전초전? 성내 총공격이라곤 할 수 없겠지. 몇 명의 소부대 편성이었던 모양인데, 쌍방의 희생 없이, 게릴라는 물러갔다고 하더군. 이로 인해 경찰, 정부의 탄압은 한층 심해질 거야."
　"저는 처음에 반란군인가 하고 생각하기도 했습니다."
　"여·순 반란의 영향이로군. 반란은 일어나지 않을 거야. 게릴라 측의 국방군 장병에 대한 호소문 삐라는 반란을 선동, 기대하고 있지만, 기대하면 주관적이 되는 걸세. 정세는 매우 어려워. 도민을 대상으로 하는 잔학한 게릴라 토벌작전이 시작되었고, 이제 되돌릴 수 없어. 이미 작전은 시작되고 있었지만, 이번 삐라가 결정적으로 작용한 모양이야. 지방에선 마을 사람들의 집단적인 학살이 시작되고 있어. 이미 공개처형이 최근 며칠 사이에 여기저기에서 벌어지고 있다네……."

총성이 밤의 정적을 깨뜨리며 울렸다. 여러 발의 총성이었다.

"……"

세 사람은 무의식중에 얼굴을 마주 보았다. 3, 4초 사이를 두고 다시 총소리가, 다소 흐트러진 몇 발의 총성이 한 묶음으로 울려 퍼졌다. 성내 남동부, 낮과 거의 같은 방면인 듯했는데, 일방적인 사격이었다. 총성은 밤의 허공에 메아리치듯이 꼬리를 끌며 사라졌다. 낮의 총성보다 투명하고 분명하게 들렸다. 게릴라는 아니다. 순간적인 총격전이 아닌, 통제된 총성이었다.

"뭘까요?"

남승지는 불안한 기색이 역력했다.

"모르겠어."

얼굴 표정이 창백하게 굳은 이방근이 말하고 나서 손목시계를 들여다본다. 오전 한 시가 지났다.

"처형이야."

양준오가 남승지를 보며 무거운 목소리로 말했다.

"처형? 누구의? 아니, 그런 것은 알 수 없지요. 설마, 김문원의?"

남승지는 안면에 전류가 흘러 마비되고, 순간 현기증이 나면서 눈앞이 캄캄해졌다.

"아마, 그럴 거야."

냉정한 양준오.

"아이고." 남승지는 터져 나오는 외침을 억누르고 일어나, 양손으로 얼굴을 가리고 망연하게 우뚝 서 있었다. "아이고, 이게 무슨 일인가! 아아, 어찌해야 한단 말인가."

이방근도, 양준오도 말이 없다.

탁자 위에 술이 있었지만, 이방근은 담배를 물고 불을 붙였다.

"한 대 피우겠나?"

양준오는 조용히 고개를 끄덕이고 담배를 입에 물었다.

"승지 동무, 앉게나. 그 사람만 처형당한 게 아니네. 앉아서 한잔하게. 마음이 진정될 거야."

"예—."

남승지는 얼굴에서 손을 떼고 어둑한 방의 한 점을 응시했다. 갑자기 가슴이 죄어들어 숨이 막혔다. 그래, 갑작스레 찾아온 두려운 불안이 들어맞았던 것이다. '결사적인 인쇄', 이방근의 말이 맞았다.

몇 걸음 탁자에서 벗어나 있던 남승지는 자리로 돌아왔다. 뜻 있는 사람끼리 손을 잡으면, 웃는 것이 웅변이고……. 자리에서 한번 언급하려던 시구도 총성의 메아리와 함께 허공으로 날아가 버렸다.

이방근이 자신의 잔을 남승지 앞으로 옮기고 술병의 투명한 술을 따랐다. 한잔하게나, 음. 그리고 양준오의 잔에도 술병을 기울였다.

이방근은 남승지를 보며 김문원의 총살은 오늘 갑작스럽게 결정된 것으로, 결정이라기보다도 모슬포 주둔 국방군 제9연대장 송일찬의 명령으로 집행된 것이라고 이야기했다. 농업학교의 일부를 점거하고 있는 제주경비사령부의 한 방에서, 송일찬이 한라신문 편집장 김문원에 대한 심문을 행했다. 한창 심문 중에 송일찬이 김문원의 태도에 화가 난 것인지 어떤지, 폭행의 동기는 무엇이었는지, 그게 지금으로선 분명치 않지만, 군화발로 안경을 낀 김문원의 얼굴을 힘껏 걷어찼다. 걷어찼다는 것은, 남승지도 서울에서 체포, 심문당했을 때, 바닥에 무릎을 꿇린 경험이 있었는데, 김문원도 그와 같이 고개를 숙이고 있었을 것이다. 그들은 꼭 그러한 수법을 쓴다. 폭력에 의한 정신적인 굴욕, 패배, 인격 파괴에의 첫걸음이다. 뒤로 벌렁 넘어진 김문원의 안경 렌즈가 산산조각으로 부서지며 흩어져 두 눈을 구석구석 찌르는 바람에, 피가 분출하는 한쪽의 터진 안구가 밖으로 툭 튀어나와 그는 그 자리에서 실명했다. 피투성이가 되어 위생실로 옮겨졌지만, 손을 쓸 방도가 없었다. 고통으로 괴로워하며 뒹구는 그를, 이미 체포되어 있던 한라신문의 다른 두 사람, 공무부장 및 부원과 함께 처형하도록 송일찬이 명령했다. 장소는 남문길 끝의 삼성혈에서 한참 더 남쪽으로 올라간 광양(廣壤). 시각은 심야. 이 이야기는 위생병에 의해 도립 병원의 안과의에게 전해졌다.

"제주도는 이제 곧 학살의 섬이 될 거야. 이번 게릴라 측의 '선전포고'가 그것을 앞당겼어. 벌써 시작되었으니까. 미국과 친일파가 뿌린 무시무시한 씨앗이 이렇게 만드는군. '반공입국', '반공 애국'의 나라라는 것이지. '반공 애국'을 소리 높여 외치는, 3년 전까지는 일제강점기의 친일파, 지금은 친미파에 의해서 말이지. '친일'을 '반공 애국'으로 바꿔치고 있는 친일파 지배의 정부에 의해서 말일세. 생각해 보면, 참으로 이것이 역사의 현실이라니 그저 어이없을 뿐이야, 흐음……. 제주도민을 '빨갱이'로 만들어서, 공산주의 섬멸을 구실로, 온 섬을 불바다로 만드는 초토화 작전이 미국을 배경으로 벌어지겠지. 잔학한 짓이 이루어져도 이 섬은 밀도(密島), 바다를 건너서 밖으로 나갈 수없어. 오오, 어찌 될 것인가. 방법이 없군. 흐음……."

이방근은 담뱃불을 재떨이에 비벼 끄고 비운 잔에 양준오가 술을 따르자 그것을 들고 입으로 가져갔다.

"이 형, 한숨은 그만 쉬세요."

"한숨으로 들렸나. 그건 좋지 않지. 다만, 난 그럴 생각이 아니었어. 한숨으로 듣지 말게. 한숨을 쉰다 한들 어떻게 될 일도 아니잖나."

"그래요. 그건 압니다. 한숨이 아니지요."

"일전에, 두 주쯤 됐나, 내가 서울에서 돌아온, 아마도 그 다음날이 었다고 생각하네만. 우연히 C길의 한라신문사 옆에서 신문사에서 나온 김문원과 딱 마주쳤어. 그때, 꼭 만나고 싶다, 2, 3일 안에 할 말이 있다고 했는데, 그 뒤로 연락이 없었네. 어쩌면 이번 일이나, 아니, 아직 여수 봉기 전, 삐라 인쇄 전이었으니까⋯⋯. 음."

"연락이 없었다⋯⋯?"

양준오가 말했다.

"그래, 없는 채로, 이렇게 됐어. ⋯⋯순찰이 다가오고 있군. 녀석들도 좀 거나한 상태에서 흔들흔들 걸을 수 없게 됐어. 도민 학살에 가담하기 위해서. 지금쯤 C길 일대에는 고문에 의한 비명이 심야의 공기를 찢고 있을 거야."

"예?"

남승지가 얼굴을 들었다.

"한라신문 앞의 사거리, 관덕정 쪽으로 가면 왼쪽 모퉁이에 당구장이 있는데, '서북' 지방 출신자가 경영하는 곳이지. 그 2층이 '서북'의 분실이야. 그곳에서 고문이 행해지고 있다네. 일제검거가 있었던 어젯밤부터 무서운 절규와 비명이 끊이지 않아. 일반 가정은 밤 열두 시에 전기가 끊기지만, 당구장 2층은 관헌과 마찬가지로, 물론 밖에서 내부는 보이지 않지만, 어두운 밤에 전등이 번쩍번쩍 빛나고 있는 곳이야. 주변 사람들은 공포 속에 빠져 있을 거야. 그러나 자신의 신변에 미치지 않는 한, 언젠가는 그것을 견딜 수 있게 되겠지. 여기까지는 들려오진 않지만, '통금'시간대인 이 시각에, 놈들은 소주를 병나발 붙면서 고문하고 있을 거야."

이방근의 어조에는 잔혹한 울림마저 있었다.

"'서북' 사무소는 사용하고 있지 않습니까?"

"놈들의 할 일이 늘었다는 말이 되겠지."

남승지는 지금 이 시각에 C길의 한 모퉁이에서 벌어지고 있는 고문
의 광경이, 비명과 함께 방 안으로 다가오는 것 같아 몸서리를 쳤다.
옛 일본식 여관 건물인 '서북' 사무소에 몇 번인가 간 적이 있는 이방
근의 이야기로는, 내부가 상당히 넓고 미궁과 같아서, 고문은 수많은
밀실 중 하나에서 행해지고 있는 모양이었다. 그래도 절규가 희미하
게 밖으로 새어 나올 때가 있었다. 그런데 지금은 심야인데다 서로
이웃한 인가에 둘러싸인 공간에서 공공연하게 고문이 자행되고 있는
것이었다.

"애월에 있는 친척 소년이, 동오라는 아직 중학생인데, 여기에 피난
을 와 있네. 지금 별채에 묵고 있지만, 거의 말을 못하네."

이방근이 말했다.

"말을 못한다니요?"

남승지가 말했다.

"마을 사람들의 학살을 목격한 충격이겠지. 오늘 백 명 정도의 집단
처형이 있었는데, 모친도 살해당했어. 소년은 한동안 이쪽에서 지내
고, 안정이 되면 일본으로 밀항시키기로 했네. 오사카에 아버지가 있
어. 뭐랄까, 내겐 하숙집이 있으니까, 어차피 집을 잃은 친척들을 위
해 방을 제공하게 될지도 모르겠어. 이 섬에서 학살은 이전부터 이어
지고 있지만, 공공연한 집단학살이 이제 시작된 거야."

애월면 K리의 학살은, 그저께 무장 게릴라에 의한 습격으로 동진
중이던 50여 명의 토벌대가 사상, 중경기관총 등의 무기를 탈취당한

것에 대한 보복의 의미가 다분히 담겨 있는 것 같았다.

　어제, 토벌대는 K리를 포위하고, 마을 사람들을 신작로로 몰고가서 남녀노소 약 백 명을 한 줄로 세우고, 일제사격으로 총살, 게다가 총검으로 찔러 죽였다. 신작로는 피의 강으로 변해, 사람들은 그곳을 걸을 수가 없었다. 학살은 전날 토벌대에 대한 게릴라의 공격에 협력했다는 이유였지만, 너희들이 두 번 다시 이 땅에 살 수 없도록 해주겠다고 한 지휘관의 서두가 있었다.

　소년은 일제사격, 아비규환, 우왕좌왕하다 살해당한 군중 속에서 가까스로 잡히지 않고 도망쳤다고 했다. 그 밖에도 몇 사람인가가 목숨을 건졌다고 했다.

　"남 동무……." 양준오가 말했다. "왜 우리들은 이곳에 이렇게 있는 것일까. 어째서 제주도가, 이러한 제주도가 이렇게 존재하고 있는 것이냐는 말일세. C길의 당구장 2층에서는 고문이 있고, 애월 K리에서는 어지러이 널려 있는 시체와 마을 사람들의 통곡 소리, 다른 마을도 아마 마찬가지겠지. 머나먼 남의 나라 일도 아니고, 먼 옛날 역사 속의 일도 아닌, 우리의 현실이야. 꿈이 아니라구. 신문에서 보니, 여·순 사건도 종국을 향하고 있는 모양인데, 희생자들, 학살당한 사람의 수는 얼마나 될까. 어째서 이 국토는 이렇게까지 고통을 받아야 하는가. 이상한 나라야……, 이상한 민족이라구. 그렇지, 오늘 중앙지의 조간이 군용 비행기편으로 도청에 두세 부 배달된 것을 읽었네. 공개처형 기사가 나와 있었어, 순천의. 뭐라고 하는 특파원발의 기사였지. '모든 읍민이 모인 국민학교 교정에서 15명 총살 집행'이라는 표제였어. 순천은 군 지휘하에서 식량 배급과 치안 회복이 급속도로 진행되는 한편, 반란군이 도주한 뒤의 '지방폭도', 이는 시민을 말하는 것으로, 지방폭도로서 경찰이 죄상을 밝힌 자에게는 즉결처분 결정이 이루어졌다는군. 24일, 24일은 일요일인데, 이쪽에선 삐라가 살포된 날이지. 24일 오전 아홉 시, 시민들에 대한 경고의 의미가 있는 것은 아닐까, 라는 식의 기사였지만, 남녀노소, 학생, 소년을 가리지 않고 전 순천 읍민이 집합한 북국민학교 운동장에서, 15명에 대한 총살이 순천 지구 군사령관의 명령으로, 경찰대에 의해 집행되었다는 거야. 앞으로도 공개 총살형은 집행되겠지. 15명 안에는 지방 검찰청의 검찰관 한 명이 있었다고 기자는 적고 있네. 숫자를 문제 삼는 것은 아니지만, K리와 다른 마을에서의, 이 제주도에서의 학살은 몇백 명이라도, 신문에는 나오지 않아. 흠, 이런 말을 해 봤자 소용없는 일이지만, 도대체, 8·15해방은 무엇이란 말인가……. 망할 놈의 국토……."

"이보게, 후후, 나에게 한숨 쉬지 말라고 했잖나."

이방근이 말했다.

침묵이 무겁게, 갑자기 쇳덩어리처럼 짓눌렀다. 아주 짧은 시간이었지만, 세 사람 모두 돌이 되어 호흡이 멈춰 버린 듯한 침묵. 남승지는 자신의 침 삼키는 소리를 뚜렷하게 들었다. 하자, 한다……. 게릴라 말고는 놈들과 싸울 길이 없었다. 기침 소리, 콜록거리는 소리가 희미하게 들려왔다. 별채 쪽인 듯했는데, 소년일 것이었다. 젖어 있는 듯한 목소리다. 울고 있는 것인가.

"방근 씨, 유달현은 어떻게 되었을까요?"

이방근에게 절망적인 분노의 신음과 같은 혼잣말을 내뱉게 했던 유달현의 '배신'은 사실일까? 유달현도, 이방근이 말했던 것처럼 거짓체포를 당한 것일까. 어제부터 가장 핵심적인 이야기가 나오지 않고 있다.

"유달현?" 이방근은 지금, 그 이름이 그의 뇌리에서 사라졌던 것처럼 말했다. "오오, 유달현 말인가. 아직 모르겠어. 성내에 있는지 어떤지. 오늘은 학교가 재개되었지만, 그는 휴가였던 모양이야. 적어도 삐라가 살포되기 전날인 23일에는 O중학교에 나왔으니까 성내에 있었던 건 분명하네. 후후, 경찰서에 임시로 들어가 있는지 어떤지. 어쨌든 앞으로 하루 이틀 사이에 알게 되겠지. 어쩌면 지금쯤 집에서 자고 있을지도 모르고."

"그가 '통적'분자인 것이 틀림없을까요?"

통적분자, 스파이. 남승지는 양준오 앞에서 다짐이라도 하듯이 말했다.

7

이방근은 거의 빈 술병의 술을 잔에 기울이면서 양준오의 대답을 기다린다는 듯 남승지의 질문에 대답하지 않았다. 그는 오늘 유달현의 소재, 행방을 확인하지 못한 것 같지만, 어쩌면 지금쯤 집에서 자고 있을지도 모른다……고 말한 것은 결코 아무렇게나 던진 말투가 아닌, 그 나름의 자신, 여유가 있어서 한 말일 것이다.

남승지는 양준오를 향해 말한 것은 아니지만, 유달현을 통적분자라고 하는 양준오의 단정적인 대답을 바라면서도, 그렇다고 한다면 갑자기 거기에 대한 대응을 재촉당할 것을 두려워하고 있었다. 유달현이 스파이라면 어떻게 할 것인가? 남승지는 걷잡을 수 없이 거무칙칙한 살기가 뒤섞인 구역질이 치밀어 올라와 쓰디 쓴 침을 삼켰다. 이미 두 사람 사이에서는 유달현에 대한 이야기가 논의된 것이 틀림없었다.

"준오 형은 어떻게 생각하세요?"

남승지가 재촉하듯이 말했다.

"단정은 어려워. 그러나 해야만 할 거야." 양준오가 무거운 입을 열었다. "유달현이 정세용과 몇 번인가 만나고 있다든가 하는 것은 자료 밖에는 안 돼. 실제로 명부를 넘기는 현장이라든가, 밀회에서의 그럴 듯한 증거라도 잡지 않는 한, 단정은 할 수 없잖아. 이쪽에 보이지 않는 그의 마음속으로 파고드는 것은 극히 어렵거든. 하지만 어떤 형태로든 단정은 필요하지. 그것은 독단을 동반하는 것이 되겠지만 말야. 조금 전에도 말했지만, 성내 조직 관계자가 실제로 체포된 사람의 대부분이 그렇지만, 그들이 하루 사이에 일제히 검거되었다는 사실을 어떻게 볼 것인가 하는 것이지. 누구든 잡아들이는 식의 무차별 검거가 아니었으니까. 우연은 아니야. 사전에 리스트가 확실하게 준비돼 있었어. 리스트 작성에는 협력자가 있어야 하겠지. 한 사람이 아닌 여럿이라고 생각하면 정신이 이상해지니, 그것만은 그만두세. 하지만 적어도 한 사람은 있다는 것은 부정하기 힘들지. 그 한 사람의 협력자가 누구인가 하는 것이야. 그것은 성내 조직의 사정을 알고 있는 사람이어야 돼. 그렇잖아. 조직원 중에 체포되지 않은 자도 꽤 있겠지만, 아마도 리스트에는 거의가 올라 있다고 생각해야겠지. 일부러 잡지 않는 것인지, 유치장이 만원인데다 지금으로서는 체포할 필요가 없는 것인지. 그들 중에는 이미 성내에서 모습을 감춘 자들도 있는 것 같아."

"……"

이방근은 양준오의 이야기가 자신의 생각을 대변하기라도 하는 것처럼 말없이 고개를 끄덕였다.

"역시, 유달현은 통적분자군요." 남승지는 단정적으로 말했다. 의심과 망설임을 밀어내고, 스파이라고 단정하는 것에 쾌감을 느꼈다. "그가 만약 성내에 있다면, 도망갈 필요가 없기 때문이야. 체포될 위험이 있는데도 도망가지 않는다는 것은, 사실은 위험하지 않기 때문이겠지."

"이 형 말에 따르면, 체포를 기다리고 있다는 것이 돼. 그가 도망간다면 경찰의 추적으로부터가 아니야. 스파이 짓을 한 현장에서, 이 제주도에서 도망가는 것이지. 유다의 탄생. 이 형의 예언이 맞았어. 유달현은 언젠가 '반혁명' 쪽으로 돌아설 것이라는 말. 그는 자나 깨나 '혁명', 당 조직에 충실한 혁명전사이니까. 그런 그가 180도 전환한다. 전환이라기보다 원래대로 돌아간 것이 아닐까."

"원래대로 돌아갔다는 것은 무슨 말입니까?"

남승지가 되물었다.

"일제 때의 유달현으로 말이야. 일제강점기란, 3, 4년 전의 일이지. 동무가 올봄, 일본에 갔을 때, 도쿄에서 의사를 하고 있는 이 형의 형님을 만나서 들었다는 말이 있잖아. 같은 아사가야(阿佐ヶ谷)의 주민, 야나기사와 타쓰겐(柳澤達鉉). 협화회의 열성분자로 친일파인 그 말이야. 경시청의 표창을 받았던 예전의 유달현. 지금은 이미 시대가 가 버렸지만 말일세. 혁명의 시대가, 해방 직후의 좌익만의 혁명시대가 갔다는 거겠지. 반공입국, 반공국시를 내세우며 좌익을 국가의 적으로 만들어 버린 대한민국의 시대가 되었다는 것이야. 그는 해방 직후 서울에서 적극적인 혁명분자로, 학생조직의 지도를 담당하는 당 조직의 조직책을 하고 있었지. 일본의 패전 후에 180도 전환하고, 지금 또 180도 뒤집었어. 그것도 스파이로서 말야……. 이 형이 말하는 배신이지. 아마 틀림없을 거야. 그렇게 단정하고 우리들의 태도를 분명하게 해야 돼."

"양 동무가 유다의 탄생이라고 했지만, 일전에, 만약 놈이 유다라면 어떻게 하겠나? 하고 자네에게 물은 적이 있네. 기억하고 있나? 그렇겠지. 유달현이 일본으로 밀항할 것 같다는 말을 들었을 때였어. 다만……." 이방근은 남승지 쪽을 보며 말을 계속했다. "그는 지금 쉽게 밀항선에 탈 순 없을 것이야. 밀항선을 알선하는 우두머리인 송래운 이라는 사람이 성내에 있는데, 그에게 확인을 부탁해 두었네. 유달현 이 밀항선으로 섬을 떠날 땐 대부분 그의 그물에 걸리게 돼 있어. 양 동무는 그때, 그가 유다라면 일본으로 도망가게 둘 순 없다고 했는데, 부드러운 말투였지만 위협적이었네. 난 나중에 동무의 그 말을 떠올 리고 새삼 그렇게 느꼈지."

"그러나, 역시나라고 할까, 유다의 탄생이 현실이 되지 않았습니까." 양준오가 말했다.

남승지는 남포등 불빛이 어스레한 방의 벽에 괴물과 같은 그림자가 흔들려 움직이는 가운데 희미하게 몸서리를 치며 이야기가 핵심에 이 르렀다는 것을 알았다. 유달현이 스파이라면 어떻게 할까, 내심 어떤 대응을 강요받고 있던 때에, 물길처럼 이야기가 그곳에 이른 것이다. 정말로 유다라면 어떻게 할 것인가?

"유달현을 어떻게 할까?" 남승지는 옆의 양준오를 보고 말했다. 그 러나 스파이에 대해서 조직적인 제재를 할 수단을 조직은 가지고 있 지 않았다. "이대로 방치해 둘 수는 없어. 방임이 되니까."

"그것이 문제로군. 여느 때라면 통적의 의심으로 사문이라도 할 텐 데." 이방근이 말했다. "지금으로선 놈이 스파이라는 게 증명된 건 아 니야. 하지만 그의 역할은 그것으로 끝났어. 그대로 내버려 둬선 안 되겠지. 이젠 섬을 떠나면 그만이야. 그는 서울 같은 도회라면 몰라도 좁은 성내에는, 제주도에는 있을 순 없어. 남 몰래 밀항을 하겠지. 배 신이 발각될 일이 없는 일본으로……."

"그래도 이 형에게는 반드시 연락이, 어떤 연락이 있을 겁니다." 양준오가 말했다.

"음, 일전에도 동무는 그렇게 말했는데, 작별인사 말인가? 사태가 실제로 이렇게 되면 알 수 없지. 난 조직을 배신했기 때문에 이제부터 일본으로 간다, 라는 말이라도 할 거라고 생각하나. 그는 그렇게 둔감한 남자가 아니야. 일본으로 가서 어떤 생활을 할지는 모르겠지만, 게릴라 측에 가담하고 있었는데 적의 심한 탄압으로부터 도망쳐 왔다고 하겠지. 그것이 통하지 않을 땐, 또 다시 새롭게 몸을 팔겠지만 말야. 아직 나중 일이니까 말을 삼가도록 하지. 어쨌든 내가 일본으로 보내지 않을 걸세. 만약, 유달현이 밀항한다고 인사라도 하러 온다면, 그야말로 불로 뛰어드는 나방이 되는 거고……."

"아닙니다." 양준오가 미소를 머금은 턱을 내밀고 고개를 흔들었다. "이 형은, 그가 실제로 찾아온다면, 그렇게 할 수 없는 사람입니다."

"바보 같은 소리 말게. 내가, 자, 서운하군, 조심해서 일본으로 가게……라고 말하기라도 할 것 같은가. 후후, 그만두세, 우리 양준오 선생……."

"그러지요."

양준오는 여운을 남긴 채 일단 물러섰다.

"으-음. 지금 말한 것처럼, 놈이 스파이라고 증명된 건 아닐세. 그렇지만 그는 스파이야. 모순이라면 모순이지만, 이 판단은 정확할 거야. 증명은 이후에 달려 있어. 고문이라도 가한다면 입을 열겠지만 말야, 핫하아."

이방근이 나지막하게 웃었다.

"고문?" 남승지는 움찔하며 되물었다. "사문 말입니까?"

"마찬가지야. 자백을 한다면 사문이라도 좋겠지. 사문을 하더라도 놈에겐 공포가 필요하다는 말이야."

"사문 같은 게, 가능할 리 없습니다. 성내 조직이 괴멸 상태가 되었는데, 그건 불가능합니다."

"그건 알고 있어. 그러니 생각해야 되겠지. 내가 말하고 있는 건 조직적인 사문이 아니야."

"그건 무슨 말씀입니까? 조직적이지 않은 사문이 있습니까?"

남승지는 거의 놀라다시피 되물었다. 조직적이지 않은 어떤 사문이 있을 수 있을까 하는 의문도 있었지만, 이방근 자신이 어떤 형태로든 '사문'을 생각하고 있는 듯한 모습에, 일종의 충격을 받았던 것이다. 이것은 헛간의 어둠 속에서, 이방근이 유달현을 향한 절망적인 분노를 담은 혼잣말을 토해 냈을 때 느꼈던 충격과 어디선가 이어져 있었다.

"음, 그렇군. 조직에서 하는 걸 사문이라고 하는군. 내가 잘못 말한 것일세. 그저 임시로 표현을 차용한 것인데, 내 머리가 지쳐있다는 증거겠지. 말하자면, 결국은 그런 것이야. '사문'. 마찬가지 아닌가. 내 개인이 하는 '사문'이야. 그렇게 말하면 뭔지 알 수 있겠지."

"……" 남승지는 수긍했다. '개인적인 사문'. 이방근이 의도하는 바를 알 수 있었다. "그게 어떻게 가능합니까?"

"그건 알 수 없네. 그는 소위 적의 수중에 있는 인간이야. 이미 사문이 가능한 조직, 조직적 기능은 사라졌지만, 조직이 사라졌다고 해서, 내가 그걸 대신해서 조직을 위해 유달현의 '사문'을 생각하고 있는 게 아닐세. 그렇지 않은가. 조직원도 아닌 내가 무엇 때문에 그러한 일을, 주제넘은 짓을 하겠나? 부탁받아도 하지 않네. 난 그렇게 어리숙한 사람이 아니야."

"……"

양준오는 말없이 듣기만 했다.

"그렇다면 무엇 때문에 그런 개인적인 일을 하는 겁니까?"

남승지는 다소 섬뜩함을 느끼면서 말했다.

"개인적인 일? 개인적인 일이 아니야. 놈과 이해관계 따윈 없어. 내

라이벌도 아니고. 무엇 때문에? 그래, 어째서……일까. 그렇게 물으면, 으-음, 분명하게 말할 순 없군. 예감이 들어, 나 자신의 행동에 대한 예감이 드는군. 행동이 앞서고, 나중에 결국 무엇 때문이라고 의미를 부여할까. 무엇 때문에? 그걸 생각해 보자구. 그런 기분이야. 조직적인 게 동기는 아닐세."

이방근은 술병을 손에 들고 두세 번 흔들어 잔에 따랐지만, 잔을 채우지 못한 채 술이 떨어졌다. 이방근은 잔을 비웠다. 보통 때라면 부엌으로 술을 가지러 갔을 테지만, 빈 잔을 탁자 위에 되돌린 채 자리에서 움직이지 않았다.

무엇 때문에? 그걸 생각해 보자구. 뭔가 숨기는 듯한 말투였다. 남승지는 이방근이 농담이 아니라 정말로 할 것이라고 생각했다. 한다고 결정하면 하는 사람이다. 남승지는 그의 '개인적인 사문'에 수긍하면서도, 조직적 책임이 없는 그의 사문에 대한 집념을 이해할 수 없었다. 분노, 남승지의 상상을 초월한 유달현에 대한 분노가 그 집념을, 정열을 지탱하고 있는 것처럼 느꼈다. 유달현에 대한 만족할 줄 모르는 '개인적인 추궁', 보상이 없는 추궁이 아닌가. 도대체 어떤 '사문'을 할 것인가?

이방근은 손목시계를 보았다. 순찰이 다가왔다. 뒷마당의 담장 너머 골목을 가득, 경찰대가 구둣발 소리를 울리며 지나갈 때는, 남포등의 불꽃이 흔들리는 가운데 가만히 숨을 멈춘다. 몇 명이 아닌, 열 명 이상의 1분대 단위일지도 모른다. 일반 가정의 송전시간이 지난 지금, 관공청과 '서북' 사무소를 제외하고, 성내를 비추는 것은 띄엄띄엄 있는 빈약한 가로등 불빛뿐이었다. 그러나 희미한 가로등 그늘의 어둠 속에서도 그들 절반이 일제히 사격을 가한다면, 어느 한 발인가는 명중할 것이다.

"유달현을 사문하는데 게릴라의 힘으로 뭔가 협력할 일이 있다면 하겠습니다."

남승지가 말했다.

"뭐라고? 흐-음, 그렇군⋯⋯." 이방근은 물고 있던 담배를 손으로 들어 재를 떨어 내고, 남승지를 힐끗 보았다. "놈을 꾀어 내어 산으로라도 데리고 갈까, 음. 그러나 게릴라에게 그럴 여유가 있나?"

"그것은 물론, 산의 조직에서 토의된 결과에 따를 겁니다."

남승지는 그만 입을 뚫고 말이 나왔지만, 실제로는 이방근의 말처럼 쉬운 일이 아니었다. 설령 조직이 결정을 내려도, 이동 중인 게릴라 소부대와의 연락, 그리고 이방근 측과의 연락, 접촉을 하는 것은 용이한 일이 아니었다.

"그렇게 하면 개인적이 아닌, 본래의 조직적인 사문이 되겠지. 그러나 산의 일은 잘 모르겠지만 그건 어려울 거야. 음, 성내 조직이 사문을 할 수 없어서 산에서 하자는 건 아니겠지만, 가능하다면 그래야 마땅한 일이지. 배신자를 사문하지 못할 정도로 조직이 파괴된 원인은, 물론 동기가 되겠지만, 그건 '선전포고' 삐라의 인쇄와 살포야. 물론, 이전부터 리스트 작성은 준비되어 있어서 일망타진을 꾀하고 있었겠지만, 그래도 이번 삐라 문제는 매우 큰일이야. 결정적이라구. 놈들에게 게릴라의 철저한 토벌, 섬멸, 도민 모두에게 '빨갱이' 딱지를 붙여서 엄청난 탄압을 가하는 살육의 구실을 만들어 줬어. 적은 이때를 기다리고 있었는지도 모르지. 문답무용의 단계로 들어선 느낌일세. 이제부터 어떻게 될지, 그것은 차치하고, 이미 후퇴할 수 없는 상황이 되고 말았어. 난 이번 게릴라 조직의 결정엔 반대였네. 이미 늦었지만 말야. 실제로 어찌 할 수 없는 기분이야. 그야말로, 무엇 때문에 이런 희생을 내면서까지 삐라를 만든 것인가. 두 사람을 앞에 두고 지나친 말일지도 모르겠네만, 이것이 혁명인가. 이러한 말을 하는 내가 기회주의자인가 말일세. 허세야, 허세."

"허세……? 게릴라가 말입니까?"

"삐라의 인쇄와 살포가 아니더라도, 투쟁은 가능하네. 게다가 3천 장의 삐라 대부분은 소각된 상황이야. 소각도 무리는 아니라고 생각해. 여긴 서울도 아니고, 대량의 삐라 살포가 가능할 리가 없지 않은가. 산과 평지 사이에 벌어진 정세 판단의 차이야."

"허세가 아닙니다. 타협의 여지가 없는 현 시점에서, 게릴라 측의 자세를 적과 도민 앞에 분명히 보인 겁니다. 도민에 대한 적의 폭압 아래에서, 우리 도민의 게릴라는 죽은 것이 아니라, 투쟁하는 무장세력으로서 건재하다는 걸 내외에 보여야 합니다. 그리고 도민에게 희망과 전진의 용기를 주고, 해방과 혁명의 길을 나아갑니다. 그것을 위한 투쟁 선언이며 신호입니다."

"'선전포고'라는 것이겠지. 그것을 허세라고 한 것인데, 일은 벌어진 뒤라네. 주사위는 던져졌어."

"그래요, 주사위는 이미 던져졌습니다. 이 형, 허세라고는 하지 말아 주세요. 우리는 지금 투쟁의 도가니 속에 있으니까요." 양준오가 말했다. "한라신문 김문원 동무의 최후는……. 조금 전, 바로 저 성내 외곽에서 사살됐어. 승지 동무에게는 특히 그의 죽음이 괴롭겠지만, 조직적 임무 수행의 결과야. 이 형의 비판은 당연한 거야. 지금 우리에게 있는 건 이 형이 말한 것처럼 이미 벌어진 일의 결과가 있을 뿐이지. 그렇다고 김문원이 살아 돌아올 리도 없고."

"나는 비판을 위한 비판을 하고 있는 게 아니야. 비판이 당연하다고 동무는 말했지만, 그런 마음으로 말하는 것도 아닐세. 어떻게 해야 할 것인지, 길을 찾고 있는 것이지."

"이 형, 그건 알고 있습니다."

"아까운 인물이 죽었네. 살해당했어. 그만이 아니라고 해도, 흐-음…… 헷헤. 이건 마치……내가 너무 푸념을 늘어놓았나?"

"아니, 그렇지 않습니다. 방근 씨의 분노입니다." 남승지는 이방근의 반 농담조의 자학적인 말을 진지하게 받아들이며 말했다. "방근 씨가 비관적이라고는 생각하지 않지만, 이번 삐라 문제에서도 방근 씨는 성내 중심주의로 보고 있는 면이 있습니다. 성내 지구 조직의 파괴 사실을 과소평가해서는 안 되지만, 이것은 성내 지구의 국지적인 일로, 전체적으로 커다란 영향을 미치는 것은 아닙니다. 원래 성내 지구 조직은, 적 권력의 집중지역이기도 해서, 그다지 강하지는 않습니다. 조천 지구나 대정 지구처럼 혁명 세력의 대중조직 기반이 강하지 않습니다. 조천 등은, 조천뿐만이 아니지만, 마을의 눈에 보이지 않는 민위대의 힘이 강합니다. 지금도 경찰들은 밤에 순찰하는 것을 피하고 있고, 낮에도 지서 주변을 지키는 것만으로도 벅찹니다. 성내에서는 비관적인 자료가 몇 가지 있지만, 그것이 모든 섬의 게릴라 투쟁을 좌우하는 것은 아닙니다. 4·3봉기 때도, 전체 섬 중에서 성내만 빠졌고, 성내 지구 조직은 일절 봉기에 참여하지 않았습니다. 참가할 수 없었던 사정이 있습니다. 불발로 끝난 것은, 성내의 위치와 도당 조직 전체의 작전 문제도 있어서, 성내 지구 조직의 책임이라는 것은 아닙니다. 따라서……."

남승지는 이야기하려는 것을 알아채고 있는 듯한 이방근의 시선에 말이 꼬이는 것을 느꼈다.

"음, 따라서……."

이방근이 재촉했다.

"예, 성내를 제외한 모든 섬의 조직은 대중적 기반 위에 건재하고,

도민은 우리의 가족, 부모, 형제, 친구, 지인, 친척들입니다. 게릴라는 도민과 함께 싸우고 있으며, 그 지지가 없었다면 벌써 패배했을 거고, 게릴라는 존재하지 않았을 것입니다…….."

"알고 있네." 이방근이 말을 막았다. "남 동무에게까지 허세라고는 하지 않겠지만, 어딘가 닮아 있군."

"아니, 허세가 아닙니다. 우리들은 할 겁니다, 할 수밖에 없습니다. 투쟁 이외에 현 정세를 건설적으로 전개해 나갈 방법이 없다는 말입니다. 육지에서 온 토벌대들, 놈들은 제주도민을 인간으로 보지 않습니다. 멸치도 생선인가, 제주도 놈도 인간인가. '빨갱이'는 인간이 아니다. 제주도 놈은 '빨갱이'이니까 인간이 아니다. 인간이 아니니까 죽여도 괜찮다. 그렇지 않습니까?"

남승지는 삐라 살포가 결코 허세가 아니라고 항변하고 싶었지만, 이방근이 말했듯이 분명히 다소 열변이 되어 가는 자신의 말에 허세의 울림을 느꼈다.

"후후, 멸치도 생선인가……. 바로 그거야." 이방근이 말했다. "놈들에겐 버러지나 마찬가지라는 거겠지. 미군에게 조선인이 버러지인 것과 마찬가지야. 아니, 버러지로, 사람이 아니라고 생각해 버리려고, 믿게 만들려고 하는 것이네. 지방을 경시하는 풍조는 어디에나 있지만, 놈들은 의식적으로나 정치적으로 한층 더 그렇게 하고 있지. 마치 변덕을 부리듯이, 닥치는 대로 죽이기 시작했는데, 이를 위해서도 제주도민을 인간이 아닌 것으로 만들어야 되는 거라구."

"하지만 인간을, 인간이 아닌 것으로 보려고 해도 사실은 무리지요." 양준오가 씨익 웃으며 말했다. "어쨌든 녀석들과 비교하면 제주도민 쪽이 어디를 봐도 훌륭하지. 민도(民度)도 높고, 녀석들은 어떤가, 저래도 사람자식이라 할 수 있는가, 도대체가. 그렇기 때문에 놈들은 점점 모질고 사나워질 뿐이라는 건가."

"모두 다 그런 건 아니야. 게릴라 중에도 본토 출신자가 있지 않은가. 양 동무의 말은, 물론 비유지만 말야."

"그건 그렇고말고요. 그것과는 이야기가 다릅니다." 양준오가 말했다. "총살형을 당한 현상일 중위 같은 사람들도 있으니까요."

"현상일처럼 국군에서 탈출한 사람으로, 게릴라에 참가하고 있는 본토 출신자도 있지만, 그것은 계급적 입장에 선 투쟁입니다. 그렇지 않으면, 고향에서 멀리 떨어진 제주도의 산속에서 게릴라 투쟁 같은 것은 할 수 없습니다. 그리고 그들은 제주도를 좋아합니다. 제주도에 평화가 찾아오면 섬의 아가씨와 결혼해서 이 섬에서 살고 싶다고 하는 사람도 있으니까요."

"난 평화가 실현되면 이 섬을 떠나겠어."

양준오가 새침한 표정으로 장난스럽게 말했다.

"마치 영화 대사 같군요."

남승지가 말했다.

"핫하아, 양 동무는 평화가 실현되지 않는 한, 섬을 떠나지 않겠다는 말이로군."

"그런데……." 남승지는 이방근이 삐라 살포 문제에 대해 노골적이기까지 한 비판의 창을 거둔 것에 안심하면서 계속했다(지금까지는 처음부터 김문원의 '결사적인 인쇄'라는 식으로 간접적인 비판에 그치고 있었던 것이다). 이방근의 비판에 김문원의 비참한 최후가 심야의 총성과 함께 겹치면서 그의 마음을 찌르고 있었던 것이다. "이상한 걸 묻는지도 모르겠지만, 방근 씨는 허무주의적인 점이 있는 거 아닙니까?"

"뭐라고, 허무주의?"

허무주의. 혁명가가 꺼리고 싫어하는 말이다.

"허무주의적……이 아닐세. 완전한 허무주의야."

양준오가 말했다.

"음, 허무주의적인데, 방근 씨는 왜 이렇게 혁명적입니까?"

"내가, 내가 혁명적이라고? 남이 들으면 웃겠군. 지금 동무는 허무적이라고 했지만, 그것은 혁명당이 혐오하고 경멸하는 사상, 타락한 부르주아 관념론으로, 반혁명적인, 혁명과 대립하는 반동사상 아닌가."

"지금의 방근 씨는 적어도 내가 방근 씨를 알고 지낸 반년, 혹은 1년 전과는 상당히 다릅니다. 바뀐 것 같습니다. 방근 씨는 혁명을 부정하지 않고……."

"뭐라고, 내가 바뀌었다고?" 이방근이 쓴웃음을 지었다. "완전히, 자네도 유달현에 못지않군. 내가 혁명적이란 말이지. 혁명을 부정하지 않는다고. 그럴까. 이런 말을 듣는 건 처음이군. 자네에게 반동이란 말을 듣지 않는 것만으로도 고마운 일이야. 아무튼 그런 얘긴 그만두세."

이방근은 관심 없다는 듯이 말허리를 잘랐다.

바람이 으르렁거리며 밤하늘을 스쳐 간다.

"두 시 반이군. 양 동무는 괜찮은가. 내일 도청에 나가지?"

"두세 시간쯤 자면 괜찮습니다."

"날이 샐 때까지 이러고 있을 순 없지……."

이방근도 다소 술에 취해 충혈된 몽롱한 눈 안쪽으로 가끔 날카롭고 우울한 빛을 띠면서 졸음을 쫓고 있는 듯했고, 남승지도 석유 냄새를 내며 타고 있는 남포의 불꽃에 뒤지지 않을 만큼 눈이 말똥말똥했다. 이대로 계속 앉아 있으면 술이 없더라도 눈 깜짝할 사이에 새벽이 될 것이었다. 세 사람 사이에 침묵은 없었다. 침묵은 좋지 않다. 뭔가 마음을 좀먹는 것 같아 좋지 않다. 세 사람 모두 그것을 느끼고 있었다.

별채에는 소년이 잠에 빠져 있을 것이다. 콜록거리는 소리도, 악몽에 놀라서 내는 듯한 신음소리나 고함 소리도 나지 않았다.

낮과 같은 총성은 끊이지 않았다. 밖은 아직 흐린 날씨의 어두운 밤이었다. 게릴라가 적의 눈을 속이고 행동하기 쉬운, 고양이 눈이 번뜩일 정도의 별만 떠 있다면, 성내 외곽에 대한 야습은 있었을 것이다. 낮의 습격을 성내 공격의 전초전이라고 했던 것에 대해 이방근은 부정했다. 하지만 성내 돌입의 총공격은 차치하고, 근교에서 유격 소부대의 전개는 가능했을 것이다.

내일 날씨가 마음에 걸렸다. 걱정은 안 해도 될 거 같은데 흐린 하늘이 계속되면 밤에 탈출하는 것은 불가능하다. 낮에 결행하지 않을 수 없었다.

"피나게 종이 울어 먼데서 울어……." 이방근이 담뱃불을 재떨이에 끄면서 조용히 읊조렸다. 신기한 일도 있는 법이다. "하두 어지럽길레 찾어왔노라. 터지는 설음을 울어다오. 아아아 부흥새(杜鵑새)야, 청산 과부의 설음을 네나 울려무나,……. 피를 토할 듯이 종이 울린다……. 이 시를 들은 적이 있는가?"

"……"

"김문원의 시잖아요."

그렇구나. 양준오의 대답에 남승지도 고개를 끄덕였다. 이방근에게서 들은 적이 있었는데, 김문원이 해방 전에 만든 저항의 시로, 청상과부, 젊디젊은 과부란, 일본의 식민지가 된 조국 조선을 상징하고 있었다. 청상과부의 슬픔, 망국의 슬픔. 해방 직후 이십 대에 요절한 음악도인 친구가 그 시에 곡을 붙여, 전시 중에도 몰래 불렀다고 했다. 설명을 하지 않는 한 시구만으로는, 이것이 민족 독립의 염원을 담은 저항가라고 일본의 관헌도 눈치 챌 일은 없었다.

"피를 토할 듯이 종이 울린다……."

이방근이 아름답고 울적한 곡에 실어서 천천히 목소리를 낮추고 부르기 시작했다. 양준오가 조용히 따라 불렀다. 남승지도 이방근의 노랫소리에 잘 맞추지는 못하지만, 읊조리듯이 성대를 울렸다. ······아아아 부홍새(杜鵑새)야, 청산과부의 설음을 네나 울려무나······.

"어험······." 이방근은 깊은 숨을 토했는데, 그 눈이 눈물을 막고 있는 것인지, 부드럽게 빛나고 있었다. 그는 빈 술병을 손에 들고 귓가에서 흔든다. "술이 없는 것이 유감인데, 부엌에 술을 가지러 갈 기분은 아니군. 어떤가, 추도의 술을 나누는 대신 세 사람이 묵도를 할까."

책상다리를 하고 앉아 있던 이방근의 커다란 몸이 움직였다. 그는 무릎을 꿇고 무릎 위에 양손을 얹어 제사 때처럼 고개를 숙였다. 탁자 너머 두 사람이 이방근과 마주한 자세로 따랐다. 평상시라면 이런 것을 형식적이라며 걷어치울 이방근의 새삼스러운 행동에 남승지는 깊이 감동하고 있었다. 각자의 가슴이 숨 막히게 부풀어 오르는 것이 전해져 왔다.

심야의 총성이 메아리치며 되살아났다. 남승지는 눈물이 끓어 넘치려는 것을 참았다. ······피나게 종이 울어 먼데서 울어, 멀리서 울려······. 눈물 흘리지 마라. 뜻 있는 사람끼리 손을 잡으면 웃는 것이 웅변이고 뜨거운 눈물이 손등 위에 깨어질 적마다······. 남승지는 끓어앉은 무릎 위 양 손등의 한쪽에, 감았던 어두운 눈가에서 넘쳐흐른 뜨거운 눈물이 부서져 흩어지는 것을 느꼈다. 취조실의 제9연대장 송일찬 앞에서 바닥에 끓어 앉혀진 김문원······.

"이봐, 울지 마······."

묵도가 끝나지 않았는데도 이방근이 그렇게 말했고, 양준오가 콧물을 훌쩍였다.

다음날 아침, 다음날이라고 해도 두세 시간 자고 난 뒤인 이른 아침
이었다. 작은 새들이 지저귀기 시작한 어둠 속을 부엌이가 헛간으로
와 찐 고구마 몇 개를 두고 갔다. 살짝 열린 덧문 사이로 내다보이는
하늘빛이 아름다운 것이, 오늘은 맑을 듯했다. 오늘 밤은 성내를 나가
도 산까지 밤길을 갈 수 있을 것이었다.

이방근은 낮에 K리로 가서 저녁 무렵까지 집을 비울 예정. 양준오
는 도청 근무를 마치고 나서 다시 이방근의 집으로 오기로 했다. 도청
근무도 앞으로 하루 이틀 남았고, 입산을 결행하게 된다. 여기저기에
서 사람들이 밀항했다는 소문이 나면서 증발하는 것 같았는데, 양준
오도 머지않아 성내에서 사라진다.

남승지의 출발은 '통금' 한 시간 전인 오후 여덟 시경, 그때의 형편
에 따르겠지만, 가능하면 대문 옆의 평상시 출입문인 쪽문으로 당당
하게 집을 나서든지, 아니면 망을 보게 하고 뒷문을 이용하게 될 것이
었다. 문제는 남승지의 출발까지 세 사람이 어떻게 만날 것인가 하는
것이었다. 남승지가 이방근의 방으로 그때까지 얼굴을 내밀 수 있을
지 없을지. 아직 초저녁인 만큼 집안사람들의 출입이 충분히 있을 수
있어, 위험했다.

박산봉이 운전하는 트럭에 동승해서 낮에 출발하는 것도 생각해 볼
수 있었다. 모슬포의 제9연대 본부로 물자를 운반하는 남해자동차의
서문교 통과는 무조건이라서, 남승지가 조수석에 앉아 있거나, 아니
면 시트를 씌운 화물 사이에 숨어들거나 하면 된다. 정차 명령을 받을
것도 아니기 때문에, 순식간에 다리를 건너서 성내 밖으로 나가면 되
는 것이었다. 그러나 그것이 아주 안전한 것은 아니었다. 무엇보다
이방근이 낮에는 외출해서 부재중이기 때문에 반대 방향인 동문교 쪽
에서 밤에 출발하는 것을 택했다.

양준오의 하숙집이 있는 산지대 끝까지 이방근이 동행하고, 양준오는 함께 집을 나섰다가, 별도의 행동으로 돌아간다. 이방근과 헤어진 뒤의 남승지는, 사라봉 기슭에서 정상 쪽이나 신작로 쪽의 숲 속 지름길을 따라 화북봉에 이르러, 요전에 성내에 왔을 때처럼 산 중턱 좁은 길로 나와, 화북천 하류 근처로 나간다.

통행 금지령이 내려진 해안으로부터 5킬로 떨어진 중산간부에서 다시 산악지대로 들어간다. 만일 토벌대와 조우한다면 즉각 사살당하겠지만, 토벌대의 전면(全面) 전개가 행해지고 있지 않은 지금으로서는 어디에 매복해 있는지 알 수 없는 게릴라의 습격이 두려워, 무인지대에서 야영을 하지는 않을 것이다. 5킬로 이내 지역이라도 적과 맞닥뜨리게 되면, 사정은 마찬가지였다. 어쨌든 성내에서 남쪽으로 올라가는 직통 길을 피해 우회하면서 산천단에 도착, 열 가구 남짓한 작은 마을로, 그리고 근처의 절벽 아래의 절, 불교 포교당에 적이 있는지 없는지, 마을 입구 근처에서 그와 관련된 신호를 확인해야 했다. 어지간한 실수가 없는 한 거기까지 가면 괜찮을 것이다. 나머지는 남승지의 귀산(歸山) 예정으로부터 삼일이 지난 오늘쯤, 미리 정해 둔 방침대로 이동했을 제2차 아지트를 어떻게 찾을 것인가 하는 것인데, 그 작업은 날이 밝고 나서 하면 된다. 관음사에서 적이 야영을 하고 있는지 어쩐지도, 산천단 마을에 가면 알 수 있을 것이었다.

권총이 한 정 있으면 좋을 텐데……. 이방근이 김문원의 죽음에 대한 묵도가 끝나고, 갑자기 떠오른 듯이 한 말이었다. 올 여름, 서울에서 어떤 인물이(그 신분을 밝히지 않았다), 기꺼이 자신이 가지고 있는 권총을 주겠다는 것을 거절한 적이 있는데, 그것이 지금 수중에 있다면 자네에게 주고 싶다……며.

남승지는 또 다시 두 시간 정도 푹 자고 눈을 떴다. 일곱 시가 지나고 있었다. 덧문 틈새로 투명한 빛이 들어오고 있었는데, 바깥 날씨는 맑은 것 같았다. 오늘 밤을 끝으로 이 헛간과는 작별이다. 겨우 사흘 밤이었는데도, 길고 긴 헛간의 어둠이 계속된 느낌이었다. 삐라 인쇄와 살포가 초래한 상상을 초월한 파괴적인 사태를 경계에 두고, 그 이전과 이후의, 그때의 나와 지금의 나로 분열되어 연결고리를 잃어버린 것 같은 자신이, 겨우 헛간의 어둠 밖으로 나와서야 하나가 된 기분이었다.

헛간 옆 모퉁이의, 이전에 부스럼영감이 살고 있던 머슴방과, 대문 옆의 쪽문은 인접해 있었다. 헛간에서 귀를 기울이면 그곳의 사람들 출입 상태를 파악할 수 있다.

여덟 시가 지나자 쪽문이 열렸다 닫혔다 하며 사람들의 출입이 이어지고 있었다. 갑자기 안마당 건너편의 이방근의 아버지 방 쪽에서 여자의 울음소리가 나고, 이내 노파라는 것을 알았지만, 남승지를 놀라게 했다. 덧문을 닫은 헛간 안까지 들리는 것으로 보아 꽤나 큰 소리였다. 아이고-, 세상에 이런 일이 어디 있나. 아이고-, 나 좀 도와주게. 방근아, 나도 함께 마을에 데리고 가 줘……. 아무래도 방 안이 아니라, 툇마루에 앉아서 통곡하는 모양이었다. 이방근도 있는 것 같고, 안주인 선옥이 달래고 있었다. 죄 없는 자식은 경찰서에 끌려가고, 고향 마을의 여동생은 사살됐다네, 어찌하면 좋단 말인가, 아이고-. 내가 이런 꼴을 당하려고 지금까지 살았으며, 이 나이를 먹었단 말인가, 아이고-. 살인자 놈이, 나를 죽이고, 늙어빠진 이 몸뚱이를 잡아먹어 보라지, 아이고-, 아이고-…….

남승지도 몇 번인가 만난 적이 있는 이웃의 고네할망일 것이다. 부엌이가 이 집에서 쫓겨났을 때 한동안 여러 가지로 집안일을 도와주던 할머니였다. 선옥의 좋은 말 상대이자 상담 상대로 가까운 친척

못지않은 사이다. 영화관의 영사기사인 그녀의 아들이 그저께 25일, 일제검거망에 걸렸는데, 그 석방 공작을 이방근 자신이 아버지의 뜻에 따라 하고 있다는 것이었다. 애월면 K리와 마찬가지로 고네할망의 고향 마을에서도, 육친이 이번 학살의 희생자 속에 포함된 모양이었다.

슬픔으로 땅을 치듯 두 주먹으로 툇마루를 두드리고 있는 것 같았다. 고네할망의 슬픈 목소리는 꼬리를 끌며 차츰 일정한 억양을 붙이더니 신세타령에 가까운 가락을 띠기 시작했다. 주인인 이태수가 아직 집에 있는 것인가, 은행이나 남해자동차 쪽으로 출근을 한 것인가. 자기 집도 아닌데 하필이면 이 집 안뜰 쪽 툇마루에서, 전혀 거리낌 없이 체면을 차리지 않는 노파의 한탄이었다. 이것도 이웃의 정이라는 것일 게다.

이방근은 경찰을 끼고 경비사령부의 허가를 받아, K리에서 학살된 사체 속에서 동오 소년의 모친을 찾아내러 현장에 가기로 한 것이었다. ······이 무슨 업보인가. 전쟁터에 간 적도 없는 내가, 학살되어 피바다에 잠긴 사체를 찾으러 돌아다녀야 한다니. 상상할 수도 없는 일이 눈앞에서 벌어지고 있는 것이다. ······일제강점기에도, 조선인은 고문으로 살해당한 독립투사, 사상범, 가족, 친구인 그들의 사체를 인수하러 가족과 친구들이 갔던 것이다. 그것은 그것, 이것은 이것, 도대체 무슨 일이란 말인가. 말세가 아닌가. 게다가 이 모든 것이 시작에 불과하다······. 이방근이 K리에 갔다 오기를 기다려야 한다. 그래, 모든 것이 시작이다. ······아버지나 형이, 남편이, 사랑하는 자식이, 피투성이의 몸으로 돌아올 때마다, 처참한 형장에서 백골이 되어 돌아올 때마다······.

별채에 묵고 있다는 소년의 기척이 들리지 않았다. 소년이 이 집에 피난을 와 있다는 이야기를 듣지 않았다면, 그저께 K리에서의 집단학살(약 백 명이라는 것은 어떻게 된 일일까. 백 명의 죽음. 그것이 사실이라면, 게 릴라에게 습격당한 토벌대 측의 사상자가 약 50명 정도인 듯하니, 그 배의 인원이 보복을 당한 것이리라. 사람 수를 채우기 위해서)의 현실감이 없었을 것임에 틀림없다.

체포당한 자의 석방 공작을 부탁받은 것은 고네할망 일가만이 아닌 것 같았다. 하지만 이방근은 고네할망에게 뒷돈을 받았을 리도 없기 때문에(실제로 돈이 있어서 부탁하는 것은 아니더라도), 안면과 돈이라고 해 도 한계가 있을 것이었다. 어쨌든 돈을 쓴다고 당장 다음날 나오는 것도 아니지만, 어떻게든 되는 것은 사실이었다.

성내의 경찰서장에게는 이방근의 아버지가 전화를 하고, 이방근의 외가 쪽 친척인 도경찰국 경무계장인 정세용에게도 아버지가 직접 전 화로 부탁해 두었다. 그렇지만 이방근은 어제 '서북' 사무소에 함 회장 을 찾아가고, 정세용도 만나는 것 같았다.

이방근이 정세용을 방문한 것은 석방의 이면공작 때문이기도 하지 만, 한편으로는 유달현의 배후에 정세용이 있다……고 보고 있어서, 상대의 기색을 살필 의도도 있었던 것이다.

이방근은 열 시가 넘어서 집을 나섰다. 그는 외출할 때 헛간 옆 머슴 방 곁에서, 어험…… 하고 또렷하게 들리는 헛기침을 해서 사람을 깜 짝 놀라게 하고 지나갔다. 이를테면 지금부터 갔다 오겠다……는 신 호였다.

경비사령부의 허가라는 것은 경찰에서의 신분보증이 되는 증명서 가 있으면 간단히 나오는 모양이지만, 그것이 없으면 시체를 두는 곳 에 접근할 수가 없었다. 대다수는 시체 인수허가 신청을 하는 가족들 이 거의 없었다. 인수허가 신청을 하면 당연히 육친이나 가까운 관계 자인 것이 판명되고, 연좌로 몰리는 것을 우려해 손을 대지 못하는 것이었다. 다른 지방의 학살 현장에서는 처음에는 곧바로 구멍을 파고 묻어 버렸다. 그러나 지금은 시체에 거적을 씌워 들개나 까마귀가 들쑤셔 먹게 방치하고 있어서, 2, 3일 사이에 백골을 드러내고 있다고 했다. 심야에 시체를 '훔치러' 관계자가 몰래 다가가면, 사정을 미리 알고 감시하는 토벌대가 그 사체 도둑을 사살했다.

동오 소년 모친의 사체가 어떻게 되었는지는 알 수 없지만, K리 마을에 남아 있을 처형 대상이 되지 않았던 친척을 방문하여, 일본 오사카에 있는 소년의 부친을 대신해서 사체를 묻어야 한다. 보통 일이 아닐 것이었다. 사체를 누구나가 묻을 수 있는 것은 아니었다. 그러나 동오 소년을 위해서 한다…….

섬 남부의 서귀포경찰 본서, 안덕면, 남원면, 성내를 중심으로 동부의 구좌면, 서부의 애월면 내의, 그리고 제주읍의 아라리 등의 지서와 주둔 토벌대에 대한 게릴라의 공격이 격화되고 있는 가운데, 이번에는 군을 대상으로 한 대규모의 군대 내부 조직원의 검거가 이루어졌다.

제주주둔 국방군 제9연대에서는 이전부터 여러 번 게릴라 토벌작전의 기밀이 누설되는 사태가 일어났다. 한 달쯤 전에 극비리에 진행되고 있던 조천 지구 소탕작전 계획도 게릴라 측에 곧바로 누설된 것으로 판명되었는데 그것이 오늘의 체포에 이르는 계기가 되었던 것이다.

계획은 이(李) 중위 지휘하의 제5중대 일부를 '북'에서 온 제주도 게릴라 사령관 김성달 지휘 하의 인민군으로 위장시켜, 작은 배로 조천항에 상륙한다는 것이었다. 게릴라들의 아지트와 행동을 파악할 수 없는 토벌대 측이, 인민군이 제주도 게릴라와 합류하기 위해 바다를 건너왔다고 하면, 조천 지구 민위대 등의 조직 세력과 소재를 파악할 수 없는 게릴라도 하산하여 환영할 것이라고 생각한 미끼작전이었다. 그

때는 상륙부대의 유도로 육상에서 토벌대가 포위 작전을 전개하고, 마을 사람을 포함한 게릴라를 섬멸에 이르게 하는 대작전이 될 터였다.

이 작전 계획을 경찰 당국에 통지하려고 송일찬 제9연대장이 홍(洪) 경찰국장에게 직접 전화를 하다가 혼선이 되었는데, 우연히 연대 내의 한 하사관이 조천 상륙작전 계획을 전화로 이야기하며 그 대처를 상담하고 있는 것을 송 연대장이 들었던 것이다.

놀란 송일찬 제9연대장은 작전을 급거 중지하고, 즉각 헌병대장에게 명하여 그 하사관을 자유롭게 행동하도록 둔 채 내탐을 계속하였다. 3주간에 걸쳐 하사관의 행동과 접속 범위를 철저하게 조사한 끝에 오늘의 대량 체포를 단행했다고 했다. 연대 내의 조직 세포원으로 지목당한 관련 용의자는 80명이었고, 주모자 격인 세포지도자는 연대의 보급관으로, 장교 몇 명도 포함돼 있었다. 게다가 반란군으로 가장할 상륙부대 내에도 하사관 여덟 명이 체포되었는데, 그들은 송 연대장과 상륙 중대장들의 암살을 계획하고 있었다는 자백을 했다고 한다.

이것은 긴급 연락으로 오후 세 시쯤 이방근의 집에 얼굴을 내민 양준오의 이야기였는데, 사태는 연대 내부만이 아니라 포로수용소까지 미치고 있었다.

남로당 당원인 오균 소령은, 박경진 대령 암살 후, 스스로 지원해서 포로수용소 소장이 되어, 그 직권을 이용하여 토벌대가 연행해 온 피난민 속에서 게릴라 용의자를 선별해 석방하고, '양민'의 수용을 계속하는 '이적 행위'를 지속해 왔는데, 결국 오늘 부관과 함께 체포되었다고 했다. 수용소 세포도 거의 뿌리째 뽑히는 타격을 받은 모양이었다. 전 지사의 비서 격 입장으로 오균 소령과 공공연하게 접촉하며 정보 수집을 거듭해 온 양준오 역시 조사를 받을지도 몰랐다. 입산을 더욱 서둘러야 했다. 행선지는 지역별 그룹의 읍당위원회의 아지트로, 성내 근교 O리의 오름에 있는 동굴이었다. 처형된 김문원도 그곳으로 가기로 했는데, 이루지 못했다.

또한 양준오에 의하면, 유달현이 오늘, 일제검거로부터 이틀이 지나 학교 수업 중에 체포되었다. 무엇을 위한 수업 중 체포란 말인가. 언제 석방될지는 모르지만, 곧 석방이 된다고 해도 유달현은 성내에 있을 수 없을 것이라고 양준오가 말했다.

남승지에게 이방근의 방으로 오도록 알린 것은 부엌이었다. 그가 헛간을 나온 것은 오후 일곱 시로, 출발까지 한 시간이 있었다. 뒤쪽 툇마루를 딛고 방으로 들어서자, 이미 양준오가 와 있었다. 이방근의 아버지는 아직 귀가하지 않은 듯했다.

이방근은 부엌이에게 손님이 와 계시니 집안사람들이 부르거나 하지 않도록 하고, 집 뒷문의 자물쇠를 풀어 놓도록 지시했다. 처음에는 일단 세 사람이 함께 집을 나서서, 곧바로 양준오와 헤어질 예정이었다. 그러나 양준오가 한발 앞서 자리에서 일어나기로 했다. 남승지는 가능하면 비상구인 뒷문보다도 인기척을 살피면서 대문 옆의 쪽문을 통해 자연스럽게 밖으로 나가는 편이, 사람들의 의심을 사지 않고 안전할 것이었다. 귀가한 이방근의 아버지와 집 앞에서 딱 마주치는 일만 없다면.

무장 게릴라도 비무장대원도 읍, 각 면 지역 내에서 각각 몇 개인가의 부대로 분산해 행동하기 때문에, 양준오가 오늘 밤 출발하는 남승지와 헤어지면, 산에 들어가도 서로 재회하는 것은 어려워질 것이었다.

K리에서 돌아온 이방근의 말은 땅속으로 꺼지듯이 무거웠다.

서쪽으로 도는 버스를 타고 한 시간 가까이 걸리는 학살 현장 근처 신작로의 흙먼지를 뒤집어쓴 자갈투성이 지면에는, 10미터에서 20미터 정도에 걸쳐 엄청난 혈흔으로 도랑이 생기고, 콜타르처럼 새까맣게 물들어 있었다…….

사체는 도로변의 수확을 마친 보리밭으로 옮겨져, 거적 덮개도 없이 오래된 목재처럼 아무렇게나, 그러나 대부분이 머리와 다리의 방향을 동일하게 위를 보고 줄지어 있었다. 아이도 있다고 했다. 이 모습이 버스에서 내린 신작로에서 돌담 너머로 들여다보이는데, 일부는 통행중인 버스 창에서도 보였다. 까마귀가 근처 밭의 돌담 여기저기에 점점이 무리를 이루고 앉아서, 사체가 놓인 곳의 동정을 살피고 있었다. 심하게 훼손된 사체도 많았고, 이미 시신 썩는 냄새가 나고 있어서, 이방근은 구역질을 느꼈지만, 사전에 아무것도 먹지 않았기 때문에 견딜 수 있었다고 했다.

백여 구의 사체가 있는지 어떤지, 이방근은 밭의 한구석을 메운 사체더미를 한 번 본 뒤, 무서운 악몽에서 깨어나지 못하는 마을의 친척을 찾아가 이야기를 나누었다. 사람 손을 빌려서 현장으로 친척과 동행하여, 토벌대원의 입회하에 찾아낸 동오 소년의 모친 사체는, 지게로 산 쪽을 향해 약 반 킬로 떨어진 소년의 집 소유의 밭으로 옮긴 뒤 그 구석에 묻었다. 관을 만든다든가, 시체를 소년의 집으로 가지고 돌아가서 안치하는 따위는, 방치된 많은 시체를 앞에 두고 가능한 일이 아니었다. 구멍을 파고 흙을 다시 덮는, 임시방편의 매장이었다.

이방근은 자신이 학살된 사체 한 구였다면, 다른 이들과 마찬가지로 방치돼 있기를 바랐을 것이다. 그러나 현장에서 동오 소년의 모친 사체를 찾아낸 이상, 그대로 둘 수도 없었다. 그렇다고는 해도, 친척들 이야기로는 소년의 모친이 특별히 게릴라에게 협력한 것이 아니라고 했다. 뭔가에 말려들어, '빨갱이' 딱지가 붙어 그렇게 되었을 것이었다. 그야말로 버러지, 커다란 버러지. 물건. 물건 이하의 시체 썩는 냄새를 발하는 썩은 고기…….

양준오가 성내 탈출을 앞두고 최근 2, 3일 계속해서 만나는 것이 뒤에 남는 이방근에게 어떤 화근이 되지 않을까 염려하자, 이방근은 길 떠나는 사람이 쓸데없는 걱정을 한다며 웃었다. 나는 지금도 자네가 산으로 들어가는 건 반대니까 말야. 양준오는 일본으로 밀항했다, 이 한 가지 사실이 있을 뿐일세, 단지 가능하다면 두 사람과의 재회를 기약하고 싶네. ……유달현을 산으로 연행해서 '심문'하는 것은 현실적으로 어렵지만, 그의 '석방' 후 정세용의 문제가 있네. 이미 반년이 지나서 역사의 모래 먼지 속으로 사라져 버렸다고 생각하겠지만, 4·28정전, 화평협상의 파괴 공작에 관여한 혐의가 있네. 유달현 이놈은 당시 4·28정전을 게릴라 측의 기회주의, 투항주의라고 비판하던 놈이야. 그것이 이렇게 변했네. 유달현은 정세용과 엮어서 내가 어떤 조치를 취하겠어. 방치하진 않을 거야. K리의 사체처럼 그대로 두지는 않겠어. 마치 자신의 행동을 예고하고 있는 것 같았다. 조치란 무엇인가? 남승지는 내심 덜컥하는 것을 느꼈다.

양준오가 자리에서 일어났다. 남승지도 일어섰다. 두 사람은 작별의 포옹을 나눈 뒤 양준오가 옆의 서재를 통해 미닫이를 열고 방 바깥으로 나갔다. 이방근은 툇마루에 서서 양준오를 전송했다. 부엌이가 쪽문까지 배웅하러 갔다.

시각은 일곱 시 반. 주인인 이태수는 아직 돌아오지 않았다. 약 20분 후에, 양준오가 하숙집에 도착했을 무렵에 두 사람은 집을 나설 것이었다. 산지대 외곽의 사라봉 기슭으로 무사히 빠져나갈 때까지 남승지와 동행한 뒤, 이방근은 양준오의 하숙집에 들르기로 했다.

"가세, 준비하게나, 짐이 있는 것도 아니고 준비랄 것도 없겠군." 이방근은 웃으면서 일어섰다. "주머니에 있는 소지품은 뭔가?"

"S중 교원증과 호소문 삐라. 정부의 '발표 전문'과 여·순 반란군에 대한 현지 군 사령관의 '투항 권고'입니다만, 삐라는 버리겠습니다."

"그래, 만약 신체검사라도 당한다면 그것으로 끝장이야."

이방근은 남승지가 점퍼 안주머니에서 다른 종잇조각과 함께 꺼낸 삐라를 성냥으로 불을 붙여, 재떨이 위에서 완전히 재로 만들었다.

삐라는 바지 안감 사이의 실을 뽑아 안에 넣고 꿰매려고 했지만, 거기까지 손이 미치지 않았고, 굳이 그럴 필요도 없었다. 이방근이 처음부터 '결사적인 인쇄'라고 말했던 삐라 인쇄. 대부분이 아궁이 속에서 재가 된 '선전포고' 삐라. 김문원의 사체는 어찌 되었을까.

남승지는 방 안쪽의 장지문과 덧문을 조용히 열고 좁은 툇마루로 나와 양준오에게 받은 즈크화에 발을 집어넣고, 신발 끈을 단단히 묶었다. 뒤뜰 정원수 사이의 좁은 통로에 선 남승지는, 이미 자물쇠를 풀어 놓은 뒷문 쪽으로 가지 않고, 오른쪽 헛간 쪽을 향해 걸었다. 발밑은 어두웠지만 칠흑 같은 밤은 아니었다. 오랜만에 올려다본 하늘에는 별이 반짝이고 있었다.

헛간 그늘에 몸을 숨기고 있자, 이방근이 어두운 안뜰을 건너 쪽문 쪽으로 왔다. 동시에 밖의 상황을 슬쩍 엿보고 돌아온 부엌이가 이방근에게 신호를 하고, 안뜰 너머로 안채의 인기척을 살피면서 재빨리 다가온 남승지를 두 사람이 둘러싸듯이 감싸며 그녀가 먼저 다시 쪽문을 나섰다. 남승지와 이방근이 그 뒤를 따랐다.

이방근은 귀가하는 아버지와 마주칠 것을 염려하여, 일단 왼쪽으로 진로를 정하고, 도중의 골목을 오른쪽으로 꺾어 빙 돌아 곧장 북국민학교 뒷길로 이어지는 도로를 통해 산지천 쪽으로 향했다. 사람의 왕래는 적었다. 몇 명인가 무장한 순찰대가 뻣뻣한 모습으로 거리를 지나갔다. 넥타이를 매지 않은 양복 차림의 이방근과 점퍼를 입은 남승

지를 힐끗 쳐다보면서 경찰들이 스쳐 지나갔다. 땀 냄새인지, 그 이상
의 고약한 냄새가 코를 찔렀다. 남승지는 움찔하여 자신의, 이방근이
말했던 '산 생활의 냄새'를 한순간 숨을 죽이고 들이마셨다. 그것은
며칠간 이방근 집에서 생활로 거의 사라졌을 것이었다.

"수고하십니다."

"예ㅡ."

이방근이 그들에게 말을 건다.

스쳐지나가던 한 사람이 대답을 했다. 반장인가.

"아는 사람입니까?"

그들의 구두 소리가 후방으로 사라지고 나서 남승지가 물었다.

"아니. 놈들 중엔 인간다운 자도 있어."

"상대는 방근 씨의 얼굴을 알고 있을지도 모릅니다."

이방근은 처음에는 일부러 검문소가 있는 곳을 지나는 편이 안전하
다고 생각했는지, 동문교 검문소를 지나자고 했지만(동문교에서 통행 차
량의 체크를 하고 있었다), 산지천으로 나가자, 여관이 늘어선 강변을 상
류 쪽으로 한동안 걸어 C길 바로 앞의 다리를 건넜다.

두 사람은 화력발전소와 관목이 무성한 벼랑 사이의 언덕길을 올라
산지대로 들어섰다. 조금만 가면 중화요리점과 평양냉면집 근처가 나
오는데, 이방근은 뒤쪽 길을 지나 무난히 언덕의 변두리까지 왔다.
부근에는 밭이 펼쳐져 있다. 바로 건너편은 별이 총총한 밤하늘 아래
새까맣게 서 있는 소나무 숲이었다. 그 바로 앞이 송래운 선주의 집이
었다. 소나무 숲 너머로 나지막한 사라봉 언덕이 애매한 윤곽이나마
투명한 하늘을 경계 짓고 있었다.

두 사람은 굳은 악수를 하고 헤어졌다. 이방근은 희미한 가로등 불
빛이 닿지 않는 골목 한 귀퉁이의 돌담 그늘에 서서, 소나무 숲 속으

로 홀연히 모습을 감추는 남승지를 전송했다.

남승지는 처음의 예정과 달리 정상 근처를 지나는 지름길로 들어서지 않고, 성내로 왔을 때처럼 나무들이 우거진 중턱의 좁은 길을 더듬어, 간신히 닿는 별빛에 의지해 약 한 시간쯤 걸려 화북천 근처로 나왔다. 이 근처에 토벌대가 매복해 있는 일은 거의 없었다. 바위가 많은 그늘에서 주위를 살펴보지만 인기척은 없었다. 신작로를 건너, 그곳에서부터 사람이 없는 돌투성이 시골길을, 밭 두렁길을, 작은 계곡처럼 파인 황톳길을, 바람이 부는 고원을 그저 걸었다. 세 시간만 지나면 산천단 근처에 다다를 것이었다. 도중에 방목하는 소 몇 마리가 커다란 바위 그림자처럼 눈앞에 나타나, 사람을 놀라게 하고 지나갔다.

두 시간 정도 걸어서, 숲의 그림자가 전방을 가리는 곳까지 왔을 때, 멈춰! 돌연 날카로운 목소리가 총성처럼 날아왔다. 앗, 설마! 남승지는 경계할 틈도 없이, 어디에 적이 있는지조차도 모른 채 그 자리에 우뚝 멈춰 섰다.

"누구냐?"

"……"

순간 목소리가 나오지 않는다. 아니, 대답을 고를 수 없었던 것이다. 산의 공기처럼 맑은 소리였다. 직감이 가슴을 때렸다.

"김명우."

"어디로 가는가?"

"용강 마을."

"어디서 왔는가?"

"S촌에서……." 남승지의 가슴에 기쁨의 빛이 달렸다. "별……."

"별……? 무슨 별인데?"

상대의 풀숲을 밟는 발소리가, 운동화의 부드러운 발소리가 다가오면서, 사람의 모습을 드러냈다. 게릴라로 변장한 토벌대는 아니었다.

"달, 별."

"오오, 별, 달……." 총을 들고 앞으로 나온 청년이 말했다. "도당 조직부의 김명우 동지입니까?"

"그렇소."

"아이고, 수고하십니다. 우리는 ××중대 ××소대입니다."

부근의 나무 그늘에서 눈을 형형하게 번뜩이는 십여 명의 게릴라 대원이 나와서, 각자 말을 나누며 남승지를 둘러쌌다.

"우리는 소대 편성으로 성내를 공격하러 가는 중입니다."

소대장인 청년은 남승지가 성내에서 나온 것을 알자, 크게 기뻐하며 마을의 상황을 이것저것 묻기 시작했다.

그에 의하면 산천단까지는 토벌대의 매복이 없으니, 이 길로 곧장 가면 괜찮다고 했다. 산천단도 안전했다.

이제부터 한 시간만 걸으면 산천단 마을에 도착한다. 다음 일은 마을에 도착하고 나서 생각하면 된다.

남승지는 소대와 헤어졌다. 게릴라 소대는 바다 쪽을 향해 길을 내려갔고, 남승지는 별이 반짝이는 하늘 아래를 산 쪽을 향해 길을 올라갔다. 5일 전 선전포고 삐라 인쇄와 성내 살포의 조직적 임무를 띠고 내려왔던 길을, 성내 지구의 조직파괴와 김문원의 죽음을 확인하고 다시 올라갔다.

성내를 공격하러 가는 소부대를 뒤로 하고, 남승지는 힘차게 돌투성이 길을 올랐다.

제 25 장

1

　몇 킬로 떨어진 R리의 불타는 냄새가 뒷문을 열어 놓은 서재 안으로 흘러들어온다. 서풍이다. 오늘 아침부터 타오르고 있는 연기가 바람에 실려 온 것이었다. 서너 곳에 흩어져 있는 수백 가구가, 소개령이 내려진 얼마 뒤 방화된 것이다. 타는 냄새가 사라져도 밖으로 한발 나서면 하늘 한 모퉁이가 어둡게 시야를 가리고 있었고, 성내 서남방의 산 쪽에서 활활 타오르는 검은 연기를 바라다볼 수 있었다.

　요 며칠 간의 신문을 쌓아둔 탁자에서 미닫이 쪽으로 시선을 옮기며, 이방근은 아득한 저편에서 날아온 냄새를 음미하듯이 잠시 동안 콧속에 머금고 맡아 보았다. 그, 불쾌한 냄새는 나지 않았다. 오전 중에는 고기 타는 누린내가 희미하게 섞여 있었다. 가축은 사살되어, 소 돼지 등은 토벌대의 수중에 들어가고, 말은 게릴라의 식량이 되는 것을 막기 위해 휘발유를 끼얹어 태워 버린 것이다. 냄새에는 말이 타는 냄새뿐만 아니라 인간의 그것도 섞여 있는 듯했다. 꾸물거릴 틈이 없는 소개(사람들은 일제강점기 그대로, 일본어로 '소카이'라고 불렀다)의 혼란 속에서 피살된 사체다. 인간이 불꽃을 일으키며 타오르고 있다. 화장터와는 인연이 없는 이 섬에 인간이 타는 냄새가 여기저기서 하늘로 날아올라, 섬을 덮기 시작했다.

　이방근은 K리의 학살된 사체를 방치한 곳에서 까마귀들이 안구를 남김없이 파먹은 후의 공동, 해골이 아닌(흙빛의 피부 안쪽에 아직 살이 붙어 있으니 해골은 아니다), 그러나 해골처럼 눈구멍을 드러낸 기묘한 얼굴의 사체 더미에서 나는 시체 썩는 냄새에, 몇 번이고 빈속이 뒤집어졌다. 처음 맡은 시체 썩는 냄새를 떠올리고, 방문을 모조리 닫아

R리에서 타오르는 냄새의 틈입을 막았다. 문을 닫는 자신에게 불쾌감을 느꼈지만, 굳이 냄새를 맡을 필요도 없었다. 지금은 사람도 말도, 살아 있는 것은 모두 재가 된 뒤일 것이었다.

타오르고 있는 것은 R리만이 아니었다. 해안에서 5킬로 이상 떨어진 중산간지대의 여러 곳에서 시간차는 있지만, 하루 이틀 밖에 주어지지 않은 소개령 이후 가재도구와 함께 집이 불길에 휩싸이면서 사람들은 보따리를 손에 들고 해안지대의 아랫마을로 연고를 찾아서 피난을 떠났다. 호주가 부재중인 가정은 남자가 입산한 것으로 단정하고 가족 전원을 체포하였다.

방화에 저항한 마을 사람은 게릴라의 내통자, '빨갱이'의 협력자로 간주되어, 군경에게 구타, 연행되었고, 게릴라에게 협력했다는 거짓 자백을 강요받아 '빨갱이'로 사살되었다. 2, 3일 전의 일이지만, 해안 마을에 소개한 피난민의 일부를 전신주 가설 공사에 참가시키라는 명령이 내려졌고, 동원됐다가 돌아가는 길에 십여 명이 보리밭에서 집단 사살되었다. 사살당한 사람들은 게릴라라고 하여 오른쪽 귀가 베어졌다. 그 귀를 수집하면서 죽는 자가 늘어났다. '게릴라 사냥'에 경찰의 보상금이 걸려 있어, 그 수를 증명하기 위해 사살당한 게릴라의 오른쪽 귀를 증거물로 제출하도록 했던 것이다. 처음에는 오른쪽 귀만을 잘라내 수를 확인했지만, 다른 토벌대가 남은 왼쪽 귀를 잘라 보상금을 타내려고 하자, 일이 복잡하게 꼬였고, 결국 머리를 잘라 증거물로 제출하게 했다.

귀와 잘린 머리는 '서북(서북청년회)' 등 우익 청년단체원들이 자루에 채워져 짊어지고 가는데, 이번 달 들어서는 성내에서도 토벌대원들이 직접 자른 머리를 손에 들고 경찰서 안을 드나들고 있다고 했다. 경찰서와 같은 구내에 있는 도청으로 심부름을 다녀온 부엌이가 보았다고 했다. 서방님, 결국 성내에서까지 무서운 일이 벌어지게 되었수다. 아이고, 세상에, 개, 돼지 목이라도 들고 가는 것처럼…….

이 역겨운 짓은 최근 10월부터 11월에 걸쳐, '동기토벌대작전'에 맞추어 눈에 띄기 시작했는데, 소개령이 나오고 곧바로 불을 지른 부락에 게릴라도 아닌 마을 사람들이 많이 학살된 것은, 보상금을 노리고 귀를 베거나 목을 자르기 위해서였다고 할 수 있었다.

공명을 세우기 위해 귀를 잘랐다……. 어디선가 들은 적이 있는 이야기가 아닌가. 이방근은 일본의 고도(古都) 교토(京都)에 이총(耳塚), 일명 코 무덤이 있다는 것을 알고 있었다. 일찍이 도요토미 히데요시(豊臣秀吉)의 두 차례에 걸친 조선 침략 때, 왜군이 조선인의 귀와 코를 잘라 가지고 간 뒤 묻어 쌓아 올린 무덤이다. 남녀노소, 비전투원도 닥치는 대로 죽여 머리를 일본으로 보내도록 지시했던 것이다. 그런데 머리는 무겁고 코를 베는 것은 상대를 가장 모욕하는 방법이기도 해 머리 대신에 귀와 코를 잘라 소금에 절여 히데요시 앞으로 보냈다고 하니, 참으로 주도면밀한 짓을 했던 것이다. 학살당한 조선인의 귀, 코와 함께 도공 등 살아 있는 포로, 여자들, 노예…… 문물 일체를 약탈해 갔으니, 이야말로 용의주도하다고 해야 할 것이다.

모든 다이묘(大名)는 코를 베어 온 가신들에게 인수장을 주어 경쟁적으로 조선인의 코를 베어 오도록 경쟁시켰고, 가토 기요마사(加藤清正) 같은 경우는 가신 한 사람에게 세 명의 코를 베어 오라고 할당했다 하는데, 현재 이 나라의, 이 섬에 온 토벌대는 어디에서 귀 자르기 경쟁이라는 수법을 배운 것일까.

예로부터 조선에 목을 베는 대신 귀를 자르는 습관이 있었는가. 대역죄인의 처형에 머리, 몸통, 팔, 다리를 잘라내는 능지처참이라는 극형은 잘 알려져 있지만, 귀를 자르는 일은 도요토미 히데요시의 잔학

함에서 배웠다고 해도 좋을 것이다. 그리고 이방근은 중국에 그 역사적 사실이 있다는 것을 알고 있었다. 기원전 3세기 연(燕)의 소왕(昭王) 시절에 적병의 왼쪽 귀나 머리를 가지고 돌아오면 출세로 이어졌던 모양인데, 설마 현대의 이 나라 토벌대의 행위가 중국 연 시대까지 곧장 거슬러 올라간다는 것은 있을 수 없다. 그렇다면 역시 원조는 도요토미 히데요시가 되는 것인가. 그러나 귀, 코를 베는 것은 바다를 건너온 왜군이 조선인에게 벌인 짓이고, 상대는 같은 일본인이 아니다. 이쪽은 작은 섬 안에서 동족에게, 더 없이 잔혹했던 조선 침략자 도요토미 히데요시의 흉내를 내고 있었다. 머지않아 능지처참, 사지가 절단된 사체가 섬 전체에 나뒹굴 것이다.

사태는 이방근의 상상 이상으로 무서운 전개를 보이는 듯했다. 중산간지대의 부락에 타오르는 불길은 머지않아 온 섬으로 퍼져 갈 것이다.

조금 전에 한대용이 돌아갔는데, 그는 그저께 한밤중에 아득히 먼 해상에서 불타고 있는 섬을 보았다고 했다. 불길이 반사된 새빨간 해상이 가까워지면서, 처음에는 해안 부락이 불타고 있는 것으로 생각했다 한다. 멀리 수평선 위의 어둠 속에서 돌연 불길이 점점이 떠오르는 것을 발견했는데, 배가 접근함에 따라 밤하늘에 섬의 모습이 떠오르고 여기저기 중산간 부락이 불타오르는 것을 심야의 바다 위에서 확인했던 것이다.

한대용은 지난 달 20일경을 기해 부산을 경유하여 유원을 태우고 일본으로 향할 예정이었다. 그것이 여수·순천 반란으로 연기가 되고, 당분간 정세를 지켜보며 이 달 초에 송래운의 일로 부산까지 화물을 운반했지만, 그때만 해도 R리는 불타지 않았었다. 섬이 타기 시작한 것은 최근 일주일 사이의 일이었다.

한대용은 자택이 있는 한림으로 배를 향했는데, 처음 예정에서 한 달 늦은 이 달 20일경에 출발하기로 상의하고 돌아갔다. 오늘이 11일, 앞으로 열흘이 채 남지 않았다. 여수·순천 사건은 일단 종결되었지만, 남조선의 정세는 한층 험악해질 것이었다.

한림은 토벌대의 주둔지로 태세가 엄중하고, 배가 드나들기 쉽지 않아 상당한 공작이 필요하다고 한대용이 말했다.

지금 제9연대장 송일찬의 지휘하에 게릴라 토벌과 모든 섬을 초토화하기 위한 '동기토벌대작전'이 개시되고, 동시에 해안지대에서는 토벌대 주둔의 거점이 되는 전략촌 축성을 위한 작업이 온 섬에서 진행되고 있었다.

축성은 섬 전체 해안 부락의 외곽에 높이 약 3미터, 폭 1미터 반 정도의 돌담 벽을 길게 둘러치는 전략촌 작전으로, 도민이 노역에 강제 동원되었다. 물론 도민과 게릴라의 접촉, 보급로를 끊고, 게릴라의 잠입을 막기 위한 것이었다. 밭과 밭 사이의 경계와 신작로(일주도로)의 길가로 이어지는 돌담을 무너뜨려, 들것이나 지게로 축성현장까지 운반해 간다. 몇백 명이나 되는 노역 집단이 왕래하기 때문에, 돌담을 걷어치운 주변의 밭은 온통 밋밋한 평지로 변하면서, 게릴라가 몸을 숨길 수 있는 돌담 그늘도 없어지고 말았다. 돌담의 바깥쪽에 파인 2미터 정도의 함정에는 엄나무 등 가시가 있는 관목이나 뾰족한 대나무가 채워지고, 성벽 위에는 감시할 수 있는 망루가 설치되었다.

성내에서는 남쪽 외곽에 가까운 무선전신국의 고지대, 광양 부근에서 서쪽을 향해 축성이 시작되고 있었고, 서쪽은 R리의 이웃 마을에서 성내 쪽으로 작업을 진행하면서 중간 지점인 고개에서 양쪽 성벽을 잇게 된다.

이른 아침, 관덕정 광장에 약 3백 명이 작업반 별로 집합, 게릴라와 인근의 감시 역할로 재발족한 민보단원이 점호를 마치고, 경찰의 인솔하에 3, 4열로 줄을 지어 현장으로 향했다. 저녁 무렵 작업이 끝나고 나서도 마찬가지로 대오를 지어 광장까지 와서 해산하는데, 공복과 피로로 간신히 집까지 돌아갔다. 만약 광장에서 점호 중에 쓰러지기라도 하면 심각한 사태에 이른다.

이태수의 집에도 민보단원이 머리를 숙이고 찾아왔는데, 노역의 공출은 부엌이가 3일간 참가하여 그것으로 모든 걸 끝냈다. 부엌이가 동원된 사이에는 11일간의 구류에서 아들이 석방된 고네할망이 얼굴을 내밀어 집안일을 도왔다. 영사 기사인 아들이 체포된 사이, 영화관은 반나절만 문을 여는 상태로 조수가 대신 일하고 있었다 한다.

성내는 이른바 성역이었다. 특히 아이들에게는.

성내의 국민학생과 중학생들은 노역에서 제외되었다. R리와 그 외의 지방에서는 4·3봉기 후, 교원들이 모습을 감추기도 해서 반년 이상 휴교가 이어졌기 때문에, 소년들은 하루 종일 돌을 나르는 등 노역에 동원되었다. 동란이 한창인 마을의 아이들이 보기에는 성내는 안전하고 마치 다른 세계, 돌을 나르지도 않고 학교에 갈 수 있다니……, 상상할 수 없는 일이었다.

이방근은 탁자 위의 신문 한 장을 집어 들었다.

"……(피난민은) 국민학교에 집결하여 경찰의 심사를 받는 것이었다. (반란 측의) 학살을 면한 사람들이 모여 있는 군중 속에서 반란에 참가했던 사람들을 손가락으로 가리키고, 그들을 끌어내고 있었다.

……도로 여기저기에 시체가 어지러이 흩어져 있다. 어떤 시신은 썩고, 어떤 시신은 타서 눋고, 어떤 시신은 개가 물어뜯고 있었다. 경찰서 건물 안으로 들어가자, 피비린내가 코를 찔러 왔다. 양팔을 묶인 채 총살을 당하고, 거기에 가해를 당하고 있는 70여 구의 시체가 한 곳에 쌓여 있다. 불에 탄 버스 안은 백골로 채워져 있었다. 마치 나치

독일의 죄악사의 한 페이지를 엮은 어느 영화의 장면 그대로였다. 집집마다 문을 열고 들여다보면, 시체 한두 구 나뒹굴지 않는 집이 거의 없었다.

……아직 정확한 숫자는 알 수 없지만, 최소한 천 3백 명을 넘을 것이라고 하고, 그중에 경찰의 사망은 3백 명 이상이라고 한다. 24일 현재까지 처리한 시체의 수만도 2백 11명이 된다…….”

이것은 반란 나흘 후에 순천에 들어간 중앙지 특파원의 르포기사 ‘각지에 시체가 어지러이 흩어지고 피난민은 점차 귀착……’의 일부였다. 반란 측, 혁명파가 반동분자 처단으로 살육을 하고 있었고(서울에서 걸려 온 전화로 문난설이 이야기하던 것이었고, 남승지가 단호히 부정했던 반란 측에 의한 학살 행위였다), 계엄령 하의 미군 출동 아래에서, 반란군이 패주한 뒤에는, 반란 측에 가담했던 주민에 대해 군에 의한 살육이 벌어졌다.

이방근은 2, 3일 후의 신문 기사를 보았다. 같은 기자의 ‘현지보고’, ‘공포 속 3일의 6만 시민, 다시 흑백의 심판……’이란 표제의 ‘순천의 그 후’였다.

“……남녀노소의 구별 없이 한 곳에 모인 집단 외에, 중학생만의 집단, 여학생만의 집단, 발가벗겨진 집단 등으로 나뉘어져, 각각의 집단마다 경찰이 빙 둘러싸고 있었다.

……젊은 청년집단 앞에서는, 경찰의 보호를 받고 있는 쪽의 청년들이 일어나, 집단 내의 사람들을 한 사람씩 손가락으로 가리키고 있다. 그들은 반란군과 폭도들에게 박해를 받았거나, 혹은 한창 박해를 받다가 구출된 사람들이다.

그들은 적개심을 품고 지난 사흘간에 걸쳐 인민위원회 계통에서 활약하던 인사를 지목하고 있는 것이었다. 손가락으로 지적당한 사람들은 다시 같은 집단에서, 자신들과 함께 행동했던 사람들을 끌어내도록 명령을 받는다. 주저하고 구타당하면서, 결국 또 한 사람을 가리킨다. 지적당한 사람은 필사적으로 사람을 잘못 본 것이라며 부정한다.

 ……이렇게 지적을 당한 용의자는 혹독한 취조 결과, 일부는 그 자리에서 포박당한다. 그 사이에 운동장 남쪽의 움푹 파인 땅에 15명의 청년이 포박 당한 채 끌려갔다. 경찰대가 한 사람씩 청년들의 각각 10미터 후방에 나란히 선다. 카빈총 발사와 동시에 청년들은 앞으로 고꾸라져 넘어졌다. 제2탄, 제3탄이 그들에게 거듭 발사되었다……."

 이 '현지보고' 시리즈는 7, 8회에 걸쳐서 연재되고 있었다.

 '현지견문'을 한 어느 작가는, 결론을 한마디로 말하자면 솔직한 고백으로, 자신에게 존재하는 것은 우리 민족의 미래에 서광을 찾아내기 어려운 암흑뿐이다, 거듭 복받치는 절망감을 억누를 수가 없다……고 쓰고 있는데, 그럴 것이라고 생각했다. 그럴 것이라고 느끼면서 이방근은 제주도의 현실 속에서는 절망을 해도 달리 방법이 없다……는 절망조차 허망한, 어찌할 수 없는 시름에 빠져들었다. 절망한다고 현실이 움직이고 바뀌는 것은 아니다.

 하루라도 유혈을 보지 않는 날이 없는 이 땅에는, 마치 피에 굶주린 흡혈 지령(地靈)이라도 들어붙은 것 같았다. 이 국토에 미군이 계속 주둔을 하고, 권력을 손에 넣은 친일파가 설친다. 과거의 매국노였던 그들이 '반공 애국'을 외치며 국시라고 했다. 그리고 지금까지는 배후에서 은연중에 힘을 보여 주고 있던 미군이 공공연하게 표면에 나섰다. 이승만 정부의 미군사고문단장, 로버트 준장의 직접 지휘하에 미군 비행기, 장갑차, 함정을 출동시켜 해안에서 81밀리 박격포로 엄호 사격을 가하면서 LST(상륙용 함정)를 사용해 토벌대를 상륙시키고, 수륙 협공작전을 취했다고 한다. 해방 후 첫 계엄령포고와 대한민국 성립 직후의 미군에 의한 대규모 진압 작전이었다. 정규군의 만만치 않은 반란인 만큼 정부와 미국에게 준 충격은 몹시 컸던 것이었다.

여수·순천에서 패주한 반란군은 게릴라전으로 바꾸어, 순천의 동북 50킬로 지점에 높이 치솟은 험준한 지리산(1915미터)을 근거지로 삼았다. 11월 2일에는 대구 제6연대의 일부가 연대 본부를 점거, 대구시내로 돌입하여 제6연대본대 및 주둔 미군과 시가지에서 교전하고, 시 북쪽의 팔공산으로 틀어박혔다. 군대의 반란뿐만 아니라, 남로당 군사부에 의한 '야산대(野山隊)'가 태백산, 소백산, 오대산 등에서 게릴라전을 전개했고, 서울 등 대도시에서는 테러가 연발하였고, 밀도 제주도에서는 학살이 벌어지고 있다.

거의 매일 신문에 사형과 같은 표제어 활자가 춤추고 있었다.

'제2차에는 89명, 여수 반란 중학생 등 총살형', '28명에 사형. 지식계급 여성도 네 명 포함', '분산된 반도(叛徒) 수백 명 체포', '포로 3천 명 국방부 발표의 반란사건 전과', '지리산 포위를 축소 사살만 20명', '국군 일부가 대구에서 반란 3대(隊)의 반군 포로 3백……', '대구에서 검거선풍 사건 내용 일절 언급 없음', '각계 인사 대량 검거 서울 중부·종로서 관내에서만 3백여 명……', '소련 혁명기념일 단속 강화 7백여 명 검거 수도경찰청 발표'……등등. 일주일 동안의 신문의 뒷면——2면은 이러한 기사들로 가득 차 있었다.

그중에서도 눈에 띄는 것은 '대구 시가전에서 미군병사 한 명 사망'을 보도하는 톱기사였다. 마침내 조선 땅에 흘린 미군의 피. 미국은 그 피를 무엇으로 보상하려 들 것인가.

여수·순천에서 타오르는 불길과 연기는 서울에서 보이지만, 제주도가 타오르는 불길과 연기는 바다 저편에서 보이지 않는다. 그것을 굳이 상대한 반란군이 패배한다. 사체더미. 살해당한 송장에 불과한 것에, 이방근은 죽은 자, 죽음의 의미를 알 수 없게 되었다.

하루라도 유혈을 보지 않는 날이 없는 이 땅. 여수·순천 땅에서 반란군 측과 정부군 측이 살해한 사망자는 수천 명에 이를 것이라고 했다. 개천에 트럭으로 버려진 쓰레기처럼 트럭으로 바다에 버려진 사체는 무엇인가. 반란군과 행동을 함께하는 좌익단체가 많은 주민을 자신들의 뜻에 따르지 않는다고 살해한다. 혁명세력이 말이다. 살해는 '혁명'도 '비혁명'도 마찬가지로 살인하는 인간의 마음속에서 이루어진다. 살해의 명분은 무너지고, 이름을 바꾸면 게릴라가 '서북'이 된다.

여기 제주도에서도 게릴라가 도민을 죽인다. 가차 없는 탄압과 학살의 공포는 도민들이 게릴라를 떠나도록 재촉하고 있었다. 중산간지대의 부락 소각에서 가까스로 학살을 면한 마을 사람들은 살림살이를 잃고 방황하며, 낮에는 군경의 추적을 피하기 위해 동굴에 숨고, 밤에 부락으로 돌아오면 군경의 앞잡이라고 해서 게릴라의 야습을 당한다. 거점부락의 소각으로 민중으로부터 갈라진 게릴라는 한층 고립이 심화되었고 희망에 대한 커다란 탈출구로 보였던 여수·순천 봉기가 패배함에 따라 점점 궁지로 몰리게 되었다. 물자공급 루트가 끊긴 게릴라에 의한 식량 약탈(그들은 그것을 '식량 투쟁'이라고 칭했다)과 학살이 도민을 반게릴라로 몰고 갔다.

최근에도 한림면 서쪽 끝의 고산리에서 게릴라에 의한 촌민의 살해가 있었는데, 그 잔학한 '서북'과 조금도 다를 바 없는 살해 방식이 사람들 사이에 소문으로 떠돌았다.

부(夫) 노인이 며칠 전에 방목한 소를 데리고 돌아오는 도중에 동구 밖 길가에서 같은 마을 출신의 게릴라 측 보초와 마주쳤는데, 무얼 하러 산에 가느냐고 추궁당하며 끌려갔다고 했다. 여기까지는 후일 풍문으로 전해졌다. 하지만 노인은 마을로 돌아오지 않았다. 마을 사람들이 찾으러 나섰지만 알 수가 없었다. 며칠인가 지나서 동구 밖 동굴에서 부 노인과 또 한 남자의 사체가 발견되었다. 죽창으로 전신을 찔리고, 얼굴은 돌로 짓이겨져 형체를 알아볼 수가 없었다. 남겨진 의복을 단서로, 부 노인임을 알았다고 한다. 원인은 아마도 노인의 아들이 마을의 우익 청년 단원이었기에, 마을의 게릴라 내통자가 노인을 반동분자의 아버지라고 산 쪽에 알렸을 것이라고 한다. 어부였던 아들은 일주일 후에 바다로 고기잡이를 갔다 사망했다고 하지만, 남겨진 일가에게 게릴라는 불구대천의 원수, 산의 폭도가 되었다.

응접실의 전화가 울리고 있는 것 같았다. 부엌이가 얼굴을 내밀어 경찰의 경무계장님으로부터 온 전화라고 말했다. 이방근은 반사적으로 움찔했지만, 정세용과 어떤 결판을 낼 때가 다가온 것을 의식하면서 자리에서 일어섰다. 오후 두 시. 오전 중에 전화를 했지만 부재중이어서 다시 전화하려던 참이었다. 결판. 그것은 지금으로서는 이방근만의 생각이고, 상대인 정세용으로서는 무슨 일인지 전혀 생각조차도 않고 있을 것이다.

"……세용 형님, 일부러 전화 주시고 죄송합니다. 제 쪽에서 전화하려던 참입니다만, 급한 일은 아니지만 2, 3일 내로 뵙고 싶은데……. 형님 댁으로 찾아뵙겠습니다."

"새삼스럽게 어쩐 일인가? 무슨 일이라도 있나. 바로 얼마 전 일부러 아버님을 대신해 자네가 찾아왔으니, 아버님께 인사 겸 내가 그쪽으로 가도 되네."

변함없이 감정을 드러내지 않는 냉정한 목소리였다.

"그럼, 아버지께 그리 전하지요. 내일이든 모레든, 형님 형편이 좋을 때 뵙고 싶습니다만……."

그편이 좋을 것이다. 정세용의 집에서는 아내도 있고, 이야기의 전개에 따라서는 '결투' 사태가 벌어질지도 모를(그는 결코 그런 모험적인 일은 하지 않을 남자이지만) 험악한 분위기가 될 우려가 있었다.

이방근은 다시 연락하기로 하고 전화를 끊었다. 며칠 전에 고네할망의 아들과 그 외 두 사람의 석방에 대한 인사를 겸해, 이방근이 아버지 대신 정세용의 집을 찾아갔는데, 그때는 오래 머물지 않고 정세용이 직접 탄 커피 한 잔만을 마시고 곧바로 물러났던 것이다.

정세용을 통해서 공작금이 경찰 간부에게 들어갔는데, 이미 7, 80만 원이 움직였다. 게릴라와 지명 수배된 활동가들의 머리에 5만 원에서 최고 30만 원이 내걸린 걸 생각하면, 결코 적은 금액이 아니었다. 보상금은 게릴라를 생포하거나, 살해한 증거로 머리를 상관에게 제출하면, 본인 여부를 확인한 후, 죽은 자의 신원 여하, 거물인지 아닌지 등에 따라 상금액과 진급 정도 등이 결정되었다.

게릴라 측의 총 1정을 탈취하면 상금 6만 원이 지급되고, 게릴라 살해는 5만 원 이상이기 때문에, 때로는 총 1정을 사람의 생명보다 중하게 여기는 일도 있을 것이었다.

흐음, 어떻게 이야기를 꺼낼까. 세용 형님은 4·28화평협상 파괴 공작에 관여했지요? 핫하아, 이야기의 취지는 그렇지만, 그렇게는 말할 수 없다. 서재로 돌아온 이방근은 소파에 앉았다. 자네는 도대체 무슨 말을 하는 겐가, 정신이 어떻게 된 거 아닌가……? 화를 드러내는 남자가 아니니까, 이게 고작이고, 일소에 부쳐 일축할 것이 틀림없었다. 까딱 잘못하면, 아니 파괴 공작 운운으로 정세용을 포함시키고 있는 것이, 상대방에 대한 중대한 트집이 될 것이다. 더군다나 반년 전의 확실한 객관적 증거가 없는 채로('서북' 간부로부터 넌지시 캐물어 알아낸 것은 있지만, 그것을 확실히 제시할 수는 없다), 정황판단으로 상대를 단죄한다…….

이방근은 정작 정세용과 얼굴을 맞대면, 상대에게 들이대기에 충분한 증거가 부족하여 '추측수사' 수준에 머물 가능성이 있음을 새삼 생각했다. 그것으로 정세용이 화평 파괴 공작에 관여했고, 게다가 유달현의 배후인물이라는 것을 밝혀낼 수 있을까. 그럼에도 불구하고 뭔가의 심문이라는 것을, 그것이 이방근의 의지라는 것을 정세용에게 보여 줘야 한다…….

심문. 현재의 제주도의 사태를 초래한 4·28화평협상 파괴 공작에 정세용이 관여한 사실을 전제한 심문. 언제였던가, 사실이 분명해지면, 단 두 사람만이, 장소는 분명하지 않지만, 이 세상과 격리된 곳에서 정세용을 심문하는 장면을 떠올리고 있었다. 그런데 그 장소는 심산유곡도 천상도 아닌, 어쩐지 이 서재가 될 것 같았다. 사실의 증거가 없는 채로.

유달현의 일은 정세용과 엮어서 내가 어떤 조치를 취하겠네. 방치하지 않을 것이야. K리의 사체처럼 방치한 채로 두지는 않겠어. 이별하는 마지막 밤, 양준오와 남승지 두 사람 앞에서 이방근이 한 말이다 (K리의 사체는 며칠 뒤 인수 명령이 나와, 가족이나 친척이 운반해 갔지만, 인수할 사람이 없어 방치된 시신은 마을 사람들의 손으로 그 자리에 묻혔다고 한다). 어쨌든 이야기를 꺼내기까지는 하루 이틀 여유가 있었다. 정세용은 새삼스럽게 무슨 일이냐……? 라고 했지만, 그는 나의 그 새삼스러운 용무를 무엇이라 생각하고 있을까. 조심성이 많은 사람이라서 이리저리 두루 생각하고 있겠지만, 4·28까지는 생각이 미치지 못할 것이다. 이야기의 전개 상황에 따라서는 몹시 거북한 일이 될 것임에는 분명했다.

'목숨 부지에만 급급, 시민은 무표정, 시체의 대부분은 청장년'
이방근은 담배를 물고 신문에 시선을 떨어뜨렸다.

'피로 피를 진압……'

'벽과 창문마다 탄흔! 시민은 살 길을 찾아 폐허를 방황'…….

피로 붉게 물든 여수 항만에는 부두와 해상에서 살해되었거나, 육지에서 버려진 시체가 목재처럼 빈틈없이 가득 떠올라 있었다. 질식할 것 같은 썩는 냄새를 풍기면서, 밤낮없이 펑 펑…… 엄청난 파열음을 내고 있다. 항만을 메운 무수한 사체의 팽팽하게 부풀어 오른 복부가 파열하는 소리였다. 출장길에 뜻하지 않은 봉기를 만나, 여수에서 간신히 돌아온 도청 직원이 전한 이야기라고 했다.

이방근은 눈에 들어온 신문의 제목을, 끊임없이 '총살', '소요', '소탕', '교전', '체포', '폭도', '살해', '군내숙청', '군법회의'……등등의 활자로 가득 찬 제목을 쫓기를 그만두었다. 한숨도 나오지 않았다. 내뿜은 담배 연기를 쫓았다. 엄청난 사체들의 부풀어 오른 배가 여기저기에서 파열하는 소리……. 정말로 파열하는 것인가. 그는 순간 귓속에서 불속의 대나무가 사방으로 튀는 듯한 연속음을 듣고, 고개를 흔들면서 일어나 소파를 벗어났다. 정세용. 얼마 안 되는 이 섬 출신의 경찰 가운데, 그 지위를 유지하고 있는 남자.

이방근은 그가 4·28협상의 파괴 공작에 관여한 것은 틀림없다고 생각하고 있었다. 사체. 우리들은 사체에 둘러싸여 있다. 놈들에게는 한 구, 두 구가 아니라 한 마리 두 마리인 사체……. 소년. 소년의 사체. 손과 발이 하늘을 보고 가엾은 개구리처럼 뉘인 유아도 있었지만, 소년은 얼굴을 거의 숙이고 있었다. 파리가 어지럽게 날고, 구더기 떼가 드나드는 텅 빈 눈구멍의 허망한 얼굴의 사체에서 떨어져, 아무 일도 없이 자는 듯 눈을 감은 사체도 있었다. 관찰한 것이 아닌데도, 많은 사체가 겹쳐지면서 마치 사진첩의 페이지처럼 떠올랐다. 무감각하게, 무관심해져야 한다. 그렇지 않으면 섬을 떠나야 한다. 누가 섬을 떠나? 왜, 떠나야 하는데……? 라는 생각이 바로 고개를 쳐 드는가. 동오 군은 일본의 어디로 상륙했는지 모르지만(태평양 주위의 와카야마(和歌山) 현 해안이라고 했지만), 무사히 오사카의 아버지가 있는 곳에 도착했을까. 상륙한 현지에서 제대로 연락이 닿으면 부친 이 데리러 오기로 돼 있었다.

동오는 송 선주와 관련된 배를 타고 떠난 지 열흘 정도 지났으니까, 도중에 폭풍이라도 만나지 않았다면 지금쯤 상륙했을 것이다. 아마 별일 없겠지만, 경찰에 걸리지 않는 한 오사카에 도착할 때가 됐다.

전쟁 전에 일본으로 건너간 소년의 아버지는 마을에서 작은 공장을 경영하며 첩과 살고 있었다. 이전부터 소년과 그 모친을 일본으로 들 어오라고 불렀다고 하니, 갑작스레 일본 땅에 상륙했다는 소식에 놀 라면서도, 기쁘게 아들을 맞이할 것이다. 지금까지는 모친이 첩과 함 께 사는 남편의 부름에 응하지 않았던 것이다. 그리고 살해당했다.

모친의 의향에 따라 지금까지 아버지의 부름에 응하려고 하지 않았 던 소년은 공부를 잘 했다. 마을의 소년 소녀들이 대부분 그렇듯이, 그도 조직의 연락원을 하고 있었다고 한다. 소년은 일본으로 출발하 기 전 일주일 동안 집 밖으로 한 발자국도 나가지 않았다. 그러나 2, 3일 지나자 집단학살의 충격에서 회복된 듯 별채에서 나와, 안채에서 함께 식사도 하고 햇볕을 쬐기도 했다. 총탄이 신작로를 따라 돌담에 서 작열하고, 지면을 도려내며 흙먼지를 일으키고, 사람들을 힘없이 쓰러뜨리는 아수라장에서 영문도 모른 채 필사적으로 도망쳐서 살아 남은 것이 충격이었을 것이다. 공포는 깨지 않는 악몽처럼 나중에 찾 아온 것이었다.

소년은 장래 천문학자가 되고 싶다고 해서 이방근을 깜짝 놀라게 만들었고 미소 짓게 했다. 마치 비현실, 초현실적인 이야기. 그렇다,

천문, 우주, 하늘에 가득한 별빛, 별빛 저편의 어둠. 우주의 상상에 소년은 어떠한 영혼의 전율을 느끼고 있는가. 중학교 2학년 소년이 이전부터 그런 생각을 가지고 있었을까. K리의 학살 이후 섬을 떠나기까지 이 집에 머물렀던 짧은 시간 중에 그런 희망을 가슴에 품게 되었던 것일까. 이 섬의 현실에서 벗어나 소년은 일본이 아닌, 우주로 여행을 떠난다. ……유원이를 만난 적 있지? 예―, 서울의 음악대학에 다니고 있는 누님이잖아요. 누님이 아니고 숙모란다. 너의 아버지와 나, 그리고 유원이는 육촌이니까 말야. 네, 알고 있지만 누님이 좋은데, 그래도 숙모님이니까. 친척 중에 그렇게 훌륭한 숙모님이 있다니 문중의 자랑인 걸요. 소년은 참으로 어른스러운 말을 했다.

이방근은 유원이 곧 일본으로 가게 된단다. 도쿄 쪽이지만, 거기서 안정이 되면 너에게 연락을 하라고 할 테니……라고 말하자, 눈을 반짝이면서 기뻐했다. 동오는 일본에 아버지가 계셔서 다행이구나, 열심히 공부해야 한다. 이런 상태의 고향을 떠나서 가는 거니까. 공부를 해서 훌륭한 천문학자가 되거라. 네 말대로, 문중의 자랑이 돼야지. 살육에, 천문학.

이방근은 소파에 앉으면서 고개를 가로저었다. 지겹다. 구역질을 느낀다. 여수 시내에 울리는 항만을 메운 사체의 부풀어 오른 배가 파열하는 소리. 지겹다는 것으로는 직성이 풀리지 않았다. 이방근은 군침을 삼키고 담배에 불을 붙였다. 그렇다 하더라도. 유달현이 아직 석방되지 않은 것은 어찌 된 일인가. 길어도 일주일이면 나올 거라고 생각했는데, 체포된 지 이미 보름이 지났다. O중학교에서 수업 중에 연행되었다는 것은, 설마 단순한 헛소문은 아닐 것이다. 그는 지금 경찰서가 아니라 어딘가 다른 장소에, 어쩌면 이미 당국의 도움을 받아 섬을 탈출……? 아니다, 일주일보다는 보름 쪽이 거짓체포의 의심을 희미하게 만드는 거겠지.

일전에 아버지를 대신해서 정세용의 집을 방문했을 때, 한마디 무심한 듯 물어보았다. 유달현은 경찰서에서 나오지 않습니다만, 누군가 뒤에서(라고는 하지 않았다. 뒤에서라고 하면 '배후인물'인 정세용 자신을 가리킬 수도 있다) 움직이고 있는 것 아닐까요, 뒤에서? 유달현? 음, 그 사람, O중학교 선생 말인가(올 9월에 광주의 중학교로 전학한 그의 처조카는 O중학교에서 유달현의 담당 학생이었다). 그가 체포되었나? 너무나 시치미를 떼는 대답이었다. 그렇지 않습니까? 그렇지 않느냐는 건 무슨 말인가, 난 도경찰국 경무계야. 부서의 계통이 전혀 다를 뿐 아니라, 경찰서 쪽에서 한 일이지 않은가(경찰서 쪽에서. 그는 8월까지 그 경찰서에 있었다). 물론 조회하면 알 수 있는 일이지만 말야. 자넨 어떻게 알고 있는 겐가. O중학교에서 체포되었다는 소문을 들었습니다만. 소문이겠지. 자네가 목격했다거나, 직접 확인한 건 아니잖아. 만일 체포되었다면 쉽게 나올 순 없을 거야. 정세용은 은근히, 그리고 미소까지 띠면서 이방근의 이야기를 피했다. 체포되었다면 쉽게는 나올 수 없다. 설마. 남의 일처럼 매정하게 말했는데, 유달현은 거짓체포가 아니라 정말로 체포된 것인가?

"으-음. 도대체가……."

이방근은 크게 들이마셨던 숨을 천천히 담배 연기로 토해 냈다. 그렇다고 해도 놈은, 세용은 왜 4·28화평협상 파괴에 관여한 것인가. 도민에 대한 학살의 길을 연 커다란 요인이 되는 파괴 공작에, 왜 정세용이.

정세용이 4·28협상 성립에 커다란 위기감을 가지고 있었던 것은 사실이지만, 그것은 경찰 전체로서도 '서북' 무리와도 이해관계를 공유하고 있어서, 그만의 일은 아니었다. 그렇다고 해도 왜, 그가…….

게릴라 측과 국방군의 전신인 국방경비대와의 4·28화평협상 성립으로 커다란 타격을 받은 것은 경찰이었다. 당초 4·3봉기를 열흘 안에 진압하겠다고 호언하고, 본토로부터 증원 경찰대 천 7백 명을 제주도로 급파하면서도, 게릴라의 공격에 패배를 거듭하여, 많은 경찰들이 무기를 버리고 섬 연안의 각 항구에서 밀항선을 타고 본토로 도망가는 꼴이었다. 원래 중립적인 입장을 취하면서 이런저런 구실로 교전을 피해 온 군이, 전의를 상실한 경찰 토벌대 대신 출동하여, 게릴라와의 협상을 통해 정전협정을 성립시켰던 것이다. 경찰의 게릴라 토벌대는 미군정청의 명령으로 출동이 중지되어, 임무는 경찰서 등의 경찰소속 건물 경비로 국한되었고, 치안 책임은 전적으로 군이 맡게 되면서 경찰은 그 지휘하에 들어갔다.

　4·28협상이 실시되면 머지않아 진행될 제주도의 경찰 기구 해체가 그들에게 공포를 주었다. 쌍방의 합의 사항 안에는 3개월 후 게릴라 측의 무장해제도 들어 있었지만, 게릴라 측의 협상 체결의 네 가지 조건에는 제주도민에 의한 경찰 업무의 수행, 악질 테러 단체 및 서북청년회의 즉시 철거가 있었다.

　경찰은 권력을 되찾기 위한 기사회생의 대책이 필요했다. 게다가 화평협상의 실시에 따라 4·3사건 발생의 원인, '서북'과 경찰의 도민에 대한 테러, 살육 행위 등등의 죄상이 밝혀짐에 따라 일어날 책임을 두려워한 경찰은, 화평협상 그 자체를 파괴하고 경찰 측의 주장대로 '공산분자의 폭동'으로서 게릴라와의 교전을 재개시키는 것으로 토벌전을 이어갈 계략을 취했다. 그 계략은 우선 정체불명의 청년집단이 5월 1일, 성내 외곽 서남쪽의 O리 습격방화사건이 되어 나타났다.

　경찰은 하산한 자들에 대한 산의 폭도들의 보복이라고 공표했지만, 습격자들의 '북'쪽 사투리로 보아 '서북'의 소행인 것은 분명했다.

사태를 결정적인 파국으로 몰아넣은 것은 이틀 후인 5월 3일, 정전협정 성립으로 약 1백 명의 게릴라 측 하산자가 포로수용소로 향하던 도중에 습격당한 사건이었다. 게릴라가 미군정청 고문관인 미군병사 세 명과 국방경비대 병사 일곱 명에게 인솔되어 O리 부근까지 내려왔을 때 경관 복장을 한 무장대의 습격을 받았다.

게릴라의 일부는 사망, 나머지는 다시 산으로 도망가 버렸는데, 미군 병사들의 반격으로 습격한 다섯 명이 살해되고, 부상자를 미군정청으로 연행하여 심문한 결과, 제주경찰 소속의 고(高) 경위라는 것을 알게 되었다. 제주도 출신인 고 경위는 상처를 치료받은 뒤, '상부의 지시에 의해 폭도들에 대한 귀순 공작의 진행을 방해하라는 임무를 부여받은 특공대'임을 자백했다.

상부란 경찰서장과 경찰 토벌대장이 되는데, 제주 미군정청 장관의 호출을 받은 김(金) 경찰토벌대장은 끝까지 게릴라 측에 의한 위장경찰대의 기습이고, 미군정청과 경찰을 이간질하기 위한 허위공술이라고 부인했다. 그리고는 고 경위가 공산주의 사상에 물든 제주도 출신 경찰이라는 것, 그것이 이번 경찰대로 가장하여 기습 만행을 저질렀다고 고 경위의 자백을 인정하지 않고, 경찰에서 철저하게 심문하겠다며 고 경위의 신병을 강제로 인수하여 제주서로 돌아갔다. 그런데 다음날, 미군정청과 군 측이 고 경위에 대한 재 심문을 요구하자, 어젯밤 경찰서에서 취조 중에 감시의 틈을 타 자살했다는 기괴한 답이 돌아왔던 것이다.

결국 미군정청은 그간의 경위를 공표할 수 없어 그대로 묵과했지만, 중앙지에는 농민 참살, 불바다로 변한 O리 부락, 공비의 잔인한 동족 살해로 크게 보도되었다.

이 두 습격 사건으로 4·28정전화평협상은 결렬되고, 군 측의 배신책략이라고 받아들인 게릴라 측은(오해는 얼마 안 있어 풀렸지만 그때는 이미 늦었다) 전투를 개시, 사태는 경찰의 의도대로 진행되었다.

성내에 이리저리 퍼진 소문과 양준오로부터의 정보를 종합하여, 대략적인 진상에 접근해 있던 이방근이 4·28협상파괴에, 어쩌면……하고 정세용의 관여를 의심한 최초의 계기가 있었다. '서북' 함병호 지부장으로부터 정세용과 회식할 기회를 갖고 싶다는 부탁을 받았다. 그래서 이방근이 4·28 직후, 2, 3일 안에 그쪽 형편에 맞춰 자리를 한번 만들고 싶다고 정세용에게 전화를 했지만, 상대는 바빠서 시간을 낼 수가 없다고 하면서 함병호도 어려울 거라며 그쪽에서 회식 자리를 없었던 일로 했던 것이다.

경찰에 대한 게릴라 토벌 출동중지 명령으로, 경찰 내부의 혼란은 어느 정도 있었겠지만, 함병호와 두 사람이 하나같이 약속이나 한 것처럼 회식을 없던 일로 한 것은 납득되지 않았다. 상대가 기대하고 있겠다며 이쪽의 형편을 걱정하던 회식이었던 것이다.

게다가 5월 1일의 O리 습격 사건이 일어나기 전 2, 3일간, 정세용이 사찰계에 밤늦게까지 출입하고 있었던 것이 경찰 내부의 조직원에 의해 확인되었다. 경무계는 경찰의 총무부서이기에 전투출동 관계의 경비계와 대공, 대게릴라 등 '사상' 계통에서 '서북'과 직접 통하는 사찰계와는 직무상 직접적인 관계가 없었다.

그리고 양준오의 정보였는데, O리 습격 전날 낮에, 검찰국 구내의 경찰 관계자가 자주 이용하는 이발소에 나타난 정세용이, 그곳에서 만난 O리가 본가인 지인 검사에게, 내일 아침까지 가족들이 잠시 집을 비우는 게 좋겠다……고 귀띔하는 것을 이발사가 파악하고 있었다.

이방근은 정세용의 그러한 정보를 남몰래 탐색하려는 기회로, 함병호와의 술자리 교제를 이용하고 있었다. 아니, '서북'과의 교제가 지나치다고 백안시될 정도로 방종하게 술집을 돌아다니며 마시고 있었던 것은, 정세용의 움직임을 살피려는 커다란 목적이 있었기 때문이었다.

'서북' 중앙의 고영상 사무국장이 '높이 평가할 지기(知己)'로, 고액의 애국성금을 기부한 이방근을 '고도의 반공이론가'로서 경의를 표하고 있는 함병호는, 그를 좋은 술친구로 여기고 있었다. 사건으로부터 시간이 흘러 방심을 한 것인지, 함병호는 올 여름 무렵부터 술자리에서, 때때로 극비사항인 사건의 진상을 불쑥불쑥 누설하게 되었다. 이방근은 자칫 초조해지는 마음을 억누르며 느긋하게 함병호가 입을 열기를 기다리고 있었다. 그리고 지난 주 초 함병호가 술자리에서, 우연히 이야기가 '이 선생의 친척'이기도 한 정세용에게 미쳤는데, 5월 3일 그때, 미군정청에서 절충해서 신병을 인수한 날 밤에 경찰서에서 고 경위를 취조한 정황에 대한 내용을 발설했다. 그 자리에 정세용이 참여하고 있었다는 것이다. 처음으로 그 사실을 안 이방근은 내심 놀랐지만, 아무렇지 않은 듯 고개를 끄덕이며 이야기를 들었다.

……그때는 정 계장이 취조의 위기를 구한 것이나 마찬가지였소. 김 경찰 토벌대장이 제주 미군정청 장관 앞에서 횡설수설하며 고 경위는 공비에 가담해서 입산한 공산주의 사상의 소유자이며, 경찰대로 가장하고 습격 사건을 일으킨 것이라고 해 보았자, 증거도 없는데 통할 리가 없었지요. 실제로 지서장도 지내고, 제주경찰에 소속되어 있었으니까 말이오. 고 경위가 공산주의 사상의 소유자라는 걸 객관적으로 증명해야 하는데……. 머릿속에 감추어져 있는 것은 모르지 않소. 머리를 갈라 보아도 모르지요. 그때 정 계장이 고 경위가 용공분자라는 것을 구체적으로 증언했기 때문에 사태는 잘 풀려나갔소. 정 계장도 확고한 반공사상가로, 두뇌가 명석한 인물입니다.

정세용의 증언은 고 경위가 공산주의 사상의 소유자이며, 필시 남로당(남조선노동당)의 당원이다. 인민위원회에 드나들며 민주적, 진보적 경찰의 확립을 주장하고, 작년 3월 1일 3·1독립운동기념일 시위대 살상사건에 대한, 전도(全島) 관공서의 항의 총파업 때에도 동정적으로 행동했다. 또한 사복형사로서 지하에 잠입한 남로당 간부의 호위를 맡은 적도 있다. 4·3사건 뒤로는 경찰서 내의 세포원과 함께 입산하여 행방을 감추고 있었다……는 등의 내용이었다. 특히 형사가 일시적이라고는 해도 지하당 간부의 호위를 수행했다는 증언은 일방적이면서도 결정적인 것이었다. 그것을 들은 이방근은 구역질이 나는 느낌이었다.

이것은 그가 일제강점기에 친구를 '밀고'하여, 그 대가로 목포경찰 순사부장으로 임명되었다고 전해지는 수법과 비슷했다. 하지만 문제는 어떠한 사정이 있다 해도, 정세용이 고 경위에 대한 불리한 '증언'으로 그의 죽음에 힘을 보탰다는 사실이었다.

'서북'의 섬 밖으로의 철수를 포함한 4·28협상의 시행은 대다수가 본토 출신자인 도경찰을 실질적인 해체로 몰아넣는 것을 의미했고, 정세용으로서도 목이 날아갈지도 모르는 일이었다. 신사적인 경찰인 그는 나쁜 짓을 저지르지 않았다 해도, 과거의 친일 행위가 문제 되지 않으리란 법도 없는 것이다. 언어도단, 경찰관 개인으로서도 사활이 걸린 문제이고, 어떻게 해서라도 살아남기 위해서는 경찰의 현 체제를 유지하고 끝까지 지켜내야 했다. 그 결과, 그는 도 경찰국 경무계장으로 승격되었다.

이방근은 굳이 관심을 나타내는 기색을 보이지 않았지만, 이야기의 경위로 보아, 정세용은 이방근이 상상하고 있던 이상으로 음모에 깊이 관여하고 있었던 것이라 짐작했다.

……저도 그것이 5월 1일의 O리 방화사건에 이은 5월 3일이라서

잘 기억하고 있지만, 지금과 같은 내용의 얘기는 몰랐습니다. ……이 선생, 후훗, 내가 실언을 했나 보군……. 아니, 그 일은 걱정 없습니다. 이미 몇 개월 전의 지나간 일이고. 정세용 계장, 뭐, 세용 형이 되지만, 친척이자 애국경찰관이죠. 그때, 미군 장교인가 9연대에 붙잡힌 경찰관이 바로 지금 얘기했던 고 경위인데, 취조 중에 자살했다는 얘길 들었습니다만. 자살한 것입니까?

함병호는 그래, 그렇지, 자살했지요. 이방근에게 맞장구치듯이 대답했다. 어째서 자살한 것일까요? 으음, 자살하는 사람의 심리는 본인 밖에 모르는 것이겠지만, 정 계장의 증언에 본인은 아니라고 버티고 있었으니까, 증언 사실이 충격이었는지도 모르지요. 이방근은 고 경위가 자살이 아니라 타살이라고 짐작하고 있었지만, 거기까지는 말하지 않았다. 거기까지 파고들면 대답을 꾸며댈 것이다.

고 경위의 시체는 가족에게 넘겨졌다. 감시의 틈을 노려 우연히 책상 위에 나와 있던 권총을 탈취하여 다가오지 말라고 위협하면서 스스로 관자놀이에 총탄을 쏘았다는 것이 경찰의 설명이었다. 가족은 물론 아무도 믿지 않았지만, 총탄은 확실히 관자놀이에 박혀 있었다.

그렇다고 해도 용서할 수 없다. 제주도 출신자가 제주도를 망치는 길을 열었다. 친척……? 친척이기에 더욱 용서할 수 없는 기분이었다.

……정세용은 틀림없어. 협상 파괴에 적극 협조한 거야. 정세용을 어떻게 하면 좋을까? 동무는 어떻게 생각하나? 어떻게라면? 처분 말이네, 그는 새로운 민족반역자야. 처분? 어떻게? 처분의 대상에는 더 큰 거물이 있습니다. 그는 잔챙이에 불과하지요. 거물, 잔챙이의 문제가 아니야. 그자는 제주도 인간, 인간이란 무엇인가, 미 중앙군정청 경무부장인 조병옥 같은 자도 인간이라면 모두 그걸로 좋아, 인간이

좀 더 다른 가치를 갖는 존재라면, 인간이라는 이름을 사용하고 싶지 않을 정도야, 그는 내 친척이기도 하고, 외가 쪽이긴 하지만……. 언젠가, 양준오와 나눈 말이었다. 그 양준오도 지금 성내를 떠났다.

그렇다, 처분. 어떠한 처분이 있으며, 과연 그것이 가능할까……. R리는 계속 불타고 있었다. 어딘가에서 장작불을 지피고 있는 것이 아닌, 연기 냄새가 방 안으로 들어온다. 검고 작은 재의 꽃잎이 팔랑팔랑 날아들었다.

이방근은 지금 왜 이렇게까지 해서 정세용을 추궁하려고 하는 것인가. 조병옥을 능지처참에 처해야 마땅하다면, 정세용은 그 조병옥의 앞잡이 노릇을 한 자가 된다. 그 개인보다도 그 소행에 대한 분노와 증오. 아니, 결국은 정세용 개인이 되지만, 불쾌한 일이었다.

하지만 무엇을 위해서라고, 이방근은 생각했다. 무엇 때문에 지금 정세용을 추궁하려 드는 것인가. 무슨 의의가 있는가. 양준오에게 말한 처분이란. 살기가 느껴지는 처분. 무엇을 위해서……라기보다도, 어떤 행동이 앞선다. 의미 부여는 뒤로 돌리는 느낌이었다. 만약 섬이 이러한 상태가 되지 않았다면, 설령 그가 파괴 공작에 관여했다 하더라도 내버려 두었을 것이었다.

이방근은 정세용에게 꼭 만나고 싶다고 전화로 말하고서도, 섬의 정세가 상상외로 전개되는 가운데, 더욱이 경찰관을 상대로 어떠한 추궁이 가능할 것인지, 일말의 불안을 느꼈다. 소파 위에서 일어난 공상이 아닌가. 뭔가 두렵고 위험한 곳으로 발을 들이는 그런 느낌이 들어, 이방근은 무의식중에 허리를 폈다.

아니, 유달현……. 유다의 탄생. 이방근은 부글부글 마음이 끓어오르는 것을 느꼈다. 유달현은 왜 경찰서에서 나오지 않는 것인가. 유달현의 사문. 그의 배후인물, 정세용…….

어쨌든 아직 시간의 유예가 있다. 우선은 정세용과 나, 두 사람이 만나야 한다. 어떻게 그가 인정하지 않을 수 없는 객관적인 증거를 내밀 수 있을까. 할 이야기가, 만나고 싶다고 한 그 용건이 그것이라는 것을 알면, 순간 그는 일소(一笑)에 부치는 관용을 보이며 상대하지 않을 것이다. 꽉 다물어 버린 조개껍질을 억지로 여는 것은 불가능하다. 마치 바위를 바늘 끝으로 쑤시는 것에 불과하다. 그때는 도발을 해서 조개가 스스로 입을 벌리도록 하여 바닷물을 내뿜게 만들어야 한다.

이방근은 어느새 소파에서 책상다리를 하고 앉아 있는 자신을, 무릎 위에서 슬며시 깍지를 낀 양손을, 가만히 바라보고 있었다. 그리고 무심하게 탁자의 신문과 피어오르는 담배 연기와 재가 가득한 재떨이를 바라보았다. 난 왜 지금 여기 이렇게 앉아 있는 것일까. 왜 이런 꼴로 여기에 있는 것인가. 아니, 그렇게, 여기에 이러한 꼴로 있도록 돼 있는 것이다. 되어 있는 것이 먼저다.

방으로 들어오는 연기 냄새에는 익숙해졌지만, 의식을 하자 폐촌이 되어 타오르는 촌락의 검은 연기가 저편에 보였다.

응접실로 나온 이방근은 아버지에게 전화를 해서 정세용이 인사차 방문한다고 말하고, 다시 정세용에게 연락하여 모레 토요일 밤으로 약속 날짜를 정했다.

이방근은 시간을 가늠하여 서울의 문난설의 아파트로 전화를 신청했다. 문난설의 아파트에 전화가 들어간 이래, 이방근은 몇 번인가 전화를 했지만, 처음에는 그녀 쪽에서 가능한 한 전화를 하지 않도록 말해 두었다. 그것은 혼자 살고 있는 그녀와 달리, 갑자기 응접실로 전화가 걸려 왔을 때 아버지나 선옥이 전화를 받을 수도 있었고, 게다가 통화 중의 이야기가 응접실 밖 복도에까지 잘 들리기 때문이었다. 올 여름, 제주도를 찾아와 이방근의 집 구조를 알고 있는 문난설은 유감스러워하면서도 납득했다. ……선생님, 그 대신 선생님이 자주 전화를 하셔야 해요. 그래도 가끔은 난설이가 전화를 드릴 경우가 있을지도 모르겠어요.

그녀와 전화가 연결된 것은 여덟 시가 다 돼서였다. 그녀는 마침 귀가해 있었고 줄곧 만나고 싶다는 말을 되풀이했다. 이방근은 그녀의 그 목소리에 뭔가 지금까지 잊어버리고 있던 힘이 샘물처럼 몸에 스며들어 용솟음치는 걸 느끼며, 하순에는 꼭 서울에 갈 수 있을 것이라고 이야기했다. ……약속을 해 주셔야 해요. 약속해 주세요……. 아아, 약속하겠소…….

이방근은 문난설과 통화를 끝내고 나서 하숙집으로 돌아갔다.

다음 날 12일 정오를 지나 폭도들이 생포되었다. 관덕정 광장으로 모여라! 하며 메가폰을 입에 대고 외치는 민보단원들의 목소리가 읍내 뒷골목까지 울렸다.

구경하는 군중의 한 사람이었던 하숙집 안주인의 이야기에 의하면, 토벌대원에게 차이면서 관덕정의 돌계단 앞 단상에 선 몸집이 자그마한 남자를 본 기억이 있다고 생각했는데, 길게 자란 머리카락과 수염에 가려 곧바로 알아보지 못했지만 일본에서 귀환한 이웃집 아는 사람의 아들이었다고 했다.

자신이 저지른 죄상에 대해 큰 목소리로 고백하라고 명령을 받은 그 자그마한 몸집의 청년은 나는 대한민국의 신성한 국시를 위반한 반도입니다. 빨갱이입니다. 살인마입니다. 국민의 행복과 이익을 파괴하고……라며 목에 늘어뜨린 사각 판지에 먹으로 쓰인 '죄상'과 똑같은 틀에 박힌 문구를 말하고, 단상에서 끌려 내려와 다시 발길질을 당하면서 관덕정 주변 돌하르방 옆에 정렬해 있는, 판지를 목에 늘어뜨린 2, 30명의 게릴라 속으로 처박혔다.

마침내 게릴라들은 광장에서 동문길을 지나 다리를 건너, 산지대쪽의 마을로 이리저리 끌려다니다 트럭에 실렸다. 대장이었던 모양인 일본에서 귀환한 청년 혼자만 따로 떨어져, 양손을 묶인 채 트럭 뒤에 연결되었다. 처음에는 트럭과 함께 달렸지만, 트럭이 스피드를 올린 순간 거꾸러져, 자갈밭 도로를 가슴으로 치면서 흙먼지 속으로 멀리 사라졌다. 게릴라들은 옮겨진 비행장에서 총살당했지만, 청년은 가는 도중에 길 위에서 피투성이의 저민 살점이 되어 숨이 끊어졌다.

13일 밤 일곱 시를 지나, 정세용이 회색 양복에 넥타이를 매고 찾아왔다.

이방근은 단둘이 마주했을 때 어떻게 이야기를 꺼낼지, 아직 그 실마리를 잡지 못하고 있었다. 그렇다고 고 경위를 취조하는 자리에 세용 형님도 있었습니까? 라고 물을 수도 없었다. 설령 이야기를 꺼내도, 상대로부터 그 사실의 조각을 끌어내는 일은 그야말로 바늘 끝으로 바위를 쪼는 것과 같은 것으로, 거의 불가능했다. 상대의 가슴에 칼을 들이대는 그런 식으로, 두 사람이 대면하는 자리일 수는 없었다. 여기는 심문의 자리가 아닌 것이다. 두 사람만의, 이 세상과 동떨어진 그러한 장소가 아니다. 정세용의 집을 피했지만, 이곳도 결국은 마찬가지. 심문의 자리로 착각하려 한 것이다. 착각할 뻔했던 것이다. 서재로 자리를 옮기면 더는 지체하지 않고 이야기를 꺼내야 한다.

거실에서 이태수와 함께 식사를 마치고 나서, 두 사람은 서재로 자리를 옮겼다.

"커피를 드리지 못해 죄송합니다. 형님은 직접 탄 커피가 아니면 드시지 않으니까요."

"자넨 술을 마시게. 난 마시지 않아도 충분히 말 상대가 될 테니까,

신경 쓸 것 없네."

"지금 잠깐 술을 마시지 않는다고 해서 제 인생이 망가지는 것도
아니고……. 형님 앞에서 혼자 술잔을 기울이는 건 내키지 않습니다."

"인생이 망가진다……니 과장이 심하군."

이방근은 식사할 때 아버지의 술시중을 하며 가볍게 마셨지만, 지
금 탁자의 각자 앞에는 인삼차가 나와 있었다.

"이 방을 비워 두고 있다니. 아까운 일이야."

정세용은 담배를 피우며 말했다.

이방근은 이제 곧 피난민이 된 친척들이 올지도 모른다……고 말을
하려다가 멈췄다. 아버지가 그것을 싫어하셔서 말이죠. 결국 집을 빼
앗기지 않을까 생각하고 있습니다.

어떻게 할까, 이방근은 여전히 말이 막힌 채였다. 유달현 이야기를,
그 후 그는 어떻게 되었는지 말을 꺼낼까 생각했지만 이것도 그만두
었다. 담배의 니코틴이 침에 녹는 듯한 맛을 혀로 느끼면서, 머릿속에
서 급회전하는 여러 가지 생각들을 쫓고 있었다. 상대는 이미 뭔가를,
4·28에 관한 것이 아니더라도, 보통 일이 아니라는 것을 알아차리고
있는지도 모른다.

"그런데, 자네와 친한 친구였지 않나, 그 사람은. 도청의 양 군도
갑자기 사라진 것 같더군."

정세용은 자네 용건은 뭔가라고는 묻지 않았지만, 그것을 재촉이라
도 하듯 양준오의 이야기를 들고 나왔다. 그가 성내에서 사라지고 벌
써 열흘 이상 지난 것이었다.

"일본으로 밀항하는데 미리 광고하거나 하진 않겠죠. 누구나가 어
느 날 갑자기 사라지니까요."

"으-음. 자네에겐 갑작스러운 일이 아니었던 셈이군."

"물론입니다. 저도 일본으로 밀항하고 싶다고 생각할 정도입니다."

"여동생 유원과 함께 말인가?"

"유원? 알고 계셨습니까?"

"자네 아버님한테서 들었어."

정세용은 차를 마시며 양준오의 일은 그 이상 언급하지 않았다. 이방근은 마치 그것이 정세용의, 어떤 교환 조건처럼 여겨졌다. 일본으로 갔다고? 나는 그가 어디로 사라졌는지 알고 있다고 말할 듯한 여운을 남겼다.

이방근은 찻잔을 입술에 갖다 대듯이, 천천히 인삼차의 향을 음미하면서 입에 머금었다. 오늘 밤은 안 되겠다. 이야기를 꺼낼 수 없다고 생각했다. 그렇다면 언제? 시간이, 기회가 없다. 이제 와서 모든 것이 작위적이고 부자연스러운 느낌에 몸이 굳는다. 어째서 이렇게 상대할 때까지는 그 생각에 미치지 않았던 것인가. 꿈쩍도 않는 여원이 남자는 전신이 온통 대리석 벽이다.

찻잔을 탁자에 내려놓은 이방근은 무의식적으로 재떨이에 담뱃불을 조용히 끈 정세용의 단정한 미간 언저리를 가만히 응시했다. 한순간 살의를 담은 듯한 눈빛. 이방근은 분명히 그 자신의 눈을 되돌리듯 시선을 안으로 돌려 피했다. 거의 동시에 상대의 내치는 듯한 차가운 눈빛과 시선의 끝이 얽히는 것을 느꼈다.

"형님, 술을 한 잔 마셔도 괜찮겠습니까?"

오늘 밤은 여기까지. 이방근은 졌다고 생각했다.

"아까부터, 자넨 마셔도 된다고 했잖아."

"그런데 제가 전화를 해서 일부러 형님을 오시게 했습니다만, 특별히 이렇다 할 용건이 있는 건 아닙니다. 체포된 사람들의 석방에 힘을 써 주고 계십니다만, 경찰 당국의 생각이라든가, 제주도의 앞으로의 정세에 대해서도, 현직에 계신 형님의 말씀을 듣고 싶어서, 오늘 밤이 아니라도 상관없습니다만. 화제가 바뀌는데, 결혼을 할지도 모르겠습니다. 제가……."

이방근은 웃으며 말했지만, 문난설은 틈을 메우는 접착제인가, 아니면 구실인가.

감정을 밖으로 드러내지 않는 냉철한 정세용의 눈에 의심의 빛이 번뜩였다.

"결혼을 한다면 축하할 일이지만, 서울에 있는 여자와 말인가?"

"예, 아버지께서 말씀하셨습니까? 형님에겐 모든 얘기가 들어가는 군요. 서울에 있지만 서북 지방 출신의 여자입니다."

서북 지방 출신. 쓸데없는, 자신의 불안을 감추는 그런 사족이다.

소파에서 일어선 이방근은 미닫이를 열고 툇마루에 서서, 부엌 출입구에 모습을 드러낸 부엌이를 불렀다.

2, 3일 지난 저녁 무렵, 방으로 밥상을 치우러 온 하숙집 안주인이 작은 툇마루에 앉아, 군대에도 이런 사람이 있네요, 조금은 양심적인 사람일지도……라며 본토로 황급히 전근한 장교 한 사람에 관한 이야기를 해 주었다.

이웃에서 세 들어 살고 있던 젊은 국군 장교가 며칠 전인가 집에 돌아와서 저녁밥도 먹지 않고, 아내에게 술을 내오게 하고서는, 내일 제주를 떠나자, 이곳에 더는 있을 수가 없다……고 갑작스럽게 말을 꺼내 아내를 놀라게 했다. 오늘 비행장에서 많은 청년들에게 구덩이를 파게 하고 그곳에서 이들을 모두 살해했다. 죽이기 전에, 너희들은 사형이니까 하고 싶은 말을 전부 하라고 하자, 살려 달라고 목숨을 구걸하는 사람은 아무도 없었다. 그들은 인민공화국 만세를 외치며 죽어갔다. 사상은 서로 달라도 훌륭하다. 최근에 사형당하는 수가 점점 늘고 있다. 더 이상은 견딜 수 없다. 당장 제주도를 떠나자고, 며칠 전인가 아내에게 말했는데, 실제로 오늘 부부가 섬을 출발했다고 한다. 장교의 아내가 세를 준 안주인에게 작별 인사 겸 이야기를 한 것이었다.

그중에는 조금 양심적인 사람이 있는지도……. 이곳 안주인의 혼잣말. 그 젊은 군인 부부는 아직 아이가 없는 만큼 행복해했어요. 그래도 아직 양심적이고, 살인이 싫어서 섬에서 나가 버렸으니까 말이에요. 이 선생님, '서북' 놈들은 모두 홀몸이고, 제주 여자를 아내로 삼고 있어도 아직 자식이 없는 건가요. 만약 국민학생 정도의 아이라도 있다면, 자신들이 살인자 노릇을 하고 있는 것을 뭐라고 설명할까요……. 안주인이 깊은 한숨을 쉬었다.

어떨까. 그들은 자기 자식 앞에서 학살 행위는 하지 않겠지. 아니, 필요에 따라서는 죽인다, 돼지를 죽이듯이. 이것은 인간이 아니다, 돼지 이하의 빨갱이란 해충이다. 그들의 행위는 자식에 대한 설명이라든가, 설명을 촉구하는 양심을 넘어선 것, 상대를 파괴하는 사디즘이다. 자신의 충동을 유지하기 위해 더욱더 파괴로 나아가고, 폭력으로 지배하고, 상대를 절멸시키는 것이 쾌락, 쾌락은 도덕을 능가한다. 그들의 힘, 폭력은 강함에서 나오는 것이 아니다. '북'에서 쫓겨난 실향민인 '서북'들의 고립감, 증오, 무력감이 그들의 사디즘의 밑바닥에 똬리를 틀고 있는 것이다. '서북'들은 늘 공포에 노출된 채 '타향'에 산다. 길을 걸어도 반드시 몇 명의 집단을 이루는 것은 단지 방어만이 아닌, 고립감에서 오는 공포의 표출이고, 그들의 잔학, 파괴성에 명분을 주는 것이 반공정신, 멸공, 반공 십자군……이라는 것이다. 그리고 그 '북(서북)'과 '남(제주도)'이라는 상호 적대, 증오는 서울 정권의 주변지역에 대한 차별에 의해 이용당하고, 증폭되고 있는 것이리라.

다음 날 아침, 요의를 느끼고 눈을 뜨자, 안뜰과 접한 장지문에 새벽녘의 빛이 비쳐 엷은 쪽빛으로 물들어 있었다. 새들의 지저귐이 들려왔다.

어라……. 안뜰 너머 안채로 이어진 부엌 근처에서, 똑 똑……, 어렴풋이 소리가, 웬일인지 부엌의 덧문을 주먹으로 가볍게 두드리고 있는 듯한 소리가 났다. 이방근은 깜짝 놀라 이불 위로 일어나 바로 앉았다. 어찌 된 일인가. 날이 채 밝지 않은 이 시각에, 아직 통금시간인데 말이다. 똑 똑……. 이방근은 가슴이 고동치는 대로 일어나 방문으로 다가가 장지문을 살짝 당겨 틈을 만들었다.

어슴푸레한 바깥은 아침 안개가 끼어 있는 듯 시야가 자유롭지 못했지만, 부엌 옆의 돌담 그늘에 분명히 사람의 형체가 보였다. 작업복 차림이었는데, 머리 모양으로 봐서 아무래도 여자인 듯했다. 이방근은 움찔하여 반사적으로 장지문의 틈새에서 얼굴을 떼었다. 게릴라다! 여자 게릴라, 무슨 일인가.

똑 똑…….

부엌의 덧문 빗장이 열리는 소리가 삐걱거리고, 조심스럽게 덧문의 한쪽이 안에서 열리며 안주인인 듯한 얼굴이 내다보였다.

"누, 누구세요? 누가 있는 거예요?"

부엌의 처마 밑에 와 있던 그림자가 입술에 손가락을 세우고, 쉿ー하고 중얼거린다. 쉿ー.

"접니다. 영옥이."

"영옥이? 어디 사는, 아이고!"

덧문을 열고 뛰어나온 안주인이 여자의 그림자로 다가가서는, 다짜고짜 손을 잡고 부엌으로 끌어들였다.

"빨리. 아이고, 이건. 무슨 냄새야, 이런 냄새로 잘도. 아이고, 하느님."

덧문이 닫히고 안에서 빗장이 걸리는 소리가 났다.

어두워서 얼굴은 분명하지 않았지만, 여자 게릴라……. 하산, 어쨌
든 하산해 온 것이다. 영옥이……. 앗, 머리핀, 긴 머리카락이 휘감긴
한 올의 윤기 있는 머리핀은 앉은뱅이책상 서랍에 지금도 들어 있을
터였다. 머리핀의 여자. 전에 이 방에 살고 있던 여자.

2

여자는 분명히 영옥이라고 했다. 영옥이라면 이방근이 알고 있는
사람이었고, 이사한 뒤 곧 알게 된 일이지만, 이전에 이 방에 살고
있던 여자였다. 상당한 미인이었다.

이 새벽의 침입자는 어디로 들어온 것일까? 작은 널문이지만 골목으
로 나 있는 대문은 닫혀 있었고, 집 주변은 돌담으로 둘러싸여 있었다.
성벽이 아닌 돌담 정도라면 어떻게든 넘을 방법은 있다고 하더라도,
어둠 속에서 돌담이 무너져 내리기라도 한다면 어찌한단 말인가. 이전
에 살았던 집이기 때문에 머릿속으로 약도를 그릴 수는 있었겠지만.

이방근은 장지문 틈에 눈을 가져다 대고, 안개가 긴 듯한 어슴푸레
한 안뜰 너머로 안채와 이어진 부엌의 이미 닫힌 덧문 주위를 잠시
바라보고 있었다. 남포등의 불빛이 덧문의 엉성한 틈 사이로 희미하
게 흘러나오고 있었다.

만약 신영옥이라면 성내 지구 여성동맹 부위원장을 하고 있었는데,
언제부터인가 모습이 보이지 않게 되었지만, 아마도 게릴라의 일원이

었음에 틀림없었다. 무엇을 하러 하산해 온 것일까. 아이고, 이게 무슨 냄새야, 이런 냄새로 용케……. 어둠 속에서 당황한 안주인의 냄새에 대한 놀라움은 게릴라에 대한 것이었다. 여수 반란 직후의 초저녁, 하산해 온 남승지와 산지대에서 우연히 만났을 때의 그 냄새, 고약한 냄새는 평지의 주민이 아닌, 산사람의 것으로, 본인과 그들끼리는 알지 못한다. 여자의 경우는 더욱 심할지도 모른다.

작은 새들의 지저귐이 울려 퍼진다. 이방근의 방 초가지붕에도 한두 마리 날아와 아침을 찬미하는 소리가 시끄러울 정도로 들려왔다. 이방근은 눈에 보이지 않는 부엌 안의 움직임에 귀를 기울였다.

지금 장지문을 열고 밖으로 나가도, 저쪽에서 눈치 채지는 못할 것이다. 이방근은 안뜰에 고인 새벽안개에 숨어 부엌 옆으로 다가가 덧문 안의 모습을 엿보고 싶은 충동을 느꼈지만 참았다. 만약 틀림없는 영옥이고 여자 게릴라라면, 이것은 극비를 정탐하는 행위라서 밀고자의 행위로 연결된다. 이방근의 의도 여하에 상관없이, 들킨 쪽에서 본다면 그렇게 된다.

커다란 가마솥으로, 항아리에 담아 놓았던 물을 바가지로 몇 번이고 옮기는 소리가 들려왔다. 솥에 물을 부으면서 이미 불을 지핀 듯, 부엌 밖으로 연기가 새어 나오기 시작했다. 한쪽 덧문이 삐걱거리며 천천히 열리자 안주인이 주위를, 당연히 아무도 없는 자기 집 안뜰을 살폈다. 안마당 너머 대각선 쪽 이방근의 방으로 가만히 시선을 보낸 뒤 높은 문턱을 넘어 밖으로 나왔다. 반쯤 열린 덧문의 저편에 검은 가마솥이 늘어선 아궁이에서 연기를 토해 내고 있는 부뚜막이 보였지만 사람의 그림자는 없었다.

안주인이 부엌 밖의 벽 쪽에 쌓아 둔 장작, 장작이라고 해도 나뭇조각이나 고목, 오래된 재목을 잘라서 모아두거나 한 것들이지만, 그것을 가슴에 안고 출입구로 가져가자, 상의를 벗고 상반신에 메리야스 셔츠 한 장을 걸친 영옥이, 언뜻 본 적이 있는 이목구비가 반듯한 얼굴을 슬쩍 비치며 장작을 부엌 안으로 받아들였다. 두세 번 반복되었는데, 영옥은 마치 이방근의 시선을 느끼기라도 하는 듯 얼굴을 출입구로 드러내는 것을 피하고 있었다.

안주인이 부엌으로 돌아가자 다시 덧문이 닫히고 조심스럽게 안에서 빗장이 걸렸다.

장지문 틈에서 눈을 뗀 이방근은 한동안 그 자리에 우두커니 서 있었다. 가마솥으로 아침부터 물을 끓이는 것은 몸을 씻기 위해서일 것이다. 산 사람의 냄새가 이방근이 있는 곳까지는 도달하지 않았지만, 지금 부엌 가득히 냄새를 풍기고 있을 그녀의 냄새를 없애는 것이다.

이방근은 장지문에서 떨어져 벽 쪽 소파에 앉았다. 완전히 잠에서 깬 기분이었다. 새벽 햇살이 장지문을 통해 방의 공기를 희미하게 물들이기 시작하고 있었다.

아랫배가 약간 당기는 느낌이었지만, 소변은 참을 수 없는 것도 아니었다. 요강은 장지문 밖의 작은 툇마루 끝에 있어서, 이방근이 볼일을 보기 위해 요강을 방으로 들이려고 해도 일단 방 밖으로 나가야 했다.

그는 엉거주춤 일어나 베갯맡의 담배와 재떨이를 들고 소파 위로 자리를 옮겼다. 한 대 물고 불을 붙였다. 그녀는 무얼 하러 온 것일까. 식량과 돈의 조달일까. 그렇다고 해도, 이런 시기에 성내까지 온다는 것은 너무 대담했다. 어쩌면……. 바로 눈앞의 부엌 안에 본인이 있다 보니 그 실재감에 눌려, 그녀가 게릴라 대열로부터 도망쳐 왔다고는 생각하기 어려웠다.

부엌의 덧문을 여닫는 삐걱거리는 소리가 났다. 아직 탈의를 하고 목욕을 시작하지는 않았을 것이다. 몸을 씻고 난 뒤의 대야의 물은 얼마나 더러워질까. 질척질척한, 목욕물 자체가 냄새를 풍기는……. 일전에 남승지가 별채에서, 세숫대야로 가져다준 더운 물로 몸을 닦은 것만으로도 적잖이 더러웠는데, 그에 비할 바가 아닐 것이다. 아니, 상상하기 어렵다. 몸을 씻는 것인지, 더러움 그 자체를 씻는 것인지. 영옥이 몸을 씻는 것은, 이 방은 반년 가까이 비어 있었기에, 그녀가 그때쯤 성내를 떠났다고 해도, 충분히 반년은 된다. 음, 무슨 공작을 하러 온 것일까. 알몸이 되어 몸을 씻을 여유가……. 이럴 때, 토벌대원에게 습격당한다면……. 상상조차 두렵다.

머리핀, 그래, 머리핀이 하나 있을 것이다. 어딘가에 버린 기억이 없으니까, 서랍 구석에라도 있을 터였다.

이방근은 담배를 한 대를 태우고 소파에서 일어나, 다시 장지문 옆에 서서 안채 쪽의 기척을 살폈다.

안채의 한가운데 마루방 근처에서, 덧문 너머로 주인인 현기림과 안주인의 목소리가 났다. 현 씨는 부인이 깨운 것일까, 아니면 심상치 않은 분위기에 잠이 깨어 일어난 것일까. 얼마 안 있어 주인의 목소리가 사라졌다. 자기 방으로 돌아간 모양이었다.

이방근은 장지문을 아주 조금 열어 틈을 만들었다. 안채 전체가 아침안개를 뚫고 확실하게 안뜰 맞은편에 드러났다. 더욱 틈을 넓혔다. 덧문이 열릴 때는 빗장을 벗기는 소리가 삐걱거릴 것이다. 모든 덧문이 닫혀 있어 집은 잠에서 아직 깨지 않은 듯했지만, 부엌에서 연기가 올라가고 있었다. 섬사람은 아침이 빨라, 부엌이도 이미 일어나 있을 무렵이니까, 그렇게 염려할 정도의 일은 아닐 것이었다.

이방근은 앉은뱅이책상 앞에 앉아, 아직 아침 채광이 충분하지 않은 어슴푸레한 방 안에서 서랍을 연 뒤 손으로 머리핀을 더듬어 찾았다. 그는 검은 칠의 광택이 사라지지 않은 그것을 손끝으로 집어 밖으로 꺼냈다.

이 방으로 이사를 오고 얼마 안 된 아침, 안쪽 벽의 윗부분이 움푹 들어간 벽장 구석에, 딱딱한 벽지가 벗겨져 갈라진 틈에 마치 못처럼 머리핀이 걸려 있는 것을 발견했는데, 작은 경대라도 놓여 있었던 모양이다.

모르는 여자의 머리핀 하나에 이방근은 어쩐지 마음이 끌렸다. 촌스럽다면 촌스러운 일이지만, 당장에 쓰레기통에 버리지 않았던 것은 그 때문이고 장난기도 있었다. 그리고 곧 잊어버리고 있었다.

지금 손끝에 집은 이 머리핀은 아마도 게릴라 대원인 신영옥의 것일 게다. 이방근은 머리핀을 책상 옆의 쓰레기통에 버렸다.

언젠가 기회가 있으면(기회라니 언제를 말하는 것인가, 언제 이곳을 떠날지도 모르는 하루 이틀 사이를 말하는 건가. 그렇다면 얼굴을 마주할 리가 없지 않는가. 아니면 막연한 언젠가를 말하는가) 머리핀 이야기를 하자. 이 방의 이불장 벽 구석에서 머리핀 하나를 발견했는데, 그것은 혹시 영옥 동무의 것이냐……고 말한다면, 이야깃거리가 될까. 아니, 웃음거리가 될 것이다.

이방근은 쓰레기통을 들여다보고 머리핀을 주워 올리더니, 그것을 다시 한 번 두 손가락 안쪽으로 문지르듯이 하고선 원래대로 서랍 속에 집어넣었다.

시각은 여섯 시였다.

이방근은 다시 잠자리에 들었다. 가능하면 잠든 것으로 하자. 곧 영옥의 침입과는 관계없이 주인집 식구들이 일어나는 시간이니, 한숨 자고 나서 방 밖으로 나간다면, 안주인의 경계심을 자극하지 않고 지나갈 것이다.

지금 한창 목욕 중일 테지만 이방근은 빨리 끝내기를 바랐다. 머리핀 한 개로 한가한 생각을 하고 있던 이방근이지만, 게릴라가 미명에 혼자서 성내로 들어와 이전에 살았던 친척 집에서 몸을 씻고 있다니, 누가 상상할 수 있을까. 냄새는 몸뿐이 아니라, 그 옷에서도 나고 있을 터라서, 전부 다른 것으로 갈아입어야 할 것이었다. 그리고는 이 집의 어딘가에 몸을 숨긴다. 이방근의 집 헛간에서 밤낮으로 갇혀 있던 남승지처럼.

일하는 사람도 아닌 이방근의 일어나는 시간이 일정하지 않은 것은 하숙집 안주인이 잘 알고 있었다. 따라서 아침식사도 기상 후 대강 시간을 어림하여 방까지 가져다준다.

처음에는 방만이라면 몰라도, 식사가 제공되는 하숙은(특히 이방근과 같은 경우는) 힘들고 도저히 시중들기 어렵다고 거절하는 것을, 식사 등 일절 불평하지 않겠다는 조건으로 무리하게 부탁을 했던 사정이 있다.

이방근이 시간을 맞추어 함께 식사할 순 없지만, 자신이 외출 중이 아닌 한, 안채로 가서 식사를 하겠다는 것을 안주인은 일부러 독상에 식사를 차려서 방까지 가져왔다. 이것이 지금은 빈번해졌지만, 식사 등에 일절 불평을 하지 않는다는 조건이었는데도, 매번 식사에 신경을 써 주고 있어서 이방근은 감사하고 있었다.

그런데 이 하숙생은 이사하고 아직 2개월이 채 안 되지만, 자기 집에서 머물거나 서울로 여행을 가거나 해서, 하숙집에는 없을 때가 더 많았다. 그러나 이방근은 안주인이 사양하며 전액을 받으려 하지 않는 식사비를 포함한 하숙비를 월초에 건네고 있었다.

해방 후에 귀국한 현 씨는(그는 제주도에 고무 공장을 만들어 고무신 등의 독점 제조 판매를 생각한 모양이지만, 그것은 지금 이 땅에서는 공상에 불과하다는 것을 깨달았다고 했다), 곧 귀국할 예정인 아들 부부를 위해 두 칸짜리 별채가 있는 이 집을 손에 넣었다. 하지만 조국의 정세가 험악해지자 이곳으로는 오지 말라고 지시하고, 방은 원래 주인 대신에 언제부턴가 영옥이 사용하였고, 그녀가 떠난 지 반년 정도 만에 이방근을 들인 것이었다.

이방근은 귀찮다기보다는, 안주인으로서는 신경 쓰지 않을 수 없는 하숙인이었는데, 같은 지붕 아래에서 지내보니 여러 소문은 물론이거니와(본래 현 씨는 전부터 그를 '무뢰한'이라고 생각하지 않았다) 싹싹한 성품에 결코 까다로운 사람이 아님을 알고, 지금의 현 씨는 완전히 그에게 반해 있을 정도였다. 게다가 하숙비는 지금의 이 집 가계에도 약간 보탬도 될 것이었다.

현 씨는 고무 공장 경영의 경험을 바탕으로, 고무제품 협동조합의 반명예직 이사를 맡고 있었는데, 곧 물러날 생각이라고 했다. 그렇게 되면, 이제 와서 달리 이렇다 할 일거리가 있는 것도 아니다. 가능하면 아들과 딸 부부가 있는 일본으로 돌아가고 싶지만, 귀국했을 때 자금을 투자했던 약간의 부동산을 지금 시세로는 쉽게 처분할 수 없어 이러지도 저러지도 못하는 상태라고 했다. 아들은 지금도 재일조선인 조직 관계의 일을 하고 있고, 딸 부부는 조선요리점을 경영하고 있어 순조롭다고 하는데, 현 씨는 아들을 이쪽으로 부르지 않기를 잘했다. 일본에 남아 있어 다행이라며 복잡한 심경으로 거듭 말하곤 했다. 이런 말을 입에 담다니, 내가 고향과 조국을 잊은 인간이 되는 거 아닌지 몰라…….

열 시쯤에 밥상이 들어왔다. 대체로 점심을 겸한 그 시간이 되었다. 이방근이 집에서 하던 습관의 연장이라고 해도 좋았다. 그는 독상을 방 안으로 받아들였는데, 안주인은 짧게 인사를 나누는 정도로, 이상한 기색을 보이지 않고 물러갔다. 물론 이쪽이 영옥에 관한 일을 알고 있는 것은 아닐까 의심하는 듯한 기색도 없었다.

밥상에는 뚜껑 달린 사발에 약간 적게 담긴 보리가 섞인 밥, 직접 담근 된장으로 끓인 된장국, 갈치구이, 나물, 기름소금을 발라 불에 구운 김, 어리굴젓, 마늘장아찌, 김치 등이 올라와 있었다.

이방근은 책상 옆의 5홉들이 소주병을 꺼내어 찻잔에 반 정도 따라 단숨에 비웠다. 그리고 숟가락으로 물김치를 두세 번 떠서 입으로 가져갔다. 되도록 남기지 않고 먹는다.

찻잔으로 절반 남짓한 소주의 술기운이 서서히 몸 전체의 피부에 스며들고 있었다. 한 잔 더, 가볍게…… 하며, 5홉들이 병으로 손이 가려는 것을 참았다.

식사가 끝날 쯤에는 안주인이 숭늉을 가져다주는데, 때로는 잡담을 하고 밥상을 물렸다. 오늘도 여느 때처럼 숭늉이 왔지만, 안주인은 곧바로 안채로 돌아갔다.

이방근은 때로는 식사 후의 독상을 부엌까지 들고 가서 안주인을 미안하게 만들기도 했다. 오늘도 영옥이 찾아온 것을 몰랐다면, 아마도 밥상을 양손으로 들고 부엌으로 안뜰을 건너서 갔을 것이다. 장지문 바깥 툇마루에 내놓은 밥상을 얼마 안 있어 안주인이 가지고 갔다.

부엌의 덧문이 지금은 열려 있었지만, 영옥은 현기림과 대면하고 나서 이 집 어딘가에 몸을 숨기고 있을 것이다. 도대체 어찌 할 셈인가. 하산의 목적에 따라서 그것은 정해진다. 시시각각 발화점에 다가가는 시한폭탄을 안고 있는 것이나 다름없는 이 집의 상태를 바로 앞에서 지켜보며, 이방근이 무관심하게 있을 수는 없었다. 만약 발각된다면 이 집은 전멸한다. 그리고 재앙은 확대된다. 으흠……. 그는 5홉들이 병을 다시 끌어당겨 술 냄새가 밴 찻잔에 소주를 붓고서는 한 모금 머금은 뒤 삼켰다. 술은 목구멍을 태우고 식도를 시원하게 문지르며 위장에 이르렀다.

이럴 때는 평소와 다름없는 행동을 취해야 한다. 이방근이 식사하기 조금 전에, 어험…… 하고 안채 바깥에서, 아마도 툇마루 쪽 같았는데 현기림의 헛기침 소리를 들었다. 헛기침은 어떤 신호를 동반하는 경우가 많았다. 그는 안뜰의 지면을 구둣발로 천천히 밟으며, 쪽문이 없는 작은 대문의 널문을 열고 나갔다. 몇 걸음 떨어져서 함께 대문까지 따라온 안주인이 문의 빗장을 걸었다. 현기림은 출근하러 나간 모양이었다. 식사가 이방근의 방으로 온 것은 그로부터 얼마 지나지 않아서였다.

정오를 지나 잠시 후 외출하려던 참에, 안주인이 방 밖까지 와서 지금 잠시 시간을 내줄 수 있겠냐고 말을 걸어와서 소파에 누워 낮은 천장을 바라보고 있던 이방근을 깜짝 놀라게 했다. 영옥의 일이라고 직감했다.

그는 소파에서 일어나 장지문을 열었다.

"예−. 무슨 일이라도……."

"방근 선생님은, 외출하십니까?"

안주인은 이방근의 넥타이를 매지 않은 양복 차림을 보고 말했다.

이방근은 그렇기는 하지만, 아직 외출하기까지는 잠시 시간이 있다고 대답했다. 아침에는 볼 수 없었던 다소 굳은 기색의 표정을 풀지 못한 그녀는, 꼭 말씀드리고 싶은 일이 있다고 했다.

그는 안주인을 방으로 맞아들이고 장지문을 반쯤 닫았다.

저고리에 몸빼 차림의 안주인은 장판에 남자처럼 책상다리를 하고 이방근과 마주 앉았다.

"선생님, 제가 한 번 말씀드린 적이 있을 거예요. 전에 이 방에 제 친척인 영옥이가 살았던 적이 있다고. 그 아이는 제 사촌 오빠의 딸로, 선생님도 알고 계신 아이입니다."

"예-, 영옥, 신영옥 말씀이죠?"

"영옥이는 산부대(게릴라)입니다."

안주인은 목소리를 낮추고 말했다.

"산부대……?"

이방근은 조금은 놀라는 척했다. 곧 밝혀질 더욱 커다란 놀라움에 대비하여.

"방근 선생님, 사양 마시고 담배 피우세요."

"걱정 마시고 말씀을 계속해 주세요." 이방근은 상대의 말을 잇도록 했다. "그 산부대가 어떻게 됐다는 것입니까?"

"아이고-, 선생님." 안주인은 지금 처음으로 놀라움에 직면한 것처럼, 거의 장판을 두 주먹으로 칠 듯이 말했다. "그 아이가, 영옥이가, 아침 일찍 아직 날이 밝기도 전에 이곳에 왔습니다. 이런 일이 있다니요. 똑 똑…… 하고 문을 두드리는 소리가 나서, 저는 꿈속의 일이라고만 생각하고 있었는데, 정말로 누가 문을 두드리고 있었어요. 아이고, 저는 정말로 무서워져서, 왜냐하면, 대문도 닫혀 있고, 문단속은 분명히 했기에 이상해서, 전 어쩌면 선생님인가 하고 생각했습니다. 남편을 깨우고 나서 살그머니 소리가 나는 부엌으로 가 보았습니다. 그랬더니, 그것이 영옥이라니, 전 너무 기겁을 해서, 어쩌면 좋을지, 어쨌든 영옥이를 부엌 안으로 들이고……. 그것이, 그 아이의 몸에서 심한 냄새가 나서, 저 태어나서 처음으로, 그런 냄새를 지금까지 맡은 적이 없어요. 산부대는 냄새가 심하다고 듣긴 했지만, 아이고, 살아 있는 사람한테서 그런 냄새가 나는 걸까요. 용케도 그 냄새로 여기까지 올 수 있었다는 생각을 하고, 모습이 보이지 않아도 냄새만으로 있는 곳을 알 수 있는데, 정말로 운이 좋아서, 여기까지 다다른 것이지요. 바로 솥에 물을 끓여 몸을 씻겨 주었습니다. 아이고……."

이방근은 고개를 끄덕이며 매우 놀란 표정을 지어 상대를 납득시켰다. 그녀의 말투는, 이방근이 미명에 목격한 광경을 그대로 되살아나게 했다.

"큰일이군요."

"큰일이고말고요. 본인도 우리들도 어찌하면 좋을지 몰라 걱정하고 있는 참입니다. 아이고, 이런 일을 이 선생님께 말씀드리는 걸 꺼렸지만, 온 몸이 이(蝨)투성이라서……. 마루방에 내놓은 화장품 상자가 여기 저기 피투성이로 새빨갛게 되어 있어서, 갑자기 어찌 된 일인가 하고 깜짝 놀랐습니다만, 참빗으로 머리를 빗고, 거기에 걸린 이를 손톱으로 짓눌러 죽인 흔적이더군요. 셔츠도 모두 뜨거운 물에 담갔습니다. 이를 죽여 버리기 위해. 이가 토벌대였다면, 얼마나 기분이 상쾌할까요. 아이고, 무슨 고생이람. 자신의 고향 길을 마음대로 왔다 갔다 걸을 수 없다니……. R리에 이어 불이 놓인 인근 마을이 타오르는 연기가 오늘도 보입니다. 도대체, 전생에 무슨 나쁜 짓을 저질렀다고, 매일 하늘에서 불덩어리가 떨어져 내리는 그런 재앙이 계속되는지. 서둘러 집 마당에 묻어 두었던 보리랑 좁쌀을 가지러 돌아갈 수도 없어요. 어제도, 아랫마을로 피난 간 R리의 여자 세 명이, 굶어죽을 바에야 하면서, 마을의 타 버린 자신의 집터로 곡물을 가지러 갔다가, 토벌대에게 발각되어 살해당했다고 합니다. 아이고, 저는 토벌대가 이였다면 좋겠다고 했지만, 그 아이는 몸도 씻고, 머리도 감고, 지금은 완전히 몰라보게 변했습니다. 선생님도 알고 계신대로, 원래 예쁜 아이인 걸요……."

안주인은 신영옥이 왜 하산해 온 것인지 이야기하지 않았다.

"어째서 성내로 내려온 겁니까?"

"아이고, 그 말씀을 드려야지……. 확실히는 말하지 않는데, 산부대에서 떠나온 것 같습니다."

"음, 그렇습니까."

이방근은 깊게 고개를 끄덕였다. 산부대를 떠나왔다……. 게릴라 부대에서 이탈. 아침부터 그렇게 생각하기도 했지만, 사실이 그렇다면, 끝까지 순순히 그렇습니까, 라고 수긍할 수 없는 부분이 있었다. 게릴라들이 제주도에서 탈출할 계획을 진행하면서, 구체적으로 영옥의 '탈출' 사실을 눈앞에서 보자, 지금 당장 쌍수를 들고 그런가 하고 수긍할 수 없는, 자신을 느끼고 있었다. 그것은 어쩌면 양준오와 남승지를 탈출시키려고 생각하면서도 결국은 입산하는 그들을 전송하고 말았던 것에 연유된 것인지도 모른다. 게다가 양준오가 성내를 떠난 지 보름 정도 밖에 지나지 않았다. 그 사이에, 어디에서 어떻게 하고 있는지 전혀 소식이 없다. 그러나 그 일과 탈출 계획의 추진은 별개 문제로 해야 한다.

주전론이라기보다 게릴라 투쟁 계속론. 그것도 당연할 것이다. 이론이라기보다도 막다른 곳에 몰린 현실이 그러한 것이다. 그리고 '개 죽음'에서 게릴라들을 구출해야 한다는 것은, 거기에 이의를 제기하는 것이고, 패배주의, 투항주의가 된다. ……화평의 길이 막혀 있기 때문에, 그저 굴복하는 것이 아니라, 철저히 항전해 거기에서 최후의 살아남을 장소를 구해야 하는 것이 아닙니까. 그래서는 탈출과 도망이며 이방근 씨의 논리는 주객전도입니다. 게릴라 탈출 계획을 이야기했을 때 양준오의 반론이었는데, 그 말대로 그는 입산했다. 만약 남승지가 탈출 계획을 들었다면, 양준오 정도가 아니라, 이방근을 완전한 패배주의자, 반혁명적 배신행위자로 규정했을 것이다. '철저항전'이 어떠한 것이고, 최후에 살아남을 장소는 어디에 있는가. 생각했던 것보다 사태가 무서운 기세로 파국으로 치닫고 있는 지금, 패배주의자 운운보다도, 게릴라 자체의 패배가 현실화되고 있고, 게릴라 투쟁의 계속론, 아니 계속 불가능하게 될 것이다. 옛 일본군식의 극단적인 옥쇄(玉碎)를 해서는 안 된다. 그러나 그렇다면, 어떻게 할 것인가. 항복인가……. 그것도 있을 수 없는 일이었다.

"……그 아이는 예전에 자신이 묵었던 방은 어떻게 되었는지 물어서, 지금 거기에는 이방근 선생님이 계신다고 이야기했더니, 그 놀라는 모습이라니, 또 어째서 커다란 집이 있는 분이 하숙 따위를 하는지, 하고 쓸데없는 걱정을 합니다. 선생님을 만나 뵙고 싶어 하는 것 같은데, 산부대에서 떠나온 것과 관련이 있는 모양이고, 그래서 모처럼 같은 집에 있으니까 만나 뵈라고 말해 놓고 온 참입니다. 부디, 그 아이를 만나 주세요."

"내가 영옥 동무를 만나도 딱히 이렇다 할 좋은 방법이 있는 건 아니지만, 만약 영옥이 쪽에서 만나고 싶은 마음이 있다면, 전 만나고 싶습니다."

"우리는 아침에, 남편과도 상의를 했습니다만, 자수시킬까 어찌할까 생각하고 있는 중입니다……."

"자수……?"

이방근은 놀라서 되물었다. 의외였다.

"그렇습니다. 요 며칠 사이에 지난 달 말에 체포된 사람들이, 배로 목포의 형무소로 보내진다고 합니다. 그때 체포된 사람들은, 이상하게도 아무도 비행장의 사형장으론 가지 않고 끝나고 있는 것 같습니다. 형무소로 보내지게 되면, 바로 죽임을 당하거나 하지는 않는다고 하니까요. 그래서 산부대에 있던 사람도 지금 자수하면 포로수용소에 일단 수용되든가, 잠시 경찰서에 집어넣어 두었다가 목포형무소로 옮긴다는 얘기입니다. 비행장으로만 가지 않고 끝난다면, 어차피 나라와 정부에 반대해 왔으니 자수를 하고 바로 석방되진 않더라도, 그 정도의 정부의 벌은 받아도…….”

그 정도의 정부의 벌…….. 실제로 10·24 ‘선전포고’ 전단 살포 직후, 원래 용의사실이 없는데도 성내에서 일제 검거된 사람들 중에서는, 석방자들도 상당히 나오고 있다는데, 어찌 된 일인가. 직접 게릴라 활동을 하지 않았기 때문인지, 최근 목포형무소로 7, 80명이 이송되었다는 이야기가 나오고 있었다. 그렇게 된다면 설령 형식적이라 해도 재판을 기다리는 동안은 연명할 수 있다.

자수하는 것으로 과연 포로수용소에서 ‘귀순자’로 취급을 받고, 일정한 ‘세뇌’의 결과, ‘양민’으로서 석방되는 것인가. 사태가 일변하여, 모든 섬에서 살육이 진행되고 있는 상황에서는 어려운 일이 아닐까. 게다가 오균 수용소장은 이미 체포된 뒤이고, 그가 소장이었던 당시와는 전혀 달라서 귀순자에 대한 선별은 엄밀해지고 있었다.

다만 영옥의 경우는 자수, 즉 귀순자로서 체포된다면, 취조를 받고 목포형무소, 혹은 서울 마포형무소로 이송되어 재판을 기다리게 될 가능성은 있다.

안주인은 신촌리 이야기를 했는데, 어쩌면 어떤 정상참작을 기대하고 있는 것일까. 신촌리의 고 씨 부인은 남을 잘 보살펴 매사를 수습하는 일을 맡는, 마을에서도 인망이 두터운 노부인이었다. 그녀는 날이 갈수록 심해지는 토벌대의 탄압을 피하기 위해, 스스로 주도하여 산부대에 대한 협력 사실을 자수하여 밝히자고 결정하고, 수십 명의 마을 여자들과 함께 신촌리 경찰지서로 몰려갔다. 고 씨 부인이 대표로 자수할 일이 있어서 왔다고 하자, 놀란 지서 측은 여럿이서 무슨 자수인지 되물었다. 사실은 자신을 포함해서 지금까지 여자의 힘으로 산에 식량 등을 나르곤 해 왔다는 사실을 여기에서 자백하고 싶다,

그리고 이제까지 저지른 죄에 상응하는 벌을 받을 각오를 말하고, 나는 언제 보리를 몇 되, 나는 좁쌀을 몇 되, 고무신을 몇 켤레, 셔츠 등의 의복을……, 수건을……, 고구마를…… 하는 식으로 각자가 게릴라에게 보급한 사실을 밝혔다. 지서에서는 그들 물자 보급자의 명단을 만들도록 명했지만, 그러나 집단 자수는 성의 있는 애국적 행위로서 지서에서 처리, 불문에 부치기로 했다는 것이었다.

그러나 같은 조천면의 다른 마을에서는 민보단장에게 자수를 권유받고 하산한 마을 사람들이 결국은 처형되거나 육지의 형무소로 보내지거나 했다.

"자수하기로 정한 것입니까?"

이방근이 말했다.

"아니요, 정한 것은 아니지만, 오후에는 남편이 일찍 돌아올 것이니 다시 상의를 해서, 자수를 한다면 조금이라도 빨리 서두르는 편이 좋겠지요. 만약, 이곳에 있는 것이 발각되기라도 한다면, 자수할 생각이었다고 해도 통하지 않을 테니까요."

"이곳에 하산한 자가 있는 게 발각되면 큰일이 나겠지만, 자수하는 일에 일각을 다툴 필요는 없겠지요. 서둘러 출두하는 것은 본인과 관계자의 성의 표시는 되겠지만, 자수하기로 마음을 먹었다면, 시간은 대단한 게 아니라고 생각합니다. 물론, 결심이 선 이상은 빨리 경찰서에 출두하는 편이 좋겠지만, 어쨌든 지금은 영옥이가 이곳에 있다는 사실만은 남들에게 알려지지 않도록 해야겠지요."

"아이고, 그렇고말고요. 무섭고 소름이 끼치는 일입니다. 전 선생님을 믿고 있기 때문에 이렇게 털어놓고 말씀을 드렸지만, 이 마음을 어찌할 바를 몰라서……. 선생님은 자수하는 걸 어떻게 생각하십니까?"

"영옥 동무 자신은 어떻습니까?"

"자수할지, 안 할지, 양쪽을 생각하고 있습니다."

"양쪽이라고 하면?"

"밀항시킬까, 어찌할까. 어차피 이곳은 떠나야겠죠. 밀항을 한다면 육지(본토)로 갈 수도 없고, 멀리 바다를 건너서 일본으로 가는 것도 쉬운 일은 아닙니다. 산 입에 거미줄은 치지 않는다니까 어떻게든 되겠지만, 일본에 가서도 큰일입니다. 만일, 자수를 해서 어떻게든 된다면…… 하는 생각을 하기도 하고. 너무나 갑작스러운 일이었기 때문에, 그 아이가 몸을 씻거나, 옷을 갈아입는 것만으로도, 벌써 머리도 손도 벅차서, 천천히 생각할 여유 같은 건 없다 보니, 지금도 정말로 어찌해야 좋을지, 눈앞이 캄캄해서 마음이 진정되지 않아요. 선생님은 이제 외출하시지요?"

"예ㅡ, 지금 나가기 전에 잠시만이라도 만나고 가고 싶습니다. 전 오늘은 빠르면 저녁 무렵, 그렇지 않으면 밤에나 돌아올 것 같습니다. 만약 영옥 동무가 자수하게 된다면, 결심을 한 이상은 서두르는 편이 좋을 테니, 제가 돌아왔을 땐, 영옥 동무는 이미 이 집에는 없을지도 모르겠지만, 어쨌든, 지금 만나고 나가기로 하겠습니다."

"아이고, 자수시키는 것도 무서워요. 자수하면 이제 오늘로 사라져 버리니……."

안주인은 한쪽 눈자위를 손끝으로 살짝 누르면서 일어섰다. 영옥을 이쪽으로 데리고 올 생각인 듯하다.

"제가 안채로 가겠습니다."

이방근도 일어섰다. 집 주위가 돌담과 벽으로 둘러싸였다고는 해도, 돌담에는 틈이 있어 대낮에 영옥이 안뜰을 가로지르거나, 안채 밖으로 얼굴을 내밀기라도 해서 사람 눈에 띄면 좋지 않을 것이다.

"아이고, 고맙습니다."

"아주머니는 먼저 가셔서 제가 올 것이라고 전해 주십시오. 함께 가면 깜짝 놀랄 테니까, 전 조금 있다 가겠습니다."

이방근은 안주인을 보내고 잠깐 좌우로 장지문을 활짝 열고 소파에 앉은 뒤, 담뱃갑에서 담배를 한 대 꺼내 입에 물었다.

자수할 거라면 이왕이면 역시 서두르는 편이 좋을지도 모른다. 그렇게 되면, 지금 영옥과 얼굴을 마주하고 그걸로 끝이 된다. 이러한 상태로는 그녀와 천천히 이야기를 할 수 없다고 해도, 한 번 만나고 곧바로 경찰서행이라니 어이없는 이야기다. 가슴이 아팠다. 결정한 것은 아니라고 해도 자수를 생각했다는 것은 대단한 일임에 틀림없었다. 어째서인가. S리의 집단자수처럼 정상참작으로 불문에 붙여질 것이라고 생각한 것일까? 수용소로 넣어진 다음, 머지않아 석방, 귀향을 허가할지도……. 안주인이, 그 정도의 정부의 벌을 받아야 한다……고 말한 것은 어째서일까. 비행장으로 연행되어 그 자리에서 살해되지만 않으면, 어떻게 해서라도 살아남을 길을 찾겠다는 것인가.

영옥의 숙모인 안주인은 그 아이라고 부르고 있었는데, 벌써 26, 7세가 되었을 것이다. 한 번 결혼한 적이 있는 여자였다. 해방 직후의 좌익만능 시대에 이방근이 방탕한 타락분자라고 비난을 받고 있던 무렵, 영옥도 여성동맹조직 간부의 한 사람으로서 비판하는 쪽에 있었던 것은 사실이지만, 다른 사람들처럼 이러쿵저러쿵 이방근을 왈가왈부하는 일은 하지 않았다. 개인적으로는 호의를 가지고 있어 배척하는 것이 아닌, 이방근과 같은 사람이 자신들과 함께 혁명 진영에서 일을 해 준다면…… 하고 말했던, 그를 평가하는 이른바 '포섭파'였다.

그녀는 양준오보다 한두 살 아래였는데, 그가 미군정청의 통역이었던 무렵에는 당연한 일이지만, 미국의 앞잡이로 보고 백안시했다. 그녀는 제주읍 지구의 소속이었기 때문에, 입산한 양준오와 어쩌면 같은 그룹은 아니더라도 만났을지 모른다. 아니다, 일본에 간 것으로 돼 있는 양준오에 대해서, 자수할지도 모르는 그녀에게 물을 수는 없었다. 그러나 시간이 있다면 넌지시 물어보고 싶었다.

자수, 지금 잠시 시간을 들여 생각해야 하지 않을까. 실제로 자수한다면, 하루를 걸러 내일 아침이라도 결코 늦지는 않다. 그녀는 게릴라 그룹에서 이탈, 이른바 도망쳐 온 것이다. 그리고 자수를 하려 한다. 적에 대한 분명한 항복이다. 자수를 하면 당연하게도, 혹독한 취조, 정보의 제공, 자백도 필요하다. 같은 도망이라면, 항복을 피해서, 다시 적으로부터 도망치는 게 좋지 않을까. 밀항…….

이방근은 소파에서 일어났다.

그는 책상 서랍에서 봉투를 한 장 꺼내 거기에 약간의 돈을 넣고 상의 주머니에 찔러 넣었다. 전별금이었다. 자수한다는 사람에게 보내는 전별금. 어쨌든 작별의, 아직 만나지도 않았지만, 작별의 전별금이다. 어쩌면 영옥과는 박명 속에서 순간 환영과 같은 모습을 확인했을 뿐, 다시 만날 수 없게 될지도 모른다.

시각은 한 시. 집에서 만나기로 약속한 한대용은 두 시까지는 오겠지만, 그 전에 서울로 전화를 신청해야 한다.

안뜰을 건너서 안채로 간 이방근은 한가운데로 반쯤 열린 덧문을 앞으로 당겨 안으로 들어갔다. 왼쪽이 안뜰 쪽으로 나 있는 현기림의 거처였고, 그 안쪽 옆이 고방이었는데, 안주인이 창고 문을 열고 작게 말을 걸었다.

낮에도 어두운 고방 안에서 늘씬한 영옥이 거의 방심한 듯한 표정을 꼭 다문 입술로 다잡고 나오더니, 눈앞에 서 있는 커다란 몸집의 이방근에게 허리를 굽혀서 인사를 했다.

"아이고, 영옥 동무로군, 고생했소, 대단히 고생이 많았소."

이방근이 오른손을 내밀자 영옥은 두 손으로 이방근의 크고 부드러운 손을 잡았다. 산 사람 특유의 냄새는 사라지고 희미하게 크림, 그리고 머리칼의 동백기름 냄새가 이방근의 코에 닿았지만, 그 양손의 감촉은 꺼칠꺼칠하고 메마른 느낌이었다. 그러나 눈앞의 그녀가 오늘 아침까지 산부대의 일원이었다고는 아무도 상상할 수 없었다.

"오랜만입니다. 선생님이 이곳에 계신다는 말을 듣고 뵙고 싶었습니다."

머리를 감은 뒤의 윤기 있는 머리카락을 뒤로 바짝 묶고, 숙모의 것인지 소매가 긴 카디건, 그리고 미군용 방출물인지 카키색 바지를 입고 있었다.

쌍꺼풀이 진 큰 눈, 콧등이 좀 들어가고 양 끝이 다소 옆으로 벌어진, 어딘가 동남아시아계와 닮은 용모로, 새삼 북방, 몽골계와는 조금 다른 인상의 얼굴을 떠올리며 이방근은 그녀를 보았다. 그러고 보니 그녀의 아버지와 안주인이 사촌이라고 하니 어쩐지 닮은 것도 같았다. 수면 부족 때문인지, 눈이 충혈되고, 광대뼈의 살이 빠져 초췌한 그림자가 어려 있었지만, 그 음영 있는 얼굴의 느낌이 좋았다. 어떤 상념이 머리를 관통한다. 일단 자수를 하면 취조라는 명목으로 '서북' 놈들의 폭력의 먹이가 될지도 모를 일이다. 그것만으로도 속이 뒤틀리는 듯한 생리적인 거부반응이 일었다.

안주인이 고방의 마루를 사이에 두고 맞은편 장지문을 열어 둔 자신의 방으로 두 사람을 들였다.

영옥은 바지 차림이었지만 치마를 입었을 때처럼 한쪽 무릎을 세우고 앉아 두 손을 무릎에 얹었다.

"방근 선생님은 이제 외출하신다고 숙모님께 들었는데…….."

"그래…….. 그렇지. 음, 오랜만에 만났는데, 서로 만날 입장도 아니었고, 모처럼 만났는데⋯⋯. 유감스럽지만, 난 오늘 귀가가 늦을지도 모르니, 이것으로 마지막이 될지도 모르겠군."

"이것으로 마지막⋯⋯이라고 하시면?"

영옥은 이방근에게서 시선을 떼고 옆의 숙모의 얼굴을 보았다.

"자수한다고 하는 것 같던데⋯⋯."

"⋯⋯" 그녀는 말없이 고개를 가로저었다. "아직 정해진 건 아닙니다."

"지금 결심이 섰다면 서두르는 편이 좋겠지만, 내 생각으로는 하루 정도 늦춰서 내일 오전 중이라도 상관없지 않을까 싶은데. 내일은 일요일도 아니고, 일요일이라고 해도 자수에는 관계가 없으니까. 만약 오늘이라도 자수를 해 버렸을 경우에는, 난 핫하아, 더 이상 영옥 동무와 만날 수 없을 것이라는 거지. 이것으로 마지막이라고 한 것은."

"그렇습니다. 이 아이가 말한 대로 아직 정해진 것은 아닙니다."

안주인이 말했다.

"어찌해야 좋을지 모르겠습니다만, 산에서 내려온 자가 여기에 가만히 있을 수도 없고, 그래서 자수를 생각했습니다. 멀리 일본으로 갈까도 생각했습니다만, 저는 간 적도 없고, 일본은 외국입니다. 그것도 해방 전까지는 저를 같은 일본인이라고 해서 식민지 지배를 했던 나라입니다. ⋯⋯자수를 하고 금방 쉽게 석방될 거라고는 생각하지 않습니다. 숙모님도 말씀하셨듯이, 정부에 반대하여 싸워 왔기 때문에 어떤 조치가 있을 것은 각오하고 있습니다. 그 정도의 벌을 받는 것은 당연한 일⋯⋯, 설령 석방되어도 저는 그대로 이 땅에 머물 생각도 없고, 있을 수도 없습니다."

"으-흠⋯⋯." 이 땅에 머물 생각도 없고, 있을 수도 없다⋯⋯. 왜일까? 이것은 유달현이 석방된 뒤에 아마도 그렇게 할 것으로 보이는 거취 방식과 생각이 통하는 것이 아닐까. 그렇다면 무엇 때문에 자수를 하는 것인가. 달리 방법이 없다. 이곳에 가만히 있을 수는 없기 때문인가? "지금 여기에서 느긋하게 얘기를 하고 있을 때가 아니지만, 영옥 동무는 어째서 자수를 생각하는 건가⋯⋯?"

"그렇게 물으시면, 잘 모르겠다기보다, 확실한 기준이 있어서는 아닙니다. 그 길 밖에는 달리 없다는 생각이 들어서⋯⋯."

"그 길 밖에는 달리 없다는 생각이 든다?"

"⋯⋯그편이 마음이 편해질 것 같습니다."

"마음이 편하다? 마음이 편해지다니, 어쩐지 이상한 표현을 하는군. 자수를 해서 마음이 편해진다는 건, 어지간히 중대한, 살인이라든가 하는 죄를 저지르고, 음, 이 섬에선 살인 따위라는 말은 없는 것과 마찬가지지만 말야, 자수에는 이른바 속죄의 마음이 있는 게 아닐까. 그렇지 않다면, 영옥 동무는 아까도 잠깐 얘기가 나왔지만, 정부에 대해서 중대한 죄를 저질러 왔다는 것인가?"

"아니요, 그런 생각은 조금도 없습니다."

"⋯⋯"

"영옥아, 너 자수하고 나서, 경찰서에서 그런 말을 입에 담아선 안 돼."
안주인이 정색을 하고 말했다.

"만약 자수를 한다면 어린애가 아니니 그런 말은 할 리가 없겠지요. 아직 자수하기 전이라 자유롭게 말할 수 있는 겁니다, 여기서는⋯⋯."
이방근은 웃으며 말을 계속했다. "웃다니, 저도 조심성이 없군요. ⋯⋯그러면, 어째서 영옥 동무는 그 정도의 상응하는 벌을 받을 각오가 돼 있다는 등의 말을 하는 것일까."

"그것은 숙모님이 말씀하셨지만, 자수를 하게 되면 경찰 측의 지배하에 들어가고, 당연히 '법률'로 처리될 것이기 때문입니다."

"으ㅡ음⋯⋯." 이방근은 고개를 끄덕이고 말을 중단했다. 영옥의 생각은 복잡한 듯했다. 자수의 동기를 액면 그대로 받아들일 수는 없었다. 마음이 편해진다는 것은 무슨 말일까. 이상한 일이다. 고방에서 나왔을 때 그녀의 첫인상이, 어딘가 허공을 바라보는 듯 멍한 상태였지만, 이 방에서 그녀가 이야기한 자수의 내용과 동기라는 것은 될 대로 되라는 식이고 타율적이었다. "으―음, 영옥 동무는 사실은 자수를 하고 싶지 않은 것이로군."

"……" 영옥은 그렇다고도 그렇지 않다고도 명확하게 대답하지 않았다. "아까도 말씀드린 것처럼, 하산해 온 자가 이렇게 가만히 있을 수는 없고, 일을 서두르지 않으면……."

"다만 자수를 하면 귀순자로서, 귀순 공작의 대상자로서 취급받아 석방될 것이라는 기대가 있어야 하는 거 아닌가. 그렇잖아. 석방된다는 교환 조건이 뚜렷하다면 자수할 이유는 확실하지만, 마음이 편해진다느니 하는 것은 다른 이유가 있는 게 아닐까?"

"다른 이유라면……?"

그녀는 뭔가 짚이는 바를 찾으려는 듯, 충혈기가 있는 눈으로 무심하게 이방근을 향해 말했다. 그녀는 아직 자신의 마음속 움직임을 깨닫지 못하고 있는 것은 아닐까.

"마음이 편해진다는 원인은 자수하기 때문이 아니라고 생각해요. 경찰과는 관계가 없는 일일 텐데. 어쨌든 내가 이러쿵저러쿵 주제넘게 나설 일은 아니지만……."

"왜 그런 말씀을……."

영옥이가 말하고, 안주인이 이 선생님, 제가 일부러 부탁한 일입니다……라며 계속했다.

"아직 정해진 것이 아니니, 내일 아침까지 자수하는 걸 미루어 보는 것은 어떨까요. 현 선생님, 즉 숙부님과도 다시 상의해서 정해도 늦지 않을 거라고 생각하는데요. 저도 좀 더 이 일을 생각해 보겠습니다."

자수에 속죄 의식이 작용하고 있다면, 그것은 정부에 반대했던 '죄과'에 대한 것이 아니라, 게릴라 동료에 대한 것이 아닐까. 아무 말도 하지 않지만, 게릴라 대열에서 이탈, 도망한 자책이고, 그 엉뚱한 곳으로 발을 들이려는 것은 자학적이기까지 하여, 주객전도, 일종의 반대급부 같은 것이다. 좋아하는 남자와 함께할 수 없어서 다른 남자에게 몸을 맡기는 방식과 같은 것이 아닐까. 그러나 이방근은 이 자리에서 게릴라라든가 산부대라고 지명하여 입에 올리는 것을 피했다.

안주인과 영옥 두 사람은 현기림과 상의를 해서, 설령 자수를 하더라도 내일로 미루고 싶다, 그리고 저녁 무렵에라도 이방근이 돌아오기를 기다리고 싶다고 했다.

"선생님, 이제 이것으로 마지막은 아닙니다."

"내가 오늘 밤 이곳으로 돌아오지 않는다면, 이것으로 마지막이 되고 말겠군."

"선생님은 자유로운 사람입니다."

"으응? 그럴까요. 자유롭지 못한 사람에게 그런 말을 듣는 건 괴롭소······."

이 자리가 아니었다면, 웃으면서 '반동분자'가 아니었던가······ 하고 말할 참이었지만, 이방근은 입 속에서 중얼거리고 웃었을 뿐이었다.

그는 자리에서 일어나 안뜰로 나온 뒤, 뭔가 잊어버렸다고 느꼈는데, 깨닫고 보니 상의 주머니 안에 반으로 접은 전별금 봉투가 들어 있었다. 상관없겠지, 이것은 잊어버리길 잘한 일이다. 잊었다기보다 지금은 필요하지 않다고 생각하는 사이에 잊어버렸을 것이다.

이방근은 자신도 좀 더 생각해 보겠다며 자수해야 할지 말아야 할지, 함께 생각해 보기로 하고 나왔지만, 내심 자수해서는 안 된다고 생각하고 있었다. 만일 곧 석방되어도 이곳에 살 의사가 없다고 한다면, 무엇을 위한 자수인가. '양민'으로서의 신분보증을 얻고 본토에라도 옮겨 가 살 작정인가. 결코 석방은 있을 수 없는 일이다. 게릴라의 귀 베기 그리고 머리 자르기로는 부족해서, 보상금을 노리고 소개부락 마을 사람의 머리를 잘라서 눈속임을 하고 있는 판에, 자수라는 건 자포자기의 냄새조차 난다. 현기림에게 일단 자수를 시키고 나서 구출할 어떤 수단, 그리고 인맥이라도 있다는 말인가. 남의 일이면서도, 남의 일이 아닌 것, 이렇게 되면 공연한 참견을 할 생각은 털끝만큼도 없지만, 자수에는 반대하지 않을 수 없다.

집에 도착하자 두 시였지만, 한대용은 아직 오지 않았다.

응접실로 올라가 서울의 건수 숙부 집으로 전화를 신청하고 교환수에게 소요 시간을 물어보니 여느 때처럼 두세 시간은 걸릴 것이라고 한다. 한대용은 저녁 무렵의 마지막 버스를 타고 돌아가야 하는데, 그때까지는 서울과 통화를 하여 3, 4일 후로 다가온 유원의 출발에 대한 상의를 하는 것이 좋을 것이다.

아버지가 몇 시쯤 돌아올까. 한대용과의 이야기 결과에 따라, 아버지가 딸과 만나기 위해 부산으로 갈 수 있을지 어떨지도 의논해야 한다. 아버지와의 이야기가 늦어지면, 이내 아홉 시부터인 '통금' 시간대로 접어든다. 그러면 그야말로 오늘 밤은 하숙집으로 돌아가지 못하고, 영옥이 말한 이제 이것으로 마지막은 아니라고 한 말을 어기게 될 것이다. 어쨌든, 하숙집에는 저녁식사 준비는 하지 말도록 예고하고 왔다. ……선생님은 자유로운 분입니다.

한대용이 모습을 드러냈다.

춘추복인 회색 코트, 감색 양복에 감색 계통의 물방울 무늬가 들어간 넥타이로 제법 신사 풍이었다. 그는 어디에서 배워 왔는지, 최근에는 파이프에 살담배를 채워 피우기 시작했다. 파이프와 향이 강한 살담배 전용봉지를 호주머니에 넣고 다녔다.

그는 게릴라 측으로의 입산을 이룰 수 없었지만, 창이형무소에서 올해 초에 기적처럼 고향으로 생환한 경력을 경찰이나 토벌대에서 높게 사고 있어서, 그들과 사업을 하는 데에 크게 도움이 되었다. BC급이긴 하지만 남방 싱가포르의 형무소에서 생사를 걸고 빠져나온 일은, 민족반역자는커녕, 멧돼지처럼 뻣뻣한 털로 뒤덮인 머리, 새까맣게 그을린 괴이한 풍모에다, 권총의 명수라고 해서 일종의 영웅시되기도 했다. 게다가 시원스러운 성미로 그들 앞에서 제법 야단스럽게 행동했다. 한림의 토벌대 간부나 경찰지서장들과 어울릴 때, 영국의 던힐 제품이라고 하는 예의 구부러진 커다란 담배통에 살담배를 손가락으로 천천히 쟁여 넣고는 불을 붙여 태우는 모습이 제법 그럴싸할 것이라고 이방근은 상상했다. 일본에서 입수한 것이었다. 두터운 입술 사이에 손에 든 파이프를 물고 뻐끔뻐끔 연기를 내뿜으면서, 사람을 부라리듯 응시하는 모습에 관록이 배어 있었다. 그의 경우는 일본과의 밀수를 시작하고 나서부터 '멋쟁이'가 된 것 같았다.

서울과 통화가 될 때까지는 시간이 충분히 있었지만, 부엌이가 외출 중이었기에 이방근은 서재가 아닌 전화가 있는 응접실로 한대용을 들였다.

코트를 벗은 한대용은 이방근과 마주 한 소파에 앉자, 천천히 상의 주머니에서 파이프와 살담배가 들어 있는 헝겊주머니를 꺼내더니, 작은 의식이라도 시작하듯이 손가락으로 살담배를 집어 파이프에 채워 넣었다. 어느새 경지에 이른 것처럼, 처음에는 이방근의 앞에서 삼가는 기색이었지만, 지금은 익숙해져서인지 지극히 담담하게 행동하고 있었다.

그는 얼른, 나흘 뒤로 다가온 20일 토요일 밤, 일단 한림에서 배를 출발시키기로 정해졌다는 말을 꺼냈다.

"……일단이라는 것은 내일 밤에도 전(全) 중대장과 만나 이야기를 분명히 해 둘 생각이지만, 한림에서도 주둔 중대의 군인과 경찰지서 경찰들의 사이가 좋지 않아 서로 반목하고 있어서 말입니다. 어느 쪽이나 똑같은 놈들이지만, 경찰 쪽이 더 질이 나쁩니다. 배를 출발시킬 때 토벌대의 움직임이 겉으로 드러나면 경찰이 방해하고 반격에 나설 가능성이 있습니다."

군대의 엄호하에 배를 한림에서 '합법적'으로 안전하게 출발시킨다는 한대용의 공작은 성공하고 있는 듯했다. 그 때문에 몇 번이나 주둔 토벌대의 중대장이나 그 부하인 소대장들과 여자가 시중드는 주연을 베풀어, 그들과의 교제로 상당히 친해진 모양이었다. 본인 스스로, 나의 신망으로 말할 것 같으면 대단한 것……이라고 하듯이 신뢰까지 쟁취하고 있는 듯했다. 경찰에도 같은 일을 하고 있었다. 이방근은 마치 이것은 나의 '서북'과의 교제를 흉내 내고 있는 것이 아닌가, 아니 그 이상일 것이라고 생각했다. 파이프를 물고서 말이다…….

그는 또한 주연과 금일봉뿐만 아니라, 일본에서 돌아오는 길에는 고급 견직물을 선물로 가지고 올 테니까, 라며 커다란 '미끼'도 잊지 않고 있었다. 어쨌든 머지않아 제주도에 평화가 찾아오고, 당신들은 육지로 개선하게 될 테니까, 그때는 선물이 필요하게 될 것이다. 일본의 교토 등은 고급 면직물의 생산지인데, 거기에서 견직물을 가져다주기로 하지요……라는 식으로.

"20일의 한림 출발은 확실한가?"

이방근이 말했다.

"예─, 아마도 내일 밤 최종적으로 정해지겠지만, 그리 될 거라고 생각합니다. 그리고 일전에 말씀드렸듯이, 마을 청년들이 30명 정도 함께 승선하게 될 것입니다. 사람 수는 늘어날지도 모르지만, 당일까지 조정하겠습니다."

"음, 그렇다면 마을에서 탈출하는 자들도 들어 있겠지. 결국은 모두가 탈출하는 사람들이지만, 그것은 대용 동무가 판단해서 하면 되네. 몇 사람인가는 일본으로 가지 않고, 부산에서 하선, 상륙한다는 말도 있던데……."

"그런 자도 몇 명인가 나올 거라고 생각합니다."

마을 청년들이라는 것은, 게릴라와의 연락책이나 협력을 하면서도 이 시기에 진퇴유곡에 빠진 것처럼 입산에의 결심은 서지 않고, 이대로는 경찰의 추적에서 벗어날 수 없는 자, 그리고 동란의 고향을 버리고 섬을 떠나려고 하는 밀항자들로, 각자의 형편에 맞춰 뱃삯을 받는다는 것이었다. 일본까지 대략의 '시세'는 5만 원에서 10만 원. 산에서 하산한 자, 도망자는 없다고 했다. 어쨌든 게릴라들을 섬 밖으로 탈출시키고 싶다는 이방근의 생각에, 선주들의 보스 송래운과 마찬가지로 공감하고 있는 한대용에게는, 이들 밀항자를 나르는 것이 운임을 받는 '장사'이긴 해도, 무임으로라도 나르게 될 장래에 대비한 일이었다.

"토벌대가 묵인한다고 해도, 경찰이 냄새를 맡는다면 가만히 둘 리가 없겠지?"

"그 점입니다. 어쨌든 내일 밤에는 결론이 나오겠지만, 문제는 지서장도 묵인하고 싶다는 의향이면서도, 언제나 견원지간인 토벌대와의 충돌이 일어나고 있어서 말입니다. 장비는 경찰 쪽이 훨씬 좋지만, 대토벌전의 개시로 토벌대의 통제하에 들어간 것이나 마찬가지라서 말입니다. 한림의 경우, 이번에는 경찰도 모른 체한다면 잘 해결이 되겠지만, 어쨌든 토벌대가 강하니까 20명이 채 안 되는 경찰로서는 어찌 할 수 없을 겁니다."

"그러니까, 토벌대와 경찰이 이 일로 충돌하면 위험하다는 거지. 지서장도 묵인하는 방향으로, 토벌대와 보조를 맞추는 방향으로 가지 않으면 어려울 거야."

"어쨌든 연료와 식량의 적재 작업 등, 전면적으로 토벌대의 협력을 얻게 된 것은 사실입니다. 모레 오전 중에 우체국에서 이쪽으로 전화를 하고 오겠습니다."

부엌이가 돌아온 모양이었다.

"아까, 서울로 전화를 신청해 놓았네. 20일 출항, 부산 도착은 다음 날 21일 저녁 무렵부터 밤사이가 되겠군. 22일에는 부산을 떠나게 되겠지. 그리고 아직 확실하게 정해진 것은 아니지만, 성내에서 또 한 사람 승선하게 될지도 모르네. 이것도 내일 안에 정해질 거야."

"누굽니까?"

"누구……? 음, 하산한 게릴라야, 여자이고……."

"산부대, 여자……?"

"그렇다네. 내일 정해진 뒤에 얘기하자구. 결정되면 한림까지 내가 함께 데리고 가게 될 거야."

부엌까지 온 부엌이가 인사하러 응접실에 얼굴을 내밀었다.

3

이방근은 한대용이 돌아간 뒤 연결된 서울과의 전화에서 여동생 유원 그리고 숙모와 통화하는 동안, 하숙집을 나와 시간이 지날수록 역시 영옥의 자수는 바람직하지 않다, 해서는 안 된다, 자수하게 해서는 안 된다고 마음을 굳혔다. 물론 이방근이 관여해서 좌지우지할 일은 아니었지만, 상의를 해 온 이상, 자수에는 반대라고 분명하게 말해야 했다. 그러기 위해서는 오늘은 서둘러 일을 끝맺고 하숙집으로 돌아가는 것이 좋을 듯했다. 아버지와 대화한 결과에 따라 집에서 묵을 작정이었던 이방근은 생각을 바꾸었다.

오늘 밤에라도 영옥의 일은 결론을 내는 편이 좋다. 아마 그녀도 그럴 생각으로 이방근의 귀가를 기다릴 것이다. 설령 자수를 한다고 해도 내일로 미루고 싶다, 선생님이 돌아오시기를 기다리겠다고 했으니까. 선생님, 이제 이것으로 마지막은 아니지요……. 그렇다고 해도, 자수? 도대체 무슨 생각을 하고 있는 것일까. 절망적인 자포자기의 마음이 있다.

그런데 자수를 하지 않고 어떻게 할 것인가가 문제였다. 섬을 떠나는 수밖에 없을 것이다. 결국은 일본 밀항이 되겠지. 그렇게 되면 한대용에게 한마디 해 둔 것처럼, 한림에서 떠나는 배에 동승시킬 수밖에 없었다. 배의 출발이나 승선의 방법은 모레 한대용의 전화가 있고 난 뒤, 그와 직접 만나서 결정하면 된다. 20일 출발은 예정이며, 군과의 교섭 형편에 따라서는 갑자기 모레인 18일로 당겨지는 일은 없다고 해도, 19일 아니면 하루 늦어진 21일이 될 수도 있다. 게다가 강풍으로 바다가 크게 거칠어지면 출항은 어렵다.

어쨌든 오늘 밤 안에 자수냐 아니냐를 정한다, 아니 아닌 쪽이 될 것이다. 이방근은 그렇게 정하고 있었다. 그리고 영옥의 새로운 각오와 출발을 위한 옷가지 마련 같은 준비가 필요하다. 이방근은 거미줄이 얽히듯 뜻밖의 사건에 좋든 싫든 관여하게 되는 자신을 의식했다.

아버지와의 이야기는 복잡한 것은 아니었다. 뿌리는 깊지만 지금까지의 일은 지나간 일이었다. 이미 딸의 일본행을 인정한 아버지가 제주까지 올 수 없는 딸과의 이별을 전화로만 끝낼 것인지, 아니면 부산까지 발걸음을 옮길 것인지 하는 문제였지만, 이는 한라산 맞은편 서귀포로 회사 택시를 타고 외출하는 것과는 사정이 다르다. 부산과 제주 간 정기 연락선이 끊긴지 오래고, 부정기적으로 화물선이 열흘 정도 간격으로 왕래하고 있지만, 승선에는 특별한 허가가 필요하고, 항해 시간도 목포—제주 간의 두 배 이상인 거의 만 하루를 필요로 한다. 그 무렵에 제주를 출발하는 부산행 화물선이 있을지 없을지도 문제였다. 아버지가 가게 된다면, 결국은 한림에서 동승하게 될 것이다. 어쨌든 아버지가 부산까지 나가는 것은 힘든 일이다. 힘든 것은 둘째 치고, 아마도 아버지는 움직이려 들지 않을 것이라고 이방근은 생각했다.

아버지의 부산행은 남매가, 아니 결과적으로는 오빠인 이방근이 유원의 일본행을 강제로 아버지에게 인정하게 만든 것에 대한 하나의 배려였고(이방근은 여동생의 출국을 대신해서 자신의 결혼을 '조건'으로 내세웠지만, 아버지는 이미 아들의 결혼 약속을 믿지 않을지도 몰랐다. 게다가 친족회의와 아버지의 뜻을 따른 상대가 아닌, 서울에 있는 서북 지방 출신의 여자라면 더욱 그러했다), 부산에서 부녀간의 이별을 위한 대면이라는 다소 멜로드라마 같은 일을 생각해 낸 것도 이방근이었다. 아니, 그렇지 않다. 다시 언제 만날 수 있을지 모르는, 만날 수 있다고 해도 몇 년 후나 될까. 그 사이에 아버지 이태수는 나이를 먹고 늙어간다. 부산에서 부녀가 만나는 것은 결코 멜로드라마도 그 무엇도 아니었다. 그렇다고 해도 딸은 작은 밀항선을 타고 일본으로, 그리고 아버지는 제주도로 바다를 건너 각자 헤어지는 것도 견디기 힘든 일이다.

여섯 시가 지났다. 약속을 했던 것은 아니지만, 아버지의 귀가가 일렀다.

　식사를 준비하는 사이에 이방근은 아버지의 거처에서 차를 마시며 한 달 늦어진 유원의 출발 날짜가 다가온 것을 고한 뒤, 아버님께 이런 말씀을 드리는 것은 몹시 황송한 일입니다만…… 하고 서두를 꺼낸 뒤, 부산까지 갈 수 있는지를 물었다. 아니나 다를까, 으−음, 하고 아버지는 고개를 끄덕이고 나서, 천천히 가로저었다.

　"내가 부산까지 무얼 하러 간단 말이냐."

　가시 없는 어조였지만, 아버지의 말투는 쌀쌀했고 사람을 무시하고 있었다. 그럴 필요는 없다는 것이었다.

　"예−. 지당하신 말씀입니다." 사람을 무시하는 듯한 말에 지당하다고 호응하는 것도 이상하지만, 역시 당연한 것이고 가부장적인 아버지의 권위에서 나오는 말이었다. 아버지가 일부러 딸을 만나러 간다, 딸을 만나러 가시겠냐고 묻는 것이 발칙한 발언이었다. "제가 말을 잘못한 것 같습니다. 유원이가 제주도까지 돌아올 수 있는 것도 아니고, 그렇다고 그대로 서울에서……라는 것도 아니고, 저도 이래저래 생각이 정리되지 않아서, 입에서 나오는 대로 말씀을 올린 탓입니다. 부모님께 말씀드릴 일이 아니라고, 지금 새삼 다시 생각하고 있습니다."

　이방근의 거짓 없는 말이었다. 어떤 의미에서는 유원의 출발은 아버지에 대한 '배신'으로부터 생겨난 결과여서, 아버지에 대한 양심의 가책이 전혀 없는 것은 아니었다. 그렇다고는 해도, 그 양심의 가책 자체가 결코 타당한 것은 아니었다. 그렇지 않다면, 유원을 그 기생오라비 같은 은행원 최용학과 결혼시켜야 했단 말인가. 그것이야말로 있어서는 안 될 일……. 이 일 앞에서는 양심의 가책은 있을 수 없었다.

　"그 일은 됐다. 여기서 부산이 어디라고 하는 말이냐. 난 너희들처럼 젊지 않다. 이쪽 일의 형편도 있고, 손을 뗄 수 없어. 네가 가서 내 대신 하면 돼. ……세상이 이런 지경이니, 서울은 제주도보다 나을 지 모르지만, 어디나 모두 한탄스러울 따름이다. 어험."

"예―."

그래서 일본으로 가는 것도 당연하다는 식으로는 말하지 않았지만, '어험'은 유원의 출발에 대한 추인이 되는 것이리라.

이방근은 20일 출발 예정이지만, 모레 아마 예정대로 일시가 정해 진다면, 21일 아침, 유원 일행은 서울을 출발하여 저녁 무렵 부산에 도착할 것이라고 이야기했다. 그는 조금 전 서울과 통화를 끝냈지만, 다시 한두 번의 통화가 필요할 것이라고 말하면서도, 여동생으로부터 다시 아버지에게 출발에 앞서 인사가 있을 것이라고는 이야기하지 않 았다. 물론 유원은 아버지에게 작별의 전화를 할 것이었다. 서울 출발 전날인 20일 밤, 모처럼 신청한 장거리전화 앞에서 목이 메어 말을 잇지 못할 것이다.

아버지는 심기가 불편하지는 않았지만, 표정 속에는 슬픔이 감돌았다.

이방근은 오랜만에 아버지와 마주하고 식사를 마치자, 서둘러 아버 지의 방을 물러나 하숙집으로 향했다.

하숙집에서는 이방근이 오늘 밤 안으로 귀가하기를 고대하고 있었 다. 늦어지면 본가에서 묵는 것이 아닐까 하고 염려했던 만큼, 그의 빠른 귀가는 그들을 기쁘게 했다.

영옥은 이방근이 하숙집의 안채로 들어선 뒤, 안주인이 부르는 소 리를 듣고 다시 고방의 어둠 밖으로, 희미한 전등 불빛 안으로 나왔 다. 그녀는 눈이 부신 듯 충혈이 가라앉은 동그란 두 눈을 반짝이고 있었다. 낮의 어딘가 공허한, 방심한 기색의 표정은 사라져 있었다. 나갔던 정신이 다시 돌아온 듯한 인상 때문일까 이방근은 왠지 마음 이 놓이며 감정의 잔물결이 이는 것을 느꼈다.

마루방으로 나온 현기림이 아내에게 술을 가져오게 했다. 이방근은 술은 그만두자고 사양했지만, 홋호, 그럴 수는 없죠, 가볍게 한잔합시다, 라며 고개를 크게 옆으로 두 번 저었다. 자아, 할망은 술을 가지고 오시게.

"예―, 말씀하시지 않아도 알고 있다니까요, 정말로 이 사람은. 이미 내가 생각하고 있는 걸 늘 앞질러서 말을 한다니까. 이 선생님, 이 잔소리꾼 영감을 어떻게 할까요. 날 창피하게 만들거든요."

"오호, 이 할망은 도무지 눈치가 없군. 손님을 핑계로 나도 한잔 덩달아 같이 하려는데 말야. ……그래, 집에 있는 것으로 충분하니까."

"영감. 할망, 할망……이라니, 전 아직 그런 나이가 아니라니까요. 다른 여자들한테나 가서 할망이라고 부르시구려."

"오호, 달리 여자 따위는 없어서 말야. 핫하하하……."

"기개 없는 영감이……." 안주인은 웃었다. "아이고, 이 선생님, 난 오늘 처음으로 웃고 있어요."

그녀는 이방근에게 저녁식사를 했는지 확인하고 부엌으로 들어갔다. 남편은 안뜰 쪽에 있는 자신의 온돌방으로 이방근을 불러들였다.

잠시 후 영옥이 부엌의 숙모로부터 음식을 얹은 작은 상을 받아들고 방으로 들어왔다. 숙모가 술병을 들고 들어왔는데, 방의 마루방으로 난 미닫이는 열어 둔 채였다. 고방 문도 닫혀 있지 않았다.

넓지 않은 방 한가운데에 말린 조기구이, 구운 김, 굴이랑 멸치젓, 미역 초무침, 콩나물 무침, 두세 종류의 김치 등을 내어 놓은 밥상이 차려지고, 현기림과 이방근이 마주 보고 앉은 가운데, 안주인과 영옥은 구경꾼처럼 두 사람으로부터 조금 떨어진 벽 쪽 가까이에 앉았다.

두 사람이 잔에 따른 소주를 주고받은 뒤, 갑작스런 일로 걱정을 끼쳐서 면목이 없다, 나는 어찌 해야 할지 하루 종일 생각하다 지쳐 버렸다. 하지만 본인과도 서로 이야기한 결과, 자수는 그만두기로 했다, 고 현기림이 목소리를 낮추어 말했다.

"아아, 그렇습니까. 참으로 다행이군요. 저도 걱정이 됐습니다만, 거기에 찬성입니다. 전 어찌 될 것인가, 자수를 해야 하는지 말아야 하는지 때문에, 얘기가 어렵게 진행되지 않을까 생각하고 있었는데, 잘한 결정이라고 생각합니다."

"생각해 보면 어려운 문제가 아니오. 확실히 내가 어렵게 생각하고 있었던 건 사실이지만, 보다시피 아침 일찍 눈을 떠 보니 어젯밤엔 없었던 영옥이가 집에 있으니, 핫하하, 너무 놀라서 어찌 해야 하나 생각했소. 아무튼 저녁에 돌아와서 결론을 내려고 생각하고 있었는데, 우리 이 선생의 의견도 그렇다는 말을 들으니……. 이거, 마음이 든든합니다. 그래서 자수 건에 대해선 이 선생 앞에서 이러니저러니 할 필요 없이, 먼저 결론을 낸 것이오."

"영옥 동무, 잘 결심했어요. 뒷일은 서둘러야겠군."

이방근은 영옥을 향해서 말했다.

"네에, 그렇다니까요……."

안주인이 받아서 말하고, 영옥이는 깊게 고개를 끄덕였다.

이방근은 안심하면서도(거기에는 '서북'의 모질고 사나운 짐승들에게 섬의 젊고 아름다운 여자를 건네주지 않아도 된다는 생각도 섞여 있었다. 그 뒤에 반드시 일어날 수 있는 일을 상상하는 것은 견딜 수 없다. 지금, 문득 그 그림자가 머리를 스친 것만으로도 머릿골이 에인다), 동시에 묵직한 짐을 짊어진 듯한 느낌에 사로잡혔다. 뒷일은 이제부터 어떻게 할까, 어떻게 섬을 떠날 것인가? 일본의 행선지는? 어쨌든 첫 번째 장애물은 본인의 결심으로 넘긴 것이었다. 자수해야 할 근거는 없었다. 무엇보다도 자수할 것인지 말 것인지를 지금 여기서 새삼스럽게 논의하지 않고 마무리된 것이 다행이었다.

"그렇게 되면 섬을 떠나는 것 외엔 길이 없다는 것인데……."

현기림이 말했다.

"그렇겠지요. 그것도 서둘러야 합니다."

"음, 서둘러야겠지."

현기림은 수긍했다.

안주인은 바깥의 소리, 어떤 기척에 귀를 기울이며 극도로 경계하고 있었다.

정해진 이상은 현기림으로서도 언제까지 시한폭탄을 집에 떠안고 있을 수는 없었다.

"그런데, 이 선생, 배를 구해야 할 텐데, 산지대의 송 선주에게 부탁하는 게 상책이겠지요."

"예―, 그렇겠지요. 출발하기로 정해지기만 하면 배에 관해선 저에게도 생각이 있습니다만, 출발한다고 해도 일본은 처음이니, 행선지를 어디로 할지도 문제겠지요."

현기림은 그것은 어려운 일이 아니다, 오사카에 있는 아들이나 딸이 있는 곳으로 보내고 싶다고, 이미 생각하고 있었다는 듯이 말했다.

"무엇보다도 일본 오사카까지 무사히 도착하는 것이 선결문제이고, 그쪽으로 무사히 도착하기만 한다면, 어떻게든 될 테니까. 우선 자식들과 만나서 그곳에 정착하면 될 거요. 내가 아들에게 편지를 써서 영옥이에게 줄 생각이오."

"참으로 다행스러운 일입니다. 섬을 떠난다고 해도 일본에서의 행선지가 없는, 의지할 곳이 없는 사람들도 있으니까요. 그래도 그곳에 있는 얼굴도 모르는 동포를 의지해 가고 있습니다. 한심하다고 해야 할까, 심각하다고 해야 할까, 육지 쪽에서도 제주도에서도, 해방 후

독립 조국으로 귀환했던 동포들이 조국을 버리고 다시 일본으로 되돌아가고 있으니 말입니다. 영옥 동무의 경우는 처음이긴 하지만. 현 선생님도, 그런 생각이 있다는 걸 언젠가 말씀하셨지요. ……배편에 대해서는 모레면 확실해지겠지만, 이번 20일에 한림에서 출발 예정인 배가 있습니다. 이 얘기는 밖으로 새지 않도록 해 주십시오." 이방근은 옆의 영옥을 향해서 말했다. "다만 일단 부산으로 가서, 부산을 경유해 일본으로 향하게 되기 때문에, 일본에 도착하는 건 이틀 정도 늦어진다고 합니다. 저도 그 배를 타게 되었지만 말입니다."

"이 선생님이? 선생님께서 그 배를 타신다고요? 선생님이 일본으로 가시는 겁니까?"

놀란 영옥의 표정이 확 풀리고, 햇볕에 그을린 볼에 희미하게 홍조가 비쳤다.

"선생님도 가시는 겁니까?"

안주인이 영옥의 말을 반복하듯이 말했다.

"아닙니다. 일본으로 가는 건 아니고, 부산으로 가게 됐습니다."

"그래도 이 선생님이 그 배를 타시는 것은 틀림없으니까." 영옥이 지레짐작한 것을 매우 부끄러워하듯이 말했다. "무사히 일본 땅에 도착한다면, 이틀, 사흘, 나흘이라도 늦는 것은 문제가 아닌 걸요. 그 배에 틀림없이 탈 수 있을까요."

영옥은 숙모와 얼굴을 마주 보았다.

"20일이라면 앞으로 며칠 안 남았네."

"이 선생님, 그 배를 정말로 탈 수 있을까요?"

"예―. 아마, 괜찮을 겁니다. 염려하지 마십시오."

"오호, 쓸데없는 소리를. 이 선생이 탈 수 없는 배 얘기 따위를 하시겠는가. 그렇군, 부산에서 일본으로 간다면, 제주도에서 가는 것보다 훨씬 가깝고, 쓰시마(對馬)라면 금방이지."

"부산에 들르게 되면 그 뱃삯은 조금은 비싸지겠지요?"

안주인이 말했다.

"배의 사정으로 부산에 들르는 것이니까, 그것은 관계없습니다. 부산 경유라도 탈 것인지 말 것인지 하는 것뿐입니다. 운임 같은 것은 나중에라도 이야기하기로 하고, 그건 일단 제게 맡겨 주십시오. 그것보다도 영옥 동무는 숙모님과 상의하여 출발 준비와 입을 것 등을 마련해야 할 거요. 옷가게로 직접 본인이 얼굴을 내밀 수도 없는 일이고, 이곳에는 동무가 입을 만한 옷도 없을 테고. 최종적인 것은 모레, 출발 예정 이틀 전에 정하기로 하고, 제가 영옥 동무를 직접 한림으로 데려가겠습니다. 성내 사람들은 대개가 영옥 동무의 얼굴을 알고 있을 테니, 낮에 성내를 나서는 건 어렵고, 어쨌든 뭔가 변장이 필요할 겁니다."

이방근은 현기림을 향해서 이야기하고 있었다.

"변장……? 과연. 아니, 이 선생이 거기까지 생각하고 있다니."

현기림이 감탄했다는 듯이 말했다.

"아이고, 그렇고말고요. 이 선생님, 거기까진 우리도 아직 생각하지 못했습니다. 이 아이를 위해서 거기까지 생각해 주셔서, 아이고, 이런 고마운 일이, 이 선생님 덕분에……. 영옥아, 넌 정말이지 행복한 아이다……."

"이 선생님, 정말로 감사드립니다. 설마, 여기에 이 선생님이 계시다니. 저는 지금, 숙부님과 숙모님이 구해 주셔서 이렇게 여기에 앉아 있는 것이 믿기지 않을 정도입니다. 이 선생님이 구하신 배로, 선생님과 부산까지라도 함께 동행할 배를 탈 수 있는, 그것만으로도 일본 땅으로 가는 불안이 사라지는 것 같습니다. 지금은 어째서 자수를 생각하고 있었는지, 스스로도 잘 모르겠다는 기분……. 성내로 돌아왔지만, 이제부터 어찌 하면 좋을지, 모르겠다. 살 길을 찾을 수 없다, 어찌 되건 상관없다고, 반은 그런 마음이 있었던 것 같지만, 역시 거기에 마가 끼었던 것입니다. 방금 선생님의 말씀에 힘을 얻어서, 선생님……."

영옥은 바지 차림으로 무릎을 세우고 앉아 있던 자세를 무너뜨리고, 무릎을 꿇고 앉아 장판에 양손을 짚더니, 제사상 앞에서 절이라도 하는 것처럼 예를 올렸다.

"홋호오, 바보 같은 짓을, 여긴 제단이 아니오. 영옥 동무, 그만두시오. 얼굴을 들어요."

이방근은 책상다리 자세는 그대로 둔 채, 상반신을 가볍게 숙이며 말했다.

영옥은 시선을 떨어뜨린 채 얼굴을 들고 그 자리에 다시 고쳐 앉았다.

얼굴을 들어요……. 이방근은 어쩐지 귀에 부드러운 정감에 싸인 자신의 목소리가 낮게 메아리치는 것을 들었다. 자신의 목소리이지만, 뭔가 의미가 포함되어 있는 듯한 여운을 느꼈다.

"자, 이 선생, 잔을 드시오. 그래, 그래. 영옥아, 선생님께 잔을 올려라."

영옥이 무릎을 꿇고, 상 위의 술병을 손에 들었다.

"먼저, 숙부님께……."

이방근이 말했다.

"아니, 그건 상관없으니, 이 선생에게 따르거라."

이방근은 잔을 들고, 영옥이 두 손으로 공손하게 기울이는 술병의 술을 받았다. 희미하게 그녀의 손이 떨리고, 술이 크지 않은 잔의 가장자리를 적셨다.

"고맙소."

아아, 어찌 된 일인가. 오늘 새벽까지 게릴라였던 여자, 산 사람의 냄새가 몸에 배어 있던 여자가, 지금 술병을 손에 들고.

"그럼, 이번에는 숙부님께 따라 드려야지."

영옥의 손에 든 술병이 현기림의 잔으로 공손하게 기울어졌다.

이방근은 잔을 두 번 정도 비우고 나서 누구에게랄 것 없이, 그렇지만 현기림을 향해 말했다.

"이제 끝난 일이니, 실없는 얘기를 하나 하겠습니다. 실은, 낮에 여기에 왔습니다만, 오랜만인 영옥 동무와 만나기 위해 왔을 때, 전별금을 가지고 왔었습니다. 아주머니에게 영옥 동무가 자수할 것이라고 들었기 때문에, 자수할 사람에게 전별금을 주는 건 이상한 일이지만, 그땐 그렇게 생각했습니다. 솔직히 자수에 찬성할 수 없었기 때문이지요. 그러나 얘기를 하는 사이에 전별금을 건네는 걸 잊어버려서, 핫하아, 잊어버린 것을 나중에서야 깨달았지만, 차라리 잘 됐습니다. 지금은 전혀 사정이 달라진 느낌입니다. 자수하는 사람을 위해서 전별금을 건네지 않게 된 것이, 전 기뻐서 말입니다. 정말입니다. 영옥 동무, 아까 동무는 여기에 이렇게 앉아 있는 게 믿을 수 없다……고 했지만, 내일이 되어도 동무가 자수를 할 필요가 없다는 의미에선 나도 같은 마음이고, 나 자신이 구원받은 기분이오."

"예……."

영옥은 그 자리에서 다시 머리를 숙였다.

이방근은 그녀를 자극할 것을 염려해, 더 이상 그녀에 관한 일은 입에 담지 않기로 했다.

"이젠 결심을 했으니까, 출발 준비를 하는 일뿐이로군. 배에 대해선 안심하시오. 내가 책임을 질 테니."

책임을 질 테니. 술기운을 타고 쓸데없는 한마디를 했다고 생각했지만, 책임질 마음은 충분히 있었다.

이방근을 쳐다본 영옥의 두 눈이 반짝하고 물기가 어리는 듯했지만, 다문 입 모양이 예쁜 두 입술에 미소가 희미하게 스미듯 번져 갔다.

다음 날 밤 여덟 시경, 대문의 덧문을 두드리는 소리가 나고, 이 시간에 누군가가 찾아온 듯했다. 두드리는 모양으로 보아 군경이나 '서북'이 덮쳐 오는 것이 아님을 알 수 있었지만, 가볍게 두드리고 있다고 해서 그것이 수상한 자가 아니라고는 할 수 없었다.

안채에서 안뜰을 건너온 안주인이 긴장한 듯이 누구냐고 묻는 소리가 났다. 대문 너머에서 남자 목소리가 들리는 것 같았지만, 바람 소리에 흩어져 분명하게 들리지 않았다.

어험, 하고 낮은 헛기침 소리와 함께 발소리가 방 앞으로 다가와 멈추고, 안주인이 이방근을 불렀다. 손님이라고 했다.

"예ㅡ."

이방근이 장지문을 열었다.

박산봉인 모양이었다. 그는 두세 번 이곳에 왔었기에 안면이 있을 터였다.

대문으로 돌아간 안주인이 덧문의 빗장을 풀어 박산봉을 안으로 들였다.

방으로 들어온 박산봉은 이방근과 나란히 소파에 앉자, 선생님, 저기, 유, 유달현이 나왔습니다요, 나왔어요, 라고 거의 굳은 얼굴로 말했다.

"진정하고 말해 봐."

"예ㅡ. 틀림없이, 그것은 유달현이었습니다. 그리고 제가 확인했습니다. 유달현이 나와서 지금 집에 있습니다……."

"언제 일인가, 언제 석방되었다는 거야?"

"오늘 저녁, 정확한 시간은 여섯 시가 지나서입니다. 제가 놈을 처음으로 본 것이 그 시간입니다. 놈은 변장까지 해 대니. 저, 담배 한 대 태우겠습니다." 박산봉은 담배에 불을 붙이고, 한 모금 깊게 빨아들이고 나서 이야기를 계속했다. "차고 안에서 문득 광장 너머 대각선 맞은편의 경찰서 바리케이드 쪽을 본 순간, 깜짝 놀랐습니다. 넥타이는 매지 않았지만 양복을 입고 사냥모자를 쓴 남자가 바리케이드 사이에서 관덕정 광장으로 나와 우체국 앞을 지나서는 동문길을 향해 걸어가는 겁니다. 해질녘이라 얼굴은 확실히 보이지 않았지만, 수염은 확실히 보였습니다. 저는 뭔가가 이상하다고 생각했습니다. 직감이지만 저것은 유달현이 아닌가? 그렇다, 저 걸음걸이, 뒷모습은 유달현이 틀림없다. 모자를 쓰고 있어서 그 대머리는 확인할 순 없었지만, 틀림없었습니다. 그래서 아무렇지 않게 차고를 나가 남몰래 미행했습니다. 그런데 유달현이었다면 남문길을 가서 오른쪽으로 돌아서 올라가면 되는데, 그로부터 잠시 걷더니 길을 오른쪽으로 도는 겁니다. 도는 길에 뒤를 흘낏 돌아보면서. 그곳은 정세용 계장 집으로 통하는 길입니다. 그런데 놈은 정세용의 집 쪽으로는 가지 않고, 잠깐 길을 바꾸었을 뿐, 그 남문길을 가로지른 골목 구석의 하숙집인 사촌 형 집으로 사라진 것입니다. 거기는 감나무가 있는 집입니다. 틀림없이, 저는 이 눈으로 확인했으니까요. 유달현이 드디어 나왔습니다. 그 자식, 곧장 집으로 가면 될 것을, 무슨 의미나 있는 것처럼 겨우 길하나를 멀리 돌아서. 산 건너편의 서귀포까지 한 바퀴 돌아온다면 몰라도, 하는 짓이 교활합니다."

"음, 드디어 나온 건가. 그건 그렇고, 오늘이 며칠이지……."

"17일, 수요일입니다."

"음, 17일이로군, 20일 이상 걸렸구만. 도대체 어찌 된 일인가. 일주일이면 나올 거라고 생각했는데 말야." 거짓체포가 아니었나, 하는 생각이 머리를 스쳤지만, 그는 머리를 흔들고 부정했다. "그는 손에 무언가, 보퉁이나 아니면 가방이라도 들고 있지 않던가?"

"빈손이었습니다."

"빈손……?" 이것도 이상하군. "그 콧수염의 남자는 틀림없이 유달현이었나?"

"제가 확인했으니, 틀림없습니다."

"콧수염이란 말이지, 20일간 들어가 있었다고 치면, 머리카락은 대수롭지 않겠지만, 수염은 꽤 길었을 거야. 다른 것을 전부 깎아 버리고 코밑만 남겨 둔다면, 약간 숱이 적은 정도의 콧수염이 되겠지. 역시, 그것이 유달현이라면 깎지 않고 남겨 둔 게 이상하군."

"그래서, 변장이라고 말씀드리지 않습니까. 선생님은 좀 이상하시네요."

"음……. 이상할 건 없지만." 이방근은 담배를 물고 성냥으로 불을 붙였다. "동무는 저녁식사는 어떻게 했나?"

"아직 먹지 않았지만, 하숙집으로 돌아가면 제 몫은 있으니 괜찮습니다."

"그렇다면 다행이지만, 이제 잠시 후 서둘러 돌아가는 편이 좋겠네. 아홉 시가 다 돼서 걷는 건 삼가야지."

"이제 곧 돌아가겠습니다. 그것보다도 놈을 어떻게 할까요?"

"으-음, 그것이 문제로군. 난처하게 됐어. 어쨌든 잘 지켜볼 일이야. 난 20일 출발하네."

"20일입니까?"

"그래. 내일 아침에는 확실해지겠지만, 아마 그리되겠지. 앞으로 남은 2, 3일 가지고는 어떻게 할 수가 없군, 이것 참. 으-음, 난감하게 됐어."

"언제 돌아오시는지?"

"부산에서 서울로 올라가게 되겠지만, 가능하면 서둘러 돌아와야겠지. 가능하다면 월말엔 돌아오고 싶지만 교통사정도 있고, 잠시 생각해 보기로 하세."

다시 담배 한 대를 다 피우고, 그럼, 저는 돌아가겠습니다, 하고 자리에서 일어선 박산봉이, 아이고, 그렇지…… 하며, 괴상한 소리를 내서 사람을 놀라게 했다.

"선생님, 제가 부스럼영감을 만났습니다."

"뭐, 부스럼영감을 만났다고?"

"그렇습니다, 모슬포 근처에 사는 것 같습니다만. 2, 3일 전, 제9연대 본부로 물자를 운반하고 돌아오는 길에, 모슬포의 신작로로 나오는데, 다리를 질질 끄는 왜소한 노인이 길을 걷고 있는 걸 발견했습니다. 저는 트럭을 세우고 운전대의 창으로 고개를 내밀어, 이봐요, 거기 가는 영감님, 당신은 부스럼영감 아니오? 하고 말을 걸었습니다. 귀가 잘 안 들리나 하고 생각했지만 잘 들린 모양입니다. 돌아본 것은 바로 부스럼영감이었습니다. 어디에 가는 거요, 트럭에 타시오 하고 말해도, 천천히 고개를 흔들고 타지 않았습니다. 제가 남해자동차의 박산봉이라는 걸 알자, 자넨 산봉이가 아닌가, 산봉이…… 하고 고개를 끄덕이며, 다른 말은 일절 하지 않으면서도, 선생님에 대한 것만 물었습니다. 박 군, 서방님께서는 건강하신가……? 하고 선생님에 대해 중얼거리듯 말하며 눈이 젖어 있었습니다. 성내 쪽으로 한 번 오라고 말해 두었는데……."

"성내로 와서 어쩌겠는가?"

"……"

"무엇을 하고 있는 걸까?"

"모르겠습니다만, 아마도, 그, 부스럼으로 고생하는 사람들의 고름을 빨아서 치료해 주고 있는 건 아닐까 하고, 전 그렇게 생각합니다."

"아직, 살아 있었구만……. 자아, 서둘러 돌아가게나."

이방근은 장지문을 열고 작은 툇마루에서 안뜰로 내려갔다. 그리고 박산봉과 함께 대문으로 가서, 그를 배웅한 뒤 덧문 빗장을 걸었다.

다음 날 오후가 다 되어 집의 응접실로 한대용으로부터 전화가 걸려왔다. 술이 덜 깬 목소리였다.

전화 연락이 늦었다고 타박하자, 이 선배가 아직 집으로 오지 않았을 것이라고 생각해서……라며 말을 돌렸다.

"흠, 오늘은 일찍 돌아왔네. 어젯밤은 꽤 마셨나? 여기까지 냄새가 나는군."

"예-. 마셨습니다. 하지만 목소리는 이상해도, 전 아무렇지도 않습니다. 상대는 지금쯤 맥을 못 추고 있지 않을까 싶습니다. 저는 분명히 할 일을 하고 마십니다."

한대용은 그저께 이야기했던 예정대로 정해졌다는 것을 고하고, 지금 그쪽으로 출발하겠다고 말한 뒤 전화를 끊었다.

이방근은 일단 끊은 수화기를 다시 들어 서울로 장거리전화를 신청했다. 저녁때까지는 연결될지, 유원이 학교에서 돌아와 있지 않으면 숙부나 숙모가 받을 것이다. 이제 출발은 정해졌다. 오늘 오전 중에 출발 날짜가 정해진다는 것을 유원은 알고 있으니까, 아마도 시간을 가늠하여 집에 있을 터였다. 3일 후인 21일 밤에는 부산에서 만나야 한다. 다시 전화로 서로 연락한다고 해도, 일찌감치 결정을 알리고 이번에야말로 틀림없는 출발에 대비해야 한다.

한대용의 도착은 의외로 빨랐다. 두 시 전이었다. 전화를 끊고 곧바로, 하루에 몇 대 없는 버스 시간에 맞추어서 타지 않으면, 도저히 이 시간에 도착할 수 없을 터였다. 한 시간 반은 충분히 걸린다. 신출귀몰하다고까지는 하지 않더라도, 시원시원한 느낌의, 남의 의표를 찌르는 움직임으로 선배님, 이방근 선생님, 아까는 실례했습니다, 하고 머리를 긁으며 모습을 나타낸 것이었다. 아침에 전화가 늦은 것은 숙취로 늦잠을 잤던 것이다. 눈이 충혈돼 있고, 내뿜는 숨에서는 술냄새가 진동했으며, 위장에서 발효된 마늘 냄새가 났다.

복장은 그저께와 비슷한 감색 계통의 넥타이와 양복이었다. 이방근과 마주 보고 의자에 앉자 파이프 담배 한 벌을 꺼내어, 파이프 통에 살담배를 손가락으로 꾹꾹 눌러가면서 불을 붙였다. 그리고는 다리를 꼬고서 뻐끔뻐끔 피우기 시작했다. 이 녀석 '선배' 앞에서 상당히 '건방'져졌구만.

"숙취로 머리는 아프지 않은가?"

"아니요, 전혀. 선배님, 한 모금 피워 보시겠습니까?"

"필요 없어."

그는 지프로 왔다고 했다. 버스를 기다릴 작정으로 있었는데, 마침 어젯밤 전(全) 중대장과 동석했던 소대장이 지프에서 부르기에 성내까지 동승해 왔다고 한다.

"지프…… . 음, 지프란 말이지. 택시 아니면 지프인가…… ."

"선배님, 무슨 일 있으십니까?"

"잠깐 생각해 봤을 뿐이야. 이제 됐어, 나중에 생각하기로 하고, 한 동무부터 얘기를 해 주게. 모레 출발 건인데, 경찰 쪽은 어떻게 됐나?"

"예 — . 지서장도 어젯밤 함께였습니다만, 묵인하기로 했습니다. 하지만 일전에도 그랬기 때문에 지서의 경관들이 출항 사실을 알았을 때, 어떻게 될지. 아직 전혀 알려지지 않았습니다. 토벌대 쪽도 부하인 소대장들에게만 알렸고, 병사들은 한림 바다에서 배가 떠난다는 걸 전혀 모르기 때문에, 명령은 당일 출발이 가까워져서야 하달될 겁니다……."

"명령이란 건 뭔가?"

"그렇지, 선배님, 명령이란 것은, 이건 토벌대만의 얘기지만, 당일 배의 출항 낌새와 토벌대의 움직임을 경찰이 알아차렸을 때, 지서장은 차치하고, 견원지간인 경찰들이 무슨 짓을 할지 알 수 없기 때문에 경계가 필요합니다. 그 일을 포함해서 출항을 위한 전체적인 경비로서, 배가 계류되어 있는 해안 일대를 토벌대가 5미터 간격으로 포위, 봉쇄합니다. 관계자 이외에는 아무도 함부로 바다로 출입할 수 없게 하기 위해서. 으-음, 그래서, 포위망을 통과하기 위해서는 저의 도장이 찍힌 통행증이 필요하게 됩니다. 도중에, C길의 도장 가게에서 고무도장 등을 부탁해 두었으니, 내일이면 완성될 테고, 시간은 충분합니다."

"뭐라고, C길에서 벌써 도장을 부탁해 놓았단 말인가? 으음. 그렇다면 그 통행증 없인 이 선배님도 승선할 수 없단 말이로군."

"물론……."

한대용은 파이프를 한 손으로 안듯이 하고 웃었다.

"음, 얘기가 너무 잘 풀리고 있는 것 같은데."

"잘 될지, 안 될지, 뭐, 두고 보십시오. 이것은 말의 문제가 아니라, 실제로 배가 떠나지 않으면, 그야말로 말할 거리가 안 되는 것이니까요. 선배님, 잔가시가 많은 생선 같은 경찰들입니다. 조천의 경우는 경찰이 우리의 안내역을 해 주었는데 말입니다. 도대체가……."

"'이익'이 없기 때문이겠지. 그 부분이 아직……이라는 것이로군. 송래운은, 그 부분을 잘 처리하고 있는데 말야. 밀무역이 없어진다면 이 섬의 경제는 완전히 바싹 말라 버리는 게 아닌가. 그나마 유일한 숨구멍이지."

"그런데, 좀 전에 택시 아니면 지프인가라고 한 건, 무슨 주문입니까?"

"으음, 그렇군, 지프니 택시니 하는 건 일전에 성내에서 한 사람, 여자가 탈지도 모른다고 내가 말했었잖아."

"예―, 산부대의……."

"그래, 그녀가 승선하게 됐어."

"일본까지 말입니까?"

"그렇다네, 동무도 그녀를 알고 있을지도 모르겠군. 한 동무가 남방에서 돌아온 건 올해 초였지. 그녀는 아마 4·3 이후에 입산했을 것이니, 물론 그 전부터 지하에 숨어들었는지 어땠는진 모르지만, 성내의 여성동맹조직의 부위원장을 하고 있던 신영옥을 알고 있는가?"

"신영옥……. 여성동맹 말이죠. 알고 있다마다요. 음, 하지만, 한두 번 만난 적이 있는 정도입니다. 그 사람은 미인이지요. 얼굴은 남방계 같아서, 자바 섬의, 맞다. 자카르타의 거리에는 신영옥 같은 미인이 많지요. 그녀도 절 알고 있을 겁니다. 저는 싱가포르의 영국군 창이형무소에서 2년간 복역하고, 지옥의 밑바닥에서 생환해 온 '기적적인 인물'이니까 말입니다. 그녀는 지금 어디에 있습니까?"

"내 하숙집에 있네."

"하숙집? 선배님 방에……?"

한대용은 안색을 바꾸고 되물었다.

"바보같이. 헛소리 그만두게. 아직 술이 덜 깼는가. 안채의 고방 안에 몸을 숨기고 있어. 그녀는 성내에선 얼굴이 알려져 있어서 데리고 나갈 방법을 생각하고 있네. 남해자동차 택시를 생각하기도 했는데,

눈에 띄겠지. 남해자동차 앞까지 나갈 순 없고. 하숙집까지 오는 것도 이상하고. 차가 들어가는 골목이 아니라서 골목 끝에 택시를 대기시키는 건 어떨까 생각하고 있던 참인데⋯⋯. 지금 지프 얘기가 나와서 말이야. 결국은 마찬가진가."

"지프로 성내까지 오게 하는 겁니까? 그건 부탁하면 가능할 거라고 생각합니다. 아니, 가능해요. 지금부터 부탁해 놓으면 가능합니다."

"어느 쪽이 좋을까?"

"눈에 띄는 것은 마찬가지겠죠. 하지만 지프 쪽이 안전한 건 분명합니다."

"물론, 무임승차는 하지 않을 거야. 택시 역시 돈을 지불할 테니까."

"지프 쪽이 비싸게 먹힙니다."

"알고 있어. 어쨌든 그 일을 생각하고 있는 중이야. 한 동무한테 부탁하는 것은, 유원이와 영옥이가 자매라는 생각으로, 그녀를 책임지고 일본으로 보내 주었으면 하는 걸세. 그리고 그녀의 뱃삯은 없네."

"예, 알겠습니다. 한대용이 책임을 지고 신영옥을 일본으로 데리고 가겠습니다. 폭풍으로 배가 침몰하지 않는 한."

"쓸데없는 소리 하지 말게. 지프는 한 동무가 부탁한다면 와 줄 것 같은가?"

"그렇습니다. 오늘 서둘러 부탁해 놓겠습니다만, 내일 도장을 받으러 올 때 답을 드리겠습니다. 내일 통행증에 도장을 찍고, 신영옥의 몫까지 두 장을 선배님께 건네 드릴게요."

"지프를 어디에 댈 것인가가 문제로군⋯⋯. 그런데 배 안에서 선배님, 선배님 하는 것은 어떨까. 그건 그만두는 편이 좋지 않을까."

"으-음, 그럼, 어떻게 부를까요? 선생, 씨, 형님, 이방근 선생님, 방근 씨, 이방근 형님⋯⋯. 선생님, 배 위에서만 그렇게 할까요? 이방근 선생님……. 아니, 이름 없이 그냥 선생님, 이게 좋겠군요, 그냥 선생님으로 하시죠."

"선배보다는 나은가. 그래, 역시 지프는 그만두세. 번거로운 일이야. 택시로 갈 테니까. 그 걱정은 하지 않아도 되겠네."

"……괜찮겠습니까?"

"괜찮아."

서울과 전화가 연결된 것은 네 시가 다 돼서였다. 여동생 유원이 전화를 받았다. 학교는 오늘을 끝으로 퇴교하고, 출발 준비는 다 돼 있다는 것이었다.

숙부 부부와 셋이서 21일 아침 서울을 출발, 저녁 무렵 부산에 도착해서 숙부의 아들인 유근의 집에 머문다. 이쪽은 모레 밤 출항, 다음 날 21일 밤 부산에 도착. 일본으로의 출발은 22일 밤이 될 것이다. 여동생과는 육촌인 유근의 집에서 합류하게 된다.

"오빠, 아버지는……?"

유원이 아버지 안부를 물어 왔다.

"내일 밤, 그쪽에서 전화를 걸어 인사를 드리렴. 네가 이쪽으로 올 수 있는 상태가 아니니 어쩔 수 없구나."

"오빠, 싫어, 무서워. 내 자신이 두려워……."

"아버지께 말씀드려 놓을 테니 내일 밤 아홉 시쯤 통화할 수 있도록 그쪽에서 전화를 신청해 두면 돼. 오빠도 내일 밤은 이쪽에 있을 테니까……."

유원은 울먹이는 소리로 이쪽에서 끊기를 기다렸다.

서쪽으로 도는 모슬포 방면의 마지막 버스가 네 시를 지나서야 있기 때문에, 한대용은 외출하는 이방근과 함께 집을 나섰다.

북국민학교 정문 앞을 돌아 관덕정광장 입구에서 헤어진 두 사람은 각각 버스정류장 쪽으로, 그리고 C길로 들어갔다.

C길로 들어서 얼마 지나지 않아 왼편에, 부인복을 겸한 창원양복점이 있었다. 이씨 집안의 단골 가게로, 이방근은 주인과 각별한 사이였다. 사십 대인 고창원은 좌익운동의 동조자로 조직과도 관계하고 있던 남자였다. 남승지에 의하면, '선전포고' 호소전단을 인쇄할 즈음, 성내 세포조직 책임자인 유성원이 한라신문 김문원 편집장을 불러내 상부의 지시를 전달, 거부하는 김문원을 설득했던 것이 이 가게 안쪽의 어느 방이었다. 고창원이 동석은 하지 않았지만, 그때의 험악한 분위기를 감지하고 있던 유일한 사람일 것이었다. 물론 그는 두 사람의 비밀회합 내용도 알고 있었다. 서로 성은 다르지만, 이름의 마지막 글자가 마치 형제처럼 같은 '원' 자여서 우스웠다. 그는 당연히 신영옥을 알고 있었다. 예전부터 자금도 댔을 것이다.

하숙집 안주인이, 딸이 있는 것도 아닌데 갑자기 젊은 여자의 옷과 구두를 물색하고 다니는 것은 사람들 눈에 이상하게 비치는 것은 아닐까. 이방근은 그녀에게 속옷은 제쳐 두고, 일본에 상륙할 때에 갈아입을 수 있는 옷은 자신이 알고 있는 양복점에서 집까지 오게 하여, 영옥의 몸에 맞을 만한 것을 나중에 보내라고 하는 게 어떠냐고 이야기했다. 안주인은 처음에는 눈빛을 바꾸며 공포에 떠는 듯했지만, 결국 이방근의 말에 따랐다.

이방근은 창원양복점에 들어가, 마침 가게 앞에 얼굴을 내민 주인을 길에서 보이지 않는 가게 구석으로 불러 사정을 이야기하고, 저녁때라도 서로 안면이 있는 현 씨 집으로 와 달라고 부탁했다. 고창원은 상당히 놀란 것 같았지만, 선선히 응했다. 그녀의 신장과 이전의 몸집은 대충 짐작이 갔지만, 본인과 만나서 옷의 취향 따위도 들어 보겠다 했다.

"무슨 일이 일어나도 이상할 게 없는 세상이지만, 깜짝 놀랐네. 아무튼 가 보지. 흐-음, 놀랐어." 그는 감탄했다는 듯 고개를 끄덕였다.
"그리고, 필요한 경비는 내가 내는 걸로 하자구."

"성급한 놈이 술값을 먼저 낸다지만, 지금부터 정할 것도 없지 않은가."

"아니, 나는 이야기를 들었을 때, 마음속으로 그렇게 정했네. 게다가 자네한테는 여러 가지로 도움을 받고 있으니까 말야."

"그런 것과는 전혀 관계가 없는 일……."

이방근은 코끝에 오른손 집게손가락을 세우고, 절대로 발설은 안 된다고 다짐을 받았다. 상대는 고개를 크게 끄덕였다.

이방근이 하숙집으로 돌아온 뒤 얼마 지나지 않아, 고창원이 두 번 왕복하는 수고를 덜기 위해서인지(수고라기보다, 되도록 남들 눈에 띄는 것을 피하기 위해서), 처음부터 옷을 가지고 찾아왔다.

고창원은 이방근의 책임하에 신영옥과 만났지만 영옥도 기뻐하고 있었다. 옷은 스웨터와 치마, 평상복 바지와 검정에 가까운 비로드 원피스로, 어느 것이나 영옥의 몸에 맞을 듯했다. 별실에서 옷을 갈아입고, 검은 에나멜의 가는 벨트로 원피스의 허리를 졸라매고 마루로 나왔을 때는 마치 다른 사람처럼 잘 어울려, 이방근의 마음을 동요케 했다.

고창원은 짐이 될지도 모르겠지만 옷은 전별금 대신이라고 말하고, 가게에서 이방근에게 이야기했던 대로 한사코 옷값을 받지 않았다. 영옥 동무, 건강하시게……. 그는 마루에서 눈물을 글썽이는 신영옥과 굳은 악수로 헤어지고, 대문까지 안주인과 이방근의 배웅을 받으며 돌아갔다.

자신의 방으로 돌아온 이방근은 앉은뱅이책상 위에 반으로 접힌 채 놓여 있는 봉투를 보았다. 그래, 이것은 잊지 말고 모레 출발할 때 상의 호주머니에라도 넣어서 가자. 안에는 그저께 새벽녘, 쓰레기통에 일단 버렸다가 다시 주운 머리핀이 들어 있었다. 사소한 머리핀.

머리핀을 영옥의 검은 머리에 돌려주고 싶었다.

어젯밤 마악 석방된 유달현으로부터의 어떤 연락, 혹은 인사를 기다리는 것은 아직 일렀다. 유달현이 섬을 떠날 경우에는 반드시 이형에게 어떤 연락이 있을 것이라고 양준오가 말했지만, 기특하게도 옷을 조달해 준 고창원이 말한 것처럼 무슨 일이 일어나도 이상할 것 없는 세상에, 반드시 그렇다고는 할 수 없었다. 어떤 얼굴을 하고, 나는 이제 일본으로 간다며 작별인사를 하러 온다는 것인가. 양준오의 말대로라면 연락이 없는 한, 유달현이 여전히 이 섬에 머물고 있는 것이 된다. 연락 없이 유달현이 섬을 떠나 버린 뒤에도 말이다. 그렇다고 해도 석방된 시기가 좋지 않았다. 왜 일주일 전에 나오지 않았는가.

유달현은 어떻게 행동할 생각인가. 정세용과도 의논하겠지. 그러나 길은 섬을 떠나는 것밖에 없을 터였다. 섬을 떠난다고는 해도, 앞으로 2, 3일 사이는 아니겠지만, 이방근이 서울에서 돌아올 때까지, 앞으로 보름 간, 이곳에서 꼼짝 않고 있을 리는 없을 것이다. 북쪽 해안 일대라면 송래운의 선으로 밀항 루트를 봉쇄, 확인할 수 있겠지만, 남해안은 그물망이 엉성한 것 같았다. 시간을 들인다면, 결국은 경찰의 특별 허가로 부산행 화물선에 승선하는 방법도 있다. 부산에서는 일본행 밀항선이 얼마든지 있다. 쓰시마는 부산에서 바다 멀리에 있는 것 같지만, 섬의 모습을 바라볼 수 있는 거리에 있었다.

어쨌든 모레 출발까지는 도무지 방법이 없었다. 아니, 그래서는 안 된다. 그렇게 되면, 유다는 방치된 채로 결국 어디론가 도망칠 것이다. 성내 조직을 파멸로 몰아넣은 배신자에 대한 사문은 어찌 되는가. 유달현은 내가 일본으로 보내지 않는다⋯⋯. 양준오와 남승지 앞에서 했던 말의 울림이 귀에 되살아났다. 김문원을 살해한 심야의 총성. 으ー음, 정말이지, 석방된 시일이 좋지 않다, 악운이 강한 놈이다⋯⋯. 운이라는 말을 싫어하는 이방근의 입에서 푸념이 나왔다. 그는 생각이 막다른 길목에 빠진 것 같아 움직일 수가 없었다.

유달현에 대한 이렇다 할 조치의 묘안이 나오지 않은 채 다음날을 맞았다. 그런데 오후가 지나 성내로 도장을 받으러 온 김에 통행증 두 장 가지고 온 한대용이, 의외의 정보를 가져와 이방근을 놀라게 만들었다. 그는 신영옥 외에 또 한 사람, 성내에서의 승선자가 있을 것 같다고 말했다.

"뭐라고……?"

마을 사람의 소개로 그 남자의 승선과 내일 밤 통행증을 부탁받았는데, 본인이 내일 낮에라도 한림으로 올 테니, 만나게 될 것이라고 한대용이 말했다.

"내일 낮? 그 사람의 이름은?"

"김 뭐라고 했는데, 내일 직접 만나서 본인을 확인하고, 승선 전에 운임을 받기로 했습니다. 이건 공짜 부탁이 아니라서……."

"성내에서 무엇을 하고 있다든가, 그런 말은 없었는가?"

"특별히 아무 일도 하지 않고 있는 모양입니다."

"음, 밀항선을 타는 데 본명이나 직업을 밝힐 필요는 전혀 없으니까 말야. 그 소개인이라는 사람은 어떤 사람인가?"

지금은 휴교 중인 국민학교 교사인데, 김 아무개는 그의 친구인 모양이라고 한대용은 말했다. 소개인인 교사도 경찰의 추적으로부터 벗어나려고 신변을 정리한 뒤 다음 배로 섬을 떠난다고 했다.

"한 동무, 김 아무개라는 이름은 상대가 밝힌 대로 상관없으니, 그 얼굴을 보고 확인해 두게나. 똑똑히 말일세. 대머리로, 이마가 꽤 넓어. 사냥모자인지 뭔지 하는 모자를 쓰고 있을 거야. 눈이 가늘어. 그리고 성긴 콧수염을 기르고 있을 거야. 목소리는 지렁이가 땅을 기어

가는 것처럼 낮아…….”

“호―음, 그래서는 말소리가 들리지 않겠군요. 선배님은 그 김 아무 개라는 자를, 김 아무개라는 것만으로 알 수 있는 겁니까?”

“만약 사람을 착각한 게 아니라면, 그 남자의 이름은 유달현. O중학 교의 교사로 그저께 제주경찰서에서 막 나왔어. 만나면 어디선가 본 적이 있다는 걸 알아차릴 걸세. 나중에 얘기하겠지만 ‘중요인물’이니 까 놓치지 않도록 해 주게. 한림으로 돌아가면 그 소개인이라는 국민 학교 교사에게 곧바로 승낙한다는 답을 하게나. 그리고 내일 본인과 만나면 반드시 승선시키게. 운임을 흥정하면 들어줘도 상관없어. 알 겠나? 그 유달현의 친구라는 교원에게 그 외에도 성내에서 사람이 탈 것이라든가, ‘선배’인 이방근이 탈 것이라든가, 내가 승선을 마칠 때까 진 절대로 발설하지 말게. 알겠나?”

“예―…….”

이게 무슨 일인가. 유달현 이놈, 섬을 탈출하는데, 하필이면 한일호 (韓一號)에 타다니. 그야말로 기묘한, 이방근이 좋아하지 않는 운명의 만남이라고 해야 할 것이다. 어떤 연락이 있을 것이라고 했던 양준오 의 예언은 출발을 내일로 앞둔 지금으로서는 맞지 않지만, 이제는 본 인 스스로가 정면으로 배 안에 뛰어 들어온 것이다. 이것은 바다 위에 서 생포하는 셈이 아닌가. 음, 이것으로 출발에 앞서 마음에 걸렸던 미련이 없어졌다. 적어도 부산까지 가는 동안, 만 하루 밤낮이 있 다……. 물고기는 바다에 있지 않고, 도마 위에 있다. 그렇지만 선상 에서 어떻게 한단 말인가. 그렇다고 해도, 겨우 그저께 저녁때 석방되 었는데, 어느새 그렇게 한림과 승선 연락을 할 수 있었을까. 이상한 일이다. 이전부터, 그 친구라는 남자에게 밀항 알선을 부탁하고 있었 단 말인가. ……사람을 잘못 보고 지레짐작하는 건 아니겠지. 김 아무개는 곧 김 아무개이고 유달현이 아닌, 유달현 외에 성내에서 승선자가 있는 것은 아닐까.

이방근은 자세한 이야기는 하지 않았지만, 유달현은 조직을 판 배신자이고(아마 그럴 것이다. 그것을 자백하게 해야 한다), 그대로 일본으로 가게 해서는 안 된다. 배 위에서 어떻게 대처할지는 나중에 생각하기로 하고, 지금으로서는 본인인지 아닌지 확인되지 않았기 때문에, 내일 낮에 김 아무개와 만나고 난 뒤 즉시 전화를 하도록 부탁했다.

"선배님, 그런 놈은 바다로 처넣어 버리는 게 어떨까요."

"이봐, 그런 바보 같은 소리는 그만 둬."

이방근은 가슴이 덜컥해서 한대용을 다시 쳐다보았다.

"……그리고 중대의 병사를 두 명 동반합니다."

"병사? 일본까지 동반한다는 말인가. 그것은 왜 그런가?"

"저에 대한 '감시'입니다. 군의 중대장은 배가 일본으로 가서 돌아오지 않을지도 모른다는 생각을 하고 있는 것 같았습니다. 나를 신용할 수 없다면 병사를 승선시키라고 했다가, 그렇게 돼 버렸습니다."

배는 내일 밤 여덟 시경 출항. 이방근은 여섯 시경, 해질녘 어둠을 타고 하숙집 근처에 대기시킨 남해자동차 택시로 한림으로 향한다. 한 시간 남짓 걸릴 테니까, 그 시각에 버스정류장 근처로 마중 나오기로 하고, 한대용은 자리에서 일어섰다.

통행증이란 것은 간단했다. 대형 명함 크기의 백지에 한대용의 자필 글씨로(달필이었다) 통행허가증이라고 쓰고, 작은 글씨로 단기 4281년 11월 21일이라고 날짜가 있을 뿐이었다. 여백에 한대용의 고무인과 통행증 한가운데에 우체국 스탬프 정도 크기의 원 안에 '가(可)'라는 글자가 인주로 찍혀 있었다. 이건 밤에도 잘 보일 것이었다.

저녁식사도 하는 둥 마는 둥 이방근은 코트를 걸치고, 저녁 반주의 술기운을 밤바람에 식히며 밖으로 나와 명선관으로 향했다. 내일 밤 제주를 떠난다. 그는 제주도를 떠나는 것이 처음은 아닌데도 한림 해안에서 출항한 후에는, 제주도를 감싸고 있던 마음이 텅 비어 버려 다시는 돌아올 일이 없을 듯한, 초조함을 내포한 공허감을 느꼈다. 단선과 만나고 싶은 마음과 초조함이 어디선가 얽혀 있었다.

이방근은 서울에서 걸려 오는 전화에 늦지 않도록 '통금'인 아홉 시 전에 집으로 돌아왔지만, 하얀 볼에 희미한 홍조가 비친 단선의 얼굴을 본 것만으로도 초조한 마음이 진정된 것은 어찌 된 일인가. 줄곧 선생님을 기다리고 있는 아이예요……. 여주인 명선이 입버릇처럼 하는 말이었다. 단선 앞에서도 하는 말이었다. 왜 그러면서도, 우연히 일어난 일이긴 했지만, 명선과 잔 것일까. 명선과의 하룻밤이, 단선과의 사이에 눈에 보이지 않는 넘기 힘든 선을 그어 버린 듯했다. 명선의 계략이 아닌데도, 그녀에게 마음을 빼앗긴 것도 아니었지만, 이방근은 눈앞에 거의 무방비 상태로 있는 단선에게 손댈 마음이(그것은 용기가 필요할 정도였지만) 일지 않았다.

2층의 한 방에서 그는 여느 때보다 밝게 행동하는 단선의 술잔을 받은 뒤, 그 손을 잡고 부드러운 손등에 가볍게 입술을 갖다 대는 이상의 접촉은 없었지만, 그때 입술 언저리에서 파르르 경련을 일으키는 단선의 손 떨림에 얼굴을 든 이방근의 눈앞에, 사람을 빨아들일 듯 깊은 빛을 담은 심한 근시의 눈동자가 다가와 있었고 눈물방울이 부풀어 오르듯 솟아올랐다.

일어선 단선의, 문난설보다 다소 작은 몸집이긴 하지만, 하얀 치마저고리 차림의 날씬한 자태에 이방근은 강하게 끌렸지만, 범접하기 힘든 그 뭔가를 느꼈다. 이전에는 없던 일이다. ……선생님, 언제 또 서울에 가시나요? 서울? 그렇군, 아직은 몰라…….

아마도, 내일 밤 섬을 떠나기 위해, 서울로 가기 위해 단선을 찾아온 것이 아니었던가. 귀로에 오른 이방근은 명선관을 등지며, 마음은 내일 밤의 출항에 대비하고 있었다.

귀가하자마자 서울에서 전화가 걸려 와 이방근이 수화기를 들었는데, 전화 목소리는 건수 숙부였다. 옆에는 유원이 있는 듯했다. 이방근은 아버지에게 수화기를 건넸다. 숙부는 아버지와 한동안 이야기한 뒤 유원을 바꾸어 준 것 같았다. 대화가 없다. 유원아⋯⋯. 아버지가 딸을 불렀다. 유원아-, 왜 그러느냐⋯⋯. 유원은, 예상하고 있던 일이지만, 역시 목소리가 나오지 않는 것이었다. 울고 있을 것이다. 아버지에 대한 '배신'이라는 생각에서 자유롭지 못했다. 아버지는 차분했다. 부산에는 갈 수 없지만, 모두 네 오빠에게 맡겼으니, 아버지 대신이라 생각하라고 지금까지 없던 말을 하여, 응접실 소파에 앉아 있던 이방근의 가슴을 뜨끔하게 만들었다. ⋯⋯음, 부산에서 전화하면 돼, 아버지는 기다리고 있을 테니까⋯⋯. 전화는 임신 중인 계모에게 넘겨지고, 마지막에는 이방근이 수화기를 들고, 출항 예정에 변경이 없음을 서로 확인한 뒤 전화를 끊었다.

그날 밤 집에서 묵은 이방근은 점심때가 지나서 한대용으로부터 전화로, 국민학교 교사의 집에서 김 아무개와 만났다, 그 인상 등으로 보아(이전에 성내에서 만났던 기억도 있다) 유달현임에 틀림없는 것 같다, 유달현은 오늘 밤 혼자서 오게 된다⋯⋯며 간접적으로 그의 승선을 알렸다.

신영옥의 준비는 다 끝났다.

한 손에 여행용 위스키를 들고 하숙집으로 돌아온 이방근은, 자수하겠다고 들었을 때 준비한 것이라며 신영옥에게 전별금을 건네, 본인과 현 씨 부부를 곤혹스러울 정도로 미안하게 만들었는데, 뱃삯은 자신이 관계하고 있는 배라며 받지 않았다.

부산 출항 시에 정해지는 모양이지만, 배는 도중에 혼슈(本州)와의 연락선이 있는 쓰시마의 이즈하라(嚴原)에서 가까운 동쪽 해안에 들를지도 모른다. 그리고는 규슈(九州)의 남쪽을 빙 돌아서 시코쿠(四國) 앞바다를 우회해서, 와카야마(和歌山) 해안으로 가게 되는데, 신영옥을 도중에 내리게 하는 일은 없고, 일본까지 동승하는 한대용이 영옥을 오사카까지 책임지고 데려가게 될 것이라고 이야기했다. 부산에서 여동생이 승선하게 될 것이라는 언급은 하지 않았다. 어차피 영옥과 함께 일본으로 가게 된다.

해질 무렵, 사람의 얼굴을 식별하기 어려운 어스름 결에 출발한다. 집 앞 좁은 골목에서 왼쪽 냇가 길로 나올 때까지 십여 미터, 양쪽은 닫힌 대문과 돌담의 연속. 골목에 사람이 나와 있는지 어떤지를 확인했다. 안주인이 아무렇지 않다는 듯 밖으로 나가 신호를 하면 된다. 집에서부터 택시가 기다리고 있는 냇가 길까지 2분 안팎이면 갈 수 있지만, 결코 허둥대서는 안 된다. 서문교에 검문이 서 있지만, 운전수에게 맡기면 되니까 겁을 먹어서는 안 된다. 성내를 나갈 경우에는 거의 확인을 하지 않는다. 이방근은 출발에 대비하여 몇 가지를 미리 의논해 두었다.

안주인의 정성 어린 저녁식사를 마친 이방근과 신영옥은 함께 안채 마루에서 이미 어둠이 짙게 깔린 안뜰로 나섰다. 이방근의 가벼운 보스턴백은 영옥이 손에 들고, 짐으로 불룩한 영옥의 커다란 즈크 가방은 이방근이 들었다.

젊은 부부나, 남매로도 보이는 두 사람은 한쪽 문이 열린 대문 뒤에 서서, 먼저 밖으로 나가 있는 안주인의 신호를 기다렸다. 냇가까지 갔다 온 듯한 안주인이 고개를 아래위로 끄덕였다. 이방근이 먼저 대

문을 나서고, 영옥이 뒤따랐다. 현 씨 부부는 배웅하러 밖으로 나와선
안 된다. 큰 걸음으로 걷는 이방근의 뒤를 영옥이 따라가듯이, 두 사
람은 골목 밖으로 나와, 민가의 담장 옆에 멈춰 있는 소형 택시로 다
가갔다. 운전수가 나와 차문을 열었다. 이방근은 영옥을 밀어 넣듯이
먼저 태웠다. 흐─음, 이걸로 됐다⋯⋯. 좌석으로 몸을 던진 이방근
은 무심코 안도의 한숨을 토했다.

택시는 냇가를 따라 상류를 향해 달리기 시작했다. 이윽고 접어든
서문교를 오른쪽으로 꺾어서 건넌 다릿목의 검문소 경찰에게, 운전수
가 차창으로 고개를 내밀고 한 손을 흔들었을 뿐, 택시는 황혼 속 신
작로를 곧장 달렸다.

라이트가 전방의 울퉁불퉁한 도로 그림자를 확실히 비추자마자, 택
시는 춤추듯이 흔들렸다. 발밑에 가방을 두고 앉아 있는 두 사람의
몸이 그때마다 심하게 부딪치듯 닿았다. 밤이 어두워지면서 실내등을
끈 차 안은 서로의 얼굴도 보이지 않는 어둠에 잠기기 시작했다.

반 시간 이상을 달렸을 때, 요동이 거듭된 뒤였는데, 갑자기 그녀가
이방근의 가슴에 몸을 던지듯이 쓰러졌다. 아니, 요동치는 파도를 타
고 있었지만, 분명히 상반신을 던져와, 향기로운 검은 머리와 함께
이방근에게 몸을 맡겼다. 어떻게든 해 주세요, 라고 말하기라도 하듯
이. 그리고 매달리듯 두 손을 이방근의 허리에 둘렀다. 두 사람의 몸
이 차의 진동을 타고 심하게 흔들렸다. 일순 망설이던 이방근은 흔들
림 속에서 그녀의 상반신을 강하게 끌어안았다. 눈에는 확실히 보이
지 않는 화끈거리는 볼과 볼을 비볐다. 포옹이 이어졌다. 심장이 무섭
게 뛰고 있었다. 선생님⋯⋯. 선생님⋯⋯. 질주하는 차의 굉음에 섞
여, 포옹의 손길을 늦추지 않는 영옥의 헐떡이는 듯한 목소리가 이방
근의 귀에 닿았다. 어둠 속에서 입술이 포개졌다.

도대체, 이건 어찌 된 일인가.

그때, 어째서 지프를 한대용에게 부탁해 뒀다가, 곧바로 취소하고 다시 택시로 생각을 바꾸었던 것인가. 어쩌면 그때 뭔가 택시 안에서 일어날 일에 대한 예감이 있었던 것일까.

한림에 가까워졌다. 집집마다 깜박이는 불빛이 멀리서 아른거렸지만, 성내처럼 밝지는 않았다.

버스정류장까지는 아직 조금 더 거리가 남아 있는 부근에서, 회중전등 불빛이 원을 그리며 정차 신호를 하는 듯했다. 택시의 라이트 속에 총을 든 두 명의 병사가 나타났다. 작업복 차림의 한대용이 보였다.

이방근과 신영옥 두 사람이 택시에서 내리자마자, 차는 즉시 방향을 돌려 성내를 향해 사라져 갔다.

"지서장이 오후에 성내로 간 채 돌아오지 않고 있습니다. 모습을 감춘 겁니다. 지서의 경관들이 방해하고 나설지도 모릅니다……."

신작로에서 바닷가 쪽 길로 발길을 옮기며 한대용이 말했다.

4

바닷가로 내려가는 어두운 길은 한림의 중심보다도 성내 쪽에 훨씬 가까웠다. 택시는 길가 민가의 불빛이 보이는 버스정류장 근처에서 꽤 못 미친 곳에 멈춘 것 같았다. 성내에서 서쪽으로 향해 있는 신작로는 한림 부근에서 다시 섬의 서단부로 향해 크게 남쪽으로 치우쳐 달렸다.

파도 소리가 귀에 닿을 만큼 바다가 가까운 것이 겨우 몇 분 정도

거리일 것이었다. 취락은 신작로에서 산 쪽으로 퍼져 있기 때문에, 신작로 앞쪽의 주변 말고는, 해안 쪽에는 민가가 거의 보이지 않았다. 하늘을 우러러보니 별들이 가득 빛나고 있었다. 별빛 아래 까맣게 바닷바람에 수런거리는 소나무 숲 옆으로 난 작은 길로 발밑에 주의하면서, 병사가 각각 선두와 후미에 붙어 바다로 향했다.

한대용과 영옥은 간단한 인사를 나누었지만, 어둠 속에서 서로 얼굴을 충분히 확인하지는 못했다. 영옥의 커다란 즈크 가방을 한대용이 들고 선두의 병사 뒤를 따랐고, 자신의 보스턴백을 손에 든 이방근과 영옥이 그 뒤를 따랐는데, 영옥은 이방근에게 매달리듯 발밑이 보이지 않는 밤길을 가면서, 몸을 이방근에게 의지하고 있었다. 이방근은 뒤에 오는 병사를 의식해서 그녀의 손을 잡지는 않았지만, 밤 바닷가의 냉기 속에서도 영옥의 육체가 냄새를 풍기듯 달아오른 것을 옷 위로도 느낄 수 있었다. 안다기보다도 방사열 같은 것을 느꼈다.

한림에서 하차하지 않고 그대로 차를 달리든가, 아니면 마중이 없는 편이 좋았던 것이다. 택시에서 내던져지기라도 한 것처럼 패씸한 기분마저 든다. 차 안에서 몇 번이고 입을 맞추었을 때, 거기에는 더이상 산 사람의 냄새는 없었다. 마치 오늘 하루 사이에 풍만한 육체를 가진 여자로 되살아난 듯했다.

이 변화에 몸의 깊은 부분이 반응한 이방근은 뜨거운 포옹에서 벗어날 수 없었다. 그는 매우 당황하면서도, 그 반동처럼 입술을 강하게 밀어붙이고 있었다. 어찌 된 그녀의 충동일까. 격정적인, 마치 실성한 듯 몸을 내던지는 모습은, 하산하여 불안으로부터 벗어난 여자가 남자를 탐하는 욕망인가. 아니, 불안은 계속된다. 절망적인 불안이었을지 모른다. 고독한 심정의 발작적인 발현. 최근 2, 3일 동안에 서로가 마음이 통하는 것을 느끼고, 섬에서 탈출하는 데 모든 것을 맡긴 남자에 대한, 동시에 고향을 떠나는 작별로 인한 충동적인 행위인가. 혁명으로부터의 두려운 도망. 그녀는 차 안에서 이방근의 양 무릎 사이에 머리를 묻듯 했었는데, 거의 참을 수 없는 지경이었다. 이 순간에, 죽을 마음을 짊어졌던 자신의 모든 것을 버렸는지도 몰랐다. 그것은 이상한 점화력으로 이방근을 밀어붙여 움직이게 했던 것이다.

이방근은 다섯 명의 발소리가 뒤섞이는 가운데 엉뚱한 마음이 들어 깜짝 놀랐다. 그리고 스스로에게 설명하기 이전에, 유달현에 대한 질투의 감정이 언뜻 고개를 쳐들고 나오는 것에 놀랐다. 단지, 일본까지 같은 배로 간다. 아니, 자신에게는 손이 닿지 않는 일본으로 함께 상륙한다는 것만으로. 이 찰나의 심적 비약은 문난설조차 개입할 여지가 없었다. 하얀 그녀의 얼굴이 어둠 속에서 움직인 것은, 유달현에게 질투를 느낀 후였다. 이것이 무슨 일인가, 유달현에 대한 질투, 한심한 이야기였다. 인간의 의식은 부서지는 빛처럼 변덕스럽게 내달렸다.

그런데 유달현은 그렇게 간단하게 일본으로 갈 수 있다고 생각하는 것일까. 악운이 강한 놈이라고 생각했지만, 이제는 운이 다 한 것이리라. 나와, 이 이방근과 배 위에서 얼굴을 마주친다면 기절초풍하여 실신할지도 모른다. 선배, 그런 놈은 바다에 처넣어 버리면 어떨까요. 어제, 성내로 왔던 한대용이 그렇게 말했다. 이봐, 바보 같은 소리는 그만 둬. 이방근은 상대를 나무랐지만, 마치 어딘가에 숨어 있는 자신의 마음 한쪽 끝을 간파당한 것처럼, 그때는 움찔했다. 그래, 확실히 말 같지 않은 이야기지만, 그러나 일고의 가치가 없다고도 말할 수 없었다.

"지서의 경찰들이 방해할지도 모른다니, 무슨 말인가?"

이방근은 생각났다는 듯이, 어둠으로 윤곽이 흐릿한 한대용의 등을 향해 말했다.

"지서장 새끼가 부재중이라서 통제가 안 된다는 겁니다. 지서장이 배가 출발하기 전에 얼굴을 내밀기로 돼 있었는데, 점심때가 지나 성내에 용무가 있다고 간 채, 이쪽으로 돌아오지 않고 있으니까요. 결국 도망친 겁니다. 경찰들은 배가 떠나는 게 확실해졌을 때는, 발포를 해 올지도 모릅니다."

"발포라고? 흐-음 , 오늘 밤 배가 떠나는 건 놈들은 알고 있는가?"

"아마도 알고 있겠죠. 시간까지는 모른다고 해도. 뭐, 괜찮습니다. 군이 붙어 있으니까."

"고마운 일이군. 그런데, 김 군은 어떻게 되었지?"

"김 군……?"

"김, 아무개라고 했지 않은가."

이방근은, 이런 둔한 녀석이……라고 생각하면서 말했다.

"예-. 아까, 제가 이쪽으로 오기 전에 탔습니다. 이미, 거의 다 올라 탔고, 남은 것은 선배……, 아니, 선생님 일행뿐입니다."

"그럼, 이제 출발이란 말이로군."

"그렇습니다."

차 안에서 이방근은 영옥에게 유달현의 체포와 석방, 그리고 같은 배를 탄다는 것을 이야기했다. 일찍이 같은 성내 조직의 세포원이자 동지였던 유달현의 뜻밖의 출현에 영옥은 놀랐다. 무엇보다도 게릴라의 대열에서 벗어나 하산했고, 지금 섬 밖으로 탈출하려는 자신에게 강렬한 라이트가 비추어진 그런 느낌이 들었을 것이다. 왜, 일본으로……? 사정이 있어서 도망치는 것이오. 나와 마찬가지……. 아니오, 영옥 동무와는 전혀 달라요. 이방근은 동요하는 그녀를 억제했다. 그는 자세히는 이야기하지 않았고, 입 밖에 내고 싶지 않았다. 하지만 유달현의 배신을 그녀가 알고 있을 필요가 있다. 이미 두 사람 모두 조직의 이탈자이지만, 그녀는 조직과 인간을 판 것은 아니었다. 그는 운전수에게 들리지 않도록 엔진의 굉음을 틈타서, 유달현이 조직을 팔았음에 틀림없다는 것을, 그 증거는 오늘 밤 배 위에서 밝혀지게 될 것이라고 말했다. 갑작스러운 유달현의 등장에 두려워하는 영옥을 새로운 불안에 빠뜨렸지만, 이방근은 걱정할 것 없다. 내게 맡기면 된다, 다만 경계심을 잊지 말라고 덧붙였다.

소나무 숲이 끝나고 길은 해안의 암벽 근처로 나 있었고, 왼쪽으로 꺾자, 그 앞은 모래사장이 펼쳐지고 있었다. 암반지대에 가까운 모래사장 끝에, 바닷바람을 타고 풍겨 오는 땀 냄새의 주인공인 검은 그림자가 보였는데, 선두의 병사가 말을 주고받은 뒤, 다섯 사람은 모래를 밟고 나아갔다. 검은 그림자의 병사들은 파도가 밀려오는 물가 옆에서 반월형으로, 한대용이 말했던 것처럼, 5미터 간격으로 바다를 포위, 경계를 맡고 있었다.

해변의 시야는 별빛이 닿는 범위였지만, 배가 떠난다고 하는데 불빛다운 불빛이 전혀 보이지 않았다. 작업은 이미 어둠 속에서 진행되고 있었다. 밀려와 부서지는 파도 소리뿐, 포위망 밖에서는 하얀 파도의 물보라는 보이지 않았다. 해면은 어둡고 어디에 배가 있는지 알 수 없었지만, 배가 있는 곳까지 거룻배를 타게 된다고 했다.

잠시 걸으니, 어둠 속에서 작은 텐트의 형체가 보이고, 텐트 좌우에 총을 든 병사가 서 있었다. 텐트 정면의 해상에 희미하게 배와 같은 형체, 이른바 발동선의 모습이 있다는 걸 깨달았다. 시선을 집중하여 바라보자, 윤곽이 없는 덩어리에 불과한 형체가 움직이는 것처럼 보이는 것은, 흔들리고 있기 때문이었다.

한대용이 텐트에 얼굴을 들이밀었다가 바로 나왔다. 텐트의 틈으로 회중전등에 무엇인가 덮개를 한 빛이겠지만, 텐트 안이 약간 밝았다.

한대용이 함께였지만, 이방근과 신영옥이 각자의 통행증을 병사에게 보이고 경계망 안쪽 해변으로 들어갔다. 두 사람이 마지막 승객이었다. 강풍의 지장도 없으니, 곧 출항이다.

텐트를 중심으로 한 건너편에도 병사들의 경비선이 이어지고, 해안의 봉쇄에 주둔 중대의 일개 소대 병력이 배치되어 있는 것 같았다. 지서 경찰의 힘으로는 어찌해 볼 도리가 없을 것이었다. 게다가, 하늘에 별이 가득하다고 해도, 멀리서 보는 바다는 캄캄했다.

전방에 하얀 해안선처럼 보이는 것은, 물가에 부서지는 하얀 파도머리인 듯했다. 물가까지는 십여 미터가량의 거리였다. 거룻배 한 척이 대기하고 있었다. 물가의 젖은 모래에 신발이 깊이 빠졌다. 한대용이 먼저, 영옥의 가방을 뱃사공에게 넘기고 나서 작은 배에 익숙한 동작으로 뛰어오르더니, 영옥의 손을 잡고 끌어당겨 배 위로 올렸다. 이방근은 배를 뒤에서 양손으로 누르듯이 하며 단숨에 올랐다. 이방근에게 눌렸던 거룻배가 밀려가는 파도를 타듯 움직이기 시작했다.

"이것으로 끝인가?"

어두운 바다에 노를 넣으며 머리가 짧은 초로의 뱃사공이 말했다.

"아직 아니오. 난 한 번 더 해변으로 돌아가지만, 총을 가진 병사 두 명이 탈 거요."

한대용이 굳이 병사가 총을 가지고 있다고 말했다.

"호오, 그 병사는 일부러 총을 가지고 밀항하는 건가?"

"그렇소."

"일본에 상륙했다가 발각되면 왜놈을 쏴 죽일 생각인가?"

농담이겠지만, 퉁명스러워서 진심으로 말하고 있는 것처럼 들린다.

배가 천천히 앞뒤로 흔들리며 나아갔다. 아래는 밤바다. 물을 가르며 노가 삐걱거리는 소리가 어쩐지 먼 옛날의, 아니 태고의 기억을 부르고 있는 것처럼 울린다. 눈앞에 선체의 검은 그림자가, 마치 해상의 커다란 바위 덩어리처럼 다가왔다. 금방이었다. 해변에서 겨우 십여 미터, 텐트의 위치에서 물가 근처까지의 거리일 것이다. 십여 미터 사이의 태고의 울림인가. 노의 움직임은 멈췄다.

"자, 조심하게나."

사공의 목소리. 사공이 두 개의 가방을 갑판의 선원에게 건넸다.

한대용이 키 높이 정도 되는 갑판 가장자리에 손을 얹고 기어오른 뒤, 영옥의 손을 잡고, 이방근이 영옥의 바지 차림의 하반신을 들어 올리듯이 갑판으로 밀어 올렸다. 배가 천천히 파도에 흔들리고 있었다.

한대용이 거룻배를 타고 배에서 떠났다.

선미 쪽에 희미하게 서로의 얼굴 윤곽 정도 밖에 분간할 수 없는 사람들 무리의 그림자가 생기고, 말소리가 났다. 대부분이 경찰에 쫓기고 있는 이 마을의 청년들일 것이다. 선창으로 내려가는 네모난 구멍의 덮개가 벗겨져 있었는데, 구멍 밑에서도 인기척이 나고, 희미하게 한 줄기 연기 같은 것이, (담배 연기일 것이다) 기어 나와 바람에 흩어졌다.

갑판 위의 그들은 하나같이 육지 쪽을 향하고 있었는데, 마을의 깜박이는 불빛에 고향과의 마지막 작별을 고하면서, 이제 곧 어둠 저편으로 사라질 고향의 섬 모습을 지켜보고 있는 것인가. 갑판 위에 올라서서 바다 쪽을 돌아보자, 멀리 중산간지대에 해안에서는 보이지 않았던 검붉은 불길이 피어올라 밤하늘을 태우고 있었다. 오름에 가려 보이지 않았던 것인지, 불을 놓은 지 얼마 안 된 것인지. 폭발하듯 섬광을 발하며 검은 연기를 뿜어 올리는 것으로 보아 휘발유라도 끼얹고 있는 모양이었다. 그렇다, 배 위에 우두커니 서 있는 그들은 불길이 이는 섬을 뒤로 하고, 고향을 떠난다.

배 위를 어두운 바닷바람이 불며 지나간다.

이방근과 영옥은 조타실 뒤의 선실 옆에서 한대용과 두 병사의 마지막 승선을 기다렸다.

특산품인 말린 송이와 김 따위의 짐을 실은 선창에도 밀항자들이 각자 자리를 잡고 있을 것이다. 유달현은 어디에 섞여 있는 것일까. 어쩌면 갑판 위로 나와 있다가, 거룻배에서 승선한 사람 중에 이방근처럼 보이는 모습을 발견했을지도 모른다. 만약 그랬다면, 깜짝 놀란 그는 거룻배로 뛰어내릴까, 바다로 뛰어들까 하는 충동에 휩싸였을 것이다.

"이봐, 갑판에서 담배 피우지 마! 아까부터 얘길 듣지 못했나." 선원이 거친 목소리로 말했다. 누군가가 담배를 입에 무는 것을 발견했는지 몰랐다. "총탄이 날아온단 말이다. 경찰이 노리고 있지만, 지금 배가 어디쯤에 있는지 모른다. 군대가 해변에서 우리들을 방위하고 있는 걸 보았겠지. 통행증이 없으면 경찰도 통과할 수 없다. 우리들은 군 덕분에 배까지 안전하게 와 있다. 지금 군이 철수하면, 경찰 놈들은 총을 쏘면서 돌진해 올 것이다. 알고 있을 텐데. 서로 목숨을 걸고 있다. 이제 곧 출항이니까, 지금 바깥 공기나 실컷 쐬고, 슬슬 선창 안으로 들어가."

마지막 거룻배가 오고, 한대용과 각자의 가방과 총을 든 두 병사가 배에 올라탔다. 병사는 둘 다 일등병이라고 했다. 연령은 20세 전후로 보였다.

"다들 조심해서 가게나."

마을 청년들을 떠나보내는 초로의 뱃사공이 손을 흔들고, 거룻배를 배에서 떼어 놓았다.

갑판에 있던 사람들이 하나 둘 선창 안으로 사라져 갔지만, 출입구는 열린 채였고, 아직 몇 사람인가가 갑판에 남아 있었다. 출항의 마지막 순간까지 고향의 바닷바람을 쐬고 싶은 것이었다.

　뱃머리 쪽에서 천천히 닻을 감아올리는 쇠사슬 소리가 들렸다. 육지 건너편까지 들리지는 않을 것이었다. 선원들의 움직임이 분주해졌다. 한 사람이 가마니 같은 것을 바다로 던져 넣었다. 무얼 하는 것일까. 이방근은 출발에 즈음해 갑자기 필요 없는 것들을 던져 버리는 게 아닌가 하고 생각했다. 그런데, 눈에는 거의 보이지 않았지만, 그 바다로 던져진 가마니 끝에는 로프가 연결돼 있었고, 로프를 손에 잡은 선원이 가마니를 해면에서 질질 끌듯이 하고 있었다. 뭔가 이 땅에서 출항할 때의 주술인가. 이방근은 그런 이야기를 들은 적이 없지만, 무슨 일인지 알 수 없었다. 이윽고 로프를 끌어당기고 있는지, 흠뻑 바닷물을 빨아들인 묵직한 가마니가 마치 커다랗고 평평한 가오리처럼 배로 끌어올려졌다.

　"한 동무, 저건 무얼 하고 있는 건가. 가마니가 아닌가?"

　"그렇습니다. 이제, 출발 준비입니다. 이제부터 출항합니다. 곧 엔진이 걸리고……."

　한대용이 바다의 어획물이라도 끌어올린 것처럼 가마니에서 눈을 떼지 않고 말했다.

　"들은 적이 없는데, 한림 주변의 주술인가?"

　"주술? 무슨? 젖은 가마니로 무슨 주술입니까. 저건 지금부터 배의 굴뚝에 씌우려는 겁니다."

　"으-음……."

　의외의 대답에 이방근은 어리둥절했다.

　"저것을 덮고 나서 엔진을 움직이는 겁니다. 중유를 태우기 때문에 연기와 함께 아무래도 불똥이 사방으로 흩어져 올라갑니다. 밤이라 불똥이 튀는 것은 멀리서도 잘 보입니다. 지서의 망루 위에서 지키고 있는 경찰들에게 금세 배의 위치가 노출되고 말겠지요."

"으—음, 가마니를 덮으면 불똥이 튀지 않나?"

아니, 튀지 않는다. 튈 리가 없다. 젖지 않은 가마니라면 굴뚝 위에서 타기도 하겠지만……. 이 얼마나 어리석은 질문인가.

선원이 가마니를 끌어올리자, 한대용이 다가가 바닷물에 젖어 물방울이 떨어지고 있는 가마니를 함께 굴뚝 옆으로 옮겼다. 그리고는 둘이서 가마니를 들어 올려 굴뚝 입구에 덮고 나서, 그 네 귀퉁이를 꺾어 벗겨지지 않도록 밧줄로 동여맸다.

선원이 굴뚝에서 벗어나, 지금 출항하니까 갑판에 나와 있는 사람은 선창으로 들어가라고 말하고 기관실 쪽으로 사라졌다.

두 병사가 선창으로 내려갔다. 이방근과 영옥은 한대용과 선실로 가기로 되어 있었다. 이방근은 멀리 중산간지대에 타오르는 몇 줄기 화염의 꼭대기로부터, 보다 높고 넓게 밤하늘 전체를 올려다보았다. 아침 이슬처럼 쏟아져 내릴 것만 같은 별빛. 별의 비라도 맞고 싶어지는 하늘과 바다.

"선생님, 일본에 가도 이렇게 별이 총총한 하늘이 있을까요?"

"……" 이방근은 숨을 한 번 내쉬고 나서 말했다. "있고말고. 별은 어디에 가도 있으니까. 아름다운 별이 무수히……."

없다고 말해야 한다. 그것이 향수다. 이렇게 아름다운 별 하늘은 고향 제주도만의 것.

"영옥 동무." 이방근은 소리를 낮춰 말했다. "동무는 양준오를 알고 있지."

"예—, 이전에 통역을 하고 있던 사람이지요."

"그래, 산에서 그와 만나지 않았나?"

"산……? 선생님, 준오 씨가 입산했나요?"

영옥은 미군 통역을 하고 있던 양준오가 산으로 들어갔다니, 하고 놀라워하는 표정으로 같은 성내 그룹이긴 해도 아지트는 몇 개인가로 나뉘어 있고, 따로 행동하기 때문에, 교류는 거의 없었다고 했다. 어쩌면 양준오의 소식을 들을 수 있지 않을까 하는 이방근의 기대는 무너져 버렸다.

발밑 갑판에서 울림이 전해져 오는 것으로 보아 엔진이 움직이기 시작한 모양이다. 서서히 엔진 소리가 커지고 선체가 진동했다. 이방근은 무심코 굴뚝 쪽으로 시선을 던졌는데, 기묘한 모양의 굴뚝 형체가 서 있을 뿐, 불똥 같은 것은 보이지 않았다. 갑자기 배가 움직이기 시작했다. 크게 울리는 엔진 소리가 해면을 달려 조용한 해변에 울려 퍼졌다.

돌연, 해변 저쪽 어둠 속에서 총성이 울렸다. 엔진 소리를 향한 일제사격. 설마, 군대는 아니다, 경찰이다. 밤공기를 가르며 무수한, 마치 불화살처럼 탄환이 튀어 날아왔다.

"엎드려!"

이방근이 외쳤다. 세 사람은 순간적으로 갑판에 몸을 붙였다. 선실로 들어가기에는 늦은 것 같았다. 늦었다기보다도, 선실 문을 연 순간 실내의 약한 불빛이 밖으로 새어 나갈 가능성이 있었던 것이다.

총성이 바다에 울려 퍼졌다. 이방근은 옆에 엎드린 영옥의 어깨에 팔을 두르고 끌어안았다. 무서운 소리를 내면서 배의 상공을 날아가는 것도 있었다. 여기저기 마구잡이로 사격을 하고 있었다. 지서의 망루에서 채 백 미터가 안 될 것이다. 경찰 장비인 M1총은 사정거리가 5백 미터, 카빈총이라도 2, 3백 미터라고 하니, 사정거리 안에 들어가고도 남았다. 시동을 모두 걸고 피스톤 운동이 격렬하게, 배는 급속히 커다란 파도를 타고 넘듯이 달린다. 닥치는 대로 밤바다를 향해 마구 쏘아대는 총탄이 어디에 맞을지 알 수 없었다. 배의 동체에 두세 발, 기관부에라도 맞는다면, 배는 불을 내뿜고 밤의 한림 앞바다에 침몰할 것이다.

"한 동무, 괜찮은가?"

영옥의 맞은편에 조금 떨어져서 엎드린 한대용을 향해 이방근이 말했다. 진동하는 갑판에 가슴이 눌려 있는 탓인지, 목소리가 떨렸다. 아니, 공포도 있었던 것이다. 심장이 격하게 고동친다. 영옥의 고동치는 심장의 두근거림도 전해져 왔다.

"예─엣, 괜찮……. 괜찮습니다." 갑판의 진동 탓인지, 한대용의 목소리도 단속적으로 떨리고 있었다. "결국, 저질렀군. 지서장 놈이! 선생님, 오싹했습니다. 뭔 짓인가 할 것이라고는 생각했지만."

배는 점점 먼 바다로 나가고 있었다. 사격은 이어졌다. 총성은 멀어지고 있었다. 10분은 계속되었을까. 몇 분에 불과한 것이었나. 어두운 밤에 총성의 폭풍이라니. 맞을 확률은 벼락보다도 높았던 것이다.

총성이 일제히 멈추고, 주변으로 우주의 정적이 내린 것처럼 쥐 죽은 듯 고요한 한순간이 배를 뒤덮었다. 엔진 소리도 모두 사라지고, 무서운 침묵의, 시간이 정지된 것 같은 세계에서 바다 위의 배와 함께 흔들림만이, 뭔가 정체를 알 수 없는 생명의 파동이 되어 몸을 꿰뚫고 지나갔다. 이윽고 생명의 소생을 알리는 듯한 선체를 밀며 부서지는 파도 소리, 엔진의 튼튼한 울림. 갑판에 흩어지는 눈에 보이지 않는 파도의 비말.

덮개가 열려 있던 선창 구멍에서 사람들이 두더지처럼 갑판으로 나왔다.

선원이 굴뚝의 가마니를 벗겼다.

한대용이 조타실 뒤에 붙어 있는 선실 문을 열고, 세 사람은 안으로 들어갔다. 다다미 세 장 남짓한 방에는 소형 전구와 같은 작은 실내등이 붙어 있을 뿐, 아무도 없었다. 창문에는 전시 중의 방공용을 생각나게 하는 검은 차광 커튼이 쳐져 있었지만, 불빛이 약한 탓에, 밖에서는 전혀 빛이 보이지 않았다.

상당히 먼 바다로 나왔는지, 배가 좌우로 흔들렸다. '풍다(風多)'의 제주해협은 파도가 거칠었다. 자리에 앉으면 엉덩이가 기울어진 다다미 위로 미끄러져, 위치에서 벗어날 것처럼 되기도 했다. 피스톤 운동을 반복하는 엔진의 간헐적인 진동이 다다미 너머로 엉덩이를 통통 끊임없이 쳐올렸다.

어제와 다른 한대용의 군데군데 기름이 밴 작업복은 완전히 몸에 달라붙은 것처럼 잘 어울렸다. 배의 주인이었지만 그는 몇 사람 안 되는 선원들 속에 섞여 움직이고 있었다. 바다 위에서는 선장이 절대자이고, 선주라고 해도 모두 배의 구성원으로 한 사람의 선원에 불과했다.

이방근은 이 배를 보는 것은 물론, 타는 것도 처음이었다. 본다고 해도, 지금으로선 작은 선실뿐이지만(뒤쪽 옆에 다다미 두 장이 채 안 되는 선장용 방이 있었다), 이전부터 자신의 소유가 되었을 이 배를, 이런 종류의 배를 잘 알고 있는 송래운에게 배의 품평과 가격에 대한 예비 조사를 위해 동행을 부탁하려고 했던 적이 있었다(시기적으로는 마침 바닷가에 양륙되어 배 밑바닥을 드러내고 있을 때가 적당했지만). 그러나 송래운도 강몽구와 선이 닿아 있는 것 같긴 했지만, 조직 외의 사람에게 상담하는 따위의 일은 피하는 편이 좋다는 생각이 들었다. 그래서 이런 종류의 밀항선을 자주 타고 있고, 그 주변 지식도 꽤 있는 강몽구를 동반할 생각이었지만 이런저런 일로 이루지 못한 채 지금에 이르고 말았다.

두 달가량 전이지만, 물자 조달을 하러 일본으로 갔다 온 배가 제주도로 돌아오지 않고, 부산 어딘가 근처에서 모습을 감춘 채 밀수입품을 처분해 버린 듯한 일이 있었다. 배는 조직의 소유는 아니었지만, 선주가 조직원이고, 그 당시까지는 물자의 일부를 조직에 넣고 있었다. 일본 출발은 틀림없었고, 도중에 침몰한 것도 아닌데(그 배를 타고 온 화물의 주인 한 사람이 부산에 있었다고 했다), 제주도로 돌아오지 않은 것은 일종의 도망일 것이었다. 그러나 배는 자신의 것이기 때문에 조직의 소유물을 횡령한 것은 아니었다.

이방근이 강몽구로부터 산의 조직으로 물자를 공급할 밀무역선의 제공을 요청받은 것은 그 후였다. 그는 승낙했다. 그리고 '혁명 투쟁을 위한 게릴라 참가와 입산'을 희망했지만 이루지 못한 울분을 풀길이 없었던 한대용에게, 이방근은 그 이야기를 꺼냈던 것이다. 한대용의 배를 적당한 가격으로 양도할 것, 이방근 명의로 변경은 하지만, 한대용이 그대로 선주로서 일본을 왕래하면서, 일정한 비율로 산 부대 조직에 원조물자를 공급하는 등의 협력을 하는 것으로 합의를 보았다.

이야기에 따르면, 이 배는 4·3봉기 이전, 강몽구와 남승지가 일본에 갔다 왔을 때 이용한 밀항선으로, 올 여름에 한대용이 손에 넣은 것이었다. 일본과의 왕래에는 익숙한 기관장 겸 선장, 선원들도 그대로였기 때문에 한대용에게는 크게 도움이 되었다.

그런데, 이방근이 제공한 배에 의한 물자의 공급은 지금 그럭저럭 이어지고 있지만, 중산간지대의 통행금지와 소개령이 진행되면서 산으로의 보급은 여의치 않게 되어 앞으로의 전망이 서지 않았다.

커다란 철제 재떨이를 한가운데에 놓고 세 사람이 앉아, 이방근과 한대용은 담배를 피웠다. 재떨이 밑바닥이 낡은 다다미에 달라붙어 있어서, 배의 적은 흔들림에는 미끄러지거나 하지 않았다. 그러나 요동과는 관계없이, 엔진의 진동으로 조금씩 위치가 바뀌었다. 한대용은 작업복을 입어도, 여전히 파이프를 입에 물고 피웠다. 이제는 정말 잘 어울렸다.

여자 승선자는 왠지 영옥 혼자라고 했다. 이대로라면 부산에서 일본까지 여자는 두 사람뿐인 항해가 될 것이었다. 승선자는 32명, 부산에서 몇 사람이 내릴 것 같지만, 30여 명의 인원이라면 대단할 건 없었다. 짐이 없다면 백 명 가까이는 탈 수 있었다. 이 정도의 배 몇 척으로도 경찰의 블랙리스트에 올라 있다는 수백 명의 게릴라 전원을 섬 밖으로 나를 수 있다.

이방근은 한대용과 영옥 앞에서 유달현 이야기를 꺼냈다. 부산까지 하루 밤낮이라는 시간이 있지만……. 있다고는 하지만……, 뭐가. 잠깐만 기다려, 하루 밤낮? 이방근은 스스로 고개를 갸웃했다.

"음, 하루 밤낮……?"

"무슨 일입니까, 뭐가, 하루 밤낮입니까?"

"이 배는 부산에 언제 도착하지?"

잠꼬대 같은 물음이었다.

"내일 밤, 늦게 도착합니다."

"내일 밤 늦게 도착한다……. 으음, 그렇군. 나는 착각을 하고 있었군. 그럼, 상륙하지 못하고 배 안에서 밤을 새우게 되는 것인가?"

"예. 그쪽의 통금은 밤 열한 시부터 다섯 시입니다."

"나는 또, 어째서 그것을 한 동무에게 확인하지 않았을까? 내일 밤에 부산에서 여동생 일행과 만나기로 돼 있는데. 이거 곤란하군. 내가 뭔가 착각을 하고 있었어. 스물서너 시간, 만 하루면 갈 수 있다고만……. 그래도 목포에 비하면 두 배 이상의 시간이니까."

"연락선의 시간입니다. 그것은. 하루 밤낮이라는 것은, 제주—부산 간의 연락선입니다."

"그래, 그렇군. 뭐, 됐네, 엉뚱한 착각을 한 것이로군."

"부산까지 178마일, 285킬로미터, 목포까지는 88마일에 140킬로미터니까, 제주―목포 간의 거리는 부산의 절반입니다."

"선생님, 여동생분이라면 유원 동무 말씀이신가요?"

영옥이가 말했다.

"그래요."

"지금 부산에 계신 겁니까?"

"아니, 어차피 부산에 가면 여동생과 만나게 되겠지만, 유원이가 이 배로 일본으로 간다오."

"유원 동무가 일본으로, 그럼 일본까지 동생분과 함께라는 겁니까? 정말로……?"

이방근이 고개를 끄덕이자, 그녀는, 아이고…… 하고 소리를 질렀다.

"선생님 대신 동생분과 함께할 수 있다니, 기뻐요. 하지만 어째서 유원 동무가 일본에. 서울에서 음악공부를 하고 있잖아요?"

"흐음, 그렇군, 그건 부산에서 유원이를 만나서 물어보기로 하고……." 이방근은 말을 일단 끊고 나서 계속했다. "어쨌든, 멍청한 착각이군. 밀항선을 탄 적이 없어서 그래. 이런 일이 있다니, 도대체가. 그런데, 한 동무, 부산까지 하루 밤낮 이상의 시간이 있지만, 유달현에 대한 사문, 일단 사문이라고 해 두자고. 난 조직 자체도, 그 대리자도 아니기 때문에 내 개인의 사문이야, 그가 설령 한 지구의 조직이라고 해도, 그것을 적에게 판 것은 '혁명'을 판 것이고, 결국 이 섬사람들을 판 것과 다르지 않은 것이지. 그 사문을, 지금부터라도 시작할 생각으로 있네."

"어떻게 말입니까?"

놀란 눈으로 한대용은 이방근을 바라봤다.

"우선, 김 아무개라고 자칭한 남자, 왜 김 아무개인지, 그 남자를 이곳으로 부르는 거야. 그리고 그가 김 아무개가 아니라는 걸 밝힐 걸세." 이방근은 이미 시나리오가 완성된 것처럼 단정적으로 말했다. "이곳으로 불러오는 것은, 내가 그와 개인적으로 만난다는 것이지. 내가 캄캄한 선창으로 가서, 처음부터 모두들 앞에서 얘기를, 심문을 할 순 없겠지. 만나서 어떻게 될 것인가. 그건 나중 일이야. 그 자신의 입으로 스파이 행위의 사실을 자백하게 만들어야 해. 자백 여하에 상관없이, 그와 만난 뒤에, 그가 스파이라는 걸 두 병사를 제외한 마을 청년들에게 알린다. 한 동무가 몇 사람씩, 이곳으로 청년들을 불러도 좋네. 그리고 배신자를 어떻게 할지, 모두의 의견을 묻는 거야."

"인민재판입니까?"

"인민재판……? 그렇군, 산속에서가 아니라, 바다 위의 인민재판. 큰 바다 위 흔들리는 밀항선에서 인민재판이라. 뭐, 재판이 될지 어떨지는 별개로 하고, 모두에게 알린다는 것. 그리고 사문 후, 유달현과 병사가 한패가 되는 걸 경계해야 돼. 두 병사에 대해선 나중에 생각하기로 하고, 그 총을 빼앗기보다는, 한 동무가 설득을 해서 보관하든지 해야겠지. 만약 응하지 않을 때에는 강제로 총을 빼앗을 수밖에 없네. 그래서 한 동무도 생각해 두었으면 하지만, 흐음, 유달현의 신병을 어떻게 할까 하는 것이야. 병사들뿐만 아니라, 감시할 필요가 있어. 가령 구속한다고 해도, 꽁꽁 묶어 둘 수도 없고. 바다 위라서 도망가는 건 불가능하지만, 그러나 모르지, 스스로 바다로 뛰어들 수도 있으니까 말야."

두 사람이 한순간 놀란 눈빛으로 이방근을 바라보았다.

"정말로 바다로 뛰어들 정도라면 양심적인 인물이지요."

한대용이 말했다.

"그 이전에, 공포심이 있기 때문이야. 스스로 뛰어드는 편이 편할지도 모르지. 뒤에서 벼락이 떨어진다면 갑자기 뛰어드는 법이야. 그런 건 나중 얘기하세. 이제 가서 데리고 와 주지 않겠나?"

"지금 당장 말입니까?"

"그래. 잠깐 선실까지 와 주었으면 하고 말하면 되네. 내 이름은 말하지 말고. 그리고 영옥 동무는 잠시 옆방으로 자리를 옮겨 주지 않겠소. 시각은 벌써 아홉 시가 가깝군……. 음, 그럼, 한 동무, 다녀와 주게."

한대용이 뒤쪽 옆의 선장실 미닫이를 열고 영옥을 들여보냈다. 다다미 두 장이 채 안되지만, 구석에 낡은 앉은뱅이책상이 하나 있을 뿐이라 그리 답답하지는 않았다.

"영옥 동무는, 지금 뱃멀미는 괜찮습니까?"

한대용이 말했다.

"예-."

한대용은 세면기에 헌 신문을 깔고 그것을 옆방에 두었다.

"유달현과 이야기 중에, 영옥 동무가 뱃멀미를 하면 어떻게 하지요?"

한대용이 이방근을 돌아보며 말했다.

"그때는 그때고, 옆방에 사람이 있는 것을 알아도 그건 별로 상관없네. 처음부터 영옥 동무가 있으면, 얘기의 분위기가 달라지니까 말이야."

한대용이 방을 나가고 몇 분 지나지 않아 곧바로 유달현을 데리고 온 기척이 문 밖에서 났다. 다소 어이가 없다는 느낌이 들었다. 이방근이 있다고는 전혀 모르는 상태라 무슨 일인가 하면서도 쉽게 응한 것이리라. 아니, 이방근이 있다는 걸 알고 있어도 응하지 않을 수 없다.

"김 선생님, 이쪽으로."

먼저 선실로 들어온 한대용이 이방근 앞에서 유달현을 김 선생님이라고 불렀다.

당연하겠지만, 유달현은 문 입구에서 소형 전구 같은 실내등 아래에서 책상다리를 한 채 자신을 바라보고 있는 남자와 눈길이 마주치고, 그 사람이 이방근이라는 걸 알아챘을 때, 흠칫 놀란 모습으로 그자리에 우뚝 서더니, 반사적으로 한쪽 발을 뒤로 빼려고 했다. 순간, 유달현이 넘어질 뻔한 것은 기겁해서라기보다 배가 크게 흔들리며 기울어진 탓일 것이다. 그 순간 정신을 차린 것처럼 문틀에 손을 걸치고, 배가 흔들리는 반대로 리듬을 타듯이 선실에 발을 들여 신발을 벗었다.

"이, 이방근 동무 아닌가. 무얼 하고 있는가. 어찌 된 일이냔 말일세. 이런 곳에서 만나다니. 깜짝 놀랐네. 기이한 인연이군. 난 또, 유령이라도 본 것인가 하고……."

변함없이 낮은 목소리가, 엔진의 진동과 울림에 방해를 받아 알아듣기 힘들었다.

사냥모에 점퍼 차림, 콧수염을 기른 유달현은, 두세 걸음 다가와서 악수를 청했다.

이방근은 입가에 희미한 웃음을 띠고, 아무 말 없이 악수에 응했다. 상대가 짐짓 손을 세게 잡아올 것이라 생각했지만, 서로의 악수는 금방 풀었다.

"유달현 동무, 앉게." 이방근은 짓궂게 상대의 이름을 분명하게 불러, 마치 여기가 자신의 방이라도 되는 것처럼 행동했다. "한 동무, 이 사람은 김 씨가 아니라, 유 씨라네."

"어? 그래, 그렇소. 한 선주, 김달준은 다른 이름이고, 누구라도 조직 관계자는 여러 개의 이름을 가지고 있지만, 유달현도 내 이름이오."

"밀항선을 탈 정도니까, 다른 이름을 사용한다고 이상할 것 없지 않나. 신경 쓸 것 없네. 그보다도 콧수염을 기르고 있어서, 누군가 했네."

"흐-음, 콧수염 말인가. 이건……." 유달현은 손을 코 밑으로 가져가서, 아직은 듬성듬성한 콧수염을 어루만지듯 만졌다. "이건 유치장의 선물이라네."

유달현은 다다미 위에 앉더니, 사냥모를 벗어 옆에 내려놓은 손으로 점퍼 호주머니에서 담배를 꺼냈다.

이방근은 벗겨진 이마를 덮는 가발이라도 쓴다면 콧수염과 서로 어울려, 그것만으로 충분한 변장이 될 상대의 얼굴을 가만히 바라보았다. 유달현의 태도는 과연 침착했지만, 그 가느다란, 알기 힘든 눈동자의 움직임, 눈빛은 어딘가 초점이 흩어져 침착함을 잃고 있었다.

"뭘 그렇게 우뚝 서 있는가, 한 동무도 앉게."

"선생님, 앉아도 되겠습니까?"

이방근은 대답을 하지 않는다.

한대용이 다다미에 엉덩이를 붙였다.

"그런데, 유 동무는 일본에 가는 건가?"

"아니……." 유달현은 순간 한대용과 부딪친 시선에 압도되어 고쳐 말했다. "음, 그렇다네. 일본에 가게 되었어."

"그렇다고 해도 뭐랄까, 이웃 마을도 아니고 일본으로 밀항, 섬을 떠나는데, 한마디 인사 정도는 해도 좋지 않은가?"

"그렇겠지, 그건 알고 있네. 갑작스러운 일이라서 이 동무에게 들를 수 없었지만, 편지를, 자네에게 편지를 몇 자 적어서 오늘 아침 우체통에 넣었네. 같은 성내니까 내일이면 도착하겠지만, 설마, 이 동무가 집을 비우고 있을 줄은 몰랐네."

"음, 편지를 보냈단 말인가."

이방근은 유달현이 일본으로 탈출하게 되면, 반드시 이 형에게 인사하러 들를 것이라고 했던 양준오의 말을 떠올렸다. 맞다. 편지, 인사 편지.

"일본엔, 조직의 임무인가?"

이방근은 편지라는 한마디에 추궁할 마음이 한풀 꺾이는 것을 느끼면서도 계속 몰아붙였다.

"뭐……? 아아, 그건 말할 수 없네……. 그런 일은 현지에 가 보지 않으면 모르지 않는가." 처음부터 궁지에 몰린 꼴인 유달현은 오히려 정색하고 나서는 힘을 얻은 것 같았다. "이 동무의 말투는 신문조가 아닌가. 우연히 배에서 만났는데, 그건 무슨 경우인가. 이방근답지 않군."

"신문? 자넨 그렇게 느꼈는가, 그러고 보니 그럴지도 모르지. 아니, 그대로 자네가 말하는 그대로일세."

"뭐가, 그대로란 말인가. 훗훗훗, 신문? 도대체 무슨 신문을 할 작정인가. 자네 개인이 내게 무슨 신문을 할 권리가 있다는 건가. 오랜만에 이렇게 배 위에서 만났으니, 좀 다른 얘길 하는 게 어떤가?"

"잠깐 기다리게. 자네 개인이, 즉 바로 나 개인이 무슨 신문을 할 권리가 있냐……고, 지금 동무가 말했지만 말야, 이방근 개인이 아니라면, 조직이라면 신문을 할 권리가 있다는 말인가?"

"훗훗후, 도대체가 자넨 정말로 궤변가야. 소파의 주인, 소파라는 움막의 주인다운 사변가가 아닌 궤변가야. 소파에서 벗어나 현실로 나온 이 동무, 자넨 얘길 어디로 끌고 갈 작정인가. 누가 개인이나 조직의 권리라고 했나? 개인……이라고 한 것은, 그저 말의 기교일 뿐, 자넨 그런 하찮은 얘기를 하려고 나를 여기로 부른 것인가. 이건 실례야. 난 한 달 가까이 감방생활을 하고 2, 3일 전에 겨우 나왔네. 경찰서 유치장 생활에 대한 위로의 말 한마디라도 건네는 것이 예의이고, 친구라는 거 아니겠나. 자네에게는 냉철하고 잔혹한 구석이 있어. 도대체 무슨 소릴 하는가! 난 가겠네."

유달현이 일어서려고 했다.

"유 동무, 기다리게. 자네가 이 방에서 나간다 한들 갈 곳은 이 작은 배 안일 뿐일세."

이방근은 도망치게 두지는 않겠다고는 하지 않았다.

"그것은 무슨 뜻인가, 갈 곳은 배 안일 뿐이라니?"

일어선 유달현은 벽에 손을 짚고 몸을 지탱했다. 뱃전을 때리는 파도 소리가 울리지만, 아직 배의 흔들림은 심하지 않았다. 다행히 서쪽의 순풍으로 풍파는 그렇게 강하지 않았지만, 바다가 거칠어지는 것은 이제부터의 심야, 제주 해협의 물결 중심부로 들어가고 나서부터일 것이다.

"해방 전에는, 조선 독립운동가를 쫓아 조선인 고등경찰(특고)이 조선에서 일본까지, 한 달이고 두 달이고 뒤쫓아 다녔지. 재일조선인을 체포하기 위해서, 일본 '내지(內地)'의 특고가 조선까지 찾아왔어. 관부(關釜)연락선, 관여(關麗)연락선 등등으로, 바다 위의 체포극이 전개되기도 했지. 일본 경찰이 중국의 상해까지 조선인 운동가를 잡으러 가기도 하고……. 나도 오사카에서 체포되었을 때, 관부연락선으로 부산으로, 그리고 서울, 당시의 경성으로 연행되어 종로서에 수감되었지. 난 유 동무와 밤바다 위의 배에서 만나, 왠지 모르게 그런 일들을 떠올리고 있네. 유 동무는 그런 일들을 알고 있겠지. 그래, 내 친척인 정세용은, 그런 일들의 하청을 맡고 있었지. 알고 있는가?"

정세용이란 이름에, 창백해진 유달현의 볼 근육이 움찔하고 분명히 반응을 보였다.

"모르네, 남의 과거의 일 따위 알 리가 없지. 자넨, 무슨 엉뚱한 소리를 하는 겐가. 무슨 강의인가? 도대체 누구한테 얘기하고 있는 건가. 이방근, 자넨 늘 이상한 데가 있는 인간이지만, 술이라도 취한 건가?

이제, 얘기는 그만두세. 지금은 내가 참겠어. 자넨 제정신이 아니야. 할 말이 있으면, 진정이 되고 나서 하기로 하자구."

유달현은 침착하고 꽤 냉정했다. 좀 더 화를 내게 만들어야 한다. 유달현은 문으로 다가갔다. 이방근의 눈짓을 받은 한대용이 일어나서 문 앞을 가로막았다.

"뭔가, 거기 비키게."

"김 선생, 조용히 하시오."

"뭐라고? 조용히 하라고? 누구한테 입을 놀리는 거야. 내가 누구라고 생각하는 거냐고. 어라, 함부로 남의 몸에 손을 대다니, 손 치워! 거기 비켜, 아이고, 이놈이……!"

한대용은 힘이 장사였다. 그는 정면에서 유달현의 양 옆구리에 팔을 집어넣고 상대의 몸을 들어 올려 이방근의 앞으로 쿵 하고 던져 앉혔다.

"이봐, 무슨 짓을 하는 거야!"

유달현은 다다미에 엉덩방아를 찧은 반동으로 다시 일어섰다.

"김 선생님, 가만히 앉아 있는 편이 신상에 좋을 겁니다."

한대용이 입구에 장승처럼 버티고 서서 말했다.

"아니, 이 자식이! 이 동무, 이걸 보게, 이놈은 깡패인가, 응?"

"유 동무, 앉게나. 난 술 따위에 취하지 않았네."

"자네들은 이 밀실에서 나에게 폭력을 휘두를 작정인가. 도대체 무슨 짓인가. 제정신이 아니군."

"진정하게. 아까 나에게 소파에서 벗어났다고 했을 때처럼 진정하게. 자네가 나를 소파라는 움막에서 끌어 냈다고 말하고 싶다면, 그건 인정하지. 4·3무장봉기를 사전에 알려 주면서 조선 혁명의 달성에 대해서, 자넨 고압적인 자세로 그리고 뜨겁게, 매일같이 와서는 소파에서 사는 나에게 혁명의 의의와 승리에 대해서 이야기했지. 소파……로 말하자면, 자네가 소파 주위를 빙빙, 마치 유영하는 상어처럼 돌면서 지껄이던 혁명적 원칙론, 즉 혁명정신 말이네. 부패한 부르주아 자유주의의 단호한 배격, 그리고 머지않아 도래할 혁명에 대한 웅변이 떠오르는군. 그래. 그런데 왜, 내가 자네한테 이곳으로 와 달라고 했는지 알겠는가. 예고도 없이 미안했네만, 알고 있잖나. 말해주게."

"자네 머릿속을 내가 알 리가 있나."

"내 머리 속이 아니라, 유 동무 자네에 대해 말하는 거야. 자넨 알고 있네. 왜 내가 신문조의 말투를 하고 있는지를. 유 동무는 왜 일본으로 밀항하는 것인가."

"일본으로 밀항하는 게 나쁜가. 얼마든지 있네. 이 배에 타고 있는 사람들도 그렇잖아. 석방되어 이 섬에 남아 있는 자는 얼마나 있는가. 분명히 말하지만 그들은 경찰이나 토벌대의 앞잡이가 될 수밖에 없지 않는가. 일단 체포된 뒤 나오면, 이미 이곳에선 아무것도 할 수가 없어, 할 것이 없네. 자네 같은 신분으로는 알 수 없겠지. 풀려나온 녀석들은 전부 탈출하고 있다네."

"음." 과연……. 이방근은 고개를 끄덕였다. "그러나 자넨 달라."

"뭐라고?"

"자넨 달라. 자넨 도망치는 거야. 조직의 임무라고 한 건 내가 그냥 해 본 소리야."

"뭐가 다르고, 뭐가 도망인가. 밀항하는 게 도망인가. 자넨 왜 이 배를 타고 있는 건가?"

"얘기를 돌리지 말게. 자넨 이 배의 다른 밀항자들처럼 탈출해서, 경찰로부터 도망치는 게 아니야."

"도대체, 무슨 생트집을 잡고 있는 거야, 이 사람이. 게다가 바다 위의 밀항선에서. 할 말이 있으면 나중에 천천히 하자고."

유달현은 입구를 막고 서 있는 한대용을 흘끗 쳐다보고 유연하게 일어났다.

한대용이 작업복 상의 단추를 하나 끌러, 안주머니에(아마 옷을 산 후에 나중에 만들어 붙인 것이다) 오른손을 넣어 검게 빛나는 작은 권총을 꺼내서는 총구를 아래로 향해 늘어뜨리듯이 잡았다. 브라우닝이었다.

유달현이 놀라서 한발 뒷걸음질 쳤다.

"도대체 이게 무슨 짓이야. 이 동무, 이유를 말해 주게. 대체 무슨 일인가?"

"한 동무, 권총은 집어넣게. 유 동무, 한대용을 알고 있겠지. 올 초에 남방, 싱가포르의 영국군 창이형무소에서 석방된 뒤 기적적으로 생환하여 화제가 된 인물일세. 이른바 BC급 전범, 친일분자 나부랭이, 옛날 일이지. 여담이지만, 권총, 아니 사격의 명수야. 앉게. 한 동무는 좀 나가 있어 주게나."

유달현이 다시 앉고 나자, 한대용은 선실의 문을 열고 차가운 해풍을 가득 방으로 밀어 넣으며 방을 나갔다.

"유 동무, 자넨 왜 체포된 건가?"

"신문조는 그만두게. 자네가 검사인가, 재판관인가."

"제주도에 제대로 된 검사나 재판관이 있는가, 이 나라에. 자넨 예의 삐라 살포 다음날, 지난 달 25일의 일제 검거가 있고 그 2, 3일 후에 체포된 것 같네만, 체포된 이유는 뭔가?"

"호호오, 체포의 이유 따위가 있는가. 일제 검거에 이유가 있었나. 전부 영장 없는 체포야. 이제 그만, 난 더 이상 아무 말도 하지 않겠네. 나를 감금, 협박이라도 할 셈인가. 도대체 이 세상이 어떻게 돌아가는 건가."

"자넨 석방되고 나서 정세용을 만났나?"

"도대체 무슨 말을 하는 겐가. 난 아무 말도 않겠네."

유달현은 담배를 물고 성냥불을 붙였다.

"'묵비권'이라는 것이로군. 25일 일제검거로 체포된 조직원들 대부분의 명부가, 이전부터 경찰의 블랙리스트에 올라 있는 것과 중복되는 부분도 있지만, 소속세포와 이름을 기록한 명부가 경찰의 손에 넘어갔어. 명부를 경찰에 제공한 인간이 있는 거야. 물론 조직 내의 인간이지. 그런 얘길 듣지 못했나. 유달현의 체포도 그것과 관계가 있는 거 아닌가."

"……"

유달현은 시선을 떨어뜨린 채 묵묵히 담배를 피우고 있었다.

"난 상당한 정보를 가지고 있네."

"협박은 그만둬."

유달현은 한 모금 머금은 담배 연기를 콧구멍으로 토해 내면서, 힐끗 눈을 치켜뜨고 이방근을 보았는데, 그 눈에 날카로운 의심의 불이 켜졌다.

"어째서 자네에게 말하는 게 협박이 되는가?"

"아까부터 협박이 아닌가. 권총으로 위협하거나, 그게 협박이 아니란 말인가. 정보를 가지고 있는 게 어쨌다는 건가. 상당한 정보라고 거드름을 피우는 건 도대체 뭔가?"

"그건……" 이방근은 내심, 오, 걸려들었다! 하고 소리를 질렀다. "명부의 제공자가 누구인가 하는 정보야."

"누구인가. 제공자가?"

"……" 뻔뻔하군. 이방근의 자신감이 크게 흔들릴 만큼 적반하장이

고 뻔뻔스러웠다. 이방근은 유달현을, 그의 눈빛 파장이 흐트러지는
것을 의식하면서, 지그시 응시하며 말했다. "유달현 자넬세."

"뭐라고." 유달현이 소리를 지르며 덤벼들듯이 말했다. "다시 한 번,
말해 봐!"

그는 분연히, 조금 휘청거리며 일어났다. 그러나 그 눈빛이 외치며
튀어 오르듯이 꺾였다.

"자네가, 동지를 팔았어. 인간을 팔았단 말야."

"바보 같은 자식, 멀쩡한 사람에게 말도 안 되는 누명을 잘도 씌워
대는군!"

유달현은 문 쪽으로 가더니, 신발에 발을 집어넣었다.

"기다려, 도망치지 마."

이방근은 성큼성큼 유달현에게 다가가 오른손으로 상대의 멱살을
잡고 단단히 죄었다.

"이 자식, 무슨 짓이야, 놔!"

유달현의 얼굴이 핏기를 잃고, 확실히 두려움의 빛이 떠올랐다.

"이봐, 유달현, 이 배신자, 유다 놈이……!"

"뭐, 뭐라고……. 유, 유다? 에잇, 놔, 놓으란 말이다!"

유달현은 목을 조르는 상대의 손을 뿌리치려고 했지만, 다른 한쪽
손이 잡혀 있어서 마음대로 되지 않았다. 그는 몸집이 큰 이방근이
유도를 해서, 완력으로는 도저히 당할 수 없다는 걸 알고 있었다.

"놓아주면 어찌 할 건가. 그 순간 용수철에 튕긴 것처럼, 어디론가
뛰쳐나가겠지. 밖은 캄캄한 암흑, 배 바깥이 바다라는 것도 모르고
첨벙 뛰어들겠다는 것이로군."

이방근은 배의 흔들림을 피해서 좁은 선실 벽 구석으로, 유달현의
몸을 밀어붙였다. 옆의 작은 거울에 순간 흐릿하게 비친 자신의 얼굴

이, 어딘지 술에 취해 있는 것처럼 보였다.

"너, 네놈은 악마야, 내가 뭘 했다는 거야, 우, 우, 웃, 인간 같지 않은 놈, 괴로워……."

이방근의 진심을 안 유달현의 눈은 공포로 빛을 잃고 있었다.

이방근은 심장의 격렬한 고동을 의식하고 있었다. 발밑에서 간헐적으로 진동하는 엔진의 울림이 심장에 도달하여, 이방근의 내부에서 몇 번인가 되풀이되었던 살의를 부추겼다.

"내가 네놈의 배신을 모를 거라고 생각하나. 일제 때의 친일주구(親日走狗)가 해방 이후에 다시 활개를 치는 거야. 자백해. 그때까지는 나갈 수 없어. 나를 어설프게 보지 마라. 네놈 일을 승선자 전원과 선원들에게 알려, 바다 위에서 '재판'에 붙이는 것도 좋겠지."

벽 구석에 밀린 유달현은 이방근에게 멱살을 잡힌 채, 저항 없이 눈을 감고 있었다.

"악당 같은 놈이……."

유달현은 눈을 감고 있었다. 수염을 기른 입만이 고통스럽게 움직였다.

"악마가 아니었나. 이 악당 같은 놈, 돈을 얼마나 받았나……." 이방근은 유달현을 벽 구석에서 끌어내더니, 방 한가운데에 강제로 앉혔다. 이상하게 뺨을 한 대 갈기고 싶은 충동도 일지 않았다. "앉아 있어."

"네 놈은 잘도 그런 말을, 이게 친구를 대하는 태도냐. 짐승이지. 한심하군, 이방근이라는 남자가 한심해……. 어라?" 유달현은 이방근의 뒤쪽에 있는 방을 향해 귀를 곤두세웠다. 영옥이 구역질을 일으키고 있는 듯한 괴로운 신음소리가 난 것이다. 숨을 죽이고 있는 것은, 필사적으로 참고 있기 때문이겠지. "누군가 있나?"

"방이니까 사람이 있겠지."

"엿듣고 있었군."

"바보 같은 소리." 이방근은 무심결에 웃고 말았다. "엿들을 가치라도 있는 얘긴가. 얘기는 지금부터야. 얘기를 들으면 들을수록 구역질을 일으키게 되겠지."

약간의 뱃멀미는 누구나가 하는 법, 풍파가 더욱 심해지고 배의 흔들림이 커지면, 그때는 본격적으로 뱃멀미를 하게 된다. 이렇게 유달현을 상대하고 있을 수 없을 것이다. 지금 두 사람 모두 뱃멀미로 인한 구역질을 느끼지 않는 것은, 서로간의 강한 긴장감 탓이었다.

"자네가 이런 짓을 할 인간일 줄은 몰랐네. 친구에게 이런 태도를 취하는 인간이라고는……." 같은 말을, 유달현은 눈을 비스듬히 흘겨보며 분하다는 듯이 알아듣기 힘든 목소리로 말했다. "난 자네에게 우정을 느끼고 존경해 온 사람이지만, 지금은 이런 짓을 할 수 있는 자네를 경멸하고 싶네. 경멸할 수 있어. 자네에게 경멸받으면서, 자네를 경멸하는 거지. 난 거듭 자네를 찾아가 익살꾼 노릇까지 해가면서, 목전에 다가온 4·3혁명의 봉기에 대해 자네 집의 입장도 고려하여, 미리 조직의 기밀까지 발설했네. 우정일세. 소학교 이래의 어린 시절 친구, 같은 마을에서 자라난 사람끼리의 우정이지. 난 그것을 소중하게 여기고 잊지 않았어. 생각해 보게, 자넨 그래서 마음의 준비를 하고 4·3봉기에 임할 수 있었던 거야. 자넨 어디서 나온 건가. 왜 내 앞에 심문자로 나타난 건가. 오늘 밤의 거친 바다 위에서. 내가, 자네에게 무슨 짓을 했다는 건가."

"심문자(審問者)라니 좋은 표현이군. 신문자(訊問者)보다는 나아, 같은 말이긴 하지만. 사문보다 좋아. 난 지금, 자네를 사문하고 있는지도 몰라. 사문이라고 하면 조직의 냄새가 나지만, 만약 이 배가 조직이었다면, 자넨 한마디 항변의 여지없이 사문위원회에 부쳐지겠지.

10월 25일의 일제검거와 관련해서 말야. 자네가 성내에 있고, 성내 조직의 기능이 남아 있다고 한다면, 당장 자넨 사문을 받게 돼. 그게 자네들 조직 원칙, 규율이지. 아니면, 자넨 납치되어 게릴라 지구에서 사문을 받아야 할 것을, 도망쳐 온 것뿐이야. 난 개인으로서 자네의 심문자, 신문자가 되겠어. 자네가 나에게 무슨 짓을 했는가 하는 문제가 아니야. 나 개인에 대해서 이러니저러니 하는 문제가 아닐세. 자넨 제주도에서 현재 일어나고 있는 사태, 모든 무도, 잔학, 학살이 벌어지고 있는 것을 알면서도, 지금 이 밀항선으로 일본을 향하고 있어. 난 신을 믿는 사람은 아니지만, 예를 들어, 신이 우주를 만들었다고 하자. 신이 만들었다고 하기는 너무나도 형편없고 편파적인 이 세계. 불합리하고, 불공평하고, 잔학한 세계인데도, 용케도 기독교인들은 신을 믿고 있지. 죽음은 우리들의 적이고, 신을 믿는 것으로 사후에도 신의 품에 안기어, 요컨대 죽음을 이기고, 영원한 생명을 얻는 것이 그들의 신에 대한 길이야. 영원한 생명을 믿지 않는 자에게는 허무한 암흑이 있을 뿐이고, 인간은 목적이 없어져, 거기에서 찰나주의, 쾌락, 방탕, 악행, 무슨 짓을 해도 개의치 않는다고 하는, 신에게 버림받은 불쌍한 인생밖에 남지 않는다고 목사는 설교하지. 목사가 학살당한 자들을 위해 기도하며 찬송가를 부르고……. '만약 신이 존재하지 않는다면 모든 것이 인간에게 허락된다', 이것은 애초에 신이 존재하지 않는 우리에겐 상관없는 주제지만, 목사는 이 러시아 소설 주인공의 대사를 흉내 낸 듯한 표현을 쓴다네. 다만, 그 목사는 그런 소설 속의 대사를 모르겠지만 말야. 제주의 전체 도민이 학살된다면, 모든 도민이 영원한 생명으로 되살아나는 건가. 어떤가. 섬은 학살의 절정에 있네."

유달현은 움찔하며 상반신을 떨었다.

"흥, 목사, 목사, 그만두게. 그거야말로 목사풍의 설교야."

"이봐, 유달현, 잘 들어. 난 영원을 믿지 않는 인간이야. 생명의 영원함도 없어. 자네 생명도, 내 생명도 영원하지 않아. 왜 제주도 사람은 살해되어도, 포학, 기아에 허덕여도 그저 가만히 있어야 하는가. 죽음으로써 영원한 생명을 얻기 위해서인가. 난 지는 싸움이 될 게릴라 투쟁에 찬성하지 않지만, 무저항주의는 아니야. 영원한 생명을 믿는 자가 아닐세. 모든 죽음은 살아 있는 자, 생을 위해서만 있는 것이고, 죽은 자는, 살아 있는 자 속에서만 사는 거지. 영생이 있다면, 그것이야. 살아 있는 자 안의 기억이지. 단지 살아 있는 사람을 위해. 그리고 궁극의 멸망에 이르러……."

"자네 옆에 있는 건 누군가?"

유달현이 이방근의 말을 끊었다.

"옆? 누구인지는 곧 알게 돼. 여기에서 한마디 해 두지. 4·28화평협상이 경찰 측의 음모로 파괴된 건 자네도 알고 있는 일이야. 그때 만약 화평이 성립되었다면……. 아니 이미 늦었지. 음, 자넨 4·28화평성립을 기회주의, 패배주의라고 비판했어. 자네는 화평정전협정 파기를 보란 듯이 비웃고, 전투 재개야말로 혁명이라고 더욱 분발할 것을 내게 강요했네. 음, 그 화평의 파괴가 오늘의 학살로 이어지는 길의 시작이야. 그 화평협상 파괴의 음모에, 내 친척인 정세용이 관련되어 있다는 걸 말해 두겠네. 꽤 깊이 말일세. 자네도 어렴풋이 알고 있지 않는가. 도경찰로의 영전은 그 논공행상이고, 세상의 눈을 돌리려고 일부러 시기를 늦췄던 것이야. 정세용, 난 용서하지 않겠어. 전에는 친구를 팔아서 목포경찰의 순사부장에 '임명'된 인간이야. 친일파……. 본래의 얘기로 돌아가겠네. 난 개인적으로 자네에 대해 신문을 하겠다고 했어. 그렇지, 자네에 대한 신문에는, 이 세계의, 제주도의 불합리, 불공평,

비참함에 대한 하나의 보복이란 의미가 있어……."

"보복이라고? 왜, 내가 자네에게 보복을 당해야 되는 건가."

"나 개인은 보복의 단순한 수단이고, 보복의 의지는 제주도민 전원의 것이야. 제주도이자 세계이고, 나를 초월한 보편적인 것일세. 자넨, 놈들의 대리자야……."

"그만둬, 이제 지겨워……."

이방근은 엔진의 진동과 뱃전을 때리는 파도 소리 사이에 사람의 목소리를, 갑판에 나와 있는 듯한 여러 명의 목소리를 들었다.

"도쿄 스기나미(杉並)에 내 형이 있지. 일본으로 귀화한 남자, 하타나카 요시오(畑中義雄)……. 전쟁 전에 자네가 스기나미에 있던 무렵, 친하게 지냈던 의사인……."

"이제 그만하게, 지금은 나를 놓아줘. 아이고, 속이 울렁거리기 시작했어……."

유달현은 비틀비틀 일어서려다 옆으로 흔들리는 배의 움직임에 발을 헛디뎌 다다미 위에 쓰러졌다. 그는 다시 일어났지만 중심을 잃고 주저앉아 버렸다.

"자넨 친일파의 A급 전범자에는 들어가지 않지만, 충실한 황국신민으로서 친일사업에 헌신해서 경시청으로부터 표창받은 것도 알고 있네. 지금 이 나라는 과거의 친일파에 의해 지배받고, 과거의 애국자가 학살당하고, 해방 조국의 역사에 씻기 어려운 오물을 여기저기 뿌리고 있는 판국이야. 자네도 결국은 비슷한 길을 걸었지. 그리고 일본으로 도망친다. 결혼은 어떻게 된 건가. 결혼은 이제 안 하는가?"

"뭣, 결혼? 그만, 그만하게!"

"일본으로 가는 인간이, 결혼……."

……밀고자를 잡아라! 뭐지? 갑판 위에서 나고 있는 소리였다. 조

직을 팔아넘긴 배신자, 나와라! 분명히 갑판에 나와 있는 듯한 청년들의 목소리가 바람에 띄엄띄엄 들렸다. 출입구로 가던 유달현이 움찔하고 그 자리에 멈춰 서서, 이 동무, 이 동무, 이건, 어, 어찌 된 일인가, 내, 내 이름을 부르고 있어……. 목소리가 공포로 떨리고 있었다. 그의 이름은 불리지 않았다. 유달현은 뒷걸음질 치며, 이방근에게 짓눌렸던 조금 전의 벽 구석에 숨으려는 듯이 몸을 바싹 붙였다. 얼굴이 창백했다.

쿵쿵…… 하고 문을 두들기는가 싶더니, 세차게 문이 열리자, 두세 사람의 청년들이 실내등의 희미한 불빛 속에 우뚝 서서, 여기에 밀고자가 있다고 하니 내놓기 바란다, 며 이방근을 향해 다그치듯 말했다.

"도대체 무슨 소동인가?"

이방근이 일어서서, 청년들이 서 있는 문턱 너머 출입구로 갔다. 유달현의 모습은 출입구에서는 그늘에 가려 바로는 보이지 않았다.

밀고자를 바다로 처넣어 버려! 열린 문 사이로 들이치는 차가운 바닷바람을 타고, 갑판의 외침이 공처럼 날아왔다.

"한대용 동지로부터 10월 25일 성내 일제검거의 밀고자가 여기에 있다고 들어서 데리러 왔습니다."

"어디로 데리고 간다는 말이오?"

"갑판 위에서 인민재판을 할 겁니다."

"인민재판? 이 어둠 속에서 그런 일을 할 수 있겠소……."

"어둡지 않습니다, 별빛으로 옆 사람은 충분히 알 수 있습니다."

"어째서 인민재판 같은 걸 한다는 거요?"

"적들은 우리들을 재판합니다. 재판은 그래도 나은 편이고, 대부분이 그 전에 재판도 없이 학살됐습니다. 인민의 권력행사로서, 통적분자를 재판에 부치겠습니다. 부디 이 선생님도 참가해 주십시오."

"밀고자를 마스트에 매달아라!"

무서운 목소리가 바람에 찢겨 날렸다.

"마스트에 매달아라!"

몇 사람인가가 한 목소리로 외쳤다.

배가 크게 기울고 갑판에 물보라가 덮쳐와, 출입구로 날아왔다. 파도가 선실 벽과 유리창을 때렸다. 바람이 세지고, 바다가 점차 거칠어지고 있었다. 목조 선박이 삐걱삐걱 기분 나쁜 소리를 냈다. 청년들도 이방근도 문틀과 벽에 손을 짚으면서 몸의 중심을 유지하고 있었다.

"지금부터 바다가 거칠어지는데, 갑판에서 재판 같은 건 할 수 없을 거요."

"아닙니다. 시간은 걸리지 않습니다. 즉결입니다."

"유달현의 발언은 허용하지 않는 것이오?"

"허용됩니다. 그러나 자신의 죄상을 인정할지 않을지, 그뿐입니다."

"으-음, 한대용을 불러 주지 않겠소."

청년 한 명이 물러갔지만, 문 밖의 어둠 속에는 두세 명이 아닌, 많은 사람의 그림자 덩어리가 보였다.

옆방에서는 영옥이 뱃멀미에 토하고 있는 것 같았다.

5

"밀고자를 바다에 처넣어 버려!"

"처넣어!"

"배신자를 마스트에 매달아라!"

이방근은 선실 출입구에 청년들의 난입을 막기라도 하듯이 우뚝 서 있었다. 물보라를 머금은 차가운 바닷바람이 마치 눈에 보이는 것처럼 볼을 때렸다.

영옥은 괴로운 듯이 토하고 있었지만, 이미 텅 빈 위가 옥죄는 듯한 구토였고, 뱃멀미 자체는 병이 아니었다.

"동무들은 일단 선창으로 돌아가 주시오. 한대용과 상의하고 나서 일을 정하기로 하겠소."

"일을 정한다는 것은, 인민재판을 할지 안 할지를 정한다는 것입니까? 그건 이상하군요. 한대용 동지가 배신자를 인민재판에 회부하라고 했습니다. 그것을 이 선생님이 못 하게 하시는 겁니까? 일을 결정하는 데 우리들도 참가하게 해 주십시오."

"못 하게 한다 하게 한다는 문제가 아니오. 난 한대용에게 그런 얘기는 듣지 못했소. 내가 유달현을 여기로 와 달라고 했소……."

"와 달라고 했다……니, 무슨 말입니까!"

"한대용에게 부탁해서 불러낸 것이오. 지금 얘기를 하고 있는 중인데, 얘기를, 내가 한창 신문을 하고 있는 중에, 동무들이 소란을 피우기 시작한 것이오."

"소란 피우는 게 아닙니다. 배신자를 붙잡는 겁니다. 우리들도 신문에 참여하길 원합니다. 인민재판은 이 방에서도 할 수 있습니다……."

"이 새끼, 나와!"

청년의 뒤쪽 어둑한 곳에서 뱃전을 때리는 파도 소리의 부추김에 노성이 날아왔다.

이방근은 청년들을 막으면서도, 실제로 흔들리는 배의 마스트에 매달린 유달현의 모습을 상상하고 있었다. 원래 기범선이지만, 돛은 사용하지 않다 보니 마스트 하나가 맨몸으로 서 있었다. 원양 항해선이 아닌 근해용 발동기선이라, 마스트도 그렇게 높지 않았다. 설령 선원을 포함해서 승선자 전원의 의견이 일치한다고 해도, 지금 당장 유달현을 바다에 던져 버릴 수는 없다고 이방근은 생각하고 있었다. 마스트에 매달라는 것은 대단한 착상이라고 내심 감탄했다. 바다에 처넣는 것이 어떠냐고 충동적인 말을 처음 입에 담은 것은, 어제 성내로 왔을 때의 한대용이었다. 이방근은 그 말에 자극받은 것은 아니었지만, 이런 것도 떠올렸다. 항해하는 동안 몇 시간인가를(몇 시간까지라면 죽고 말 것이다), 한 시간이 될지, 30분이 될지 상황을 봐야 되겠지만, 유달현에 대한 사문의 결과 여하로는 그의 몸을 밧줄로 묶어 뱃전에서 해면에 닿을락 말락 늘어뜨리는 것을 생각하고 있었다. 상어를 만날 수도 있으니까, 뭔가 긴 천을, 낮이라면 붉은 천을 그의 하반신에 휘감고……. 이것은 마스트에 매다는 것보다도 잔혹한 린치가 될 것이었다. 그러나 놈들의 살인, 고문이 '법적'으로 보장되고, '인민재판'의 결과인 제재가, '법적'이 아닌 사형(私刑), 린치라는 것은 이상했다.

한대용이 왔다.

"한 동무, 도대체 어찌 된 일인가?"

"배신자가 이 배에 타고 있다고 얘기했더니 갑자기 그렇게 된 것뿐입니다. 놈은 틀림없으니까요."

한대용은 기죽지 않고 말했다.

"어쨌든 지금 얘기를 하고 있는 중이니까, 일단 모두들 물러가도록 하게."

"얘기? 무슨 얘기를 하고 있다는 겁니까, 말로 해서 입을 열 것이라고 생각하는 겁니까? 어림없습니다. 아까부터의 태도를 보십시오. 온정주의로, 난 배신자라고 자백할 것 같습니까? 선배님, 선, 선생님은 너무 물러요. 놈들의 고문을 보십시오. 고문 앞에서는 철의 의지도 꺾입니다. 매 앞에 장사가 없다고 하지 않습니까. 장사라고 해도, 매에는 이기지 못하는 법이니까……. 유달현, 그걸 김달준 선생에게도 맛보게 해 줘야 합니다."

이방근은 한대용이 하는 말을 이해한다. 그의 마음속에도 그와 같은 생각이 없는 것은 아니었다.

"그렇고말고, 나는 작년 3·1절 시위로 체포되어, 얼마나 심한 고문을 당했던지. 등이 패여 골이 생겼어." 이방근 못지않은 커다란 몸집의 청년은 고개를 길게 빼고, 실내의 유달현을 향해 말하고 있는 것처럼 호통을 쳤다. "한대용, 우리를 방 안으로 들어가게 해 줘. 이 선생님의 신문을 방청하겠어……."

"병사 둘의 총은 어찌했나?"

한대용을 향해서 이방근이 말했다.

"우리가 빼앗았습니다. 청년들이 두 사람도 유달현과 함께 바다에 처넣어 버리자는 것을, 죽여도 아무 이익이 되지 않는다고 구슬려서 무기만을 빼앗았습니다."

"으-음, 다행이군. 젊은 병사들을 죽여서 뭘 하겠나……."

갑판은 커다란 파도에 씻기지는 않았지만, 배는 어두운 파도의 골짜기를 결사적으로 엔진 소리를 울리면서 나아갔다. 배가 흔들려 이방근의 몸이 기운 장단에, 한대용이 뒤에서 밀려와 방 입구의 신발 벗는 곳으로 무릎을 꿇듯이 앞으로 고꾸라졌다. 그 순간, 청년들이 우르르 몰려들었다.

출입구에서 한발 들어서면 바로 보이는 방의 구석에 숨어 있던 유달현이, 반사적으로 옆방의 문을 열고 뛰어들었다. 한쪽 구석의 앉은뱅이책상에 머리를 숙이고 엎드려 있던 영옥이 깜짝 놀라 돌아보았지만, 신영옥이라는 것을 깨닫지 못한 듯한 유달현을, 구두를 벗어던진 한대용이 큰 걸음으로 달려가 짓눌렀다. 맞붙어 싸우기 시작한 것 같았지만, 곧 두 사람 모두 이쪽 방으로 굴러 나왔다. 옆방에서 도망칠 곳은 없었다. 이 좁은 선내에서 어디로 도망가려고 하는가. 이미 7, 8명의 청년들로 앉을 곳이 없을 정도로 꽉 찬 방은 땀 냄새가 가득하고, 옆방 세면기의 토사물 냄새가 길을 내듯 짙게 풍겨 왔다.

유달현이 비명을 질렀다. 다다미 위로 넘어진 유달현은 청년들에게 둘러싸여, 양으로 머리를 감싼 채 발길에 걷어차이고 있었다. 불문곡직의, 마치 커다란 기계와 같은 움직임이었다. 배가 크게 흔들리고, 전원이 옆으로 쓰러져 유달현 위를 덮쳤다. 억, 그야말로 동물적인 소리였는데, 유달현이 눌려 찌부러진 듯한 신음소리였다.

"이봐, 그만해!"

반동의 흔들림을 타고 벽에 등을 대며 일어선 이방근은, 청년들의 등 뒤에서 호통을 쳤다.

"밖으로 끌어내자!"

"끌어내!"

들어오지 못한 채 출입구를 가득 메운 청년들의 목소리.

"죽여 버려!"

발길질이 계속된다. 이방근이 안으로 헤치고 들어가려 했지만, 청년들의 두꺼운 벽을 무너뜨릴 수 없다.

"아이구……! 으, 으, 으……! 살려 줘, 살려 주게……."

"잘도 이 배에 올라탔군, 죽여, 죽여 버려!"

"이방근, 방근 동무……!"

"이 새끼가, 이방근이 네 아버지냐 숙부냐. 거기 비켜 주시오."

이방근의 제지 따위는 방으로 들이치는 바닷바람과 마찬가지였다. 한대용도 한패가 되어, 유달현에게 발길질을 한 방 먹이고 있었다.

몇 사람인가가 먼저 방을 나서자, 남은 청년들이 엎어져 두 손으로 머리를 감싼 유달현의 두 다리를 한쪽씩 잡고 밖으로 끌어내기 시작했다. 마치 마을의 '돼지 잡는 날'에 끌려가는 돼지 꼴이었다. 코피가 터진 듯 얼굴 아랫부분이 새빨갛게 되었고, 낡은 다다미에 피의 얼룩이 이어져 있었다.

"아이고, 살려 줘……."

유달현의 목소리는 가냘프게 헐떡이고 있었다.

"이봐, 갑판 위를 질질 끌고 가지 못하게 해! 말리라고!" 이방근은 한대용을 향해서 고함치듯이 말했다. "유달현을 어떻게 한다는 건가, 인민재판을 하는 거야?"

"청년 대중의 의지입니다."

한대용이 말을 하기도 전에, 거꾸로 출입구까지 질질 끌려 나간 유달현은, 두 다리가 자유롭게 풀리고, 일어서라는 명령을 받았다.

비틀거리며 좌우의 부축을 받고 일어난 참혹한 모습의 유달현은 별빛 아래 선미 쪽으로 끌려갔다.

이방근은 망연해 있었다. 이것은 유달현을 신문하고 있는 이방근의 의사를 완전히 무시하는, 아니 이방근의 존재 같은 건, 실내등이 밝지 않은 탓도 아닐 터인데, 안중에도 없는 것 같았다. 마치 순식간에 눈사태가 눈앞의 존재를 집어삼키고 지나가는 듯한 그런 기세로, 유달현이 끌려 나갔다. 이방근, 방근 동무……! 귓전에 목소리가 남아 있었다.

신발을 신고 방을 나가려는 이방근의 뒤에서, 선생님, 하고 영옥의 목소리가 들렸다.

"아이고, 소중한 영옥 동무를 잊고 있었군, 괜찮은가?"

"예ㅡ, 어떻게 될까요, 저도 가겠어요……."

희미한 실내등 아래에서, 창백한 얼굴이 그늘을 드리워져 아름다웠다. 이방근은 갑자기 그녀를 끌어안고 벽에 밀어붙여, 배의 흔들림에 맞추어 크게 입술을 포갰다. 그녀의 입술은 깊게 열리고, 조개처럼 닫혔다.

두 사람은 몸을 떼었다.

"배의 흔들림이 심하니, 조심해서……."

이방근은 그녀의 손을 잡고 갑판으로 나갔다. 커버를 벗긴 선실 창에서 희미한 불빛이 젖은 갑판으로 반사되어, 그것만으로도 상당한 조명이 되었다. 끊임없는 엔진 소리가 어떤 커다란 고동처럼 배 전체에 울리고, 발바닥을 밀어 올리듯 두드렸다.

선창 입구 주위에, 앉거나 서 있는 스무 명은 넘는 사람들의 덩어리가 형성돼 있었다.

사람들에 둘러싸여, 어느새 뒤로 손을 묶인 유달현이 선창 입구 가장자리에 포로처럼 엉덩방아를 찧은 채 주저앉아 있었다.

"이 새끼야! 이걸 봐." 조금 전, 작년 3·1절 시위로 체포됐다고 했던 덩치 큰 청년이, 상의와 셔츠를 벗고 그 다부진 상반신을 바닷바람에 드러냈다. "등이 한라산 계곡처럼 몇 군데나 파여 있다. 제주경찰서에서 죄 없이 고문을 받은 사람이 가지고 있는 상흔이야. 잘 봐둬!"

청년은 벌거벗은 등을 유달현 쪽으로 향했으나, 별빛이라고는 해도 그것이 확실히 보일 리 없다. 유달현에 대한 일종의 위협, 시위였다.

"유달현, 넌 자신을 스파이라고 인정하는가."

청년은 커다란 목소리로 외치고 있었다. 파도 소리와, 배의 기관실이 바로 옆이었기 때문에, 배 밑바닥에서 올라오는 엔진의 진동으로 말소리가 지워지듯 사라졌다. 굴뚝에서 불똥이 하늘로 날고, 상쾌한 밤공기에 중유 타는 냄새가 흘렀다.

"……"

"넌, 혁명과 인민대중을 배신한 반혁명분자로서의 죄상을 인정하는가?"

옆의 또 한 청년이, 배의 흔들림에 양손이 묶여 자유롭지 못한 상반신을 흔들거리고 있는 유달현의 멱살을 잡고 호통을 쳤다.

"젊은 놈이, 손윗사람한테 대고, 너, 너라니, 그러고도 조선인이냐."

"이것 봐라. 이 자식, 너, 경찰서에서도 그렇게 주둥아리를 놀릴 수 있나. 자신이 어떤 처지에 놓여 있는지 아직 모르는군, 선생 양반. 넌, 반혁명분자로서의 죄상을 인정하는가?"

"……"

"넌 말을 할 줄 모르나."

"난 스파이 따위가 아니다. 단연코 그렇지 않다. 무슨 증거가 있다고 내게 누명을 씌우는가. 이방근 그놈의 음모다."

"그럼, 넌 누구냐. 왜 이 배를 타고 일본으로 도망치나?"

"너희와 마찬가지다."

"뭐라고, 너희와 마찬가지?" 한대용이 바닷바람에 목이 쉰 선원 같은 목소리를 냈다. "이런 개새끼! 주둥아리는 멀쩡하게 살아 있구먼. 핫핫하, 여기선 선생 낯짝을 해도 통하지 않는다."

"너희라, 너희와 마찬가지라고 했나. 이 버러지 같은 놈이, 우리가 너와 같은 스파이라고. 우리를 닮으려고 해도 그렇게는 안 되지. 여러분! 어떻게 할까, 이 자식을 아예 바다에 처넣어, 하다못해 속죄로 제주도 물고기 밥이라도 되게 해 줄까. 아니면, 우선 이 놈의 비뚤어진 주둥아리를 똑바로 해 줄까?"

"바다에 처넣는 건 나중 일이야. 주둥아리부터 똑바로 고쳐 줘."

"좋아, 우리와 같지 않다는 걸 인정하게 만들자."

"인정하게 만들자. 인민을 배신한 죄를 인정하게 하자!"

주위에서 우르르 소리를 높였다.

"아이고, 선생님. 어찌 될까요?"

영옥이 떨리는 목소리로 괴로운 듯이 말했다.

사태가 어떻게 돼 버린 것인가. 멋대로 무대가 움직여 선실에서 선미의 갑판으로 이동해 버린 느낌이었다. 이제는 이방근이 참견할 여유 따위는 없었다. 눈 깜짝할 사이에 한대용의, 아니 청년들의 손에 일의 추이가 맡겨지고, 이방근은 방관자가 돼 있었다. 아니, 이방근으로부터 한대용에게, 그리고 청년들에게로 분명히 같은 색깔의 바통이 넘어간 것이고, 모든 것은 이방근이 한대용에게 지시라도 한 것처럼 움직이고 있는 것이다.

"마스트에 매달자!"

청년들의 함성이 밤바다 위에 메아리쳤다.

"이봐, 유달현, 마스트에 매다는 건, 밤의 바닷바람을 맞으면서, 천천히 사리를 생각할 여유를 주는 것이다. 이건 고문과는 다르다. 고문이 좋다면, 그 맛을 알게 해 주는 것도 좋겠지. 모두의 팔이 근질근질하다. 사오기(벚나무) 몽둥이 한 방이면 너의 뼈는 부러진다. 허리뼈가 소리를 내고 두 동강나지. 시험해 볼까. 이제, 죽여 달라고 소리칠 수밖에 없는 게 고문이다. 단번에 죽여 주는 편이 얼마나 편한지. 그 정도로 견딜 수 없다. 이 배엔 그런 고문을 견뎌 낸 사람이 여러 명 있다. 고문을 하지 않는 건 널 인간 취급하는 것이고, 최소한의 자비 덕이라고 생각해라. 네 생각이 제대로 돌아온다면, 삐뚤어진 입도 똑바로 될 것이다. 자아, 시작한다."

청년들이 유달현의 양손이 자유롭지 않은 상반신을 갑판에 쓰러뜨리고는, 버둥거리는 두 다리를 묶은 후, 다시 긴 로프로 몸뚱이를 둘둘 감아 매듭을 만들고, 다른 한쪽 끝을 몇 미터나 되는 마스트 꼭대기를 향해 던졌다. 활대에 걸린 로프가 크게 흔들리면서 밑으로 떨어졌다. 두세 사람이 그 로프를 손에 잡고, 유달현을 마스트 위로 끌어올렸다.

두 사람의 청년이 하반신부터 다리를 떠받치고 있는 유달현의 몸이 갑판으로부터 조금씩 마스트 위를 향해 올라갔다. 영차, 영차, 꽤 무겁군. 마스트는 그리 높지는 않았다. 얼굴이 보이지 않는 유달현이 뭔가 소리를 지르고 있는 것 같았지만, 거의 무저항, 아니 아무것도 할 수 없었다.

두 사람의 손에서 벗어난 몸은 배의 흔들림을 타고 그네처럼 마스트에 튕기면서 공중에서 춤추었다. 유달현의 발목이 청년들의 머리 위를 꽤 넘어갔을 즈음에, 하나로 묶여 있는 다리를 다시 마스트에 고정했다. 그리고 밧줄을 든 한 사람이, 출발 직전에 바다로 가마니를 던져 적시고 있던 선원이었는데, 스르륵 원숭이처럼 마스트를 기어올라 이번에는 손이 뒤로 묶인 몸뚱이를 마스트에 동여맸다. 그리고 유달현을 매달고 있던 밧줄을 한 번 더 활대로 넘기고 나서 유달현의 하반신을 빙빙 감아 마스트 밑에 묶었다. 이것으로 부러지지 않는 한 유달현이 마스트에서 떨어질 일은 없었다.

"이봐, 전망이 좋을 거야. 십자가로 해 주지 못하는 게 아쉽지만, 꼭대기에 매달리면 현기증을 일으킬 테니까 말야."

"널 순교자와 같은 모습으로 하는 건 과분하다."

"아이고, 이게 무슨 일이람……."

이방근의 옆에 있는 영옥의 중얼거림.

고문은 아니지만 꽤나 잔혹한 린치였다. 그러나 뱃전에서 밤의 해면에 늘어뜨려져 물보라로 몸이 씻기는 것보다는 훨씬 나은 것이 아닌가. 비록 즉흥적인 생각이었다고 해도, 아니 마스트에 매달리지 않았다면 실행했을 나의 그 생각이 더 잔혹할지도 모른다고, 이방근은 허수아비 그림자처럼 공중에 묶인 유달현을 올려다보며 생각했다.

이것은 모든 고문과 마찬가지로 육체에서 정신의 파괴로 이어질 것이다. 그러나 이 정도로는 영원히 묶어 둘 수도 없고, 자백하지 않을지도 모른다. 애초에 이 남자는 고문의 공포를 맛본 적이 없었다. 일제강점기에는 친일파 분자로서 그것이 일반적인 풍조였다고는 해도, 적극적으로 시류를 탔고, 해방 후에는 어떻게 공산당에 들어갔는지 서울에서 학생조직의 조직책 역할 등 간부 활동가로서 좌익만능, 좌익절대라는 시류를 타고 혁명에 가담했으며, 그리고 지금은 혁명을 판 몸으로 밀항선을 타고 도망……. 그리고 이 꼴이었다.

이방근은 그가 조직을 팔아넘긴 것이, 그것이야말로 '이방근의 음모'이며 무고함을 원하고 있을 정도였다. 그러나 용케도 같은 배에 함께 탄 것이다. 마치 책형(磔刑)을 당한 사체처럼 밤바다의 공중에 매달리는 꼴이 되다니. 불운이라고 한다면 불운, 운은 이방근이 좋아하지 않는 말이지만, 확실히 불운이라고밖에 할 수 없었는데, 그러나 그 불운의 원인은 그가 이방근을 만난 것, 그리고 이방근이 그를 도망가게 내버려 두지 않은 일이었다. 유달현의 불운은 이방근의 의지였다. 선체를 세차게 내리친 파도가 부서져 커다란 물보라가 갑판에 흩날려왔다.

"이제부터 어떻게 할까?"

주동 역할을 한 청년들의 목소리다.

"비뚤어진 주둥이를 똑바로 고쳐서 혁명과 인민대중을 배신한 죄를 인정하게 해야 한다. 그 다음은 한대용 동지, 그리고 이 선생님과도 함께 협의한다."

"바다로 처넣어 버려!"

결코 시위만이 아닌 무서운 말이 끊이질 않았다.

"죄를 인정하지 않을 땐 바다에 처넣을 뿐이다!"

이건 배신자에 대한 단죄이지, 인민재판 같은 것이 아니었다. 인민재판을 해 봤자 결과는 같겠지만.

"이제 이것으로 끝내고 좀 더 다른 방법을 생각하는 것이 어때요? 선생님은 어째서 잠자코 계신 겁니까?"

이방근의 한쪽 팔을 잡고 선 영옥이 말했다.

"그렇기는 하지만, 다른 방법이 있는 것도 아니고……."

"여러분, 선장이 왔다……."

마스트에 원숭이처럼 기어올랐던 선원이 말했다.

중키의 다부진 체격에 사냥모를 쓴 작업복 차림의 남자가 나타나자, 청년들은 길을 열며 박수를 쳤다. 이상한 느낌이 들었지만, 무슨 박수인가. 신(申) 선장의 출현이 계기가 되었지만, 아무래도 그와 직접적인 관계가 없는 '희생'에 대한, 희생 의식에 대한 박수인 것은 아닐까. 선장은 머리 위의, 청년들의 울타리 밖에서 보았을 '희생'인 유달현과 전혀 관계없다는 듯이 눈길조차 주지 않았다.

"어험, 나에게 박수칠 일은 없다. 배는 지금부터 꽤 흔들릴 것이다. 큰 파도가 덮칠 경우도 있을 테니 갑판에 있으면 위험하다. 함께 바다로 휩쓸려 갈 것이다. 모두 슬슬 선창으로 들어가 갑판에는 나오지 않도록 해 주게, 어험. 배가 전복될 것처럼 흔들려도 어지간한 일이 아니면 괜찮다. 폭풍이라도 만나면 얘기는 달라지지만, 배는 가라앉지 않도록 돼 있다……."

신 선장이 머리 위에 유달현이 있는 것을 모르는 것처럼 무관심하게 그 자리를 떠났다. 청년들도 하나 둘 선창 입구의 공간으로 몸을 들였다.

"아무도 없게 되면 무서운 고독에 사로잡히겠지."

이방근이 말했다.

"누가?"

한대용이 되묻는다.

"유달현 말일세."

"그럴까요……?"

"난파선이나 유령선보다는 낫겠지. 엔진 소리가 계속 울리고 있으니까."

"엔진만이 통통 울리고, 사람이 사라져 버린 배도 있어요."

"음, 그건 더욱 기분 나쁘군."

"녀석을 어떻게 하시겠습니까. 날이 새고 내리실 겁니까? 아침까지 방치해 두면 갈매기가 날아와 쪼아 먹을 테니까요."

마스트의 유달현에게 들리는 목소리였다.

"좀 있으면 추워지는 게 아닌가?"

"선배님은, 아니, 선생님은 도대체 무슨 걱정을 하십니까? 얼어 죽을 일은 없습니다. 필리핀 쪽에서 온 난류가 배의 진로 방향으로 흘러 조선해협을 통과하여 일본해로 들어갑니다. 동해로 말입니다. 북쪽 바다도 아니고, 11월의 바다 위에서 얼기나 하겠습니까."

선원이 순찰하기로 하고 셋은 선실로 돌아갔다. 열 시가 넘은 시각이었다. 꽤 긴 시간이 밤바다의 항해와 함께 흘러간 듯했지만, 한림을 떠나 아직 두 시간 남짓밖에 지나지 않았다. 아직도 제주도 먼 바다를 달리고 있는 것에 지나지 않았다. 방향을 바꿔 곧바로 남하하면, 제주도의 동쪽 끝에 닿을 것이었다.

영옥이 토사물이 담긴 세숫대야를 옆방에서 가지고 나오는 것을, 한대용이 위험하다며 받아들고 밖으로 나가 양동이로 퍼 올린 바닷물로 씻은 뒤, 새로이 헌 신문지를 깔고 영옥에게 건넸다. 오전 한 시에 두 명의 선원이 교대하며 잠깐 눈을 붙이기 때문에, 영옥은 계속 선장실을 독점해도 된다고 한대용은 말했다.

"마스트에 붙들어 맸다고 해서 그것만으로 유달현은 입을 열지 않을 겁니다. 마스트에 매고 회초리로 치든지, 사오기 몽둥이로, 그것은 배에 많으니까 정강이 쪽을 몇 번이고 두들겨 패면 효과가 충분히 있을 텐데……. 하시겠습니까?"

한대용이 마지막 한마디를 웃으며 덧붙였다.

"진심으로 하는 말인가? 누가 하는데?"

"마을 청년들이 하고말고요. 그들은 하고 싶어서 몸이 근질근질해하고 있어요. 병사와 함께 바다로 처넣는 일까지 생각하고 있었으니, 할 겁니다."

"그건 당분간 보류하기로 하지. 절대로 죽이거나 해서는 안 돼. 내가 잠시 가 보겠어. 엇, 흔들리는군."

쿵! 하며 새까만 큰 파도 뭉치에 부딪힌 듯한 소리가 났다. 부서진 파도가 선실의 지붕과 갑판에 낙하하는 소리가 이어지더니, 배가 크게 기울면서 사람을 내던지고, 다시 천천히 일어섰다.

"무얼 하러 가는 겁니까. 녀석의 고독을 위로라도 하려고요? 순찰은 선원이 할 거니까……."

"어쨌든 나중에 가 보겠네." 이방근은 담배를 입에 물고 불을 붙였다. "영옥 동무는 눕는 게 편하지 않겠소."

한대용도 그게 좋겠다, 속이 매슥거리거든 방 바깥의 바람을 쐬고 잠들어 버리면…… 하고 꽤나 난폭한 말투를 했다. 영옥 동무는 산에 오래 있다 보니 바다에 약해진 거야……. 점점 파도가 높아지는 것 같더니 배의 흔들림이 심해지기 시작했다. 몇 번인가 흔들릴 때마다 선체가 삐걱거리는 소리를 냈다. 영옥은 이제 구토는 하지 않았지만,

얼굴이 창백하고 눈은 눈물을 머금은 듯이 글썽거리며, 다시 뱃멀미를 시작했다. 그녀는 벽을 끼고 누워, 다다미에 찰싹 달라붙은 자세로 배의 흔들림 그 자체에 몸을 싣고 있었지만, 잠시 뒤 옆방으로 옮겼다.

이방근은 선실 밖으로 나갔다.

한대용이 따라 나섰다. 밤의 바닷바람은 피부에 점점 스며드는 것처럼 차가웠다. 크게 솟아올라 배에 다가왔다 멀어져 가는 파도의 하얀 너울이 밤눈에도 뚜렷이 보였다. 강한 비바람이 없는 것만으로도 다행이었다. 마스트 위에서 비바람을 맞는다면 유달현도 견딜 수 없을 것이다. 차가운 비바람을 맞기라고 한다면 유달현, 그 녀석은 소리를 지를지도 모른다. 혹은, 넌 인간이 아니라며 발가벗긴 뒤 엉덩이를 차면서 대낮의 갑판 위를 네 발로 기게 하면 어떻게 될까. 그런 생각이 떠오르면, 한대용이나 청년들은 실행할 것이다.

이방근은 물보라를 뒤집어쓰면서 배의 난간을 따라 뒤쪽 갑판으로 나가더니, 윈치 옆에 서서 마스트를 올려다보았다. 머리 위의 투명한 별이 총총한 밤하늘을 가르며 하늘에 검게 매달린 그림자는 움직이지 않았다. 그러나 유달현은 죽지 않았다. 그 눈빛을 포착할 수는 없지만, 신기하게도 갑판에 나타난 인기척을 느낀 것인지, 그 확실하게 보이는 것도 아닌 얼굴로부터의 시선을, 검은 선과 같은 것이 내려오는 것을 느꼈다. 배의 흔들림 때문에 윈치에 매달린다. 분명히 유달현의 시선이 움직인 것을 느꼈지만, 결코 죽거나 하지 않았는데도 소리는 없었다. 도움을 청하는 소리도, 신음소리도 없었다. 더 내버려 두는 편이 좋았다. 잠깐 내다본 것이 너무 일렀나 싶었지만, 그를 마스트에서 내리기 위해 나온 것은 아니었다.

"이보게! 들리나."

이방근이 외쳤다.

"……"

대답이 없다.

"유달현!"

"……"

"이봐, 한 동무, 설마……." 이방근은 덜컥하여 한대용을 돌아보았다. "그럴 리는 없겠지, 음."

"괜찮습니다. 고문을 한 것도 아니고, 마스트에 매단지 아직 반 시간, 한 시간 될까 말까합니다. 내일 아침, 갈매기가 날아와서 마스트에 앉을 때까지 내버려 두면 됩니다. 까마귀 대신에 흰 갈매기가 저녀석의 눈알을 도려내는 것을 구경할 수 있어요. 그 다음 마스트에서 내려 물고기 밥으로 바다에 던져 버리면 되니까요."

그는 윈치의 동체 밑에 굴러다니던 뭔가 끝이 흰 쇠막대기를 손에 잡고는, 마스트 아래에 우뚝 서서, 치면 뼈가 부서질 유달현의 정강이가 아닌, 머리위의 발바닥을 노리고 세차게 쳤다. 죽은 자가 되살아나듯이, 욱! 하고 비명이 났지만, 이중으로 묶인 다리는 반응을 보이지 않았다.

"아, 아, 악마 새끼가……. 이방근, 넌 악마다……."

유달현의 가느다란 소리가 낙엽처럼 떨어졌다.

"넌 장난감처럼 어딘가를 누르면 소리가 나는구나. 정말로 바다에 빠지고 싶은 거냐!"

한대용은 다시 쇠막대기를 치켜들었지만, 배가 흔들리는 반동으로 휘청거리면서 마스트를 내리쳤다. 큰 파도가 소리를 내며 검은 생물처럼 엄니를 드러내고 뱃전을 넘어와, 기울어진 갑판을 기세 좋게 훑으며 반대쪽으로 흘러갔다. 한대용은 다리가 들려 쇠막대기를 손에 든 채 넘어졌다. 이방근도 쓰러지면서 발밑을 파도에 씻겼다. 마스트 위에서 분명히 유달현의 웃음소리가 났다. 밑을 보고 있었던 것이다.

한대용이 일어나더니, 쇠막대기를 잡고 다리에 힘을 주어 버텼는데, 그야말로 이번에는 정강이뼈를 박살낼지도 모른다.

"이봐, 그만 둬! 한 동무는 선실로 돌아가 있게. 난 잠시 여기에 있을 테니까."

"이건 수백 톤의 여객선이 아닙니다. 도대체 여기에서 신문을 계속할 생각이십니까, 정말이지. 그야말로 갑자기 큰 파도가 오면 바다 밑으로 쓸려가 버리고 맙니다. 선배님도 방으로 돌아갑시다. 아직은 그대로 놔두는 게 좋겠습니다."

이방근은 무슨 바보 같은 짓을 하냐고 책망하는 한대용의 도움을 받아 밧줄로 자신의 몸을 묶고 나서, 그 끝을 윈치 동체의 회전축을 끼운 테두리 한쪽에 동여매었다. 밧줄의 여유는 3미터 정도.

"이상한 짓을 하시네. 유달현과 같이 죽기라도 할 작정인가요. 이 선생님, 괜찮습니까?"

"걱정하지 말게. 머리는 멀쩡하니까."

이방근은 혀를 차며 놀라고 의아해하는 한대용에게 조용히 선실로 돌아가도록 명했다. 한대용이 그 자리에서 물러났다.

이방근은 잠시 윈치의 핸들을 잡고 몸을 지탱하면서 크게 넘실거리는 밤바다를 바라보고 있었는데, 한대용이 다가와 파도의 물보라를 막기 위한 비옷을 윈치 위에 놓고 갔다. 한대용이 의아하게 생각하는 것도 당연한 것이, 윈치에 로프를 연결시키고 있는 이 꼴은 뭘까.

"유달현, 어떤가, 괴롭나?"

이방근은 2미터 정도 떨어진 마스트를 향해 크게 소리쳤다.

"……이방근, 넌 위선자다." 어라, 유달현의 꽤 힘 있는 목소리가 들렸다. 한대용이 사라지자 동시에 빈사 상태에서 소생하기라도 한 것처럼. "괴로운지 물을 거라면, 나를 내려라."

"지금으로선 거기가 안전하다. 마스트에서 내린 순간 맞아 죽을 테니까."

"누가 나를 때려죽이나? 죽이는 건 이방근, 너다, 비겁자. 넌 내가 마스트에 매달리는 걸 반대하면서도 배후에서 그렇게 만들고 있다. 넌 나를 죽이려 하고 있어……."

"바보 같은 소리, 죽일 생각 따윈 없다. 죽여서 뭐가 된다고. 마스트에 매달리기 전엔, 자네를 뱃전에서 바다로 늘어뜨려 상어 밥으로 만들어 주려고 생각한 건 사실이지만."

"홋, 홋……. 넌 신의 탈을 쓴 악마다. 하지만 나를 상어 밥으로 만드는 일은 네게는 불가능해. 해 봐. 비겁자는 못한다."

"할 수 있지만, 안 하는 것뿐이다."

"대신 해 줄 놈이 있으니 안 하는 거지. 넌 반드시 대신 해 줄 놈을 만들어 낼 거다. 자신의 손으로는 하지 못해. 그 주제에 마음속은 살인자다."

"……"

"게다가 넌 날 속이고 선실로 연행했어. 그 위에서 때리고, 차고, 젊은 놈들을 써서 나를 돼지나 개처럼 욕보이고 나에게 엄청난 굴욕까지 주고 있다. 이방근, 잘 들어, 넌 비겁자, 위선자……."

"네놈의 동지는……." 마스트까지 온 이방근은 로프가 감긴 마스트에 한쪽 팔을 대면서, 목을 뒤로 젖히고 유달현의 발바닥을 향해 외쳤다. "경찰의 고문으로 발가벗겨졌다. 자지〔男根〕를 가는 로프에 묶여 끌려다니면서, 방망이로 때리고 차고……온갖 굴욕을 당했다. '서북' 놈들이 소주병을 나발 불며 말이다. 유달현, 예전에 네놈의 동지는 고문당하면서, 눈앞에 연행되어온 아내가 발가벗겨져 놈들에게 강간

당하는 걸 봤다. 이건 굴욕이 아닌가."

"나와는 관계없는 일이다."

"한대용은 싱가포르의 형무소에서, 알몸으로 엎드린 뒤 영국 병사에게 조선인은 인간이 아니라는 말과 함께 엉덩이를 차이면서 걸었다. 이게 굴욕이다."

"나와는 상관없는 일이다."

한쪽 팔을 묶은 마스트가 배의 흔들림에 삐걱거렸다.

"네 볼에 굴욕의 눈물이 흐르고 있나, 네가 한 짓은 어떠냐. 동지를 팔고 조직을 판 것은 자신에 대해 굴욕이 아니었나."

"거짓말 하지 마. 날 범인으로 날조하는 짓을 그만둬! 그만두라고……. 비겁자……."

"범인? 범인은 누구냐?"

"비겁한 놈이, 나, 난 춥다. 추워……. 전부 네놈의 시나리오다. 날 이렇게 마스트에 매단 것도 너의 짓이다. 난 절대 아무것도 하지 않았다, 절대로. 비겁자, 더 이상, 아무 말을 않겠다……. 이방근, 너도 전향자다. 내게 그렇다고 말한 적이 있어. 그 과거의 사실을 얘기한 널 대단하다고 생각했지만, 그런 네가 나를 친일분자다, 배신자다, 라며 규탄하고, 나를 이런 꼴로 만들어 마스트 위에서 구경거리로 만들고 있어…… 난 너의 친구다. 잊지 않겠어, 아, 아, 아이구, 넌 사람이 아니다, 악마, 인간이 아니다! 무고한 나를……."

유달현이 재채기를, 숨이 막혀 가며 크게 재채기를 했다.

"이 거짓말쟁이 같은 놈이! 잘도 무고하다고 하는군……. 앗핫핫핫." 이방근은 별이 빛나는 아름다운 하늘을 향해 외쳤다. 얼마간의 다정한 마음이 사라지고 분노가 솟구쳐 올랐다. "그래, 옛 사람들은 지당한 말씀을 하셨다. '개꼬리 3년을 땅에 묻어도 족제비 꼬리털이 되진 못한다'고 말이지. 네놈은 말이다. 그 근성이 일제 때에도, 그로부터 3년이 지난 지금도 전혀 변하지 않는 놈이야. 네놈은 스스로 자신의 굴욕도, 창피도 모르는 놈······. 썩어 빠진 친일파와 똑같아. 유다 새끼야!"

"넌 나, 나를 죽이려 하고 있다. 악마 새끼, 네 손으로, 네 자신의 손으로, 유, 유다가 아니야, 유달현을 죽여라, 죽여 봐, 넌 전부터 나를 죽이려고 했던 거야. 아, 아이구······, 아이구······."

끼익, 끼익 마스트가 이를 갈며 배가 흔들렸다. 뱃전을 때린 커다란 검은 파도 덩어리가 갑판으로 튀어 올랐다. 배는 반대편의 파도 골짜기로 빨려 들어갈 듯이 기울다가 솟아오르는 파도에 밀려 다시 요동쳤다. 갑판에 소리를 내며 넘치는 바닷물이 순식간에 흘러 떨어졌다. 이방근은 하반신이 흠뻑 젖으면서도 다리로 힘껏 버티고 섰다.

순풍이지만 바람도 물보라도 얼음처럼 차가웠다. 이것이 맞바람이었다면, 춥다, 추워······ 하며 소리를 내고 있지만, 마스트의 유달현은 얼어 버릴 것이었다. 선체가 기울 때마다 꼭대기 쪽으로 중심이 쏠리는 낡은 마스트는 좌우로 상당히 크게 흔들리며 계속해서 삐걱거렸다. 바다는 비바람이 치지 않는데도 거칠어지는 듯했다.

간헐적으로 덮쳐 오는 선체보다 커다란 파도 속에 머리를 처박았다가, 배는 뱃머리를 다시 들고 필사적으로 나아갔다. 마치 흐느껴 울기라도 하듯이. 이방근은 마스트를 잡고 있는 몸이 공중에 뜨는 느낌이었다. 롤링과 피칭이 동시에 일어나고 있는 것 같았는데, 큰 바다에 나뭇잎처럼 흔들린다는 말은 참으로 적절한 표현으로서, 배는 그야말로 거의 몸부림치듯이 갑판이 수직이 될 정도로 기울었다가 다시 일어나, 엔진을 울리며 전진했다. 유달현은 현기증을 일으키고 있는 것은 아닐까. 옆으로 흔들린 반동으로 무거운 마스트가 두 동강 나면 그것으로 유달현은 바다로 멀리 내동댕이쳐질 것이다. 이방근은 뱃멀미 같지는 않은데도 속이 메스꺼워 구역질을 했다. 갑판 밑의 여기저기의 들보가, 배 전체가 삐걱거리며 비명을 울렸다. 설마 못이라는 못, 쐐기, 볼트 등이 쑥쑥 빠져, 와그르르 우리의 낡은 목조선이 해체돼 버리는 건 아닐까. 배는 가라앉지 않도록 돼 있다고 선장이 굳이 말한 것은, 승선자의 공포를 달래기 위한 목적도 있을 것이었다.

"이봐, 유달현!"

이방근은 마스트 위를 향해 외쳤다.

"……"

대답이 없었다. 바로 위쪽이라서 사지가 자유롭지 못한 그의 얼굴 움직임이나 동작을 알 수가 없었다. 이방근은 머리 위로 손을 뻗어, 이중으로 묶여 있는, 조금 전 한대용에게 쇠막대기로 얻어맞은 유달현의 맨발을 만졌다. 부어 있는 듯했는데, 쇠처럼 딱딱하고 얼어 있는 듯 차가웠다.

"이봐, 유달현!"

이방근은 유달현의 까슬까슬한 발을 잡고 흔들어 움직여 보았지만 반응은 경직되어 있었다. 설마……. 죽었나? 빌딩 같은 파도가 꽝! 하고 덮쳐왔다. 이방근의 상반신까지, 아니 마스트에 매달린 유달현의 높이까지 파도의 물보라가 튀었다. 마스트도 로프도 없었다면, 이방근은 그야말로 바다로 쓸려가 버렸을 터였다. 우-, 우-, 욱, 욱……. 아니, 들린다. 살아 있다. 위쪽에서 무언가가 떨어져 내렸다. 이방근의 상의의 어깨에도 소리를 내며 떨어진다. 유달현이 토하고 있었다. 이제야 드디어 뱃멀미를 하는군. 용케도 저 자세로 토한다. 토사물이 막혀 질식할 위험도 있다…….

"욱, 으-욱, 까마귀, 까마귀가 날아온다. 살려 줘……. 까마귀……."

유달현은 살아 있었다. 까마귀, 까마귀, 유달현은 환각에 사로잡힌
것이 틀림없었다.

"이봐, 유달현! 들리는가, 유달현……."

"까, 까마귀……."

"까마귀는 없단 말이야!"

사방으로 흩어지는 해수에 섞여, 무언가 물컹물컹한 것, 해수와는
다른 것, 토사물과는 다른 것이 마스트를 타고 흘러내려 이방근의 손
바닥에 들어왔다. 냄새가 났다. 분뇨, 분뇨를 흘리고 있는 모양이었
다. 유달현이 분뇨를 흘리고 있었다. 배가 흔들린다. 이방근은 무심코
뗀 손을 다시 마스트로 가져가 몸을 지탱했다. 그와 동시에 덩어리처
럼 괴어 있던 것이, 왈칵 목구멍을 치밀고 올라왔다. 식도를 달구어
끓인 듯한 위산이 섞인 토사물이다. 이방근은 마스트 밑에 쭈그려 앉
아 토했다. 아ー, 아이구, 아이구……. 흔들림에 맡긴 채 위를 자극하
며 목구멍을 옥죄어 토하기를 계속했다.

"선배님, 뭐하고 계십니까! 이제 선실로 돌아갑시다."

언제 나왔는지, 한대용이 굴뚝의 밑동에 매달리며 소리를 질렀다.

"이 선생님, 괜찮습니까." 마스트 아래까지 와 있던 선원이 말을 걸
었다. "아이고, 뭐야 이건? 이 냄새는……?"

"유달현을 내려! 죽었어. 아니, 살아 있을지도 몰라, 빨리 내려야
돼." 입을 닦고 일어선 이방근은 호통을 치며 말했다. "이봐, 한 동무,
유달현을 마스트에서 내려!"

이방근이 마스트 밑에 묶은 밧줄을 풀려는 것을 선원이 대신 하기
시작했다.

한대용이 선창 출입구의 덮개를 두드림과 동시에 안쪽에서 밀어 열
고 두세 명의 청년이 나왔다. 그들은 갑판에 웅크린 채 윈치나 돌출물

을 잡고 몸을 지탱했다.

"마스트에서 저 놈을 내려라, 죽은 것 같다."

한대용의 목소리가 떨리고 있었다.

한쪽으로 쏠린 마스트에 선원이 기어 올라가 빙빙 감은 밧줄을 풀고, 활대에 한 번 감은 채 밧줄을 내던졌다. 청년들이 허공에서 춤추는 밧줄을 잡고 매달리듯 잡아당겼다. 유달현의 몸이 그네처럼 크게 흔들렸다. 흔들리는 진폭이 큰 만큼 텅텅 둔한 소리로 마스트에 부딪히면서 청년들이 힘을 빼니 밑으로 천천히 내려왔다. 밧줄을 활대에 한 번 감지 않았다면, 밧줄이 밑으로 던져지기 전에 활대에서 미끄러져 유달현은 그대로 추락해 버렸을 것이다.

갑판에 내려진 유달현은 움직이지 않았다. 우선 뒤로 묶인 양손과 다리의 밧줄을 풀었지만, 손발도 축 늘어진 채였다.

"이봐, 유달현, 유달현……!"

이방근은 차가워진 뺨을 때린다. 심장에 귀를 대보지만, 배를 씻는 파도와 필사적인 엔진 소리의 울림 속에서, 희미한 고동을 들을 수 있을 리가 없었다. 선원이 유달현의 몸통에서 밧줄의 매듭을 풀어 상반신을 일으켜 앉혔지만, 축 늘어진 채 위를 보고 쓰러졌다.

선창에서 청년들이 얼굴을 내미는 것을, 선원이 나오지 마! 라고 호통 쳤다. 그는 선실 뒤의 수조탱크에서 양동이에 물을 퍼와 유달현의 얼굴에 끼얹었다.

"……"

아니, 아무래도 정말로 죽은 모양이었다. 이런 일이 있다니.

청년들은 선실 벽으로부터 수조 부근으로 설치되어 있는 굵은 밧줄을 한 손으로 잡으면서 유달현의 몸을 질질 끌어 선실로 옮겼다. 하반신이 분뇨로 더러워져 냄새를 풍기고 있는 것을 그대로 방으로 들일 수는 없었다. 선실 문을 열어 상반신만을 실내등 불빛 속에 두었다.

물을 끼얹어 씻긴 꼴이 된 유달현의 핏기 없는 얼굴 한쪽이 흉하게 부어 검푸르게 내출혈을 일으키고 있었지만, 눈은 반쯤 뜨고 있었다. 갑자기 숨통이 끊어지기라도 한 것처럼. 이방근은 그 벗겨진 이마에 손을 대며(얼음처럼 차가웠다), 조용히 눈꺼풀을 쓸어내렸다. 엔진의 진동 때문인지 조금 지나자 다시 눈이 열리는 것을 이방근은 쓸어내렸다. 코피 자국이 코밑에 달라붙어 있었고, 입가에 걸쳐 희미하게 번지듯 퍼져 있었다. 얼굴의 흉터는 공중에서 흔들리며 마스트에 부딪혔을 때의 흔적일 것이었다. 몸도 부딪쳤을 것이다. 이건, 혀를 깨문 것은 아닐 것이다. 이방근은 검지와 중지를 죽은 자의 입속에 넣고는, 비정상적으로 미끈거리는 혀를 만졌지만, 상처로 보이는 감촉도, 아무런 반응도 없었다. 이가 움직여 손가락이 낀 느낌에, 순간적으로 손가락을 빼내었지만, 이것도 착각이었다. 손가락에 혈흔 따위는 묻어 있지 않았다.

"죽었군……." 이방근은 한대용을 보며 말했다. "가방에 위스키가 있어서, 그거라도 마시게 하려고 생각했지만, 죽은 것 같군."

이방근은 유달현의 토사물 흔적이 스며 있는 점퍼 가슴에 귀를 댔다.

그는 고개를 옆으로 흔들며 일어서자, 옆방의 문을 열고 이쪽으로 나온, 역시 뱃멀미 때문에 수척해진 영옥과 눈이 마주쳤다. 죽었다……. 이럴 생각은 털끝만큼도 없었던 것이다. 힘이 발밑으로 빠져나가는 듯한 싸늘한 느낌이 전신의 혈관을 달렸다. 순간, 꿈을 꾸는 듯한 비현실적인 감각 속에 서 있었다. 영화 속 슬로모션의 한 장면. ……돌발적이지 않는 한, 살인은 관념 속에서 이루어진다. 살의의 핵이 세포분열을 하며 반복적으로 이루어지고, 그것이 형태를 지닌 채 스스로 움직인다. 관념에서 현실로의 이행……. 꿈과 같은 감각의 상태에서 나오려면 어떻게 해야 하나.

"한 동무, 어떻게 할까?"

"바다에 흘려보냅시다."

이방근은, 이제부터 어떻게 할까? 하고 말했지만, 한대용은 준비돼 있었다는 듯이 한마디로 대답했다.

"음." 이방근은 고개를 끄덕였다. "몸이 더러워졌으니 씻겨 줘야……."

"바다로 던져 넣는 거니까. 마찬가지겠죠. 깨끗해질 겁니다."

청년 중의 한 사람이 웃으며 말했다.

그건 그럴 것이다. 한대용도 수긍하고, 모두의 의견이 그러했다. 분뇨 등의 고약한 냄새가 방의 출입문을 막고 있었다. 시체는 밖으로 옮겨졌다. 밧줄로 난간에 묶어 선실 옆 갑판 통로에 누인 유달현의 시체는 반복해서 밀어닥치는 파도를 뒤집어쓰고 흠뻑 젖으면서, 오물도 점차 씻겨 냄새가 사라졌다.

경찰로부터 도망치는 자들의 밀항선에서, 배신자의 장례는 있을 수 없었다. 토벌대에 의해 마을이 모조리 불타 버린 소개민이 마구 체포되고, 상금을 노려 게릴라 대신 귀가 잘리고 목이 잘리고 있는 제주도였다. 유달현의 시체는 마침내 밧줄에서 풀려 어두운 바다로 던져졌다.

유달현은 죽었다.

유품은 선창에 있던 직사각형의 여행가방과 코트. 선실에 남겨진 사냥모와 구두. 가방 속에는 상륙한 뒤 입을 양복 한 벌, 기타. 하도롱지 꾸러미가 나왔는데, 내용물은 일본지폐 천 엔으로 3백 장. 30만 엔의 거금이었다.

배는 파도에 농락당하면서도 용케 엔진을 전력으로 계속 가동하여 새벽녘에는 제주해협을 지나 육지의 남쪽 해안인 다도해 쪽 바다로 들어선 듯했다. 험한 파도는 거짓말처럼 잔잔해졌다. 바람이 세지 않은 맑은 날씨에서도 이렇다면(20톤 미만의 소형선인 까닭이기도 하지만) 폭풍은 차치하고 사소한 풍랑이라도 이겨낼 수 있을까.

유달현의 죽음은, 생각지도 못했던 만큼 이방근에게 적지 않은 충격을 주었다. 이방근이 유달현에 대해 살의가 없었다면 거짓말일 것이었다. 이 자식, 죽여 버리겠어! 라고 한 증오도 살의를 낳고, 살의 그 자체이기도 했다. 선실에서의 심문 중에 울컥 몸 깊은 곳에서 울린 잠재적인 살의는 무엇이었는가. 그러나 이방근의 내부에 있는 부정하기 힘든 살의는(유달현 한 명을 죽여 뭘 하겠는가), 유달현 한 사람만이 아닌, 유달현 속에 있으면서, 그 혼자가 아닌 상대에 대한 것이었다.

유달현은 십자가 위에서, 아니 마스트 위에서, 이방근이 자신을 죽이는 거라고 말하며, 그것도 자신은 손을 쓰지 않고 뒤에서 조작하는 비겁자, 악마, 위선자라고 욕을 퍼부었다. 그렇다, 마스트까지의 결말은 이방근이 내심 바라고 있던 절차대로 진행된 것이었다. 뱃전에서 해면에 늘어뜨리는 것보다는 상당히 걸작이다. 그러나 그의 죽음을 바랐던 것은 아니었다. 아니, 마스트에 매다는 것은, 어쩌면 죽음으로의 길일지도 모른다고 생각했던 것이다. 그 반면에, 어째서 한대용이나 청년들이 그를 바다로 처넣겠다는 것에 반대한 것인가.

이방근은 유달현이 설령 마스트에서 생환한다고 해도, 일본에 도착하는 며칠 사이에 아마도 스스로 목숨을 끊을 것이라고 생각하고 있었다. 결국은 바다로 뛰어들거나 하여 자살의 길을 택한다. 밀항선 내의 굴욕과 압박, 공포에 견디지 못할 것이다. 혹은 부산에서 상륙하여 어디론가 절망적인 도망을 꾀할 것이다. 그러나 부산까지의 굴욕을 견딜 수 있었을까. 까마귀, 까마귀……라며 환각 속에서 외친 것은, 이미 정신이 이상해지고 있었는지도 모른다.

한마디로 말해서, 그가 한림에서 승선, 배 안에서 이방근과 만난 것이 모든 것을 결정한 것이다. 아니, 이방근은 고개를 저었다. 이 배에 유달현이 탄 것 자체가 그의 죽음의 원인이다……. 이방근은 자신이 그의 죽음의 원인이라고는 인정하고 싶지 않았다. 그가 궁극적으로 선택했을지도 모르는, 아니 선택했을 자살이라고 해도, 그 자신의 책임에 의한 것이다. 내가 죽인 것이 아니다. 너는 전부터 나를 죽이려고 했다. 마음속은 살인자다. 그러나 왜 죽여서는 안 되는가. 이방근은 있을 수 있었던 유달현의 자살을 본인의 책임이라고 내심 강조하고 있는 자신을 역겹게 느끼고 있었지만, 죽이는 것 자체를 반대하는 것이 아니라면, 왜 나는 자신의 간접적인 살인을 인정하는데 인색한 것인가. ……나는 비겁자, 위선자다……. 살인을 인정하자. 너의 손으로, 네 자신의 손으로 유달현을 죽여, 죽여 봐라!

별이 총총한 밤하늘의 허공에 흔들리는 마스트의 형체, 이방근은 마스트가 십자가처럼 보여 견딜 수 없었다. 예수가 내려진 후 십자가의 그림자. 말도 안 되는 소리를, 정말이지……. 그렇다고 해도 너무나 어이없는 죽음. 부산행의 목적이 유달현의 죽음과 함께 모두 소멸한 듯한 공허한 느낌에 사로잡히는 것은 이상했다. 이상하다기보다, 그의 죽음에 의해 이방근은 그에게서 끄집어내야 할 커다란 것을 잃었다.

배는 한림을 출발한 다음날 심야, 열두 시경에 천연의 큰 방파제를 이루며 부산항만을 서쪽에서 크게 둘러싸고 있는 영도의 서쪽 해안, 부산 시가지로 연결되는 대교 근처에 도착했다.

출발 때의 예정으로는, 지금쯤 시내에서 여동생인 유원 일행과 만나고 있을 시각이지만, 연락할 방법이 없다. 꽤나 걱정을 하고 있을 것이다.

상륙은 내일 아침. 일본으로의 출발시각은 미정이지만, 내일 밤이 될 것이다. 이방근과의 이별을 아쉬워하는 영옥의 출발이 괴로웠다.

6

　다음날 22일 밤 아홉 시를 넘어, 배는 공장 창고가 늘어선 영도 서
해안의 어두운 안벽을, 한대용이 공작해 둔 관할 경찰지서의 경찰관
몇 명의 경호 아래, 일본을 향해 출발했다. 쓰시마(對馬島)의 동해안
으로는 들르지 않고 규슈(九州) 남단을 우회, 다시 구로시오(黑潮)를
타고 시코쿠(四國) 앞바다에서 와카야마(和歌山) 방면으로 향했다. 돌
아올 때는 재일동포를 통해 사들인 니시진(西陣)의 견직물, 세토(瀨
戶)의 도자기 등을 싣고, 월말이나 다음 달 초에 섬으로 돌아올 예정
이었다. 올 초봄, 강몽구와 남승지의 일본 왕복 때는, 간몬(關門) 해협
으로 들어가 세토나이카이(瀨戶內海)를 경유하여 오사카(大阪) 축항으로
직항, 돌아올 때도 같은 코스를 지나왔다고 했지만, 지금은 경비정의
순찰이 심해 운하처럼 가늘고 긴 간몬 해협 통과는 곤란하다고 했다.
　밀항자를 쓰시마의 동해안까지 옮기고 되돌아가는 경우도 있었는
데, 그곳에는 밀항자를 숨겨 두는 개인조직 같은 것이 있어서, 간사이
(關西)나 도쿄(東京) 방면의 연고자들과 편지 등으로 연락을 취하며,
며칠이고 숯을 굽는 오두막집에서 몰래 몸을 숨긴 채, 데리러 오기를
기다렸다. 그들은 각각 버스 등을 이용하여 이즈하라(嚴原) 항까지 나
간 뒤, 연락선으로 혼슈(本州)로 건너가 기차로 바꿔 타는 것인데, 목
적지의 역에 내려서기까지, 그리고 연고자의 집에 이르기까지의 공포
와 긴장은 살기로 가득했다. 사전에 조직적인 연락도 없이, 야마구치
(山口), 시마네(島根) 현 연안, 기타큐슈(北九州) 연안에서 밀항자를 아
무렇게나 내려놓고 가 버리는 배도 있었다. 이번에는 대부분이 한림의
탈출자들이기 때문에 도중의 분산을 피하고, 영옥을 포함한 전원을 간

사이, 주로 한신(阪神) 지방으로 데려다주기 위해서 와카야마 연안의 거점의 하나, 이야기에 따르면 아리다(有田) 근처로 향하는 것이었다.

이방근은 여동생 유원과 영옥을 보내면서, 일본으로의 도망을 이루지 못하고 도중에 죽은 유달현이 다시 마음에 파고들어 착잡한 심정이었다.

출발을 앞둔 유원은 엔진이 돌기 시작한 배의 갑판 위에서 오빠를 껴안고, 전에 없이 볼을 비비기까지 하며 눈물을 오빠의 볼에 문질러댔다. 오빠, 내 소중한 오빠……. 아버지……. 아버지……. 이방근은 여동생의 따뜻한 상반신을 잠시 안고, 아버지도 아마 그렇게 했을 테지만, 그 등을 반복해서 다정하게 토닥였다. 영옥이 몇 걸음 물러나 그것을 지켜보고 있었다.

"오빠, 정말로 좀 안정되면 일본에 올 수 있어요? 앞으로 몇 년이나 유원이를 홀로 내버려 두지 말아 주세요. 오빠……."

여기에서 멀지 않은, 같은 영도인 숙부의 아들 유근의 집을 나올 때, 이방근은 여동생에게 언젠가 일본으로 가겠다고, 실제로 그럴 생각으로 말은 했지만, 그것은 어려운 일이 아닐까.

"아직 일본에는 도착도 하지 않았어. 영옥 동무 같은 사람도 있지 않느냐. 밀항하는 청년들도 모두 똑같다. 망명이야. 이제부터 제주도의 정세는 꽤 험악해질 것이라 생각하지만, 한대용 동무가 일본으로 왕래를 계속하니까, 그때마다 너와 연락을 취하도록 하마. 갈 수 있게 되면 사전에 한 동무를 통해 연락하도록 할 테니까. 도쿄는 해방 전 오빠가 유학한 곳이야. 지금이라도 같이 가서 너를 위한 모든 일을 준비해 주고 싶지만, 그렇게는 안 되는구나. 갈 수 있게 되면 갈게. 그러나 지금부터 오빠의 일본행은 너무 기대하지 마라. 거듭 말하지만, 무엇 때문에 조국을, 고향을 떠나 육친과 떨어져 네가 지금 일본

으로 출발하는가 하는 것이다. 넌 서울의 친구들이나 조국을 버리는
것이 아니야. 모든 건 이 오빠의 책임이다. 그리고 네 자신의 책임.
편지는 서울의 숙부님 쪽이라면 한 달쯤 걸려 도착하겠지만, 물론 모
든 것이 개봉검열이다. 제주 쪽으로는 보낼 필요 없어. 어쨌든 오사카
의 친척 집에 도착하면 도쿄의 용근에게 전화를 해. 하타나카 요시오
(畑中義雄), 주소, 이름은 적어 준대로 하타나카야. 귀화했지만 네 오빠
임엔 틀림없어. 그에게 신세지는 게 아니야. 도쿄로 안내를 받은 다음,
M음악학교 근처에라도 하숙집을 정해야 될 테니까. 몸조심하고. 너
혼자의 몸이 아니니까. 그리고 영옥 동무와도 연락을 취하도록 해라."
　이방근은 영옥과 포옹을, 친구끼리 할 때처럼, 그녀의 등에 가볍게
양손을 얹으며, 아무도 없었다면 힘껏 껴안고 싶다고 생각했다. 그는
영옥과 악수를 하고 그 자리를 떠나 갑판에서 안벽으로 뛰어넘었다.
　물가에는 건수 숙부와 아들 유근 부부, 딸인 문자 부부가 서 있었다.
서울에서 남편과 함께 온 숙모는 딸처럼 지내 온 유원과의 이별의 슬
픔을 참기 힘들었고, 출항하는 배를 앞에 두고 '대성통곡'할까 봐 집에
머물고 있었다. 대전역에서 열차를 타고 부모와 합류한 문자는 그 엄
마를 대신하고 있었다. 그녀는 안벽에서 서울에 있는 부모와 함께 자
신을 대신해 지내 온 유원과 얼싸안고 이별을 슬퍼하며, 목소리를 낮
추고 울었다.
　배가 출발하자 경호하던 경찰관들이 물러갔다. 이방근과 건수 숙부
가족은 홀로 서 있는 가로등 불빛이 흐트러지며 흔들리고 있는 어두
운 바다를 뒤로 하고, 걸어서 20분 정도인 영도의 북동부에 위치한
봉래동 집으로 향했다.
　영도는 일제강점기에 마키노시마(牧ノ島)로 불렸고, 지금까지도 절
영도(絶影島), 목도(牧島)로 불리고 있는데, 제주도 출신자가 꽤 살고

있었다. 4·3봉기 후, 섬에서의 학살에 저항, 천 명의 의용병을 조직하여 제주도 게릴라에 합류하려고 한 것은, 영도의 제주도 출신자를 중심으로 한 부산 지구의 청년들이었다. 그 계획을 부산에 드나들던 강몽구가, 군대라면 몰라도 일반인의 불필요한 희생을 동반한다고 하여 제지했던 것이다.

무엇 때문에 부산까지 왔는가. 헤어지는 것은, 일본으로 보내는 것은 여동생 유원뿐이었을 터인데, 신영옥이 겹치고, 거기에 유달현의 죽음이 얽혀왔다. 영옥과의 이별이 고통을 동반했다. 만약 그녀를 품었다면 이별의 고통은 한층 더 치열하게, 그리고 몸을 도려내는 고통을 동반했을 것이다. 아니, 그렇지 않다. 품지 않았기 때문에 더욱 그러한지도 몰랐다. 다시 만날 수 없기에 포옹은 두려웠다. 피상적인 욕정의 장난인가. 하지만 가슴이 무너지는 이 마음은 어찌 된 것인가. 다만, 도중의 배 위에서 머리핀 이야기를 하여 그녀를 놀라게 하고, 그녀 자신으로부터 아마도 그럴 것이라는 확인을 받은 뒤, 본인에게 그것을 건넬 수 있었던 것이 다행이었다. 마치 감상적인 소년이 간직했던 오래전의 행위가 되살아난 것 같았고, 사소한 것이지만 그것은 이방근과 그녀를 기쁘게 만들었다.

학비, 피아노 구입, 당면한 생활비로 일본 돈 10만 엔을 일본에서 한대용이 유원을 위해 대신 치르기로 되어 있었다. 쌀값은 지역마다 다르겠지만, 한대용의 이야기로는 오사카 근처에서 암거래 쌀 한 말에 천 5, 6백 엔이라고 하니, 도쿄에서의 생활비가 어느 정도 될지는 불확실하지만, 모든 비용을 포함해서 한 달에 1만 엔 미만, 우선은 암거래 루트로 작년 봄부터 실시되고 있다는 외국인등록증(이라고 해도, 재일조선인을 치안 대상으로 한 것이지만)을 만들어야 했다. 그러나 그다지 어려운 일은 아니라고 했다. 한대용이 의지가 되었다.

육촌 동생인 유근의 집에 도착하자, 이방근이 한림의 밤 해변에서 경찰대의 난사에 노출되며 타고 온 배가 어둠 저편의 일본으로 떠난 지금, 그는 긴 항해에 대한 안위와는 별개로, 모든 것이 자신의 발밑에서 사라져 버린 듯한 공허에 사로잡혔다. 공허는 크게 유달현의 죽음에 기인하고 있었다.

전혀 생각지도 않았던 일이었다. 밤바다의 배 위에 돌연 나타났다 곧바로 사라진 기괴한 환상 같다고 밖에 할 수 없었지만, 유달현의 갑작스러운 출현과 그 죽음은 틀림없는 현실이었다. 제주도를 잠시 떠나는 이방근의 수중에서, 그 사정거리에서 멀리 벗어나 버리는 것을 우려하던 유달현이, 바로 이방근의 수중, 손바닥 위에서 어이없는 최후를 마친 것이다.

허무한 생각 뒤의 물밑에 침전되어 흔들리고 있는 것은 문난설의 모습뿐이었다. 그녀에게는 오늘 아침 일찍 우체국에서 전화를 해 두었다. 부재를 우려했지만, 수화기를 든 그녀의 목소리를 들을 수 있었다. 내일 아침 여덟 시발 급행으로 서울로 떠난다. 오후 다섯 시 40분 서울 도착. 역으로 마중을 나온다고 했다. 내일 아침 숙부도 같이 가지만, 숙모는 아들이 있는 곳에 온 김에 2, 3일 머무르기로 했다. 다시 만날 일이 없을 영옥과의 고통을 수반한 이별이, 문난설을 향한 마음을 부추겨 내일 밤의 재회를 자극적으로 만들었다.

유달현의 유품 중, 이방근은 선실에 남겨져 있던 사냥모를 취하고 (혹은 맡아 두고), 나머지 코트, 여행가방 속의 양복 등, 그리고 일본 돈 30만 엔의 거금을 일절 손대지 않고, 모두 선주인 한대용에게 관리를 위임했다. 이방근이 사냥모를 취한 것은 특별한 의도가 있는 것은 아니었다. 그는 무언가에 도움이 될 것이라는 예감에 제주도까지 그것을 가지고 돌아갈 작정이었다.

유달현은 죽어도 어쩔 수 없었던, 죽어 마땅한 인간. 죽어 마땅한 행위……. 그 증거가 일본 돈 30만 엔인 것이다. 어째서 녀석은 마지막까지 입을 열지 않았던 것일까. 유달현에 대한 '고문', 린치가 부족했던 것일까. 그렇다고 해도 밤바다의 흔들리는 마스트 위에서 단호하게 스파이를 부정했던 것은, 그 단호했던 부분이 이상한 느낌이 들었다. 그에 대한 의심은 모두 상황증거이고, 정세용과의 관계도 발뺌하려면 얼마든지 가능한 일이었다. 30만의 거금이 나오지 않았다면, 그를 의심할 근거를 잃고 말았을 것이다. 이것이야말로 그의 배신을 증명할 유일한 '물적 증거'였다.

시청 직원인 유근은 아버지를 닮아서인지 술을 마시지 않았다. 맥주 한 잔으로 얼굴이 빨개지고 두통을 일으키곤 했다. 이방근의 입장에서 보면 실로 특이체질의 성실한 인간이지만, 아버지와는 달리 '여자관계'가 그다지 좋지 않은 듯, 젊은 아내와의 사이에 간혹 말썽을 일으키고 있는 모양이었다.

출발하는 유원과의 '최후의 만찬'에는 숙부 부부, 아들 유근 부부, 두 명의 국민학생 아이, 문자 부부, 영옥, 그리고 이방근이 참석하였는데, 떠들썩한 저녁식사 자리에서 술을 마신 것은 이방근뿐이었다. 그것도 맥주 두세 병 입을 적신 정도라고 해도 좋았다. 말수는 적었지만, 한구석에 앉은 영옥은 시종 미소를 띠며 잘 먹었다. 제주도의 아버지와 작별인사를 나눈 전화에서, 당찬 유원이 계속 우는 바람에, 저녁식사 자리에서도 두 눈은 빨갛게 부어 있었다. 전화에서는 아버지가 딸을 위로하고 격려한 모양인데, 진귀한 광경이었다. 아, 이것이 부녀간의 마지막이 되면 안 된다. 이방근은 마음속에서 고개를 계속 흔들었지만, 잠시 멈춰 서서 생각하니 두려운, 있어서는 안 될 슬픔이 분출할 듯한 상상이었다.

이방근은 한림을 출발하는 그저께 밤에도, 부산에 도착한 어젯밤에
도 술을 마시지 않았다. 머리가 바싹바싹 물기를 잃어 가는 갈증에서
벗어날 수 없었다. 어젯밤은 빈사 상태의, 아니 이미 숨이 끊어져 있
던 유달현의 입에 머금게 하려던 위스키를 조금 마시고, 좁은 선실에
서 잠깐 눈을 붙인 뒤 아침을 맞이하였다. 한대용과 선장 등을 초대해
근처의 식당에서 점심식사를 할 때도 술은 조금만 마셨다. 식량, 음료
수 그 밖의 보급, 공작이 끝난 경찰 관계자와의 연락 등, 일본으로의
출발 준비에 쫓기는 그들이 낮부터 술 냄새를 풍기며, 얼굴을 붉히고
돌아다닐 수는 없는 노릇이었다.

이방근은 어두운 밤바다로 배를 보내고, 점점 만추가 깊어지는 분위
기 속에서 술기운이 몸에 스미는 것을 느꼈다. 열두 시가 지나고 모두
가 잠든 지금, 2층 방에서 위스키를 자작하고, 잠자리에 든 참이었다.
소등한 방의 머리맡에 위스키 병과 컵, 그리고 주전자가 있었다.

주변의 어둠은 야광충 무리의 흐름. 크게 흔들리는 배의 마스트에
밧줄로 매달린 유달현의 알몸이 밤의 허공에 흔들리며, 마스트에 반
복해서 쿵, 쿵……, 부딪치는 소리, 그리고 유달현의 목소리, 비명
이……. 바람의 신음소리가 귓속 공동을 스쳐 지나갔다. 눈을 떴다.
주위의 어둠은 야광충 무리의 흐름……. 아니, 취한 운해의 공간 속을
배가 흔들리며 간다. 운해 아래의 어둡고 넓디넓은 취한 바다를 유령
선과 같은 배가 큰 파도에 농락당하며, 파도에 삼켜질 듯 떴다 가라앉
았다를 반복하며 간다. 끝없이 넓은 바다의 어딘가로 간다. 마스트
위에서 허공에 매달린 남자가, 찢겨진 깃발처럼 바람에 흔들린다. 밧
줄로 마스트에 간신히 감겨 있던 남자가 바람에 흔들린다. 양손을 뒤
로 결박당한 채, 양쪽 발목을 묶인 남자. 아무런 자유도 없는, 아무런
저항도 할 수 없는 남자. 까마귀, 까마귀……. 밤하늘의 별이 반짝이

는 소리. 까악, 까악, 까마귀…… . 살려줘…… . 까마귀. 나다, 까마귀, 나다, 조직을 팔아넘긴 것은 나다. 오오, 뭐라고, 네가 조직을 팔았다고? 배 위의 유달현이 마지막까지 입에 담지 않았던 말이, 이방근의 취기 속에서 고개를 쳐든다. 난 유다, 난 돈으로 조직을, 인간을, 신의 아들을 팔아넘겼다. 유달현, 너의 고백은 정말이냐. 넌 마스트에서 내려오고 싶어서 거짓 고백을 하고 있는 건 아닌가. 사실을 말해라. 그 사실의 증거를 보여라. 내 자백은 모두 사실이다. 그게 사실이라는 증거는? 네가 말한 대로 내가 유다라는 게 그 증거다. 네가 유다라는 증거는? 호오, 무슨 소리를, 넌 정신착란증인가. 이번엔 내가 유다가 아니라고 말하라는 것인가? 이방근, 넌 애초에 인간에게 절대적인 선이니 악이니 하는 것이 있다고 생각하는 것이냐. 만약 내가 악이고 네가 선이라면, 너의 그 선은, 악이 존재하지 않으면 성립하지 않는 선이다. 언제라도 악으로 바뀔 수 있는 선이다. 자신이 선이라고 생각한 순간, 넌 악을 저지르고, 내가 선이 된다. 너의 선 이면에는 항상 악이 존재한다. 위선자 놈이, 악마 자식이…… . 까마귀, 까마귀…… . 한 번 더 묻겠다. 네가 유다라는 증거는 무엇인가? 내 고백은 모두 사실이다. 네가 말하듯 내가 유다라는 건 사실이다. 유달현, 너는 밤하늘의 별이 빛나는 밤바다의 야광충 무리의 산 제물이다. 까마귀에게 알몸이 된 전신을 쪼아 먹히는 게 좋다. ……오오, 까마귀를 불러라, 까마귀를 불러, 까마귀의 환상을 불러라. 이봐, 녀석을 마스트의 십자가에 매달아라. 그래, 마스트를 더 높이 세워서, 녀석을 더 높이, 높이, 밤하늘의 까마귀 떼에 가깝게 매달아라! 오오, 오오…… .

이방근은 의식의 목소리에 정신을 차렸다. 술에 찌든 자신의 목소리가 귀에 되살아났다. 목소리가 말라 있었다. 그는 눈을 뜬 채 촉각으로 어둠을 만지작거렸다. 잠들어 있었던 건 아니었지만, 감은 눈은 어둠 안쪽 잠의 공간 어딘가로 빠져들어, 밤바다의 배 위에서 깨어 있었다. 그는 어둠 속에서 머리맡 컵의 차가운 물을 마신다. 야광충 무리가 웅성거리는 듯한 취기 속 미립자의 속삭임. 바람. 파도 소리…….

유달현의 사체를 바다로 흘려보낸 밤, 어젯밤이었다. 새벽까지 거친 바다가 이어지는 가운데 이방근은 뱃멀미를, 몇 시간 사이에 초췌함이 눈에 띌 정도로 뱃멀미를 했다. 그럼에도 찾아오는 졸음을 기둥처럼 꽉 부둥켜안고 잠시나마 뱃멀미를 달랬다. 띄엄띄엄 이어지는 졸음 전체가 바다에 가라앉았지만, 바닷물로 피부가 벗겨진 듯 깨끗이 씻긴 유달현의 얼굴이 해면에 떠올랐다 사라지고, 거품처럼 떠올랐다 사라졌다. 아니, 그것은 얼굴이 아니다, 스크루에 잘려 나간 목이 바다에 흐르고 있는 것이었다.

이방근은 구토가 치밀어 올라 눈을 뜨고, 경련을 일으키는 텅 빈 위가 식도를 거슬러 올라 통째로 입 밖으로 나올 것 같은 고통을 견디며, 자신이 유달현의 죽음에 떨고 있는 것은 아닌지 생각해 한다. 그 녀석의 죽음 때문에 떨고 있다. 죽은 그 녀석에게 쫓긴다? 왜, 떠는 것인가. 유달현은 왜 죽었나. 사인은 무엇인가? 누가 죽인 것인가. 어차피 있게 될 자살이었던가. 사고사인가. 전부이자, 전부는 아니다. 이방근은 유달현의 사체를 배의 난간에 붙들어 맨 밧줄에서 풀어 바다로 떨어뜨린 일이, 단지 그 일만은, 한대용이나 마을 청년들처럼은 떨쳐 버릴 수 없었다. 누가 유달현을 죽인 것인가. 이방근은 유달현의 죽음에 대해, 살해에 대해 자신이 관여된 것을 두려워하고 있었던 것이다.

날이 밝음과 동시에 거짓말처럼 파도가 잠잠해진 해상에서, 신(申) 선장이 죽은 자에 대한 묵도를, 작업 중인 선원 이외의 모든 승선자들에게 요청했다. 그 죽음을 몰랐던 건 아닐까 하고 느껴질 정도로 유달현의 린치나 죽음에 대해 일절 언급하지 않았던 선장이었다. 위스키

병을 손에 든 선장이 해풍에 냄새가 풍기는 위스키를 바다에 세 번 기울이고, 갑판 뒤에 모인 밀항자들이 시체가 떠내려간 먼 제주도 바다를 향해, 1분간의 묵도를 했다. 묵도를 마친 선장은, 아무 말도 하지 않고 조타실로 돌아갔다.

이방근은 자신의 손으로 직접 살해를 했을 경우, 지금과 마찬가지로 떨쳐 버리지 못한 채 무서워할까 생각해 보았다. 자신이 직접 하지 않았기 때문에, 유달현의 말처럼 '배후'에서 간접적으로 관여한 애매함 때문에, 오히려 자신이 어딘가에서 죽인 듯한 느낌이 들었다. 직접 손을 썼다면……. 우연이 아닌, 스스로의 의지로 그 가능성은 있는가. 실제로, 내가 눈앞에서 목숨을 구걸하는 그 녀석을 죽인 것일까. 목을 졸라서? 부엌이가 치켜 든 장작 패는 큰 도끼로? 한대용의 권총으로……? 어떤 식으로. 살의는 분명히 있었다. 나 개인이, 나 자신이 사람들을 대표해서 녀석을 죽였다면, 이런 어정쩡한, 마음이 편치 않은 두려움 따위는 느끼지 않았을 터였다. 이방근은 마음 속 한구석에서, 중절모가 아닌 유달현의 사냥모를 쓴 정세용에게 초점을 맞춘 살의가 흔들리는 것을 의식하고 있었다. 비겁자 이방근, 넌 악인 이상으로 위선자, 악마……. 오오, 목표물의 수면에 파도를 일으키지 마라. 그러한 유달현의 경우는 간접적이었지만, 그 죽음은 같다. 이 상태로는 도저히 친척인 정세용을 목표물로 삼는 것은 불가능하다. 낙지회는 먹으면서도 다른 생선요리는, 바닷물에 하얗게 씻긴 유달현의 목이 수박처럼 해면에 떴다 가라앉았다 하는 것이 눈에 어른거려, 먹을 엄두가 나지 않았다.

유달현은 사라졌다. 왜 두려워하는 것인가. 살의가 있으면서, 왜 살해를 두려워하고 있는 것인가. 도무지 한심하기 짝이 없다. 내가 실제로 하수인이었다면, 잠시라도 가만히 땅위에 서 있지 못했을지도 모른다. 생각했던 것보다도 훨씬 겁쟁이다. 도대체 어찌 된 일인가.

이방근은 어젯밤의 사고, 아니 유달현의 마음에 들지 않는 죽음이 있고 나서 하루 종일, 유원 일행을 보내고 돌아오는 밤길에도, 유달현에 관한 생각이 머리에서 떠나지 않았다. 하늘에서 떨어진 것 같은 일격을 당한 후유증이 경련을 일으키고 있었다.

이방근은 머리맡의 신문 옆에 놓인 전기스탠드의 불을 켜고, 취기가 묵직하게 밴 상반신을 일으켜 이불 위에 앉은 뒤, 담배에 불을 붙여 한 모금 빨아들이면서 컵에 위스키를 콸콸 흘릴 듯이 부었다.

유원도, 영옥도 떠났다. 흐음……. 정말, 언제 다시 만날 수 있을지 모르는, 참으로 무정하고 견딜 수 없는 이별이었다. 제주도에 머물러 있는 아버지, 이태수는 그것을 예감하고 있었는지도 모른다. 조국으로부터의, 고향으로부터의 탈출자, 작은 밀항선에 목숨을 맡긴 밀항자. 처음으로 작은 배에서 뱃멀미를 하고 있을 여동생 유원을 상상하며, 먼 제주도에서의, 이 나라의 도처에서 살육의 총성이 메아리치는 것을 듣는다. 아니, 뱃멀미는 문제가 아니다. 빌딩이 거꾸로 뒤집히는 듯한 파도에 휩쓸려가는 공포의 고통에 다가간다. 조선해협, 그리고 현해탄의 파도는 제주해협에 뒤지지 않을 정도로 높다. 항해의 안전은 지금까지 몇 번이나 일본을 왕래한 배의 실적에 의지할 수밖에 없었다. 텅, 텅……. 그네처럼 크게 흔들리면서 마스트에 부딪히기를 반복하는, 이미 죽어 있었을 유달현……. 유달현의 죽음. 내가 무언가 물건을 만드는 인간이었다면, 이것은 대단한 실패작일 것이다. 전혀 예기치 못한, 기대하지 않았던(그렇다, 유달현의 그런 볼품없는 죽음을 바라는 마음의 움직임은 추호도 없었던 것이다) 우연한 결과에 좌우되어 휘둘리다니. 내 의지와는 관계없는 곳에서 일어난 일이다……. 아아, 어둠에 꺼질 듯한 공허다.

이방근은 목구멍을 태우는 위스키를 다시 마셨다. 잠시 마시다 자자. 담배 연기가 이마를 스치며 감돌고, 겹치는 취기의 밑바닥에서 흔들흔들 여자의 얼굴이 나타났다. 얼굴을 감싼 공간이 펼쳐졌다. 얼굴, 얼굴……. 문난설. 해면에 수박처럼 구르며 부침하는 유달현의 하얗게 씻긴 목을 저편으로 쫓아 보내고, 그녀의 얼굴이 헤엄치듯 다가오는 것이 구원이었다. 빨리 잠들자. 날이 새면 내일 밤에는 서울이라는 물가에 도착할 수 있다. 배는 떠났다. 지금은 서울행이야말로 목적이다. 문난설을 만나는 것만이…….

다음날 아침 일찍 눈을 뜨자(아니, 누군가에게, 그래 유근의 처가 깨운 것이다) 네다섯 시간 푹 잔 듯했지만, 다 타지 않은 알코올이 숙취로 머물러 머리에 무거운 구름을 드리웠다. 불쾌한 편두통을 동반하고 있었지만, 그걸로 괜찮았다. 이방근은 지금 구름 한 점 없는, 마치 푸른 하늘같은 투명한 머리 상태를 원하지 않았다. 투명은 허무하다. 흐린 편이 채워진 느낌을 준다.

고추를 넣어 칼칼한 맛을 살린 조기매운탕을 먹고, 독으로 독을 없애는 것은 아니지만, 사발에 마치 막걸리라도 따르듯 한 잔의 황금 해장술, 맥주를 흘러넘칠 만큼 채워 단숨에 꿀꺽 비웠다. 술을 못 마시니 어쩔 수 없지만, 숙부 앞에서 실례. 후-우……. 크고 상쾌한 한숨이 나왔는데, 숙모도 가볍게 한숨을 쉬었다.

"아이고, 천천히 마시면 될 것을……."

"으-음, 방근 형님, 그렇게 술이 맛있습니까."

"당신은 마시지 못하니까 그렇죠. 아주버님이 마시는 것을 보면, 보는 것만으로도 기분이 좋아요."

"당신 집안은 술꾼의 혈통이야……."

이른 아침의 식탁을 둘러싸고 각자 한마디씩 했지만, 건수 숙부는 잠자코 식사를 했다. 이방근의 이마와 코끝에서 땀이 솟아났다. 머릿속을 감싼 묵직한 구름이 서서히 증발되면서 두통이 잦아들었고 양양하게 넘실거리는 바다의 공간을 채웠다. 그는 맥주를 한 병만 마셨다. 지진의 여진에 미치지 못하는 타다 남은 알코올이(석탄으로 말하면 코크스다) 되살아나, 맥주 한 병의 취기가 들판을 넓히고, 만조 때의 파도와 같이 맹렬한 기세로 밀려왔다. 아아, 그 소리가, 밤의 소리가 파도 소리를 타고 도달했다. 성내의 하숙집으로 유달현이 찾아온 날 밤의 일, 서로 술을 마시고 밖으로 나갔을 때의 일이었다. ……배신을 하면 살려 두지 않겠어……. 오늘 밤, 네 방에 묵지 않기를 잘했다, 자고 있는 사이에 날 죽일지 몰라……헷헷헷……. 그는 그날 밤, 발광한 듯 이제껏 들은 적이 없는 큰 소리로 외쳤다. 아우성을 친 것이었다. 배신을 하면 살려 두지 않겠어. 맞다, 분명히 살의가 있었던 것은 인정한다. 그러나 이 일이 마스트 위의 유달현의 죽음과 인과관계가 있는 것은 아니다. 넌 날 죽이려고 하고 있어. 악마 같은 자식, 네 스스로의 손으로 유달현을 죽여 봐라……. 아니, 인과관계가 있다. 살의가 있었던 것이다. 내가 죽였다……. 죽인 것이나 마찬가지다. 살의가 살해에 이르기까지의 궤적을, 이방근은 자신 안에서 확인하고 있었다. 죽이는 순간은 일상의 가장 응축된 부정, 비일상, 비현실화, 꿈의 순간과 겹쳤다. 밤의 배 위에서 유달현의 죽음을 확인했을 때의 꿈과 같은 상태……. 살의의 팽창과 지속이 야기하는 긴장은 이윽고 확고한 일상생활의 파괴, 비현실화, 비현실적인 현실, 꿈에서 현실로의 이행에 이르렀다. 이방근의 내부에서 꿈으로부터 현실로의 절차의 인식 그 자체가, 직접 죽인 것은 아니지만, 결과로서의 살해를 증명하고 있었다. 그 살의는 거친 밤바다의 마스트 위까지 올라간 것이었다. 왜 살의를 인정하고, 살해를 부정하고 있는 것인가.

살인 그 자체보다도, 살인에 견디는 것이 무서운 것이다. 반사회, 반인간, 자신의 파멸에 대한 공포. 그 공포를 넘는 것이 죽음이라는 금기, 죽이지 말라는 것이며, 살인자는 그 나름대로 인간으로서의 자신을 지탱해야 하기 때문에, 살해의 명분이 필요하게 된다. 어떻게 저지른 살인을 견딜 것인가. 명분과, 그리고 '속죄'.

이방근은 자신의 간접적인 살해를 인정하는 것으로, 유달현이 악도 아니고, 자신이 선도 아닌, 문제는 단순한 선악을 넘어서 그 밖에 있다는 느낌이 들었다.

건수 숙부와 함께 일곱 시 넘어 집을 나서서, 여덟 시발 급행열차를 탔다. 유근 부부가 여관에서 집으로 온 문자 부부와 함께 역까지 배웅하러 나왔다.

열차는 정각에 출발했다. 그러나 정각에 서울에 도착할지는 알 수 없었다. 좀처럼 빨리 도착하는 일은 없으므로, 정각이 아니라는 것은 연착을 의미했다.

유달현이여, 잘 있거라. 체내에서 흔들리는 취기의 속삭임이 그에 대한 작별 인사가 되어 나왔다. 부산을 떠나는 것이 어째서 유달현이여, 잘 있거라가 되는 것인가. 아니, 생과 사의 작별인사다.

부산을 떠난다. 이방근은 홈에서 열차에 올라탔다. 그 열차는 홈을 떠난다. 떠난 것이다. 이방근, 자네는 소파를 떠난다. 소파에서 떠났어. 너는 소파라는 움막에서 기어 나와 마침내 이사까지 했다. 집에서도 나온 사실을, 현실세계에 눈을 뜬 것을 인정해라. 자넨 그것으로 어엿한 인간이 된 거야. 소파라는 움막에서 드디어 기어 나왔지. 자넨 눈을 떴어. 움막에 창문을 만들고 밖을 보았어. 소파에서 일어나서, 그리고 밖으로 나간 거야. 내가 깐 레일을 타고. 난 자네가 지금, 움막의 주민이 아닌, 어느 곳의 주민인지를 알고 싶은 거야……. 이방근이 앉은 소파라는 움막으로 빠져들어 가는 것을, 내가 붙잡아 올렸다고 말하고 싶은 게로군. 그걸 인정하라고. 핫핫하아, 그럴지도 모르지. 인정한다. 그럴지도……. 밤낮으로 오로지 서재의 소파에 앉아 안뜰을 바라보며, 소파에 누워 잠들고, 깨서는 소파의 팔걸이에 한쪽 팔을 얹고, 맞은 편 건물의 지붕 너머로 바람이 지나는 하늘을 바라보는, 단지 소파에서 사는 거주민. 밤이건 낮이건 술에 취해……. 취생몽사(醉生夢死).

자넨 마음의 준비를 하고 4·3봉기에 임할 수 있었던 거야. 우정, 나의 우정이다. 지금까지 듣고 흘려버리던 우정이라는 한마디가 멈추어 서서, 지그시 바라본다. 4·3봉기를(사전에 유달현이, 그 충격적인 도래를 알렸다) 경계로, 이방근은 확실히 소파를 떠나 그곳을 나온 것이다. 그는 지금 소파의 주민이 아니다. 유달현이 유도한 것처럼, 어느 곳의 주민도 아니다. 그는 움직이고 있었다. 그는 스스로 일어나서, 소파를 떠나, 땅을 밟고 걷고 있었다. 행동. 움막을 나와 자신의 현실과 이어지는 길. 소파는 멀리 사라졌다. 소파의 주민, 이방근, 자네는 소파에서 일어났다……. 이것은 유달현의 명언이다. "이방근이여, 자네는 소파라는 움막을 나왔다 밖으로 나왔다 유달현" 허공에 새겨진 유달현의 묘비명으로 하자.

이방근은 소파를 떠나 걷고 있었다. 그저 움직이고 있었다. 그러나 문득 멈춰 섰을 때, 덜컥하며 자신이 지금 줄타기 로프 위에 서 있는 것을, 발밑의 전율로 알아차린다. 잠시라도 움직임을 멈추면, 순식간에 어딘가로 추락할 것이다. 그는 움직이고 있는 지금이, 소파라는 추락할지 모르는 움막보다도 한층 위험하다고 느꼈다. 추락하지 않기 위해 그저 오로지 로프 위를 움직인다. 문난설과의 사랑도 로프 위에서 이루어진다……. 선생님이 제주로 떠나시고 벌써 한 달이 훨씬 지났어요. 서울역에서 이별한 것이 언제였는지 알고 계세요? 언제의 서울역? 어머, 그것을 묻고 있는데. ……?

"방근……."

머릿속에 아득한 취기가 감돌고 있는 가운데 문난설과의 만남에 찬물을 끼얹는 숙부의 목소리에 이방근은 감고 있던 눈을 떴다. 오른쪽 옆의 전방을 향한 창가의 건수 숙부도 눈을 감고 있었지만, 잠들었던 것은 아니었다.

"예―."

질주하는 열차 바퀴의 울림. 통로를 매운 차내의 웅성거림. 담배 연기로 탁해진 공기. 먼지 가득한 차내의 색깔. 맞은편 승객은 중년에 가까운 남녀로, 향수 냄새가 넘어올 듯한 진한 화장에 입술에는 장미라도 필 것 같은 립스틱을 바르고 있는 숙부 앞의 눈이 큰 여자는, 머리카락을 붉게 염색하고, 왼쪽 손에는 금색으로 빛나는 반지가 두 개. 예쁜 손가락이지만, 어쩐지 금반지가 품위를 떨어뜨렸다. 아까부터 껌을 씹고 있었다. 7대 3의 머리를 포마드로 고정한 코밑수염을 기른 남자는 검은색 더블에 넥타이를 꽉 매고 있어, 지금이라도 무대로 뛰어나가 손님에게 인사를 할 것 같은 느낌이었다. 접객업소 관계자인가. 이 두 사람은 부부일지도 모르지만, 공안 관계자가 아닌 것만은 확실했다. 이 둘이 공안의 변장이라면 정말이지 매우 공을 들였다고 하지 않을 수 없었다. 열차는 왼편에 큰 강, 아침 해를 두루 받고 유유히 황금의 흐름을 이루는 낙동강을 바라보며 김해평야를 북상하고 있었다.

"넌 서울의, 그 여자와 결혼할 마음은 없는 게냐?"

"네? 무슨 말씀이세요, 갑자기……?"

"갑자기가 아니야. 올 여름, 친족회의에서도 문제가 되었지만, 역시 넌 결혼을 해야 한다. 그 말이야."

"후후, 친족회의에서 정한 맞선 상대는 열아홉 살 '처녀'입니다."

"그건 끝난 일이야. 태수 형님의 의향은 지금은 일본으로 가 버렸지만, 유원을 최상규의 아들과 결혼시켜, 아들 대신 사위에게 사업도 맡길 생각이었어. 어쩔 수 없는 일이지. 생각해 보면 정말로 대단한 형님이시다. 일본에 있는 용근은 이씨 집안을 떠난 인간, 네가(자네라고도, 너라고도 불렀다) 우리 이씨 문중의 종손이니까……. 그런 네가, 이건 또 친척 입장에서 보면 구름을 잡는 듯한 인간이야, 그렇지 않나. 실제로 친척들의 입을 빌리자면 이씨 집안사람이 아닌 것과 마찬가지야. 일족으로서 이렇게 허전한 일이 있겠나. 태수 형님이 유원의 결혼을 서두른 건 그 때문이야. 그 결혼이 네가 보아 온 것처럼 돼 버렸어, 뭐, 남매가 파탄시킨 거나 다름없지. 그리고 유원은 어젯밤이 땅을 떠났고……. 어험."

"남매가 파탄시켰다고 해도 그건 이상합니다. 실제, 그런 놈과 결혼해도 괜찮다는 말씀입니까."

"그런 말을 하려는 게 아니야. 아버지, 태수 형님의 입장에서 하는 얘기지."

"아버지 입장이 그렇다 해도, 그렇다면 아버지 입장에서 보자면 결혼시키는 편이 좋다는 말씀이신가요."

"아니, 태수 형님도 그 일은 이해하고 있어. 늦었지만 지금은 알고 있지. 너무 늦지는 않았지. 흠, 남매가 파탄시킨 건 사실이지만, 파탄이 좋은 결과를 위해서였으니, 파탄이라는 말은 좋지 않군. 유원의 일은 됐어. 이번에는 방근이, 너의 일이야."

"결혼이라고 해도 상대가 있어야 하고, 그렇지 않습니까. 상대방의 의사가 말입니다."

"너는 태수 형님께 결혼하겠다고 약속하지 않았느냐. 유원의 결혼을 파기하고, 유학시키는 대신, 자신이 결혼을 약속했다고 얘기했잖아."

건수 숙부가 내쉬는 숨이 이방근의 오른쪽 볼에 직접 닿아, 뜨뜻미지근한 체온이 전해지면서 마늘 섞인 구취가 코 안으로 흘러들었다.

"그렇습니다."

이방근은 깊이 고개를 끄덕인다.

"그래서 지금은, 어쨌든 본인이 적당한 사람을 찾아 결혼을 했으면 하는데, 이것이 태수 형님뿐 아니라 내 소원이기도 하고, 문중에서 다시 의견을 통일했다. 문중, 친족회의로선 설령 서울 여자, 문씨, 난설이라고 했던가, 그녀와의 결혼이라도 인정하겠다는 것이니(결혼이라도라니, 결혼이라도 인정하겠다……), 상대가 이북의 서북 지방 출신인 점을 생각하면, 큰 양보이고 대단한 일이야. 이씨 가문이 망한다고 장로들은 아직도 한탄하고 있는 듯하지만, 문제는 없어. 유원도 이곳을 떠나면서 네 걱정을 하더구나. 그 아이는 자네가 문 씨와 결혼하는 것을 바라고 있더라……."

"예―. 여동생이 어제 제게 얘기했습니다……."

아아, 다시 가문, 문중, 친족회의……. 결혼……. 종마. 씨받이……. 학살의 섬, 학살 속에서도 씨를 뿌려 자식을, 오오, 남자아이를 만들라는 것이다. 나는 차치하고, 그건 필요한 일이다. 학살 속에서야말로 씨를 뿌려야 인간은 살아남고……. 유원은 어제 갑자기 '난설 언니와 결혼하는 거야?'라고 물어, 이방근을 당황하게 만들었다. 이전에는 난설 씨라고 부르던 것이, 언니로 바뀌어 있었다. 어찌 된 일인가, 느닷없이. 그 일은 모르겠다…….

문난설이 여동생의 초대에 응해 안국동의 이건수 집을 찾아온 것은, 서울의 여동생과의 전화, 그리고 문난설과의 통화로도 듣긴 했지만, 그녀는 이방근과의 통화로 여동생의 일본행을 알고, 2, 3일 전에 재방문하여 이별의 전별금을 건넨 듯했다. 그 자리에서 문난설의 입에서 결혼 이야기가 나올 리가 없지만(친족회의에서의 결혼 이야기의 고문을 벗어나기 위해, 마침 성내의 집에 묵고 있던 그녀의 이름을 이용한 적은 있었지만, 본래 단둘이 그런 류의 이야기를 한 적이 없었다), 무언가 말을 주고받으면서 그러한 정감의 동요가 있었는지, 조국 땅을 떠나기에 앞서, 여동생의 강한 소망의 표출이었는지. 난설 언니는 오빠를 좋아하는 것 같았어요……. 아주 멋진 사람, 여자인 내가 봐도 정말로 아름다운 사람이야……. 오오…….

"나이는 몇이지?"

"난설 씨 말입니까? 우리 나이로 서른 살일 겁니다."

"방근이보다 세 살 아래로군. 음…….

"결혼한 적이 있습니다…….

"그건 이제 와서 문제가 안 돼. 당사자가 받아들였다면 되는 일. 어디에 서른 살이 되도록 미혼인 여자가 있겠어." 마치 친족회의의 승인으로 당장이라도 문난설과의 결혼이 실현될 것 같은 말투였다. 건수 숙부조차 이렇게 나왔다. "그런데, 그 여잔 너무 미인이더구나. 절세미인이라는 건, 가정생활이 불행해지기 쉬워(건너편 자리의 다소 칙칙한 장밋빛 입술의 여자가 숙부를 힐끔힐끔 바라보고 있던 눈을 크게 떴다. 숙부는 의식하고 있는 듯했다). 우리 할멈처럼 곰보딱지가 가정의 원만을 부르는 것이야. 흐─음, 그렇다고는 해도 그런 미인을 용케도 손에 넣었군."

건수 숙부의 속된 표현이었다.

"어떻게 알고 계십니까?"

이방근은 얼빠진 소리를 했다. 사고의 맥락이 순간적으로 끊긴 것만 같았다.

"안국동 집에 찾아왔었어……."

"아아, 그랬지요. 그래요."

"여름 친족회의 때도 성내의 집에서 잠깐 얼굴을 보았지."

그렇다, 그리고 보니 내가 서울에서 제주도로 돌아갈 때, 나영호도 문난설과 같이 성내까지 찾아와서, 여동생 방에서 잠시 묵은 적도 있었다. 8월 말쯤이었다. 어쩐지 먼 옛날인 듯한, 2, 3개월 전이라고는 느껴지지 않는, 멀리 사라져 버린 과거의 추억 같은 느낌이 들었다. 유원은 떠났다. 멀리로 떠난다. 모든 것이 떠난다. 지금쯤, 어느 바다에 있을까. 험한 파도의 해역을 넘었을까. 쓰시마 근해를 가고 있다면, 아직 앞에 험한 현해탄이 있다. 넓은 바다라고는 하지만, 일본 연해에서 경비정에 발견되지 않고, 규슈의 저편에서 시코쿠 앞바다까지 잘도 드나든다…….

기차는 헐떡이듯 산골짜기를 향하고 있었다.

"아까, 김천을 지났지?"

"예―."

건수 숙부는 무엇을 떠올린 것일까, 이방근은 기계적으로 대답했다.

"김천의 훨씬 북쪽, 수십 킬로는 되겠지만, 속리산이 솟아 있고, 훨씬 남쪽엔 덕유산이랑 가야산이 있는데, 그곳엔 이번 달 초부터 게릴라들이 굳게 버티고 있는 세상이야. 서울인들 하루라도 편한 날은 없어. 좌우 쌍방의 테러가 격발하고, 연일 몇백 명 규모, 날에 따라선 천 명의 체포자가 나오고 있어."

이방근은 고개를 끄덕일 뿐 아무 말도 하지 않았지만, 숙부는 언외 (言外)로 제주도의 게릴라와 비교하고 있다는 것을 느꼈다.

귀청을 찢는 기적의 우렁찬 소리가 대기를 가르며 울려 퍼졌다. 돌진하는 바로 앞 기관차의 기적 소리가 포효를 계속했다.

　열차는 오후 여섯 시 조금 전, 서울역 홈에 도착했다. 십여 분 연착
이었다.
　자리에서 서 있던 이방근은, 전등에 비친 홈으로 미끄러져 들어간
기관차가 지붕 아래 가득 분출하는 마지막 연기와 수증기 막에 시야
가 가려지면서도 차창 밖을 찾았지만, 혼잡하지도 않은 플랫폼에서
문난설의 모습을 발견할 수는 없었다.
　이건수와 이방근은 각각 사무가방과 보스턴백을 손에 들고, 플랫폼
의 최전방에 내렸다. 차량 밖으로 나오니 추웠다. 아직 만추의 분위기
인 부산에서 탄 기차를 내린 곳은 완전한 겨울이라 토해 내는 입김도
하얗다. 이방근은 플랫폼 위에서 부르르 떨며 춘추복 코트 속으로 냉
기가 스며드는 것을 느꼈다. 열차 내에서도 차차 발밑부터 차가워지
더니 부산에서 3백 킬로 북상하자, 밤에는 이미 겨울이나 마찬가지
다. 눈은 내리지 않았다.
　차내에서 흘러넘친 승객들이 홈의 한가운데에 있는 계단을 대부분
올라간 뒤, 홈에 남아 있는 사람의 모습을 인지할 수 있을 때까지 기
다리는 편이 나을 것이다.
　둘은 계단에 휩쓸려가는 사람들의 뒤를 따라 플랫폼 중앙까지 나
갔다.
　"선생님!"
　몇 미터 너머의 뜸한 사람들 무리 속에서, 뒤돌아보는 사람과 어깨
를 부딪치면서 검은 코트 차림으로 달려온 것은, 상기된 볼을 희미하
게 붉힌 문난설이었다. 검은 의상에 하얀 뺨의 연한 홍조가 두드러져,
이방근은 움찔하며 그 아름다운 얼굴에 매혹되었다.

"아이고, 이건수 선생님······."

두 사람 앞에서 멈춰 선 그녀는 백을 양손에 고쳐 들고, 우선 이건수에게 인사를 한다. 건수 숙부는 손을 뻗어 문난설과 악수를 나눴다.

이방근은 그녀가 건수 숙부 앞에서 주저하는 낌새를 눈치 채고, 무언의 명령이라도 하듯 그녀의 손을 잡았다. 인사 이상의 다른 의미가 (그래서 그녀가 주저한 것이지만) 담겨 있었다. 장갑을 끼지 않은 손은 싸늘하고 부드럽게, 이방근의 손바닥에 달라붙듯 자리 잡았다. 이방근도 굳게 손을 잡았다.

셋은 플랫폼의 계단을 올라 구름다리로 이어진 넓은 연락통로로 나가, 혼잡한 틈 속을 헤치고 역 정면 현관을 향해 큰 계단을 내려갔다. 냄새가 났다. 역겨운, 구토를 유발하는 냄새. 여전한 서울역의 고약한 냄새, 한 나라 수도의 현관, 중앙역의 냄새였다. 변소에서가 아닌, 구내에 방치된 인분이나 방뇨가 스민 냄새의 암모니아 성분이, 모든 냄새 층의 틈새를 노리듯 콧속으로 밀려왔다. 서울의 인간은 익숙해진 것일까. 아니, 어수선한 이 나라의 현실이 냄새를 온통 처발랐다. 부산역도 먼지투성이지만, 불어오는 바닷바람 탓인지, 사람을 쫓아오는 듯한 인분 냄새는 나지 않았다.

혈안이 되어 거의 날치기처럼 플랫폼에서 나온 승객의 짐을 뺏어 지게에 올리려 하는 지게꾼 무리의 공격을 피해 현관을 나오자, 역 앞 광장을 찬바람이 마른 먼지를 감아올리듯 불어와 얼굴을 때렸다.

역 구내나 건물 주변으로 무장 경찰이 깔려 있었다. 서울도, 아니 이 나라 전체가 비상경계하에 있고, 여수반란의 여파가 사라지지 않은 전라남북도에는 여전히 계엄령이 내려져 있었다. 조만간 제주도도 '정식'으로 계엄령하에 들어갈 것이다. 서울을 중심으로 각지에서 매일같이 백 단위의 검거, '제1관구 검거는 천 명······.'이라든지, 백×

명 사살…… 등의 신문 표제가 춤추고 있는 세상이다. 유원도 서울에 있었다면, 다시 피검거의 숫자 속에 틀림없이 포함될 것이었다. 건수 부부는, 그리고 지금은 아버지 이태수도 이 사실에 한해서는 유원의 출국에 안심하고 있었다.

반 이승만계인 민족파 신문인 건국일보 업무부장인 이건수는 지금부터 신문사에 들른다며 남대문 방면으로 향하는 택시를 세웠다.

"조심하세요(미행 등에, 라는 말이다). 나중에 집으로 전화하겠습니다."

"알았다. 난설 씨에게 천천히 대접해 드리고."

건수 숙부는 마음속으로 그 여자를 놓치지 마라, 확실히 품에 잡고 결혼 답변을 받도록 하라고 격문을 띄우고 있는 것이 아닐까. 택시가 역 앞 교차로를 지나 남대문 쪽으로 우회전해서 사라질 때까지, 그 뒤에 미행이 의심되는 차의 유무를 끝까지 지켜본 뒤, 둘은 광장을 건너 노면전차가 달리는 도로를 지나 남대문 쪽으로 향했다. 이방근은 건물 모퉁이를 돌 때에, 확실히 자신의 행동을 알 수 있게끔 뒤를 돌아본 뒤, 완만한 언덕이 시작된 길을 걸어갔다. 보도가 얼 때는 자주 미끄러져 넘어지는 곳이었다.

"아이고, 바람이 차요!"

"응, 차갑군. 부산과는 전혀 다른 타국이야."

남대문 상공을 넘어 북한산에서 내리 불어오는 삭풍이 얼음으로 된 칼날처럼 볼을 찔렀다.

"겨울의 찬바람이 볼을 찔러 오잖아요. 그러면 마음이 반듯해지고, 정신이 맑아져요."

소녀 같은 목소리였다.

"그렇군, 정신이 맑아진다……. 그렇겠어."

"선생님은, 안 그래요? 지금 막 서울역에 내렸잖아요."

"나도 정신이 맑아지고 있소……."

이방근은 피부에 파고드는 한풍에 노출되자마자, 숙취가 가신 뒤의 몽롱한 느낌의 머리가 맑아지고 전신이 반듯해졌다. 나는 정신이 맑지 않은 편이 좋다. 그는 문난설의 말에, 지금 당장이라도 그녀를 안고 싶다는 욕망의 움직임이 꺾이는 느낌이었다. 설마 이쪽의 기색을 헤아린 그녀의 포옹을 거부하는 예방선은 아닐 것이다, 자신의 쓸데없는 억측이라고 생각하면서도, 욕정에 북풍이 불어 닥친 효과가 있었다. 내장을 끓이는 냄새가 흘러나오는 대중식당 겸 술집이 늘어선 보도 바깥쪽을, 코트 깃을 세우고 걷고 있는 이방근은 문난설의 말에 도전하듯, 아니 자신 안의 과잉의식에 도전하듯, 그녀의 가방을 든 왼손에 자신의 오른손을 포갰다. 문난설이 아주 잠시 그 손을 이방근에게 맡기며, 가방을 오른손에 바꿔 들었다. 그는 그녀의 손을 잡고, 그녀도 잡았다. 손가락을 감았다. 그녀의 냄새가 옮겨 오는 손이었다.

"선생님, 보고 싶었어요."

"나도."

둘은 손을 잡은 채 멈춰 서려다 다시 걸었다. 길을 걸으며 나누는 대화에서는 정감이 넘쳐흐르는 느낌이었다.

방금 전에 만났는데도, 문난설의 말투가 이전의 서울에서와는 달리, 경어가 나오지 않을 만큼 친근해졌다.

"선생님, 요전에 서울에서 헤어진 것이 언제였죠? 전화로 가르쳐 드렸잖아요. 또 틀리면, 이제 끝이에요."

"호오, 나에 대한 협박과 테스트로군. 지난 달 11일 아침……."

"합격이지만, 아침은 필요 없어요."

"난설 씨의 입술을 빼앗으려면 지금 같은 여분의 한마디도 필요하지."

"어머, 선생님, 왜 그러세요. 그걸로 내가 기뻐하기라도 할 줄 알고……. 아침에만 열차가 있는 걸요."

"그때, 아침부터 플랫폼에서 난설 씨가 가지고 온 위스키로 건배를 했으니까……."

"재회를 위한. 하지만, 한 달 늦어서……. 어쩌죠, 이 늦은 만큼의 몫을……."

문난설은 앗하 하며 튀듯이 웃고는 이방근의 손을 놓고, 그대로 그의 팔을 잡아 자신의 팔에 감으며 몸을 기댔다. 통행인이 없었다면, 이방근은 그녀를 끌어당겨 포옹을 했을 것이다.

그녀의 이야기는, 부산에서 전화를 했을 때 그녀의 질문에 답하지 못했던 것을 가리키고 있었다. 지난 달 하순에 서울로 온다고 약속을 했었지만, 지난달 20일 경 출발 예정이었던 배가 정확히 한 달 늦게 출발했기 때문에 오늘이 된 것이었다.

"무슨 요일이었는지 아세요?"

"……? 몰라."

"전 알고 있어요 하지만 안 가르쳐 줄 거예요……."

전방에서 보도 가득히 다가오는 서너 명의 남자들과 엇갈리는 바람에, 도로 옆으로 길을 피하면서 둘은 팔을 뺐다.

이방근은 예기치 못했던 한기 속을, 두 사람은 남대문 옆을 빠져나가 남대문시장으로 통하는 번화가 쪽으로 나와 충무로 입구의 동화백화점 앞까지 와 있었다. 어째서 목적도 없이 남대문 쪽에서 걸어온 것일까. 무심코 건수 숙부가 탄 택시 방향에 이끌린 것인지도 모른다. 이럴 바에는, 서울역에서 바로 눈앞에 와 있던 노면전차를 타든가, 택시를 잡았으면 좋았을 것이었다.

공복이었다. 뜨거운 술을 마시고 싶었다. 백화점 옆쪽에 지하식당 간판이 나와 있다. 지상의 한기로부터 차단된 식당가로 내려간 두 사람은, 초밥집과는 반대편의 중화요리점으로 들어갔다. 초밥집은 일본과 친한 '유력자'들의 단골이 많기 때문에('친일파'들의 출입도 많다), 문난설과 안면이 있는 사람을 만날지도 모르는 그곳을 피한 것이었다.

두 사람은 칸막이에 둘러싸인 여러 명이 앉을 수 있는 원탁에 대각선으로 마주 보고 앉았다. 난방이 잘 된 가게 안은 따뜻했다. 지상에는 이런 곳도 있는가 하면, 사체가 굴러다니는 제주도나 여수·순천 같은 곳도 있다. 여동생 일행은 지금 어디쯤 항해하고 있을까. 검은 코트를 벗은 그녀는 하얀 블라우스가 보이는 암갈색 정장 차림이었다. 예전에 서울역에서 이별할 때는, 진한 밤색의 옷깃, 그것은 춘추복 코트였다. 정장 상의의 가슴이 볼록할 정도로 당당한 몸매였다. 머플러를 푼 뒤, 어디서 본 기억이 있는 가느다란 백금 목걸이가 빛나고 있었다. 아니, 본 기억 정도가 아니다. 동대문 여관에서 묵었던 밤, 그녀의 하얀 목덜미에 입술을 대었을 때, 살그머니 차가운 목걸이를 혀끝에 휘감아 입속에 넣었을 때의 다이아몬드와 같은 감촉이 되살아났다.

두 사람은 만두, 탕수육, 팔보채, 상어 지느러미 등 단품요리를 먹었다. 그리고 뜨거운 라오주(老酒)를 마셨다.

마시면서 이방근은 술기운으로 따뜻해진 손을 뻗어 하얀 천을 두른 테이블 위에서 그녀의 손을 잡았다. 둘은 서로 마주잡고, 그리운 듯 얼굴을 바라보았다. 그녀의 손바닥에 땀이 배었다. 이방근은 왠지 눈 안쪽에 깃든 어둠에 슬픔의 감정이 도깨비불처럼 형체를 이루며 달리고, 그 마찰과 같은 무언가가 안쪽에서 눈시울을 자극하며 기분을 크게 흔드는 것을 느꼈다. 그는 사람을 빨아들일 듯이 야릇하게 빛나는 그녀의 눈에서 눈길을 돌려 술잔을 입술에 댔다.

라오주를 마신 후, 오랜만에 마오타이주(茅臺酒)를 징더전(景德鎮) 도자기로 보이는 크지 않은 술잔으로 두세 잔 마시자, 몸속에서 취기가 부풀어 올라 움직이기 시작했다. 그는 마오타이주를 입에 댈 때마다, 뭔가 성적인 냄새를 맡았다. 문난설도 두 잔의 마오타이주를 마셨다. 그녀의 얼굴이 눈부시게 빛났다. 취기로 촉촉해진 눈이 무서운 느낌의 검은 빛을 발하고 있었다.

"이제, 어디로 갈까?"

"……"

"같이 가도 돼?"

"어디로?"

순간, 잘못 들었다고 생각할 정도로 쉰 목소리가 되었다.

"충정로 아파트로."

"……"

문난설은 가만히 이방근을 바라보며 갑작스런 갈증으로 목소리가 안 나오는지, 잠자코 고개를 끄덕였다. 그가 손을 뻗어 그녀의 손을 잡았다.

이방근은 마음이 찡하며 울리고 몸의 심지가 욱신거렸다.

둘은 밖으로, 지상으로 나왔다. 취기로 뜨거워진 볼이 밤의 찬 공기를 맞아 상쾌했다.

네온이 빛나는 맞은편의, 저 멀리 어둠의 공간 아래, 빛처럼 반짝이는 슬픔이 그곳으로부터 찾아왔다. ……밖으로 나온 이방근은 잠시 비틀거리며 걷다가 그녀의 손을 잡고 택시를 세웠다. 문난설을 먼저, 그리고 이방근을 태운 택시는 서대문 방면을 향해 달렸다. 이방근은 차 안에서 그녀의 손을 잡고, 잡은 손을 그녀의 코트 위에서 허벅지에 놓았다. 한림해안에서 배가 떠나던 밤, 성내의 하숙집에서 한림으로 향한 택시 안에서의 서로 얼굴도 보이지 않는 어둠에 묻혀 참기 힘든, 견디기 힘든 잠깐의 포옹……. 영옥은 떠났다.

이방근은 이마에 땀이, 식은 땀 같은 것이 솟아나는 것을 느꼈다.

문난설의 아파트에 도착한 것은 아홉 시 전이었다. 거실의 꼬마전구를 켜고 소파에 앉은 그녀는, 밝은 전등을 켜려고 하는 이방근을 안 돼, 이대로가 좋아요, 라며 약간 달콤하고 작위적인 목소리로 제지했다.

"왜?"

"밖에서 보이잖아요……."

"뭐 어때. 누가 오나?"

"아니요. ……일 때문에 나영호 씨가 올 때도 있지만. 하지만 미리 전화를 해요. 선생님이 서울에 오신 건 아직 몰라요."

"나영호? 그가 올 예정인 거야?"

"아니요……."

"그는 아직 출입하고 있다는 말이로군."

이방근의 목소리는 화가 나 있었다.

"왜 그러세요. 선생님 화가 나신 거예요?"

"밤에 찾아오나?"

"왜 그런 말투를 하시는 거예요. 같은 직장이니 일도 있고……. 그냥 친구일 뿐인데."

"알고 있는 일이지만, 그 그냥 친구, 친구라는 게 뭔가 있는 거 같아 마음에 안 들어."

"뭔가 있는 거 같다……니요, 뭔데요. 선생님은 아무것도 아닌 일을 어째서……."

"질투라도 하고 있다고 말하고 싶은 건가. 질투라면, 그 녀석이 나한테 하고 있지."

불쾌한 말이었다. 이방근은 자신이 싫어지는 말이 나왔다.

"선생님, 선생님은 그런 식으로 말하지 않아요, 그런 선생님은 싫어요, 이방근 선생님은 그런 말투를 하지 않아요……."

"으-음, 싫다고. 싫다면 할 수 없지."

어째서 이런 말투가 되는 걸까.

"싫어요……."

"음, 그럼, 돌아가지."

"그러세요, 하지만, 그런 선생님으로 괜찮다는 건가요."

그런 선생님으로 괜찮다는 건가요……. 어허 참, 아무래도 이 순간에 파국이 도래한 건가 하는 생각이 솟아남과 동시에, 소파에서 일어선 문난설이 전등의 스위치 끈을 잡아당겼다. 이방근은 반사적으로 일어나서, 순간 밝게 비친 그녀의 노여움이 없는 모습, 토라진 표정의 얼굴을 힐끔 보고 전등불을 껐다. 그리고 소파에서 벗어나, 꼬마전구의 불빛 아래에서 그녀의 팔을 잡고 상반신을 안았다. 이방근은 고개를 젓는 문난설을 쫓아, 입술을 포갰다.

소파를 둔 거실 옆방은 침대가 있는 침실이었다. 새들이 지저귀는 새벽녘에 눈을 뜨고 나서도, 둘은 반복해서 서로 껴안았다. 숨이 넘어갈듯 헐떡이는 그녀의 희열에 찬 목소리가 이어진다. 아이고, 아이고-, 이런 일, 이렇게 몇 번이나, 몇 번이나……. 아이고, 또 찾아온다……. 처음이야, 처음, 이런 일, 지금까지 없었어……. 얼마나 많은 남자와 잤으면(이방근은 억측하고, 의심한다. 남자의 숫자와 관계있는 일인가), 이런 말이 나오는 걸까. 다소 소름끼치는 기쁨. 사라져 가는 질투의 파리한 불길의 무리. 육체 속에 타오르는 어둠의 요원한 공간으로 사라지는 영옥의 모습을 보았다. 선생님, 오늘은 좀 이상해요. 뭐가……? 뭔가가……. 그렇다면, 난설이도 역시 마찬가지, 아니 아니야……. 뭐가요, 선생님도 참…….

"같이 살까?"

새벽 빛 속의 침대에서, 이방근은 반은 장난으로, 장난은 아니지만 장난스런 마음으로 말했다.

"결혼하는 거예요?"

"글쎄, 난설이는 결혼할 거야?"

"……저도, 어젯밤부터 그걸 생각하고 있었어요."

"으—음, 같은 꿈을 꾸고 있었나."

"어떤 꿈?"

"어떤 꿈이라니, 같은 꿈."

"어떤 같은 꿈?"

"어떤 같은 꿈이라니, 같은 꿈……."

문난설이 이방근의 귀를 깨물었다.

"꿈에서 껴안고, 현실에서 껴안고, 어느 쪽이 진짜일까. 어험, 어쨌든 결혼이건 아니건, 우선은 같이 사는 게 먼저겠지……."

아버지와 약속한 체면상, 결혼을 해야겠지만, 역시 결혼이라는 말에 제약되기는 싫다. 같이 생활하는 것만으로 좋다…….

"선생님……."

두려움과 어리광이 섞인 지금까지는 없었던 질문조로 문난설이 말했다.

"예."

"선생님, 언젠가, 제 이야기를 들어주실래요?"

"새삼스럽게, 무슨 일일까. 언젠가가 아니라 지금은 어떤가."

"아니요, 언젠가, 언젠가가 좋아요."

"아주 시적이군, 언젠가, 언젠가는 영원히 오지 않는, 언젠가……."

"선생님, 놀리지 말아요. 선생님 오늘은 이상해요."

"아니, 난 그 언젠가가 올 거라고 믿고 있소."

"선생님의 말은 쓸쓸해……."

이번 선생님의 서울에서의 일정은……? 아침 식탁 대신의 테이블을 사이에 둔 소파에서 문난설이 말했다. 이번의……라는 건 없어. 여동생이 서울을 떠난 지금, 단지 난설을 만나는 게 목적이었으니까. 거짓말이 아니야, 보면 알잖아. 물론, 온 김에 볼 일은 있지. 여동생일로 신세진 주임교수 하 선생, 난설이가 있는 편집장 황동성 씨. 그리고 가능하면, '서북' 중앙사무국장 고영상 씨에게도. 왜요? 그녀의 목소리가 변했다. 특별한 용건이 있는 건 아니지만, 이전부터 서울에 올 때는 꼭 만나기로 했으니까.

그는 제주도의 정세 악화에 따른 게릴라들의 섬 밖 탈출 계획에 대해, 그저께 밤 부산을 경유해 여동생을 태우고 일본으로 향한 밀항선도 그 일익을 담당하고 있는 것이며, 그 일들을 조직해 주는 게 자신의 일이라……고 말했다. 선생님이 일이라고 말씀하시는 것을 처음 들었어요. 흠, 그래, 일이지. 그런 일이 가능하겠어요? 대단히 위험한 일이잖아요. 위험한 것이 문제가 아니야. 위험하다고 해도, 그것이 가능할지 어떨지가 문제라서 말이지. 제가 할 수 있는 일은요? 아니, 없어. 지금 현재로선…….

이방근은 어젯밤, 가능하다면 안국동 집으로 돌아갈 생각이었다. 숙모도 여동생도 없는 집에서 숙부를 홀로 내버려 두고 싶지 않았던 것이다. 그러나 '통금'시간인 열 시 전에 걸은 전화에서 건수 숙부는 웃으면서, 그 때문이라면 돌아올 필요가 없네, 내일 아침 열한 시까지 집에 있다가 신문사를 가니, 더 늦어진다면 돌아오는 길에 신문사에 들러 열쇠를 받아가라는 것이었다.

아침 아홉 시를 넘어, 이방근은 문난설보다 한발 앞서 남의 눈에 띄지 않게 아파트를 나와, 노면전차의 정류장이 있는 서대문 우체국 쪽으로 걸었다. 도중에 그녀가 쫓아오지 않는다면, 우체국 앞에서 기다린다.

국제신문 동료인 나영호는 이방근이 서울에 온 것도, 그녀가 어젯밤 이방근과 만난 사실도 몰랐다. 가능하면, 내일 밤 다시 문난설과 만나기로 하고, 그녀와의 시간약속은 오늘이나 내일 오전 중에 안국동 집에서 전화로 정하기로 했다. 나영호에게는 모레라도 이방근이 전화를 걸기로 했다. 그 전날 밤에 서울에 왔다고…….

서대문 우체국 앞에서 잠시 기다렸다가 뒤따라온 그녀와 전차를 타지 않고 택시를 잡았다. 서소문로에서 동쪽을 향해, 을지로 2가에 있는 국제신문 앞에 그녀를 내려 준 뒤 안국동으로 향했다.

심한 숙취다. 문난설에게는 미안하지만, 돌아가서 잠깐 자야겠다. 물론, 숙부가 출근하고 나서의 일이지만.

집에 도착하니 열 시가 다 되었다. 집에서 일을 하고 있던 건수 숙부는 예비 열쇠를 이방근에게 건네주고 곧 나갔다.

이방근은 여동생 방으로 갔다. 이제 이곳으로 돌아올 일은 없을 것이다, 라고 생각하며 문을 열자, 약간 훈기를 띤 듯한 냄새가 얼굴에 닿았다. 2, 3일 전의 여동생의 체취가 남아 있었던 것이다. 피아노와 침대, 책상과 책장도 이전 그대로였다. 축음기에 레코드 앨범도 있었다. 그리고 옷장, 커버가 씌워진 작은 경대 등……. 피아노 위에 있는 베토벤과 쇼팽의 작은 석고 흉상도 남겨졌다.

빈 액자가 피아노 옆에 세워져 있었는데, 벽에 걸려 있던 쇼팽의 초상화가 들어 있던 것으로, 내용물만 빼내 일본으로 가져갔는지도 모른다. 그 밖에 미술학도에게 받았다는 빨간 색조가 강한 유화 풍경

화도 그대로 벽에 걸려 있었다. 그 밖에, 서적 등…….

마치 고인을 기리기 위한 생전의 유품이 놓인 방 같았다. 이방근은 방 전체가 유원의 유품과 같은 느낌에 사로잡혔다. ……그 방은 유원이 사용하던 대로 둔 채 손도 대지 않을 것이고, 남에게 빌려주지도 않을 거야, 다시 유원이 돌아올 때까지 그대로 둘게, 라고 부산에서 숙모가 말한 대로였다.

이방근은 여동생의 방을 둘러보다 견디기 힘든 공허함에 사로잡혀 문을 닫았다. 덜컥하며 가슴이 옥죄어 왔다. 갑자기 아버지의 얼굴이 문에 끼어 있는 것을 본 것이었다.

이방근은 여느 때처럼 유원의 옆방에 잠자리를 깔고 한숨 잤다. 차차 머리의 무거운 구름이 사라지고, 피로도 풀린 느낌이었다. 낮 동안의 꿈에도 문난설이 나와 서로 안고 있었던 것은 어찌 된 일인가…….

밤, 숙부가 돌아온 것은 여덟 시였는데, 거실로 이방근을 불러 가방을 탁자 위에 놓자마자, 이미 제주도에 계엄령이 내려진 것 같다고 하여 이방근을 놀라게 했다. 아니, 놀랄 일은 아무것도 없다. 제주도의 계엄령 포고가 몇 번이나 신문에 보도되었다가 오보가 되었지만, 실제로는 계엄령이 있든 없든 마찬가지다. 단지, 계엄령이라는 새로운 대의명분하에 한층 더 잔학 행위와 살육이 진행될 뿐이다.

숙부의 이야기로는, 계엄령은 이방근이 바다 위, 이건수도 유원과 함께 부산으로 향하는 열차 안에 있던 21일(일요일이다), 지난 23일에 포고 제1호로서, 교통제한, 우편, 통신, 신문, 잡지 등의 검열, 촌락의 새로운 소개, 교육기관에 대한 제한(학교 폐쇄인가) 등등에 관한 벌칙 등 7종목이 발표된 것 같은데, 현재 보도관제(報道管制) 중이라 신문 발표는 당분간 불가능하다고 했다.

"방근아, 이제야말로, 공공연히 최종 단계에 발을 들여놓은 것 같구나."

"그런 것 같네요. 그러나 지금까지도 계엄령 이상의 짓을 해 왔으면
서, 이제 와서 뭘 어쩐다고라는 느낌입니다. 녀석들은 이 이상 어떤
짓을 할 생각인지. 모든 섬이 완전히 불타 없어지고, 모든 도민들이
한 명도 남김없이 죽임을 당해, 죽음의 섬으로 만들겠다는 것인지.
제주도에 계엄령, 속이 빤히 들여다보입니다."

"방근아, 넌 당분간 제주도로 돌아갈 수 없어. 일반인의 출입은 불
가능하고, 어떤 특별한 허가가 필요해."

"그렇게 될 것 같군요. 음, 곤란한데. 월말까진 어떻게든 도항할 방
법을 찾아야 할 것 같습니다."

"서둘러 제주도로 돌아갈 일도 없잖아."

이방근은 당분간 서울에서 발이 묶이는 것을 각오해야겠다고 생각
했다.

숙부에게 게릴라 탈출 계획에 대해서 말해야 하나, 어쩌나. 무모한
일, 제정신으로 할 짓이 아니라는 커다란 반대에 부딪히겠지만, 이야
기해야 할지 말지를 생각했다.

7

이방근은 게릴라들을 섬 밖으로 탈출시키는 계획을 건수 숙부에게
이야기하지 않았다. 무모하기 짝이 없다고 반대할 것을 우려했기 때
문은 아니었다. 제주도 계엄령 포고에 대한 이야기 중에, 문득 말해야
할지 생각해 봤을 뿐이었다. 이야기하지 않아도 계획이 진행되면 결

국 알게 될 것이다.

　문난설에게 계획을 털어놓은 것은 경솔했던 것일까. 그녀에게 이야기하고 숙부에게는 입을 다물다니. 그녀에게도 굳이 이야기할 필요가 없었는지도 모른다. 그런데도 '자신의 일'이라고까지 했던 것이다. 그녀가 선생님께서 일이라고 말씀하시는 걸 듣는 것은 처음이라고 했을 때, 이방근은 거의 무의식중에 입에서 나온 '자신의 일'을 다시 확인했던 것이다.

　어젯밤은 그녀의 방에서 묵었다. 남자가 여기에서 자는 건 처음이라고, 그녀는 묻지도 않은 말을 했다. 흐-음……. 선생님은 안 믿는 거예요? 으, 으-응, 믿고 있지. '흐-음'이 좋지 않았다, '흐-음'은 감탄의 소리. 의심에서 감탄이 온다. 이렇게 둘이 있다는 것은 기쁨이다. 더할 나위 없는 기쁨. 선생님, 저 너무 기뻐요. 왠지 무서울 정도로 행복해서……. 여기는 언젠가 나영호와 현관에서 맞부딪힌 곳이었다. 저 여자가 어떤 여자인지 알고 있느냐며 폭언을 퍼붓고, 남자의 맛을 본 적이 없었느냐고 천한 말을 내뱉었다. 그리고 문난설이 나가! 라며 나영호의 뺨을 때린 곳. ……나는 저 여자와 잤네. 그녀의 아파트 방을 뛰쳐나간 나영호를 쫓아간 뒤, 공원 옆 선술집에서 이야기를 주고받던 중에, 한마디 짜낸 듯 나온 그의 혐오스런 말이었다. 아이고-, 또 찾아온다. 몇 번이고 몇 번이고, 처음이야 이런 일, 지금까지는 없었어……. 나영호마저도 삼켰을 몸속 깊은 곳에서 발하는, 아찔해지는 느낌을 실은 그녀의 환희에 찬 목소리는, 이방근으로부터 질투를 없앴다. 흥분의 밤이 지난 오후의 태양빛 아래에서도 질투의 감정이 되살아나지 않았다. 여러 남자를 몸 안에 들였던, 변하기 쉬운 마음의 여자가 지금 자신 안에 자리를 차지하고 있다는 생각에 이방근은 만족하고 있었다. 자신의 의식의 흐름을 끊임없이 채워가는 문난설의,

그 의식의 흐름에 자신이 자리하고 있다는 합체감이, 이방근 속에서 하늘거리는 아지랑이와 같은 열을 발하고 있었다.

질투에서 자유로워진 것인가. 질투는 사랑이란 감정의 하나의 바로 미터인가. 마음속에서 꿈틀거리는 질투에, 이방근은 자신의 나약함을 인지했다. 질투는 자신의 존엄을 깨뜨리고, 자신을 경멸해야 할 인간과 같은 평면으로 떨어뜨린다. 질투의 감정을 통제할 수 없는 자기혐오라는 추악함으로부터의 해방이 가져오는 마음의 평온.

새벽 빛 속에서, 같이 살까? 하고 말한 것은 이방근이었다. 결코 장난은 아니었지만, 장난스런 마음으로 그렇게 말했다. 그런 마음을 가졌다기보다 무의식적인 마음의 움직임에서 상대의 반응을 살피고 있었다. 결혼하는 거예요? 글쎄, 난설이는 결혼할 거야? 저도 어젯밤부터 그걸 생각하고 있었어요. 잠을 깬 후 문난설은 대답하면서도 충분히 객관적이었다. 결혼하고 싶다고 말하면서 매달리는 것도 아니고, 속은 타오르면서 겉은 대리석처럼 냉정했다. 이방근도 굳이 동거를 강조하지 않았다. 그러나 두 사람 모두 함께 사는 것을 바라고는 있었다.

이야기는 결론도 없이 변덕처럼 사라져 둘은 헤어졌지만, 그녀 쪽의 사정은 둘째 치고 이방근은 동거할 마음이 있었다. 그러나 실제로 그것은 불가능할 것이다. 이방근이 제주도를 떠나 서울로 올 수도 없고, 문난설을 제주도로 맞이하여 함께 살 수도 없다. 이방근의 의식의 흐름은 끊임없이 문난설로 채워져 있었지만, 제주도는 이방근이 혼자 있는 곳이었다.

주인이 없어진 유원의 방을 옆에 두고 자는 것은 괴로웠다. 유원이 떠난 지 사흘이 된다. 규슈 남방을 돌고 있어야 할 배는 아직 그 근처 바다 위에서 농락당하고 있는가. 규슈를 우회하는 것은 성공했을까.

시코쿠 앞바다……. 큰 바다 위의 일엽편주로는 전혀 짐작을 할 수 없다. 이것도 있을 수 있는 조난을 도외시한 상상이다.

피아노도 침대도 세간을 그대로 남겨 둔 빈 옆방이, 방의 공동 그 자체가 숨 쉬고 있는 것 같아 견딜 수 없었다. 방의 어둠이 작은 바람처럼 움직이고 있었다. 그 어둠 속에 희미하게 아버지 이태수의 그림자가 왔다 갔다 하고 있었다. 딸과 재회하는 시간과 장소가 단절된 어둠 속을. 그리고 얼굴만이 희끄무레하게 제등처럼 어둠 속에 매달려 흔들렸다. 그 아버지의 희망을 배신당한 그림자의 움직임이, 딸을 찾는 망령 같아 고통스러웠다. 아니……. 이방근은 감고 있던 눈을 뜨고 어둠을 응시했다. 희끄무레하게 매달려 있는 것은, 밤의 해면을 수박처럼 구르면서 바닷물로 피부가 벗겨진 것처럼 깨끗하게 씻긴 유달현의 얼굴, 스크루에 잘린 목이었다. 목이 구르면서 유원 일행이 타고 있는 밀항선의 뒤를 쫓고 있었다.

유달현은 누군가가 죽였다. 그놈은 자살하지 않았다. 유다는 은화 30개에 예수를 배신하고, 배신을 속죄하기 위해 목매달아 죽었다. 유달현의 죽음은 자살이 아니다. 그래, 그놈은 묶인 마스트 위에서 이미 죽어 있었지만, 자살한 것은 아니었다. 갑판에 내려놓은 그 사체의 입 속으로 두 손가락을 넣어 보았지만, 혀를 깨문 흔적은 없었다. 놈은 죽음의 원인을 자신이 아닌, 누군가에게 억지로 강요한 것이다. 유다보다 뻔뻔한 자식, 그놈은 자신 이외의 누군가에게 살인을 덮어씌운 것이다……. 끝없는 어둠의 공간 어딘가를 유달현의 목을 끌고 나아가는 밀항선과 함께, 여동생의 모습이 다시 돌아오는 일 없이 사라져 가는 묘한 느낌의 적막이, 일종의 냉기를 품은 천지에 가득 차……. 돌연 성난 파도에 배가 전복될 것처럼 격하게 흔들리고, 용왕의 꼬리가 파도를 치며, 아니 거대한 인어가 해면으로 뛰어올라 이방근을 놀라게 했다. 이방근은 잠에 빠져든 듯한 순간에, 인어가 튀기는 물보라를 맞으며 눈을 떴지만, 다가온 것은 인어가 아닌 문난설의 하얀 몸이었다. 순간적으로 뜬 두 눈을 어둠이 적시며 문난설의 모습을 지웠다.

다음날 이른 아침, 일단 잠을 깬 후 다시 잠든 이방근은, 숙부가 출근하고 열한 시 가까이가 돼서야 눈을 뜨고 빛을 들였다. 물을 끓여 세수를 했다. 영하의 이른 아침에는 수돗물이 얼어 있어, 숙부는 미리 담아 둔 물을 데워 수도꼭지에 부었을 것이었다. 아직 11월 말, 엄동에 이르지 않았지만, 머지않아 수도꼭지의 얼음을 녹이는 데에 상당한 시간이 걸리게 된다.

'280명 사형. 여수 제3차 군법회의에서 언도', '대전의 군법회의에서 여순 반란병사에게 사형 224명, 무기징역 110명, 무죄 24명―― 중간발표' 중앙지 2면의 2단 기사 표제어. 2, 3일 사이에 두 개의 군법회의에서 500여 명의 사형선고가 내려진 셈이었다. 집행에 유예는 없었다. 그리고 그 옆에 1단 표제로 '북제주군 소탕전'이라고 쓰여 있다.

한편, 며칠인가 전의 신문에는 1면 탑에 3단 표제로 '미군 주둔안 가결……', 그리고 2단 표제로 '미군주둔요청은 민의 배치(背馳) 퇴석한 13의원 성명'의 기사가 나와 있었다.

국제연합에서 미·소 양군의 남북조선에서의 철수 결의에도 불구하고, 정부와 국회가 미국에 대한 철수 연기, 주둔 요청의 형태를 취하면서, 결의안의 국회통과로 법적 외피(外皮)를 입힌 것이다. 재석자 113명 중 88명의 다수로 통과.

이방근은 마침 찬성자 88명의 성명이 나와 있는 것에 눈길이 가, 빽빽이 늘어선 한자의 무리를 쫓으며, 어느새 여당계 무소속 의원으로 국제통신회장인 서운제의 활자를 찾고 있다는 것에 생각이 미쳤다. 다시 한 번 읽었지만, 서운제의 이름은 없었다. 으―음. 반대 세 명, 그리고 퇴석 성명 13의원 중에도 서운제의 이름은 보이지 않는다. 그는 결석했는지도 모른다.

퇴석의원의 성명을 읽어 본다.

"타주실탁(他主實托, 타국에 실권을 맡긴다)의 구체적 형태인 외국군 주둔을 스스로 나서서 요청하는 자주국가와 문화민족은 동서고금에 예를 찾을 수 없다. 그런데도 빛나는 역사의 계승자로서 새로이 출발한 대한민국 국회에서, 국시를 모독하고 민의에 배치된 의사표시가 강행된다는 것은, 하늘과 사람이 함께 통곡해야 할 일이다……." 상당한 장문이 이어지고, "……오천 년 역사의 권위와 3천만 민족의 긍지에 비추어 보아, 자손만대에 미치는 죄과를 범할 수 없는 까닭에, 결연히 퇴석하는 바이다", 그리고 이름이 나열되어 있었다.

군법회의의 5백여 명의 사형선고와 미군 철수 연기, 계속 주둔 결의는 다른 사항이 아닐 것이었다.

이방근은 오전 중에, 아침에는 영하 몇 도까지 내려갔던 거리를 코트의 깃을 세우고 하얗게 응고될 듯한 숨을 내쉬면서 종로까지 나갔다. 겨울 햇살이 비치고 있었지만, 햇빛을 반사하고 있는 길가의 얼음을 녹이지는 못했다. 종로의 좁은 뒷골목의 진한 음식 냄새가 콧구멍에 밀려오고, 하얀 김이 흘러나오는 골목을 걷다가 어느 식당에서 식사를 했다. 매운 대구탕을 먹고, 소주를 한 잔 비우자, 이마에 땀이 배었다. 그 인어, 배를 뒤집을 듯이 어둠의 해면으로 뛰쳐나온 거대한 인어는 무엇인가. 이미 꿈속에 들어와 있었던 것인가. 현실이 꿈에 용해된 순간의 어두운 공간에서 바다 속으로부터 날듯이 뛰어오른 환상이었던가……. 일곱 시 반, 종로의 백조가 아닌, 인사동 입구의 다방에서 문난설과 만난다.

북풍에 먼지가 흩날리는 종로의 거리를 나와, 따뜻해진 볼을 냉기에 드러내며 걸었다. 공기가 눈에 띄게 차갑지만, 서울의 추위는 정말이지 지금부터였다. 찬바람 속을 어슬렁거릴 수는 없지만, 국제통신이 있는 을지로 근처까지 걸어가면, 십여 분의 거리였다. 그는 보도 왼편의 YMCA 빌딩을 바라보며 인사동 쪽으로 향했다. 인사동 거리를 걸어, 안국동의 집으로 갈 생각이었다. 숙모는 내일 밤에나 돌아오는 모양이었다. 아들과 딸이 있는 곳에서 좀 더 지내고 싶지만, 숙부랑 이방근의 식사 준비를 위해 귀경을 서두르고 있다는 것이었다.

어라, '님프'? 파고다공원 앞에서 인사동 쪽으로 좌회전하여 들어갔을 때, 왼편에 '님프'라는 간판이 보였다. 문난설과 약속한 다방이었다. 어라? 하고 의아해할 정도의 일은 아니었지만, 이방근은 어쩐지 인어를 연상했던 것이다. 핫하, 저거다, 인어, 문난설이란 인어. 어쩌면 그녀와 만나는 장소인 '님프'가 어딘가에서 인어로 바꿔치기 되고, 그것이 거대한 인어가 돼 하얀 몸의 문난설로 변하고, 꿈의 공간에 등장한 것인지도 모른다. 연상이 아닌 이미 어젯밤 꿈속에서, 님프가 인어로 변했던 것이다. 음, 거기에 편승하듯이, 스크루에 잘린 유달현의 목이 데굴데굴 구르며 떠 있었고.

자신이 의식하지 않은 묘한 곳에서, 사소한 것이 뜻밖에 자의적으로 이어져 있다고 감탄하면서, 이방근은 도로 왼편으로 늘어선 헌책방에도 들르지 않고, 서두를 것이 없는데도 찬바람 속을 걸어 곧바로 집을 향했다. 비스듬히 뻗은 길은 그대로 안국동 입구로 이어진다. 어제 문난설이 전화로 알려 준 약속 장소인 '님프'라는 단어의 파편이, 어떻게 밤의 대해(大海)의 인어로 이어져 있는 것인가. 님프는 여자 요정이고, 숲이나 샘물 부근에 살고 있기에, 인어와 전혀 인연이 없다고는 할 수 없다. 그렇지 않으면, 이방근은 자신의 지금 생각에 맥락을 갖다 붙일 수는 없지만, 더 깊은 곳에서 님프가 아닌 무언가가 인어인 문난설을, 혹은 문난설인 인어를 내보냈을 것이라 생각했다.

이 모든 조작이 무의식 층의 한없이 큰 공간이 아닌, 빙산의 일각인 의식표층에서 이루어졌다고 한다면 어떻게 될까. 도저히, 신경 다발이 빙산 밑에서 분출하는 망상의 난무(亂舞)에 한시도 견딜 수 없을 것이다. 의식을 계속 흡수하는 무의식층이 있기 때문에, 사람은 살아간다. 버티며 살아갈 수 있는 게 아닌가. 무의식 층은 치유의 장소. 학살의 땅에서도 사람들은 의식을 죽이며 계속해서 살아간다.

이방근은 바람에 재가 떨어지는 담배 한 대를 입에 물고 걸었다. 아무도 없는 빈 공간 같은 집으로, 왜 급한 것처럼 북쪽에서 불어오는 역풍을 정면으로 맞으면서 돌아가는 것인가. 아무도 없는 공동이 이상하게 사람을 부르며 빨아들이는 듯하다. 공허 속에 빠져들어 자신의 공허를 채운다. 이방근은 자기 안의 공동을 의식하고 있었다. 그래, 오늘 밤, 문난설과 방금 전 '님프'에서 만난다. 집을 나오기 전에 숙부가 돌아오면 어떻게 할까. 오늘 밤은 돌아올 수 없으니……라고는 말하지 못할 것이다.

이방근은 문난설과 함께 잘 생각이었다. 그러나 상대가 그렇게 예상하고 있는 것은 아니었다. 남자가 마음에 그리는 밀회 장면이 실제 뜻대로 이루어지지 않고 무참한 결과로 이어지는 경우가 많이 있다. 포옹으로부터 여자를 놓친 뒤의 굴욕감, 자신 스스로에 대해 꾸며진 쑥스러움은 감추고 싶은 법, 그러한 때 얼굴이 거울에 비치고 있다면 어떨까.

'결혼' 이야기를 서로 주고받고, 이방근은 동거 의사를 충분히 가지면서도, 자신 안에 확고한 닻을 내리지 못한 채 동요하고 있었다. 이를테면 아직 사랑을 서로 확인하는 과정이고, 아니, 상대에게가 아니라, 자신에 대해 사랑을 확인하는 과정이고, 육체의 결합은 파도처럼 변해 가는 그 과정을 단숨에 쳐내고 사랑의 결정으로 굳힌다. 여전히 과정이 필요하다면 거듭 그것을 촉진시킬 것이다.

이방근은 두서없이 생각하면서, 그러나 오늘 밤 밀회에서 그녀를 놓칠 거라는 불안은 없었다. 이미 그녀를 내 것으로 만든 기쁨이 있었다. 이 기쁨은 그녀의 것이기도 해야 한다. 오늘 밤, 어떻게 될지 모른다는 것은, 파생적인 것에 지나지 않는다. 연애의 큰 적은 별것 아닌 자존심이다. 자존심을 위한 자존심. 매운 대구탕과 아직 화끈거림이 가시지 않은 소주 때문인지 목이 말랐다. 빨리 문난설을 만나고 싶은 충동이 허리춤을 뜨겁게 했다. 일곱 시 반까지 앞으로 여섯 시간 남짓이다.

이방근은 집에 돌아오자, 유원의 방문을 열고, 매트만 남아 있는 빈 침대에 몸을 내던졌다. 어제 돌아왔을 때까지는, 문을 열면 2, 3일 전 여동생의 체취가 남아 약간 훈김이 나는 듯한 공기의 움직임을 느꼈지만, 하루 사이에 먼지로 더러워진 냄새로 변한 기분이 들었다. 매트에 직접 몸과, 얼굴을 대고 있는 탓인지도 몰랐다.

그는 침대에 누운 채, 피아노 위에 남겨진 거무스름한 그늘이 생긴 베토벤과 쇼팽의 작은 석고 흉상을 바라보았다. 벽에 걸려 있던 쇼팽의 초상화는 없었다. 피아노 옆에 기대놓은 빈 액자들이 마치 공동처럼 허무했다. 벽에 걸린 채 한 폭의 빨간 색조가 몸부림치는 유화의 풍경화. 유원은, 떠났는가. 언제 돌아올지도 모르는 길이다. 방의 어두운 공간에 아버지의 망령이 나오는 것은 무리가 아니었다.

이방근은 잠시 눈을 감고 있자니 졸음을 느꼈다. 그는 침대에서 내려온 뒤 옆방에서 이불을 가지고 와, 코트를 벗고 그대로 침대 위에서 눈을 감았다.

전화벨 소리에 잠이 깼다. 열어 둔 문을 통해, 창가에 머리를 둔 이방 근의 귀에 잘 들렸다. 술이 완전히 깬 탓인지 몸서리를 치며 일어났다.

그는 계단 어귀의 방으로 가 수화기를 들었다. 문난설이었다.

"……지금 어딥니까?"

"신문사 근처 공중전화. 자고 있었어요?"

"예, 지금 몇 시지? 아, 두 시……. 무슨 일이오. 오늘 밤, 여의치 않아요?"

"아니요, 선생님, 왜 그러세요. 편찮으시기라도 한 거예요?"

"아니, 전혀, 난 난설 씨와 만날 시간을 꿈속에서 기다리고 있었어."

"어머, 남의 탓을 하다니. 선생님은 일곱 시 반에 괜찮으세요? 왠지 마음에 걸려서……."

"어제, 둘이서 만나기로 약속하지 않았소." 오늘 밤 약속을 취소하는 것일지도 모른다고 생각한 이방근은 가슴을 쓸어내리며 말했다. 머릿 속 멀리에서 뛰어오르는 밤의 인어가 떠올랐다. "마음에 걸린다니, 무 슨 일이오, 뭔가 꿈이라도 꿨어요?"

"으, 응……."

"으, 응……. 그래, '님프'였지. 일곱 시 반에." 이방근은 침을 삼키 고, 상대의 이름을 그리운 듯 불렀다. "난설이……."

"예ㅡ."

"오늘 밤, 난 집으로 돌아오지 않을 거야."

"……왜? 무슨 일 있었어요?"

이게 무슨 일인가. 나락으로는 아니지만, 그 직전까지 떨어질 것 같 은 실망을 주는 대답이었다. 참으로 둔감한 게 여동생 유원과 똑같다. 설마 시치미 떼는 건 아니겠지. 귓불에 남은 그녀의 목소리를 음미해 보았지만, 시치미가 아닌 '난설이'라는 부름에 응하는 그런 매우 다정한 음색이었다.

"아니야, 그저, 돌아오지 않는 것뿐이야."

"……"

겨우 통한 것인가.

이방근은 일곱 시에 집을 나섰다. 건수 숙부는 아직 귀가하지 않았지만, 그편이 나았다. 돌아온다면 몰라도 숙부를 혼자 두고, 오늘 밤 돌아오지 않을 거니까……라고는 말하기 어려운 일이었다.

북풍은 꽤 가라앉았다. 먼 밤하늘에서 휙 하고 얼음 덩어리가 날아올 것 같은 바람의 신음소리가 났다. 계엄령의 섬. 핫하아……. 그는 집 앞의 어둡고 완만한 언덕길을 내려가서는, 중앙정청 앞길을 건너, 대각선으로 뻗은 인사동 거리로 들어가, 낮에 돌아온 길을 반대로 걸어갔다.

'님프'의 여주인은 서양화가라고, 문난설이 그 친구의 이야기를 전화로 한마디 건넸다. 무언가 그 나름의 유래가 있겠지만, 진부한 이름이었다. 덕분에 문난설의 인어를 보았다. 인어 꿈 또한 진부하지 않은가. 전차의 경적이 울렸다. 눈을 들자, 건너편은 밤의 파고다공원, 전방의 종로 앞길을 가로지르는 노면전차와 차의 그림자가 달리고, 왼편에 찻집 '님프'가 다가왔다. 몇 집 앞에 '청자'라는 골동품거리다운 대조적인 이름의 다방. 그래, 종로의 '백조'를 피한 것이다. 유원의 학우들과 만날지도 모르는 것이 싫었다.

테이블 몇 개의 아담하고 차분한 분위기의 가게였다. 어둑한 한구석 의자에 앉아 있던 젊은 여점원이 그림자처럼 일어나 이방근을 맞이했다. 손님은 아무도 없었다. 우중충한 벽돌색의 좌우 벽에 유화가 두 점씩 걸려 있었는데, 모두 자연이나 거리의 풍경화였다. 숲의 요정과 같은 반라의 소녀가 물가에서 머리를 빗고 있는 식의 복제화가 아닌 것이 좋았다. 이방근은 커피를 주문했다.

깨닫고 보니, 가게 안은 시간이 멈춘 듯이 조용했다. 뒤쪽 주방에서 가벼운 소리가 나고, 전차의 경적이 들리는 것이, 가게 안을 한층 진공처럼 만들었다. 공간을 느끼는데도, 시간이 멈춰 있었다. 아아, 왜 음악이 울리지 않는 것인지 생각하고 있었던 것이다.

검은 코트의 문난설이 들어와, 안면이 있는 듯 여점원과 대화를 나누었다. 이거 먹을래? 하고 숄더백에서 초콜릿을 꺼내자, 주위의 공기가 움직이고, 이방근의 손목시계의 초침이 움직이기 시작했다.

여주인은 용건이 있어 외출한 듯했다. 문난설은 화가인 친구를 선생님께 소개하고 싶었다고 말했지만, 이방근은 친구가 부재중이라 다행이라고 생각했다. 지금, 함께 의자에 앉아 이야기를 나누는 것은 번거롭다. 굉장히 예쁜 사람이에요. 으ー응.

잠시 후 둘은 밖으로 나왔다.

길을 건너 곧바로 나온 골목은 종로의 뒷골목이었다. 이방근은 멀리 갈 생각이 없어 문난설을 재촉해 골목 하나로 들어갔다. 이삼중의 그물코처럼 이어지는 미로 같은 뒷골목은 대부분이 음식점, 술집이었다. 취객들과 엇갈릴 때는 서로 어깨가 부딪칠 것 같은 좁은 골목에 일단 멈춰 서야만 했다. 여자의 교성이 들린다. 순대를 찌고 있는 냄새, 내장을 끓이고 있는 냄새와 김이 흘러나오는 구불거리는 어둑한 골목을 잠시 걸었다.

이방근은 문난설과 나란히 걸으면서, 어찌 된 일인지, 그녀의 손을 잡는 것을 망설였다. 단지 어깨가 닿았을 때, 서로 순간의 무게를 즐기듯 그대로 두었을 뿐, 손을 뻗지 않았다. 그는 취하지 않았는데도 눈이 침침해지는 것을 느꼈다. 지금 온통 물이 찬 골목을 어깨까지 잠긴 채 걷는 듯한 착각에 빠졌다. 물이 빠진 뒤 뒷골목은, 끈적끈적한 느낌의 점액질 피막으로 덮여 있었다. 골목은 어쩐지 여자의 육체 속의 끝없이 이어지는 미끈미끈한 동굴의 느낌이었다.

"뭘 먹을까?"

"선생님은 여기가 좋으세요?"

"왜, 여기에서 밖으로 나갈까."

"아니요, 여기가 좋아요. 여기가 좋아."

"순대를 먹을까?"

"순대는 명동의 아바이순대가 있잖아요."

"싫은 거야?"

"아니요, 순대 좋아요."

"그래, 순대로 하자. 순댓국이 좋겠어."

두 사람은 순대를 찌는 냄새와 김이 가득한 작은 가게로 들어가서, 손님들 몇 팀이 차지한 좌석 앞의 낡은 테이블 하나에 마주 앉았다. 맥주를 마시고, 소주를 마셨다. 커다란 순대 토막, 큰 사발의 순댓국을 먹고 땀을 흘리며 가게를 나온 것은 아홉 시가 다 되어서였다.

둘은 종로의 거리로 골목을 빠져나왔다. 인적이 드물었다. 밤하늘에서 떨어지는 무거운 냉기 속을 막차에 가까운 전차가 달리고, 가로등 불빛은 굳게 얼어 있었다.

"선생님은 집으로 돌아가시지 않는 거죠?"

문난설이 구두 소리를 내며 말했다.

"으-응?"

"오늘 낮에 전화로 그렇게 말씀하셨어요."

"그렇다니까, 오늘은 돌아가고 싶지 않아."

둘은 화신 쪽을 향해 걸었다. 순대 가게에서 마주했던 3, 40분 사이, 무슨 이야기를 했던 것일까. 오늘 밤은 집으로 돌아가기 싫다더니,

충정로 아파트로 가고 싶다는 등의 이야기는 일절 하지 않았다. 그렇다, 신문 기사에 대해 이야기했던 것이다. 미군 철수의 국회결의 찬성 의원 중에 서운제 선생의 이름이 없었는데, 서 선생은 국회에 출석하지 않았던 것인지 물어보니, 그녀는 서운제가 재택 중이며, '병결'이었다고 밝혔다. 서운제는 찬성 결의에 반대였지만, 반대투표는 할 수 없어서 결석을 한 것이라고 그녀가 이야기했다. 저, 어젯밤에 회장님 댁에 갔었어요. 회장님이 한 번 선생님을 만나 뵙고 싶다고 하셨어요. 뭐……? 이방근은 순간 회장이 아니라, 편집국장인 황동성의 이름을 잘못들은 것은 아닌지 귀를 의심했을 정도로 갑작스러웠다. 또, 무슨 일이지? 나중에 말씀드릴게요. 나중에……? 내가 서울에 와 있는 것을 모두가 알고 있는 것인가? 아니요, 아무도, 나영호 씨도 몰라요. 회장님에게는 입막음해 놓았으니까요……. 서운제가 나를 만나고 싶다고? 이방근으로서는 짐작이 가지 않았다.

"어디로 갈까?" 이방근은 마음에도 없는 말을 했다. 다른 술집에 들를 시간도 없었고, 그녀의 아파트로 가는 것 이외에 달리 갈 곳이 없었다. "서운제 회장이 나를 만나고 싶다고 말씀하신 것 같은데. 난설 씨, 나중에 얘기한다고 했잖소."

"예—……. 저 말이죠, 회장님께 결혼할지도 모른다고 얘기했어요."

"결혼? 누구와……?"

"누구와라니, 선생님은, 참 이상한 사람……. 제가 이상한 건가요?" 그녀는 손을 입에 대고 웃었다.

"정말로?" 이방근은 신음소리를 냈다. "성격이 급하군."

"그래서, 회장님이 한번 만나 뵙고 싶다고 하신 거예요."

"그 결혼 얘기 때문에……?"

그, 라는 건 뭔가. 도대체 이 여자는 어디까지 이야기를 한 것일까.

"선생님 더 마실 건가요? '통금'까지 별로 시간이 없어요. 선생님, 제 아파트로 가요."

"……아파트?" 이방근은 가슴이 덜컥 울려오는 것을 들었다. 그는 좀 의외라는 듯이 말을 받았지만, 그녀의 목소리가 몸속에서 감미롭고 다정하게 녹아 물결치는 것을 느꼈다. "충정로의 명성아파트."

"예……."

"가지."

어느새 두 사람은 화신백화점 앞 공중전화부스 옆에 와 있었다. 이방근은 그녀의 장갑 낀 손을 맨손으로 세게 잡았다가 놓으며 부스 안으로 들어가, 건수 숙부에게 오늘 밤 돌아갈 수 없다는 취지를 알리고 나왔다. 문난설의 방에서 전화를 할 생각은 없었다.

둘이 탄 택시는 종로를 곧장 서쪽으로 벗어나, 충정로에서 서대문 방면으로 향했다. 이방근은 문난설의 장갑을 벗은 손을 잡아 자신의 무릎 위에 올려놓고 있었다.

택시에 앉자, 술기운이 부족해서인지 몸이 흔들렸다. 둘은 한동안 말이 없었다. ……결혼할지도 모른다고 서 회장에게 이야기했다. 당사자인 이방근에게는 이야기하지 않고. 문난설의 이 한마디는 이방근에게 기선을 제압당한 것 같은 충격을 주었지만, 동시에 큰 기쁨이었다. 이야기만이라면 모를까, 그 일 때문에 서운제가 자신을 만나고 싶다니, 마치 게릴라의 습격을 당한 것처럼 자신의 현 위치가 보이지 않아 발밑이 휘청거리는 느낌이었다. 문득, 유원에게 계속 결혼을 강요하면서도 결국 이루지 못한 최용학이 머리를 스쳤는데, 이것이야말로 '결혼' 공포증이다. 나는 문난설을 사랑하고 있는 것인가. 그렇다, 사랑하고 있을 것이다. 동거는 차치하고, 사랑이 결혼으로 이어져야만 한다면, 내게는 사랑이 없는 것이 된다.

이방근은 '사랑의 성립'을 어디선가 두려워하고 있었다. '결혼'이 걸린다. 사랑에서 결혼, 싫다, 이 도식이 견딜 수 없는 것이다. 동거=결혼으로 좋다. 지금은, 사랑을 인식하는 것이 아니라, 인식의 객관화 작용을 날려 버리는, 인식을 거부해도 사랑이 확인되어 사랑이 존재하는 상태, 그것을 육체의 결합으로, 깨어나도 환상이 되지 않을 정도로 남은 열기가 지속되는 결합의 축적을 바란다. 이른바, 포옹 속의 매몰이다……. 아이고, 아파요……. 문난설이 작은 소리를 냈다. 손을 세게 잡고 있었다. 이방근은 그녀의 손에 입술을 대고, 코트 위에서 그녀의 허리를 안아 끌어당겼다. 그녀의 상반신이 이방근의 가슴에 들어왔다. 몹시 낡은 택시는 전차의 레일 위에 바퀴를 포개며, 덜컹덜컹 흔들렸다. 이방근은 쓰러지는 그녀의 귀에 입술을 가까이 대고 술 냄새 나는 입김을 부드럽게 불어넣었다. 난설이, 사랑해……. 그리고 부드럽게 귓불을 물고, 볼과 볼이 닿아, 그녀의 입술에 입술을 포갰다.

택시는 서대문 교차로를 건너, 우체국 옆에서 공원 쪽을 향해 들어갔다.

차에서 내려, 아파트 계단을 올라 방문을 열고 들어서자마자, 둘은 어느 쪽이 먼저라고 할 것 없이 강한 포옹에 들어갔다. 문난설이 거실의 불을 켜고, 전기스토브의 스위치를 만지고, 주전자의 물을 올릴 때까지 상당한 시간이 걸렸다. 그리고 활짝 연 맹장지문 사이로 흘러나오는 거실의 불빛 속에서, 포옹으로 흔들리는 침대가 열을 발하고, 둘은 곧 알몸의 전신을, 아직 냉기가 사라지지 않은, 무겁게 가라앉은 공기 속에서 땀이 배일 만큼, 깊고 긴 포옹이 이어졌다.

전류의 충격이 간헐적으로 여체를 반복해서 달리고, 넘실대는 파도가 서로 겹치며 잔물결이 되어 물가로 부서져 흩어졌다. 앞서 가는

파도에 이방근의 파도가 겹쳐져 하나가 되고, 난설의 아득한 물가로
향해 파도치며 경련하는 리듬은 종착점으로 달렸다. 가위에 눌린 뒤
처럼 기진맥진한 법열(法悅)에 이완된 근육의 파도는, 이윽고 다시 수
축으로. 술 냄새 나? 으, 으—음.

"선생님." 문난설이 이방근의 목덜미에 파묻은 얼굴을 떼며 말했다.
"제 이야기를 들어줄래요? 귀찮아하지 말고. '이런 이야기'를 듣는 건,
좋아하지 않으시죠."

"아니, 난설이가 이야기하는 건 듣고 싶소. 게다가 '이런 이야기'라
니, 들어 보지 않으면 알 수 없지."

"선생님은 자상하시네요. 선생님, 담배 피우지 않을래요?"

"피우고 싶군."

"저도 피워도 될까요."

"물론이지."

이불을 걷어낸 뒤 하얀 조각 같은 아름다운 알몸에 가운을 걸치고
침대에서 내려온 흐트러진 머리의 문난설은, 옷자락이 풀어져 풍부한
음모가 보이는 것도 개의치 않고, 옆 거실의 탁자에서 재떨이와 담배,
그리고 성냥을 들고 돌아왔다.

"선생님……. 제가, 왜 이혼했는지 아세요?"

거의 농담조였지만, 의외의 말을 시작했다. 이야기라는 것은, 어쩌
면 나영호와 관련된 것이라고 생각한 것이다.

"그런 걸 알 리가 없잖아."

"하지만, 나를 알고 있다면 알지도 모르죠. 맞춰 보세요. 못 맞춘다
면 선생님이 저를 알려고 하지 않기 때문이에요."

"알고 싶으니까 이렇게 물어보고 있잖아. 그러나 핫하, 어려운 문제
로군. 일전에, 반년 만에 이혼했다고는 했는데, 그 상대방은 무얼 하

던 사람이었나."

"은행원이었어요."

"은행원······. 으-음."

이방근은 무심코 앵무새처럼 문난설의 말을 따라 했는데, 유원에게 결혼을 강요하던 최용학을 떠올렸던 것이다.

그녀는 이렇게 말문을 열더니, 그 과거를 이야기했다. 그녀의 남편이었던 방(方) 씨는, 남대문로의 은행가에 있던 해동은행의 대출담당이었다. 문난설의 아버지가 평안남도의 식산부장이 되기 전에 조선총독부의 식산국 상공과장을 하던 관계도 있어서, 지인의 소개로 조선금융조합 연합회의 감사역인 방 씨 아버지와의 사이에 가문끼리의 혼담이 성립, 그것은 문난설이 여자전문학교 영문과를 나오자마자 하게 된 전통적인 강제결혼이었다. 무엇보다도 '이겨내기 위한 장기저축' 등을 모토로 밤낮 금전계산을 하며 세월을 보내는 융통성 없는 남편과의 결혼생활에 넌더리가 나, 사실은 한 달 만에 뛰쳐나오고 싶었다. 그러나 부모나 집안 입장을 생각해서 반년을 견뎌 내는데 천 년 같았다고 했다.

문난설의 아버지 문준원은 해방 후 얼마 뒤, 이전부터 있던 서울의 은행예금으로 서울에 거주하는 친척을 통해, 중구 M동의 일본인 주택가에 있는 저택을 매수했고, 그것은 곧 '북'에서 월남해 온 서북청년회의 간부숙소로 정해졌다. 문난설의 육촌, 문동준의 알선에 의한 것이었다. 저택은 문난설의 명의로 되어 있어, 그녀의 생활비 대부분은 '서북'에서 나오는 집세라고 했다. 올봄에, 이방근이 외제차로 '연행'된 '서북' 숙소에서 처음으로 만났던 그녀가, 그때 폭력의 소굴에 있었던 것은 결코 이상한 일이 아니었던 것이다. 숙소 건물이 문난설의 소유라고 나영호는 말했지만, 당초에는 막연히 서운제가 그녀에게 준 것이고, 그녀는 '첩'일지 모른다고 생각하고 있었다. 한성일보의 기자 윤봉은 취기 탓도 있었지만, 첩이라고 단정하고 있었던 것인데, 얼마 안 있어 '양부(養父)'라는 것을 알게 되었다. 어쨌든 문난설이 '첩'이 아니라는 사실의 확인은, 그녀를 향해 첩이 아니라는 것을 알게 되어 기쁘다고는 말할 수 없더라도, 자신도 모르게 그녀를 천천히 껴안고 싶을 정도로, 이방근의 마음 한구석의 응어리를, 새로운 기쁨과 함께 해방시켰다.

이방근은 결혼하게 될지도 모른다고 털어놓았다는 서운제와의 관계에 대해서, 그리고 도대체 그에게 어디까지 이야기했는지 물었다.

아버지 대신이라고는 해도, 결혼 이야기를 하는 것은 너무 이른 것이 아닌가. 이방근으로서는 다소 갑작스러웠던 것이다. 그저, 어떤 사람과 결혼할지도……라고 무심코 이야기했단 말인가. 누구와 말이냐……? 이런 사람……과 같은 식이 된 것인가. 그렇다 하더라도 이방근과 만나고 싶다는 것은 예삿일이 아니었다. ……결혼 문제도 있지만, 선생님 이야기는 황동성 편집국장한테 들어서 잘 알고 계세요. 하지만, 결혼 얘기가 목적이잖아. 나와 만나서 무엇을 할 생각일까. 선생님은 만나 뵙기 싫으세요? 싫은 건 아니지만, 어쨌든 '결혼'이란 것이 너무 갑작스러워서. 하지만 '결혼' 같은 건 내년이나 내후년이라도 괜찮아요, 그렇잖아요. 그럼 무엇 때문에 나와 만나고 싶다는 걸까, 라는 생각을 했지만, 입 밖에 내지는 않았다. 의사를 확인할 생각인가……. 그것도 모를 일이었다.

문난설의 이야기에 따르면, 젊었을 때 서운제는 만주에서 무장독립운동에 참여했다고 했다. 3·1독립운동 후, 조선을 떠난 서운제는, 남만주의 북간도를 근거지로 조직된 김좌진 총사령관의 민족 독립운동 조직인 신민부(新民府, 1925~28)에 들어갔다. 해체 후 귀국하여, 국내의 좌우를 통합한 민족운동조직인 신간회(新幹會)에 참여하였다. 1930년 초, 해산 후에는 국내 민족주의운동그룹 사건에 연루된다. 2년의 형기를 마치고 나서 고향인 강원도 춘천에서 병을 얻었을 무렵, 마침 출장으로 찾아온 조선총독부의 식산국 상공과장이었던 문준원과 만났다. 난설의 아버지 문준원과는 도쿄의 대학 동창이며, 서운제의 고향 후배이기도 한 개업의 현(玄) 씨가 소개한 것이었다.

문준원은 서운제의 과거를 알면서도 약간의 전답과 집을 담보로 경성의 은행 융자를 소개하여, 관리를 거의 포기한 근처의 과수원을 매수하게 한 뒤, 다시 총독부 농림국에서 강원도 담당 농림과에 소개하여, 경성으로의 출하 판매의 편의를 제공하고, 마을 농민들의 도움을 받아 과수원 경영을 궤도에 올리는 데에 큰 힘이 되었다고 했다.

해방 후, 상경해서 우파정당에 속한 서운제는 '행방불명'이 된 문준원에 대한 조회장을 '북'당국에 보냈지만, 답변은 없었다. 38선을 넘어 '북'에 드나들던 좌익정당의 간부에게 개인적으로 소식을 조사하게 했지만 결과는 여전히 '행방불명'이었다. 재산 몰수 후, 가족들은 신의주로 어쩔 수 없이 이주하게 되었고, 그 후의 소식은 불명이라고 했다.

"선생님, 제가 왜 이혼했는지 아시겠죠?"

"알 것 같으면서도 모르겠군. 옛날처럼 가문끼리 결혼하고 상대가 은행원이라 '따분'했던 것인가."

"은행원이라도 '따분'하지 않은 사람도 있겠지만, 그는 재미없는 남자예요. 도쿄에 있는 대학의 경제학과 출신이고, 음악회나 미술 감상회에도 가는 사람이긴 하지만, 혼자 음악을 듣는다거나 그림을 보는 것이 아니라, 그런 곳에 가서 모두와 수다를 떨며 주목받기를 좋아하는 사람이었어요. 그 주제에 내가 남자랑 이야기라도 하면 기분이 나빠져서, 집에 돌아와서는 그 일로 이러니 저러니 다시 문제 삼는 것이

습관이었어요. 어쨌든, 남자와는 이야기를 할 수조차 없는 거예요. 수금원이 와도 그랬고⋯⋯. 음악회에서는 자주 졸고 있다가, 박수칠 때에 일어나서 남보다 갑절이나 박수를 치는 거예요. 게다가 무작정 프로그램을 수집하는 버릇이 있어서, 집 벽에 덕지덕지 붙이기도 하고. 정말로 속물이었어요. 그리고 일이 그랬지만, 돈 계산뿐이잖아요. 어째서 결혼 전에 가출하지 않았을까요. 아직, 몰랐으니까요."

"술은?"

"한 방울도 안 마셔요. 담배는 피웠고."

"폭력은 없었나?"

"예ㅡ. 온순한 사람이었지만 말이죠. '부창부수(夫唱婦隨)'가 입버릇이었어요. 남자는 첩이나 애인을 몇 명이고 둬도 되지만, 자신은 그런 짓을 하지 않는다. 그러한 자신에 대해 감사해야 한다며, 항상 은혜라도 베푸는 것처럼 말했어요."

"흐ㅡ음⋯⋯."

"선생님, 차 끓여 올게요. 녹차로 괜찮을까요?"

"일본차⋯⋯?"

이방근은 고개를 끄덕였다.

그녀는 가운을 걸치고 이방근의 발 아래쪽을 지나, 현관 옆 부엌에서 거실로 찻잔을 꺼내 왔다. 이방근 쪽을 보고 소파에 앉은 문난설은, 전기스토브 위에서 끓고 있는 주전자 물을 찻잔에 따랐다. 녹차의 향이 침실까지 도달했다. 이방근은 이불을 감싼 채, 흐트러진 머리를 양 어깨 뒤로 넘긴 문난설을 보고 있었는데, 한순간 응결된 듯 움찔하게 만들며 요염하기까지 한, 생각에 잠긴 그녀의 표정에 자신도 모르게 크게 눈을 떴다. 얼핏 이방근과 시선이 마주쳤을 때, 그녀의 그 순간적인 표정은 사라졌다. 뭘까? 이방근의 가슴에 의아함이 스쳤다.

찾잔을 나무 쟁반에 얹고 침대 부근까지 온 문난설은 이방근 쪽의
보조 탁자 위에 찾잔을 내려놓았다.

그녀는 침대 위에 앉아서 녹차를 마셨다. 이불을 뒤집어쓴 알몸의
이방근은 엎드려서 마시고 찾잔을 탁자 위에 놓았다. 문난설은 담뱃
불을 붙인 이방근 옆에 파고들어 똑같이 엎드렸다.

"선생님." 그녀가 일단 턱을 괸 손을 풀고, 이방근을 보며 말했다.
"아직, 나영호 씨에 대해 질투하고 계신 거예요?"

"뭐?" 이방근은 움찔하며 반사적으로 대답했다. "나영호라니…….
질투? 이상한 소리를 하는군. 불쾌해."

이 여자는 왜 신경을 거슬리게 하는 말을 하는가. 그는 피우던 담배
를 머리맡의 재떨이에 비벼 껐다. 질투를 하는 것이 아니라, 그 단어
가 혀에 껄끔거리는 느낌이었다. 그는 문난설에게 등을 돌리고 몸을
옆으로 뉘였다.

"아이고, 선생님, 죄송해요……." 문난설은 이방근의 등에 얼굴을
갖다 대고, 그 왼쪽 어깨를 한 손으로 안았다. 이방근은 잠자코 옆방
의 소파 옆에서 쉭쉭 김을 내뿜고 있는 스토브 위의 주전자를 보고
있었다. "선생님, 화나셨어요? 화내지 마세요. 그런 의도로 말한 거
아니니까, 죄송해요. 그저께 밤, 영호 씨 이야기 때문에 화가 나셨잖
아요. 질투 같은 거 하시지 않으니까, 그렇게 말해 본 것뿐이에요. 정
말로 질투하고 있다면 이런 말 안 하죠."

"그저께 일과 질투가 무슨 관계가 있나. 질투라면 그 녀석이 나한테
하고 있는 거라고, 나도 쓸데없는 얘길 했지만……."

"아무 관계도 없어요. 그래요. 영호 씨가 질투해도, 선생님과는 상
관없어요……."

"난설이는 도대체 무슨 얘기를 하고 싶은 거야. 나영호가 상스러운

말을 하던데, 그 고백이라도 하고 싶은 건가?"

이방근은 눈을 감았다. 이 얼마나 상스러운 말투인가. 하아…….
이방근의 등에서 깊은 한숨과 같은 의미 불명의 쉰 목소리가 새어 나
왔다.

"고백……. 선생님은 제 고백을 듣고 싶은 거예요?"

그녀의 손이 이방근에게서 떨어졌다. 이불의 움직임과 함께 위를
보고 누운 그녀의 목소리였다. 눈을 감고 있던 이방근은 그 손의 행방
을 좇아, 그녀가 자세를 바꿔 등을 돌려 버리는 것을 두려워했다.

"별로, 일부러 듣고 싶진 않아."

"이야기하면 들어줄 거예요?"

"……"

이방근의 눈에 조금 전 하얀 밀랍처럼 굳은 순간의, 골똘히 생각하
고 있는 요염한 그녀의 표정이 되살아났다. 그것은 고백에 대한 결의
였던 것이다. 그래, 고백에 이 마음은 질투로 아플 수도 있겠지만, 그
것은 과거의 일이다. 내가 모르는, 나와 만나기 전의, 나의 영역 밖의
일이다. 그렇지 않다면 나는 떠날 뿐. 굳이 듣고 싶다고는 생각하지
않지만, 나영호와의 관계를 어디까지 이야기할지 모르겠지만, 그 '고
백'에는 흥미가 있었다.

이방근은 다시 엎드린 자세로, 일단 껐던 피우다 만 담배에 불을
붙였다.

문난설은 천장을 향한 채였다.

"나, 나영호 씨와 관계가 있었어요……."

그녀는 이방근의 담배 연기가 신호인 것처럼 불쑥 한마디 했다.

"……그래서."

대답이라기보다, 반사적인 목소리였다. 흐—음, 이방근은 가만히

숨을 내쉬었다. 문난설에 대한 단죄가 아닌, 스스로가 판결을 듣는 듯한 기분이었다. 나영호 씨와 관계가……. 그, 혹은 영호 씨가 아니라, 나영호 씨와……. 어느 것이 가장 거리가 있는 호칭일까. 나영호의 풀 네임을 말한 것은 그녀의 배려인가. 괴로운 상상이, 알몸인 두 사람의 포옹 자세가 머릿속에서 천천히 몸부림쳤다. 이방근은 잠자코 담배 연기를 내뿜었다. 신기하게도 가슴에서 심장이 심하게 고동치지 않았다. 당연하겠지, 옛날 일이다…….

짧은 침묵이 이어지고, 그녀가 침을 삼키는 소리가 났다.

"영호 씨의 왼팔을 봤을 때, 남대문경찰서에서의 고문 흔적이었는데, 눈물이 났어요."

"……눈물?" 눈물이란 한마디가 질투의 현실미를 띤, 불쾌한 감정의 작은 파문을 불러일으켰다. 정사에 고문의 상처, 아아, 그 팔에 입술을 대며 관계했다는 것이겠지. 이 여자도 결국, 나영호의 고문당한 팔의 '마력'에 빠지는 레벨인가. 쓴 침이 입안에 고였다. 질투가 살아 있었다. "눈물이라느니 뭐라느니 하는 소린 그만둬. 아니면 그 팔에 안긴 사실을 강조하고 싶은 건가?"

꽤나 고양되었겠지, 라고는 입 밖에 내지 않았다.

"그런 식으로 말씀하지 마세요." 그녀는 주눅 들지 않고 바로 맞받아쳤다. "그 사람은 보통 몸이 아니에요. 고문의 후유증으로 그렇게 됐다고 했어요."

"보통 몸이 아니라고? 뭐야, 응. 불능, 불능이란 건가?"

문난설은 고개를 끄덕였다.

이방근의 전신에 경련이 물결치며 남은 술기운이 증발하는 것을 느꼈다. 믿기 힘들지만 고문에 의한 불능……. 있을 수 있는 일이지. 그녀의 말이 그것을 현실로 만들었다. 한순간 고통스러운 감정과 동시에, 이방근의 마음속에 하나의 음란한 상상의 그림자를 드리웠다. ……이런 겁쟁이, 영호 씨는 그러고도 남자입니까. 그래, 남자고말 고, 그 남자의 맛을 본 적이 없었단 말인가. 옆 소파의 문난설 앞에서 거세당한 듯한 나영호의 목소리. 그, 남자의 맛이라는 건 무슨 뜻이었 을까. 녀석의 헛소리였나. 이제 그만.

"불능……. 불쾌한 말이로군. 거기에 고문이 달라붙으니 더욱 불 쾌해."

"……"

"지금, 몇 신가, 잠깐 자지."

이방근은 시간을 알려고 한 것이 아니었다. 문난설도 알아차렸는지 대답을 하지 않았다. 그리고 이불을 머리로부터 뒤집어쓰고 다시 그 녀에게 등을 돌린 이방근의 어깨에 문난설은 턱을 얹고, 뒤에서 팔을 뻗으며 안았다.

"선생님, 왜 그러세요. 난설이는 슬퍼져요……."

유원이 자주 하던 말이 떠올랐다. 오빠가 그러면 유원이는 너무 슬 퍼져……. 유원, 큰 바다 위의 유원. 밤의 해면에 뛰어오른 거대한 인어……. 문난설이 파자마 차림으로 조용히 옆에서 이방근의 위로 풀어헤친 풍만한 가슴을 밀어붙이며 미끄러지듯 몸을 실어왔다. 뭔가 여자의 육체 속의 한없이 계속되는 미끈미끈한 공동 같은 느낌의 어 둑하게 젖은 골목이 보였다. 선생님……. 선생님……. 그녀는 자신의 무게로 이방근의 몸을 똑바로 눕힌 다음 그의 목덜미에 얼굴을 묻으 며, 반쯤 열린 입술을 대었다. 이방근은 그녀를 아래쪽에서 파자마 속에 양손을 넣어 안았다. 선생님……. 이방근은 잠자코 그녀의 가운 을 벗겼다. 그리고 딴사람이 된 것처럼 그녀를 끌어안고 애무하면서, 여자의 몸을 침대에 밀어붙이고 격렬한 포옹에 들어갔다.

포옹 중에도 이방근의 머릿속은 고문으로 불능이 된 나영호가 왔다 갔다 했다.

　조용해진 이방근의 내부에, 이윽고 충격이 천천히 찾아왔다. 어색하게 경직된 팔. 아니, 그 사람은 보통 몸이 아니에요. 난 어쩌면 이리도 천박한 인간인가. 고문의 흔적과 성적 고양……. 그는 해방 후, 한때 불능이었던 자신을 떠올리고 있었다. 불감증인 여자가 있었다. 문난설에 뒤지지 않는 근사한 여자였다. 이름은……. 단선, 아니 단월이었다. 사랑아, 사랑아, 내 사랑아. 아―, 사랑아……. 첨벙, 첨벙, 이래도 말이냐, 사랑, 사랑, 이 하얀 두 개의 언덕 구덩이에 얼굴을 묻고……. 선생님이 질투 같은 거 하지 않으니까, 그렇게 말해 본 것뿐이에요. 정말로 질투하고 있다면, 그런 말 안 해요. 그렇겠지. 불능인 나영호에게 내가 무슨 질투를 하겠는가. 질투할 가치가 없다는 문난설의, 완곡하면서도 솔직한 표현이었던 것이다.

　"선생님, 제가 이런 여자라는 걸 알고 싫어졌어요?"

　"어째서?"

　이방근은 움찔하여 대답했다.

　"선생님께 불쾌한 이야기를 한 여자니까."

　"아니, 불쾌하지 않아. 난 그런 난설이가 좋아."

　"정말요? 있잖아요, 저, 선생님한테 이야기하고 나서 왠지 기분이 후련해진 것 같아요."

　"난설이, 미안해."

　"선생님, 무슨 일이에요?"

　"아니, 문득 그런 기분이 들어서……."

　이방근이 강요한 고백은 아니었지만, 왜 문난설이 일방적으로, 여자 쪽이 그 과거를 이야기해야 하는 것인가. 마치 당연하다는 듯이.

그것은 실은 자신이 알고 싶었던 일이고, 바라고 있던 일이었다. 이방근은 그런 그녀가 사랑스럽게 여겨졌다.

"이상한 이방근…… 선생님." 이방근과 나란히 위를 보고 누운 문난설은 말투를 바꿔 말했다. "저, 선생님, 일 말이에요, 일전에, 선생님이 일 이야기를 하셨잖아요. 좀처럼 '자신의 일' 같은 말씀을 하신 적이 없던 선생님이. 저는 그동안, 제주도의 게릴라를 섬 밖으로 탈출시키는 계획에 대해서 생각했어요. 저는 선생님의 생각, 마음을 조금은 이해할 수 있게 된 것 같아서. 매우 위험하지 않느냐고 했더니, 선생님은 위험이 문제가 아니라고, 그것을 할 수 있을지 어떨지가 문제라고 말씀하신 것을 이해할 수 있게 되었어요. 사람들이 모두 위험으로부터 도망가고, 피하고 있는 때에, 선생님은 그것이 문제가 아니라고 말씀하셔서. M동의 '서북' 숙소로 혼자 검은 차에 끌려오시던 때도 그랬어요. 무서운 폭력의 살기를 띤 포위 속에서, 그저 혼자 서 있었어요. 선생님, 선생님의 일, 제가 도울 수 있는 일이 있다면, 하는 생각을 했어요."

"음, 지금으로선 없어."

"일전에도 그렇게 말씀하셨어요. 저라도 도움이 될지 몰라요."

"아니 아니야, 많이……." 이방근은 가볍게 웃었다. "많이 도움이 될 거라고 생각해. 하지만 지금 단계에선, 아직 거기까지 가지 않았어……." 도움이 되고말고. 그녀의 배경은 어떤 형태로든 도움이 된다. 어째서 난설이와 이런 관계가 돼 버린 걸까. 매끈하게 덮인 피부의 이 아름다운 육체. 자랑스러운 미모. "내가 난설이에게 해 줄 수 있는 건 뭘까."

"응, 지금으로선 없어요.

"뭐야, 이 사람……. 지금은 없고, 언제란 말야."

"이방근 씨, 지금이 아니고 언제란 말이에요. 제가 할 수 있는 일은."

"지금이야, 지금 이렇게 포옹하는 것이야말로, 지금 할 수 있는 일이지……." 이방근은 웃으며 문난설의 볼에 입맞춤을 하고, 계속했다. "지금, 일 얘기가 나왔지만, 난설이는 제주도로 와선 안 돼."

"……어째서?"

"어째서가 아니라, 안 돼. 난 아마, 제주도를 떠날 일은 없겠지만, 난설이는 서울을 벗어나선 안 돼. 제주도에 갈 일은 없어."

"선생님은, 제주도를 떠나지 않고……." 그녀는 몸의 방향을 바꿔, 엎드리면서 다소 언성을 높이며 말했다. "게다가, 저는 서울을 떠나지 않는다면, 어떻게 되는 거예요. 서운제 회장님께도 결혼 이야기를 해 놓았다고요."

"나도 결혼하고 싶은 마음은 있어. 얼마 전에도 얘기했듯이 같이 사는 게 먼저야. 결혼은……."

"선생님." 문난설이 이방근의 말을 자르고 말했다. "서울과 제주도로 따로 떨어져 있는데, 같이 산다고요? 계엄령 때문에 전화조차 뜻대로 할 수 없게 되었다는데. 저는 결혼보다도 우선 그 이야기를 하는 거예요."

"그러니까……. 그건, 앞으로 생각해 볼 일이야."

"생각하다니, 어떻게요?"

"따로 떨어져 있으면서 어떻게 같이 살지……."

"그런 거, 불가능하잖아요. 무슨 수수께끼 같다니까."

"그러니까 생각해야지……."

"선생님, 저를 사랑하세요? 사랑한다고 말해 줘요."

"난 난설이를 사랑하고 있어. 난설이는 날 사랑하나?"

이렇게, 사랑의 맹세가 거듭된다.

"예ㅡ, 엄청요."

"이젠, 어떻게도 안 되겠군."

"뭐가요……?"

난설이! 그는 이불이 벗겨지는 것도 개의치 않고 벌떡 상반신을 일
으켰다. 반사적으로 이쪽을 향한 문난설을 덮쳐 한 손으로 하나의 젖
가슴을 만지며, 신음하는 그녀의 입술을 빨고, 난설이, 지금은 아무
말도 하지 마, 사랑해, 라고 다시 사랑의 맹세를 거듭하고, 일단 떼었
던 입술을 맞췄다. 향수가 아닌 마치 어떤 꽃향기와도 닮은 냄새, 혀
가 서로 휘감기는 입 속에서도 그 냄새가 몸 전체의 냄새가 되어 콧속
깊숙이 닿자, 머리 심지가 아찔해졌다. 그녀의 목덜미, 하얀 가슴의
깊은 골짜기로 얼굴을 밀어붙이며, 이방근은 여자의 몸을 열고 배처
럼 천천히 파도를 헤치며 나아가, 침대의 삐걱거리는 소리에도 아랑
곳하지 않고 차츰 포옹의 격렬한 움직임에 들어갔다. 폭풍우 속에서
몸부림치는 난파선처럼.

8

해질 무렵 잿빛 유리창을 북풍이 때리고 있었다. 지난달 말부터 갑
자기 추위가 본격화되어, 서울에서는 아직 눈을 볼 수 없었지만, 남부
인 광주에서는 3, 4일 전에 첫눈이 왔다고 했다. 서울에 도착했을 때
며칠 체류할지 확실히 정한 것은 없었지만, 오늘로 달이 바뀌어 12월
1일, 벌써 9일째나 되었다. 유원이 없는 서울.

따뜻한 장판에 뒹굴고 있던 이방근은 일단 고쳐 앉았다가 일어났

다. 잠시 방 한가운데에 놓인 탁자 주위를 왔다 갔다 하면서 담배 한 대를 입에 물고, 탁자 모서리에 앉아 성냥불을 붙였다. 그는 탁자 위의 두세 종류의 신문 중 하나를 한 손에 들고 담배를 피웠다.

'반란 병사 55명 총살 대전 모처에서 제1차 집행……'

어험……. 담배 연기가 날아올랐다. 요 며칠 전 신문에 사형선고 기사가 나와 있었기 때문에 사형은 유예 없이 집행된 것이었다. 기계처럼 해치운다. 그렇다고 놀랄 것도 없지만, 매일같이 앞뒤 두 페이지의 지면 어딘가에 사형이나, 살해 기사가 나왔다. 같은 뒤쪽 페이지의 사형 집행 기사에 이어, '순천 지구 4차 군법회의 사형 73명 20년 징역 48명……'이라는 표제가 있었다.

총살. 사살. 자살……. 아니, 자살은 행간에 보이는 것이고, 활자가 아니었다. 기사의 행간 너머 신문 이면에서, 권총을 손에 든 냉담한 정세용의 모습이 떠올랐다. 이방근은 신문이 방해라도 되는 것처럼 눈앞에서 걷어치웠다. 여전히 권총을 손에 든 정세용. 제주경찰서의 한 방에서 고 경위를 취조하는 자리에 입회한 정세용이, 당시 미군정청에 자살로 보고된 당사자를 사살한 현장. 칼이 아니기 때문에 손에 혈흔은 남아 있지 않았다. 하수인 정세용……. 이방근은 첫 표제인 사형 집행 기사를 읽었다.

"이미 보도된 대로 대전 임시고등군법회의에서는, 여수·순천반란 사건의 반란군 포로에 대한 224명의 사형선고를 언도했는데, 제1차로 그중 55명에 대한 총살형이 27일 오전 열 시 45분부터, 그곳 모처에서 집행되었다. 이번 사형 집행은 주모자 85명 중 군법회의를 거쳐 대통령 인증을 받은 자에 대해 행해졌다……."

선고에서 집행까지 며칠간. 청년들이 사형 집행을 당하고 있는 사이에, 나는 문난설과 침대에서 함께하며 제정신을 잃고 있었던 것이다. 이것은 다르다. 사랑이다. 사랑……. 니코틴이 침에 녹아 입안에 퍼졌다.

담배를 탁자 위의 재떨이에 비벼 껐다. 아직 총구에서 연기가 피어 오르는 총을 든 정세용. ……훌륭합니다. 눈썹 하나 까딱하지 않고 침착하게 사살했다는 것이었습니다. 일족이시라고요. 아니, 일족이 아니라 어머니 쪽 친척입니다. 손이 뒤로 묶인 채 눈물을 흘리며 호소 하는 고 경위를……. 동준 오빠, 그만해! 문난설이 육촌 오빠의 말에 소리를 질렀다. 총탄이 관자놀이를 관통하여 의자에서 쓰러진 고 경 위 옆에 우뚝 선 정세용의 핏기 없는 흙빛 얼굴이, 이방근의 머리에 떠올랐다. 성내에서는 유가족을 포함해서 자살이라고 믿는 사람이 없 었지만, 하수인이 '서북'이 아닌 정세용이라니……. 4·28화평협상을 파괴한데다, 다시 고 경위를 사살했다…….

재떨이에서 담배 연기가 피어올라 눈을 찔렀다. 불이 완전히 꺼지 지 않았다. 이방근은 찌부러진 담배꽁초를 다시 한 번 재떨이에 뭉개 버리고, 새로이 한 대를 입에 물고 성냥불을 붙였다. 그저께 밤, 문난 설과 함께 종로의 한양정에서 '서북' 간부인 문동준과 만나, 그의 입에 서 정세용이 고 경위 살해의 하수인이라고 들었을 때의 충격 치고는, 꿈속에 아직 정세용이 나타나지 않고 있었다. 놈의 등장을 기다리고 있는 것은 아니지만, 어떻게, 어떠한 모습으로 나타날 것인가. 꿈속에 서 살인자 정세용과 만나 보는 것도 재미있지 않을까.

왼쪽 아래 구석에 2단 표제어로 된 '제주도 전역에 계엄령 군관민의 선무 공작 성과대'를 보았을 때, 어쩐지 작년 사건의 보도와 같은 착각을 일으켰다.

"지난 21일, 도내 전역에 계엄령이 실시되고, 이어서 23일에는 계 엄령 포고 제1호로 교통제한, 우편통신, 신문잡지 등의 검열, 촌민소

개, 교육기관에 대한 제한, 폭동에 대한 벌칙…… 등 7종류의 세칙이
발표되었다. 군·경 부대는 계속해서 잔여 폭도를 수색하고 소탕에 노
력 중이다. 한편 도 당국을 중심으로 군과 관민이 협력하여 지난 22일
부터 일반 민중 계몽을 위한 선무반이 편성, 도내 요소를 순회, 이재
민의 구제, 시국강연 좌담회를 개최하여 적지 않은 성과를 올리고 있
다(국방부 29일 검열 필)"

　열흘 전 일이 이제야 겨우 군부 검열필로 발표되었지만, 뻔한 내용
이었다. 지금까지의 비상경계 태세하에서도 이미 이러한 일들은 행해
지고 있었고, 그 실정을 모르는 본토 사람들에게는, 계엄령 이전과
이후는 전혀 정세가 다른 듯한 인상을, 착각을 주었다. 계엄령을 구실
로 '서북'들의 횡행은 극에 달할 것이었다.

　뒤집은 1면 가장 하단에 작게 '도조(東條) 등 교수형 어제 새벽 집행
인가'라고 나와 있었다. 도쿄 발 UP이다. "도조 등 일곱 명의 교수형
이 30일 미명에라도 집행될 것이라고 추측할 만한 많은 징후가 보인
다. 29일 오후 맥아더 사령부 에콜스 대령의 특별발표에 의하면, 도
조 등은 맥아더 장군이 극동군사법정의 판결을 그대로 승인한 사실을
모르고 있는 가운데, 이번 제8군 당국을 통해서 맥아더 장군에 의한
어떠한 감형도 불가능하다는 통지를 받았다고 한다. 이미 도조 등 일
곱 명의 가족들은 마지막 면회를 마쳤으며, 장례를 주재하는 자로 추
측되는 승려는 매일 오후의 외출 뒤에는, 스가모(巢鴨) 형무소 안에
머물러 있다."

　일본의 전쟁범죄를 재판하는데 그 식민지였던 조선이 입회인으로
참가하는 일도 없이 행해졌던 연합국 재판이었다. 하지만 다음 달 새
해부터 반민법(반민족행위처벌법) 실시에 따른 친일파, 민족반역자들의
재판은 어떠한 진전을 보일까. 도조 등의 사형을 그들은 어떻게 받아

들이고 있을까. 어쨌든 친일파들의 맹반격이 예상되는 반민법 활동이 될 것이다. 단, 제주도는 반민법의 권외에 있다.

제주도는 계엄령하에 있지만, 정세용의 비밀을 잡은 이상, 여기서 꾸물거릴 수는 없었다. 정세용이 하수인이라는 사실은 이방근에게 충격을 주었다. 마치 그것 때문에 서울에 온 것 같은 느낌마저 들었다. 건수 숙부가 말했듯이 제주도로 가려면 특별 도항허가가 필요했다. 그것이야말로 문난설의 협력을, 배후의 힘을 빌릴 필요가 있었다. 황동성도 가능한 일이지만, 지하당원에게 하나라도 짐을 짊어지게 하는 것은 좋지 않았다. 그렇다, 이방근은 문득 깨달았다. 그는 도항증명서를 가지고 제주도를 나온 것이 아니었다. 한림해안에서 밀항선으로 부산까지 '밀항'해 온 것이 아닌가. 깜빡 잊고 있었던 것이다.

느즈막한 저녁식사 자리에서, 숙모가 숙부를 따라, 그렇고말고, 제주도로 돌아간들 기다리고 있는 사람이 있는 것도 아니고, 느긋하게 고 뭐고 서울에서 사는 게 어때. 그럴 순 없습니다. 그럴 수 없다니, 계엄령인지 뭔지 때문에 동란이 언제 그칠지도 모르는데, 섬으로 돌아가는 것도 생각해 볼 일이 아닌가. 그야 우리 고향에서 사는 것보다 좋을 순 없겠지. 아버지도 혼자선 분명히 허전하실 테지만, 지금까지도 그래왔으니까 난 방근이가 서울에서 아내를 얻어 사는 편이 좋다고 생각해. 농담이 아니고……. 그건 그렇지만, 당신이 말하는 것만큼 그리 간단한 문제가 아니야…….

부산의 딸들한테 받은 제주산 설마른 옥돔이, 요 3, 4일, 매일 밤식탁에 오르고 있었다. 깊고 부드러운 흰 살에 참기름 맛을 살린 구이는 일품이었다. 숙부 앞에서 이방근만의 저녁 반주이지만, 술맛이 육부로 스며들었다.

"……난설이라고 했지, 성은 문씨. 세상에는 예쁜 여자도 있구먼.

예로부터 평양의 기생은 예쁘다고 하지 않나……."

"이봐, 당신, 기생이라니 무슨 말이야……."

"기생 얘기가 아니에요. 우리 유원이도 미인이에요. 그렇지만 난설이는 나이가 있는 만큼 매력이 있어서. 유원이 일본으로 가기 2, 3일 전에도 와 주었는데, 난 여자인데도 넋을 잃고 볼 정도로 가슴이 덜컥했는걸요. 서북 지방 출신이란 게 옥에 티지만, 그것도 방근이의 마음 먹기 나름이야. 이제 친척도 아버지도 말참견하지 않을 것이고, 이 사람도 찬성하고 있으니. 외국인과 결혼하는 일도 있으니까, 이승만의 처는 서양인이잖아……."

"할멈은, 쓸데없는 소리를. 이승만 처인 서양 여자와는 얘기가 달라. 난설이는 같은 조선인이야. 그 얘긴 이제 됐네……."

"영감도 서울역에서 마중 나와 있던 난설이를 만났잖아요. 이 영감도 예쁜 여자라고 말했었어. 그에 비하면, 난 정말 얼금뱅이라고."

"어허, 그런 말은 안했어. 난 그 얼금뱅이에 반해 당신과 결혼하지 않았나."

"아이고, 이 나이가 돼서, 할머니의 얼굴을 붉게 만든다니까."

"정말입니다. 숙부님 마음엔 숙모님 이외는 여자가 없고말고요."

"어머나, 방근이도 참, 영감과 조카가 함께 입을 모아서. 그래서 난설이가 방근이에게 홀딱 반한 게야."

이방근은 이야기를 나누기 위한 것은 아니었지만, 문난설과의 결혼은 생각하고 있습니다, 다만 아직 나중의 일입니다, 어쨌든 제주도에는 한 번 돌아가야만 하니까요, 하며 이야기를 뒤로 미뤘다. 그저께 밤에 만난 문동준도 문난설의 결혼 의사에 반대하지 않았기 때문에 (지금의 그녀는 주위의 반대에 좌우되는 여자는 아니었지만), 주위에 곤란한 조건은 없는 듯했다.

전화가 울렸다. 숙모가 일어서려는 것을, 이방근은 움찔하며, 제게 온 전화일 겁니다, 라고 말리며 옆의 계단 어귀의 방으로 가서 수화기를 들었다. 문난설이라고 생각했지만, 의외로 나영호였다.

"오오, 위대한 신랑, 이방근, 축하하네."

"……"

위대한 신랑……. 음, 이방근은 잠자코 있었다.

"아니, 이봐……. 이 동무……. 왜 대답을 안 하는가. 결혼을 축하하고 있다고."

"뭔가, 그 결혼이라는 건?"

이방근은 취기가 거꾸로 소용돌이치는 듯해 기분이 좋지 않았다.

"동무는 결혼하잖아, 놀라운 걸. 설마, 이방근이 결혼을 한다고, 그것도 문난설하고. 여자에게 정신을 빼앗겼을 뿐만 아니라, 세상으로부터 초연했을 터인 이방근이 결혼을 해서 속세의 진탕에 발을 처넣는다. 아아, 독신의 자유, 자유의 정신, 초연한 기개를 잃어버리는군. 하지만, 좋은 일이지, 이것 또한 인생이지……."

"무슨 소리야, 어디에서 그런 얘길 주워들은 게야."

"주워들었다고? 여전히 입이 고상하지 않군. 일전에 명동에서 술 마셨을 때, 자네 입에선 듣지 못한 게 사실이야. 자넨 아무것도 말하지 않았지. 내색도 하지 않았어. 헤헤, 본인의 고백이야, 그녀가 내게 그렇게 고백했네……."

고백? 이방근은 뭔가 마음에 걸리는 것을 느꼈다.

"뭐야, 그 고백이라는 건? 음, 그것도 주워들었나."

"그녀의 결혼 얘기 말야."

"으-음, 그녀가 결혼하나?"

"뭐라고, 그녀가 결혼하는 거냐고? 그래, 아까 말한 것처럼 이방근 선생님과 말이야. 근본이 선량하다 보니, 시치미 떼는 게 어설프군. 이봐, 이방근, 지금 만나고 싶네, 그쪽으로 가도 되겠나? 난 아직 편집국이지만, 문난설 여사는 벌써 돌아갔어."

나영호는 묻지도 않는데, 쓸데없는 말을 했다.

"바로 2, 3일 전에 만나지 않았는가."

"그래, 말 잘했어, 만났지. 문난설이라면 매일 만나도 괜찮지만, 나라면 귀찮다는 건가."

"한잔 했나."

이방근은 자신을 억제했다.

"그래, 확실히 딱 한 잔, 일을 마치고 싸구려 양주를 한 잔 마신 참이네."

밖에서 만난다 해도, '통금'까지 별로 시간이 없었다. 여덟 시 반. 집으로 부를 수는 없었다. 술을 마시며, 문난설에 얽힌 이야기를 큰 소리로 이것저것 할 게 틀림없었다.

"내일로 하지 않겠나. 오늘 밤은, 지금 숙부님과 상의할 일이 있어서, 얘기하는 중이야."

"문난설과의 결혼 얘기라도 하고 있다는 건가?"

"이봐, 적당히 해 두게."

이방근은 취기가 볼을 타고 차츰 올라와 뜨거워지는 바람에, 수화기를 철컥 내려놓을 참이었다. 불능, 불능……. 두개골을 억지로 열듯한 금속제 단어다.

"왜 그러나. 화낼 건 없을 텐데. 그렇지 않다면 내가 잘못된 거지. 용서하게."

"그건 그렇고, 용건은 뭔가?"

"만나는 게 용건이야, 그게 친구라는 것이지……."

비꼬는 말투가 이어졌지만, 문난설과의 결혼 이야기가, 그에게 얼마간 충격을 준 것은 틀림없었다. 그렇다 하더라도 문난설의 고백이라니……. '고백'은 차치하고, 벌써 그에게 직접 결혼 이야기를 했단 말인가. 어쩐지 기분이 좋지 않았다. 아무리 같은 직장이라 해도, 아니 예전 관계에서 기인한 정분 탓인지, 이래서는 참으로 경솔한 여자다.

"어쨌든 오늘 밤은 어려우니까 내일로 하지."

"용건이 있네. 만나서 한잔하는 것도 용건이지만, 동시에 난설이와의 결혼에 대해 얘기하는 것도 좋은 일 아니겠나."

지금, 편집국에는 아무도 없는 것일까.

"결혼, 결혼, 뭔가 그건. 그런 건 없네. 어딘가 가서 찾아오는 게 어떤가. 남의 기분 언짢게 하는 그런 말은 이제 좀 그만두지 않겠나."

결혼을 부정하는 것에 의도가 있는 것은 아니었다. 단지, 나영호가 결혼, 결혼, 하는 말에, 그렇다고 말하고 싶지 않았던 것뿐이다.

"어딘가 가서 찾아보면, 물건처럼 손에 들어오는 것인가. 역시 이방근의 말은 다르군. 결혼, 하지 않을 건가."

"이봐, 영호, 자네 취했나. 내일로 하지, 내일……. 지금, 좀 마음이 복잡해. 이봐, 난 참고 있단 말야. 오늘 밤은 이만 실례하네……."

이방근은 전화를 끊었다. 그럴 생각은 아니었지만 수화기는 제법 큰 소리를 냈다. 순간, 나영호의 얼굴 앞을 시퍼런 칼바람이 지나는 듯한 느낌이 이쪽으로 전해졌다.

그는 거실 식탁으로 돌아왔지만, 식사가 끝나고 나서도 나영호로부터 전화가 걸려 오지 않았다. 취하면 다시 걸어올지도 모른다. 나영호의 예상외 전화에 이방근은 가슴이 아팠다. 전화를 끊을 것까지는 없었다. 문난설과의 결혼 이야기는, 그녀가 원인이 되어 싸운 일도 있는 그에게 최후의 일격을 가하는 모양새가 된다. 적어도 마음 편하게 있

제25장 **423**

지는 못할 것이었다. 이런 것은 참으로 싫었다. 나영호와는 2, 3일 전, 문난설과 만난 그 전날 밤에, 황동성과 함께 명동의 술집에서 만났다. 나영호는 문난설에게도 동석할 것을 권유했지만, 그녀는 구실을 붙여 다가오지 않았다. 그때는 이방근 스스로 그녀와의 결혼, 적어도 동거 하는 방향으로 마음을 굳히고 있었던 것은 사실이었다. 그러나 그것을 굳이 나영호에게 이야기할 필요는 없었던 것이다. 시기상조, 결국 싫어도 이야기할 때가 온다.

이방근은 자리에서 일어서자 자신의 방으로 돌아가기 전에 문난설의 아파트로 전화를 했다. 아까부터 기분이 좋지 않았다. 나영호가 말한 문난설의 '고백'은 어찌 된 일인가. 정말로 '고백'이 될 만한 것을 한 것인가, 수상쩍지만 그럴듯한 이야기를 한 것일까.

"······선생님 목소리, 듣고 싶었어요."

"어제도 전화로 얘기를 했을 텐데."

"그래도요. 선생님은 안 그래요?"

"아니, 나도······."

이방근은, 나영호가 전화로 문난설이 자신에게 결혼 이야기를 고백했다고 하더라는 이야기를 하였으나, 상대가 놀라는 바람에, 다시 그 '고백'은 어찌 된 일이냐고 따지기도 전에, 그는 도대체 무슨 말을 하는 걸까요, 영호 씨는, 하면서 목소리를 높여 대답했다.

"아이고, 영호 씨는 제멋대로 이야기를 지어 내는 것이 버릇인데, 고백이라느니, 그런 말을 했어요?"

"그래요."

"선생님, 저, 갑자기 기분이 나빠졌어요······. 고백이라니, 어떻게 그런 말을 하죠. 나영호의 버릇이 도를 넘었군요. 그런 말도 안 되는 소리를······."

"결혼에 대해 얘기한 건 사실인가?"

"선생님도 참……. 제가 왜 지금부터 그런 이야기를. 엊그제 만난 것도 이야기하지 않았는데. 게다가 같은 편집국이라도 아침부터 밤까지 같이 있는 것도 아니고, 저는 매일 출근하는 것도 아닌 걸요. 선생님, 생각해 보세요. 어째서 그런 말을 제가 수다쟁이처럼……. 그렇지만 어디서 이야기를 들은 걸까요?"

"서 회장이 아닐까?"

"아니요, 회장님은 아직 댁에서 쉬고 계세요. 어제, 그저께 밤에 보고를 겸해서 다녀왔는걸요."

"그럼, 문동준 씨인가?"

"아니요, 얼굴은 알고 있지만, 그런 걸 바로 이야기할 만큼 친하지는 않아요. 어제저녁에 만났지만, 제게는 아무 말도 하지 않았어요. 그럼, 그 후에 누군가에게 들은 걸까요?"

"아니, 됐어. 어차피 퍼질 얘기고, 감출 일도 아니니까. 난설 씨가 '고백'을 하지 않았다면 된 거요. 핫하, 그것이 문제야. 도대체가 어찌 된 놈인지. '고백'이라고 해서 난 당신에게 화가 날 정도였소. 그런데……." 이방근은 이야기를 바꿨다. "그렇지 않아도 연락할 생각이었는데, 역시 난 곧 제주도로 돌아가야 해."

"곧이라니, 언제……? 그곳은 계엄령이잖아요."

"준비가 되는 대로 갈 생각이야."

"왜 그렇게 서둘러 제주도로 가시는 거예요?" '그곳'에서 '제주도'로 바뀌었는데, 그녀의 목소리는 전화 너머로 우울하게 들렸다. 저를 혼자 남겨 두고 갈 생각이냐……고 하듯이. "준비라는 건 뭐지요? 계엄령인데 어떻게 배를 타려고요?"

"그걸 지금 생각하고 있는데, 난설 씨의 힘을 빌릴지도 몰라. 다른 방법도 생각하곤 있지만……."

"어떤 방법인데요, 특별 도항증명서가 필요하잖아요. 제가 힘이 될 게요."

"고마워. 어쨌든 좀 더 생각한 후의 일이야."

"선생님, 저는 어떻게 해요?"

"……."

이방근은 말문이 막혔다.

"언제 돌아오는 거예요? 이쪽으로."

문난설은 함께 가겠다고는 하지 않았다. 그것은 다행이었다.

"가고 나서 형편을 봐야겠지만, 되도록 빨리……."

"요전에도 그렇게 말씀하셨어요."

"자유롭게 출입할 수 없으니 어쩔 수 없잖아. 게다가 여동생을 이 나라에서 떠나보내고, 여러 사정이 있었어. 어쨌든 만나서 얘기해."

"……언제 만날 건데요?"

"……내일이라도, 아니, 어쩌면 나영호가 내일 만나자고 할지도. 내일이나, 모레, 하루 이틀 안에 만나."

"예……." 그녀는 숨을 한 번 쉬고 말을 이었다. "저, 선생님, 선생님은 그저께 밤, 종로 한양정 2층에서 동준 오빠와 함께 식사를 하셨을 때, 해삼이 든 바구니를 들고 상여 옆을 지나친 사람이 나중에 보니 해삼이 녹아 없어졌다는 얘기를 하셨잖아요. 저, 계속 그 생각을 하고 있었어요. 녹는 것은 그만한 이유가 있어서겠지만, 묘하게 적막하고 이상한 느낌이 제 안에 퍼져, 소름이 끼쳐오는 거예요. 세상에서 모든 것이 사라지는 것 같은 느낌이 들고, 선생님이 제주도에 가시면 그걸 끝으로……."

"무슨 바보 같은 생각을! 그런 쓸데없는 얘긴 그만하자구. 정말 쓸데없는 망상이야."

이방근은 가슴이 덜컥하며, 잠시 동안 심장이 두근거리는 것을 느꼈다.

"예─⋯⋯. 그런데 선생님." 문난설은 바로 마음을 가눈 듯 말했다. "동준 오빠가, 다시 만나고 싶다고 했어요."

"오빠라고 해도, 난설과는 한 살밖에 차이가 안 나잖아."

"오빠는 오빠잖아요. 그러네요. 선생님 입장에서는 두 살 연하의 동생뻘이 되네요."

"연하의 동생뻘 치고는 매우 훌륭한 사람이야."

"훌륭? 아, 불쾌한 말⋯⋯."

"왜 그래?"

"일전에 한양정에서 동준 오빠가 훌륭하다는 말을 몇 번이나 반복했었는데, 정말 싫었어요. '서청'(西靑, 서북청년회의 서울식 호칭)이 제주경찰서에서, 고 씨라는 경관을 사살했다고 하잖아요⋯⋯."

"'서청'이 아니야. 하수인은 내 친척인 정 씨야."

"모두 다 같아요. 뭐가 훌륭하다는 건가요⋯⋯."

그녀는 그때도 언성을 높여 문동준을 제지했는데, 정세용이 고 경위를 사살한 이야기에 큰 충격을 받은 듯했다.

"같은 듯하면서도 다르지만, 그들이 하는 건 그래도 일이야."

"일? 아이고, 선생님, 일이라고요, 사람을 죽이는 게 일이라니요, 선생님은 정말로 그렇게 생각하고 계시는 건가요. 장난치지 마세요."

"장난치는 게 아니야."

"그럼, 선생님, 그렇게 사람을 죽이는 게 일이에요?"

"⋯⋯"

"선생님, 죄송해요. 전 동준 오빠까지도 제주도 경찰 정 씨를 훌륭하다고 한 것이 용서가 안 돼요. 정 씨는 선생님의 친척 분이지만……."

이방근은 지금 문난설과 통화중에도 전화를 걸고 있을지 모를 나영
호와의 약속을 확인하고 나서, 그녀와 만나기로 하고 전화를 끊었다.

나영호로부터 전화는 없었다.

이방근은 문난설과의 자세한 대화를 통해, 나영호가 상당한 충격을
받고 있다는 것을 새삼 알 것 같은 기분이 들었다. 문난설의 '고백'이
라고 한 거짓말이 충격의 반증이라고 할 수 있었다. 그리고 일방적으
로 전화를 끊었던 것이 한층 그에게 상처를 주었을지도 모른다. 문난
설에게는 그녀가 '고백'한 사실이 없다면 문제가 아니라고 했지만, 나
영호 그 녀석은 어디에서 정보를 알아낸 것일까. ……혹시, 황동
성……? 알 수 없다. 황동성은 어떻게? 문난설로부터? 그랬다면 아
까 이야기가 나왔을 터였다. 어쨌든 이야기는 좁은 범위로 한정되어
있다. 그러나 어디에서 이야기가 나왔건 그건 문제가 아니다.

이방근은 위스키 병을 둔 탁자에 팔꿈치를 괴고 있었다. 탁자 위에
목차가 펼쳐진 '이북통신'이 눈에 들어온다. 반공 월간종합지. '김일성
암살계획에 실패한 이 아무개, 시베리아로 귀양', '괴뢰정부의 숙명은
결정적 붕괴 단계'. '덧없는 꿈을 안고 월북한 문학자들의 사정'이라는
기사는, 해방 전에도 양심적인 민족파 문학자였던 오(吳) 아무개가,
'병든 정신의 자유주의자'로서 금족(禁足) 조치를 당해 발표 무대를 상
실, 옛 친구들이 기다리고 있는 자유로운 서울에 향수를 품는다는 내
용이었다.

어……? 어, 가 아니다. 이방근은 눈 끝에 소형 권총의 총신이 빛나
는 것을 의식한 것이다. 잡지 옆에서 전등 빛을 반사하고 있는 것은
양주병이다. 권총이 아닌, 양주병.

그는 머릿속에서 제주도로 가는 배를 어떻게 할지 생각하고 있었

다. 그 생각이 엉클어져 눈에서 권총의 총신이 빛난 것일 게다. 제주도로 출발하기 전에 다시 황동성을 만나 권총을 '선물'로 받는다. '밀항'해 온 사실을 태평스럽게 잊고 있었다. 본토로 넘어왔을 때 도항증명서가 없어도, 문난설의 힘을 빌려 특별 증명을 받을 수 있겠지만, 그것은 백지 상태에서 만드는 것과 다르지 않다. 음, 목포에서 밀항해서 갈까……. 그것이 좋을 것이다. 권총을 지참하려면 그쪽이 안전하다. ……차가운 강철의 우아한 빛과 어두운 총구, 그것이 존재를 관통하는 불을 뿜는다……. 만약 가지고 싶다면 드리지요. 올 8월, 종로 3가의 창원부동산 사무소에서 권총을 주겠다는 것을 거절했을 때, 황동성이 거듭 말한 것이었다. 이 동지, 권총을 가지시오. 때에 따라 도움이 될 때가 있을 테니까. 제주도로 돌아갈 때까지 내가 맡아 두겠소…….

명동의 술집에서 나영호가 잠시 자리를 비운 사이에, 이방근은 황동성에게 그 권총을 가지고 싶다는 말을 했다. 황동성은 잊고 있던 것을 문득 떠올린 듯했는데, 말없이 고개를 끄덕였다. 제주도로 가지고 가려고? 예. 어떻게? 그건 생각해 보겠습니다. 두 사람은 후일, 날짜를 정해 국제신문도 안국동 집도 아닌 밖에서 만나기로 했다. 예를 들면 바로 지금 같은 장소에서, 단둘이서.

반민법 문제의 추적을 계속하고 있는 나영호와 말을 주고받던 자리에서, 황동성이 친일파에 대해 말한 한마디가 마음에 남아 있었다. ……민족 독립운동 지도자들은, 1945년 8월, 광복까지의 마지막 4, 5년을 변절하지 않고 견뎌야 했다. 백 년도 아닌, 그 고작 몇 년을 견디지 못하고 역사의 예견(豫見)을 이루지 못했기 때문에, 그들은 민족을 배반하고 민족사에 오명을 남기게 되었다. 그뿐만이 아니다. 해방 후 지금까지 그 과거를 청산하지 않고 있다. 친일파에게 있어서는 영원한 대일본 제국이 필요했던 것이다. 거기에는 황동성 자신의 역사적 맹목에 대한 자아비판이 담겨 있었다. 이 친일파 지배라는 현 사회에서 다시 과오를 범하지 않겠다는……. 이방근은 황동성의 말이 일종의 결의표명이자, 거기에서 어쩐지 유언 같은 느낌마저 받았다.

국제신문에서는 49년 1월부터 반민법 실시를 향해, 친일파 추궁과 반민법 옹호 캠페인을 이어 가고 있었지만, 반공 친일파계인 대동신문 등이 반민법 반대 캠페인을 벌여, 국제신문이 국회의 반민특위(반민족행위특별조사위원회)와 호응하고 있다고 비난했고, 국제신문은 대동신문 등이 정부의 주장에 호응하고 있다고 응수하고 있었다. 현 사회를 좌지우지하는 친일파는 반민특위의 활동을 경계하면서도, 친일파 천하에서 설마 체포 등은…… 하며 우습게 여기는 경향이 있는 듯했지만, 황동성은 친일파 숙청의 첫걸음이 신년 초두에 반드시 시작될 것으로 보고 있었다. 그리고 과거 친일파였던 황동성 자신의 체포까지도 각오하고 있었다. 그렇지 않다면 지면상에서 친일파를 공격하고 반민법 활동을 옹호할 수 없을 것이라며, 그 결의의 정도를 이야기했다. 나영호도 크게 수긍하고 있었다. 황동성이 스스로의 체포를 각오하고 그에 흔쾌히 응한다는 것은 결코 정상참작을 계산한 것이 아니었다. 하지만 근간에 석방되리라는 자신을 내비치는 것도 사실이었다.

30일 밤 한양정에서, 문동준의 입을 통해 정세용이 고 경위 사살의 하수인이라고 들었을 때, 이방근은 충격과 동시에 일종의 흥분을 느꼈다. 그 충격은 아직껏 계속되고 있었다. 술도 마셨고, 그 자리에서의 충격과 흥분을 감추기 위한 마음의 움직임이기도 했지만, 그때 나온 돼지 족발요리에 초장 대신 새우젓이 딸려 나온 것을 핑계 삼아, 이방근은 상극에 관한 이야기를 꺼냈다. 어째서 돼지고기에 새우젓이 딸려 나오는 거냐고 문난설에게 물으니 모른다고 했다. 문동준이 상극이지요, 라고 했다. 예, 그렇고말고요, 이방근은 고개를 끄덕였다. 예를 들면 한줌의 새우를 돼지우리에 던지면, 돼지는 그것을 먹고 죽는다. 닭과 지네 사이도 상극으로, 닭은 지네를 발견하면 반드시 그 천적을 쪼아 죽여야만 한다. 닭백숙을 할 때, 뱃속에 마늘과 함께 지네를 넣어 꿰매는 것도 독을 제어한다는 상극의 사상에서 유래한다.

핫하, '서북'과 제주도는 상극이지요. 상극이 이렇게 같은 탁자에서 술잔을 주고받고, 더구나 난설 씨와 나 사이에 혼담이 오가며, 결국 상극은 상생으로 바뀌지요. 그런데 이런 걸 아시는지? 상여 행렬이 갈 때, 그 근처에 해삼을 넣은 바구니 같은 걸 들고 지나가면 안 됩니다. 그 후에 어떻게 될까요. 난설도 문동준도 모른다고 한다. 상자 속의 해삼은 녹은 흔적만 남아 있고, 본체는 사라져 버리는 겁니다. 돌아와서 깜짝 놀라지요, 매장하기 위해 며칠이나 집에 머물러있던 사체가 썩은 냄새를 발하고, 그 냄새가 해삼을 녹이는 거예요……. 여담이지만, 장례 행렬에서 돌아온 주부는 된장을 담가서는 안 됩니다. 맛이 상해서 못 먹게 되지요. 저는 먹어 본 적 없지만, 실제로 맛이 없다고 합니다. 일종의 금기입니다.

이방근은 결코 문난설과의 결혼 이야기로부터 도망칠 생각은 없었지만, 결혼식 그 자체는 아무리 그녀가 바란다고 해도, 그리고 그것이 사랑의 증거로 요구된다고 해도 올릴 생각은 추호도 없었다. 만약 그녀의 주변에서 꼭 해야 한다고 요구한다면, 결혼 그 자체를 취소하게 될 것이다. 식을 올리는 것이 사랑의 증거라고는 할 수 없다. 문난설도 재혼, 이방근도 재혼이지만, 실질적인 결혼생활을 거의 하지 않았던 것은 둘 다 비슷했다. 그녀는 이방근이 결혼식이라는 의식을 싫어

하는 것은 결혼이 갖는 책임을 회피하는 것이 아님을 이해하고 있는 듯했다. 이방근은 필요하다면 서운제와 만날 생각은 있지만, 가능하면 피하고 싶다. 부모를 대신해서 나오는 인물로부터 결혼에 대한 구체적인 이야기를, 벌써부터 서두르는 것을 피하고 싶었다. 이방근은 그러한 생각도 있어서 서운제와 만나는 것도 뒤로 미뤘다. 그런데 의회결의에 '병결'한 서운제가 정말로 감기 악화로 몸져눕는 바람에, 이방근과의 대면은 그야말로 뒤로 미루어졌다. 이방근은 상대의 회복을 바라는 한편 안도하고 있었는데, 대신 문난설의 친척인 문동준이 얼굴을 내민 것이었다. ……회장님께 부탁해서 함께 참석할 생각이었던 동준 오빠는, 이전부터 이방근 선생님을 뵙고 싶어 했어요.

이방근은 응했다. 본래라면 '신랑' 측에서 중매인을 세워 '신부' 측을 찾아가거나 자리를 마련해야 하지만 그 반대의 상황이 되었다. 하지만 출석하는 것이 '결혼'의 의사표시이며, 문난설에게는 식을 올리지 않아도 '결혼' 약속이 된다는 것이 이방근의 마음이었다.

적당히 살이 찐 보통 키에 얼굴색이 거무스름하고 언뜻 보기에 평범한 용모의 문동준은, 미녀 문난설이란 선입관이 있어 이방근의 예상과 달랐지만, 커다랗고 맑은 두 눈이 인상적이었고, '서북'답지 않은 느낌을 받았다. 한양정 2층의 한 온돌방으로 여종업원이 안내했을 때, 탁자 앞에 문난설과 나란히 앉아 있던 정장에 넥타이를 맨 문동준이 일어서며, 첫 대면이지만 친근하게 이 선생님, 잘 와 주셨습니다, 라며 악수를 청하며 맞이했다. 이방근도 문 선생님, 하고 대답했다. 문난설과 결혼을 하면 손위 처남이 되는 것이며, 연하인 상대에게 형님이라고 부르게 된다. '서북' 간부인 형님이다.

그는 자신이 '서청' 중앙 부사무국장인 문동준이라고 소개한 뒤, 오늘은 서 회장의 대리로서, 그리고 난설의 친척을 대표해서(행방불명인

'북'의 친척을 대표해서다) 만나 뵙게 되었다고 했다. 난설을 앞으로 이 선생에게 맡기지만, 결혼식 등 구체적인 사항은 후일 다시……라는 정도로 결혼 이야기는 끝이 났다. 그리고 당사자끼리의, 특히 이방근의 의사를 확인하는 자리인 듯한, 형식을 배제한 만남이 되었다.

비록 '맞선' 자리는 아니라고 해도(이방근의 성격을 알고 있는 문난설이 강하게 납득시켰는지), 결혼 상대를 '품평', 테스트하는 듯한 태도를 보이지 않았던 것도 이방근에게 호감을 갖게 했다. 마치 자유연애적인, 예법을 무시한 방식이라고도 할 수 있었다. 혹은 주위에서 제어할 수 없는 문난설에 대한 무난한 방식일지도 모른다. 문동준이 아버지 대신인 서운제의 대리라고는 해도, 타인을 들쑤시는 말을 했다면, 이방근은 기분이 상해 결국 화를 내며 자리를 일어설지도 모를 일이기에, 결과적으로도 잘된 일이다.

언제였던가, 올 봄 무렵이었지만, 이 선생이 M동의 '서청' 숙소에 오신 적이 있었지요. 선생님이 오신 게 아니에요, 고영상 사무국장이 부른 거예요. 음, 와 주신 거로군요. 그때 저는 광화문 중앙본부사무소에 나가 있어서 뵙지 못했습니다만, 고 사무국장으로부터 말씀 들었습니다. 여동생 난설이한테서도 들었고요. 그곳으로 일단 연행되면(이번에는 연행이라고 했다), 원래 모습으로 나오는 일은 거의 불가능한 일입니다. 지금까지 우호적으로 관계가 이어지고, 이번에는 또 난설이와 인연이 되고, 이 선생과 '서청'과의 관계를 한층 깊게 하는 것이리라 믿습니다(아니, 난 '서북'에 데릴사위로 들어가는 것이 아니다. 정말 난설이만으로 충분하다).

그는 민족주의자로서의 서운제를 존경하고 있다는 말로 이야기를 진행하였다. 국회에서의 미군 철수 연기 결의는 미·소 양군 동시철수의 유엔결의에 위반될 뿐 아니라, 민족의 자주독립이란 민족정기에 어긋나는 것이라고 말했다. 저는 국회에서 주둔요청 결의를 반대하여 퇴석한 의원들의 성명, '타주실탁(他主實托)' 비판정신에 경의를 표하는 바입니다. 우리는 소련도 미국도 사랑하지 않습니다. 단지 유구한 역사를 계승한 우리 민족을 사랑합니다.

이방근은 놀란 마음으로 으음, 하고 신음소리를 냈다. 평양 출신인 문동준은 '서북'의 부사무국장이면서도, 우파에 안주하지 않는 기개와 '고민'을 가지고 있음이 느껴졌다. 그는 미군 철수 연기 요청이 '서청'의 공식의견이지만, '서청' 안에도 이견이 있으며, 자신이 꼭 이승만파가 아님을 표명하는 데 주저하지 않았다. 하지만 '북'과의 합작을 주장하며, 용공적 태도를 보이는 김구에게는 냉엄한 비판을 쏟아 부었다.

이 선생, 우리 '서청'의 지도이념은 공산주의타도, 자유사회 건설, 조국 통일입니다. 우리는 고향을 뺏긴 실향민이고, 서북청년회의 반공 투쟁은 공산 학정하의 고향 땅을 회복하는 싸움입니다. 김일성 군대는 대소를 불문하고 '지주'라고 이름 붙인 자의 토지는 전부 빼앗았으며, 어제까지 소작인이었던 자들에 의한 인민재판에서 '자산계급'으로 간주된 사람들을 벽지의 탄광으로 보내 강제노동에 종사시켰습니다. 난설이의 가족이 행방불명인 것은 들으셨겠지요. 홀로 남으로 도망쳐서 귀향길이 끊긴 실향민은 귀향에 대한 의지로 무장된 투사로 변모하는 겁니다. 우리가 반공에 목숨을 걸고 있는 것은 이 때문입니다. '서청'은 일부에서 친일파 세력이라 말하고 있지만, 그렇지 않습니다. 고영상 사무국장이 일제 경찰출신인 것은 사실이지만, 그는 반공투쟁 속에서 과거를 극복, 지양한 것이고, 그 밖의 간부와 순수민족파인 문동준이 부사무국장인 것을 봐도 결코 친일파 단체가 아님을 아실 겁니다. 그는 서운제의 대리역도 문난설의 친척 대표역도 끝난 것처럼 아니, 끝난 것이겠지, 논의적인 이야기를 거의 일방적으로 펼쳤다.

이방근이 반일 경력의 소유자임을 알고 있는 그는 '서청'을 변호하려고, 그 집단테러는 언급하지 않고 반공자유사회의 이념을 이야기했다. 일반적으로 서북청년회에 반공 이외의 특정 이데올로기가 있는 것은 아니었다. 오로지 '반공'뿐이었는데, 그 '반공' 내용도 반공이면 뭐든지 좋은 것이며, 확실한 것은 아니었다. 문동준은 순수민족파라고 자칭하는 만큼 스스로의 생각을 가지고 있었다. 우리 조국은 일찍이 민족 독립투사들이 목표로 한 민족자유독립국가입니다. 신앙이 보장된 자유조국. 이북에는 종교가 없습니다. 기독교도 불교도 공산당의 예배당이 됐습니다. ……우리 민족의 새로운 생명의 개척을 위해서는, 민중의 폭동을 일으켜라. 의병 백만의 위력이 일척(一擲)의 폭탄 작렬만 못하며, 억천(億千) 장 신문 잡지의 영향도, 한 번의 폭동만 못할지니라……. 아시는 바와 같이 이것은 우리 민족 독립운동의 대선배인 단재(丹齋) 신채호 선생이 쓰신 조선혁명선언, 의열단 폭력혁명선언의 문언입니다. 신채호 선생이 8년간의 옥중생활 끝에, 안중근 선생이 마지막을 보내신 여순형무소에서 옥사하시고 난 후, 올해로 벌써 13년이 흘렀습니다. 그는 순간 자세를 바로하며 묵도의 일례를 하고 나서 말을 이었다. 이방근이 그를 따라 하려 해도 틈을 주지 않았다.

그는 폭탄테러를 찬미하고, 그것을 정의의 폭력, 순수폭력, 테러라고 불렀다. 강도 일본 제국은 거대한 제도적 폭력조직입니다. 우리가 강도에게 빼앗긴 민족적 존엄, 독립자유, 경제, 국토와 같은 모든 것을 다시 되찾기 위해서는 민중적인 폭력혁명——암살, 파괴, 폭동———이외에는 없다고 선언한 의열단 선언 사상을, 저는 학생 시절부터 공명했습니다. 애당초 단재 선생이 국외에서 출판한 『조선상고사(朝鮮上古史)』를 소지하고 있다 경찰에 발각되어, 반년간이지만 저도 형무소 생활을 한 적이 있습니다(그는 도쿄 유학 시절 평양에 귀성 중 체포되어 미결로 평양형무소에 수감되었지만, 문중에서 출세한 문난설의 아버지, 당시 조선 총독부의 고급 관리였던 문준원의 보증으로 보석 출소한 듯하다고 문난설로부터 들었다. 아마 전향출소일 것이다). ……안중근 선생이 이토 히로부미(伊藤博文)를 쓰러뜨린 것도 총탄입니다. 3·1 독립운동 직후 강우규 선생의 조선총독 사이토 마코토(齋藤實) 저격사건, 동척(동양척식주식회사) 폭파사건 등은 모든 것을 빼앗긴 우리의 민족정기와 민중적 폭력의 표현입니다. 저는 제도적 폭력에 저항하는 것으로서, 독립을 위한 전투 행위의 하나인 순수테러를 지지합니다.

이방근은 고개를 끄덕였지만, 그 순수테러의 의미가 분명치 않았다. 해방 전의 일로서 이야기하고 있는 것인지, 지금 현재의 그 제도적 폭력을 '북'으로 가정하고, '북'에 대한 순수테러를 겨냥하고 있는 것인지, 거기까지는 언급하지 않았고, 이방근도 굳이 묻지 않았다.

음, 문동준은 혼자서 고개를 끄덕이며 말을 이었다. 세간에서 비난 받고 있는 '서청'의 폭력적 행위는 극복돼야 합니다. '서청' 대원들의 도가 지나친 전투적 용맹성이 일반 사회에도 피해를 끼치고 있는 것은 사실이며, 이는 순수테러와는 관계가 없는 것입니다. '서청'이 민중적 성격을 잃고 있는 것은, 현재 진행되고 있는 대한청년단으로 통합되어 극복, 지양돼야 합니다(문동준은 '지양'을 즐겨 사용했다), 라며 다른 청년 조직과의 합동이 가까워졌음을 암시했다. 분립된 서북청년회, 대동청년단 그 외 우파단체의 통합 소문은 나와 있었지만, 실제로 당사자의 입에서 듣는 것은 처음이었다. 이승만 대통령이 총재로 취임한다고 하는 대한청년단은, 이승만의 정치적 지반을 한층 강고하게 만들기 위해 전국청년조직을 통합하는 일대 전위세력이었지만, 동시에 '서북'의 해산으로도 이어질 것이다.

우리들은 앞으로도(통합 이후를 가리키고 있는 것인가) 순수민족파로서 반일 투쟁의 전통 위에 서서, 반공과 동시에 '친일' 청산을 해결하는 것으로, 민족정기를 확립한다, 고 말했을 때, 이방근은 그러나…… 라며 한마디 끼어들었다. 현실은 그렇지 않습니다. 반공과 '친일'이 하나로 되어 있어서, 현 정부도 친'친일'파가 되어 있는 것이 아닙니 까……. 분명히 그렇지만, 우리들의 이념은 다릅니다. 친일파 배제와 반공, 어느 쪽이 보다 필요하고, 우선하는가. '친일'을 죽임으로써 반 공까지 죽여서는 안 되는 것입니다. 반공 승리를 위해서는 그 싸움으 로, 실제로 기성세력이 돼 있는 친일파도 포섭해야 합니다. 이방근은 반론하지 않았다. 반공 애국파가 모두 친일파는 아니지만, 친일파를 중심으로 한 세력이 대한민국의 중추를 장악하고, 반공 애국을 국시 로 삼고 있는 것인데, 사실인식이 달랐다.

들는 입장이 된 이방근은, 그와의 사이에는 역시 도저히 넘을 수 없는 경계선이 분명히 있음을 인식하면서도, 고영상 중앙사무국장이 나 제주지부 간부들과는 다른 '서북'을 처음 발견한 느낌을 받았다. 맑은 눈의, 어쩐지 '서북'답지 않은 문동준을 대하고 있었다.

여섯 시에 만나 벌써 여덟 시가 다 되었다. 긴 두 시간이었다. 이방 근이 이쯤에서 일어설까 생각했을 때, 문동준이 이 선생…… 하며 그 마음을 제지하듯 말을 걸었다. 이야기가 제주도에 이르러서, '서청' 지 부장 함병호가 상경했을 때 이 선생과 술친구인 것을 자랑삼을 만큼 '고도의 반공이론가'로서 이 선생을 존경하고 있다고 말했다고, 귀를 씻어 버리고 싶은 말을 했다. 친척 분 중에 훌륭한 경찰관이 계시지 요. 훌륭한 경찰관? 결코 갑작스러운 질문이 아니지만, 이방근은 갑 작스러운 느낌으로 들었다. 정세용의 이야기였다. 서울에서 정세용의 이야기를 듣는다. 뭐가 훌륭하다는 것인가, 겉치레적인 말인가. 있습니다, 정세용이라고, 어머니 쪽 친척인데, 평범한 경찰입니다……라고 친척이기도 해서 겸손하게 대답을 했더니, 그렇지 않습니다. 확고한 신념의 반공사상가이며, 두뇌가 명석하고 품행이 방정한 인물……이라고 보고돼 있었습니다. 보고? 뭔가 정세용 계장의 일로, 제주지부에서 보고라도……라고 하다가 덜컥하여, 아니, 보고가 아니다. 보고는 대외비밀일 수 있다. 상대는 자신의 경솔함을 알아차리고 모처럼 나온 이야기를 도로 물릴지도 모른다. 이방근은 뭔가 그러한 이야기라도……라며 한 번 더 부드럽게 바꿔 말했다. 그렇습니다. 문동준은 마치 관계자라도 대하듯이, 함병호 지부장으로부터의 보고입니다……라고 응하며, 이방근에게 충격적인 사실을 밝힌 것이었다.

　정세용 계장은 애국자입니다. 문동준의 말이 '서북'다워졌다. 국군, 당시의 국방경비대 내의 공산분자와 폭도의 4·28비밀책동 분쇄에 협력하고, 제주도에서의 대한민국 수립의 기초를 세우고, 경찰을 붕괴의 위기에서 구출한 공로자이자, 애국자입니다. 5·3게릴라 하산자의 습격으로 부상을 당하여 미군에게 체포된 고 경위가, 자신은 경찰 상부의 지시로 산의 폭도로 위장한 경찰특공대장이라고 자백해 버렸습니다. 귀순, 하산하는 도중인 폭도나 그들을 인솔하는 미군, 경비대원들을 사살하여, 게릴라와 군 측이 획책하고 있는 귀순 공작을 방해하는 임무를 부여받았다고 말입니다. 고 경위의 신병인도를 둘러싼 미군정청과 절충하는 자리에서, 그것을 뒤엎을 힘이 있는 증언을 한 것이 정 계장입니다. 고 경위가 공산주의 사상을 품은 경찰 내의 활동 좌파분자라고 하는 결정적인 증언을, 부인하기 힘든 사실을 가지고 나타난 것입니다. 다음날로 다가온 미군의 고 경위에 대한 재조사에서, 고 경위가 경찰특공대라는 사실을 자세히 증언하게 되면, 경찰의 미군정 위반사건으로서, 서울, 중앙까지 문제가 파급되는 위험한 상태였습니다…….

고 경위는 그날 밤, 경찰 취조실에서 사살되었다. 문동준은, 함병호의 보고에 의한다고 하면서, 고 경위가 자신의 이적 행위를 인정, 결국에는 손을 뒤로 묶인 채 바닥에 무릎을 꿇고 애원하는 것을, 정세용이 눈가리개를 하고 다시 의자에 앉혀, 눈썹하나 까딱하지 않고 냉담하게 관자놀이에 권총을 박아 넣었다고 했다. 훌륭한 일입니다. 함병호 지부장의 보고서에도, 정세용 경무계장의 언동은 훌륭했다고 특필돼 있었습니다. 강고한 반공정신과 조국에 대한 애국심의 결과물입니다. 동준 오빠, 그런 이야기는 그만둬요! 그만두라고요. 마치 누이 같은 어조였다. 순간, 문동준의 말이 끊겼다. 어찌 그런 냉혹한 이야기를……. 냉혹한 게 아니야. 난설이는 가족이 희생됐는데도 이북의 사정을 몰라, 음. 우리들은 공산주의 타도를 위해 목숨을 걸고 싸우고 있는 거야. 그는 컵의 맥주를 비우고 담배를 물었다. 문난설은 빈 컵에 맥주를 따르고, 이방근 쪽으로 손을 뻗어 술을 따랐다.

이방근이 함병호 지부장의 좋은 '술친구'가 되어, 성내의 사람들의 빈축을 사면서도 정탐해 온 정세용의 행동을, 하수인이었던 정세용의 그 증거를 지금 확실히 손에 쥐었다. 일찍이 성내의 술자리에서 함병호가 무심코 흘린, 취조하는 자리에 정세용이 참여했었다는 사실에 이방근은 놀랐지만, 그는 정세용이 하수인이라고는 이야기하지 않고, 이방근도 거기까지는 생각하지 못했던 것이다.

이방근은 현기증을 느끼고 있었다. 그는 문난설에게 맥주를 따랐다. 정세용을 칭찬하는 문동준에 대한 혐오라든가 상대에 대한 관심은 순간 사라져 버리고, 단지 하수인 정세용의 발견으로, 이방근의 충격은 일종의 흥분으로 바뀌었다. 몸 전체가 밑바닥에서부터 술의 취기와는 다른 열을 발하기 시작하고, 흔들흔들 불꽃이 흔들리는 듯한 느낌에 사로잡혔다. 그리고 이유도 없이 스스로 얼굴이 붉어지는 것조차 느꼈다. 그는 그 자신의 변화와 흥분을 감추기 위해서였는지, 순간 입을 벌리고 이제 막 맥주 컵을 입술에 댄 문난설을 향해, 돼지고기에 새우젓이 곁들여지는 이유가 뭐냐는 이야기로 옮겨 갔다.

그렇다 해도, 문난설은 도대체 무슨 말을 하는 건지……. 이방근은 조금 전 전화에서 들은 그녀의 말이 걸렸다. 묘하게 적막하고 이상한 느낌이 제 안에 퍼지며, 세상에서 모든 것이 사라지는 것 같은 느낌이 들어서, 선생님이 제주도에 가면 그걸 끝으로……. 이방근은 참으로 바보 같은 망상이라고 받아치면서도, 그 순간 움찔했던 것은 왜일까. 어디선가 죽음의 냄새가 났던 것일까. 관(棺)의……?

나영호로부터는 전화가 없었다. 내일도 걸려 오지 않을 것 같은 느낌이 들었다. 내일로 하지. 내일 만나자고 했다면 전화가 걸려 올지도 모르지만, 그와 만나기 위해 시간을 할애할 건 없다. 가능하면 내일 밤이라도 난설이와 만나자. 그 전에 남대문시장의 견직물상을 방문해서, 제주도행의 길을 모색한다. 남대문시장의 견직물상의 경리총책의 한 사람, 장(蔣) 아무개는 송래운 그룹의 발동선을 이용하여 제주도로 출입하는 단골로, 부산일 경우도 있지만, 대체로 목포 부두에서 출항한다. 육지의 경찰은 묵인하고 있을 뿐만 아니라, 제주도로 밀수입된 교토 니시진(西陣)의 고급 견직물을 서울시장으로 운반하는 일에 협력하는 것은 물론, 한몫 벌기 위해 끼어드는 일조차 있다. 제주도에서도 섬의 경제 진흥에 도움이 된다며 경찰이 묵인해 왔던 것을, '불법성'에 눈독을 들인 '서북'들이 약탈의 대상으로 삼았다. 그렇지만 밀무역은 계속되고 있었다. 신참인 한대용도 그중의 한 사람이었다. 내일이라도 아직 만난 적이 없는 장 아무개를 찾아가, 배편이 마련되면 목포에서 발동선으로 섬에 들어가는 편이 좋을 것이다. 한림해안에서 부산까지의 절반 거리이며, 권총도 안전하게 반입할 수 있다.

장판 바닥에 엉덩이를 대고 탁자 위의 위스키를 마시고 있는 이방근은 스웨터만 입고 있었지만, 그래도 땀이 차오를 만큼 따스했다. 창문을 두드리던 바람의 방향은 바뀐 듯했지만, 밤하늘을 가르는 바람 소리는 엄동의 서울이었다. ……훌륭하다니, 저는 동준 오빠가 정세용 씨를 훌륭하다고 한 것을 용서할 수 없어요. 조금 전 문난설의 전화 목소리가 귓가에 되살아나 울렸다. 일? 아이고, 선생님, 일이라니요, 사람을 죽이는 것이 일이라니……. 그녀는 정세용의 고 경위 사살에 충격을 받은 것 같았지만, 나의 충격은 무엇인가. 문난설처럼 사살 행위 때문인가, 하수인인 정세용의 발견 때문인가, 훌륭한 일입니다. 정세용의 행위를 철저한 반공정신의 덕분이며 훌륭하다고 말하는 것은, 그것이 거짓이 아닌 이상, 그는 역시 반공 테러 단체 서북청년회의 간부라는 것일 게다.

으-흠, 목숨을 걸고 말인가……. 이방근은 술 냄새 나는 숨을 토해 내며 중얼거렸다. 우리들 '서청'은 반공을 위해 목숨을 걸고 싸운다. 문동준은 몇 번인가 목숨을 걸고……를 반복해서 말했다. 이런 내게, 목숨을 걸 무엇이 있는가. 내 목숨을 건다는 건 무엇인가. 그런 건 없는 것 같다. 단지 자유를 빼앗기고, 우리의 존재가 침범당한 채로는 안 된다. 목숨을 걸고……. 파멸하는 제주도와 함께 머물고, 제주도를 벗어나지 않는 것이……. 그러나 나는 게릴라처럼 목숨을 걸고 있는 것은 아니다. 이른바 안전지대에 있을 뿐이다. 이 선생은 반공에 목숨을 걸고 있는지 묻지는 않았지만, 그 남자는 다른 자들과 마찬가지로 나를 반공사상가, 이론가, 어느 쪽이든 좋다는 식으로 믿고 있는 듯했다.

도대체 이방근의 '반공'이란 무엇인가. 내가 과연 반공주의자인가. 그렇지 않다. 이상하다고 한다면 이상한 오해다. 나의 반공은 거짓이지만, '서북'은 그것을 나의 본질적인 것으로 생각하고 있는 것이 아닌가. '서북' 제주지부 사무소에서 함병호와의 첫 만남이 그러한 인상을 상대에게 주는 결과가 되었다. 나는 그 나름대로 거짓을 연기해 왔다. 그러나 나는 공산주의 그 자체를 인정하고 있는 것은 아니다. 내 거짓의 밑바닥에 존재하는 것은 역시 반당적 사고, 당 조직에 대한 비판이며, 그 측면이 그들에게 호감이 가는 고도의 세련된 당비판, 즉 반공으로써 통하고 있는 것이 아닌가. 그렇기 때문에 당 조직의 입장에서 보면, 나는 반동이며, 반당적이 된다. '혁명'의 절대성, 당의 신성불가침을 부정하는 일은 반공이 아닌가.

　혁명정권의 전복을 꾀하는 계급의 적에 대한 프롤레타리아 독재의 폭력적 장치가, 과도기적으로 필요하다는 것은 황동성뿐만이 아니라, 당의 논리이기도 하다. 그것들을 반혁명 측의 모든 강제적 폭력과 동일시하는 것은 좋지 않다고 황동성이 말한 적이 있다. 아니, 혁명 측의 폭력 장치가 계급의 적에 대해서뿐만 아니라, 내부에 대해서도 '적', '반혁명', '반당'이라는 이름하에 작동할 수 있다는 이방근에 대해, 황동성은 강대한 적과 대치하고 있는 혁명당에는 철의 규율이 필요하다고 했다. 개인의 자유는 혁명에 종속된다. 그것이 혁명이라는 역사적 과도기이며 우리들 존재의 역사성이 된다. 그러나 나는 개인의 자유가 그 절대적인 과도기의, 역사의 청류가 아닌 탁류에 삼켜지는 것을 좋아할 수 없다. 그렇다, 본질적으로는 '혁명'의 존재방식에 절망적인 마음을 품고 있는 나의 생각이 삼면경(三面鏡)에 난반사(亂反射)되는 한 측면이, '서북'에게는 때마침 반공으로서, 그것도 어딘지 모르게 눈부시기까지 한 것으로 비치는 것이다.

그렇다면, 반드시 '서북'들의 오해라고만은 할 수 없다. 그들이 나를 반공으로 받아들일 요소가 내게 있다는 이야기다. 하지만, 이봐, 이방근, 생각 좀 해 봐, 놈들이 나를 반공으로 받아들이고 있다고? 그건 놈들 마음이야. 내 자신이 그렇게 만들고 있다? 언젠가, 그것도 머지 않아 끝난다. 거짓 덕분에 드디어 문동준으로부터 하수인 정세용의 '증언'을 잡게 된 거다.

이방근은 침상에 들어가며 혼자서 웃음을 흘렸다. 이 선생, 나는 이제부터 형님이라고 불러야겠습니다. 한양정에서 자리를 뜨며 이별의 악수를 할 때, 다소 취기가 돌던 문동준이 그렇게 말했다. 어머, 동준 오빠, 술에 취했나 봐요. 오늘이 무슨 날인지 알고 있어요? 오빠가 '형'이 되는 거예요(오빠, 오빠라고 말하지 말라. 유원의 목소리가 가슴을 찌른다. 오빠, 오빠, 때로는 방근 오빠……). 예—, 그럼요, 형님입니다, 동준 형님. 아이고, 이 선생……. 이방근은 유쾌하게 웃었다. 문동준도 이방근의 웃음에 이끌려 미소를 지었는데, 그다지 싫지는 않은 듯했다.

정세용, 정세용. 이방근은 정세용의 이름을 불렀다. 술기운이 스며든 목소리가 공허하게 얼굴을 덮치는 것을 들으며, 머리맡의 스탠드를 껐다. 유달현의 사냥모를 쓴 정세용. 형님, 아니, 정세용, 너는 아무래도 내가 압축한 과녁 속에 들어온 것 같다. 어둠 속의 취기가 드넓은 밤바다가 된다. 밤바다가 소리를 내며 흐르고 있었다. 스크루에 잘려 나간 유달현의 목이 힘차게 떴다 가라앉다를 반복하며 흐르고 있었다. 그 뒤를 마치 유령처럼 온통 검은 옷차림의 정세용이 바다 위를 달리면서, 유달현의 목을 쫓고 있었다. 바다 소리가 귓가에서 흐트러지고, 흔들리고, 부서지며 흘러갔다…….

모레 7일 출발을 앞둔 일요일 밤, 이방근은 문난설의 아파트에서 함께 보냈다. 동화백화점 뒤쪽의 남대문시장 입구에 가까운 일각의 견직물점, 장 씨와 연락이 닿아, 7일 아침 기차로 장 씨 외에 다른 한 사람과 목포까지 동행하고, 다시 수배된 발동선으로 밤에 제주도로 향한다.

나영호는 그 뒤로 전화를 걸어오지 않았다. 이방근도 전화를 하지 않았다. 그와 만나면 필경 나오게 될 문난설과의 '결혼'에 대해 이야기를 나누고 싶지 않았다. 그에게 문난설과의 결혼은 숨통을 끊는 일이 될 것이다. 이런 일은 정말 싫었다.

두 사람이 만나서 술이 취하게 되면, 바로 1, 2분 전까지의 평정이 순식간에 무너지고 전혀 다른 국면을 맞게 될 위험이 컸다. 그것은 그의 의지와 관계없이 갑자기 찾아온다. 1일 밤에 온 나영호의 전화가, 요 며칠 사이에, 오히려 문난설과 '결혼'의 결의를 굳게 만든 듯하다. 이방근은 그와의 관계에서, 지금까지 나영호의 '여자'를 가로채고 '도둑질'한 것이 아닌가, 하는 생각에서 완전하게 자유롭지는 않았었다. 하지만 그 전화 이후 그것이 사라졌다. 단지 그가 불능이라는 것을 몰랐던 사실이 괴롭다. 아마도 인사를 하지 않고 서울을 떠나게 될 것이다. 나영호와 절교를 하는 것은 아니다, 그가 그렇게 하지 않는 이상은. 결국 시간이 흐르면, 그의 내부에 있는 격한 풍파는 잠잠해질 것이다.

문난설은 울었다. 포옹 후에도 울었다. 처음 둘이서 침대에 들어가 나란히 몸을 뉘였지만, 그녀는 이방근의 포옹을 거부했다. 이방근은 그녀의 거부를 들어주지 않았다. 이제 와서 무슨 말을 하겠는가. 그야말로 이별이 되어 버릴 텐데. 둘은 영원히 헤어지는 것은 아니다, '결혼'할 사람들이다. 거부한 뒤 그녀의 포옹은 격렬했다. 모든 것을 잊고 씻어 버리려는 기세와, 동시에 떼어 놓지 않겠다고 필사적으로 물고 늘어지는 기세가 하나로 맞부딪치면서, 그녀의 포옹은 격렬했고 이방근도 격렬했다.

모레 아침의 출발을 눈앞에 두고, 두 사람은 재회의 날을 기약할 수 없었다. 문난설은 서울역에 배웅하러 나오지 않는다. 하룻밤이 지난 다음날, 이방근이 이 백아(白亞)의 아파트를 나가면 재회의 날이 정해지지 않은 채 이별한다. ……저는 왜 이렇게 될 것을 몰랐을까요. 아니요, 알고 있었어요. 알면서도 이렇게 되었어요. 같은 집에 살 수 없어도, 같은 서울에 같은 제주도에 있을 수 있다면, 이렇게 괴롭지는 않으련만. 선생님은, 제주도는 굳이 서울에서 와서 살 곳이 아니라고 말씀하십니다. 이방근은 이 땅에 살지만, 문난설이 와서는 안 된다며. 언젠가는 이런 날이 오지 않을까 해서, 아직 서울에 오시고 보름이 안 됐는데도, 그런 선생님과 만나는 것이 두려웠어요. 그래도 선생님이 서울을 떠나신다는 것이 분명하게 정해질 때까지는 두려움을 몰랐어요. 선생님은 한라산이 우뚝 솟은 제주도로 갑니다. 그리고 그곳을 떠나지 않겠다고……. 그녀는 울었다. 침대 위에서 양 무릎을 감싸고 웅크리고 앉아, 얼굴을 무릎 사이에 파묻고 계속해서 울었다. 감정이 격한 것은 알고 있었지만, 이렇게나 우는 여자인 줄은 몰랐다. 의외였다. 남자 앞에서 자존심 강한 여자가 혼자 계속해서 울다가, 아아, 겨우 울음을 그치는구나…… 하는 기대를 저버리고 슬픔은 더욱 고조되어, 당장이라도 질식할 듯이 흐느끼며 오랫동안 통곡했다. 원래 예정했던 길을 가는 것뿐이고, 다시 돌아올 수 없는 길을 가는 것은 아니다. 험난한 밤바다가 가로막고 있지만, 재회의 길이 영원히 닫혀 있는 것은 아니다. 제주도에 가면 앞길이 보일 것이다……. 자아, 눈물을 닦아, 진주 같은 눈물을……. 눈물이 진주라면……. 황진이(16세기 중엽의 명기·시인)의 시다. 눈물이 진주라면, 흐르지 않게 두었다가, 10년 후에 뵈올 님을, 구슬성에 맞이하려만, 눈물의 흔적이 없음을 슬퍼하노라……. 난설이의 눈물이 진주라면, 비단 손수건에 싸서 내 가슴에 담아 두고 싶다……. 이방근도 지금 이별의 벼랑 끝에 서서, 이별은 물론이거니와 난설이의 고통이 괴롭고, 마음이 아팠다.

이방근은 출발 전날 밤, 머리맡의 위스키병과 재떨이 옆에 빨간 비로드 천에 싸인 작은 브라우닝을 두고 잠들었다. 그저께 저녁 명동의 술집에서 만났을 때, 황동성은 이 동지에게 드리는 조촐한 선물입니다, 라고 하며 건네주었다. 권총에 대해서는 그것뿐이었다. 올 여름 창원부동산 사무소에서, 금고에서 권총을 꺼낸 황동성이, 필요하다……면 주겠다는 것을 거절하면서도, 만약 권총이 자신의 것이 된다면 이것이 홀로 걸어 다닐 것 같은, 순간 어디에선가 왠지 엄청난 일로 이어질 것 같은 느낌에 사로잡혔던 것이다. 어디로 홀로 걷는가? 안으로 향하는 것인가, 밖으로 향하는 것인가. 머리맡의 권총에게 답을 구하고 있는 것도 아닌데, 왠지 마음 든든한 느낌이 드는 것이 스스로도 이상했다.

❙ 지은이

김석범(金石範)

　1925년 일본 오사카에서 태어났고, 교토대학을 졸업했다. 〈제주4·3〉을 테마로 한 대하소설『화산도』를 집필하고, 일본에서 4·3진상규명과 평화인권운동에 젊음을 바쳤다. 1957년『까마귀의 죽음』을 발표하여 최초로 국제사회에 제주4·3의 진상을 알렸다.

　대하소설『화산도』로 일본 아사히(朝日)신문의 〈오사라기지로(大佛次郎)상〉(1984), 〈마이니치(每日)예술상〉(1998), 제1회 〈제주4·3평화상〉(2015)을 수상했다. 1987년 〈제주4·3을 생각하는 모임 도쿄/오사카〉를 결성하여 4·3진상규명운동을 펼쳤다. 재일동포지문날인 철폐운동과 일본 과거사청산운동 등을 벌려 일본사회의 평화, 인권, 생명운동의 상징적인 인물로 추앙받고 있다. 주요 소설로서는『까마귀의 죽음』,『화산도』,『만월』,『말의 주박』,『죽은 자는 지상으로』,『과거로부터의 행진 상·하』등이 있다.

❙ 옮긴이

김환기
동국대학교 일어일문학과 졸업
(현) 동국대학교 교수/동국대일본학연구소 소장
『시가 나오야』,『재일 디아스포라 문학』,『브라질(Brazil) 코리안 문학 선집』, 「코리안 디아스포라 문학의 '혼종성'과 초국가주의」외 다수.

김학동
일본 호세이(法政)대학 일본문학과 졸업
(현) 동국대학교 일본학연구소 연구원/공주대학교 출강
『재일조선인문학과 민족』,『장혁주의 일본어작품과 민족』, 『한일 내셔널리즘의 해체』(역서), 「김석범의 한글『화산도』론」외 다수.

火山島 ⅠⅠ

2015년 10월 16일 초판1쇄
2016년 8월 26일 초판2쇄
2021년 1월 15일 초판3쇄

지은이 김석범
옮긴이 김환기 · 김학동
펴낸이 김흥국
펴낸곳 보고사

책임교열 유임하(문학평론가/한국체대 교수)
책임편집 황효은
표지디자인 정보환 · 손정자
제작관리 조진수   **마케팅** 이성은
인쇄제본 영신사   **종이** 한서지업사   **코팅** IZI&B

등록 1990년 12월 13일 제6-0429호
주소 경기도 파주시 회동길 337-15 보고사
전화 031-955-9797(대표)
       02-922-5120~1(편집), 02-922-2246(영업)
팩스 02-922-6990
메일 kanapub3@naver.com / bogosabooks@naver.com
http://www.bogosabooks.co.kr

ISBN 979-11-5516-471-6 04810
      979-11-5516-460-0 04810(세트)

정가 14,000원